KB131864

영혼의 무기

이응준 이설집異說集

영혼의 무기
이응준 이설집 異說集
비채

토토에게

말의 적용이 이해되지 않으면 이상한 사건의 표현으로 해석된다
(사람이 시간을 이상한 매체로, 영혼을 이상한 존재로 생각하는 것처럼).

— 루트비히 비트겐슈타인, 《철학탐구》에서

내 영혼을 적의 칼로부터 지키시며 내 유일한 것을 개들의 세력에게서 구하소서.

—〈시편〉 22장 20절

작가의 말

—

스무 살 무렵을 돌이켜보면 나는 내가 나이를 먹어가면 갈수록 삶의 해답에 조금씩이나마 꾸준히 근접하게 되리라는 기대를 품고 있었던 것 같다. 맹랑했던 것일까, 어리석었던 것일까. 그때로부터 자못 긴 시간이 흐른 지금까지의 냉정한 결과는 비참까지는 아니더라도 차라리 허망에 가깝다. 확실한 패배보다 오히려 더 괴로운 오리무중 속에서 나는 고전 중이다.

숙련된 시인과 소설가는 비록 자신이 무지하거나 무감각한 사안일지라도 시와 소설로 요리조리 재주를 부려 꽃꽂이를 해버릴 수 있는 일종의 수사학적 범죄면허를 소유한다. 그러나 산문은 시와 소설과는 비교할 수 없이 거친 격투기적 양식이다. 수많은 관중들의 시선과 함성에 둘러싸인 사각의 링 안 환한 조명 아래서 오직 두 주먹만 가지고 적 앞에

선 산문가에게는 그 어떤 합리적인 요술도 허용되지 않으며, 대충 미친 소릴 떠들거나 혼란한 춤을 추고 도망칠 만한 그 어떤 쥐구멍도 존재하질 않는다. 시와 소설에서는 미학일 수 있는 요소들이 산문으로 와서는 에누리 없이 흉한 반칙이 되고 마는 것이다. 뛰어난 시인과 소설가 들 가운데 의외로 뛰어난 산문가가 드문 것은 그 때문이다.

나는 무턱대고 내 인생과 싸우듯 다만 세상에 지지 않으려는 본능에 기대어 이 산문들을 써내려갔다. 때로는 멍하니 걷던 길 위에서의 작은 수첩 속 몇 줄이었고 때로는 하루 이틀을 꼬박 뜬 눈으로 버티는 고단한 몇 장이었으나 분명한 것은, 뜻밖에도 바로 그것이 맹랑하고도 어리석기 그지없는 내 인생이 세상과 화해하는 유일한 길이었다는 사실이다.

스무 살 무렵의 나와 지금의 나는 아직도 사막과 가시덤불을 산책하는 기분으로 살고 있지만, 그때의 그와 오늘의 나는 죽음 같은 안식에 눕기보다는 불구덩이 같은 생을 가로지르려 노력하기에 여전히 이렇게 한 사람이다.

이 글들을 씀으로 해서 나의 영혼이 고난에 무너지지 않았던 것처럼, 이 글들을 읽는 것을 통해 당신들의 영혼도 그러하기를 기도한다. 가슴속에 파란 불꽃이 있다는 것은 외롭지만 가치 있는 일이다. 그런 당신들에게 만약 이 책이 '영혼의 무기'가 될 수 있다면, 산문가인 내게 그보다 더 기쁜 일은 없을 것이다.

그러나 또한 실은 여기서 아예 훌쩍 강을 건너가버려, 같은 인간과 세계를 보더라도 고리타분하고 호락호락한 것들 너머에서 모든 진영들로부터 자유롭고자 했던 나는 산문가散文家도, 소설가小說家도, 대설가大說家도 아닌 '이설가異說家'를 꿈꾸었다. 지옥과 연옥의 국경선에 참호를 파고 전쟁을 기다리는 말단 병사의 심정으로 나는 나의 산문들이 그저 그럴듯한 산문이 아니라 그 누구의 무엇과도 비슷하기를 거부하는 '이설異說'이기를 바랐던 것이다. 자랑스러울 것까지야 없지만, 어느덧 나는 아웃사이더로서의 내 피가 마치 내 손으로 직접 문명을 희롱해 만들어낸 신神처럼 편안하다.

책이란 무엇인가? 그것은 내게 누구에게도 검열받지 않는 세계이다. 나는 내 그 어떤 책들보다도 이 책을 사랑하고 또 사랑할 것이다. 왜냐하면, 이 책은 내가 작가로서 치러낸 내 청춘의 모든 백병전白兵戰들에 대한 수기手記이기 때문이다.

2017년 1월 이응준

1

보리수 아래서

스무살
어두운 기억의 저편
풍경 밖의 풍경
그런 나를 쓰라구
가끔 몰래 눈을 감는 이유
개의 영혼
몸
퐐선인장
장마를 기억하며
먼지 속에서, 어둠 속에서
33세 고
죽은 이들과의 대화
수첩과 길 위의 자화상
내가 슬퍼하는 것과 나를 모독하는 것
코끼리, 나의 코끼리
나의 영웅
죽음에 대한 작은 연구
인간이라는 악마에 대한 고뇌
내가 감사하는 것
과거로부터의 해방
신의 섬, 소년들의 바다
아름다운 소외
펜에 대한 것도, 칼에 대한 것도 아닌, 펜과 칼에 대한 감사

스무 살

언젠가 내 어느 소설 어딘가에 썼듯, 스무 살 무렵에 사람들은 종종 요정이 되기도 한다. 이기심이라든가 인간관계로는 전혀 납득이 안 되는 일들에 목을 매고 살아갈 수도 있다는 얘기다. 막연할지언정, 어쩌면 그것이 이십대 초반의 신분증일 수도 있지 않을까? 아! 스무 살, 지금도 그때를 생각하며 눈을 감으면 전방이 모두 파란 안개로 가득하다. 그리고 이내 양미간이 찌푸려진다. 그 시절을 견뎌내기 위해 필요했던 막무가내와 악다구니 들이, 그 파란 안개 사이에서 핏방울처럼 또렷하게 되살아나기 때문이다. 시간과 시간이 겹겹이 흐르기를 반복해 나는 스무 살 무렵의 대부분을 잊게 되었다. 꼭 잊었다고는 할 수 없더라도 희미해진 것만은 맞으리라. 유독 스무 살 무렵이 마치 전생의 일기처럼 까마득하고 낯선 것은, 내가 너무 취해 있었기에 기억나는 풍경들이 얼마 없는 탓도 있겠고, 무의식중에 부끄러움이 망각을 강요했을 수도 있다. 그리고 불현듯 가끔은, 스무 살의 내가 아직도 두렵고 괴롭지만, 무척 그립기도 하다. 어리석은 '그'는 얼마나 순수하고 진지했던가. 지금의 내가 얼마나 안정된 모습인지는 몰라도, 내게 남아 있는 날들 동안 결코 '그'를 외면해서는 안 된다고, 나는 기어이 스스로에게 타이른다. 이미 죽어서 없지만 바로 그 순간 태어났다는 사실과 같은 것, 스무 살은 그런 것이니까.

(1996. 10)

어두운 기억의 저편

— 소설가 고故 이균영 선생을 추모하며

그리 긴 대화를 나누진 못했건만 시간이 흐를수록 가슴속에서 이상스레 빛을 발하는 이들이 있다. 정작 그들이 나를 심중에 두었든 그렇지 않았든 간에.

1991년 가을이었는지 봄이었는지는 가물가물하다. 그날 나는 동덕여자대학교로 한 스승을 찾아뵙는 중이었고 그분 손에 이끌려 바로 옆 연구실을 쓰고 계시던 선생을 소개받았다. 선생의 첫인상은 에누리 없는 미소년 타입이었지만 예의 역사학자다운 꼿꼿함 때문인지 함부로 근접할 수 없는 어떤 기운 같은 것을 자아내고 있었다. 당시 선생은 이미 오랜 기간 공공연하고도 암묵적인 절필상태셨다.

그렇다면 나는 어떠했는가. 나는 그저 앙상한 꿈만 파먹고 사는, 터무니없이 어리고 어리석은 무명 시인일 뿐이었다. 애써 눈을 뜰 적마다 세상과 자신에 대한 불만에 숨이 가빴고 그 가당치 않은 허영심의 열 배쯤은 되는 노여움에 아무리 눈을 감아도 뼈가 시렸다. 그런 내게 선생은 이렇게 말씀하셨다.

"문학은 사후死後의 일이다."

강의 때문에 자리를 비워야 했던 선생은 내게 책 구경을 하고 있으면 돌아와 더 이야기를 나누자고 하셨다. 나는 선생이 연구실을 나가신지 얼마 안 돼 도망치듯 그곳을 빠져나왔다.

그리고 나는 몇 달 뒤 비행기를 탔다. 어느새 나는 터키 사람들이 유난히 많던 중부 독일의 한 마을에 드러누워 〈어두운 기억의 저편〉을 읽고 있었다. 어젯밤의 기억을 잃어버린 자의 추리적 여정이 거기에 있었다. 어쩌면 우리의 생이란 것도 기껏해야 제 잃어버린 기억의 실마리를 되짚어가는 미로 속에 갇힌 생쥐 꼴이 아닐까. 그 미로의 끝에서 마주친 자가 세상 속에서 상처 입은 스스로이거나 혹은 애타게 그리워하던 그 누군가이거나를 떠나서 말이다.

〈어두운 기억의 저편〉의 마지막—그가 그녀의 손을 꼭 쥐고 놓지 않는 것은, 인간은 모두가 서로의 깨어진 거울이고, 오래전 아득한 기억의 전쟁터에서 헤어지고 만 누이이며 오빠라는 소식을 전한다.

선생은 그런 소설을 쓰는 사람이었다. 그리고 나는 그때, 나도 언젠가는 소설가가 되면 안 될까? 하는 생각을 처음으로 가졌던 것 같다.

몇 년이 지나서야 모 출판사에서 딱 안부를 주고받을 만큼만 해후하게 되었을 때 선생은 매우 정력적인 창작활동을 얼마 전부터 재개하신 참이었다. 선생은 내가 그새 소설가가 되었다는 걸 알고는 피식 웃으며 이러셨다.

"소설가가 대학원은 뭐하러 다녀?"

그것이 마지막이었다. 선생은 내 주변의 몇몇이 거짓말처럼 그랬던 것처럼, 살아선 다시는 만날 수 없는 곳으로 훌쩍 떠나버리신 것이다. 나는 문학은 사후의 일이라며 내 그릇된 청춘을 교정해주시던 선생의 담담한 눈빛을 요즘도 가끔씩 떠올린다. 우리는 모두가 어젯밤 만취해 잃어버린 가방을 찾아 헤매는 나약한 존재들일 뿐이다. 그러나 서로의 손을 놓지 않으려는, 너를 사랑해야 하고 또 너에게 사랑받기 원하는 외롭고 따뜻한 영혼들이기도 하다.

하여 나는 믿는다. 문학은 사후의 일이므로, 선생이 어두운 기억의 저편으로 떠나신 바로 그 자리에서부터, 선생의 소설은 영원히 다시 시작되고 있다고.

(1998. 2)

풍경 밖의
풍경

그때는 나도 이런 방에서 나이 먹어가리라 믿었다. 구석에 두꺼운 이불이 쌓여 있고, 커다란 달력이 걸려 있고, 함께 쓰는 수건이 바닥에 흐트러져 있고, 이런저런 영수증과 고지서들이 집게에 물려 높은 곳에 매달려 있고, 벽과 벽 사이로는 빨랫줄이 지나가는…… 또 우리 각자의 과거가 어김없이 귀가해, 몇 개의 사진틀 속에서 희미한 햇살로 함께 바래져갈 줄 알았다. 세상의 풍경 안에서 그 작은 방 안이 또 다른 풍경이 되어 내 마음 한켠에 켜켜이 쌓여가리라 생각했다. 그러나 이제 내게 저런 '풍경 속의 풍경'은 없다. 그것이 내 탓이 아니라, 누구의 탓도 아니라는 사실이 무척 쓸쓸한 저녁이다.

아파트에서 대부분의 시간을 혼자 지내는 요즘, 나는 갑갑해지면 자전거를 타고 무작정 돌아다닌다. 육중한 철문을 꼭꼭 걸어 잠근 뒤에,

슈퍼마켓에 들러 찬거리와 과일을 사고, 서로 주먹질을 해대는 초등학생들을 말리기도 하며. 기분이 내키면 CD도 몇 장 골라 듣고 뻔한 길을 억지로 오래오래 휘돌아 온다. 읽던 책은 여전히 책상 위에서 흰 날개를 편 채이고, 마시다 남긴 커피는 어느덧 차갑게 식어 있다. 그리고 대낮에 걸려온 전화임에도 불구하고 이런 말을 자주 듣는다.

"제가 자는 걸 깨웠나요?"

바야흐로 나는 더 이상 찡그리지 않고 산다. 적어도 기념사진 앞에서는 웃어야 예의라는 것쯤은 안다. 어디 키득키득거릴 만한 일이 없나 연신 두리번두리번거리는, 맘에 들지 않는 놈 어떻게 엿 먹일까를 궁리하는 좀 실없는 어른이 된 것이다. 요컨대 나는, 저 사진 속에 삐딱하게 누워 있을 법한 사춘기 소년이 아니다. 방문을 열고 세상으로 뛰쳐나와 여기에 이른 지 오래다. 다만 마음에 걸리는 점이 있다면 지금 내가 선 자리가 삶의 지도상에서 정확히 어디쯤인지를 모른다는 것뿐이다.

풍경 속의 풍경 안에서 밖을 꿈꾸던 아이는, 어느덧 풍경 밖의 풍경에 갇혀 다시는 저 방으로 들어갈 수 없게 되었다. 저 방에 있었다고 외롭지 않았던 것 아니다. 저 방이라고 해서 밤이면 편안히 잠들었던 것 아니다. 저 방에 있는 동안, 오히려 나는 저 방을 빠져나갈 궁리로만 가득 차 있었다. 독한 결심으로 긴 여행 가방을 꾸렸지만, 해 질 녘이면 다시 저 방으로 돌아와 맥없이 그 짐을 풀었다. 그런데도 저 방을 우연히 마주친 지금, 나는 저 방이 약간, 되게, 그립다. 그 시절로 귀환하고픈 게 아니다. 여전히 괴로운 건 괴롭고, 가끔 즐거운 건 계속 가끔 즐거울 터임을 아는 까닭이다.

나는 내가 겪은 일들을 반복할 만한 자신이 전혀 없다. 옛날이 아름다웠노라고 말하는 인간들을 나는 신뢰하지 않는다. 우리가 기억을 동경하는 것은, 총천연색 와이드 스크린보다 간혹 낡은 흑백사진 한 장에서 가슴이 젖어드는 이유는, 우리의 지금이 그때와 다름없이 고독하기 때문이다. 과거에 관하여 우리의 눈은 빛과 어둠밖에는 읽어내지 못한다. "맞아, 그건 좀 밝았지. 그래, 그건 굉장히 어두웠더랬어" 하는 식으로.

오늘은 기분이 아주 좋은 날이다. 무작정 그렇다. 돌아오는 길에 다행히 싸우는 꼬마들이 없었고, 갖고 싶던 르네상스의 카네기 홀 라이브도 구했다. 회벽 같은 철문을 열고 아파트 안으로 들어선다. 전화벨이 울리고 있다. 이제 나는, 잠시 머물렀던 저 사진 속의 종이문을 열고 나와 수화기를 들어야겠다. 잠을 깨운 거 아니냐는 소릴 듣지 않도록, 아주 기운찬 목소리로 아무하고나 인사하고자 한다. 다시는 어리석게, '풍경 속의 풍경'을 뒤돌아보지 않을 것이다.

(1999. 7)

그런 나를 쓰라구

— 시인 김광규에 대한 명상

얼마 전 내가 이 글을 써야 한다는 중압감에 시달리다 못해 전화를 드렸을 때, 선생은 나직이 웃으며 이렇게 말씀하셨다.

"나 원래 다른 학교에 있을 적에도 그렇게 지냈어. 내가 이상한 사람이지 뭐. 그런 나를 쓰라구."

학부와 석사 과정에서의 근 10년간을 통틀어, 불량학생인 나와 깔끔한 교수인 선생 사이에는 유별난 교류라는 것이 없었다. 그것은 우리나라에서 제일 유명하고 점잖은 시인 교수와 몽상과 불만으로만 가득 찬 무명의 젊은 시인 제자 사이에서도 마찬가지였다. 신입생 시절, 나는 강의실 구석에 술 취한 얼굴로 앉아 '과연 저 이를 저토록 쿨Cool하게 만든 상처가 무엇일까?' 하는 쓸데없는 고민 아닌 고민에 빠졌던 기억이 생생하다. 당시 나는 아마도 4·19가 그 원인일 거라고 나름대로 낭만적인 추측에 도달하기도 했었는데, 이제 나는 그것을 어떤 상처에서 기인한 무엇이 아니라 그냥 그대로의 선생 자신으로 순순히 인정한다. 추측의 늪을 건너 누군가를 파악할 수 있는 오만의 정교함에 이르기까지 내게도 많은 노력이 필요했음은 물론이다. 섭섭함이 산뜻한 납득으로 변화받기까지는, 그 섭섭함을 내장한 당사자의 반성이 밝게 숙성되는 시간이 필요했던 것이다. 때문에 나는 지금 그것을 짧게 쓰려고 한다. "그런 나를 쓰라구"라며 수화기 너머 들려오던, 약간은 쓸쓸해 보이던 음성이 원하는 바가 바로 이것이었기를 바라면서.

선생은 단 한 번도 강의실에서 문학의 진정성이라든가 예술의 초월 따위를 열정적으로 논하는 스타일이 아니었다. 그것이 귄터 아이히였으면 그냥 텍스트로서의 사실적인 귄터 아이히만을 특유의 이성적인 목소리로 가르쳤을 뿐이다. 다만 뇌리에 두고두고 남는 것으로는, 문학은 혼자서 수행해야 하며 스승은 따로 없다는 식의 이야기 정도였다. 그러나 나는 요즘에서야 그것이 어마어마한 가르침이라는 것을 겨우 깨닫는 중이다. 선생의 차가움은, 기실 차가움이라 명명하기에도 어색하게 만드는 기묘한 힘이 있다. 간명하게 표현하자면, 선생은 타인과의 불필요한 관계를 접수하지 않는 데에 탁월한 떳떳함을 지니고 있는 것이다. 나는 문단에 나온 지 햇수로 12년째이지만, 어디에서건 시인 김광규 선생이 누구와 어울려 모습을 드러내거나 술을 마셨다는 소릴 들어본 적이 없다. 그는 생활인으로나 문학인으로서 자신을 철저하게 컨트롤하려 했던 것 같다.

나는 선생을 아주 잘 정돈된 허무주의자로 생각한다. 선생은 손녀의 손을 잡고 산책을 하거나 클래식 선율에 적포도주 한 잔과 더불어 창밖을 바라보면서, 지난 삶에서 자신이 이뤄놓은 것들을 애써 부정하지 않는 강한 심장을 지녔다고 나는 감히 공상한다. 내가 그린 풍경 속의 선생은 생이 이미 부조리하고 어둡다는 것을 알기에 일부러 엉망이라거나 캄캄하다고 주장하지 않으며, 죽음은 반드시 찾아올 것이기에 남은 날들 동안 차분히 그것을 기다린다. 그의 쿨함은 아무도 타인을 완전히 이해하거나 더욱이 근원적으로는 도와줄 수 없다는, 지극히 지성적인 개인주의로부터 출발한다. 그것이 어려서 내가 당신에게 느꼈던, 하지만 이해하기 힘들었던 시니컬함의 본연이 아니었을까?

선생은 선생의 간결하고 쉬운 시처럼, 결코 예술가 행세로 삶을 탕진하거나 과장하지 않는다. 나는 약속한 바에서만큼은 결벽에 가깝도록 철저한 선생을 서너 번 경험한 적이 있다. 선생은 꼼꼼하게 일정이 기록된 메모지 같은 사람이다. 괜히 대가인 양 거들먹거리며 추접스러운 글쟁이로 남는 위인들이 주변에는 얼마나 많은가. 예술을 상식적인 지식인의 입장에서 풀어보려는 것이 선생의 예술론이고, 또 시인이면서 교수인 것에서 비롯된 모순을 아름답게 승화시키려는 지혜임을 나는 비로소 알겠다. 그러하기에 선생은 내게 자신 있게 요구할 수 있었던 것이다. "그런 나를 쓰라"고 말이다.

선생은 내게 한 번도 문학의 내용과 방법을 친절하게 설명해주지는 않았지만, 적어도 시인이란 개떼처럼 몰려다니며 스스로를 속여서는 안 된다는 금기를 멀리서 조용히 보여주셨다. 하여 선생은 예술가이다. 그리고 나의 스승이다.

(2001. 1)

가끔 몰래
눈을 감는 이유

제법 갈고 닦았노라 자부하던 내 인간에 대한 감식안이 문득 스스로도 못 미더워질 적에, 하여 급기야 지금 내 앞에 앉아 한참 말하고 있는 한 낯선 이가 과연 어떤 부류인지 도무지 아리송할 때면, 나는 미련 없이 눈을 버리고 귀를 선택한다. 고개를 숙이는 척하면서 몰래 눈을 감고 들려오는 목소리에 집중하는 것이다. 그러면 마치 최면 중에 전생이 떠오르듯 어둠 속에서 그 사람의 본질이 선명해지며, 아, 순수하구나, 악당이구나, 혹은 속물이구나 하는 식의 강한 분별이 생기곤 한다. 물론 이것은 타인을 함부로 판단하려는 악취미라기보다는, 인물들의 유형을 요령껏 나누어 그들이 지닌 행동과 마음의 경향을 터득하려는 작가로서의 직업병이라고 해야 옳을 것이다. 나는 가끔 눈을 감고 내 목소리도 들어보는 위인이니까. 아무튼, 연습이 없는 인생의 과정에서 내 눈은 여러 번 나를 낭패 보게 하였으나 내 귀는 나를 속인 적이 거의 없었다. 그것은 말의 내용과는 무관하게, 화자의 존재감와 그 깊이가 말의 미세한 파동과 선율을 통해 내게 모종의 진실을 전해줬던 까닭이 아닐까. 모름지기 눈을 뜨고 있는 것보다는 눈을 감고 있는 쪽이 영적으로 훨씬 더 맑은 법이다. 아무 말이나 막 할 때 눈을 뜨고 있는 우리는 눈을 감고서 기도한다. 세상은 살인적인 속도에 온갖 현란한 치장과 야비한 선전 들을 실어서 보여준다. 그러나 그럴수록 인간이라는 상처는 참혹해지고 삶은 중심을 잃지 않았던가. 나를 보고 사랑한다고 하는 이의 말을 믿지 않는다. 나를 듣고 뭔가를 깨달은 그 사람의 그 영혼을 믿는다.

(2001. 5)

개의 영혼

대부분의 시간을 집에서 혼자 보내는 나는 지난해 4월부터 중국산 시추 수놈 강아지 한 마리를 기르고 있다. 이놈은 도대체가 뭘 먹거나 똥오줌 가릴 때를 제외하고는 항시 펑퍼짐하게 누워있는데, 내가 목격한바 하루 최장 수면기록이 장장 스무 시간이었다. 거울 속의 제 모습을 향해 캉캉거리기도 하는 이 사랑스러운 짐승에게서 나는 한없이 온화하고 낙천적인 친구가 곁에 있는 듯한 안식을 느끼곤 한다. 실지로 평소 신경쇠약에 가까울 만큼 예민했던 나는 녀석 덕택에 상당한 정신적 치유를 받았다. 그리고 무엇보다, 개에게도 영혼이 있음을 확신하게 되었다. 한낱 고깃덩어리가 내게 저런 위로를 전할 리 없는 것이다. 일본의 영화감독 오시이 마모루는 그의 인생에 큰 변화를 준 것이 위대한 사상도 심오한 종교도 아닌 개였다고 한다. 그는 개를 통해 타인을 지켜주고 싶은 마음과 상냥하게 대하는 법을 깨우쳤노라 고백한다. 한술 더 떠 그는 인구도 줄고 환경도 나아질 테니 특별한 경우가 아니면 아이를 낳지 말고 동물과 함께 사는 게 좋다고까지 주장한다. 물론 나는 그 정도는 아니다. 다만, 제 현생의 안락과 사후 천국에 가려는 욕심으로만 가득 차 있는, 오직 자기들만이 영혼을 가지고 있는 양 행동하는 사악한 인간들보다는, 당연히 개들의 영혼에 주님의 따뜻한 손길이 머물지 않을까 생각한다. 21세기에는 이미 지상에 지옥을 실현한 저 종교 파시즘 대신에 아름다운 범신론이 절실한 것인지도 모른다. 나무와 새, 돌과 바람에게도 영혼이 깃든다고 믿는 그런 마음 말이다.

(2001. 5)

몸

봄이 오자 오래 쉬었던 운동을 다시 시작했다. 우선은 아침 일찍 테니스 코트로 향한다. 이후 공원 주변을 조깅한 다음에도 틈만 나면 이런저런 방법으로 몸을 단련하는 중이다. 또 조만간 아주 과격한 격투기를 배울 것도 고려하고 있다. 누군가 내게 책읽기와 운동 가운데 꼭 하나를 고르라 한다면 나는 주저하지 않고 후자를 택할 것이다. 심장이 터져버릴 듯한 탈진 뒤에 오는 저 고요와 평화는 일종의 해탈이다. 땀에 젖은 몸만큼 순수한 것은 없다. 그것은 고통을 피하지 않고 가는, 가증스러운 수사학이 배제된 삶이다. 육체적인 고통과 정신적인 고통 중에 어느 쪽이 더 괴롭겠는가? 지금은 돌아가신 어머니와 나는 암병동에서 그런 질문을 두고 대화를 나눈 적이 있었다. 우리는 동시에 주저 없이 육체적인 고통의 손을 들어주었더랬다. 정신적 고통은 미쳐버려서 피하기라도 하겠지만, 당시 우리 모자가 겪고 지켜보고 있던 고통은, 죽음이 아니고서는 도망칠 구멍이 전혀 없는 그런 고통이었다. 나는 지금도 TV에 병원이 나오면 끔찍한 기분에 휩싸여 채널을 돌려버린다. 나는 중환자실에서의 거친 숨소리들을 기억하고, 장기간의 참혹한 치료 탓에 해진 고깃덩어리처럼 돼버린 내 어머니의 시신이 냉장고 속으로 들어가는 것을 보았다. 인간이 자꾸만 먼 피안을 꿈꾸는 것은, 우리의 육체가 불멸이 아닌 이유이다. 하지만 영혼의 문제는 영혼만으로는 탐구되지 않는다. 몸은 우리가 생을 예배드리는 성소이다. 그때 어머니와 내가 유치하게 고통을 둘로 나누어 논했던 까닭은, 사람이란 존재가 너무 나약하고 쓸쓸해서였을 것이다.

(2001. 5)

聖선인장

매일 아침 창문을 활짝 연 뒤 분무기를 손에 쥐고 이런저런 화분들을 돌본다. 마음이 어지럽다 못해 아름다운 음악마저 짜증스러울 때, 햇살에 물방울이 비껴 생긴 작은 무지개 아래로 고요한 식물을 마주하는 안식이란 감히 어느 종교의 평화와도 겨뤄볼 만하다. 식물들은 우리 번잡한 동물들보다 훨씬 고등하며 자비롭다. 그리고 그중 최고의 성자聖者는 단연 선인장이다. 푸른 승복僧服을 입고 가시의 말씀을 대침묵하는 저들은, 꽃보다 믿음이 가고 나무보다는 덜 난해하여서 좋다. 스스로가 너무 예민하다 못해 시들기 쉬운 장미쯤으로 여겨질 적에, 나는 사막에서도 해와 달처럼 당연하게 살아가는 선인장을 동경하지 않을 수 없다. 또 선인장은 헛되이 숲을 이루지 않는다. 기갈 든 죽음의 시간을 섭취해 생명의 물을 가슴에 채우는 그들은, 모래 위와 모래바람 속에 각자가 따로 서 있다. 내 화분들의 절반 이상이 선인장인 것에는 이러한 풍모를 질투한 까닭이 크다. 사군자가 한꺼번에 덤벼들어도, 인간의 실존과 해탈을 은유하기에는 선인장에 역부족이다. 누보로망의 기수 로브그리예는 선인장 마니아라고 한다. 그는 여행 중에 반드시 선인장을 사서 모으는데, 보통의 경우 파는 사람이 식물학자가 아닌지라 일단 번호만 매겨두고 나중에 정확한 이름을 찾아낸다. 아니나 다를까, 로브그리예의 소설들에는 선인장이 자주 등장하고 가끔은 허구의 선인장을 지어내기도 한다. 나는 그가 왜 그러는지를, 직접 물어보진 못했지만 알 듯하다. 누군들 이 사막 같은 세계에서 선인장이 되고 싶지 않겠는가.

(2001. 5)

장마를 기억하며

1

비를 지나치게 좋아하던 시절이 있었다. 그게 어느 정도였는가 하면, 대홍수로 온 나라가 쑥대밭이 되었는데도, 창문에 맺히는 물방울들을 홍겨이 바라보며 몇 달이고 몇 년이고 계속해서 더 비가 내려 세상이 완전히 잠겨버려도 즐겁겠다는 생각을 품을 지경이었다. 나는 스물두 살 무렵까지 비에 관한 한 그런 광증狂症에 시달렸다. 그리고 그 해 겨울, 독일로 긴 여행을 떠났다. 이미 시인이던 나는, 더는 운과 재능이 따르지 않는 문학을 포기할 수 있었으면 했고, 혜화동의 한 극단에서 함께 지냈던 배우들과 헤어지면서도 내가 그들을 끔찍이 그리워하게 되리라곤 꿈꿀 수 없었다. 나는 내가 가지고 있는 어떤 일관된 취향의 궤도가 아주 간단한 자극에 의해 망가질 수 있다는 사실을 몰랐다. 나는 그만큼 순진했고, 무식했으며, 고로 나약하였다. 나는 나를 닮은 물방울들이 친근했다. 그들은 어딘가에 부딪히면 흘러내렸으며, 금방 사라졌다.

— Ich wollte ja nichts als das zu leben versuchen, was von selber aus mir heraus wollte. Warum war das so schwer?

—《데미안》의 첫 구절.

— 나는 내 안에서 솟아나오는 대로 살려고 노력했다. 그게 왜 그토록 어려웠을까?

하하하—.

2

독일에서 돌아왔을 때, 나는 비라면 이를 가는 사람으로 변해 있었다. 나는 가끔 술자리에서, 자기가 과거에는 어떤 면에서는 요즘과 정반대였다는 누군가의 고백을 이젠 가감 없이 믿는다. 정작 그가 그런 나를 믿지 못할 뿐이다.

내게 변절과 배신의 심리를 가르쳐준 것은 인간이 아니라 비이다. 비라는 거울에 비친 내 마음이다.

나는 제발 앞으로의 내 인생이, 스물서너 살 때의 독일에서의 그것처럼 외롭지 않기를 빈다. 그곳의 공기는 늘 무거웠고 심하면 사나흘에 한 번꼴로 흐리거나 비가 내렸다. 후회와 번민이 세세하게 떠올랐다. 부끄러움이었거나, 부끄러움의 반복이었다.

비.

내가 비를 정상치의 감정으로 받아들이기까지는, 그로부터 3년 정도의 시간이 필요했다. 장마가 지면 우울증이 도지던 나는, 겨우 그쯤이 되자 비가 그냥 비처럼 보였다.

3

지난날이 행복했노라고, 그래서 그 시절로 되돌아갈 수만 있다면 그렇게 하겠다고 장담하는 사람들을 나는 경멸한다.

친구들에게 늘 하는 얘기지만, 나는 하루라도 더 산 내가 훨씬 편하다. 주변의 상황이 개선되어서가 아니라, 내가 점점 나에게 가까워지고 있기 때문이다.

— 아, 이게 나구나. 맞아. 이게 나야.

어느 스님이 가르침 주시기를, 찰나를 살라 하셨다. 오로지 그때를 그렇게 행할 뿐이라고. 과거와 미래는 아무런 의미가 없다고.

올해는 비가 예쁘게 보이기 시작할 것 같다. 어쩐지 예감이 그렇다.

그것 역시 찰나의 일일 것이다.

4

나는 장마를 두고, "물소 떼가 지붕 위를 지나간다"라고 적었더랬다. 또 거기에는 "나는 목침을 베고 누워/자욱한 물안개까지만 생각하기로 하고/비 오는 시절의 주소들을 모두 잊었다"와 "사람에게는 누구나 모가지부터/가슴까지 수수깡처럼 꺾이는 나라에 살았던/경력이 있는 법이다. 부끄러움에 이불을 뒤집어쓰고/심야일기예보로 다가오는 밤 1시의 태풍을//기다려야만 했던 것이다. 탱크가/짓이긴 폐허 위에도/홍등의 거리가 다시 세워지듯이/나는 믿는다. 저 물소들 밟고 지나가는/마음 한켠에서부터 이미//벽돌 한 장, 한 장,/새로운 도시가 올라가고 있다는 것을"이라는 이상한 진술도 섞여 있다. 비를 한창 좋아하던 스물한 살에 만든 노래이다. 그런데, 어째서 제목이 〈장마를 견디며〉일까?

우리가 좋아하는 것들은 실상 좋아하고 있는 것들이 아니라 견디고 있는 것들인지도 모른다. 혹시, 그 좋아하는 것들이, 좋아하는 저 마음 아주 건너편에 있는 것은 아닐까? 내 사랑이 증오였음을 인정하는 순간, 나는 환하게 불 들어온다.

고요하다. 장마를 기억하는 이 마음이 그렇다.

(2001. 5)

먼지 속에서,
어둠 속에서

긴 가뭄 끝에 부슬부슬 비가 내리고 있어. 박쥐우산을 손에 들고 다니기가 귀찮아 대신 녹색 야구모자를 푹 눌러쓴 채로 동네 안과병원에 다녀왔지. 어제 산책 중에 밝고 희끄무레한 것이 자꾸 앞을 가려서 눈을 마구 비볐더니 그게 그만 탈이 나고 말았던 거야. 바울과 뫼르소의 차이점은 뭘까? 둘 다 빛에 사로잡혔는데, 하나는 이방인들에게 신을 전파했고, 다른 하나는 스스로 이방인이 돼 신을 거부했잖아. 그런데 말이야, 내게는, 내게는⋯⋯ 뭐였을까? 꽃가루였나? 아니야. 근처 초등학교 운동장에서 날아온 먼지였을 거야. 이제 나는 아주 괴로운 책들만 골라서 속독으로 해치워. 사람들도 새로 사귀진 않아. 의사가 이르기를, 다행히 눈병은 아니고 눈물샘에 작은 염증이 생긴 거라고 했어. 받아온 약에 수면제 성분이 들어 있어서인지, 할 일은 지나치게 많은데 종일 졸려. 아까 안약을 눈꺼풀 안쪽으로 떨어뜨리다가, 거울에 비친 내 모습을 문득 들여다보았지. 나는 아직도 내가 가질 수 없는 것들을 기대하고 살아가는 편인가 봐. 우울해 죽고 싶다가도 우울한 게 너무 달콤해.

《탈무드》에는 이런 질문이 나와. "사람의 눈은 흰 부분과 검은 부분으로 이루어져 있는데, 왜 굳이 검은 부분으로 세상을 보는 것일까?" 이에 현답賢答이 뒤따르지. "그것은 세상을 어두운 면에서 보는 것이 좋기 때문이죠. 밝은 면에서 보면 자신에 대해서 지나치게 낙관적인 사고방식을 갖게 되기 때문에, 그로 인해 교만해지지 않도록 경계하기 위함입니다." ……하하. 정말 웃겨. 나는 깨달음을 향한 수사학으로 현실을 겨우 달래기는 싫어. 겸손한 얼굴에서, 나는 치욕보다 강한 고통을 목격하거든. 또《탈무드》에는 "만일 두 개의 머리를 가진 아기가 태어났다면, 이 아기를 한 사람으로 세어야 하는가, 아니면 두 사람으로 세어야 하겠는가?"라는 질문도 있어. 근데 정답은 이래. "한쪽 머리에 뜨거운 물을 부었을 때, 다른 쪽 머리도 비명을 지른다면 한 사람인 것이요, 다른 쪽 머리가 아무렇지도 않은 표정으로 있다면 두 사람인 것이다." 있잖아, 나를 삐뚤어졌다고 탓하진 말아줘. 제발 나를 용서하려는 그 마음조차도 지워줘. 나는 아직도 내가 비명을 지르는 너의 어깨 위에서, 그저 죽은, 혹덩이 같은 머리로 매달려 있는 건 아닌가, 하는 생각을 해. 어째서 나는 나의 전체에 대해 일방적으로 관여하지 못하는 것일까? 우리가 함께 아파해야 한다면, 나는 우리가 두 사람이어야 한다고, 그게 옳다고 믿었던 것 같아. 내가 요즘 흥얼거리는 노래는 가사가 없어. 그리고, 빤해. 이 편지, 결국 너에게는 못 띄워. 먼지 속에서는, 어둠 속에서는.

(2001. 6)

33세

고考

1

여름 숲 큰 나무 그늘에 홀로 들어가 이제 막 썩기 시작하는 시체처럼 누워 있다 보면, 왜 싯다르타가 그 많은 사원寺院들을 놔두고 하필 보리수 아래서 해탈했는지를 저절로 이해하게 된다. 서역西域 어느 뼈와 살이 말라붙은 탁발승의 귓불을 스친 바람이 불어와 나뭇잎은, 햇살을 받는 초록이 짙은 부분과 그 반대편의 초록이 옅은 부분을 번갈아 팔랑이며, 금빛 찬란히 점멸한다. 아, 그곳이 아니고서야, 어찌 오욕과 번뇌로 가득 찬 한 짐승이 감히 부처로 거듭날 수 있었겠는가.

2

싯다르타의 아버지인 정반왕은 석가족을 통치하고 있었다. 왕의 아들이니 물론 싯다르타는 왕자였고, 이른바 카스트 제도하에서 크샤트리아 계급에 속했다. 예수의 아버지인 요셉은 나사렛의 목수였다. 그리고 예수 역시 그를 따라 목수였으므로, 마르크스 동지 식으로 말하자면, 프롤레타리아였던 셈이다. 스물아홉 살에 출가한 싯다르타는 6년 동안(어떤 기록에는 7년간이라고 적혀 있지만) 구도를 하다가 35세(또는 36세?)에 정각正覺을 얻어 부처가 되었다. 이후 그는 장장 45년 동안 80세(만일 35세에 깨달았다면)에 이를 때까지 조금도 쉬지 않고 전도여행을 다니며 줄기차게 떠들어댔다. 알고 보면, 그게 바로 팔만대장경이다. 성경상에서 예수는 12세에 문득 사라졌다가, 30세에 갑자기 다시 나타났다. 30세 이전 그의 생애 가운데 유일하게 튀는 삽화는 유월절逾越節 예루살렘 성전에서 율법학자들과 구약에 관해 토론을 벌이는 장면이다. 학자들은 12세 예수의 지혜로움에 혀를 내두르고 있었다. 길에서 잃어버린 아들을 애타게 찾아 헤매던 부모를 만나자 예수는 두 눈을 초롱초롱 반짝이며, "나는 내 아버지의 집에 있어야 할 줄을 모르셨습니까?" 이랬다. 그러고 나서, 훌쩍 건너뛰어, 불현듯, 30세 무렵부터의 3년간(어떤 신학자들은 1년 정도라고 주장한다)의 공생애가 펼쳐지는 것이다. 붓다는 대장장이 춘다가 공양한 상한 음식 때문에 탈이 나서 쓰러졌다. 그는 춘다를 탓하는 아난에게 준엄하게 경고하고, 오히려 춘다의 공양에 한껏 축복했다. 붓다는 두 그루의 살라나무 사이에서 머리를 북쪽으로 향해 자리를 깔고 모로 누워 살라나무들의 비처럼 내리는 꽃 공양 속에서 마지막 설법까지 무사히 마치고는 고요히 입멸했다. 그 가르침은, "조건이 지워진 모든 것들은 다 무상하다"였다. 목요일 저녁 최후의 만찬을 마친 뒤 겟세마네 동산에서 기도하다가 로마 군인들에게 체포된 예수는, 이튿날 온갖 멸시와 수모를 겪으며 골고다 언덕을 올라가, 스스로 끌고 온 나무 십자가에 못 박혀 강도들과 함께 죽었다. 유언은, "다 이루었다." 30세, 혹은 33세의 청춘이었다.

3

붓다와 예수는 차이점이 꽤 많다. 그러나 유사점은 그보다 훨씬 더 많다. 일일이 열거할 수 없을 정도이다. 하긴, 학교 다닐 적에도 우등생들끼리는 서로서로 노는 짓이 비슷비슷한 마당에, 인류에게 빛을 던져준 성자들에게서 공통분모가 발견되는 게 어색할 리 없다. 예수는 베들레헴의 마구간에서 동정녀로부터 태어났다. 천사들이 목자들 앞에 나타나 탄생을 예고했고, 그 외에도 큰 별과 3인의 동방박사 등이 배경을 이룬다. 붓다는, 친정으로 가던 도중 룸비니 동산에서 살라나무—석가모니가 열반할 적에 등장하는 그 나무이다. 참고로, 석가족의 토템인 살라나무 숲은 지모신地母神인 룸비니를 받드는 곳이었으므로 출산 장소로는 적격이었다—에 오른팔을 올려 가지를 붙잡은 어머니의 옆구리로부터 탄생했다고 전한다. 요한에게 세례를 받은 뒤 성령의 인도로 광야에서 40일 낮과 밤을 단식기도 하던 예수는, 악마로부터 세 가지의 유혹을 받는다. 석가모니 역시 악마의 유혹을 받는데, 그는 고행 중뿐만이 아니라 깨달으려는 그 찰나에도 '마라'라는 악마가 등장하여 훼방을 놓는다. 기이한 방식으로 세상에 데뷔했던 경력이 무색하지 않도록, 둘은 하나같이 늠름하게 악마의 유혹을 물리쳤다. 또 그들은 각각 혼란기에 태어났다. 열혈당원 가롯 유다가 이스라엘 민족을 로마로부터 해방시킬 예수를 기대했듯이, 군소 국가들이 할거하면서 세력을 다투던 당시의 인도에서는 전륜성왕轉輪聖王이 출현하여 통일을 이뤄주리라는 희망이 팽배했다. 실제, 붓다를 구도자로 보지 않고 예언이 정한 전륜성왕으로 착각하여 경계한 왕들이 있었고, 붓다는 한술 더 떠 카스트 제도 자체를 부정하였다.

4

예수와 붓다는 공히, 악인보다는 속물을 더 미워했다. 이 두 성인을 진리 안에서 한 형제이게 만드는 가장 두드러진 특징이 바로 그것이다. 그들의 입장에서 악인은 악인이 아니라 그저 사함받을 죄인이라든가 아직 깨닫지 못한 자였고, 진짜 악인들이란 곧 속물들이었기 때문이다.

부잣집 아들 야사는, 짝사랑하던 무희舞姬가 악사樂士와 정을 통하는 것을 보고 "나는 괴롭다. 나는 괴롭다"하면서 날뛰었다. 그는 붓다에게 가르침을 얻은 후 안정을 되찾자, 극구 출가하겠다고 우긴다. 그런 야사에게 붓다는 이렇게 말한다.

"이제 그만 네 집으로 돌아가거라. 부모님이 몹시 근심하고 계실 것이다. 아름다운 옷을 입고 집에서 편안히 지낸다 하여도, 마음이 오욕伍

慾을 벗어나면 그것이 곧 출가이니라. 그러나 집을 떠나 산에 있으면서 고행을 하여도, 오욕에 이끌리면 그것은 출가가 아닌 것이다. 중요한 것은 마음이다. 집으로 돌아가거라."

요승 제바달다는 아사세 왕자로 하여금 아버지 빈비사라 왕을 죽이게 하고는 그 나라의 국사國師가 된다. 그는 붓다가 많은 사람들 앞에서 사리불과 대목련을 칭찬함으로써 자기를 모욕했다고 생각했다. 제바달다는 붓다가 몸이 쇠약하거나 병을 앓았을 때만큼은 물고기를 먹어도 좋다고 허락했던 것에 착안, 자기와 자기의 제자들은 일부러 거친 옷을 입고 하루에 한 끼밖에 먹지 않기로 하는 등의 철저한 금욕을 작당한다. 사람들로 하여금 붓다를 비난하게 만들려는 계략이었음은 물론이다. 그러나, 어느 날 우르르 개 떼처럼 몰려온 그들에게, 붓다는 다음과 같이 응수한다.

"제바달다야, 법이 그렇게 좋다고 하면, 네 자신이 스스로 행할 것이다. 누구에게나 그것을 강요할 수는 없다. 몸이 허약한 자도 있고, 남의 호의를 거절하여서는 안 될 때도 있다. 자기가 스스로 행한 것은 좋으나, 그것을 남에게 강요하는 것은 부당한 일이다. 그러한 것들은 너희가 생각하는 것과 같이 열반에 드는 데에 장애가 되지 않는다. 다만 모든 일에 규칙에만 얽매이는 것이 장애가 되는 것이다. 나는 그러한 장애를 알고 있다."

예수는 어떠한가. 성전에 세리와 바리새인이 동시에 들어갔다. 바리새인은 따로 서서 기도하여 가로되, "하나님이여, 나는 다른 사람들과 같지 아니하고, 이 세리와도 같지 아니함을 감사하나이다. 나는 이레에 두 번씩 금식하고, 소득의 십일조를 드리나이다"라고 기도했다. 반면 세리는, 감히 눈을 들어 하늘을 우러러 보지도 못하고 그저 가슴을 치며 가로되, "하나님이여, 불쌍히 여기옵소서. 나는 죄인이로소이다"라고 기도하였다. 예수는 이 비유에서 세리의 손을 들어주고는 율법을 철벽처럼 지키는 바리새인들에게, "외식하는 자들이여, 화가 있으리라"고 저주한다. 토색과 간음과 불의를 행치 아니한다고 자부하는 그들에게, 역겨운 속물짓을 어서 집어치우라고 외친다. 잔과 대접의 외양은 깨끗하되 그 안에는 탐욕과 방탕으로 가득하다고 꼬집는다. 너희는 회칠한 무덤 같아서, 겉으로는 아름답게 보이지만, 그 속에는 죽은 사람의 뼈와 더러운 것들이 득실댄다고 일갈한다.

또한 예수는, 비싼 향유가 담긴 옥합을 깨뜨려 자기의 발을 닦는 여인의 경배를 주위의 비아냥을 물리치고 받는다(이는 〈마가복음〉 〈마태복음〉 〈누가복음〉 〈요한복음〉에서의 내용이 제각기 서로 간에 크고 작게 다르다. 요컨대 〈마가복음〉과 〈마태복음〉에서는 여자가 예수의 머리에 향유를 붓지만 〈누가복음〉과 〈요한복음〉에서는 예수의 발에 향유를 붓는다. 또 그 주체자와 행위의 뜻하는 바에서도 마찬가지로 차이점들이 있다. 그러나 한 여인이 고가의 향유를 담은 옥합을 깨뜨려 예수를 대접한 것만큼은 같다). 이것은 붓다가 남의 호의를, 그 참뜻을 거절해서는 안 될 때도 있다고 제바달다에게 가르쳤던 것과 일맥상통한다. 일찍이 붓다에게 한 백성이 찾아와 자기가 지은 고운 옷 두 벌을 바쳤다. 붓다는 이를 가난한 사람들에게 나누어주려고 했다. 그러자 그 백성이 너무도 섭섭하게 여기며 그럼 한 벌만이라도 입어달라고 간청하니까, 그럼 그렇게 하겠노라 허락한다. 예수와 붓다, 그들은 세속의 소도구들 때문에 마음과 진리의 본질을 무시하는 답답한 원칙주의자, 고약한 소인배들이 아니었다.

서기관과 바리새인들이 간음 중에 잡힌 여자를 예수 앞에 끌고 와서는, 모세의 율법에 의하면 돌로 치라고 하였는데 어찌하면 좋겠냐며 시험한다. 예수는 몸을 굽혀 손가락으로 땅에 뭐라고 끄적였다. 그리고 말했다. "너희 중에 죄 없는 자가 먼저 돌로 치라." 그는 다시금 몸을 굽혀 손가락으로 땅에 또다시 뭐라 끄적였다. 저희가 모두 양심의 가책을 받은지라 슬슬 자리를 피해 사라지니, 나중엔 오직 예수와 여자만 남았더라. 예수가 일어나서 여자 외에는 아무도 없는 것을 보시고 이르시되, "너를 고소하던 그들이 어디 있느냐? 너를 정죄한 자가 없느냐? 나도 너를 정죄하지 아니하노라".

나는 성경을 읽다가 가끔씩 못 견디게 궁금한 점들을 발견하곤 하는데, 그것들 중 나를 가장 괴롭히는 질문이 이 장면 안에 들어 있다. 그것은 다름 아닌 이것이다.

— 그때 예수는 두 번에 걸쳐 땅바닥에 뭐라고 썼을까?

5

…… 그러니 우리 인간이라는 짐승의 영혼이여, 여름 숲 큰 나무 아래 함부로 누워선 아니 될 일이다. 예수보다 오래 산 자가 있으면 그 목숨을 덤으로 알고 감사해라. 고통은 무명無明에 휩싸인 환幻이 받는 것이다. 나무아미타불 관세음보살.

(2002. 2)

죽은 이들과의 대화

이 글을 쓰고 있는 지금은 한 해의 마지막 날이 얼마 남지 않았다. 입김이 번진 차가운 유리창 속의 겨울밤이 부끄러운 영혼을 깊이 가라앉힌다.

무심코 앨범을 뒤적이는데, 이제는 유명을 달리한 사람들과 함께 찍었던 사진들이 군데군데 눈에 띈다. 며칠 전 밤에도 나는 어느 누이의 영정 앞에 서 있었다. 자동카메라로 찍은 서너 장의 사진들 안의 그녀는 병들기 전의 깨끗한 얼굴로 내 취한 얼굴 곁에서 웃고 있다. 그러나 눈을 감으면 통통하고 구릿빛이 도는 그녀의 얼굴이 아니라 간암에 피골이 상접하고 푸르게 타버린 그녀의 얼굴만이 떠올라 괴롭다. 그것은 만신창이가 되어 사라진 어머니의 경우도 마찬가지이니, 숨어서 앓다가 난데없는 부음으로 작별인사를 건네주신 한 스승께는 도리어 감사할

지경이다. 극도의 이기심 안에서, 나는 그분을 평소의 건강한 모습으로 기억할 수 있기 때문이다. 하지만 가끔 길을 걷다가 문득, 그래서 더욱 섭섭하고 가슴이 아파오는 것은 왜일까.

어른이라는 피곤한 벼슬이 어색하지 않은 나이가 되어서인지, 세상을 등진 사랑하는 이들이 열 손가락을 조용히 넘어버렸다. 부처의 말씀처럼 사바는 사고팔고四苦八苦의 세계이다. 태어나는 고통이 있고, 늙는 괴로움이 있고, 병들고 죽어가는 고통, 또 사랑하는 사람과 헤어져야 하는 괴로움과 미워하는 사람과 함께 살아야 하는 괴로움, 바라는 것을 얻을 수 없는 데서 오는 괴로움, 부귀영화를 잃는 괴로움이 있다. 형체가 있는 것이나 없는 것이나, 다리가 없는 것과 두 다리로 서는 것과 네 발로 기어가는 것에게 이런 온갖 괴로움들이 있다. 나는 부처가 미워하는 자와 함께 살아야 하는 괴로움을 빼놓지 않은 것에, 놀란다. 과연 모든 성인들은 예민하고 꼼꼼하다. 마음이 약하지 않았다면 왕자는 궁궐을 떠나지 않았고, 목수는 하나님의 부르심을 듣지 못했으리라.

철없던 시절에는 사실 죽는 게 별로 무섭지 않았다. 죽음이 한낱 관념이었던 까닭이다. 흡사 그것은 막대사탕과 같았다. 그때 나는 죽음이라는 공상을 탈진시키며 아름다운 문장만을 탐했지만, 나이를 먹어간다는 것은 관념의 유희를 두고두고 핥아먹을수록 꿈이 거의 다 소멸해버리는 것을 뜻한다. 그 와중에 나는 가능한 한 헛된 수사들을 버리고 단순한 본질을 추구하게 되었다. "문장이 궁극에 달해도 별로 기이할 것이 없다. 다만 알맞음에 그칠 뿐"이라는 《채근담》의 진리는 내게 죽음을 현실로 받아들이게 했다. 막대사탕은 녹아 사라지고, 그것을 그렇게 행한 내가 오롯이 남은 것이다.

생이 아무리 비극적이고 그 끝이 허무할지라도, 신학자 폴 틸리히의 주장처럼, 인간은 비극이 없이는 제대로 살지 못한다. 비극은 고통스럽지만 우리를 진지하게 만들기 때문이다. 고통과 염려는 다른 것이다. 고통은 인간을 강하게 하고, 슬픔을 알게 하고, 사랑하는 법을 숙고하게 하고, 겸손을 가르치고, 스스로 있게 하지만, 염려는 아무런 일도 하지 못한다. 염려는 오늘을 쑥대밭으로 유기하고 내일에 불을 지른다. 염려는 고통을 괴물로 둔갑시키고 나를 겁먹게 한다. 왜소하게 만든다. 그래서인지, 성경에는 오늘 고민은 오늘 족하다고 쓰여 있다.

새해에는 이런 소망을 가져본다. 이것은 절대자에게 구걸하는 기복祈福이 아니다. 서러운 내가 나약한 내 자신에게 주는 복음이다. 나여, 없는 염려를 물리치고 있는 고통을 사랑하라.

내가 사랑했던, 아직도 사랑하고 있는 그 사람들처럼 나도 언젠가는 죽겠지. 뜬눈으로 침대에 누워 이 세계의 밑바닥으로 천천히 떨어져 내리듯 어두운 천장을 마주 대하면, 바로 거기에, 내가 알 수 없이 두려워 떨고 있는 이 시공간에는 존재하지 않게 된 여러 정다운 얼굴들이 서려 있다. 잊힌 기억 안에서 유독 저 혼자 강해지는 추억은 너무 아름다워 견딜 수가 없다. 나를 늘 걱정해주었던 그들이 다시 내게 속삭인다. 너는 너무 생각이 많아. 어떤 것도 영원하다면 옳지 않은 거야. 아, 그래서 이제는 곁에 없는 저들이 천국보다 그리운 것일까. 자리에서 일어나 창밖을 보니, 어느새 새해의 새날이 밝아 있다.

(2004. 1)

수첩과
길 위의 자화상

이 자화상 이전에 나는 내 손으로 내 얼굴을 두 번 그려본 적이 있다. 스스로 제 얼굴을 그린다는 것은 결코 옳은 일이 아니다. 죄인은 누군가에게 고백을 할 수 있을 뿐, 제 손으로 제 얼굴을 그려서는 안 되는 것이다. 만일 간신히 그릴 수 있다고 한다면 아마도 그것은 뒷모습 정도일 것이다. 그러나 자신의 뒷모습을 제대로 아는 사람이란 타인에게 뼈아픈 고백을 하며 제 눈동자를 들여다볼 수 있는 사람만큼이나 흔치 않다. 그러니 어찌 스스로의 '불가능한 얼굴'을 그릴 수 있겠는가. 감히 그 얼굴을 그린다고 하더라도, 제 뒷모습도 모르면서 제 얼굴을 안다고 착각하는 그 오만으로부터 더욱 참담한 죄가 시작되고 말 것이다. 우리의 뒷모습은 우리의 얼굴로 가는, 좁지만 유일한 길이다. 나는 내 구원에 대해서는 잘 몰라도 내 죄에 대해서라면 적어도 신이 아시는 만큼은 알고 있다. 삶이 수수께끼가 되어갈수록 인간은 살아남기 위해 스스로에 대해 아는 척을 해야 한다. 그리하여 종국에는 자화상을 그리는 죄까지 짓게 되는 것이다. 자화상은 구원의 물건이 아니다.

스물일곱 살이었다. 긴 세월 앓던 어머니가 덧없이 돌아가신 지 얼마 되지 않았을 때였다. 나는 어느 지방 도시의 기차역 벤치에 앉아 있었다. 초겨울이었고, 언제나처럼 그때도 혼자였다. 나이를 먹어도 변하지 않는 단 한 가지의 진실이 있다면 인간은 누구나 늘 혼자라는 것이다. 나는 외투 안쪽에서 수첩을 꺼내 충동적으로, 어쩌면 조용한 장난을 치듯 내 얼굴을 그렸다. 어머니의 병실로부터 몇 년 만에 해방되고 나니 막상 세상 어디에도 갈 곳이 없었다. 나는 그 작은 수첩의 어느 갈피에 파란 볼펜으로 그려 넣은 내 얼굴을 그 자리에서 찢어버렸다. 자화상은 위로의 물건이 아니다.

3, 4년 전쯤이었다. 나는 누군가의 집 앞에 오랜 시간 우두커니 서 있었다. 감정은 이미 허물어질 대로 허물어져 있었다. 역시나 혼자였던 나는 문득 흙바닥에 검지로 내 얼굴을 그렸다. 그때 내 인생에는 치욕밖에 없었다. 나는 화가 많이 나 있었고 그냥 이대로 이렇게 사느니 차라리 확 죽어버리고 싶은 마음이었다. 만약 밤이 약간만 더 어두웠거나 바람이 종종 불어주었다면 충분히 그랬을 수도 있었다. 의외로 삶은 과자보다 부서지기가 쉬운 법이니까. 나는 아주 간단한 선만으로 그려진 내 얼굴을 한참 내려다보다가 그 길에서 유령처럼 벗어났다. 그 얼굴은 누군가의 발에 밟혀 지워져버렸거나 먼지, 혹은 빗물에 휩쓸려갔을 것이다. 타인의 기억 속에 살고 있는 타인의 삶이 대부분 그러하듯이. 자화상은 상처, 그 이상이 될 수도 있는 물건이다.

그리고 오늘 나는 이렇게 세 번째 자화상을 그렸다. 이것은 수첩이나 길 위의 자화상처럼 몰래 찢어버리거나 유기할 수가 없다. 이 자화상은 다른 이들에게 보여주기 위해 그린, 그야말로 불온한 자화상이다. 나는 아직도 내가 누구인지 모른다. 그리고 아직도 내 손으로 내 얼굴을 그린다는 것이 결코 옳은 일 같지 않다. 이렇게 몸을 팔 듯 자화상을 그리고 말았으니 이제 내 내면은 완전히 파괴되었다고 보아야 할 것이다. 언젠가는 산문만 쓰고 시는 단 한 줄도 쓸 수 없게 될지 모른다. 자화상은 온당한 물건이 아니다. 제 손으로 제 얼굴을 그렸다면 나는 나의 타인이 되고 마는 것이니까. 그러나 나는 죽기 전에는 절대 나 자신의 타인이 될 수가 없다. 만약 내가 나의 타인이라면 나는 나를 아주 멀리 떠나버릴 작정이기 때문이다. 이 자화상은 수첩과 길 위의 자화상이 아니다. 나는 선을 넘었다.

(2009. 6)

내가 슬퍼하는 것과
나를 모독하는 것

나는 여러 문학적 계보들을 한꺼번에 이어받았다. 그 근거는 당연히 내 스승들의 정체성에 의해 결정된다. 내가 이런 일견 고리타분해 보이는 말을 태연히 내뱉는 까닭은, 만약 모종의 유학적儒學的 전통이 없었던들, 예를 들어 조선이 망한 뒤 우리 문인들이 별안간 한자가 아닌 한글로 저마다의 근대시들을 마구 써대며 요리조리 서양 현대시인 행세를 하기란 불가능했을 것이기 때문이다. 아무튼 나의 시는 주자학으로 치자면 노론(미당 서정주—문학비평가·시인 김시태)과 소론(시인 김수영—독어학자·시인 박상배), 북학파(독문학자·시인 김광규)의 상호 이질적 문맥文脈들이 혼돈처럼 흘레붙어버린 자리로부터 나왔다. 부모를 선택할 수 있는 자는 아무도 없기에 나는 나의 문학적 태생에 아무런 불만이 없다. 다만 나처럼 피가 복잡한 시인들의 경우 조선시대 당쟁 중에는

다 죽임을 당했다고 한다.

나는 내 스승들로부터 문학의 기술, 문단생활의 요령 따윈 어림 반 푼어치도 가르침받은 적이 없다. 그들은 내가 노상 술이나 처먹고 방황하는 꼴이나 멀리서 지켜보는 둥 마는 둥 하였다. 다만, 문학의 길은 스스로 찾아나가는 제 길이지 누구를 따라가는 남의 길이 아니다, 바로 이것이 그들의 공통된, 유일한 메시지였을 뿐이다. 나는 들판에 홀로 버려진 아이처럼 악으로 깡으로 자랐다. 나는 인간보다는 늑대에게서 배운 것들이 더 많다. 이제 와 돌이켜보건대, 내가 스승들에게서 전수받은 바는 다른 누구의 어떤 문학이 아니라 모든 문학에 대한 어떤 태도와 뉘앙스 같은 것이었고 그것은 아마도 인간과 세계에 대한 명징한 안개 같은 슬픔이 아니었을까 싶다. 그들은 그래서 내게 무정한 스승이 아니라 정직한 타인답게 무심했던 것일 게다. 하여 결국 나는 그들이 내게 원했던 바대로, 내 문학을 그 누구의 지배도 받지 않고 오로지 나처럼 해왔다. 나는 늑대와 개를 구별할 수 있게 되었던 것이다.

나는 학사와 석사까지는 독일문학을, 박사과정에서는 한국문학을 전공했다. 내가 등단할 무렵까지만 해도 시나 소설을 창작하는 문학연구자들이 그다지 많은 편은 아니었다. 교수님들은 내게 예술가의 문학과 학자의 문학은 상충할 수 있다는 걱정을 자주 해주시고는 했다. 요컨대 장차 교수가 되면 좋은 시나 소설을 쓰기는 어려울 거라는, 설마 저주일 리는 없는 짜증나는 충고였다. 학업을 그만두어라, 그렇지 않으면 작가로서의 너는 망한다, 뭐 대강 그런. 그리고 그 고마운 말씀들을 해주시는 내 교수님들은 예외 없이 시인이거나 소설가였다. 하긴 이해가 안 가는 것도 아니었다. 교수인 작가들이 시시한 글을 쓴다는 것은 문단과 대중의 거의 일치된 평가였다. 나는 내 스승들과 내가 노름꾼이거나 마약 중독자처럼 느껴졌고, 어쩌면 그것이 우리가 우울하게 모여 있는 가장 큰 재미였는지도 모르겠다.

하지만 정작 나 자신은 내가 대학원에서 공부하고 있는 게 작가로서 전혀 어색하거나 부담이 되지 않았다. 물론 여태 공부라고는 독문학과 석사학위논문 쓸 때 말고는 제대로 해본 적이 없지만, 다양한 문학이론들을 접하면 접할수록 그것이 창작에 직접적인 도움까지는 안 되더라도 왠지 편한 옷을 더 편한 옷으로 갈아입는 것 같았다.

나는 비교적 일찍 시간강사를 시작했고 역시 비교적 일찍 전임강사가 되었다. 와중에 내 인생은 여러 가지 사정들을 따질 필요도 없이 지옥의 밑바닥을 박박 기고 있었고, 나는 더 이상 문학만을 해서는 도저히 내 문학을 지킬 수 없다는 끔찍한 현실 자각 속에서 그때까지 단 한 번도 기웃거려본 적 없던 영화 쪽으로 온몸을 옮겨갈 수밖에 없었다. 그것은 내게 그야말로 사생결단이었다. 나는 훗날 어느 정도 내 목표가 달성되면 그 시절과 이후 내가 겪어야 했던 모든 일들에 대해서 한 권의 책을 엮을 계획이고, 아마도 그것이 내 최고의 베스트셀러가 되지 않을까 하는 우스운 생각도 가끔 해본다. 나는 정말이지 몇 번의 죽을 고비를 넘겼으며 그건 내가 풀어낼 수 있는 가장 기발한 이야기가 될 테니까. 아무튼, 평소에도 날 별로 좋아하지는 않던 총장님은 내가 처음 써보는 사표에 날짜를 기입했다는 것이 괘씸해, 1년에서 딱 한 달 모자라는 11개월 만에 그만둔다는 이유로 퇴직금을 지급하지 않았다. 물론 지옥의 밑바닥에서 그쯤은 꽤 유쾌한 일에 속했다. 문학을 떠나 있는 동안 나는 내 스승들이 그리웠지만 차마 찾아가볼 수 없었다. 그렇게도 사랑하던 내 문학이 나를 모독하고 있었기 때문이다. 내가 그들의 제자가 틀림없다면 나는 나 자신을 이겨낸 다음에 그들 앞에 다시 나타나야 했다.

작년 여름 무슨 추천서 때문에 한 스승과 호텔 커피숍에서 한참 한담을 나누었는데, 나는 마치 우리가 망한 나라의 유학자들처럼 여겨져 몹시 슬펐다. 나는 아주 어렴풋한 계기로 사춘기의 어느 순간 작가가 되리라는 꿈을 품었더랬다. 그리고 스무 살 즈음에 시인이라는 너무 황당한 직업을 너무 난데없이 가져버렸던 것이다. 문학은 나에게 문학이 아니라 국가이자 종교였다. 그 점을 이해 못한다면 나라는 괴물을 이해 못한다. 새로운 세기의 새로운 시대는 다 늙어버린 스승과 어느덧 중년이 된 제자를 함께 모독하고 있었다. 그 모멸감이 우리의 인문학적 혈연이었다. 나는 스승과 헤어지며 이것이 궁금했다. 나라는 존재는 내 스승에게 어떤 의미일까? 쪼그라든 그의 등을 보면서 내가 살아갈 나의 21세기가 막막했지만, 지금이라도 누군가 내게 문학이 무엇이냐고 묻는다면 나는 글쓰기란 그저 피가 마르고 뼈가 쪼개지는 막일이라고 말할 것이고, 나의 스승과 침묵으로도 대화할 수 있었던 문학의 시간들을 자랑스러워할 것이다.

내가 죽음 같은 위기에 처했을 때 나를 기적처럼 변화시켜 기어코 다시 자존을 되찾게 해준 것은 다름 아닌 반성이었다. 평생 잊지 않을 것이다. 나는 엎드려 지옥의 밑바닥에 가만히 귀를 대고 불구덩이 같은 내 목소리를 들었다. 너는 애초에 왜 문학을 하려 했는가? 내 대답은 간단했다. 자유. 그랬다. 나는 그 어떤 고통 속에서라도 자유를 잃지 않는 인간이 되고 싶어서 문학을 창조하는 작가가 되었다. 그런데 언제부터인가 그 문학이 나를 가장 부자연스럽게 만들고 있었던 것이다. 그때 만약 내가 그것을 깨닫지 못해 문학을 내려놓지 않았더라면 나는 지금 이렇게 여전히 문학을 하고 있을 수 없었을 것이다. 문학은 아름다운지 몰라도 문학을 하는 것은 아름답지 않다. 그것은 고아가 되는 길이고 중노동의 길이다. 문학의 스승은 문학 말고는 없다. 사랑한다는 것은 결국 슬퍼하는 일이고 우리는 그 슬픔을 무기 삼아 비바람 몰아치는 세상의 모독과 목숨을 걸고 싸워내야 하기 때문이다. 그것이 바로 내 스승들의 위대한 가르침, 우리가 치러야 할 자유의 값인 것이다.

(2013. 8)

코끼리,
나의 코끼리

나는 코끼리가 좋다. 아마 세상 모든 동물들 가운데 제일 좋아하는 동물일 것이다. 물론 세상 모든 동물들 가운데 제일 싫어하는 동물은 나 자신을 포함한 인간이라는 동물이고. 왜 코끼리를 좋아하느냐고 내게 묻는다면 미워할 만한 것이 전혀 없어서 코끼리의 모든 것들이 다 좋다, 뭐 그런 식으로밖에는 말할 수가 없다. 원래 우정이란 그런 것이다. 특별한 이유가 있는 거 같기는 한데 막상 들먹이자니 왜 친한지 잘 모르겠고, 일단 서로를 믿기 시작했으니 서로에게 관련된 모든 것들이 전부 깨달음이 된다. 모든 것들로 시작해서 모든 것들로 끝나는 것, 그것이 사랑이고 우정이다. 다만 끝이 없기를 기도하면서 우리는 사랑도 하고 우정도 나누면서 세상을 살아간다.

나는 코끼리가 슬프다. 언젠가 코끼리가 문득 쓰러져 죽는 것을 보았는데, 그때 그 거대한 코끼리가 먼지바람을 일으키며 무너질 때 나는 마치 이 세계가 와르르 무너지는 듯한 충격을 받았더랬다. 나는 그날 그 순간 시인이 되었다. 아무튼, 코끼리와 나의 관계가 이렇다 보니 코끼리에 관한 어떤 농담까지 좋아하게 됐는데, 널리 알려질 대로 알려진 그것은 이른바 '코끼리를 냉장고에 집어넣는 3단계 방법'이다. 첫째, 냉장고 문을 연다. 둘째, 코끼리를 냉장고 안에 집어넣는다. 셋째, 냉장고 문을 닫는다. 보통 사람이 이 얘기를 처음 듣는다면 실소를 금치 못할 것이다. 만약 성품이 맑은 사람이라면 약간의 침묵 뒤에 박장대소를 할 테고, 배려심이 깊은 사람이라면 그렇게까지는 않더라도 미소 정도는 지어줄 만한 그런 얘기이다. 하지만 코끼리의 진정한 측근인 내게 이것은 화두이자 악귀를 물리치는 주문呪文이다.

가령 나는 난관에 부딪혀 심하게 지쳐 있을 적에 즉각 웅얼거린다. "냉장고 문을 연다. 코끼리를 냉장고 안에 집어넣는다. 냉장고 문을 닫는다." 그러면 정말이지 신기하게도 내 안 어딘가부터 은은하되 굉장한 힘이 솟구치고 정신이 또렷해지는 것이다. 이건 요술이 아니라 과학인지도 모른다. 정작 우리는 자신과 세상을 필요 이상으로 복잡하게 만들면서 좌절하기 마련이다. 내가 지금 뒤로 밀리고 넘어지는 이유는 지금 내가 생각하고 있는 그 이유가 아닌 것이다. 진짜 이유는 쪽지에 몰래 적어 내 마음의 수많은 서랍들 중 하나 속에 집어넣고는 까맣게 잊어버린 채 엉뚱한 이유를 내 실패에 들이댄다. 불문佛門에서는 이런 것을 두고 전도몽상顚倒夢想에 빠졌다고 한다.

결단코 인생에 궁극적인 성공이란 없다. 있다면 끝없는 문제 해결의 과정이 있을 뿐이다. 사실 우리는 언제나 냉장고 안에 코끼리를 집어넣으면서 이제껏 잘 살아왔다. 그런데도 우리는 그러한 스스로를 잘도 부정하면서, 막무가내로 절망하기 일쑤이다. 여기서 또 하나. 평소에는 그렇게 냉장고 속으로 쑤셔 넣기 힘들던 코끼리가 어째 수월하게 들어가지는 경우가 있다. 우리가 뻔히 알면서도 잘못을 저지를 때이다. 코끼리를 냉장고 안으로 집어넣고 냉장고 문을 닫았다. 그런데 갑자기 사방이 어두워진다. 어? 내가 냉장고 안에 들어와 있네? 내가 코끼리가 되어 냉장고 속에 갇혀버리고 만 것이다. 이러면 코끼리와 냉장고에 관한 이야기는 냉철한 선문답禪問答이 된다.

그러나 걱정할 게 없다. 밑바닥은 즐겁다. 잃을 것도 없고, 이제 올라갈 일만 남았기 때문이다. 우리는 성공 때문에 좌절한다. 하지만 오히려 우리는 실패를 통해서 더 많은 것들을 배우고 강해진다. 용기란, 그리고 능력이란, 나 자신이 누구인가를 내가 먼저 아는 것이고, 그런 나를 몰라주는 세상에게 내가 누구인지를 제대로 증명해 보이는 과정이다. 그리고 그럴 때마다 우리는 코끼리를 만나게 된다.

인생은 무섭다. 얼마나 무섭냐 하면 우리는 누군가 우리의 목숨을 구해줬다고 해도 금방 잊는다. 밑바닥의 유익은 사람들이 다 떠나버리니 그제야 누가 내 진짜 친구인지를 알게 되는 것이다. 그리고 그것이 이 세상이라는 것을 알아야 그나마 세상을 솔직하게 사랑할 수 있다. 희망이 없으면 살지 못하듯, 거짓말 같지만, 인간은 시련 없이는 뜻깊게 살지 못한다. 왜 자살하려 하는가? 그렇게 애쓰지 않아도 어차피 가만히 앉아 있으면 우리는 시간이 죽여주게 돼 있다. 이 미친 세상이 대체 어디까지 가는지 정도는 더 두고 봐야 되지 않겠는가 말이다. 게다가 명심해야 할 일이 하나 더 있다. 우리가 아무리 외롭다고 해도, 우리에게는 저마다의 마지막 친구, '나의 코끼리'가 곁에 있는 것이다.

(2013. 10)

나의 영웅

누구에게나 자신의 영웅이 하나쯤은 있기 마련이다, 라는 말은 틀린 말이다. 왜냐하면 사람은 영웅 따위 없이도 잘 살아갈 수 있고, 또 무엇보다, 이 세상에서 영웅으로 존경할 만한 이를 진실로 찾아볼 수 없다고 생각할 수 있기 때문이다. 그러나 나에게는 나의 영웅이 있다.

산악인 박영석 대장은 1993년 에베레스트를 국내 최초 무산소 등정함으로써 알려지기 시작했으며 그 한 해 동안 히말라야 8,000미터급 6개 봉우리를 등정하는 세계 최초의 기록으로 기네스북에 등재됐다. 이후 '세계 최초'라는 것은 그의 퍼스트 네임이 된다. 1993년부터 2001년까지 세계 최단기간(8년 2개월) 히말라야 14좌座 완등에 이어 2004년 남극점과 2005년 북극점을 정복함으로써 세계 최초 산악 그랜드 슬램(지구 3극점, 히말라야 14좌, 7대륙 최고봉)을 달성했다. 2006년에는 단일

팀 세계 최초 에베레스트 횡단 등반에 성공하고, 2009년에는 대원 5명의 소수원정대로 에베레스트 남서벽에 코리안 루트를 개척했다.

2011년 10월 18일, 박영석 원정대는 히말라야 안나푸르나 남벽에 새로운 코리안 루트를 개척 도중 6,500미터 지점에서 통신이 두절되며 실종됐다. 계속되는 수색에도 박영석 원정대를 발견하지 못한 수색대와 유족은 10월 30일 안나푸르나의 베이스캠프에서 위령제를 올렸다. 히말라야의 안나푸르나 남벽은 에베레스트 남서벽(8,850미터), 로체 남벽(8,516미터)과 더불어 세계 3대 난벽으로 꼽힌다.

박영석은 쉬운 루트를 버리고 남들이 가지 않는 어려운 길을 선택하는 '등로주의'를 추구했다. 그는 가족보다 가까운 여러 동료들을 그러한 와중에 잃었고 끝내 자신도 히말라야의 눈사태에 묻혀 사라졌다. 오래전 이미 그는 탐험가로서는 모든 것을 이룬 사람이었다. 그런데도 그는 죽을힘을 다해 새로운 도전에 임했다. 그는 서 있을 수 있는 힘만 있다면 아직 인간이 정복하지 못한 어디든 가겠다고 공언했다. 그는 "나는 단 1퍼센트의 가능성만 있어도 절대 포기하지 않는다. 그 1퍼센트 안에 무엇이 들어 있는지 아무도 장담할 수 없기 때문이다. 질 때는 마지막 1퍼센트까지 완벽하게 진다. 그래야 다음 도전에서 승리할 수 있다"라고 충고했다. 그는 놀라운 업적을 이룬 뒤 은퇴한 다른 모든 탐험가들처럼 평온한 여생을 보낼 수 있었다. 그런다고 그를 욕할 사람이 있을 리 없었다. 사람들의 머릿속에는 이제 그에게 산악인으로서 이룰 만한 다른 어떤 것이 있으리라 상상할 능력이 없었다. 그래서 그는 그들의 상상력의 한계를 깨부수러 남극으로 갔고, 북극으로 갔고, 지옥의 얼음 절벽에 코리안 루트를 개척했다.

그는 고작 전 세계 1등이 아니라, 유사 이래 인류 최고의 탐험가였다. 그는 아이들에게 꿈을 주고 싶어 했다. 어떤 분야에서든 새로운 것을 개척하는 모든 사람들은 아이들에게 꿈을 주는 탐험가라고 정의해주었다. 또한 그는 고백했다. "탐험가가 도전하지 않는다면 그는 더 이상 탐험가가 아니다." 박영석은 욕망이 아니라 자신의 실존 때문에 도전했다. 그는 비천한 인생에 휘말리지 않고 숭고한 영웅의 깨끗한 마지막을 세상 사람들에게 증명해주었다. 그는 닭들처럼 땅에서 죽지 아니하고 매처럼 솟아올라 아무도 모르는 하늘 속으로 눈보라와 함께 사라졌다.

내 책상 앞에는 박영석 대장의 친필이 표구돼 서 있다. 거기에는 내 이름과 함께, "세상의 주인은 없다. 세상의 주인은 도전하는 자의 것이다"라고 적혀 있다. 감히 누가 산악인 박영석 대장이 죽었다고 그를 모욕하는가. 그는 히말라야의 눈과 비와 바람, 태양과 구름이 되어 그의 친구들과 함께 살아 숨 쉬고 있을 것이다. 무언가를 너무 사랑하다가 죽어 아예 그것의 신이 돼버린다면 히말라야의 그가 바로 그러할 것이다.

또다시 어리석은 한 해를 마감하며 나의 영웅 박영석을 새삼 추모한다. 내 후회와 부끄러움에 어쩔 수 없는 눈물이 흐른다. 세상은 끝없이 우리를 비웃고 의심한다. "너는 못할 거야. 너는 딱 여기까지야. 너는 우리가 생각하는 그 안에서만 살다가 죽어야 돼." 박영석을 가슴에 품은 내가 그들에게 해줄 수 있는 대답은 단 하나뿐, "미안하지만, 그렇게는 못하겠다"이다.

환한 대낮에도 가만히 눈을 감으면, 우리의 무식과 무심함이 우리의 영웅을 벌써 잊어버렸든 말든 간에, 인류의 영웅, 박영석이라는 북극성은 어둠 속에 높이 떠 빛나며 우리를 격려하고 있다. 세상에 무너지지 말라고. 그 어떤 것의 노예도 되지 말라고. 세상의 주인, 바로 너 자신의 주인이 되라고.

(2013. 12)

죽음에 대한 작은 연구

눈 내리는 겨울밤 장례식장에서 이어진 언덕길을 홀로 걸어 내려갔다. 이승의 변방은 어항 속의 풍경처럼 아무 소리도 아무 의미도 없는데, 먼저 작고한 이들을 이리저리 멍하니 떠올리다가 문득 깜짝 놀라고 만다. 그들 가운데 몇몇의 마지막이 지금의 나보다 한참 나이가 어린 것이다.

서른 살의 시인 기형도는 종로의 한 심야극장 좌석에서 숨진 채로 발견되었다. 사인은 뇌졸중. 나는 어느새 그보다 15년 가까이를 더 살고 있는 것이다. 또한 나보다 일곱 살 위인 시인 함성호가 형님으로 모시던 시인 진이정은 폐병으로 요절했는데 나는 그보다는 10년 넘게 더 살고 있다. 이러한 경우들은 앞으로 내가 오래 삶을 버텨갈수록 차곡차곡 늘어갈 터이다. 쉰 살을 지날 즈음 나는 마흔아홉 살에 간암으로 돌아가신

문학비평가 김현을 떠올릴 것이고, 마흔여덟 살을 지날 즈음에는 그 나이에 여름밤 버스와 부딪혀 숨을 거둔 시인 김수영을 어쩔 수 없이 생각하게 될 것이다. 삼십대 초반에 영면하신 아버지를 회상하면 그보다 훨씬 나이 들어버린 자신이 너무 낯설게 느껴진다는 고백 아닌 고백을 하던 한 친구의 묘한 표정이 눈앞에 어른거린다. 내 어머니는 유방암으로 쉰네 살에 돌아가셨는데 그중 10년을 앓았다. 내가 내 어머니보다 하루라도 더 살게 되는 날 내 기분은 어떨까? 더 많은 삶이 주어졌으니 더 보람 있는 삶이어야 하는 건 아닌가 하는 의무감 내지는 뭔지 모를 미안함 대신 죽음이라는 거대한 혼돈 앞에서 무작정 가슴이 먹먹해진다.

이 쓸쓸함은 죽음에 대한 두려움일까, 아니면 삶에 대한 경각심일까. 지금 이 순간에도 대한민국에서는 2분마다 한 명꼴로 어디선가, 누군가, 어떤 이유로든 죽고 있다. 그야말로 모든 인간은 태어나는 그 순간부터 사형수인 셈이다. 우리가 스스로 원해서 태어난 것이 아니듯이 우리가 아무리 거부한들 죽음은 반드시 우리에게 찾아온다. 나는 우리 삶에 죽음의 그림자가 드리워져서는 안 된다고 말하고 싶은 게 아니다. 평소 우리는 왜 죽음을 잊고 사는 것일까?

토마스 만은 장편소설《마의 산》에서, "죽음을 종교적으로 다루는 유일한 방법은 죽음을 인생의 안목이라고 생각하는 것이다. 또한 인생의 신성을 해쳐서는 안 되는 요건으로서, 이해와 감동을 가지고 주시하는 것이다"고 썼다. 진정한 종교가 있다면 아마도 그것은 기독교나 불교나 이슬람교가 아니라 분명 죽음 그 자체일 것이다. 죽음은 무자비할 뿐 삶처럼 야비하지는 않다. 사람의 가장 아름다운 보석은 바로 죽음이다. 죽음이 없다면 인간의 삶은 빛나지 않는다. 영생을 누리는 그리스의 신들이 나약한 인간을 질투하는 것은 인간에게 죽음이 있기 때문이다. 소멸하지 않는 인간이 있다면 그것은 인간이 아니라 마네킹에 불과하고 그 아름다움은 아름다움이 아니라 지루함뿐일 것이다. 죽음은 삶을 값어치 있게 하고 절망 앞에서 희망을 각오하게 한다. 몽테뉴는《수상록》에 썼다. "죽음의 예측이란 자유의 예측이다. 죽음을 배운 자는 굴종을 잊는다. 죽음을 깨닫는 것은 모든 예속과 구속에서 해방되는 것이다."

자기 혁명은 고사하고 죄만 짓고 살다 보면 문득 공포가 밀려온다. 그런데 막상 삶과 죽음이 따로 있는 것이 아니다. 이것은 죽음의 공포를 극복하기 위한 궤변이 아니다. 우리는 반편으로 살아서도 안 되고 반편으로 죽어서도 안 된다. 완전히 살다가 완전히 죽어야 한다. 삶도 죽음도 단 한 번밖에는 없기 때문이다. 시간은 공평하지 않다. 시간은 우리 저마다의 심리와 실존 속을 다르게 흘러간다. 시간이 왜 이렇게 안 갈까, 나는 언제나 늙을까, 하는 상념에 젖어 있던 어린 시절의 내가 기억난다. 나중에야 알게 됐는데, 나이가 들수록 시간이 빨리 가는 것은 매일 보던 것만 보고 듣는 것만 들어 인생이 빤하기 때문이란다. 인생을 길게 사는 법은 순간순간을 새삼스럽게 발견하는 것일 게다. 소포클레스는 말했다. "가끔은 죽음을 생각하라. 그리고 곧 죽을 것이라 생각하라. 어떤 행동을 할 것인지 아무리 번민할 때라도 밤이면 죽을는지 모른다는 생각을 한다면 그 번민은 금방 해결될 것이다. 그리하여 의무란 무엇인가, 인간의 소원이란 어떤 것이라야 할 것인가가 곧 명백해질 것이다."

새해다. 죽음이라는 단 한 단어로 된 경전을 들고서 우리는 오늘이라는 새로운 날 위에 다시 서 있다. 우리는 죽는 그 순간까지 죽음이 인간을 대하듯 삶을 이겨내야 한다. 눈 내리는 겨울밤 장례식장에서 이어진 언덕길을 홀로 걸어 내려가는 것은 이런 것이다.

(2014. 1)

인간이라는
악마에 대한 고뇌

1995년도 제48회 칸 영화제 황금종려상 수상작 에밀 쿠스트리차 감독의 〈언더그라운드〉에는 동물원이 전투기들에게 공습당하는 시퀀스가 나온다. 철창과 울타리를 비롯한 시설들 대부분이 파괴되고 하나님의 피 같은 포연 사이로 상처 입은 온갖 동물들은 이미 죽어 널브러져 있는 다른 동물들 곁을 마치 지옥의 변방으로 유배된 유령들처럼 헤맨다. 대학 시절 작은 골방에서 군용 모포를 뒤집어쓰고 앉아 지직거리는 비디오테이프로 보았던 그 장면들은 너무나 충격적이고 끔찍한 나머지 그 고통이 아직도 내 뼈에 서늘히 새겨져 있다.

반면, 스티븐 스필버그 감독의 1998년 작 〈라이언 일병 구하기〉에서는 1944년 6월 6일 노르망디 상륙 작전 중 오마하 해변을 돌진하는 수만의 연합군 청년들이 독일군의 기관총 소사에 그야말로 추풍낙엽처럼

스러져가지만, 그다지 엄청난 인간적 비애의 감흥이 일진 않는다. 스필버그는 당시로서는 유행하지 않았던 핸드헬드 카메라기법을 과감히 사용하여 전장의 현실감을 극대화시켰는데도 말이다.

왜였을까? 내가 전자에서 훨씬 강력한 비참을 느꼈던 까닭은 대체 무엇이었을까? 나라는 신랄한 괴짜가 주제넘게 인간을 혐오하고 지나치게 동물을 연민해서일까? 아마도 그것은 전자의 경우가 내게 평소 무시하며 버젓이 살아가던 어떤 비참의 핵심을 화들짝 깨닫게 해주었기 때문이 아닐까 싶다.

가령 우리가 공장시스템 안에서 동물들을 도살하고 식품으로 가공하는 광경들을 일일이 목격한다면 분명 우리는 육식이라는 행위에 대해 감당하기 힘든 역겨움을 느낄 수밖에 없을 것이다. 조류독감이나 구제역을 방역하기 위해 동물들을 생매장시키는 작업에 투입되는 수의사들과 공무원들이 앓게 되는 정신질환 역시 동물들의 아비규환 따윈 아예 없는 것으로 치고 지내는 우리로서는 상상하기 힘들다.

생전에 성철 큰스님은 현대에 들어 엽기적 살인마들이 끊임없이 양산되는 것은 우리가 마구 능멸하며 잔인무도하게 잡아 죽이는 짐승들이 원한에 사무친 인간으로 환생해서라는 사뭇 무서운 법문을 남기셨다. 옛 백정들과 유목민들은 짐승들을 가능한 가장 적은 고통 속에서 꼭 필요한 수만큼만 죽였으며 심지어는 그들의 원혼을 달래기 위해 제사까지 올려주었다.

윤회가 실재하는지는 모르지만 그 윤회의 가치 서열은 이미 인간에 의해 전복된 지 오래다. 필경 동물들이 인간이라는 살생기계로 환생하기를 거부할 것이기 때문이다. 청년 싯다르타는 새가 밭이랑의 지렁이를 잡아먹는 것을 보고는 깊은 연민에 사로잡혀 출가하였다. 그러니 유기견 한 마리를 입양하는 것은 사찰과 교회에 억만금을 갖다 바치는 것보다 더 두터운 공덕과 사랑을 쌓는 길일 것이다.

당장 가만히 눈을 감아보라. 그러면 일순 어두워지고, 이 세계는 동물들의 절규로 가득 차 있다. 파스칼은 "인간은 신과 악마의 사이에서 떠다닌다"라고《팡세》에 썼고 "인간은 신이 아니면 동물이다"라고《정치학》에 쓴 이는 아리스토텔레스이지만, 인간이 동물 앞에서 신으로 행세할 때 인간은 오로지 악마일 뿐이다.

신이 인간을 지배하고 대신 인간은 동물을 제멋대로 처분해도 되는 권리를 부여받았다는 그릇된 신념의 그 폭력성은 인간 자신에게까지 자주 확장된다. 괜히 버나드 쇼가 "인간은 지구의 질환이다"라고 자조했겠는가. 인간의 역사는 인간이라는 종을 포함한 모든 종들에 대한 대학살의 역사다. 1945년 이후 지금 전 세계에는 1만9천여 개 이상의 핵탄두가 존재한다. 인류를 스무 번 이상 멸종시킬 수 있는 양이다.

신을 섬긴다면서 동물을 학대하는 인간의 태도는 사실 신이나 동물이나 다 지배하겠다는 참칭에 다름 아니다. "인간은 한 마리 벌레도 만들어내지 못하면서 수십 명의 신들을 만들어낸다"라고 몽테뉴는《수상록》에 썼다. 이런 문제들은 자칫 너무 우주적이어서 쉽사리 체념이라는 가짜 위로에 휩싸이기 십상이지만 인간은 스스로 인간임을 회의해보지 않는 한 그 어떤 근본적인 선량함도 얻을 수 없다.

"나는 신을 믿는다. 인간은 우주 최고의 존재가 아니다. 물론 인간은 만물의 영장도 아니다. 우리가 최고의 존재인 줄 안다면 우리는 가장 비참한 처지로 추락하게 될 것이다." 역사학자 토인비가 한 말이다. 동물에 대한 우리의 정당한 입장을 숙고해보는 것은 문명의 가치와 존엄을 점검해보는 귀중한 숙제일 것이다. "동물은 이름을 부르면 다가온다. 사람과 닮았다"라고 비트겐슈타인은 《반철학적 단장》에 썼다. 살과 피가 동물에게만 있는 것이 아니듯, 영혼은 인간에게만 있는 것이 아니다.

(2014. 3)

내가
감사하는 것

지금껏 나에게 일어났던 모든 불행한 일들에 감사합니다. 특히, 삼십 대 전체를 휘감고 있었던 그 혹독한 혼란과 괴로움, 더 좁혀져서는, 한국문단과 절연하고 문학마저 중단한 채 세상으로부터 숨어 있었던 저 어두운 시간들에 감사합니다. 사람들은 성공하고 싶어 합니다. 행복해지고 싶어 합니다. 그러나 큰 성공을 거두고 나면 항상 그 다음에는 예전보다 더 큰 허전함과 더 더러운 욕심이 찾아온다는 사실을 알기란 쉽지가 않습니다. 세상에는 좋은 일도 없고 나쁜 일도 없습니다. 좋은 일 안에서 나쁜 일을 보아야 하고 나쁜 일 안에서 좋은 일을 보아야 합니다. 좋은 일들은 다 나쁜 일들입니다. 나쁜 일들은 다 좋은 일들입니다. 빛과 어둠은 항시 한몸이 되어 다가옵니다. 어둠은 어둠이 아니라 무늬입니다. 고통은 고통이 아니라 우리의 색채입니다. 성공은 오히려 사람을 망치기가 십상입니다. 사람은 성공으로부터는 유익한 것들을 별로 배우지 못합니다. 오히려 실패를 통해서 앞으로의 삶을 견디게 해줄 훨씬 많은 것들을 배우게 됩니다. 성공이라는 단어는 성공이 아닙니다. 실패에 지지 않고 다시 시작할 수 있었던 나 자신이 곧 진짜 성공입니다. 나는 은유가 아니라 실제로 육체가 죽음 직전에 이를 만큼 고통스러웠습니다. 나는 너무나 끔찍하여 그 시기에 내가 겪어야 했던 모든 좌절들과 수모들을 지금 여기에 일일이 차마 기록할 수가 없습니다. 언젠가 내 인생 목표가 어느 정도 이루어지면 한 권의 책으로 담담히 쓰고 싶습니다. 이유는 단 하나, 그 경험들이 비슷한 과정 속에서 신음하고 있는 누군가에게 도움이 될 수도 있을 것 같기 때문입니다. 나는 바로 그러한 시기 때문에 영화와 드라마를 시작했고《국가의 사생활》을 쓸 수 있었으며 그것은《내 연애의 모든 것》으로 이어졌습니다. 그리고 지난 나 자신을 깊이 반성하고 어느 정도는 교정할 수 있었습니다. 나는 너무나 자랑스러워 그 시기에 내가 성취해낸 모든 자존의 보람들과 희망의 실체들을 지금 여기에 일일이 차마 기록할 수가 없습니다. 이제 저는 실패를 두려워하지 않습니다. 아무리 어려운 일을 당해도 그 어두웠던 시절의 면벽을 떠올리면 못할 일이 없고 못 참을 일이 없습니다. 어려우면 어려울수록 오히려 오기와 용기가 샘솟습니다. 중요한 것은 그러한 기적 같은 현상이 분노 안에서가 아니라 평온함 안에서 일어난다는 점일 것입니다. 이렇듯 전락으로부터 오직 제 힘으로 재기했던 경험은 그 어떤 성공의 사례보다 강력한 인생의 무기가 됩니다. 나는 나의 어둠을 빛으로 만들었고 그 빛은 소멸되지 않은 채 내 가슴에 고이 간직되어 있습니다. 나는 눈보라 속을 홀로 맨몸으로 걸어간들 그 빛이 있음에 간곡히 따뜻

합니다. 나는 치열하게 살다가 완전 연소될 것입니다. 나는 내가 이루고자 하는 꿈이 설혹 실패해도 재도전까지 포기할 만큼 나약하지 않습니다. 또 그 꿈의 실현이 어처구니없이 지연된다 하더라도 충분히 여유를 가질 수 있습니다. 무엇보다 나는, 예전의 나처럼 뿌리째 흔들리며 앓고 있는 사람들을 위로할 수 있게 되었습니다. 인생은 고달픕니다. 환멸과 공황의 연속입니다. 그것은 이미 아주 오래전 사대 성인들이 깨끗이 증명한 절대진리입니다. 그러나 실패에서 다시 일어나 봤던 사람은 새로운 실패 속에서도 보석처럼 빛나는 자신과 견고한 깨달음을 발견해내 기어이 아름다운 성공을 발화해낼 것입니다. 나는 그 가장 물리적인 요술을 부릴 줄 압니다. 이러니 어찌 이 놀라움이 기껏 감사하다는 표현으로 표현될 수 있겠습니까. 혹자는 그것을 역경 속의 혁명이라고도 부르는 모양입니다만, 나는 결국 사랑 때문에 그토록 괴로웠던 것이기에 오로지 그것을 사랑의 기쁨이라고만 부르고 싶습니다.

(2014. 9)

과거로부터의 해방

누구에게나 어려운 시절이 있다. 가령 사업을 하다가 하루아침에 망해버리는 것과 같은. 나도 그런 적이 있었다. 그때는 내 인생 전체가 한꺼번에 파괴된 듯해 극단적인 생각을 품기도 했다. 그러나 어쨌건 나는 다시 일어났고, 현재에 만족하면서도 꿈을 이루기 위해 하루하루 착실히 준비 중이다. 어쩌다 넘어진들 앞으로 넘어지면서 단 한 걸음이라도 쉼 없이 전진하려 한다.

아마도 사람의 가장 큰 병은 낙담이 아닌가 싶다. 바닥을 쳐본 자의 프리미엄은 좀처럼 낙담하지 않으며 타인의 고통을 연민할 수 있을 만큼 눈과 가슴이 깊어진다는 것일 게다.

아파보지 않은 자는 아픈 자의 처지를 절대 모른다. 남이 참 내 맘 같지 않을 적에, 그런 걸 두고 장 폴 사르트르는 "타인은 지옥이다"라고 표현한 게 아닐까. 낙담의 경험이란 후유증이 독해서, 겉으로는 분명 회복된 게 맞는데도 속으로는 여전히 잔뜩 곪아 있는 경우가 허다하다. 자신이 좌절 속에서 헤매며 저질렀던 어처구니없는 언행들이 고요한 시간일수록 억세게 찾아와 영혼의 나무를 뿌리째 뒤흔드는 것이다. 앙드레 지드는 이렇게 갈파했다. "우리의 피로는 사랑, 죄악 때문이 아니라 지난 일을 돌이켜 보고 탄식하는 데서 온다"라고.

그러나 기도하듯 바라건대, 이제 우리는 그러지 않았으면 좋겠다. 당신은 그때 힘들었음으로 이미 모든 과오에 대한 대가를 충분히 치른 것이다. 불완전한 세상에서 불안한 인간은 너무도 당연한 것이다. 과거로부터 자신을 놓아주어라. 삶은 오로지 현재밖에 없다. 과거는 망상이고 미래는 몽상일 뿐이다. 어두운 지난날은 아름다운 무늬를 수놓기 위한 어두운 실이었음을 명심하고 도리어 용기를 얻어야 한다.

세상에서 가장 어려운 일은 남을 용서하는 것이 아니라 자신의 과거와 화해하는 일이다. 당신이 그것으로 괴롭다면 당신은 이미 가치 있는 사람이다. 상처가 있는 사람만이 타인을 위로하는 초능력을 지니게 되니까. 지나친 자의식은 곧잘 자괴감으로 변질되고 만다. 지혜란 결국, 인간이 별것 아님을 순순히 인정하는 대자유의 감각이다. 당신의 영혼은 민들레 홀씨처럼 가벼워져야 한다.

(2014. 10)

신의 섬,
소년들의 바다

무슨 이유에선지는 모르지만, 나는 어려서부터 자연이 어색하고 불편했다. 사람들은 아름다운 풍광과 경치 속에서 형언할 수 없는 감동을 받는다고들 하는데, 나는 산속과 바다 곁에서 마치 감옥 독방에 갇혀 있는 듯한 갑갑함과 고독에 힘겨워하곤 하였다. 나름대로 나는 전 세계를 꽤 누비고 다닌 만만찮은 여행자이건만, 이번에 새삼 곰곰 따져보니 아니나 다를까, 그간 내가 돌아다닌 곳들이란 어느 나라의 어디든 거의 예외 없이 도시이거나 도시의 부근이었음을 깨닫고는 남몰래 쓴웃음을 짓고 말았다. 그 씁쓸함은 나라는 괴짜에 대한 자괴이기도 하려니와, 한편으로는 도시의 빌딩숲과 그 뒷골목에서 인간이라는 가장 복잡미묘하고도 괴로운 자연을 여행하고 있는 모더니스트의 어두운 자부심이 아니었을까.

필리핀의 보석 같은 오지 바타네스Batanes는 내가 원시 대자연을 일부러, 전격적으로 대면한 첫 경험이라고 해도 과언이 아니었다. 인천국제공항에서 저녁 8시경 출발한 나는 네 시간 반쯤 만에 마닐라국제공항에 도착했다. 열대의 밤에는 비가 내리고 있었고, 범죄의 기운이 흐르는 도시는 매혹적이었다. 나는 호텔에서 새벽까지 휴식을 취하다가 마닐라 국내항공선 터미널에서 경비행기로 옮겨 타고는 한 시간 반 정도를 더 날아간 아침에 바타네스 바스코 공항에 안착했다. 화산폭발로 생긴 절벽 밑 바다를 향해 내려가는 155개의 계단들이 있는 차와 전망대에서는 바타네스의 서해안이 한꺼번에 환히 육박해 들어오는데, 수평선 위 휴화산에 아이스크림처럼 얹혀 있는 구름들이 자아내는 아름다운 광경은 가히 초현실적이다.

바타네스의 자연경관은 굳이 이것저것 가릴 것이 없다. 어디서건 무엇으로건 그저 고개만 돌리면, 왜 필리핀 사람들조차 이곳을 천국의 섬이라 부르며 죽기 전에 한 번은 꼭 와 보고 싶어 하는지 금방 수긍할 수 있다. 바타네스는 가령 괌이나 태국처럼 관광지라는 인상을 주지는 않는다. 사람들은 아무런 의도 없이 본모습 그대로 순수하고 친절하며 자연은 국가에게도 이방인들에게도 훼손되지 않은 채 태초의 빛을 형형히 간직하고 있는데, 산 카를로스 보로메오 성당을 비롯해 유서 깊고 그림 같은 천주교 유산들이 그러한 경이에 경건함을 보탠다. 마하타오 등대, 타이드 등대와 더불어 세계적으로 유명한 바스코 등대는 나이디 언덕 위에 서 있어서, 나는 한밤 내내 그 아래서 술을 마시며 우주의 별자리들이 마구 끝없이 내게로 무너져 내리는 착각에 이가 시렸다. 나는 화창한 날 바타네스의 한 평범한 해변에 홀로 나가 수영을 하였다. 사람이라고는 나밖에는 안 보이는 바다에 둥둥 떠서 천국의 거울 같은 하늘을 마주하는 것은 마치 신의 얼굴을 매만지는 기분이었다. 유네스코 문화유산으로 지정된 차바얀 마을에서는 이바탄 원주민들의 문화를 고스란히 체험했다. 그것은 쇼가 아니라 진정한 날것의 전통이자 현재의 애틋한 생활이었다. 바타네스의 은은한 반전은, 아담한 호텔들과 정겨운 마을이 매우 깨끗하게 정돈돼 있어서 오히려 필리핀 본토보다 훨씬 집중력 있는 행정에 의해 관리되고 있다는 안정감과 평화로움일 것이다. 나는 갑자기 찾아든 태풍 때문에 예정보다 두 배나 되는 날들을 바타네스 안에 꼼짝없이 갇혀 있을 수밖에 없었는데, 어느 날은 우연히 만난 어부의 아이들과 윗옷을 벗고 열대우를 송두리째 맞으면서 한참 농구를 했다.

이윽고 아이들은 물방울 꽃이 파도치는 바다를 천진한 웃음이 묻은 손가락으로 가리키며 저리로 함께 뛰어 들어가 놀자고 너무도 태연하게 말했다. 나는 머뭇거리다가, 녀석들의 머리를 쓰다듬어주고는 젖은 운동화를 든 채 맨발로 걸어 숙소로 돌아가고는 있었지만, 바로 그 순간부터 그 소년들의 이야기가 내 남은 생의 화두가 되리란 걸 잘 알고 있었다. 만약 우리가 아름다운 풍경만을 보고자 원한다면, 차라리 그보다 더 아름다운 꿈을 꾸는 것이 한결 나으리라. 그러나 그토록 아름다운 꿈 같은 풍경 속에서 감각의 촛불을 두 손 모아들고 어두운 우리 자신의 영혼 속으로 떠날 수 있는 것이 가장 아름다운 여행이라면, 나는 바타네스에서 바로 그러한 여행을 하였다. 서울로 되돌아오는 비행기 안에서 나는, 이제 더 이상은 자연을 버거워하지 않을 수 있을 것 같았다. 천성 같은 상처와 한계는 때로 뜻하지 않은 사랑에 의해 치유되고 극복된다.

(2014. 10)

아름다운
소외

한 인간으로서 가장 견디기 힘든 감정은 무엇일까? 특히 젊은 시절이라면? 만약 그가 예술가라면? 그러나 그것은 굳이 청춘과 예술에만 국한되는 이야기는 아닐 것이다. 삼십대 초반의 일이다. 나는 세상이 작가인 나를 제대로 인정해주지 않는다는 섭섭함을 넘어선 분노에 시달리고 있었다. 나는 너무 어린 스무 살에 문단에 나와서 아는 것이라고는 오로지 문학밖에는 없었고, 문단은 나의 집이자 학교이자 직장이자 놀이터이자 병원이자 우주이자 감옥이었다. 나는 세상살이에 대해서는 순전히 어리석고 무능했으며 문학에 있어서는 거의 원리주의자에 가까우리만큼 고지식해 골치 아팠다. 그런 나는 내가 목숨을 걸고 꽤 좋은 것들을 써내고 있음에도 뭔가 조직적으로 부당하게 외면당하고 있다는 판단에 괴로웠다. 아무리 예술이란 소인배들의 영역이라지만, 그런 불만으로 가득 차 있는 심정에 좋은 일들이 깃들 리 만무했다. 나는 열심히 하면 할수록 늪으로 빠져 들어갔다. 그렇게 휘청거리던 어느 날의 깊은 밤 나는 집에서 혼자 소주를 마시다가 모로 드러누워, TV 속 음악전문 프로그램에서 한 여가수가 노래하는 것을 멍하니 바라보고 있었다. 그녀는 그리 많지 않은 팬들을 거느리고 자기만의 음악세계를 고집하는 아티스트였는데, 문득 나는 누가 시킨 것처럼 일어나 한쪽 벽면을 꽉 채우고 있는 CD들로 다가가 소장하고 있는 그녀의 작품들을 손으로 짚어보았다. 열한 장이나 되었다. 순간, 나는 야릇한 깨달음에 휩싸였다. 아, 내가 저 여가수를 지지하는 것은 그녀의 음악만이 아니라 그녀가 겪고 있는 어떤 소외까지를 함께 존경하고 사랑하고 있는 것이로구나. 세상의 모든 일들에는 빛과 어둠이 공존하며 대가를 치르지 않고 얻어지는 것도 없다. 만약 당신이 어떤 가치 있는 일을 하면서도 외로운 사람일 때, 세상 어디에선가는 그녀에게 내가 그러했던 것처럼, 누군가는 반드시 당신을 응원하고 있다. 당신이 감당하는 그 소외는 당신의 권위이자, 당신이 가지고 있는 보석들 중 가장 아름다운 보석이다. 내가 사랑하는 그 여가수의 음악이 세상에서 앓고 있던 그 빛나는 소외처럼.

(2014. 10)

펜에 대한 것도, 칼에 대한 것도 아닌, 펜과 칼에 대한 감사

설명하기 힘들고, 또 설명한다고 한들 나 아닌 다른 사람들이 이해하기 어려운 일들이 누구에게나 한두 가지쯤은 있기 마련입니다. 어리석기 그지없어 괴팍한 나는 그런 것들이 너무 많아 외로운 사람입니다.

지금 말하려는 것도 그런 사례들 중 하나인데, 스무 살에 시인으로 등단했던 나는 최고의 시 한 편만 쓰고 한시바삐 요절하는 편이 낫다고, 그것이 곧 시인의 길이라고 생각했더랬습니다. 워낙 타고난 기질이 천방지축 탐미적이기도 하거니와, 나는 20세기 문학의 기풍들 가운데 하필 유독 그런 것에 경도되었고, 내가 사회 혁명을 도모하는 좌파 시인이 아니라면 오히려 그러한 극단적 선택이 솔직하고도 담백한 문인의 삶이라 여겼던 것입니다. 어느덧 문학의 시대가 가버린 지 한참인 요즘 친구들이 들으면 또라이라는 비난을 사기 십상이겠으나, 엄연히 그것은 현대문학의 순수하고도 면면한 한 유파이기도 했습니다.

아무튼, 나는 이십대를 온통 술과 미친 짓들로 보냈습니다. 내가 원하는 시 한 편만 손에 쥐면 그날로 세상에서 사라져도 큰 불만이 없다고 떵떵거리면서, 사뭇 맹렬히 방황했던 것 같습니다. 그러나 결국엔 뜻한 대로 깨끗이 멋지게 죽지도 못하고 몸만 극도로 쇠약해졌는데, 하루 술을 마시면 사나흘을 시체처럼이 아니라 아예 시체가 돼버렸고, 술을 마시지 않아도 기껏 반나절조차 조근조근 걸어 다니지 못할 지경에 이르렀습니다. 더 속이 타는 노릇은, 그래도 아직 젊어서인지 병원에 가 정밀검진을 받으면 특별한 병증은 나오질 않는다는 점이었습니다.

그러던 어느 날, 정말 자포자기의 심정으로, 난생처음 운동이라는 것을 좀 해보자는 몽롱한 결심을 하게 됐습니다. 평생을 법학자로서 살아오신 내 부친은 태권도 창무관 관장으로서 공인 7단의 고수라는 독특한 경력의 소유자입니다. 그런데 참 이상하게도 부친은 어린 내게 그 어떤 운동도 훈육하질 않았기에 나는 서른 살이 다 된 그때까지만 하더라도 도장이라는 곳에는 발도 들여본 적이 없었습니다.

처음에는 격기도라는 것을 좀 해볼까 했는데 시인 함성호 형이 전화통화로 "네 성격에 격기도 하면 사고가 많이 일어날 터이니, 검도는 예의니까 검도를 해라"라는 별로 기분이 썩 좋지는 않은 충고를 하기에 무작정 검도를 시작했습니다. 이후 7년 남짓, 나는 진짜 미친 듯 검도수련을 했습니다. 도장의 문턱을 넘은 지 불과 서너 달 만에 몸은 완치됐는데, 너무나 당연하고도 정직한 일이었습니다. 진리는 단순한 법입니다. 몸을 학대했으니 몸이 망가졌던 것이고, 몸을 돌보니 몸이 회복됐을 뿐인 것입니다. 항상 우리가 온갖 핑계들을 대면서 우리 스스로와 주변을 속일 뿐이죠. 이후로도 줄곧 나는 지나치다 싶게 사범들과 일상마저 함께 보냈고 심지어는 도장을 거의 운영하다시피 했습니다. 어떠한 사연이 발생해 그들과 헤어진 다음에는 더 이상 칼이 보기가 싫어 한 4년 정도 권투를 제법 열심히 했습니다.

그러한 과정에서 나는 문학을 통해서 문학을 배운 것이 아니라 무도를 통해서 나의 문학을 새롭게 해석하고 정립할 수 있었습니다. 나는 몸이 영혼의 집일뿐만이 아니라 영혼이란 몸의 일부라고 믿습니다. 몸과 영혼은 우리가 살아 있는 동안 그다지 분리되어 있지 않습니다. 죽음을 깊이 인식하고 그 너머의 두려움을 극복하는 무도인武道人의 정신세계는 문학의 육체이기도 합니다. 문文이 없는 무武는 어리석고 무武가 없는 문文은 비열하기 쉽습니다. 나는 지금도 거의 외로운 늑대처럼 살아가는 편인데, 그럼에도 내가 세상과 이 정도로 겨루고 견디며 글을 쓸 수 있는 것은 나의 문학이 나의 무도武道와 한몸이기 때문이라고 믿습니다.

사람은 무엇이든 반성하고 배워 스스로를 갱신할 때 길이 열립니다. 나는 내 문학의 위기를 무도로 과감히 뚫고 나갔고 무도가 어려울 때는 문학의 깨달음으로 그 단계를 꾸준히 높여나갔습니다. 자칫 관념과 감상에만 젖기 쉬운 나의 기질을 냉정한 무도로 다스리며 지내고 있습니다.

나의 펜과 칼은 서로의 피와 살이자 하나의 뼈입니다. 나는 시인으로서만은 살지 않을 것이고 무사武士로서만으로도 살지 않을 것입니다. 나는 시인이자 무사로 살다가 죽을 것입니다. 나는 관에 들어갈 때 수의壽衣를 입지 않을 것입니다. 나의 시신은 검도 도복을 입은 채 화장장의 불구덩이 안에서 활활 재가 될 것입니다. 그것이 나의 문학이고 내 삶의 끝에 대해 내가 바라는 진실입니다.

(2015. 2)

2

광장에서

장진구

닫힌 사회와 그의 포르노들, 음란을 핑계로 한 문학검열에 대한 작은 논고

독서

한반도 통일 디스토피아 극복

위로를 거부하는 청춘

이상한 소설의 붉은 십자가

일그러진 거울에 관한 고찰

통섭과 융합이라는 이름의 악마

이명준으로 산다는 것의 괴로움

이상한 나라의 상징과 은유

자살의 예의

책과 혁명

말 못하는 짐승을 모함하는 관리들

우리들과 그는 정말 다른가?

지금 우리에게 보수란 무엇인가

지금 우리에게 진보란 무엇인가

지금 우리에게 중도란 무엇인가

지금 우리에게 국가란 무엇인가

지금 우리에게 민주주의란 무엇인가

미래를 위해 오늘을 슬퍼하며

지금 우리에게 지식인이란 무엇인가

파시즘에 대한 작은 명상

지금 우리에게 김구와 이승만이란 무엇인가

대한민국 진보 좌파를 위한 고언

지금 우리에게 20세기란 무엇인가

지금 우리에게 이념이란 무엇인가

지금 우리에게 통일 대한민국이란 무엇인가

지금 우리에게 인간이란 무엇인가

지금 우리에게 신문맹인이란 무엇인가

장진구

희대의 문제적 드라마 〈아줌마〉가 끝난 지 얼마 안 되었음에도, 벌써 '장진구'라는 이름은 사람들의 기억 속에서 희미해졌다. '장진구'가 한 재수없는 인간의 고유명사를 뛰어넘어서, 우리 사회 속물 지식인들을 대표하는 일반명사로서의 품위를 지니게 된 이유를 굳이 재차 설명할 필요는 없겠다. 다만 내가 궁금해하는 바는, 훨씬 더 길게 회자될 위력과 가치가 충분한 그 '장진구'라는 기막힌 단어의 아우라가, 어째서 일견 지나치다 싶으리만치 빨리 약해졌느냐는 것이다. 왜일까? 나는 이렇게 본다. 오히려 '장진구'의 아우라가 지나치게 강했던 탓이라고. 우리 주위에는 '장진구'들이 진짜로 많은 것이다. 강도들이 강도짓을 비아냥거리면서 유쾌하게 웃을 리 없다. 마찬가지로, 작은 '장진구'인 제자는 큰 '장진구'인 제 선생 앞에서 '장진구'라는 말을 아무런 부담없이 희화시키지 못한다. 우리의 '장진구'들은 은근슬쩍 이쯤에서 '장진구'를 철 지난 개그로 폐기해버리고 싶은 것이다. 또한 이 사회의 펜대를 소유하고 있는 자들이 대부분 '장진구'들이기도 하겠거니와, 고백성사와 거듭나기를 가장 꺼리는 부류의 금메달 자리에, 놀랍게도 정치가들을 제치고 그들이 우뚝 서 있는 까닭이다. 악보다 악한 것이 위선이다. '장진구'들이 출세하는 사회는 곧 인간쓰레기들이 성공하는 사회이다. 상식과 직관이 망가진 채로, 정직과 진심의 열정이 병신 취급당하는 세상이다. '장진구'들은 지금 이 글을 읽으면서도 남의 얘기하는 줄 알고 있을 것이다. 그들은 그토록 끔찍한 존재들이다.

(2001. 5)

• **〈아줌마〉** 2000년 9월 18일부터 2001년 3월 20일까지 매주 두 차례 방영되었던 MBC TV 드라마. 여기서 장진구이라는 인물은 불법임용된 속물 대학교수로, 주인공 아줌마 오삼숙의 남편이다.

닫힌 사회와 그의 포르노들,
음란을 핑계로 한 문학검열에 대한 작은 논고

1

지구상에서 포르노는 절대로 사라지지 않는다. 이것은 당위가 아니라 현상이다.

나는 어려서부터 최근까지 비교적 해외여행을 많이 한 편에 속한다. 도심 곳곳에 섹스숍이 즐비한 서유럽의 거의 모든 나라들 말고도 동구의 옛 사회주의국가들과 중화인민공화국의 뒷골목에서조차, 나는 포르노테이프를 호객하는 경직된 얼굴들과 자주 부딪혔다. 그러고 보면 포르노에 대한 인간의 취향과 호기심은, 굳이 우리의 세운상가와 신림동의 여관방들을 들먹이지 않더라도, 민족과 이념을 떠나 어느 정도 동일한 궤적과 행태를 이룬다. 결혼식이라든가 장례식까지는 아닐지라도,

예컨대 술과 도박이 그러한 것처럼 말이다.

더욱이 현재는, 유치원생들마저도 컴퓨터 앞에서 어른의 주민등록번호를 가지고 손가락 서너 번만 까딱하면 하드코어 포르노를 맘대로 접할 수 있는 복된 디지털 환경, 바야흐로 21세기이다.

아마도 인류 전체가 말살되지 직전까지는, 적어도 몇몇은 기어코 독립군처럼 포르노를 생산할 것이며, 그 나머지 가운데의 상당수가 그들이 뿌린 포르노를 음으로 양으로 소비할 터이다.

성선설과 성악설이 유구한 역사를 통해 여전히 팽팽한 긴장을 유지하고 있듯, 우리는 그 양 끝 사이에 놓인 무한한 점들과 똑같은 숫자에 비례해, 인간들이 복잡미묘한 모습들로 존재한다는 점을 간과해서는 안 된다. 누군가에게 종교와 헌법이 필요하다면, 그 누군가가 문을 안으로 걸어 잠그고 조용히 포르노를 볼 수 있는 자유 또한 귀중하다.

사람들의 손가락에서 술잔과 도박을 근절시킬 수 없는 것처럼, 어둡고도 휘황찬란한 그들의 도시로부터 포르노를 완전히 표백시킬 수는 없다. 설혹 음란물대책협의회가 UN평화유지군을 동원한다고 해도, 포르노는 영원히 사라지지 않는다는 것이다.

2

앞서 나는 당위가 아니라 현상이라고 밝혔다. 권리가 아니라 자유라는 단어로 표현하였다. 내가 포르노 산업의 융성을 주장하고 있는 게 아니라는 뜻이다. 딱딱한 제도가 아니라 피와 살의 본성을 이야기하기 위함이다. 다만, 사막을 향해 사막의 모래가 바닥을 드러내지 않을 것이라고 말하는 자의 심정으로 나는 다시 말한다. 우리가 발 디디고 있는 여기가 천국이 아니라 세상인 이상 포르노는 결코 박멸되지 않는다.

그런데 자꾸 갑갑한 위인들이 자기들 불안하다고 이것저것 포르노 축에도 못 끼는 것들을 끌어다가 포르노라고 우기면서 멋대로 재판하고 포승줄을 묶은 후에 감옥에 처넣고는 마치 신의 일을 대리 한 양 기뻐 날뛰고들 있다. “모든 창작활동은 감정과 꿈을 다루는 것이다. 그리고 이 감정과 꿈은 현실상의 척도나 규범을 넘어서는 것이다”라고 갈파했던 이는 자유의 시인 김수영이었다.

나는 감히 지금 이 자리에서 예술이냐 외설이냐는 식의 고전적인 토론을 벌일 의욕이 추호도 없다. 대한민국에서 그러는 것이 계란으로 바위치기에 불과하다는 열패감을, 나는 벌써 마광수와 장정일의 경우에서 익히 경험한 바 있다.

문제의 처음은, 공산당원도 아닌 그 두 작가들의 어깨에 붉은 별을 달아준 이들의 논리란 게, 진정한 보수주의의 철학적 기반에서가 아니라 단순무식과 과대망상에서 비롯한 무조건적인 신경질과 공포라는 사실이다.

이 사회 자체가 이미 포르노라느니, 한국인들만큼 위선적인 성문화에 억압받는 경우가 드물다는 식의 푸념 따윈 부질없다. “한 명이 굶어서 천 명이 빵을 먹을 수 있다면 그 한 명이 굶어야 하듯, 야한 예술작품으로 인해 한 소녀가 강간당할 개연성이 있다면 예술은 사라져야 한다”고 당당하게 요구하는 파시스트가 바로 저들이다.

게다가 가장 심각한 파국은, 저들이 포르노와 포르노 아닌 것을 잘 구분 못한다는 참담한 현실에서가 아니라, 이대로 용왕매진한다면 포르노 없는 순결한 사회를 이룩할 수 있다고 믿는 그 철없는 의지에서 온다.

우리는 지나치게 건전하고 씩씩해 보이는 것들을 조심해야 한다. 기껏해야 포르노에 벌벌 떠는 저 어른들의 부패한 내부를 차분히 연구해야 한다. 그 변종 파시스트들이 정말로 무서워하고 있는 것이 과연 무엇인지 알 수 있기 때문이다. 그것의 이름은 자유이다.

3

자본주의 국가의 입장에서 공산화가 두렵다면, 제일 좋은 해결책은 공산화를 두려워하지 않을 수 있는 양질의 자유시장경제와 자유민주주의 체제를 구축하는 일일 것이다.

마찬가지다. 포르노를 이기는 방법은 그 사회가 포르노에 대해 면역성을 지니는 것이다. 이는 그 사회의 일원이 자의에서건 타의에서건 포르노를 접한다 하였을 적에, 거기에 자아가 완전히 잠식되지 않을 수 있는 능력을 충분히 가졌음을 뜻한다. 나는 그것을 편의상 거칠게나마 '자기애'라 명명하고 싶다. 쉽게 말해, 스스로를 존엄하다고 여기고 미래에서 희망을 발견하는 자는 포르노 정도에 생을 함몰시켜 유기하지 않는다. 그에게 있어 포르노란 잠깐의 심심풀이이거나 세상의 한 풍경일 뿐인 것이다.

만일 한 사회가 포르노에 몰입하는 구성원들로 인해 어떤 위기에 처해 있다면, 정작 그것은 포르노 때문이 아니라 포르노에 몰입하는 사람들로 하여금 스스로를 사랑하지 못하게 만든 그 사회의 탓이다. 아무리 의학이 눈부신 발전을 거듭해도 감기와 더불어 살아가야 하듯, 어차피 현대의 인간은 포르노의 자장 안에서 벗어날 수 없다.

그렇다면 과연 이 나라의 어른들은 청소년들에게 예술의 아름다움과 가치, 그리고 진정한 생의 철학을 권하고 몸소 실천한 적이 있나? 그들에게 자기애와 자존심을 함양할 만한 교육을 마련한 적이 있나?

겨우 포르노에 난리를 피우는 머저리 같은 어른들의 가르침을 이제 아이들은 믿지 않는다. 사악한 폭력이 배인 근엄한 말투와 느끼한 눈빛으로 아이들을 오래도록 속일 수는 없다. 왜냐하면 그들은 곧 아파하며 소리칠 것이기 때문이다. 포르노를 겁내는 한심한 어른들로 가득 찬 세상에서 아이들은 이유 없이 범죄자라든가 사탄의 자식으로 내몰린다. 포르노 앞에서 대범할 수 없는 사회는 성숙하지 못한 사회이다.

포르노는 물리적으로 전멸시킬 것이 아니라 심리적으로 극복해야 할 대상이다. 이처럼 차선이 최선인 것은, 아까 전제했듯 인류사가 지속되는 한 포르노가 사라지지 않는 까닭이다.

따라서 세상의 음란성을 줄이는 길은, 쓸데없이 아이들의 눈을 가리느라 전전긍긍하지 말고, 우선은 인간 역시 생물학적으로는 동물이라는 사실을 겸허하게 인정한 상태에서, 어른들이 먼저 예술을 이해하는 시적인 시각과 품위를 갖추는 일일 것이다.

4

"어느 쪽이 더 불경한가? 섹스? 전쟁?"

"전쟁!"

저 유명한 래리 플린트와 군중들 간의 대화를 떠올리지 않더라도, 포르노에 대한 광적인 공포를 거세시킬 수 있는 방법은 의외로 간단하다. 무엇을 '포르노'로 단정해버리기 이전에, 과연 무엇이 '포르노적'인가를 고민해보는 것이다. 기표와 기의를 구분하라는 말이다. 기표가 포르노이어도 기의가 예술이라면 그것은 포르노가 아니라 예술이다. 반대로 기표가 예술이어도 그 기의가 포르노이면 그것은 포르노인 것이다.

이제, 내가 묻는다.

어느 쪽이 더 외설인가?

장정일의 꼴리지 않는 못 쓴 소설《내게 거짓말을 해봐》인가, 정치모리배들이 득실거리는 국회의사당인가.

나치즘인가, 뭉크의 그림인가.

무엇이 더 포르노인가?

서울의 야경을 공동묘지로 만들어버리는 붉은 십자가들인가, 아니면 가축들도 죽일 때에는 생명으로서 최소한의 대접을 해주었으면 좋겠다고 말하는 트랜스젠더인가.

누가 포르노 배우인가? 포르노 배우는 진짜 포르노 배우인가?

돈만 아는 의사, 불의한 법관, 사이비 언론, 종교 재벌…… 같은 것들은?

5

독일의 작가 지그프리트 렌츠Siegfried Lenz의 소설 《독일어 시간》에는 이른바 '회화금지'라는 것이 나온다. 이는 실지로 히틀러가 저질렀던 만행으로서, 나치의 예술론에 반하는 자유분방한 화풍의 화가들에게 그림 그리기를 금지시켰던 것을 가리킨다.

《독일어 시간》의 주요 등장인물들인 화가 난젠과 경찰서장 예프젠은 오랜 친구 사이였다. 어느 날 난젠에게 회화금지가 떨어지자 이를 그 마을의 경찰서장인 예프젠이 감시하게 되는데, 문제는 임무를 수행하는 예프젠의 태도가 말 그대로 장난이 아니라는 데에 있다. 그의 의무감은 너무나 광적이어서 심지어는 전쟁이 끝난 이후에도 예프젠의 그림들을 소각할 지경이다. 반면 화가 난젠은 나치의 회화금지에 저항하기 위하여 '보이지 않는 그림'이라는 것은 창안한다. 그것은 화가가 일부러 상당한 부분의 여백을 남겨두는 미완성의 그림이다. 화가 난젠은 이 완전히 그려지지 않은 그림들의 역설을 통하여 나치의 폭압에 저항하려 했던 것이다.

하지만 진짜 개그는 이제부터. 이 경찰관 친구가, 거기에 뭔가를 그려 넣었다는 화가의 농담을 곧이곧대로 믿고, 실지로는 아무것도 그려지지 않은 도화지마저 조사해야겠다며 빼앗은 것이다. 이에 화가는 한술 더 떠 수령증까지 교부해달라며 파출소장을 사람들 앞에서 놀림거리로 만들어버린다. 이 우스꽝스럽고 기상천외한 장면은 널리 알려진 안데르센의 동화 〈벌거벗은 임금님〉을 떠오르게 한다.

소설 《독일어 시간》에서 작가 지그프리트 렌츠는 아주 기발하고도 명쾌한 원인을 내세우며 제3제국의 도래를 분석하고 있는 듯한데, 그것이 바로 독일 민족의 해학성 부재, 곧 유모의 부족이다. 한마디로 일상의 사소한 파격조차 용인하지 못하는 독일인들의 고지식함이 히틀러에게 집권의 기회를 열어주었으며, 그것이 결국엔 전 인류적 페스트인 나치 파시즘의 창궐로까지 이어졌다는 시각이다.

굳이 예술정신이라 칭하지 않더라도, 예컨대 창조적인 사고체계는 파시즘을 향한 가장 효과적인 항체가 될 수 있다. 파시즘은 이성을 바탕으로 한 사상의 수준이 아닌 탓에, 긴장감을 완화하고 윤활해주는 정신의 숨구멍, 즉 생각이 자유롭고 다양한 사람들 앞에서는 속수무책이다.

따라서 렌츠의 전언은 오늘의 우리에게도 여전히 유효하다. 이 근엄한 위선의 대한민국 역시 유머가 부족하긴 마찬가지 아닌가. 그 경직성이 포르노를 단순한 포르노가 아니라 어마어마한 괴물로 만들며, 포르노적인 기표에 의해 예술을 표현하려는 예술가들을 탄압하는 빌미로 작용하고 있다.

파시즘과 포르노는 그 욕망의 구조가 같다. 우리가 포르노를 보면서 재미보다는 구역질을 느끼는 이유는, 보는 이와 보여주는 양측의 욕망이 일치해서이다. 파시즘 또한 그러하다. 히틀러의 욕망과 당시 독일인들의 광기는 일치했다. 그래서 나치즘에서는 역사적 구역질이 난다.

그러니 지금 이 사회에서 포르노적인 어떤 기표를 통해서 예술성의 은밀한 기의를 표현하려는 누군가를 억압하려는 세력이 있다면, 그들이 당장은 무엇이든 간에, 우리는 마땅히 그 딱딱한 표정을 향해 날계란과 거친 야유를 던져야 한다. 왜냐하면 그것이 가까운 미래에 우리가 사는 이 별을 으스러뜨릴 파시즘이라는 바오바브나무의 씨앗이자, 이 도시를 진짜 홍등가로 뒤바꿔놓을 하드코어 포르노이기 때문이다. 지구상에서 포르노는 절대로 사라지지 않는다. 이것은 당위가 아니라 현상이다.

(2001. 6)

독서

"좋은 책을 읽는 것은 과거의 가장 뛰어난 인물들과 대화를 나누는 것이다." 이렇게 독서의 이로움을 찬양하기란 별로 어려운 일이 아니겠지만 한편으로는 너무 빤한 소리 같아서 누가 해도 마찬가지일 듯싶다. "책을 읽는 데 시간을 보내라. 남이 고생한 것을 통해 자신을 쉽게 개선할 수 있을 것이다." 소크라테스의 말씀치고는 어째 좀 밋밋하다. 하긴 사람들은 약간 못되게 말하는 것을 도리어 재밌게 생각해주는 경향이 있다. 가령, "단 한 권의 책밖에 읽은 적이 없는 인간을 경계하라." 벤저민 디즈레일리가 했던 말이며, "훌륭한 독서인이 드문 것은 훌륭한 작가가 드문 것과 같다", 영국 속담이다. 그런데 여기서 조금 더 나아가면 이런 심오한 말도 나온다. "위대한 작품은 위대한 시인만 읽을 수 있다. 대중은 그것을 천문학이 아니라 점성술적으로만 읽으려 하기 때문이다." 소로는 《월든》에서 평범한 사람들의 독서를 그렇게 문제 삼았다. 얄팍한 점성술에 관해서라면 나는 상습범인 데다가 위대한 시인은 정말로 아닐 터이니 독서를 통해 궁극의 진리를 탐구하기란 애초에 요원한 셈이다. 고백하건대 어려서부터 나는 책에 몰두하기에는 황당한 공상들이 지나치게 많은 편이었다. 임어당은 그런 나를 위해서 《생활의 발견》에서 "책을 너무 많이 읽으면 옳은 것은 옳고 그른 것은 그르다는 걸 모르게 된다. 나는 철학을 읽지 않는다. 직접 인생을 읽는다"는 구절을 남겨두었고, "타인의 피를 이해한다는 것은 그렇게 간단한 일이 아니다. 나는 한가하게 책 읽는 한가한 인간을 증오한다"고 니체는 《차라투스트라는 이렇게 말했다》에서 독하게 내뱉어주었다. 물론 내가 옳고 그른 것을 잘 분별하거나 제법 부지런하여 혐오스럽지 않은 인생을 살았다는 소리는 아니다. 다만, 이런 식의 종지부는 다름 아닌 지혜의 왕 솔로몬이 〈전도서〉 12장 12절에서 찍어버린다. "내 아들아. 또 이것으로부터 경계를 받으라. 많은 책들을 짓는 것은 끝이 없고 많이 공부하는 것은 몸을 피곤하게 하느니라." 아무튼, 우연찮게 굉장히 이른 나이에 문단에 나오게 된 뒤로는 내 글을 생산하기 위한 자료와 자극으로만 책들을 읽곤 하였다. 일종의 직업병이라면 직업병이랄 수 있겠는데, 그것이 천문학이 아니라 점성술로서의 내 영악한 독서였던 것이다. 작가를 흉내 내기 위해서 시작된 이러한 나의 독서편력은 순수한 독서 그 자체가 아니라 독서를 하고 있는 나 자신을 주목하는 계기를 자주 마련해주었고 천천히 나와 세상에 대한 어떤 태도로까지 자리잡아갔다. 사실 책을 읽는다고 행복해지는 것은 아니다. 심지어는 글을 읽을 줄 모르는 자가 독서의 달인보다 훨씬 행복할 수도 있다. 책을 읽으며 책을 읽고 있는 나 자신까지 떠올려보아야 하는 것은 그 때문이다. "나는 구두점을 많이 써서 글을 읽는 속도를 느려지게 만들려 한다. 내 글이 천천히 읽히기를 바라기 때문이다. 내가 읽는 것과 똑같이." 비트겐슈타인이 이렇게 말한 이유다. 또 시인 김수영은 예전에는 시를 쓰려고 책을 읽었는데 이제는 일단 쓰인 시를 나중에 읽은 책이 뒤따라가며 자리매김해준다고 말한 바 있다. 독서는 독서에 대한 명상이자 수행이고 장인의 방법론이기도 한 것이다. 이렇듯 변화해야 한다는 의지가 집약된 물체가 바로 책이며 독서는 발전을 향한 욕망을 구체적으로 드러내는 과정이자 지적 전쟁을 위한 요새이기도 하다. "인생이 협소할수록 우연히 일어난 사건이 그것을 멋대로 주무르게 된다"고 말한 사람은 러셀이었다. 협소하지 않은 인생의 폭이란 생활의 견고함과 같아서, 스스로 고독하게 존재할 수 있게 해주는 것, 더 편하게 말한다면, 아무도 만나지 않고 책과 나 단둘만이 있을 수 있는 것, 어쩌면 이것이야말로 리얼한 인생의 점성술이며 처세의 기본이 아닌가 싶다. 하여 독서는 고요히 번민하는 상태가 아니라 막상 매우 공격적이고 들끓는 행동인 셈이다. 이 씨앗이 쑥쑥 자라 나중에는 어떤 형식을 취하든 종종 혁명이 되기도 하는 것은 바로 그 때문이 아닐까. "모든 사상은 용기의 아류이다." 이건 내 말이다. 너무 빤해서 재미없고 시시하게 들릴지는 모르겠지만.

(2009. 7)

한반도 통일 디스토피아 극복

— 통일부 세미나를 위해 쓴 글

장편소설 《국가의 사생활》은 2011년 5월 9일 대한민국이 조선민주주의인민공화국을 평화적으로 흡수통일한 지 5년 뒤인 2016년 4월을 현재로 삼아 이야기가 진행됩니다. 항일무장독립군 총사령관 이장곤의 손자이자 인민군 특수부대의 영웅 리강 소좌는 통일 이후 서울로 내려와 인민군 출신들만으로 구성된 폭력조직 '대동강'의 일원이 됩니다. 리강이 잠시 평양으로 출장을 간 사이 그가 아끼던 부하 림병모가 석연치 않은 사건에 휘말려 형사에게 살해당하고 서울에 돌아온 리강은 그 석연치 않은 살인사건을 파헤치는 도중 통일 대한민국 전체를 일거에 파멸로 몰고 갈 거대한 음모와 충돌하게 됩니다. 물론 이 이야기는 통일 대한민국의 정치, 경제, 사회, 문화, 교육 등이 당면하게 될 가공할 혼돈과 난관을 그 밑바탕으로 하고 있습니다. 저는 이 책을 쓰기 위해 국내외 백여 권에 달하는 자료들을 탐독하였으며 특히 통일 독일의 사례들에서 많은 영감을 얻을 수 있었습니다. 그리고 거기에 제 상상력을 보태어 분단 이후 최초로 통일 이후의 한반도에 대한 소설을 완성하였습니다.

우선《국가의 사생활》의 출간 뒤 제가 가장 놀랐던 점은 적지 않은 남한 사람들이 이 소설이 그리는 통일 이후의 암울한 현실 때문에《국가의 사생활》을 반통일 소설쯤으로 착각하고 있다는 것이었습니다. 배경이 어둡다는 까닭으로 그 소설이 호소하는 바를 무조건 부정적으로 본다면 그것은 손가락이 가리키는 달을 보는 것이 아니라 손가락을 보는 오류입니다. 또한 저는《국가의 사생활》이 묘사하고 있는 준비 없이 찾아온 흡수통일의 시련들에 신경질적으로 반응하는 일부 독자들을 만났습니다.《국가의 사생활》 속 통일 대한민국의 어두운 미래에 놀라워하시는 독자분들께 저는 반문하고 싶었습니다. 남북통일 이후가 양호하리라고 예상하는 남한 사람들이 정말 있습니까? 그런 낙관의 달인들이 정말 우리 주위에 있습니까? 당신들의 놀라움은 혹시 평소 생각조차 하지 않았고, 생각조차 하기 싫었던 것, 그래서 무의식 속에 꼭꼭 숨겨놓았던 과학적 악몽을 갑자기, 문득 보아버린 것에서 비롯된 놀라움이 아닐는지요?

대작가 고故 박경리 선생님께서 생전에 이런 말씀을 하셨던 것이 기억납니다. "절망해야 합니다. 우리 사회엔 절망하는 사람이 의외로 없어요. '어떻게 되겠지'라는 막연한 생각으로 삽니다. 희망, 희망 하는데 그거 무책임한 말이에요. 불확실한 가짜입니다. 현실을 직시하면 분명 벼랑 끝에 서 있고 절망뿐인데도 인간들은 좋은 쪽으로 자위합니다. '다 죽어도 나는 살겠지' 하는 망상에 사로잡혀 있어요."

아직도 우리와 함께 있는 듯 우리 걱정을 하고 계실 대작가의 저 말씀 속 절망이 저는 과학에 근거한 절망이라고 믿습니다. 포기하라는 절망이 아니라 희망을 향해 한 걸음씩 내디뎌야만 하는 절망이라고 믿습니다. 이때 절망은 절망이 아니라 고통이 되고, 고통은 절망의 과정이 아니라 극복의 대상, 곧 희망의 계단이 됩니다.

어둠에 휩싸여 있다면 우선 그 어둠을 제대로 파악해야 합니다. 그리고 그 어둠 속에 있는 스스로에 대한 확신이 있어야만 빛을 향해 걸어나갈 수 있습니다. 환란이 꼭 나쁜 것만은 아닙니다. 고통이 꼭 나쁜 것만은 아닙니다. 어둠은 없는 척한다고 물러나지 않습니다. 직시해야 합니다. 그래야 개인이든 국가든 간에 제 운명의 주인이 될 수 있습니다. 《국가의 사생활》이 호소하고 있는 메시지는 한 단어로 '변화'입니다. 혹독한 환란 속에서도 '나는 누구인가'를 질문하여 끝끝내 긍정적인 변화를 성취해내는 개인과 국가의 실존을 위해서 저는 이 소설을 썼습니다. 그리하여 이 소설을 한 문장으로 정리하자면 "통일이 되어 우리는 불행하다. 하지만 나는 너를 만나서 좋았다"가 될 것입니다. 절망 속에서도 희망을 보자는 뜻일 겁니다. 문학은 정답이 아니라 의미 있는 질문이라고 믿습니다.

지금도 경제학의 많은 전문가들이 남북통일 이후에 대한 심도 있는 분석들을 내리고 있습니다. 어떤 이는 아니나 다를까, 천문학적 통일 비용 앞에서 난색을 표명하고 또 어떤 이는 남북통일이 남한 경제의 성장 한계를 극복해낼 유일한 방도일지 모른다고 진단하기도 합니다. 그러나 《국가의 사생활》을 쓰는 동안 결국 제가 확신하게 된 바는, 가령 독일

통일의 경우가 궁극적으로는 한반도 통일의 경우와는 그 궤를 한참 달리하며 애초에 비교할 만한 엄두가 나지 않는 사례일지도 모른다는 깨달음이었습니다. 서독이 대한민국보다 10배 잘살았고 동독이 북한보다 50배 잘살았으니 통일 대한민국은 통일 독일이 겪은 고통의 100배 이상을 겪을 것이다, 뭐 그런 단순한 산수 얘기가 아닙니다. 한반도의 통일은 그 자체가 비용의 차원으로만 다루어져서는 절대 답이 나오지 않는 사안이라는 뜻입니다. 한반도의 통일은 희생과 인내의 깊이가 돈의 양보다 중요한 사안이 될 거라는 뜻입니다. 통일을 준비하는 정부라면 마땅히 통일 비용을 모으기에 앞서 통일 대한민국 국민들이 감수해야 할 희생과 인내의 시스템을 주도면밀하게 구축해놓아야 한다는 뜻입니다. 국민들이 희생과 인내를 피하기 위한 시스템이 아니라 국민들이 희생과 인내를 수행하기 위한 정당한 시스템, 바로 그것입니다. 그러기 위해서 정부는 통일 이후 국가의 육신과 영혼이 감당해야 할 국가의 사적인 부분들, 즉 '국가의 사생활'에 대한 시뮬레이션들을 섬세하고 다양하게 마련해놓아야 할 것입니다. 그 연구 결과를 통해 통일의 충격을 최대한 방어하고 중화시킬 만한 방안들이 생산되고 그것들이 국민들에게 납득되어 희생의 나눔으로 이어진다면 한국전쟁의 폐허 위에서 일어났던 대한민국의 기적이 또다시 이 민족에게 일어나지 말란 법도 없을 것입니다.

마음은 참으로 알 수가 없는 것이어서 넓을 때는 바다 같다가도 비좁을 때는 바늘 하나 찌르고 들어갈 만한 구멍이 없습니다. 통일 대한민국의 국민들이 통일 현실의 희생에 대하여 비좁은 마음을 지닐 때 우리는 분명 절망할 것입니다. 우리는 경제적 곤란의 최소화를 염려하는 동시에 그보다 먼저 절망을 희망으로 승화시키는 제도와 그 비전을 마련해야 합니다. 저는《국가의 사생활》을 쓰는 내내 분명 통일 이후의 미래를 쓰고 있었는데 막상 우리의 현실을 쓰고 있다는 착각에 종종 빠져들었고 알고 보니 그것은 상당 부분 사실이 그러했습니다. 통일 이후의 암울함을 들여다보려면 지금 우리 사회의 자본주의적 취약성을 겸손하게 들여다보는 과정이 절대적으로 필요합니다.

통일 디스토피아의 진정한 극복은 단언컨대 어느 세력이 집권하든 통일 정부의 힘만으로는 턱없이 역부족일 것입니다. 그러기에 통일 대한민국은 국민들의 힘을 모으기 위해 그들이 가난할지언정 타인과 도움을 주고받지 못할 정도로 낙담하게는 만들지 말아야 합니다. 물론 이것마저도 일단은 한반도에서 전쟁이 터지지 않아야 한다는 전제가 있어야 가능한 일이겠으나, 명확한 것은, 통일 대한민국의 사소한 사생활에 대한 통찰과 대비가 통일 대한민국의 거대한 역사를 구원할 거라는 사실입니다.

(2010. 12)

위로를 거부하는 청춘

청춘을 위로한다는 착한 책들이 베스트셀러에 등극한 지난 한 해였다. 여전한 그 추세의 원점에는 요즘 젊은이들이 우리 사회의 한계와 모순에 의해 상처받고 좌절하는 것에 대한 기성세대의 안쓰러움과 미안함이 자리하고 있는 듯싶다. 각설하고, 만성 불황과 전망부재에 허덕이는 출판시장이 모처럼 청년 독자들을 숙주 삼아 발화시킨 신드롬이니만큼 그 내부를 잠시 좀 냉정하게 성찰해보는 것이 아주 무의미한 일만은 아닐 것이다. 그 착한 책들을 컵밥에 찰랑이는 피 같은 돈으로 사서 읽은 그 젊은이들에게는 특히 그러한데, 왜냐하면 바로 그 위로라는 것의 본색과 언저리가 어쩐지 석연치 않아 보이기 때문이다.

책에는 좋은 책이 있고 나쁜 책도 있으며 그러한 기계적 분류 자체를 스스로 재수 없어 하는 별의별 책들 또한 다 있을 것이다. 심지어 책의 내용과 저자의 의도는 완전히 무시한 채 독법과 독자의 입장만을 인정하는 비평이론조차 학문적으로는 이미 상식이 된 지 오래다. 그러나 어느덧 중년 소설가인 나는 대한민국의 모든 고달픈 젊은이들에게 간곡히 말하고 싶다. 청춘을 대놓고 위로하는 그런 책들은 앞으로 읽지 않았으면 좋겠다. 물론 어디까지나 나 개인의 견해임을 전제하는 바이지만, 젊은이들을 향한 내 이 마음은 충정에 가깝다.

《부자가 되는 법》이란 책이 있다고 치자. 《부자가 되는 법》을 달달 외워서 부자가 된 사람이 있는가? 《부자가 되는 법》으로 부자가 된 사람은 《부자가 되는 법》을 써서 엄청 팔아먹은 그 사람이지 《부자가 되는 법》을 사서 밑줄 그으며 읽은 누군가가 아니다. 바로 이런 것을 두고 전문용어로 시스템이라고 하는 것이다. 어제 내 발로 멀리 뛰어간 게 맞는데 다음날 아침 눈을 뜨고 보면 결국 제자리에 그대로 서 있는 것. 아까 꿀꺽 삼켰을 적엔 효과가 있는 것 같았는데 웬걸 한 치도 나아진 게 없는 것. 왜 젊은이들을 위로하는가? 그러나 이 질문은 막상 갈 곳이 없다. 왜냐, 그 위로가 유통되는 시스템에는 그 위로를 제작한 당사자들조차 소외되어 있기 때문이다.

그럼에도 불구하고 다시 묻는다. 왜 젊은이들을 위로하는가? 기운 차리게 해서 또 편의점에서 부려먹으려고? 이 도깨비놀음의 정점에 빅 브라더가 존재해 갑과 을을 조종하고 있다면 차라리 덜 끔찍할 것인데, 안됐지만 시스템에는 시스템과 노예밖에는 없다. 게다가 막말로 들릴지 모르겠으나 사실 위로는 백설탕처럼 달 뿐 인생을 당뇨에 걸리게 한다. 이유 없이 돈을 받았다면 경계해야 하는 것과 마찬가지로 신기하게 위로받았다면 의심해야 한다. 백 번 양보해 그 위로라는 것을 순수하다고 가정하더라도, 고통은 위로받는다고 절대로 감소되지 않는다. 고통은 고통의 원인을 밝혀 그것을 제거했을 때에야 비로소 사라지는 것이다. 우리의 괴로움은 우리에게 위로가 없어서가 아니라 우리의 무지 때문이다. 이것은 무지한 나의 말이 아니다. 2천5백 년 전에 너무 괴로워서 깨달아버린 부처님 말씀이다.

이제는 이 사회라는 시스템이 젊은이들을 착취하는 것도 모자라 위로까지 기획해서 편집하고 포장한 다음 과장 광고까지 해서 장사해먹고 있으니, 과연 큰 도둑은 성인聖人인 체하는 법이다. 청년들이여, 그대들의 영혼을 얼굴도 없는 시스템에 마케팅 당하지 마라. "무식한 욕은 도리어 굶어 죽는 혼에게 떡이 될 수 있지만, 발라맞추는 간사한 위로는 칼보다도 더 아프게 생명을 갉아냅니다"라고 함석헌 선생은 썼다. 동지가 중요한 것이 아니다. 여기가 천국이 아니어서 슬픈 것이 아니다. 청춘은 신에게 기도하듯 자신의 적이 무엇인지 명백히 알아야 한다. 괴롭지만 소중한 내 가슴속의 이 지옥이 무엇인지 없으면 일부러 만들어서라도 알아야 한다. 아름다운 꿈을 키우듯 자신의 숭고한 적을 하루하루 키우며 뼈아픈 패배 속에서도 늠름한 승리보다 더 강한 것을 배워 성장해나가야 한다.

여기서 적이라 함은 무슨 정치적 적이니 세대 간의 갈등이니 하는 그런 유치한 나부랭이들이 아니다. 지옥이라니까 죽어서 떨어지는 불구덩이 속이 아니다. "자기의 고뇌를 자세히 들여다보는 것이 자기 마음을 위로하는 유일한 수단이다"라고 말한 이는 스탕달이다. 한 사회와 한 국가를 넘어서 언제나 이 세계는 고통받는 청춘의 투쟁 속에서 새로운 기운을 얻고 활로를 찾아왔다. 고통을 두려워하지 않는 젊은이들에게

도리어 위로받아온 것이 이 세계였다. 역사이고 문화였다.

(2013. 1)

이상한 소설의 붉은 십자가

누군가 말도 안 되는 말을 지껄이면 소설 쓰고 앉아 있다는 핀잔을 얻어먹기 십상이다. 그러나 사실 이는 옳은 인과반응이 아니다. 왜냐하면 소설이란, 말이 안 되는 말을 말도 안 되게 쓰는 게 아니라, 말이 안 되는 말이라도 말이 되게끔 쓰는 것이기 때문이다. 따라서 소설 쓰고 앉아 있다는 핀잔은 참 그 양반 황당무계한 걸 가지고도 요리조리 이야기를 조리 있게 잘도 만들어낸다는 칭찬이 되는 셈이다. 북한의 핵 실험으로 세상이 뒤숭숭한 요즘이다. 한데 막상 그 뒤숭숭한 세상 가운데서 가장 태연한 사람들은 가장 불안해해도 그리 어색하지 않을 대한민국 국민들이 아닌가 싶다. 사려 깊은 담대함일까? 성숙한 침착함인가? 조선민주주의인민공화국을 창졸간에 흡수하게 된 통일 대한민국을 배경으로 삼은 장편소설을 출간한 바 있는 나는 내가 그 책 안에서 묘사한 암울한 사회상에 기겁하거나 나를 무슨 골수 우익 반통일주의자쯤으로 억측하는 적지 않은 독자들의 태도에 적잖이 당황했더랬다. 나는 그때 깨달았다. 우리 남한 사람들의 대부분은 평소 생각해보지 않았고 생각하기조차 싫었던 것, 그래서 무의식 속에 꼭꼭 숨겨놓은 통일에 대한 과학적 악몽을 무조건 짜증내다 못해 아예 무시해버리게끔 체화돼 있다는 것을. 빤한 위기에 부화뇌동하는 게 정상이라는 소리가 아니라 우리가 조선민주주의인민공화국의 핵미사일을 머리맡에 두고서도 매우 진중한 것은 안됐지만 사려 깊게 담대해서도 성숙한 나머지 침착해서도 아닌, 결국 그런 까닭이라는 뜻이다. 어느 시기에 어떤 방식으로든 통일은 불현듯 도래할 것이며 어쩌면 이것이 북핵보다 훨씬 중요한 문제이고 또 북핵마저 근본적으로 아우르는 문제라는 게 부족하나마 나의 소견이다. 가령 북한의 핵무장은 갑작스러운 통일의 먼 전조일 수도 있다. 게다가 우리는 이미 부분적으로나마 통일시대를 살고 있지 않은가. 많은 탈북자들이 남한 자본주의에 적응하지 못한 채 차별과 멸시 속에서 점점 2등 국민으로 전락해가고 있다. 독일 통일의 경우와는 차마 비교가 불가능한 천문학적 통일 비용 앞에서 한 경제학자는 남북통일이 남한 경제의 성장한계를 극복해낼 유일한 길일지 모른다고 진단하기도 하고 한 통일부 관계자는 이북의 어마어마한 지하자원 매장량을 막대그래프로 그려 보이며 기꺼워하기도 한다. 그러나 나는 바로 그런 이득을 계산하는 마음 자체가 더 큰 비극을 불러일으킬 것이라 확신한다. 한반도의 통일은 어림 반 푼어치 없는 희망의 설교가 아니라 절망에 대한 인내와 희생과 사랑의 시스템을 주도면밀하게 구축해놓아야만 실마리가 풀릴 사안인 것이다. 하지만 누가? 무엇으로? 과연 어떻게? 그런 괴상한 책을 괜히 쓴 바람에 나는 별로 애국자도 아닌 주제에 통일 대한민국이 봉착하게 될 갖가지 난관들이 문득문득 수시로 떠오르는 병 아닌 병에 걸려버렸다. 와중에 얼마 전 천천히 하강하는 비행기 안에서 내려다본 야경을 온통 뒤덮고 있는 붉은 십자가들이 내게 위대한 소설의 줄거리 하나를 던져주었던 것인데. 아아, 이것이야말로 유일무이한 묘책이 아닌가! 저 밤하늘의 별들만큼 수많은 교회들 말이다! 불과 몇십 미터를 두고도 드물지 않게 마주 서 있는 거대 교회들이 통일 이후 자신들의 재산과 인력을 총동원하여 그리스도의 말씀 따라 이북에서 내려온 동포들을 먹이고 재우고 교육하는 사랑을 실천한다면, 한 동네에도 수십 다발씩 있는 저 작은 교회들이 한 몸으로 연대해 이북 동포들의 친구가 되어 그들을 돕는다면, 내가 내 정신 나간 책에서 우려했던 끔찍한 일 같은 것들은 벌어지지 않을 텐데. 뿐인가. 그러는 동안 자연스레 전도가 이루어질 테니 한국 개신교는 그리스도의 은혜로운 역사 안에서 더욱 그 세가 확장될 것이며 과거의 여러 부정적인 면모들도 그 뿌리부터 일신하게 될 터이니 과연 하나님이시다! 그런 큰 뜻과 긴 안목으로 남한 전역에 교회들을 밀가루처럼 뿌려놓으셨던 것이로구나! 대한민국의 모든 교회들은 남북통일을 기점으로 그리스도께서 이 민족을 구원하시려는 데 쓰일 물적 영적 인프라였던 것이다! 그러나 다시 서울의 변두리 어느 붉은 십자가 밑을 터벅터벅 걷고 있는 나는 역시 삼류 컬트 소설가가 맞는가 싶었다. 말이 안 되는 말을 말도 안 되게 지껄였기 때문이다. 설마 그럴 리가 있겠는가 말이다.

(2013. 2)

일그러진 거울에 관한 고찰

사람들은 나라가 흔들릴 적마다 국회의원들을 비난하며 정치개혁을 부르짖곤 한다. 어쩌면 정치인이라는 존재는 어차피 욕을 얻어먹게 돼 있는 기구한 팔자와 기이한 재능을 타고 났는지도 모른다. 오죽하면 《톰 소여의 모험》의 작가 마크 트웨인이 "지금까지의 사실이나 통계에 의할 것 같으면 미국에서 태어났음이 분명한 범죄계급은 의회밖에 없습니다"라고까지 한탄했겠는가.

진보당의 노처녀 국회의원과 보수당의 노총각 국회의원이 몰래 바람난다는 매우 건전한 설정의 장편소설을 쓴 덕으로 내가 한국 정치판 쓰레기 취급에 당연히 동참할 거라는 기대를 가지고 말을 걸어오는 분들이 요사이 적지 않다. 그러나 슬픈 역설을 좀 구사해본다면, 나는 대한민국 정치권이 대한민국의 다른 여러 영역들에 비해 대단히 희망적이라고 생각한다.

요컨대, 우리 종교계와 우리 교육계와 우리 법조계와 우리 학계와 우리 언론계와 우리 문화예술계 등등이 저기 저 여의도 국회의사당보다 더 청정지역이라고 누가 감히 자신 있게 주장할 수 있겠는가. 정치는 미우니 고우니 해도 어쨌든 국가적 관심 속에서 노출이 되는 편이라 그 어둠이 빠르든 늦든 결국 드러나지만, 이 사회의 다른 버젓한 분야들의 태반은 대중의 무관심이 보초를 서고 있는 성城 안에서 쥐와 새만 알게 오만 황당한 난교질들이 다 벌어진다. 그런 곳들에는 정권 말기라는 것도 없어서 위대한 검찰이 불쑥 나타나 잡아가지도 않는다. 도리어 성주들이 심심치 않게 대중 앞에 나서서는 정교한 위선으로 묘한 감동을 판매하고 뒤로는 틈틈이 그 바닥의 후진 역사까지 엉뚱하게 조작하니 후일 보람찬 부관참시마저 영 쉽지가 않다. 가장 무서운 바는, 그들은 비판 세력을 탄압하는 게 아니라 비판할 여지가 있는 늑대들의 유전자를 아예 꼬리치는 애완견으로 바꿔버린다는 점이다.

이와는 달리, 대한민국 정치가 온갖 희생과 고통 속에서 짧은 기간 동안 서구 민주주의의 이식에 성공했으며 끊임없이 역동적으로 변화하고 있다는 사실만큼은 자학이 직업이 아닌 다음에야 함부로 부정하지는 못할 것이다. 그럼에도 우리는 늘 나라의 모든 문제들을 정치의 타락 탓으로 돌린다. 왜일까? 정말 우리의 국회의원들이 우리가 키우는 개만도 못한 인간들이어서일까?

정치적 무관심이라는 소리는 이제 옛말이다. 온라인상에서는 매일 살인행위에 가까운 언어들이 다른 정치적 입장을 지닌 서로에게 난무한다. 시인 타고르는 충고했다. "정치적 자유도 우리의 마음이 자유롭지 않으면 우리에게 자유를 주지 못한다"라고. 우리는 정말 자유인인가? 부자가 되기 위해 돈의 노예가 되듯 자신의 정치적 견해로 인해 정치의 노예가 된 것은 아닌가?

정치인을 내 정치적 이익의 대리인으로만 여기는 순간부터 우리는 정치 과잉을 넘어서 정치 중독에 빠지고 만다. 사랑마저 내려놓을 수 있는 자의 사랑이 진짜 사랑이듯 정치인을 내 안에 가두지 않을 때 진정한 정치적 지지가 가능하다. 박근혜 대통령도, 문재인 의원도, 안철수 후보도, 대한민국 자체가 아니라 대한민국의 도구일 뿐인 것은 그런 맥락에서다. 그렇지 않으면 한 정치인이든 한 정당이든 자칫 나조차도 알 수 없는 내 어떤 욕망과 억하심정의 가면이 되기 십상이다. 그것이 곧 아수라장의 씨앗이요 인간이라는 요물인 것이다.

한국 정치인과 한국 국민의 관계는 사랑이 아니라 성도착이다. 때문에 한국 정치와 한국 정치를 둘러싼 모든 것들은 말로 하든 글로 하든 그 내부가 어차피 다 총칼인 것이다. 지금 우리 사회는 그저 이념이 다른 정도가 아니라 절대로 공생할 수 없는, 만약 법만 없다면 당장 죽여버리고 싶은 사람들끼리 절반씩 나뉘어 살아가고 있는 듯 보인다. 자칭 애국자들과 정의의 사도들이 사방에서 이렇게 떼 지어 들끓는데 여전히 세상이 이 지경인 까닭은 무엇으로 설명되어야 할까?

물론 모든 국민은 비록 자신의 삶은 비천할지언정 자신의 올바르고 능력 있는 대표를 뽑아 자랑스러운 의회로 보낼 빛나는 권리를 지니고 있다. 그러나 정치인들이 괴물일 때 그 괴물들은 외계에서 날아온 것이 아니라 우리 안에서 튀어나온 괴물들이라는 것 역시 분명하다. 우리의 국회의원들은 우리의 일그러진 거울인지도 모른다. 괴롭지만 정치개혁이란 그것을 똑바로 쳐다보는 데서부터 시작될 것이다.

(2013. 4)

통섭과 융합이라는 이름의 악마

서로 다른 여러 분야들을 연결하고 뒤섞는 이른바 통섭과 융합이 대세다. 특히 첨단 대한민국의 숭고한 상아탑에서는 통섭을 무슨 도깨비 방망이처럼 내리쳐 뚝딱, 하면 이러한 학과가 저러한 학과로 아리송하게 둔갑하고 융합을 무슨 요술봉처럼 치켜 올리며 뾰로롱, 하면 이러한 연구소와 저러한 연구소가 흘레붙어 분위기가 오묘한 제3의 연구소로 재탄생한다. 물론 거기에는 등록금 장사에 별 보탬이 안 되는 학과들의 폐기처분과 자기기만이 전제돼 있다.

시대의 흐름과 요구에 따라 소멸하고 변화하는 과정 속에서 새것들이 등장하는 광경은 지극히 명쾌한 일이다. 밀려오는 장강의 뒷물결을 막을 수 있는 앞물결은 없다. 무성영화의 변사가 사라지고 타자기와 주판이 사라지고 천연두와 소련이 사라지고 자본주의적 측면에서 시인이 사라지고 대중상업매체의 텍스트 제공자 내지는 광대로서의 글쟁이만 이 존재할 뿐 예술가로서의 작가라는 개념도 사실은 사라진 지 한참이다. T. 칼라일은 썼다. "과연 변화는 고통스럽다. 그러나 항상 필요한 것이다. 그리고 만일 추억에 그 나름의 가치가 있다면 희망에도 힘과 가치가 있을 것이다"라고.

좋다. 통섭과 융합이 정말 그런 희망에 속하는 것이라면 우리는 마땅히 그것을 적극 수용해 발전의 도구로 삼아야 할 것이다. 적어도 영미 쪽에서는 통섭과 융합이 학문과 예술의 변화를 주도하는 코드로 확실히 자리 잡은 듯싶다. 그러나 우리는 이 시점에서 자문해봐야 한다. 우리의 통섭과 융합이 그 통섭과 융합 맞는가? 과연 우리의 통섭과 융합은 적절한 사전 조건을 담보한 채 진행되고 있는 것인가? 만약 우리의 통섭과 융합이 우리의 고질병이 찾아낸 새로운 숙주라면?

가령 1980년대 말과 1990년대 초를 걸쳐서 우리에겐 포스트모더니즘이라는 도깨비방망이 겸 요술봉이 바다 건너로부터 날아 들어왔더랬다. 하지만 우리에겐 우리의 포스트모더니즘이 자생하지도 않았고 다른 나라의 포스트모더니즘을 제대로 감상할 기회도 없었다. 다만 포스트모더니즘에 대한 2차 문헌들, 즉 평론 같은 것들이 날림으로 번역 수입돼 우리의 불타는 허세와 현시욕구에 기름을 부었고 온 문화계가 포스트모더니즘이 아니라 포스트모더니즘의 풍문 속에서 억지로 포스트모던한 작품들을 조장해내느라 제정신들이 아니었다.

자동차라고는 한 대도 없는 나라에 운전교본이 들어와 자동차에 대한 공상을 유행시킨 뒤 그것이 실제로 사방에 자동차들이 다니고 있다는 착각으로까지 이어져 온 나라를 가짜로 만들어버리는 셈이 아니고 뭔가. 자동차를 몰아본 자는커녕 자동차를 구경해본 자도, 자동차가 다닐 도로조차도 전혀 없는 상황에서 말이다. 나는 우리 학계의 통섭과 융합도 이와 크게 다를 바 없다고 생각한다. 진정한 통섭과 융합이란 고수들끼리의 통섭과 융합이지 이제 갓 입문한 자들끼리의 통섭과 융합은 아닐 것이다.

하나의 학문에 정통하기까지 얼마나 많은 시간과 노력이 필요한가. 지난 25년간 글을 놓지 않으니 겨우 가나다라마바사가 조금 보이기 시작한다. 그것이 엄중한 장인의 길이다. 고수들끼리는 서로가 하늘과 땅만큼 떨어진 분야에 속해 있다 할지라도 내용과 은유와 상징 등이 귀신이 곡할 노릇처럼 통섭되는 법이다. 진정한 융합 역시 이러한 이치 안에서 벌어지는 기적임을 우리는 도덕적으로 되새겨보아야 할 것이다.

하나의 전문가가 되면서 다른 분야와 통섭하는 것은 살아 있는 정신의 자연스러운 생리다. 정통한다는 것은 철벽을 면벽으로 뚫는 지난한 과정이다. 그런데 대한민국의 상아탑은 비인기 학문들을 돈이 안 된다는 이유로 홀대하거나 퇴출시키고 학생들에게 한 가지 길에 전념하는 값진 태도를 가르치기도 전에 교수들의 안위와 놀이터를 위해 두세 가지를 한꺼번에 얇게 배우는 가짜의 기술을 권한다. 게다가 그것을 가르치는 자들은 정작 그 학문의 긍정적 창조자도 아니다. 그들은 간판만 바꿔 단, 정작 자기들도 모르는 학과를 이끌어간다.

우리는 당연한 것들을 대단하다고 주장하는 자들을 조심해야 한다. 통섭적 사고방식과 배움의 융합은 당연하고 대단하다. 그러나 이것이 어떤 빛 좋은 개살구가 될 때, 또한 빛 좋은 개살구의 세계가 번창하는 악성 토양이 될 때, 학문의 실체와 진정성은 질식한다. 우리에게 본령이라는 것이 남아는 있는가? 본령이 유지돼야 새로운 상상이 가능하다.

(2013. 5)

이명준으로 산다는 것의 괴로움

문학비평가 고故 김현은 "정치사적인 측면에서 보자면 1960년은 학생들의 해이었지만, 소설사적인 측면에서 보자면 그것은《광장》의 해이었다고 할 수 있다. 그것을《새벽》잡지에서 처음 읽었을 때의 감동을 나는 잊을 수가 없다"고 고백한 바 있다.

《광장》은 53년 전 스물다섯 살 최인훈이 저 빛나는 4·19 혁명이 가져온 자유 덕에 감히 이런 소재를 다룰 수 있었다며 새 공화국에서 사는 작가의 보람을 느낀다고 서문에 밝혔던 우리 현대문학의 고전이다. 이런 소재? 뭐가 그토록 위험한 소재란 말인가? 아주 간단히 요약하자면, 남한의 철학도 이명준은 우여곡절 끝에 인민군이 되어 6·25전쟁을 치르다가 거제도 포로수용소에 갇힌 뒤 남한도 북한도 아닌 중립국을 선택해 인도로 향하던 중 원양선박 타고르호의 갑판 위에서 홀연 망망

대해 속으로 몸을 던져 사그라진다. 그렇게 되기까지, 일그러진 현대사의 '광장' 안에서 진저리치던 진지한 청년 이명준은 남한과 북한 체제의 모든 약점들과 이데올로기의 허상들을 치밀하고도 신랄히 비판하고 있다. 바로 이러한 태도와 내용 때문에 작가 최인훈은《광장》의 집필에 앞서 막강한 자기검열과 대면해야 했음을 애써 담담히 술회하고 있는 것이다. 그러나 주지하다시피 4·19의 분위기는 잠시였고, 다시 우리 사회는 엄혹한 냉전의 밀실로 들어가게 된다.

국가라고 보기에는 너무나 기괴해져버린 북한의 문제를 아예 따로 떨어뜨려놓고 대한민국의 내부에서만 곰곰이 따져본다면, 좌파와 우파 양쪽의 모순을 다 공격하고 있는 이명준은 이른바 중도주의자쯤으로 분류될 수 있을 것이다. 한 사람의 정치적 입장은 입력되어 획일화되지 않고서야 저마다 여러 가지 무늬와 빛깔이 예민하게 뒤섞여 있다. 또한 중도라는 것은 그저 좌와 우의 중간이거나 쥐와 새의 도합인 박쥐를 가리키는 것이 아니라 옳은 판단을 내리려는 이성의 의지라고 볼 때, 가령 누군가의 이야기 속 두 가지 견해 중 하나는 좌파들의 맘에 안 들고 다른 하나는 우파들의 맘에 안 들면 그는 양쪽으로부터 동시에 무조건 배척당하고 마는 지금의 우리 사회는 지극히 죽을병에 걸려 있다. 시를 외우기에도 시간이 모자라는 청소년들마저 그 잘난 어른들에게 정치를 담보로 증오하는 법을 배워 언어를 테러에 사용하고 있지 않은가 말이다.

진정 언어라는 것이 총과 칼을 거부한 이들의 아름다운 도구라면, 중도가 위태롭지 않은 나라에야 비로소 좌파의 자유도, 우파의 자유도, 종국엔 참 정치적 자유가 있다. 그런데 이 이상한 나라에서는 혁명가로 사는 것보다, 애국지사로 사는 것보다, 자유주의 날라리로 사는 것이 훨씬 더 힘들다. 이명준처럼 좌와 우를 제대로 함께 비판하면 좌의 매체 어디에도, 우의 매체 어디에도 글 한 줄 제대로 실을 곳이 없는 현실이다. 아무리 옳은 소리라도 그 양쪽의 어느 부분만 건드리게 되면 일단 최소한 한쪽으로부터는 적이자 죄인이 된다. 중도의 자기검열과 침묵, 그리고 멍한 정신머리는 대강 그런 식으로 차분히 관습화된다. 누구도 이치에 맞는 말을 한 대가로 피해 보는 것을 감수하기는 쉽지가 않기 때문이다. 하물며 중도의 유권자가 아니라 중도의 정치 지도자를 자처하는 누군가가 있는데 그가 만약 바다 위에 서 있는 이명준만큼 고독하지 않다면 틀림없이 그의 중도는 가짜이고 아마도 그는 스스로를 알건 모르건 사기꾼일 가능성이 매우 높다.

극단적 진영 논리에 둥지를 틀지 않는 자는 카뮈의 이방인 취급을 당하는 나라, 그를 사실상 추방하는 것도 모자라 영원히 실종된 것처럼 자살하게 만드는 사회를 《광장》은 그리고 있고, 따라서 최인훈의 이방인 이명준은 사실상 추방당하다 영원히 실종된 것처럼 자살한 것이 아니라 극단끼리 수단과 방법을 가리지 않고 싸워 증오의 균형으로 간신히 지탱되는 우리 역사와 사회에 의해 처형당한 것인지도 모른다.

정치 과잉에 신음하고 있는 대한민국을 해독하는 가장 빠른 길은 우선 중도들이 방관의 진통제를 끊고 이명준처럼 아파하는 중도가 되는 것이고, 이명준처럼 좌도 우도 외면한 채 바다 속으로 숨어 죽는 것이 아니라 끝까지 이 땅에 남아서 자신을 표현하는 용기를 가지는 것이고, 나아가 그러한 사람들이 정상적으로 제 역할을 다 할 수 있는 나라를 만드는 것이다. 오늘 이 시대의 《광장》이 다시 쓰인들 뭐가 달라질 수 있을까. 아직도 밀실에 갇혀 있는 우리 사회는 이명준의 죽음으로부터 단 한 걸음도 벗어나지 못하고 있다.

(2013. 8)

이상한 나라의 상징과 은유

김일성으로부터 김정은에 이르고 있는 저 해괴한 체제는 이른바 파시즘이라는 낯익은 용어로 규정이 가능한 것인가? 북핵이라는 어둡고 두려운 물질의 본색은 과연 무엇일까? 또 그것은 향후 조선민주주의인민공화국을 얼마나 급격하게, 어느 극단으로까지 몰고 갈 것인가? 이런 생뚱맞은 질문들을 기왕의 정치적 관점에서가 아니라 상징과 은유의 틀 안에서 설명해보는 것이, 한반도의 엄중한 현실을 보다 세밀히 살피는 일개 각주라도 되었으면 싶다.

싫든 좋든, 고래로 우리 민족의 핏속에는 서구 이성주의로는 도무지 이해하기 어려운 어떤 강력한 에너지가 흐르고 있다. 단도직입으로 요약하자면, 다름 아닌 샤머니즘이다. 이것이 해방 이후 이남에서는 자본주의와 개신교 사이에 흘레붙었고 이북에서는 공산주의가 근대화에 실패해 왕조로 퇴행하는 과정에 스며들었다. 부흥성회에서 두 손을 높이 쳐들고 통성 기도하는 신자들의 사진과 김일성이 죽었다고 평양 김일성 동상 앞에서 울부짖는 인민들의 사진을 나란히 놓고 비교해보라, 대체 뭐가 다른지.

한민족의 샤머니즘이 그나마 긍정적으로 표출된 사례가 대한민국에서의 2002년 월드컵이라고 말할 수 있겠는데, 그러한 '신명났다'는, 서구 인문학에서의 광기라는 개념이 감히 포용할 수 없는 도저한 미스터리다. 한편, 북한은 신을 대리해 종교제도가 통치하는 신정국가 정도가 아니라 아예 한 인간이 유일신으로 등극해 나머지 모든 인간들을 직접 지배하는 거대하고 기이한 사교집단이 돼버렸다. 본시 공산주의 자체가 기독교와 유사한 철학적 원리와 구조를 가지고 있는 데다가, 아니나 다를까 독실한 기독교 집안에서 자란 김일성답게 그 스스로는 성부, 김정일은 성자, 주체사상은 성령으로서 자리 잡아 성삼위일체를 이루었다는 괴로운 도식은 언제부터인가 일반적인 논설로 회자된 지 오래다. 그러나 나의 새로운 의심은 바로 이 지점부터 시작됐다. 정말 김정일이 예수라면 인민들이 제사장들의 권위와 속박에서 벗어나 신과 직통하는 자유의 경지, 즉 개혁개방을 펼쳐내야 했던 것 아닌가? 또한《강철서신》의 저자이자 남한 주사파의 사도 바울인 김영환이 1991년 반잠수정을 타고 밀입북해 김일성을 만났을 때 정작 김일성이 주체사상을 모르더라는 차마 웃지 못할 일화에서 나는 문득 깨달았다. 아, 북한에 대한 성삼위일체의 비유는 그야말로 안일한 오류였구나! 성자로서의 김정일과 성령으로서의 주체사상은 애초에 존재하지도 않았으니 아직도 북한은 나 이외에 다른 신을 섬기지 말라는 야훼 김일성의 참혹한 질투만이 형형한 구약시대로구나! 고로 작금의 북핵은 바로 그 김일성의 망령이 육신을 얻어 부활한 현현顯現인 것이다. "세계사는 신의 현현이다"라고 주장한 사람은 헤겔이다.

김정일이 정말 그러고 싶었음에도 불구하고 결국 북한을 중국처럼 변화시킬 수 없었던 안쓰러운 까닭은 간명하다. 한낱 사악한 인간의 것일 뿐인 자신의 요망한 가계가 드러나는 게 겁났기 때문이다. 이러한 이치는 김정은도 마찬가지일 수밖에 없다. 법구경에는 이런 구절이 있다. "오는 세상을 믿지 않는 사람은 어떠한 악이라도 범하고 만다." 가짜 신의 가짜 손자인 김정은은 오는 세상을 정말 믿고 싶어도 절대 믿지 못하는 딱한 처지에서 북핵을 정말 포기하고 싶어도 절대 포기하지 못할 것이다. 야훼(북핵)가 삭제된 구약에서 야훼의 모조품인 자신 역시 곧바로 삭제될 것이기 때문이다. 외통수다. 딜레마인 것이다. 따라서 향후 김정은이 북핵을 포기하게 되는 경우는 단 두 가지뿐이다. 김정은 정권이 "어떠한 악이라도 범하"며 계속 메말라가던 끝에 모종의 사태로 인해 갑자기 망하고 북핵이 포기되던가, 악마의 수줍은 고해성사처럼 북핵을 포기한 김정은 정권이 국경을 넘어 밀려드는 세계의 물결에 안팎으로 휩쓸려 속절없이 망하든 가이다. 김정은이 후자를 택할 리 만무하다.

그렇다면 한반도의 새로운 시대, 북한의 구약을 깨고 신약의 문을 활짝 열어젖힐 그리스도는 누구일 것인가? 김정은으로의 3대 세습에 절망한 나머지 조선노동당 창건기념일에 노아의 방주처럼 생긴 욕조 안에서 질식한 듯 숨져 있던 황장엽은 살아생전 그런 역할을 떠맡고 싶었는지도 모른다. 그러나 작가인 나는 북한 인민들 스스로가 그 메시아적 주체가 되리라고 태연히 상상한다. 그리고 어떠한 양상으로 촉발될지 모르는 이 대역사는 예수가 그러했던 것처럼 아무런 죄 없이 십자가에 못 박히는 일을 뜻한다. 예수는 목수였으므로 그 십자가는 예수 스스로 만든 십자가였다는 것 또한 결코 잊어서는 안 된다. 나는 북한을 탈출했다가 다시 김정은에게 붙잡혀간 청소년들의 얼굴에서 가시면류관을 쓴 채 십자가에 못 박혀 피 흘리고 있는 예수의 얼굴을 본다. 이제 그들을 십자가에서 내리고 새로운 나라에서 부활시키는 일은 우리 모두의 신약성서가 될 것이다.

(2013. 9)

자살의
예의

예전에는 글 한 편 발표하는 것은 물론이요 책 한 권 출간되는 게 요즘처럼 쉽지가 않았다. 권위 있는 출판사에서 제 이름이 저자로 박힌 책이 나온다는 것은 입신출세를 뜻하기까지 했으니까. 어린 친구들로부터 과장이거나 거짓말 아니냐는 소릴 듣기 십상이겠지만 분명 사실이 그랬고, 세상은 좋은 쪽으로든 나쁜 쪽으로든 이토록 뿌리째 뽑혀나갈 듯 무자비하게 변해가고 있다. 시간을 제 영혼 안으로 끌어당겨 천천히 흐르게 하기 전에는 감히 어느 누구도 나는 세상 따라 미치지 않았노라 장담하기 힘든 시대다. 시간이 순간순간 대홍수처럼 강림해 인간과 인간에 대한 것들마저 휩쓸어가버리는 세상이기 때문이다.

아무튼, 내가 막 등단할 무렵 내 주변의 문인들 중에는 제 책 한 권 구경해보지 못한 채 요절하는 선배들이 꽤 있었는데, 가령 깊은 밤 만취해 아파트 계단에서 굴러 목이 부러져 죽는 등 뭐, 대강 그런 식이었다. 황색신문의 가십난에도 오르지 못한 그런 보잘것없는 비극을 두고 보통 사람들은 위악으로 가득 찬 술주정뱅이 한량의 말로라고들 혀를 찼지만, 그와 함께 문학을 하고 있던 우리는 그가 다름 아닌 문학 때문에 괴로워하다가 어쩌면 가장 진지하게 죽어갔음을 잘 알고 있었다. 그것은 동지애라기보다는 차라리 전우애에 가까웠다. 아무리 세상이 우리를 무용지물 취급하며 모욕한들 당장 멋진 시 한 편만 쓴다면 살아서 할 일은 다 하는 거라는 열정과 오만이 우리의 남루를 하찮게 만들었으니, 우리의 버킷리스트에는 문학을 잘 하게 되는 것, 그것 한 줄 말고는 아무것도 적혀 있질 않았다.

이유 여하를 막론하고 평범한 한 사람이 이상한 글쟁이가 되어 그 이후의 삶 동안 차마 글을 놓을 수 없다는 것은 눈물겨운 일이다. 매번 똑같아 보이는 문장을 그래도 수천 번씩 되풀이 해 고치고 온갖 수단으로 고뇌해도 풀리지 않는 인간이라는 수수께끼에 목숨을 거는 일은 애틋하나 위대하다. 사실 어느 분야에서건 바로 그러한 아둔함 속에서 장인은 태어난다. 장인은 원하는 모든 것들을 다 이루기 위해 사는 것이 아니라 자신이 이루고 싶은 단 하나의 일을 위해 그 나머지 모든 것들을 단호히 거절한다. 때로 장인들이 괴팍하다는 평을 들으나 막상 그들이 만들어놓은 것들을 보면 절로 고개가 숙여지고 응어리진 마음이 눈 녹듯 풀리는 까닭은 그래서이다.

세상이 어떻게 변해가는 것은 그야말로 한심하기 짝이 없는 내 소관이 아니다. 다만 눈 멀고 귀 먹은 장인의 길이 천대받는 세상, 금방 이해할 수 없으면 재미가 없고 재미가 없으면 곧바로 전부 쓰레기 취급을 하기에 주저 없는 모든 평범한 사람들의 당당한 태도와 천진하기까지 한 눈망울이 끔찍한 것은 왜일까.

이 시대에 글쓰기로 예술을 하려는 것이 얼마나 비천한 짓인지는 잘 안다. 그러나 문학이 세상을 변화시킬 수는 없어도 세상을 변화시키는 한 사람을 호명할 수는 있다. 한 마리 새가 죽으면 그 새 한 마리에게는 전 우주가 사라지듯이 한 마리 새를 노래하게 만들었다면 전 우주를 노래하게 만든 것 아니겠는가. 적어도 나는 그렇게 믿고 싶다.

그런데 막상 문학에 싸늘해진 세상보다 더 섭섭하고 화가 나는 것은, 문학인들이 문학을 두고 망측한 짓들을 서슴지 않을 때이다. 가령 어느 유명작가의 간교하고도 명백한 표절과 그것을 무뇌아 빰치는 모른 척으로 적극 옹호하는 고학력 평론가 편집위원 교수님들은 차치하고서라도, 이유가 해괴하고 방법이 구리며 결과가 흐지부지해질 것이 틀림없는 '절필 퍼포먼스'를 일삼는 몇몇 문인들을 보면 나는 귀한 목숨 가지고 장난을 치거나 자살 쇼를 벌이는 양아치를 보는 것 같아 환멸이 치민다.

물론 절필은 개인의 자유다. 그러나 그것을 일간지에서 공개 선언할 적에는 절필에 대한 자신의 자격과 그러한 행동이 같은 직업을 가지고 있는 이들의 자긍심에 어떤 훼손을 가할지 정도는 좀 돌아볼 필요가 있으며 당연히 제 말의 무게를 감당할 만한 책임 또한 차후 엄수되어야 할 것이다. 한 의사가 의사로서 대놓고 부끄러운 짓을 하면 다른 모든 의사들은 우울한 것이 이치다. 늙수그레한 나이에 자살하기 직전 중환자실에 누워 있는 어린이를 찾아가보는 것이 회심에 전혀 도움이 안 된다면, 적어도 자살이 아닌 자살의 시늉으로 정치놀음과 나르시시즘의 허기를 달래거나 더러운 책장사를 해서는 안 될 것이다.

문인이 안하무인으로 살 수는 있다. 그러나 문인이 문학에 있어서만큼은 안하무인일 수 없다. 그것이 자신의 책 한 권 구경해보지 못하고 죽은 동료들에 대한 최소한의 예의일 것이다.

(2013. 9)

책과
혁명

가을이다. 지하철 안 수많은 사람들 중 단 한 명도 책은 고사하고 신문지 한 장 손에 쥐고 있지 않은 것을 보면 나는 마치 우리가 설국열차의 마지막 칸에 타고 있는 듯한 착각에 소름이 확 끼친다. 내 직업이 책을 팔아먹고 사는 작가이기 때문이 아니다. 나는 책을 외면하는 세상이 아니라 책에 대해 잘 모르는 세상이 다만 무섭고 슬픈 것이다. 책은 다양한 얼굴을 가진 물건이다. 책은 나무다. 푸르고 높은 아름드리나무로부터 책의 갈피갈피가 나왔으니 책을 품고 있는 우리는 푸르고 높은 아름드리나무를 햇살처럼 들고 다니며 그것 아래 고여 있던 그늘과 그것을 흔들던 비와 바람을 읽고 있는 셈이다. 뜻 깊은 책 한 권을 가진다는 것은 한 그루 영원히 자라는 영혼의 나무를 가진다는 뜻이다. 책은 반도체다. 책은 작가의 고결한 정신과 정교한 기술에 의해 쓰이고 유능한 편집자의 정성스러운 교정 끝에 의견이 보태진다. 적은 오자와 작은 착오에도 책은 사랑과 신뢰를 잃는다. 섬세한 책 한 권을 가진다는 것은 최첨단 반도체를 바지 호주머니 속에 아무렇지도 않게 넣고 다니는 것만큼이나 신기한 일이다. 책은 물이다. 낙타 등 위에 올라타 광활한 모래사막을 건널 때 우리는 책으로 외로움과 고달픔에 기갈 든 가슴을 적신다. 전원이 필요한 컴퓨터는 사막과 같은 오지에서는 지극히 불안한 존재다. 디지털은 나약하고 소심하다. 반면 아날로그는 지옥에서도 시를 쓸 수 있을 만큼 강하고 대범하다. 뿐인가. 책은 베개다. 여행 중 읽다가 피곤하면 베고 잘 수도 있다. 요즘 잘 나가는 영화의 액션 장면에서는 종종 두껍고 딱딱한 책을 무기로도 쓰더라. 계속 늘어놓자니 한이 없다. 경전이면 책은 진리가 되고 성경이 되면 책은 신이 되기도 한다. 이렇게 단순하면서도 만다라 같은 사물은 아마도 책 말고는 찾아보기가 힘들 것이다. 평범한 책 한 권을 가진다는 것은 그 모든 것들을 한꺼번에 소유한다는 뜻이 될 것이나 그마저도 책의 본령에 비한다면 결코 대단한 능력이 아니다. 우리는 흔히 지식과 지혜와 마음의 양식을 얻기 위해 책을 읽는다고들 한다. 물론 맞는 말이다. 하지만 이건 어떤가. 우리는 외롭다는 말을 참 자주한다. 심하게 외로우면 자살까지 한다. 왜 외로울까? 혼자 있지 못해서 외롭다. 혼자 있을 수 있는 자가 강자다. 책을 읽으면 혼자 있을 수 있다. 혼자 있을 수 있는 사람만이 책을 읽을 수 있다. 만원 지하철 속에 서서 책을 읽고 있는 자는 자신만의 절해고도에 홀로 서 있는 자이다. 부처는 이렇게 가르쳤다. 자등명법등명自燈明法燈明, 자기 자신을 등불로 삼고 진리를 등불로 삼으라. 자귀의법귀의自歸依法歸依, 자기 자신을 의지하고 진리에 의지하라. 책을 읽으면 다른 어느 누구도 아닌 나 자신과 진리를 등불로 삼아 나 자신과 진리에게만 의지할 수 있다. 책은 외로움을 다스리는 법을 가르쳐준다. 책을 고르고 책을 펼치고 책장을 사각사각 넘기며 글자들을 차례차례 눈으로 보듬어나가는 그 행위 자체가 우리의 영혼에 안식을 준다. 책을 읽으면 내 옆에서 폭풍이 불든 말든 조용한 내면의 시간이 찾아오고 그러한 시간은 우리의 상처를 자신도 모르는 사이에 지워준다. 책을 읽는다는 것은 스스로 정신과의사가 되어 나를 치료하는 일이고 부처님께 3천 배를 올리고 예수님 이름으로 기도하는 일과 같다. TV나 스마트폰으로 인간에게 흡수되는 모든 것들은 절대 쌍방향적인 수용과 반작용이 아니다. 그것들에 댓글이나 단다고 해서 우리가 그것들에 참여하고 있는 것이 절대 아니라는 소리다. 그것은 구린내 나는 환각일 뿐이다. 우리는 알게 모르게 어떤 거대한 힘과 교활한 시스템에 의해 조종당하고 있다. 우리를 가두고 지배하는 그것은 정치일 수도 있고 자본일 수도 있고 언론일 수도 있다. 그럼 어떻게 해야 할까. 책장에서 책을 고르는 수도승을 장악할 수 있는 악의 제국은 없다. 그러나 책을 읽는다는 것은 정신적인 행위만이 아님을 명심해야 할 것이다. 책이 내 인생을 변화시키지 못한다면 책 또한 마약과 다를 바 없다. 위로를 팔아먹는 책을 읽는다고 위로가 되나? 정말 그런가? 위로받고는 위로가 없이는 살아갈 수 없는 사람이 돼버리는 것은 아닌가? 진정한 책 읽기란 그 책을 읽고 지성으로든 감성으로든 그 무엇으로든 스스로를 혁명하는 것까지를 뜻한다. 그렇지 않다면 독서조차 노예의 길이다. 때늦은 태풍이 온다고 한다. 책을 읽는 사람은 누구든 혁명가인 것이다.

(2013. 9)

말 못하는 짐승을 모함하는 관리들

게으르고 무능한 데다가 오직 제 안위만 살피는 관리들은 국민을 위험에 빠뜨리고 심지어는 죽음에까지 이르게 한다. 그들이 연출하는 가장 끔찍한 장면은 자신들의 과오를 무마시키기 위해 사회에 지울 수 없는 불명예를 몰래 남길 때이다. 탐관오리보다 조금도 나을 게 없는 그런 교활한 허위와 말끔한 위선의 가면을 쓴 그들의 피 묻은 손에는 엉뚱하고 가련한 희생양이 들려 있기 마련이다.

작년 11월 서울대공원에서 사육사를 물어 숨지게 한 수컷 시베리아 호랑이 로스토프는 그 이후로 제 짝인 펜자, 그리고 둘 사이에서 낳은 세 마리 새끼와 헤어져 줄곧 방사장에 홀로 격리됐다. 멀리서 펜자의 울음이 들리면 저도 울어서 반응하는 로스토프는 대부분의 시간을 차가운 시멘트 바닥에 누워 지낸다고 한다. 서울대공원은 로스토프의 노출을 꺼려 방사장 청소도 한 달에 한 번씩만 하고 있다. 그런데 며칠 전 기사가 났다. 서울대공원이 로스토프를 영구 격리시키기로 결정했다는 것이다. 죄수로 치면 독방 종신형에 처한다는 소리인데, 한 소설가를 비롯해 여기저기서 항의가 좀 있자, 사실은 그게 아니라 어떻게 해야 할지 아직 고심 중이라고 잽싸게 억지로 얼버무리고는 있지만, 취재기자가 로스토프의 영구 격리 결정을 직접 확인하고 기사를 작성했노라 증언하고 있으니, 적어도 서울대공원이 당장 실행만 하고 있지 않을 뿐 그러한 시도를 간 보고 있는 것만은 분명해 보인다.

결론부터 말하자면, 이 사건의 피해자는 서울대공원이 아니라 참담하게 돌아가신 사육사와 콘크리트 어둠 속에 외로운 죽음처럼 웅크리고 있을 로스토프이다. 반대로 가해자는, 자신의 소임이 뭔지조차 모르면서 구차한 자리보전에만 근기를 부리는 안영노 서울대공원장과 경력상 아무런 직무연관성이 없는 그를 매우 석연치 않은 소문과 분위기 속에서 임명한 박원순 서울시장, 그리고 그들이 조장하고 방관한 불합리하고 넋 나간 서울대공원의 시스템, 더 나아가서는 사람을 해친 짐승이라고 해서 저간의 이치와 사정은 제대로 따져보지도 않은 채 함부로 죽이거나 농락해도 된다고 생각하는 어리석은 인간들 전부이다. 그러니 영구 격리가 그렇게 신통한 판결이라면 그 대상은 당연히 가해자들의 몫이어야 할 것이다.

장관 되겠다고 온갖 검증을 받다가 결국엔 개망신만 당하고 낙마하는 게 다반사가 된지 오래이다. 설령 그런 시련을 극복하고 장관이 됐다손 치더라도 툭 내뱉은 말실수와 개념 없는 표정 하나에도 한순간에 떨려나버리는 게 요즘 세상인 것이다. 문제가 있다고 여기면 대통령도 당장 물러나라고 낮이건 밤이건 빵빵 요구하는 우리들이다. 사고 발생 후 안영노 씨의 인터뷰를 보면 그가 서울대공원장으로서 얼마나 부적합한 위인이며 얼마나 이상한 소리로 사육사의 유족들에게 아픔을 주고 있는지 빤히 알 수 있다. 그날 호랑이는 겨우 1.4미터의 펜스를 훌쩍 뛰어넘어 아이들을 잡아먹을 수도 있는 상황이었다. 그런데도 안 원장은 그 모든 총체적 직무유기의 아수라장에 대해서 흐릿한 변명만 늘어놓았다. 이러니 민심이 천심인지라 인디밴드 출신인 안영노 서울대공원장이 불렀다는 〈날 뜯어먹어〉라는 노래가 문제 아닌 문제로 구설수에 오르는 것이다.

도대체가 이 비극 안에서 한 마리 호랑이 말고는 아무도 책임지는 자가 없다. 26년간 곤충관만 담당했던 사육사가 어느 날 난데없이 맹수관으로 발령 난 것이 안 원장이 부임하기 전이라고 해도 어쨌거나 그 비극은 안 원장 체제하에서 벌어진 것 아닌가. 가령, 시장으로 취임한 그 날로부터 새로 지어진 한강대교가 무너지는 것만 책임지겠다고 말하는 시장이 있다면 애초에 그는 시장이 돼서는 안 되는 사람일 것이다. 임명되는 그 순간부터 의무 지어진 환경과 상황을 자신의 신념과 권한을 총동원해 장악하고 무한 책임지는 것이 바로 관료와 리더의 숙명인 것이다. 한 성실하고 유능한 사육사의 목숨을 빼앗은 것은 호랑이가 아니라 비린내 나는 관료주의와 비전문가의 낮도깨비 같은 행정이다. 짐승은 생존에 순정하기 때문에 아귀 같은 인간과는 달리 필요 이상의 욕심을 부리지 않는다. 만약 인간과 자연 사이에 어떤 사달이 났다면 그건 필경 인간이 저지른 짓이다. 동물들에게 동물원은 희한한 지옥일 뿐, 광활한 시베리아의 숲과 벌판을 누벼야 하는 호랑이를 기껏 비좁은 여우 우리 안에 가둬놓았으니 안 미칠 까닭이 없는 것이다. 호랑이에게 도덕이란 무엇인가? 이런 질문 앞에 서 있는 우리는 얼굴이 화끈 달아오른다. 맹수에게 인간의 법조문 따위를 들이대다니. 호랑이는 애완견이 아니다. 물어뜯는 것은 호랑이의 유전자인 것이다. 어서 로스토프를 제 새끼들과 짝에게 되돌려놓고 안영노 서울대공원장은 자진 사퇴해야 한다. 그것이 억울하게 돌아가신 사육사에 대한 최소한의 예의이며 자신을 의아하게 서울대공원장에 임명해준 박원순 시장에 대한 최소한의 충심일 것이다.

혹시라도 이 글을 지방선거를 앞둔 한 낭인의 정치적인 행동이라고 여긴다면 제발 간곡히 사양한다. 내가 고작 낭인인 것은 맞으나, 그 낭인은 새누리당이건 고도리당이건 민주당이건 민폐당이건 진보당이건 구석기당이건 정의당이건 협동조합이건 안철수건 똘이장군이건 박원순이건 능구렁이건 정몽준이건 안하무인이건 아무런 관심이 없다. 레닌놀이도 싫고 애국지사놀이도 역겹다. 나의 관심사는 오로지 저 호랑이 한 마리의 운명이다. 그리고 그 운명은 두고두고 우리의 본색을 비추일 거울이 될 것이다.

일부러 그랬든 어쩌다 보니 그렇게 됐든, 짐승을 마녀재판 하는 인간의 얼굴을 한 야만의 그 꼭짓점 위에 박원순 서울 시장은 서 있다. 향후 그의 선택 이전에 이것은 서울시민의 양심과 수준이 달린 일이다. 우리는 말 못하는 짐승에게 제 죄를 덮어씌우려는 관리들 덕에 전 세계에서 가장 부끄러운 도시에서 사는 시민이 될 기로에 서 있는 것이다.

(2014. 2)

우리들과 그는 정말 다른가?

장면 총리는 군부가 봉기할지도 모른다는 보고를 일찍이 네 차례나 받았다. 심지어 박정희 소장은 육군참모총장 장도영의 책상 위에 거사 계획서를 올려놓기까지 했다. 그러나 박정희는 무사했다. 1961년 5월 16일 새벽, 김포 주둔의 해병대 1개 여단을 주력으로 한 불과 3,600여 명의 병력이 한강을 건너 육군본부를 점령하고 정부의 주요 시설들을 장악했다. 5월 15일 밤, 요정에서 술 마시던 장도영은 쿠데타가 실행되기 일보직전이라는 정보를 입수했으나 쿠데타 진압을 위한 결정적 조치는 결코 취하지 않았다. 그는 헌병대의 중화기 무장 요청을 불허했다. 게다가 한강대교를 막되 차량 한 대가 통과할 수 있을 만큼의 여유는 남겨두라는 괴상망측한 명령을 내렸다.

5·16쿠데타의 진정한 리더는 박정희가 아니었다. 당파와 정쟁과 기

회주의에 찌들어 썩은 대한민국의 미필적 고의였다. 장면 총리는 쿠데타 군이 서울에 진입하자 미 대사관으로 도망쳤으나 대사관 측이 문을 열어주지 않자 혜화동 소재의 한 수녀원에 숨었다. 그는 주한 미국 대리대사에게 전화를 걸어 유엔군 사령관이 쿠데타 군을 진압해줄 것을 요청하면서도 쿠데타 군에게 발각될 위험이 있다면서 자신의 위치는 죽어도 밝히지 않았다. 최고 책임자가 그러고 있는데 미국이 한국의 내정에 간섭할 수는 없는 노릇이었다.

5월 18일 낮 12시, 55시간이나 잠적했던 장면 총리는 어물쩍어물쩍 나타나더니 기껏 진행한다는 짓이 내각 총사퇴였다. 황당해진 유엔군 사령관과 주한 미국 대리대사는 일단 이를 악물고, 헌법상 국군 통수권자인 윤보선 대통령에게 쿠데타 군 진압 명령을 내리라고 독촉했다. 그런데, 민주당 구파였던 그는 신파인 장면의 실각이 영 기분 나쁘지는 않아서였는지, 박정희 소장이 자신을 찾아오자 이렇게 말했다. "올 것이 왔구려."

1979년의 어느 가을날 궁정동 안가에 있던 정승화 육군참모총장은 박 대통령이 연회를 벌이고 있다는 옆 건물에서 총질이 났는데도 별다른 대처를 하지 않아 이후 신군부에게 내란방조죄로 몰리며 쿠데타의 빌미를 제공했다.

12·12의 그 밤, 노재현 국방장관은 계엄사령관이 된 정승화 육군참모총장의 공관 쪽에서 총성이 울리자 북한 공비가 쳐들어온 것인지도 모른다며 가족들을 데리고 단국대로 도망쳤다가 나중에는 미8군 연합사로 숨었다. 그는 얼마 전 전두환의 인사조치에 대한 정승화의 요청을 사람 좋게 거절한 바 있었다. 결국 노재현은 국방장관 체면에 보안사로

잡혀가 전두환 앞에서 정승화 계엄사령관 연행에 대한 사후 재가 서류에 사인했고 최규하 대통령에게도 그렇게 하게끔 설득하는 미션까지 수행해야 했다.

사실 가장 이해하기 힘든 이는 최규하였다. 그는 이리저리 잔머리를 굴리느라 숨이 벅차던 김계원 대통령 비서실장으로부터 김재규가 박 대통령 시해자라는 것을 국무위원들 가운데 가장 먼저 알게 됐음에도 불구하고, 대통령 유고시 국무총리인 자신이 국가원수 직 자동 승계자라는 준엄한 입장을 모를 리 없었을 텐데, 그야말로 멍하니 완전 무방비 상태에서 김재규가 요구하는 대로 김계원을 따라 육본 B-2벙커로 갔다. 바로 이러한 행동이 약점 잡혀 그는 전두환 합동수사본부장에게 질질 끌려다니다가 하야까지 하게 되었던 것이다. 나중에 국방부 회의실에서 국무위원들이 다 모여 있을 적에, 김재규의 박 대통령 시해 사실을 인지하고 있는 사람은 김계원·최규하·노재현, 이 셋이었다. 그러나 그들은 약속이나 한 듯 꿀 먹은 벙어리가 되어 안주머니에 권총을 지니고 있는 김재규의 눈치만 살피고 앉아 있었다. 그들이 무서워했던 것은 김재규의 권총뿐만이 아니라 과연 김재규가 어떤 음모의 카드를 손에 쥐고 있을까, 라는 의문이었다. 그들의 공포는 곧 그들의 안위였던 것이다.

두 시대에 걸쳐 대한민국 고위층들이 공연한 저 엄청난 분량의 블랙코미디는 똑같은 대본을 각색해 연기자들만 좀 바뀌었을 뿐이다. 박정희의 소수 군부가 무혈 입성했던 것처럼, 10·26부터 12·12까지 제대로 작동하는 조직은 전두환의 '하나회'밖에 없었다. 그들만이 강했고, 그들만이 빨랐고, 그들만이 치밀했고, 그들만이 열정에 차 있었다. 경제발전의 공적은 열외로 하고, 오로지 민주주의의 가치와 그 성취과정에서 지불해야 했던 고통과 죽음에 주목해본다면 저들 '바보들의 행진'이 저지른 죄는 하늘을 뒤덮고도 남는다. 악보다 더 극악한 것이 나태인 셈이다.

이렇듯 각자 소임을 다 하지 못하면 전체가 어둠 속으로 빨려 들어간다. 애국심에 선행하는 것이 제 직업에 대한 성실과 사명의식인 것이다. 이것이 과장인지 아닌지는 인간의 역사를 찬찬히 되짚어 보면 알게 될 것이다. 누군가 소임을 다 하지 못하면 어느 날 문득 나라는 망하고 백성은 노예가 되고 내 어머니와 누이는 위안부가 되며 간신히 살아남은 자들은 차별과 억압 속에서도 잘 살아가기 위해 비열해진다. 그리고 그 누군가는 다른 누구랄 것도 없이 당신일 수 있다. 우리 사회는 깐깐하게 원칙을 지키면서도 치열하게 혁신하려는 일꾼이 칭송받기는커녕 피곤한 괴짜로 찍히기 일쑤인 것 같다. 당신은 그릇된 시스템 속에서도 고독을 무릅쓰고 신명을 다 바쳐 제대로 일하려는 장인匠人을 낙담케 하거나 좌절시킨 적은 없는가? 당신이 임하고 있는 그 조직은 맹골수도 위, 아이들을 가득 태운 세월호가 아닌가? 지금 당신이 세월호의 선장을 저주할 수 있는 것은 어쩌면 당신에게 그와 같이 전락할 만한 '결정적인 기회'가 아직까지는 주어지지 않았기 때문인지도 모른다. 그러나 그 요행이 얼마나 갈까? 우리들의 부도덕은 너무나 유서 깊고 교활해서, 차마 우리들 스스로 우리들의 피를 경계하지 않을 수 없는 까닭이다.

아이들을 가라앉는 배의 객실에 가둬둔 채 가장 먼저 탈출해 젖은 지폐를 말리고 있는 선장의 모습은 한 개인이 아니라 이 사회의 상징이다. 하나님은 소돔과 고모라에 의인이 단 열 명이라도 있으면 멸망시키지 않겠노라고 아브라함에게 약속하셨다. 아이들을 바다에 생매장시키고도 그 떼죽음마저 기어코 정치싸움으로 능멸하고 있는 대한민국은 소돔과 고모라다. 좌파건 우파건, 애국자건 혁명가건, 개건 고양이건, 조용히 눈을 좀 감아보라. 그럼 이제 하늘에서 유황불이 떨어지는 것을 기다리기만 하면 된다.

(2014. 4)

지금 우리에게 보수란 무엇인가

우리 사회의 지도층 가운데 보수주의자랄 수 있는 이와 처음 만나 한담을 나누다 보면 그가 나를 당연히 좌파로 상정한 채 대화에 임함을 은연중에 깨닫고는 쓴웃음 짓게 되는 경우가 적지 않다. 그가 스스럼없이 그러는 까닭은 백이면 백 빤한데, 바로 내 알량한 직업이 작가이기 때문이다. 과분한 오해 앞에서 내가 감히 좌파도 우파도 못 되는 일개 광대라는 사실을 툭툭 털어놓고 나면, 그는 비로소 내가 좀 편해졌는지 이내, 왜 우리나라 젊은이들은, 특히 문화예술계는 죄다 좌파에 물이 들어 있는지 모르겠다는 한탄을 던져오기 마련이다.

이 어지간히 익숙해진 풍경 속에서 내가 화제를 얼른 다른 방향으로 돌리곤 하는 것은 이 이상한 나라의 불온한 박쥐인 내가 자칭 보수주의자인 그에게 해줄 말이 없어서가 아니라 정말 몰라서 저런 질문을 해대는 그의 실존이 너무 괴로워서이다. 한 청년이 사회에 첫발을 내디뎠을 때 그 순수한 눈에 비추인 세상이란 모순과 불의로 가득 차 있으며 예술가란 인간의 나약함 속에서 사랑을 찾아 해매는 행위로부터 자신의 예술을 시작한다는 점에서 청년과 예술가는 비록 불가능하고 급진적인 정의감일지언정 좌파적 견해와 감상에 매혹되기가 쉽다.

그러나 이러한 보편적 이치가 이 사회의 보수주의자들이 청년들과 예술가들에게 인기가 영 형편없이 없는 형편을 온전히 설명해줄 수 있는 것은 아니다. 우리의 보수주의자들은 왜 자신들이 젊은이들과 문화인들로부터 극단적인 혐오와 경멸과 적개심의 대상으로 전락했는지를 제발 무작정 역정만 내지 말고 진지하게 숙고할 필요가 있다는 소리다.

공동체의 안정과 질서를 중요시하는 보수주의는 다른 정파들에 비해서 가장 다양하고 깊이 있는 도덕성을 스스로에게 요구한다. 보수주의자가 완고해 보이는 것은 설익고 파괴적인 변화가 사회의 어떠한 부분에서는 긍정적인 효과를 거둔다 하더라도 그 사회 전체에는 해를 끼치는 것이 명백하다면 그것에 반대하기 때문이지 변화 자체를 부정해서가 결코 아니다.

"제아무리 시대가 발전했더라도 인류 생존의 기본 법칙에는 별 영향을 주지 못했다. 지금 우리의 골격이 먼 조상의 골격과 별로 다르지 않은 것과 마찬가지이다"라고 소로는《월든》에 썼다. 보수주의자들은 국가 체제의 골격과 그 기능의 선함을 소중히 여기는 상식주의자들이다. 이 사회가 보수에게 요구하는 진정한 모습은 독선과 오만과 작당과 부패가 아니라 고뇌하는 균형감각과 솔직담백한 소통, 치열한 직업정신과 청정한 위엄이다. 이 나라의 소위 좌파들이 선한 사마리아인과 고독한 지식인 행세로 나르시시즘의 허기를 채우고 있다면, 이 나라의 소위 우파들은 애국자 행세로 속물의 극치를 보여준다.

'애국'이라는 것은, '인생이란 무엇인가?'라는 질문처럼 매우 모호하고 난해한 개념이다. 그래서 애국은 자신을 정말 애국자라고 착각하는 근육주의자들에 의해 아집과 폭력으로 쉽게 변질된다. 절체절명의 위기에서 과연 누가 목숨을 던져 국가를 지키는지는 새벽 닭이 두 번 울기 전까지 예수를 세 번 부인하는 베드로처럼 그때 가 봐야 비로소 알게 되는 법이다. 타락한 종교가 죽음을 가지고 사기를 치듯이, 병든 사회주의가 평등과 정의감과 조직으로 사기를 치듯이, 파시스트들은 애국으로 사기를 친다.

도대체가 이 나라의 보수에게는 분노만 있지 반성이 없다. 보수는 그 시대의 젊은이들에게 비극을 설명하고 희망을 설득할 줄 알아야 한다. 그런데 우리의 보수는 청춘들을 희롱하고 착취한다. 만약 우리의 보수가 드높은 도덕과 지성으로 무장하지 않는다면 장차 통일 대한민국에서 탄생할 2천5백만 명가량의 새로운 유권자들은 보수의 강력한 정치적 적대자로 수렴되고 말 것이다.

"보수주의란 무엇이겠습니까? 그것은 새롭고 아직 시험을 받지 못한 것이 아니라 익히 알고 시험을 겪어온 것을 지지하는 것이 아니겠습니까?" 이것은 1860년 2월 27일, 링컨의 연설 중 한 대목이다. 이제 우리는 이 나라의 보수주의자들에게 묻고 싶다. 당신들이 익히 알고 시험을 겪어온 것이 보증하고 있는 아름다운 가치와 철학이란 무엇인가? 우리는 당신들의 더러운 욕망에 대한 변명과 설교를 듣고 싶은 게 아니다. 또한 이 질문은 가짜 좌파 진보주의자들처럼 이 나라에 득실거리고 있는 가짜 우파 보수주의자들에게가 아니라, 진보란 소위 좌파의 전유물이 아니며 모든 살아 있는 정신의 기조임을 믿는 진정한 보수주의자들에게만 해당되는 질문일 것이다.

이념의 균형이 잡힌 사회를 두고 새는 좌와 우 양쪽 날개로 난다고들 흔히 비유하곤 한다. 그러나 진정한 보수주의자라면 진보는 좌파의 전유물이 아님을 주장하는 동시에 저 비유를 오류로 받아들일 것이 분명하다. 보수주의는 새의 한쪽 날개가 아니라 새의 몸통이다. 그 몸통은 인류의 빛나는 미래를 향하여 진보의 양 날개를 유연히 휘저으며 역사의 창공을 날아간다. 그리고 우리는 그것을 자유라고 부른다.

(2014. 6)

지금 우리에게 진보란 무엇인가

《대반열반경》이 전하고 있는 부처의 마지막 모습은 인상적이다. 그는 스승의 죽음을 앞두고 울고 있는 제자들을 이렇게 타이른다. “슬퍼 마라. 내가 늘 만물은 모두 변하고 소멸한다고 말하지 않았더냐. 변하고 소멸해야 하는 만물에게 그러지 말라고 하는 것은 절대 불가능한 일이다.”

독문학과 대학원 시절이니 1990년대 중후반쯤이었다. 문예이론 교수님의 제안으로 그날 수업은 존 케이지를 비롯한 전위예술가들의 작품들이 초청된 국립현대미술관에서 진행키로 했다. 요셉 보이스의 백묵 낙서가 있는 칠판을 톱으로 잘라온 것, 통나무에 대못을 고슴도치의 가시들 마냥 마구 박아댄 것, 요단강을 건너가는 예수를 패러디하며 한 사내가 검은 양복을 입은 채 라인 강을 건너가는 모습을 찍은 흑백사진 등이 아련하다. 한 시간 남짓의 감상을 마친 우리는 카페에 둘러앉아 예술의 전위에 대한 토론을 나누었고, 그때 나는 이런 견해를 피력했다.

"저기 저 작품들은 전위예술이 아닙니다. 저것들이 유럽과 미국에서 발표됐던 1960-1970년대 당시에는 아방가르드 혹은 프로그레시브였는지 모르겠지만, 세월이 흘러 한국 국립현대미술관에 놓인 지금은 클래식이거나 화석이기 때문입니다."

그렇지 않아도 평소 악동으로 찍히기 일쑤였던 나를 교수님은 심기가 불편한 표정으로 쳐다봤지만, 아직도 나는 예술의 전위와 진보에 대한 나의 견해를 수정할 의사가 전혀 없다. 하물며 예술이 이럴진대, 인간사를 매 시각 즉각적으로 반영하는 정치이념의 외양과 내용이 고정불변할 리 만무하다. 만약 그런 정치이념이 있다면, 그야말로 그것은 부처의 지적대로 "절대로 있을 수 없는 일"일 것이고, 결국 가짜라는 소리가 된다.

우리 사회는 통상적으로 진보라고 하면 무조건 좌파 노선과 일치시키는 버릇이 있다. 특히 지식인들은 스스로 좌파여야 한다는 강박과 요령이 있어 어울리지도 않는 좌파 행세를 하며 멋을 부리는 경우가 허다하다. 와중에 그 반대편은 무조건 이른바 수구 꼴통 보수로 간단히 정리되기 마련이다. 그러나 이런 분류는 인문학적 이치에 맞지도 않을뿐더러, 유사 좌파와 유사 우파만이 판을 치는 대한민국에서 좌파와 우파는 서로 말이 안 통하고 못 잡아먹어서 안달이며 사상에 입각해서가 아니라 짐승들처럼 관계를 유지한다는 점에서 개와 고양이로 분류돼야 더 과학적이다.

아무튼, 긴 군사독재와의 투쟁 속에서 적과 싸우다가 적을 닮아버린 탓인지, 이 사회의 소위 좌파들은 소위 우파들 못지않게 치졸한 맹목을 거창한 정신이라고 착각하거나 위장한다. 괜히 비트겐슈타인이 "무릇 진보라는 것에는 실제보다도 훨씬 더 위대하게 보이는 일면이 있다"라고 《철학탐구》의 맨 앞장에서 오스트리아의 희극작가이자 배우인 네스트로이의 말을 인용한 게 아닐 것이다. 백번을 양보해 이 사회의 유사 좌파를 진정한 좌파로 얼버무려준다고 하더라도, 진보는 좌파만의 전유물이 아니다. 진보는 "변하고 소멸해야만 하는 모든 것들"이 그러하듯 시대정신의 참다운 요구에 따라 변하고 소멸하는 끝에 다시 태어난다.

진보란 도덕적 고뇌 속의 용기가 인간에게 부여하는 영명한 태도다. 그러나 야만적인 진영논리만 난무하는 이 사회의 좌파에게는 앙리 레비, 에릭 홉스봄, 마루야마 마사오 같은 사유의 거울이 없다. 그저 박정희나 김대중, 박근혜나 문재인 같은 시대적 캐릭터들만이 있을 뿐이다. 우리의 좌파에게는 인간과 정치 본질에 대한 깊은 연구가 없으니 그 올바른 적용 또한 없다. 대한민국의 사민주의 정당들이 통일 대한민국에 대해 아무런 비전이 없는 것은 그 좋은 예일 것이다.

한 사회 내부의 피비린내 나는 싸움을 중재하는 것은 민주주의 자체가 아니라 민주주의에 대한 지성이다. 파시즘에는 우파 파시즘만 있는 것이 아니다. 좌파 파시즘은 광기라는 마약에 정의감이라는 백설탕이 뒤섞여 있다. 나는 이념을 과신하고 과시하는 자들이 무섭다. 왜냐하면 그들이 그러는 것이 욕심과 무지에 불과한 비극이라는 것을 역사가 증명하고 있기 때문이다.

이념이란 고도로 농축된 고집과도 같아서 긍정적으로 작용하는 그 순간부터 이미 부정적으로 작용한다. 이념에 부작용이 있다는 것을 모르는 사회는 화약고와 같다. 도스토옙스키의 《악령》에는 이런 대목이 있다. "인간이라는 속물은 언제나 남한테서 속임을 당하는 것보다는 자기가 자기한테 거짓말을 하고 싶어 한다. 그래서 남의 거짓말보다 자기 거짓말을 더 믿고 있는 것이다." 이 사회의 좌파가 가장 조심해야 할 점은 진보에 대한 자신도 모르는 거짓말이다. 갱신되지 않는 것들은 다 가짜다. 우리는 그것을 반동이라고 부른다.

(2014. 6)

지금 우리에게
중도란 무엇인가

미워하는 것이 같은 사람들로 가득한 나라와 사랑하는 것이 같은 사람들로 가득한 나라 중 살기 좋은 나라는 어느 쪽일까? 너무 쉬운 질문이 아니냐고 코웃음 치기 전에 우리는 과연 우리에게 그럴 자격이 있는지 되돌아봐야 한다. 누구나 다 읽은 듯 얘기하지만 정작 읽은 사람이 흔하지는 않은《백범일지》는 여러모로 굉장한 가치를 지닌 책인데, 특히 상해 임시정부 시절에 대한 김구 선생의 회고는 현재의 우리에게 매우 흥미롭게 다가온다.

기미년 대한민국 원년인 1919년에는 국내외가 일치하여 독립운동에 매진하였으나 세계 사조가 이념갈등의 창궐인 고로 임정 내부에서도 분파적 충돌이 격렬하였다. 심지어는 국무위원들끼리도 서로 으르렁대기가 일쑤였는데 가령 국무총리 이동휘는 공산혁명을, 대통령 이승만은 자유민주주의를 부르짖었다. 그러던 어느 날 이동휘가 은밀히 백범을 공원으로 불러내 아우님도 나와 함께 공산혁명에 참여하자고 꾄다. 백범의 반응은 단호해서, 공산주의는 러시아 공산당과 독일 사회민주당 좌파가 중심이 돼 결성한 국제공산당 조직 코민테른의 꼭두각시가 되지 않을 수 없음을 지적한 뒤 이렇게 덧붙인다.

"우리 독립운동이 우리 한민족의 독자성을 떠나서 어느 제3자의 지도·명령의 지배를 받는다는 것은 자존성을 상실한 의존성 운동입니다. 선생은 우리 임시정부 헌장에 위배되는 말을 하심이 크게 옳지 못하니, 저는 선생의 지도를 따를 수 없으며 선생의 자중을 권고합니다."

불쾌한 낯빛으로 백범과 헤어진 이동휘는 후일 레닌에게 가서 구걸한 독립운동자금과 금괴를 중간에서 빼돌려 도주한다.《백범일지》를 뒤적이다 보면 이 대목 말고도 공산주의에 대한 백범의 경계와 경멸이 곳곳에 눈에 띈다. 따라서 마치 백범이 소위 진보 좌파의 정신적 태양처럼 오해받고 있는 것은 우파보다 좌파가 오히려 더 민족적인 색채를 내세우는 대한민국의 비틀린 팔자 탓이 크다. 게다가 뭔가 찔리는 게 많은 인간들은 너도 나도 백범기념관에서 백범의 숭고한 어깨 위에 맘대로 걸터앉아 선언을 하고 결성식을 가진다. 그들은 백범의 뭘 제대로 알고 있는 것일까?

《백범일지》는《난중일기》를 넘어서는 무인武人의 책이다. 백범은 17세 소년도 일제의 첩자로 판명되면 극형에 처했다고 담담히 술회한다. 백범은 불세출의 항일 독립운동가고 우리 민족의 큰 스승이지만 현실정치에서는 실패한 사람이었다. 백범의 정적이었던 이승만이 아무리 비호감일지라도 어쨌든 그가 대한민국이라는 나라를 되는 쪽에 줄 세운 것만큼은 정당하게 평가해야 하듯, 우리는 백범이 북한을 방문했을 적에 이미 소련공화국을 완성해놓은 김일성에게 느껴야 했던 절망 또한 잊지 말아야 한다.

백범은 소위 진보 좌파의 전유물이 아니며 소위 보수 우파의 껄끄러운 상처도 아니다. 중도주의자 백범은 목숨을 걸고 민족의 상잔과 분단을 막아보려 했지만 그것은 냉전의 시대 격류와 김일성의 야욕 앞에서는 역부족이었다. 우리의 중도 학살은 유서가 깊다. 조선 왕조 내내 중도주의자들이 사문난적斯文亂賊으로 몰려 죽었듯이 백범은 암살자의 흉탄에 쓰러졌다. 이제 우리의 중도는 좌도 아니고 우도 아닌 바닷속으로 몸을 던져 자살하는《광장》의 이명준이라는 나약한 이미지에서 벗어나야 한다.

우리의 습관 같은 선입견과는 완전 다르게, 사실 중도만큼 정치적으로 래디컬한 입장은 없다. 극우와도 싸우고 극좌와도 싸워야 하기 때문이다. 중도주의자는 그 어느 혁명가보다 치열하고 그 어느 애국자보다 중후하다. 흰옷에 떨어진 피보다 선명한 중도는 회색주의가 아니다. 중도는 어설픈 화해를 거부하고 옳은 판단을 내려 행동하는 강력한 이성의 실현이다. 사랑하는 것도 미워하는 것도 아닌 너의 무관심은 중용中庸이 아니라 한갓 중간이며 사랑할 때는 사랑하고 미워할 때는 미워하는 절도에 중용의 본질이 있노라고 철학자 우송牛松 김태길 선생은 갈파하지 않았던가.

아직도 대한민국 안에서 좌에게 이용당하고 우에게 휘둘리고 있는 중도주의자 백범에게 아쉬웠던 것은 정당성도 의지도 아니었다. 오직 힘이었다. 실력 없는 중도는 그저 갈등하는 소수일 뿐이다.

우리가 백범의 정의로움을 존경하는 만큼 이제 우리는 그를 기리는 것에서 더 나아가 그의 정의로움을 비극의 자리에서 승리의 자리로 옮겨놓을 일에 매진해야 한다. 바로 그것이 미워하는 것이 같은 사람들로 가득한 나라가 아니라 사랑하는 것이 같은 사람들로 가득한 나라를 만드는 길이며 통일 대한민국을 해방정국 같은 이념충돌의 생지옥으로부터 구해내는 간절한 기도일 터. 만약 이러한 희망과 노력이 불가능하다면, 우리는 그것을 국가가 아니라 어둠이라고 부르게 될 것이다.

(2014. 7)

지금 우리에게 국가란 무엇인가

하나의 질문이 다른 여러 질문들을 껴안고 있는 경우가 있다. 사랑이라는 질문 안에 미움과 희생과 후회와 용서 같은 질문들이 숨어 있듯이. 그러한 이치를 알면 인간과 세상을 보다 깊이 바라볼 수 있을 것이고, 아니라면 향후 삶의 갈피갈피마다 혹독한 대가를 치를 일들이 꽤 될 것이다.

한 개인의 행로만이 아니라 한 국가의 운명에서 또한 마찬가지다. 가령, 상상해보자. 만약 통일 대한민국이 실현된다면 주사파나 민족해방론자(NL)들은 과연 어떻게 될 것인가? 언뜻 계산해보면, 북한이 소멸되면서 우리 한민족 전체가 비로소 통일 대한민국이라는 하나의 국가로 수렴됐으니 음으로든 양으로든 저들이 존속될 리 없을 것 같지만, 나의 견해는 영 다르다. 결론부터 말하자면, 통일 대한민국에서 가장 오랫동

안 가장 폭넓게 사고를 칠 주체는 평소 우리가 자부심에 차 의지하는 그 '민족'이라는 미신일 것이다. 그러니 민족해방론자나 주사파와 같은 병든 민족주의의 스페셜리스트들은 증발되기는커녕 더 독한 변종으로 진화해 형형할 공산이 적잖다.

이는 민족이라는 무지에 대한 우리의 기질과 착종된 우리 역사와의 콜라보레이션이다. 본시 반도에서는 제노사이드가 자주 일어나 발칸반도가 저 지경이라지만, 전 세계에서 민족주의가 드세기로는 1등이 북한이요 2등이 남한인 것은 분명하다. 통일 대한민국에서 차별당하는 과거 북한의 인민들은 외국인들과 다문화적 요소들에 폭력을 일삼을 테고 과거 남한의 국민들은 그러한 혼돈에 신경질적으로 반응하며 길을 잃기 십상일 것이다. 통일 독일이 한참 그랬고, 우리는 그 수천 배의 하중을 견뎌내야 하리라.

민족이라는 개념은 대략 19세기를 거치면서 서구에서 국민국가 nation-state들이 생겨나, 그 '네이션nation'을 일본인들이 '민족'이라고 번역하면서 동양으로도 넘어온 것이다. 우리의 수많은 사회적 고질병들은 우리가 정확한 용어를 사용하지 못하고 있는 데서 연유한다. 우리가 고작 말만 똑바로 해도 필경 좌파니 우파니 하는 개와 고양이 싸움은 훨씬 줄어들 것이다. 왜냐. 최소한 자기들이 좌파도 우파도 아닌 그저 '날라리'에 불과하다는 사실만큼은 깨달을 수 있을 것이기 때문이다.

정말 이대로라면 저 중동의 수니파와 시아파처럼 우리가 통일 대한민국 안에서 서로를 학살하지 않으리란 보장이 없다. 인간은 자신이 정의로워서 으르렁댄다고 착각한다. 천만에. 우리는 욕망 때문에 물어뜯고 무식해서 원한을 갖는다. 우리가 신주단지처럼 모시고 있는 민족이란 기실 종족인 셈인데 이것 역시 민족처럼 매우 비현실적이고 비과학적인 망상에 불과하니, 순결한 겨레라는 것은 말짱 새빨간 거짓말이다. 순결한 척하는 것들은 다 악마의 자식임을 세계사는 증명한다.

민족국가라는 것은 곧 국민국가로서 누구든지 의무를 다하고 권리를 누리면 주권국민이 될 수 있는 나라다. 공상과학 소설가이자 문명비평가인 허버트 조지 웰스는 "우리의 진정한 민족은 인류이다"라고 갈파했다. 우리는 세계인으로서 국민이 돼야 한다. 우리는 민족이라는 허구를 감상화해서 모르핀을 맞고 있다. 그래서 이 나라에서는 이렇게들 아무렇게나 사랑하고 쉽게 미워하는 것이다. 지금 대한민국은 증오와 비합리로 연명하며 중환자실에 누워 있다. 우리가 아직 온전한 국민국가를 이루지 못했다는 사실에서 비롯된 연옥인 것이다. 제 이념과 이득을 악쓰기 전에 우리들 각자는 스스로 근대인이 맞는지부터 되돌아 봐야 한다. 대한민국은 아직 현대국가는커녕 근대국가조차도 아니다. 그리고 그것은 그 나라의 주인이라는 우리들 자신 때문이다. 우리의 불행이 우리에게서 말고 다른 데서 왔을 리가 없다. 목표를 제대로 설정하지 못한다면, 장차 해일처럼 닥칠 통일 대한민국은 기껏 연옥이 아니라 당연히 지옥일 것이다.

우리의 목표는 민족이 아니라 국가다. 요컨대 민족과 같은 환각에서 깨어나 국가라는 과학을 자각하는 데에 있다. 우리는 찡얼대는 가족이 아니라 무책임을 경멸하는 민주공화국의 국민이다. 토인비는《역사의 연구》에서 "국가의 정신은 종족주의라는 낡은 항아리 속에서 민주주의라는 새 술을 만들기 위한 효모이다"라고 썼다. 국가라는 질문 속에는 현재의 우리가 감당하기에는 너무 버거운 질문들이 너무 많이 도사리고 있는지도 모른다.

하지만 아무리 괴로워도 우리는 우리의 이 사회과학적 무명無明을 정직하게 직시해 스스로를 치료하고 재활해야 한다. 끔찍한 소리지만, 그것 말고는 우리가 한 국가 안에서 함께 생존하고 번영할 수 있는 방법이 전혀 없는 시간이 벌써 가까이에 와 있다.

(2014. 8)

지금 우리에게
민주주의란 무엇인가

작가이다 보니 여하간 책이 많은 편이고, 이를 그냥 놔두면 담쟁이 넝쿨이 어느새 성벽을 뒤덮어버리듯 소리도 없이 꾸준히 늘어나 나중에는 온 집안을 점령해버리기 일쑤이다. 해서 몇 년에 한 번쯤 도서관에 기증하는 식으로 책들의 생태계 개체 수를 관리해주곤 하는데, 와중에 이십대 초반에 열독했던 이념과 민주주의에 관련된 서적들을 먼지 속에서 해후하게 되면 문득 뭐라 표현하기 어려운 감회와 애틋함에 젖게 된다. 그때 그것들은 책이 아니라 추억의 거울이자 옛 애인의 아픈 편지가 된다. 필경 그래서 그런 책들이 별 각주 노릇을 못하게 됐음에도 아직 내 서재 한구석에서 서로를 꼭 끌어안고 있는 듯 남아 있을 수가 있는가 보다.

나는 운동권이 아니었다. 그러나 이 나라에는 나 같은 날라리 대학생의 책장에도 저런 책들이 꽂힐 만큼 민주주의가 절박하고 불안한 시대가 무척 길고 고통스러웠더랬다. 아무튼 우리는 소위 '1987년 체제'로부터 산업근대화의 성공에 비견될 만한 정치민주화의 성공 또한 쟁취해낸 거의 유일한 개발도상국이 될 수 있었다. 만일 이 뿌듯함을 부정한다면 우리는 심장 없는 허수아비로 살아가는 오류를 범하게 된다.

잊어서는 안 된다. 그 심장이 얼마나 엄청난 피와 눈물의 대가들을 치르며 간직하게 된 빛나는 사랑이었던가를. 그러나 지금 우리의 아름다운 심장, 우리의 소중한 민주주의는 새로운 위기에 봉착해 썩어 문드러져가고 있는 것으로 보인다. 광장은 야만적인 이념 대결이 호황이고 국회 무용론은 입법독재 위에서 정색을 하고 있을 정도이다. 사실상 대한민국은 정치심리학적으로는 늘 내전상태라고 판단해야 옳다.

대체 우리는 왜 이런 한심하고도 살벌한 몰골로 전락하게 됐을까? 머지않아 '통일'이라는 해일이 몰아닥치면 우리의 민주주의는 지금까지와는 사뭇 차원이 다른 거대한 혼돈을 견뎌내야 할 텐데도 말이다. 따라서 우리가 민주주의에 대한 근본적인 착각들부터 바로잡아야 하는 것은, 이제 선택의 문제가 아니라 생존의 문제인 것이다.

민주주의는 자본주의와 사회주의 같은 이념이 아니라, 그저 방법론이다. 서로 피를 보지 않고 문제를 해결해 공동체의 안위를 담보하겠다는 최소한의 약속일 뿐인 것이다. 민주주의는 한 사회의 궁극적인 목적이나 만고의 진리도 아니며 도깨비 방망이는 더더욱 아니다. 성숙한 민주주의자는 최선이 안 되면 차선을, 차선이 안 되면 차차선을 선택하며 인내한다. 장구한 독재시절을 거쳐서 그런지 우리는 민주주의를 말하고 행동하는 것으로만 보는데 사실 민주적 질서와 그 작동원리는 절반 이상이 다름 아닌 '체념해주는 것'에 있다. 우리는 체념해주지 않기에 파국과 절망에 이르고 있는 것이다.

파시즘은 좌파니 우파니 하는 숙주를 전혀 가리지 않는다. 파시즘은 이데올로기가 아니라 질병이기에 변화무쌍하게 업그레이드되며 인간 자체에 흘레붙어 흑사병처럼 퍼진다. 이 참극을 막는 유일한 방법은 의외로 간단하기에 황당하기까지 한데, 그것은 바로 '주의를 기울이는 것'이다. 이것은 민주주의가 우스워서가 아니다. 전체주의라는 것이 워낙 신출귀몰하기 때문이다. 부주의한 민주주의는 삽시간에 전체주의로 변질된다.

전체주의는 재즈다. '무엇'이든 일단 재즈와 협연되면 그것은 그 순간 '무엇과 재즈와의 협연'이 아니라 '재즈'가 되고 마는 것이다. 진정한 민주주의자는 자신의 정의Justice에 대해 의심하는 것이 습관처럼 자리 잡아야 한다. 민주주의는 한 사회의 좋은 스승이 되기도 하는데, 그것은 민주주의 자체가 아니라 민주주의를 실현하기 위해 우리가 우리 자신에게 요구하는 조건들을 충족시키는 과정 속에서이다. 민주주의는 지식과 지성으로 무장된 개인이 많을수록 파시즘에서 자유롭다. 우리는 우리가 무식하고 사리사욕으로 가득 차 있다는 사실을 제발 순순히 인정해야만 한다.

민주주의는 정신병원의 푹신한 소파가 아니다. 우리의 미친 궤변을 경청해 우리를 분석하고 치료해줄 정신과 의사는 따로 존재하지 않는다. 우리를 치료하는 자는 우리밖에는 없다. 현역 군인이 국회의원이 돼서는 안 되는 것과 마찬가지로 혁명가도 국회의원이 돼서는 안 된다. 그 둘은 모두 의회민주주의자들이 아니며 군인은 전장에서 싸우고 혁명가는 거리나 감옥에 있으면 된다. 그런데 우리에게는 군인과 혁명가 같은 국회의원이나 그 지지자들이 너무 많다. 우리의 민주주의는 사랑이 아니라 성도착이 돼버렸다. 천국은 세상 어디에도 없다. 나의 욕심을 내려놓을 줄 아는 사람만이 진정한 사랑을 누릴 수 있는 법이다.

(2014. 9)

미래를 위해
오늘을 슬퍼하며

대한민국 사회의 이념 갈등을 그저 일상다반사 정도로만 넘기는 사람들이 많다. 나는 굳이 낙천樂天을 반대하고픈 사람은 아니다. 그러나 재앙이라는 것은, 그것이 무엇이건 임계점 이전까지는 기껏해야 '설마'이겠으나, 일단 도래하면, 엄중한 재앙인 법이다. 훗날 탄식하고 싶지 않다면 지금 우리는 솔직해져야만 한다. 한국 사람들의 사색당파 패악은 과거 일본인들이 한민족을 폄하하려고 조작한 모함이 결코 아니다. 저 관념에 찌들어 부패하고, 인류사에 손꼽히는 악마적 노예제도로 무너져가던 조선 말기까지 거슬러 올라갈 필요도 없다. 우리의 극심한 이념적 분열상은 나라가 없는 독립운동사에서조차 고스란히 드러난다. 해방정국(1945-1948)에는 이념대립에 의한 암살이 엄청났다. 당연히 칼도 사용됐으나 권총에 의한 것들이 대부분이었다. 고하古下 송진우, 몽양夢陽 여운형 등이 그렇게 죽어갔을 뿐만 아니라, 보통 사람들 사이에서조차 백색테러와 적색테러가 백주에도 난무했다. 미군정 CIC 통계는 1947년 8월 한 달간에만 정치적 반목이 원인이 된 테러가 총 505건 발생해, 사망이 90명, 부상자가 1,100여명이라고 적고 있다. 여운형은 단 한 번의 테러로 비명해간 것이 아니었다. 그는 해방정국에서 총 열두 번의 테러를 당한 끝에 1947년 7월 19일 오후 1시경, 혜화동 로터리에서 승용차 뒷좌석에 앉아 가다가 길에서 뒤쫓아 달려오던 한지근이 쏜 권총에 죽었던 것이다. 우리의 정치 수준이 계속 이대로라면, 통일 대한민국이 저 해방정국보다 덜 혼돈일 것 같은가? 일단 그 나라는 혀에 독이 발린 인간들의 지옥이 될 것이다. 그리고 그들 중 일부는 해체된 인민군의 무기들을 뒷골목에서 구해 자신들의 정의를 위해 기꺼이 사용할 것이다. 저 광화문 광장에서 소위 우파가 소위 좌파를 희롱하기 위해 먹어대던 피자와 소위 좌파가 소위 우파를 모멸하려고 뿌려대던 개 사료가 어느 날 순식간에 칼과 총으로 변하는 요술은 이미 우리들의 증오로 가득 찬 가슴속에서는 현실이다. 나는 어두운 예언자가 되고 싶지는 않다. 우리의 미래를 염려하며, 과거 속에서 오늘의 우리를 슬퍼한다.

(2014. 10)

지금 우리에게 지식인이란 무엇인가

1980년대의 끄트머리 학번인 내게만 해도 지식인이라는 개념은 한마디로 '행동하는 양심'을 뜻했던 것 같다. 지식보다는 지성이, 개인적인 욕망이나 감각보다는 시대의 이념과 책무가 우선시되는 시대, 혹여 그렇게 살지 못하고 있다면 죄책감만이라도 느껴야 맘이 편하던 세대였다.

어쩌면 그때 우리는 마르크스를 알기도 전에 마르크스주의자였고, 미국에서 유학하고 싶으면서도 반미주의자였고, 대한민국에서 잘 살면서도 대한민국은 친일파들이 건설한 부끄러운 나라라고 믿어 의심치 않았는지도 모른다. 그리고 그러한 분위기에 입각해 우리는 일단 어느 정도의 좌파적 성향을 띠어야만 온당한 지식인이라는 강박에 지배받게 되었다.

하지만 엄밀히 말해, 오래전부터 대한민국에는 진짜 좌파도 없고 진짜 우파도 없다. 현재 우리는 사회과학적 용어들이 중구난방 엉터리로 사용되는 사회 속에서 소위 좌파든 소위 우파든 연예인 스타일의 지식인들이 설치는 난잡한 쇼들을 매일 구경하고 있다.

그 밤 베드로가 닭이 두 번 울기 전에 예수를 세 번이나 부인했듯, 누가 정말 인간의 존엄과 자유를 옹호하는 자인지는 절체절명의 위기상황이 와 봐야 환히 드러날 사안이다. 그럼에도 불구하고 우리에게는 무자비한 자신감에 차 외치는 소리들이 너무 많다. 진실한 사람은 진실을 유리그릇 다루듯 하는 법이다. 이토록 행동하는 양심들이 많으신데 왜 이 나라는 여전히 이 모양인 것일까?

예전의 지식인들은 양심이 없어서 지식인이 아니었는가본데, 요즘의 지식인들은 정말로 지식이 없어서 지식인이 아닌 것 같다. 연예인병에 걸린 지식인들의 양심이야 차후 따로 떼어놓고 더 따져봐야겠으나, 모두가 논객이고 모두가 활동가가 돼버린 세상에서 치열한 공부와 신중한 대화란 좀처럼 찾아볼 수가 없어, 우리를 지탱하고 추동하는 것은 이념이 아니라 이념의 탈을 쓴 증오와 무명無明이다.

얼마 전 스스로 좌파임을 자랑스러워하는 한 청년과의 우연한 술자리에서 그가 '전체주의'라는 단어를 모른다는 사실에 깜짝 놀랐다. 어느 좌파 논객을 선지자처럼 떠받드는 그에게 《공산당 선언》은 읽어봤냐고 물으니, 그게 뭐냐고, 책이냐고 되묻더라. 공인된 멍청이가 아니라 지극히 멀쩡한 대학생에 대한 얘기다. 젊은이들에게 자신의 생각을 주입시키기보다는 그들 스스로 판단할 수 있는 지식을 쌓게 도와주는 것이 선배의 길이다. 좌파든 우파든, 우리의 지식인들께서는 청년들을 제 부하나 놀이터로 만들기에 혈안이 돼 있는 듯하다. 기실 지식인이라는 인종이 원하는 것은 단 하나, 날 좀 알아달라는 것일 수 있다. 박정희와 김일성 사이에서 방황하던 많은 지식인들이 그러했다. 유신 독재자 박정희가 옳지 않다면 어버이 수령님 김일성도 당연히 옳지 않은 것이다.

지식인은 자신의 생각을 남에게 전할 때마다 소정의 죄책감을 느껴야 한다. 지식인이란 세계와 자신에 대해 끝없이 의심하고 점검하는 자이기 때문이다. 폭력혁명이 합의에 의해 원천적으로 부정된 상태인 민주공화국에서 글을 쓴다는 것은 그 의미가 엄중하며 사회발전을 위한 소중한 기록이 된다. 광장과 TV 안에서 벗어나 책상으로 되돌아가 연구하고 글을 쓴다는 것이 곧 지식인의 가장 래디컬하고 양심 있는 행동인 것이다.

지금 대한민국이 이 지경이 된 것은 헌법이 열등해서도 아니고 법이 모자라서도 아니다. 법을 만드는 자들부터 타락해 법을 안 지키기 때문이다. 그리고 그들은 우리가 뽑은 자들이고, 좌건 우건 그 진영의 지식인들이 소개하고 지지한 자들인 것이다. 필경 지식인이란 자기모순 앞에서 가장 솔직한 사람일 것이다. 균형 잡힌 지식인으로서 완성을 추구하며 성장한다는 것은 도저到底한 노력과 겸손이 요구되는 과정이다.

지성인임을 자처하는 지식인이 제 거짓말에 스스로 도취돼 국민들을 불구덩이로 몰아넣은 사례들은 역사에 차고 넘친다. 하물며 시인은 존경받기보다는 사랑받아야 하는 존재이듯, 예술가의 본연은 그저 예술가이지 지식인이 아니다. 한데 우리에게는 지식인 행세에 재미 붙인 예술가들이 너무 많다. 대중적 인지도가 높다고 지식인으로 대접받는 사회는 자크 라캉 식으로 말하자면, '보는 자'와 '보여지는 자'의 욕망이 일치하는 포르노와 그 작동구조가 동일하다.

이제 질문해야 한다. 우리 사회에는 '지식'이 있는가? 부처는 정확한 지식이 삶을 구원한다는 것을 증명한 최초의 인간이었다. 양심과 지성을 지식에 앞서 들이대며 제 정의를 퍼뜨리는 자들을 조심하자. 그들에게는 지식도 없고 지성도 없으며 양심과 정의마저 없을 공산이 크기 때문이다.

(2014. 10)

파시즘에 대한 작은 명상

내게는 가끔 산책이라도 하듯 뒤적이는 책이 몇 권 있다. 그러한《신약성경》과《대반열반경》사이에 생뚱맞게 자리 잡고 있는《나의 투쟁》은 전 세계를 전쟁의 불구덩이로 몰아넣은 아돌프 히틀러가 직접 쓴 나치 파시즘의 경전이다. 여기에는 오스트리아 하급 세관원의 아들로 태어나 독일의 총통이 된 히틀러의 일생과 그의 지옥 같은 내면이 고스란히 담겨 있다. 사실 내가《나의 투쟁》을 되풀이해 읽는 것은 미학적인 측면 때문이다. 파시스트의 문장은 선악의 판단을 떠나 아름답다. 비논리적이지만 단호한 어투와 열정이 인간이라는 증오에 웅장하게 새겨져 있는 것이다. 우리는 빛으로 나아갈 것 같지만 정작 어둠에 더욱 매혹되며 천국의 시민으로 살고 싶어 할 것 같지만 기어코 지옥의 왕이 되고 싶어 한다. 이것은 이미 많은 학문들에 의해 입증된 진실이다. 파시즘이 아름답게 보이는 것은 신이 아니면서도 신에게 기대지 않고 신의 말을 하기 때문이다. 우리 인간들 모두의 영혼에 도사리고 있는 어둠인 것이다. 파시즘의 슈퍼스타가 히틀러여서 그런지 우리는 파시즘이라고 할 적에 습관적으로 극우 파시즘만을 떠올리기 십상이지만, 기실 파시즘이 가장 활활 타오른 것은 소련을 비롯한 공산주의 국가들을 숙주 삼은 극좌 파시즘이다. 또한 파시즘이 나치즘이나 마오이즘처럼 겉으로 강력하게 드러나는 것은 이제 순진한 노릇이다. 파시즘은 이념이 아니라 질병이어서, 스스로 분열하고 발전하면서 인간의 사상이 아니라 인간 자체에 흘레붙는다. 21세기 디지털 파시즘은 문화에서 양악수술을 하고 나타나 대중을 현혹해 지배한다. 심심치 않게 술자리에서 자신은 좌파라고 자신 있게 밝히는 청년들을 만나게 된다. 그런데 내가 그런 그들에게 마르크스의《공산당 선언》을 읽어봤냐고 물어보면, 그들은 내게 그게 뭐냐고, 책이냐고 되묻는다. 지혜를 지식보다 훨씬 값진 것으로만 보는 경향이 우리에게는 있다. 그러나 무지하면서도 지혜롭기는 막상 실행해 보면 불가능에 가깝다. 이것이 한 인간만이 아니라 한 사회와 한 국가로 확장될 때 파시즘이라는 악마는 조용히 우리 곁에 와 앉는다.

(2014. 10)

지금 우리에게 김구와 이승만이란 무엇인가

'역사는 과거와 현재와의 대화'라는 영국의 역사학자 에드워드 핼릿 카의 주장은 독일의 역사학자 레오폴트 폰 랑케의 '역사란 오직 사실만을 서술하는 것'이라는 실증주의 사관과 더불어 현대인의 주요한 역사 통찰로 자리 잡았다. 특히 카의 《역사란 무엇인가》는 독재의 고통이 극심했던 이 사회에서의 실천적 진보사관으로서 이제는 대중적 공의로 인정된 느낌마저 든다. 한데 건국대통령 우남雩南 이승만과 민족지도자 백범白凡 김구 사이에 '대한민국'이라는 판도라의 상자를 내려놓은 채 벌어지고 있는 진흙탕싸움을 가만 지켜보노라면 대체 무엇이 역사에 대한 실증이고 과연 무엇인 역사와의 대화인지 참담해진다.

소위 좌파들에게는 백범 김구가 자신들의 영웅이자 신화이고 소위 우파들에게는 이승만이 그러한 듯싶다. 동시에 양쪽은 서로의 영웅과 신화를 저주하면서 자신들의 강퍅한 정체성을 공고히 한다. 가령, 좌파에게 이승만은 친일파를 기용한 외교지상주의 3류 독립투사이자 국민에게 쫓겨난 양민학살의 독재자일 뿐이고 우파에게 김구는 김일성에게 속아 좌우합작을 도모한 나머지 대한민국의 건국을 반대한 총칼만 아는 무식하고 철딱서니 없는 노인네일 뿐이다. 와중에 우남과 백범의 저 찬란한 공적들은 차라리 무시당하는 편이 낫겠다 싶게 기어코 강간된다. 모든 역사적 인물들은 거대하고도 오묘한 역사적 흐름 속에서 공적과 과오가 훗날 공정히 셈해지고 웅숭깊게 해석되어야 함에도 말이다.

상해임시정부는 김구와 이승만이 공히 공산주의를 혐오하고 자유민주주의를 옹호했기에 국제공산주의로 넘어가지 않을 수 있었으며 이에 대한민국 헌법은 임정의 법통을 이어받고 있음을 천명하는 것이다. 백범 말년의 정세판단은 사실상 상식에 가까운 것이었다. 오히려 우남의 국제정치학과 반공사상이 초인적이었을 뿐이지 백범의 남한 단독정부 수립 반대가 백범의 열등과 불온의 소치가 아니었다는 소리다. 심지어 《백범일지》는 친일작가 이광수가 대신 써주었다고 백범을 폄훼하는 것은 그 사실의 정도가 얼마 만큼인가를 떠나 비열하고 멍청한 짓이다. 그 어떤 경우에도 《백범일지》가 이 민족의 자랑이 아니라 가짜이거나 이광수의 어둠이 될 수는 없다. 마찬가지로 대한민국을 건국하고 토지개혁과 한미동맹을 이끌어내고 자유민주주의와 자본주의를 남한에 이식한 것을 비롯한 우남의 업적들이 과소평가되어서는 안 된다.

백범과 우남을 모욕하는 그 '실증들'의 내면에서 우리는 그것들이 해석까지 이어질 자격이 없는 무지와 증오의 혼합물임을 자주 적발한다. 좌파와 우파들은 자신들이 좋아하는 물고기 한 마리를 살린다며 호수에 독을 풀어 넣는다. 그러면 그 호수가 죽음의 늪이 된 후에야 자신들이 살리고자 했던 그 한 마리의 물고기는 아주 먼 과거의 물고기로서 애초에 호수에는 존재하지도 않았음을 알게 될 것이다. 등소평이 모택동의 공적과 과오를 정돈했던 그 지혜의 방식이 절실한 시점이다. 또한 카가 실은 외무부 관료이자 국제정치학 교수였다는 사실은 그의 역사학적 유연함을 숙고하게 한다. "중용을 지킬 필요가 있다는 것은 일견, 노력과 체념 간 균형과 관계 있다"라고 러셀은 《행복의 정복》에 썼다.

무엇보다, 특정 정파들이 김구와 이승만의 대리인처럼 구는 것은 가증스러운 일이다. 그들은 자신들의 어두운 정의Justice를 위해 '역사와의 대화'조차 멋대로 참칭하고 '실증'도 버젓이 조작한다. 우남을 복권하기 위해 백범을 더럽히고, 백범을 추앙한다면서 우남을 난도질한다. 만약 백범이 부활해 지금의 북한과 남한을 본다면 자신이 그토록 소망했던 문화의 힘을 세계에 뽐내는 자유의 나라가 과연 어느 쪽에서 실현됐다고 말할까? 백범을 이용해 대한민국의 정통성과 가치를 멸시하는 것은 백범의 참된 애국애족을 똥통에 처박는 짓임을 명심해야 할 것이다. 또한 70년 전 우리에게 백범이 아니라 호치민이 있어 베트남처럼 통일이 되었다고 한들 이후 그 사회주의국가 안에서 우리가 결코 행복할 수 없었을 것은 자명하다.

백범과 우남을 두고 우리의 절반이 죽어 없어지기 전에는 절대 끝나지 않을 오욕의 쟁투를 일삼는 것은 역사에 있어 실증과 해석 중 오직 하나만을 고집하는 만행과 다를 바 없다. 우리의 역사가 부정해야 할 대상은 김구도 이승만도 아니라 김일성이라는 인류 최악의 샤머니즘적 파시즘일 뿐이다. 이제 우리가 나아갈 길은 대한민국을 자랑스러워하는 백범을 통해 위대한 통일 대한민국을 완성하는 길이다. 역사는 과거와의 대화일 뿐만이 아니라 미래와의 대화이기도 한 것. 대한민국이라는 판도라의 상자 속에 마지막으로 남아 있는 백범과 우남이 통일 대한민국을 떠받치는 두 개의 강철무지개가 될 때 그것은 곧 우리의 사랑에 대한 실증, 희망에 대한 해석이 될 것이다.

(2014. 11)

대한민국 진보 좌파를 위한 고언

정세분석은 냉혹한 병법이자 고도의 현상학이다. 거기에 제 명랑한 고집을 계속 들이대봤자 결과는 몽롱한 짜증과 명백한 좌절뿐이다. 패배도 어이없이 자주하면 습관이 되고, 이것이 전통으로까지 발전한 자들을 우리는 '노예'라고 부른다.

작년 여름 광화문광장에서는 희대의 블랙코미디가 펼쳐졌다. 인터넷 속에서 세상의 대낮으로 출현한 '일베'라는 소위 우파 청년들이 단식투쟁 중인 세월호 유가족과 그 동조자 들 앞에서 피자와 햄버거와 짜장면을 먹어댔고, 이에 대한 반격으로 좌파들은 너희들은 인간이 아니라 개라면서 일베들에게 개 사료를 뿌려댔다. 얼마 뒤 서북청년단이 재건됐고, 신은미라는 한 기이한 친북 재미교포 여인에게 오모 군이라는 고교생 일베는 손수 제조한 폭탄으로 테러를 가했다. 이 이상의 사례들을 더 열거할 필요도 없이 대한민국은 이미 내면적으로는 내전상태다. 미군정 방첩대CIC 공식 통계로 1947년 8월 한 달간 남한 내 좌우대립 테러는 505건, 이로 인한 사망 90명, 부상은 1,100명이었다. 통일 대한민국은 제2의 해방정국 정도가 아니라 오만 가지 이념들의 탈을 쓴 정신분열적 이해집단들이 뒤엉킨 증오와 폭력의 무간지옥이 될 것이다. 나 같은 컬트 작가의 검은 예언이 적중하는 국가는 희망이 없기에, 나는 꿈에라도 이로 인해 장차 유명해지기를 바라지 않겠다. 다만, 내 친구인 한 좌파 이론가가 저 일베를 두고 남한 극우의 변태적 변종이라는 식으로 간단히 진단해버리는 것에는 결코 동의할 수 없으니, 이는 어떤 충격적인 영상이 우리 사회의 한복판으로 내던져졌을 때 그 당사자일수록 그것을 더욱 과학적으로 분석해야 모든 이들에게 밝은 미래가 있을 수 있다고 믿는 까닭이다. 물론 그 당사자가 자신이 당사자인지도 모른다는 게 절망적이긴 하지만.

친구에게 묻는다. 일베의 친부모가 남한의 극우라는 그 비겁은 대체 어디서 터득한 오만인가? 병든 이념의 섹스 끝에 저 일베를 잉태해 배 아파 낳은 애비 어미가 다름 아닌 이 나라의 수구 꼴통이라는 게 진정 온당한 소견이란 말인가? 천만에. 일베와 같은 어두운 군중 현상들은 특정 세력에 대한 사회심리학적 반동으로 태어나 창궐하는 법이어서, 이 노릇을 깨달은 소위 진보 좌파들은 졸지에 SF공포영화 속으로 들어가버리게 된다. 평소 자기들이 버러지(일베충)라고 경멸해 마지않던 그 에일리언들이 사실은 제 배 속을 뚫고 나와 자라났다는 것을 인정해야 하니까 말이다. 유전자 감식 같은 헛소린 제발 집어치우길 바란다. 아무리 바보라도 제 자식은 알아봐야지.

좋다. 일베가 벌레라고 치자. 그래서 뭐? 인간이라도 한 표가 없는 인간은 안 무섭지. 저들은 각자 다 한 표씩 가지고 있는 벌레들이다. 2000년대 초만 하더라도 젊은이들이면 무조건 좌파 쪽을 찍고, 늙은이들은 무조건 우파 쪽으로 찍으니까, 세월이 흘러 현재의 노인들이 다 죽어버리면 대한민국은 자연히 좌파의 나라가 되리라는 몽상도 가능했었다. 한데 언제부터인가, 청년들의 투표율이 높아도 좌파는 선거에서 늘 지고 있다. 모르겠는가? 일베는 좌파의 혐오 대상이기 이전에 원래는 좌파의 자리에 함께 서 있어야 했던 애들이다. 그런데 왜 우리의 좌파는 저 수많은 젊은이들을 적들에게 빼앗기는 것도 모자라 괴물로 만들었을까? 쟤들은 자식을 잃고 단식하는 사람들 앞에서 햄버거와 피자와 짜장면을 먹는 벌레들이 아니라, 자식을 잃고 단식하는 사람들 앞에서 햄버거와 피자와 짜장면을 먹는 벌레 같은 한 표들인 것이다. 좌와 우, 어느 쪽의 파이가 날이 갈수록 커지고 있는 것이냐?

보수가 부패로 망한다고? 보수는 적어도 승리를 위해서라면 적의 충고조차 쥐가 밤 말을 듣듯 한다. 이제 운동권의 도덕이라는 것은 이렇다. 제 사욕을 위해 친구를 사주해 친구를 살해한다. 전두환보다 나을 게 뭐란 말인가? 이러한 질문 안에 갇혀 있는 일베의 친부모들은 친구의 충언조차 절대 듣지 않는 강철 귀를 가지고 있다. "행하여 얻음이 없으면, 모든 것에 대한 나 자신을 반성하라. 내가 올바를진대 천하는 모두 나에게 돌아온다." 맹자의 한 대목이다. 어차피 대한민국의 진보와 보수, 좌파와 우파는 다 가짜지만, 날라리에 불과한 나는 이 나라의 진보 좌파들에게 묻고 싶다. 정녕 노예가 되고 싶은 것인가?

(2015. 1)

지금 우리에게 20세기란 무엇인가

스무 살에 시인이 돼 스승께 큰절을 올리며 나는 엉뚱하게도 이런 생각을 했다. 만약 내가 예순 살에 죽는다면 20세기와 21세기를 절반씩 나눠 살게 되는 것이로구나, 라는. 그리고 그것이 내 삶의 나머지 전체를 지배하는 화두가 될 줄은 꿈에도 몰랐다.

교수직에서 은퇴한 지 한참이신 스승은 매일 한 차례 성당에 가 홀로 예배를 보신 뒤 카페에 들러 신문과 책을 읽고 어쩌면 아무도 읽어주지 않을 글들을 쓰며 지내신다. 정말 오랜만에 찾아뵈었을 적에는 가브리엘 가르시아 마르케스의 《백 년 동안의 고독》을 다시 읽으셨다는 얘기를 한참 하셨는데, 나는 그때 역시 엉뚱하게도 나의 스승과 나는 21세기를 살고 있는 게 아니라 여전히 20세기에서 살고 있다는 착각에 빠져들었다.

그것은 명백한 슬픔이었다. 문학이라는 것이 이렇게 쓰레기만도 못한 취급을 받는 세상이 도래하리라곤 우리가 스승과 제자로 처음 인연을 맺게 되었던 당시에는 상상조차 할 수 없었다. 독문학을 전공하기 시작한 그해 겨울에 베를린 장벽이 무너졌고 얼마 안 가 소련이 해체됐다. 대학 3학년 가을 교정에서 나는 프랜시스 후쿠야마의 《역사의 종말》을 읽었고 온갖 종말론들을 견뎌내다 삼십대를 맞이하였으며 문단을 떠나 상업영화에 몸담고도 다양한 장르의 글들을 무슨 대단한 소명이라도 부여받은 양 쉼 없이 써내려가는 이상한 중년이 되었다. 앞으로의 나는 나보다 더 이상한 이 21세기를 무슨 수로 계속해서 살아낼 것인가. 회의에 빠지지 않는다는 것은 절망하지 않는다는 것보다 때로 매우 힘겹다. 문학에 사로잡혔던 나의 20세기는 정말로 그렇게 무용지물인 것인가. 천만에. 20세기를 제대로 아는 자만이 이 '뽀샵 파시즘'과 '디지털 전체주의 체제'가 대중을 최면하는 21세기에서 자아를 잃지 않고 제 삶과 역사의 주인이 될 수 있다. 그리고 그 20세기의 심장은 현대문학이다.

20세기는 그 이전의 모든 세기들과는 다른 엄청난 가치를 지니고 있음에도 우리는 그것을 늘 잊고 산다. 가령 18세기 말에 스무 살이 되어 19세기까지 살아본 자들과는 비교할 수 없이 많고 다양하게 축적된 문명의 지적, 경험적 핵심들과 인간이라는 지옥에 대한 거의 모든 샘플들을 20세기는 가지고 있다. 그럼에도 우리는 늘 갈 길을 몰라 방황한다.

문학은 과학까지 포함한 모든 학문들에 근본적이 통찰과 신선한 아이디어를 제공한다. 프랜시스 후쿠야마가 정치학자이지만 실은 서양고전과 비교문학을 전공한 사람이라는 것은 바로 이런 점을 시사해준다.

반면 토마 피케티는 마르크스가 아닌데도 마르크스인 척하고 제러미 리프킨은 마르크스인데도 마르크스가 아닌 척한다. 그들은 스스로도 그 사실을 모르고 있는 것 같다. 그러니 그들에게 대중이 속는 것은 당연하다. 그리고 이런 것들은 전부 마이클 샌델류의 '착한 개소리 상업주의' 안으로 고스란히 수렴된다.

노예가 되기 싫다면 20세기를 공부하라. 20세기가 가르쳐준 교훈들을 외면하고서는 우리는 어떤 새로운 것도 발견해낼 수 없으며 설혹 그럴 수 있다 하더라도 그것이 뭔지도 모른 채 마구 휩쓸려가게 돼 있다. 가령 성서 안에서 악마와 천사는 기실 한 혈통이듯이, 민주주의와 전체주의는 이란성 쌍둥이다. 그래서 인민민주주의라는 게 생기는 거고 공산주의 체제는 반드시 전체주의 지옥국가로 변질되는 것이다. 사람들은 뛰어난 이론은 완벽한 이론이라고 생각한다. 뛰어난 이론은 완벽한 이론이 아니라 장점과 오류가 분명한 이론이다. 또한 그 오류 속에서도 오래 지속되면서 수많은 변종들을 생산해내는 이론이다. 마르크스의 이론처럼. 카를 마르크스 박사의 바람과는 달리, 마르크스주의는 인간의 행복과는 별 상관이 없다. 마르크스주의는 마르크스주의 스스로 행복할 뿐이다. 약한 이론과 독한 이론이 있을 뿐이고, 복잡해서 분열하는 인간이라는 존재가 있을 뿐이다.

한 시대도 한 이론과 마찬가지여서, 뛰어난 시대라는 것은 장점과 오류가 분명한 인간의 시간이다. 왜 그러한지는 인간이 인간을 변호하려 목숨을 걸고 노력하는 과정에서 다 설명되어질 것이고, 이것을 우리에게 가르쳐준 것이 바로 저 20세기였다. 지금 우리가 이 지경인 것은 우리 각자에게 양심이나 신념이 없어서가 아니다. 우리에게 지성이 없어서이다. 21세기의 사람들에게는 20세기라는 어둡지만 기어코 빛나는 위대한 경전經典이 있다. 우리는 그것을 날마다 읽으며 오늘 우리의 문제들을 묵상해야 한다.

무지한 인간의 양심과 신념만큼 위험한 것은 없다. 회의에 빠지지 않는 것은 절망하지 않는 것보다 때로 힘들지만, 새로운 한 해가, 새로운 날들이 또 다시 시작되었고, 그것의 주인은 언제나 그렇듯 우리 자신이다. 우리는 역사의 종말을 이겨내야 한다.

(2015. 1)

지금 우리에게
이념이란 무엇인가

정신분석의 창시자 지그문트 프로이트 박사의 가장 위대한 업적은 '인간'을 종교의 지옥과 법률의 심판대로부터 정신병동의 새하얀 침대 위로 옮겨놓은 것이다. 그의 이론에 따르면, 우리는 우리가 일부러 행하는 일들의 진정한 이유조차 대부분 까맣게 모른다. 우리 각자가 제 내면의 상처와 욕망에 의해 스스로를 속이며 조종당하는 꼭두각시에 불과하기 때문이다. 프랑스의 구조주의 철학자 루이 알튀세르는 "코페르니쿠스 이후 우리는 지구가 우주의 중심이 아니라는 것을 안다. 마르크스 이후 우리는 인간 주체가 역사의 중심이 아니라는 것을 안다. 그리고 프로이트는 인간 주체에는 중심이 없다는 것을 밝혀주었다"라고 갈파했다. 요컨대, 자신의 주인이 자신이 아니므로, 인류는 징벌받는 죄인이기 이전에 치료받아야 할 정신병자가 돼버렸다는 소리다. 차마 웃지도 못하고 울지도 못하겠다는 것은 바로 이런 경우를 두고 말함이 아닐까. 하여 너무 비극적이어서 때로 희극처럼 보이는 인간이라는 짐승의 장르는 부조리인 것이다.

지금 대한민국은 '소위' 이념 전쟁에 활활 불타오르는 메마른 숲과 같다. 대낮의 광장에서 패거리를 짓고 서로 으르렁대는 시민들끼리도 그러거니와, 어두컴컴한 밀실의 인터넷과 소셜네트워크서비스SNS상에서 포화하는 증오와 저주에 물든 정치성향을 띤 쓰레기 같은 문장들은 사람이 쓴 것들이 아니라 악마가 게워낸 것들이다. 그러나 그 어디에도 자신이 정의롭지 않다고 고해하는 자는 단 한 명도 없다. 소돔과 고모라는 하나님이 원하는 열 명의 의인義人이 없어서 유황불에 멸망했다는데 가끔은 문득 참 남 일 같지가 않다. 이것이 과연 이념의 문제일까? 정말 그런가?

얼마 전 이 나라의 한 청소년이 IS 조직에 가담하겠다고 중동의 사막으로 떠나 소식이 끊겼다. 단원고 학생들을 가라앉는 세월호 객실에 가둬둔 채 가장 먼저 탈출해 바닷물에 젖은 지폐를 펴서 말리고 있는 늙은 선장의 모습은 한 개인이 아니라 이 사회의 상징이듯, 나는 인류사 최악의 테러 집단에게서 위안을 얻으려는 열여덟 살의 우울이 다름 아닌 대한민국 전체의 정신질환으로 보인다. 대중은 자신들의 정의감이 사실은 광기라는 것을 모른다. 자신들의 논리가 사실은 미신이라는 것을 모른다. 자신들의 연대감이 사실은 '자유로부터의 도피'라는 것을 모른다. 우리 모두가 한 웅덩이에서 자라난, 뇌가 송곳 모양에 혀가 6척 길이인 괴물이라는 사실을 모른다. 백번을 양보해 대한민국 사회가 이념의 소치로 갈등하고 충돌하는 것이 명백하다면 나는 굳이 별 유감이 없다. 하지만 우리는 자신의 곪은 정신세계를 정치라는 탈을 뒤집어쓴 채 화풀이하면서 보상받으려 하고 있다. "우리 각자가 제 내면의 상처와 욕망에 의해 스스로를 속이며 조종당하는 꼭두각시에 불과하기 때문이다." 부처는 논쟁하지 말라고 가르쳤다. 예수는 아무것도 맹세하지 말라고 가르쳤다. 논쟁을 하기 전에 논쟁으로 인해 진리가 오염될까를 두려워하라는 뜻이며 인간이란 자신을 위한 약속조차 지키기 어려운 나약한 존재라는 것을 잊지 말라는 경계일 것이다.

청소년은 이념을 배우기 전에 먼저 이념의 허무를 배워야 한다. 그것이 곧 이성적 판단의 기본이 되기 때문이고 또 그래야 알에서 깨어나 처음 봐 각인[imprinting]된 '아무나'를 부모로 알고 졸졸 따라다니는 오리가 아니라 자유를 목숨처럼 여기는 숭고한 인간으로 성장할 수 있는 것이다. 이념은 전향이 가능해서 이념인 법인데, 지성이 없는 인간은 전향이 불가능하다. 그는 자신의 과거의 노예가 되고, 심지어는 타인의 과거의 노예가 된다. 우파든 좌파든 반성과 갱신 없이 확신에 차 있는 자는 악마의 하수인임을 역사는 도처에서 증명한다. 한 개인이 인생을 제대로 산다는 것은, 프로이트가 인간에게 규정한 무명無明의 한계를 극복하기 위해 스스로 내면의 상처를 성찰하고 욕망을 승화시킴으로써 자신의 명징한 영혼이 자신의 주인으로 행세하게끔 하는 것이다. 이는 한 사회, 나아가 한 국가도 마찬가지다. 인간 주체에는 중심이 없다며 프로이트에 순순히 동조하던 알튀세르는 평생 우울증에 시달리다가 사랑하는 아내를 목 졸라 죽이고 감금 상태에서 삶을 마감했다. 언제부터인가 나는 이 나라에서 공존을 설파하는 사람을 사기꾼으로 여긴다. 대신 나는 우리의 공멸을 걱정하는 이의 고뇌를 믿고 싶은 것이다. 그런데 아무리 주변을 둘러봐도 그러한 사람이 없다. 지금 우리에게 이념이란 무엇인가? 당장 가짜 이념의 가면을 벗어던지고 우리가 우리의 병든 마음과 태도를 지성과 사랑으로 치유하지 않는다면, 곧 다가올 통일 시대의 대혼돈 속에서 우리는 이 사회와 이 나라를 잿더미라고 부르게 될 것이다.

(2015. 2)

지금 우리에게
통일 대한민국이란 무엇인가

박근혜 대통령이 '통일 대박론'을 발표했을 적에 나는 상전벽해桑田碧海 속에서 만감이 교차했다. 요즘이야 '북한 붕괴'가 유행어가 돼버렸지만 2008년도 그 여름과 초겨울 사이 내가 부산의 한 숙박업소에 틀어박혀 대한민국이 조선민주주의인민공화국을 흡수 통일한 뒤의 사회를 그린 장편소설《국가의 사생활》을 쓸 때만 하더라도, 이 나라의 어느 자리에서건 '통일 대한민국'은커녕 '통일'이라는 소리를 입에만 담아도 순식간에 분위기가 썰렁해지고 뭐가 좀 이상한 사람 취급을 받았더랬다.

나는 '통일은 대박이다'라는 대통령의 어젠다에 불만이 없었다. "통일은 매우 고통스러울 것입니다. 하지만 우리가 그 엄청난 고통을 기어코 이겨낸다면 통일 대한민국은 유사 이래 이 민족 최대의 번영을 구가할 것입니다"는, 정치가의 어젠다로서는 너무 길고 번잡하니까 말이다.

또한 긍정일변도의 강력한 통일 어젠다를 던져야만 주변국들을 포함한 전 세계가 대한민국의 통일에 대한 확고한 의지를 일말의 오해와 오판 없이 인식할 게 아닌가. 그렇다. 시작은 나쁘지 않았다. 그런데, 그 이후로는 줄곧 최악을 향해 가고 있는 것 같다.

대한민국의 국론 분열은 통일관에 와서는 파멸 지경이다. 남한과 북한이 영속적으로 양립하거나 진화하듯 통합되는 일은 더 이상 현실적으로 불가능하다. 누가 통일에 대해 그 어떤 금강석 같은 '당위'를 설파하든 과거의 어느 시점에서부터인가 '통일 대한민국' 말고는 그 어떤 통일방식도 한낱 망상일 뿐이라는 뜻이다. 역사라는 '물질'은 인간이 바라는 대로만 굴러가는 게 아닌 데다가 필경 한반도의 통일은 블랙코미디가 가미된 자연재해의 외형을 지닐 것이다. 이는 이념이나 역사관의 문제가 아니다. 재난대비의 차원인 것이다. 이제 대한민국의 한반도 통일에 대한 '눈 가리고 아웅'은 민망해서라도 중단돼야 한다. 국민들이 통일에 대한 생각 자체를 무의식 안에서 거부하고 지워버리는 심리적 방어기제에 중독돼 있으니 더욱 그렇다. 국가는 전체주의의 육체가 돼서도 안 되지만, 역사 현실의 눈보라 앞에서 제 국민들 모두를 스스로의 벌거벗은 임금님으로 만드는 죄를 범해서도 안 된다.

내가 '통일 대한민국'을 소설적 배경으로 설정했던 까닭은 남한의 자본주의가 가지고 있는 모순과 갈등을 낯설게 성찰해보자는 의도였다. 그러한 우리 내부의 어둠은 우리와는 모든 면에서 1세기나 동떨어지게 돼버린 북녘 동포들의 상처와 만나 확대 재생산돼 갖가지 '증오와 폭력'으로 흑사병처럼 창궐하게 될 것이다. 절망은 절망하라고 있는 것이 아니기에, 통일에 대한 벅찬 희망만큼이나 통일에 대한 '비극적 상상력'

또한 요긴하다. 어둠을 직시해야만이 그 어둠을 뚫고서 빛으로 나아갈 수 있는 법이니까. 그러나 지금 대한민국 국민들에게는 통일 이후에 벌어질 끔찍한 사태들에 대한 시뮬레이션이 없다. 통일 이후에 대한 면역력을 키우는 '과학적 비관의 실용'을 정부가 전혀 제공하고 있지 못하기 때문이다. 적대적 관념론자들이 몽롱한 허세로 뒤섞인 저 '통일준비위원회'라는 위험천만한 모임은 '통일 한반도'를 두고서 '판타지 월드 도면 그리기 놀이'와 다름없는 '헛된 사업들'에 골몰하고 있다. '통일과 그 이후' 같은 절체절명의 미래는 '대박 합의'에 의해 설계되는 게 아니라, 가령 만 명 중 단 한 사람의 의견이 정말 진정한 지혜라면 9,999명의 개소리들 대신에 오직 그것이 선택돼야만 하는 것이다. 통일준비위원회가 준비하고 있는 대부분의 것들은 통일의 절망 쪽에서도 희망 쪽에서도 사용되지 못한 채 혼돈 속에서 사그라지고 말 것이다. 하여 당장 우리는 이른바 '개념의 돌파'를 시도해야 한다. 통일은 대박(희망)이니 쪽박(절망)이니 하는 관념이 아니라, 희망보다 난해하고 절망보다 절망적인 '혼돈'이라는 '현상現象'일 거라는 깨달음 말이다. 그래서 '통일 대한민국'이라는 국가에 대한 '사생활'을 단 한 사람의 국민이라도 더 미리 성찰할 수 있을 때 우리는 그 어떤 거대한 환란도 인내의 시스템 안에서 사랑으로 승화시켜 끝끝내 승리할 수 있을 것이다. 요컨대 우리에게는 '비극에 대한 계몽'이 절실하다.

독일의 인구에, 프랑스의 군사력에, 영국만큼의 영토와 경제력을 가진 통일 대한민국이 공짜로 얻어질 리 만무하다. 희망과 절망은 혼돈이라는 화폐의 양면과 같아서, 빛과 어둠을 함께 지불해야만 불안한 미래를 참된 오늘로 살아갈 수 있음은 개인이나 국가나 마찬가지다. '통일'

앞에서 우리 각자가 '실증적인' 용기를 발휘하지 못할 때 우리의 국가 역시 우리 모두를 따라 망해갈 것이다. 조만간 세계사는 채 마무리 짓지 못한 자신의 20세기를 이 한반도 안에서 마저 혹독하게 실험하려 들 것이기 때문이다.

(2015. 3)

지금 우리에게 인간이란 무엇인가

간혹 이런 질문을 받곤 한다. "작가의 상상력이란 무엇이라고 생각하십니까?" 이때 보통 내가 대답 대신 쓴웃음만 짓고 마는 것은, 내가 해줄 수 있는 대답이란 게 도리어 우리 모두의 괴로운 질문이 되고 마는 까닭이다.

고된 원고를 넘긴 뒤 작업실 앞 작은 술집에 혼자 앉아 한두 잔 마시는 생맥주는 작가의 천국이다. 지난밤 내가 그런 열락悅樂을 누리고 있은 지 30분도 채 지나지 않아서였을 것이다. 왼쪽 다리를 심하게 저는 노인 한 분과 뺀질뺀질하게 생긴 중년 사내 둘이 내 옆자리에서 마주 앉았다. 금치산자 분위기가 풍기는 노인은 한눈에 알코올중독자였고, 흰자위를 희번덕대며 헤실거리는 두 중년 사내는 작업실 부근 원룸을 부랑아처럼 들락거리는 것을 몇 번 본 적이 있었다. 노인과 두 중년 사내는 서로 모르는 사이는 아니었고 나는 어쩔 수 없이 그들이 하는 모양과 대화를 그대로 보고 들을 수밖에 없었는데, 요는 중년 사내 둘이 마치 약에 취한 듯 몽롱한 노인을 깐족깐족 조롱해가면서 음식을 시켜 게걸스럽게 먹고 술을 벌컥벌컥 들이키다가는 이윽고 노인에게서 지갑을 건네받듯 빼앗아 거기서 꺼낸 돈으로 계산을 하는 거였다. 그것은 명백한 금품갈취였다. 나와 두 중년 사내 사이에 실랑이가 벌어졌을 때 아까부터 금이 가고 있던 나의 천국은 지옥불에 사그라져버렸다. 나는 인간에 대한 환멸에 막막한 살의를 느꼈다. 설혹 그들이 출세한 부자들이었다고 하더라도 역시 서로 사기를 치고 착취하고 학대하였을 것이므로 이것은 자본주의 계급에 관한 일화가 아니다. 성선설과 성악설 같은 거창한 테마는 더더욱 아니다. 깊은 밤 그렇게 영혼이 거덜이나 집으로 터벅터벅 걸어가면서 나는 이런 생각을 했다. 사이버공간과 현실에는 공히 그토록 정의로운 사람들, 나라와 민족을 걱정하는 사람들로 가득 차 있는데 어째서 이 사회는 한 치도 나아지지 않고 점점 더 곪아가고 있는 것일까? 내 눈과 귀가 잘못된 것일까? 나는 차라리 그랬으면 싶었다.

내가 존경하는 어느 시인 형은 나와 단둘이 술을 마시다가 내가 세상에 대한 어떤 희망을 말하면, "또, 또, 사람한테 기대를 건다. 응?" 이런 식으로 나를 나무란다. 그것은 사람들을 사랑하지 말라는 소리가 아니라, 스스로의 사랑의 덫에 걸려 허우적거리지 말라는 걱정일 게다. 인간은 인간을 잡아먹는 동물보다도 못한 속물이다. 우리 모두는 예수를 배반하는 베드로와 같은 자들이다. 감히 누가 장애노인을 등쳐먹는 저 버러지들의 모습이 그 어떤 처절한 처지에서라도 자신 안에는 없다고 자신할 수 있다는 말인가. 인간에 대한 회의懷疑를 잃어버렸기 때문에 오히려 우리는 인간에 대한 희망을 잃어버리고 만 것은 아닐까? 지금 대한민국의 개혁과제들이 산처럼 쌓여 썩어가고 있는 것은 우리가 선과 악에 대하여 너무 단순하게 생각함으로써 우리 스스로 도저히 타협이 불가능한 괴물이 돼버렸기 때문은 아닐까? 정치논의에는 인간 본성에 대한 이해가 필수다. 이념이라는 전도몽상顚倒夢想에 휩싸여 있는 대한민국은 글을 쓰는 것을 업으로 삼은 이에게는 지옥이다. 대중이 글을 글이 아니라 변기로 사용하기 때문이다. 글로도 소통이 이 지경인데 말이 말같이 오갈 리 만무하다.

역사가이자 사회비평가 크리스토퍼 래시는 지금 진보에게 필요한 것은 한계를 명확하게 직시하는 '서민의 철학'이라고 주장한다. 삶의 고통과 한계에 승복하고 끊임없이 성찰하는 서민적 영웅들이야말로 미래를 이끌어나갈 주역이라는 것이다. 인간에 대한 과신을 버려야 체제가 역할을 다하는 법이다.

작가의 상상력이 뭐냐고? 이제 나는 우리 모두의 괴로운, 그러나 소중한 질문이 돼야만 하는 이 대답을 밝히고자 한다. 작가의 상상력, 곧 문학의 상상력이란 인간의 악행에 대한 상상력, 즉 인간의 어둠에 대한 상상력이다. 이는 절망으로 이어진 비관이 아니라 희망을 선택하기 위한 과학과 이성의 예술적 판단인 것. 인간을 사랑해서 천국을 건설할 것처럼 떠들어대는 자들을 믿지 마라. 인간은 악마의 배다른 동생이며 천국은 가장 사악한 사기다. 진보를 향한 모든 노력은 인간에 대한 환멸을 보석처럼 품고 있어야 한다. 우리 안의 그 어둠이 우리의 양심과 겸손을 비추는 맑은 거울이 될 때 비로소 우리가 만든 이 사회와 국가가 이념이라는 위선의 덫에 걸려 죽어가지 않고 인간의 선함을 역사 속에서 조금씩, 조금씩이나마 증명해나갈 수 있는 것이다.

(2015. 5)

지금 우리에게 신문맹인新文盲人이란 무엇인가

새로운 시대는 새로운 상황과 환경을 구축해 늘 거기에서 거기일 뿐인 인간을 새로운 방식으로 지배한다. 가령, 호황과 창궐을 누리던 직업들이 문득 사라져버리고 상상조차 못했던 직업들이 갑자기 나타나 밥벌이와 선망의 대상이 되는 것이다. 이런 급격한 변화에 적응하지 못한 채 투덜거려봤댔자 갈수록 곤궁해지는 쪽은 그렇게 징징거리고 있는 당사자일 뿐이다. 그러나 진보까지는 아닐지라도 안정과 개선에 조금이나마 도움이 된다면 흘러간 세월로 잠시 귀 기울여 오늘의 거울에 내려앉은 먼지를 닦아내는 것이 꼭 손해 볼 일만은 아닐 것이다.

내가 처음 내 글이라는 것을 세상에 내놓을 당시만 하더라도 실력과 재기가 번득임에도 등단을 하지 못하고 있는 선배들이 종종 있었는데, 이는 신춘문예 결심에 올라온 수제자의 작품을 발견하고는 일부러 탈락시키곤 하는 선생님들이 계신 까닭이었다. 재주만 승해 데뷔를 하면 오래 못 가 제풀에 좌초될 것을 우려하는, 글을 쓴다는 것에는 비단 기술적인 측면만이 아니라 노동자와 예술가로서의 자세가 무르익어야 한다는 스승의 준엄한 경계警戒였다. 돌이켜보건대 그런 강직한 훈도가 좋지 않은 결과를 낳은 경우는 거의 없었던 것 같다. 오래 혹독하게 수행한 글쟁이가 오래 훌륭하게 남았다. 비인부전非人不傳, 즉 인간 됨됨이가 갖춰져 있지 않은 자에게는 가르침을 줄 수 없다는 깐깐함이 요즘 세태에는 고리타분한 헛소리로 받아들여질 게 빤하지만, 어쨌든 그것이 불과 20여 년 전 한국문인들의 품격이었던 것은 분명하고 문학의 시대에 그러한 문인들을 대중들은 기꺼이 존경했다.

젊은 나이에 다른 꿈을 좇아 문학 전임교수를 때려치운 지도 어느덧 딱 10년째다. 그사이 정신없이 요동치는 세상을 따라 나 역시 많이 휘둘리고 깎여나갔지만 이런 시대에도 소설과 시 쓰기에 대해 고민을 상담해오는 문학청년들을 가끔 사석에서 만나게 된다. 대개 쓴웃음으로 그 자리를 피하곤 하지만, 실은 내가 해주고픈 충고란 요컨대 고작 이런 것이다.

요즘은 누구든지 개인 미디어에 실시간으로 글을 올려버리는 가공할 자신감과 광기에 가까운 습성들을 가지고 있다. 그러나 제대로 된 글을 쓰는 능력을 함양하고자 하는 이라면 아직은 미숙한 자신의 글이 세상에 돌아다니는 것을 용납하지 않는 진정한 자존심이 있어야 한다. 과거 우리의 작가들은 글을 쓰는 것도 중요하지만 그만큼이나 글이 발표되는 것을 두려워할 줄 알았다. 그리고 대중은 그러한 작가정신을 흠모함으로써 자신의 소박한 문장을 되돌아볼 줄 아는 아름다운 교양이 있었다. 하지만 지금은 어떠한가? 작가들의 글은 한낱 철지난 상품이 돼버리고 그런 작가들을 자신의 분신보다 열등하게 여기는 대중의 문장은 변기 모양의 흉기다. 이것은 21세기 디지털 시대라고 해서 간단히 얼버무리고 넘어갈 카오스가 아니다. 대한민국의 실질문맹률이 경제협력개발기구OECD 국가 중 최하위라는 보도에 우리는 부끄러워할 자격조차 없다.

대한민국의 근대가 여태 미완성인 만큼 대한민국의 언어는 아직 한참 미완성이고, 이것은 곧 우리가 살고 있는 이 국가의 수준이 된다. 글이 그 내용과 형태의 가치를 담보할 때까지 스스로 감추고 기다리는 태도야말로 글쓰기의 가장 중요한 기법일진대 이 당연한 사실을 작가와 대중이 모를 때 그 사회는 언어의 무간지옥 속에 갇힌다. 나는 대한민국의 민주주의가 이 꼴인 것도 바로 그 때문이라고 본다. 국회의원들의 수준을 알고 싶은가? 국회의원들이 작문을 해보면 알게 될 것이다. 물론 보좌관들이 대신 써주지 않을 때 말이다. 국민들의 수준을 알고 싶은가? 그 국민들이 평소 어떤 글을 서로 나누고 있는지 보면 안다. 물론 그 국민들이 타인에게 상처를 주려는 목적으로 태어난 괴물들이 아니라면 말이다.

모더니스트임을 자부하며 양주를 마시고 바를 나서다 서울의 비포장 진창길에 절망하던 시인 김수영을 그 진창보다 더 괴롭힌 것은 시구가 한국어가 아니라 일본어로 떠오르는 바로 그 자신이었다. 우리는 지금 우리가 누리고 있는 모국어의 행복을 몰라도 너무 모른다. 대한민국은 신문맹인들이라는 새로운 야만인들의 국가다. 과연 우리 중 누가 저 1960년대의 고독한 시인 김수영의 고통 앞에서 당당할 수 있을 것인가?

(2015. 6)

3 전장에서

구관조와 비둘기
청년 日記
그날, 우리가 사랑했던 지옥은
독자를 앞에 둔 작가의 불안
필사로 소설수업을 해서는 안 되는 이유
능금나무 아래서의 낮잠
시여, 귀환하라
잃어버린 소설의 시간을 찾아서
어두운 감각의 작법
추일서정
나의 김수영은
대학로 재회기
무진에서 돌아오는 길
김수영의 박인환 증오
문화의 전체구조가 완결되었느냐 아니면 문제적이냐에 따라 고찰해본 대서사문학의 형식
개와 예술에 관한 몽상
칠레 소설가 알레한드라 코스타마그나와의 이메일 대담 1
칠레 소설가 알레한드라 코스타마그나와의 이메일 대담 2
소설집《약혼》에 대한《매일경제》와의 인터뷰
어둠으로 희망을 그리는 소설
한국문학에 새겨진 R이라는 화인
민음사 네이버 카페 장편소설《내 연애의 모든 것》 연재 사전 서면 인터뷰
장편소설《내 연애의 모든 것》 네이버 인터뷰
카프카의《변신》에 대하여
장편소설《느릅나무 아래 숨긴 천국》 네이버 인터뷰
청춘의 고백
바다 위에 불타오르는 강철나무 한 그루
장편소설《국가의 사생활》에 대한《조선일보》 어수웅 기자와의 인터뷰
문화무정부주의자들에게 보내는 엽서
문장전선 강령
당신과 나의《약혼》을 위한 해제
월간 태블린 잡지《von》〈내 인생의 책〉
예술가의 도덕
단편소설 〈소년은 어떻게 미로가 되는가〉를 주요 테마로 한《동양일보》와의 인터뷰
우상의 어둠, 문학의 타락
신경숙의 의식적인 표절, 문인들의 침묵은 자살 행위
장편소설《국가의 사생활》 이탈리아어판 〈작가의 말〉

구관조와
비둘기

구관조가 있다. 구관조는 말을 한다. 본시 새는 숲에서 나뭇가지들 사이사이를 오가며 노래하는 운명을 지녔는데, 구관조는 말을 하는 탓에 평생을 새장 속에 갇혀 사는 것이다.

제 잔재주에 대한 죗값을 구관조는 그렇게 혹독한 방식으로 치른다. 나는 오래전부터 구관조에게 위협을 받아오고 있다. 고급 식당 현관 새장 안에서 구관조는 내게 경고한다.

"너도 언젠가는 나처럼 될지 몰라."

기실 구관조는 인간의 언어도 완벽하게 구사하는 게 아니다. 몇 가지 짧은 문장들을 가지고서 허무한 흉내를 낼 뿐인 것이다.

시인도 마찬가지다. 시인이 말하기 시작하는 그 순간, 그 말은 홀연 시인의 새장으로 변한다. 창공을 날아다니며 노래하다가 포수, 혹은 육식조류에게 당하는 날이 오더라도, 노래하는 자유를 망각하거나 빼앗기지 않음이 시인의 당당하고 푸른 정신인 까닭은 거기에서 연유한다.

그리고 비둘기가 있다. 비둘기 떼.

도시의 비둘기들은 동물도감에 적혀 있는 일반적인 비둘기들이 아니다. 나는 그들이 차에 치여 아스팔트 바닥에 쥐포처럼 납작 눌러 붙어 있는 것을 자주 목격한다. 비둘기들은 더 이상 날개를 사용할 필요가 없는 것이다. 인간의 더러운 부스러기들을 주워 먹으며 무료한 삶을 살아가는, 적敵이 없는 비둘기들. 그들은 문명이 양산한 어두운 돌연변이이자 괴물이다.

하여 적어도 구관조와 비둘기 같은 시인은 되지 말기. 나는 그런 다짐을, 영리하다고 아니할 수 없는 두 종류의 새들이 꾸역꾸역 누리는 평화를 통해 곱씹는 것이다.

(1994. 10)

청년
日記

— '90년대의 문학과 나, 그리고 희망'이라는 설문에 답하여

우연한 계기로 어느 락 카페에서 가끔씩 판을 돌리던 때의 일이다. 그날은 초저녁부터 바텐에 앉은 누군가와 홀짝홀짝 마시던 게 그만 취해버렸더랬다. 다음 곡을 고르려고—아마도 〈모비 딕〉—비틀대며 수천 장의 음반들이 빼곡한 벽면과 마주했는데, 어라, 레드 제플린의 앤솔러지가 CD로는 딱 한 뼘인 거였다. 늘 그 모양이려니 지나치던 것들이 일상 복판에서 홀연 힘찬 광휘를 뿜어대는 경우가 드물게는 있다. 나는 일순 마음을 내려치는 죽비소리에 대오각성大惡覺醒했던 것이다.

천하의 레드 제플린도 겨우 한뼘이다. 허, 이제 보니 비틀즈도 몇 뼘 안 되고, 핑크 플로이드도 마찬가지네. 그뿐인가, 또…….

나는 차라리 편안해지고 있었다.

지나친 단순비교인지는 모르겠으나, 이 세계에 존재하는 온갖 종류

의 멋진 음악 전부를 감안하다면야 기실 한두 뼘도 많이 쳐준 것이리라. 아무리 위대한 밴드일지라도 그들이 감히 음악 자체가 될 수는 없다. 그들이 음악의 다만 일부만을 창조했듯, 대신 음악은 그들에게 색다른 생을 선물했다. 베토벤을 악성樂聖이라고 찬양하지만, 그렇다고 베토벤 때문에 세상 나머지 음악들이 무가치해지는 것은 아니다. 그것이 아티스트의 정해진 길이고 운명이다.

작가가 책을 펴내는 행위도, 광활한 백사장에 모래알 하나 더 보태는 일쯤에 비유될 수 있지 않을까? 다시 말하자면, 한 명의 작가가 모든 문학을 책임질 필요는 없다는, 설혹 그러고 싶어도 절대로 그럴 수 없으리란 뜻이다. 작가는 제 글을 통하여 오직 자기만의 문학을 들려주면 된다. 내가 만일 대학교의 문학선생이라면, 문학이란 뭐라 규정해서는 제대로 읽을 수도, 쓸 수도, 평가할 수도 없는 무엇이라고 첫 시간에 가르치겠다. 본질이 그러해서도이겠지만, 부피와 종류가 어마어마한 까닭이다.

이 뻔한 얘기를 왜 하냐면은, 소설이랍시고 끄적이다 보면, 저 명백한 진리를 태연히 잘도 까먹는 탓이다. 무슨 대단한 계시라도 받은 양 행동하는 나 자신을 깨닫고 뒤늦게 식겁하는 경험은, 아무리 반복해도 그리 유쾌하지 못하더라.

나는 나만의 음악을 들려주면 족하다. 음반이 수천 장인 사람도 어떤 날은 종일 들을 한 곡이 모자라는 법이고, 반대로 무엇을 들을까 망설이다가 하루 해가 다가기도 한다. 그러니 우선은 그 뻐기는 어깨의 힘을 풀 일이다. 내가 죽는 날까지 쓸 몇 권의 책은, 기껏해야 한 지독한 애독가의 서재 중에서 한두 뼘일 테니까.

다만 나의 꿈은, 그가 내 글을 읽을 때만큼은 참 좋아하기를, 그래서 나라는 아주 미미한 조각을 통하여 문학이라는 전체에 매력을 느끼고, 그렇다면 세상에는 또 어떤 책들이 있을까 궁금해하기를 바라는 것이다. 분명 작가는 스스로 문학이기도 하되, 거대한 문학의 바다를 헤엄치는 날씬하거나 뚱뚱한 생선일 뿐이다.

나는 훗날 진정한 한두 뼘의 전집全集이 되고 싶다. 나만의 향기와 빛을 가지고 있는 손바닥만큼의 노래모음집. 우와, 그것만 해도 얼마나 큰 포부인가!

솔직히 난 동시대와 미래의 문학에 대하여 논할 능력이 없다. 공부가 부족함은 물론이고 인간도 덜 됨을 누구보다 스스로 잘 알고 있다. 그러나 전혀 상이한 성분을 갖춘 내 동료들과 나를 함부로 묶어 뭐시기라고 자신있게 일갈하는 행위에 대하여서는 사양한다. 작가는 근본적으로 모두가 각자이다. 요즘 평론가들식으로 따지자면 누가 누구에겐들 엮이지 않을 것인가. 권력지향과 체면치레의 비평이 휘두르는 오류에 더는 신경도 쓰고 싶지 않다.

부박한 내 상식으로나마, 작품론 이후에 작가론이 있어야 하고 작가론이 성립된 뒤에야 비로소 세대론이 제대로 파악되지 않을까 한다. 그런데 작금의 상황은 거꾸로인 듯하다. 이점에 대해서는 피해 본 만큼 본의 아니게 득 본 점도 없지 않기에, 그리고 내가 구시렁 떠들 보기 좋은 입장이 아니기에 애써 외면하기로 한다. 나는 우선 살아내고, 꿈꾸고, 그걸 모아 반죽해 써내기에도 시간이 촉박한 작가이다.

그저 나는 이십대에 써야 할 작품은 이십대에, 마흔에 써야 할 작품은 마흔에 놓치지 않고 써내고 싶다. 그리하여 한 편의 대표작도 중요하겠지만, 태작이 없는 선상에서 내 전체의 조감도를 얻어내는 것에 사활을 걸고 있다. 그것이 내가 가지고 있는 유일한 도덕심이다. 그렇게 묵묵히 나의 길을 가다 보면, 양아치든 진정성을 획득한 작가이든 간에 결말은 날 것이고, 그때 가서야 정식으로 내 왼쪽 가슴에 명찰을 붙여볼 작정이다.

문학이 죽었다는 소문이 무성하다. 문학이 죽어? 개도 조금만 공부시키면 웃을 일이다. 아마도 그런 소릴 즐겨 입에 담는 사람들의 목록을 작성한다면, 이 나라에서 제일 천박한 책상물림 부류의 명단에 다름 아닐 것이다. 위대한 석학과 작가들은 이미 오래전부터 책과 문학의 영구성에 대하여 다양한 관점에서 논증하고 있다. 우리보다 훨씬 과학적이고 정보화된 선진국의 지식인들이, 인류는 앞으로도 영원히 낙타 등 위에 앉아 사막을 건너면서도 책을 통해 지식을 습득할 것이라고 장담하는 것이다.

무슨 수를 써서라도 예전처럼 주목을 끌어보려는 노인네들과, 문학을 한낱 출세의 수단으로 생각하는 삼마이 열혈청년들이, 멀쩡하게 살아있는 문학에 염장殮葬을 지내고 있다.

글을 쓸수록 명료해지는 바는 결국 문학을 포함한 모든 문화란, 타인이 무엇—소설, 시, 음악, 영화, 연극…… 아니면 그것이 전쟁이라든가 평화일지라도—을 통해 내게 들려주는 바를 곰곰이 숙고해보는 언뜻 비생산적인 행위에서 비롯된다는 점이다. 결코 정보 그 자체와 유통과정이 문학을 지배할 순 없다. 분명 문학은 그 이상이다. 만약 이것이 내 착각이라고 밝혀지는 날에는 미련없이 그만두겠노라 다짐한다. 사람더러 평생 꼭 한 가지 일에만 몰두하면서 살라고 강요하는 경전이나 헌법은 어디에도 없다.

물론 지금 우리가 살아가는 이 알량한 세계는 표면상 어쩔 수 없이 달라졌다. 정치에서 문화로, 국가에서 개인으로, 철학자들에게서 마니아들에게로. 그런 예를 들자면 한도 끝도 없으리라. 그러나 나는 믿는다. 상황들이 천만 번 둔갑한다 할지라도, 우리가 인간이라는 대명제는 늘 예전 그 자리에서 서슬이 퍼렇게 버티고 있으리라는 사실을. 문제는 상황이 어떻게 달라졌는가가 아니라, 인간성이 어떻게 변질되었으며, 왜 그래야만 했는가 하는 것, 그렇다면 과연 어떤 방법으로 찾아온 불행을 교정하고 아름다움을 되찾느냐는 숙제일 게다. 우리는 새로운 인간으로서 낯선 인간성을 습득하기에 급급할 것이 아니라, 새로운 세계를 충분히 이해하는 과정에서 상실한 인간성을 회복해야 한다.

정말이지 마흔이 되어서도 동료, 특히 젊은 후배들에게 조롱받지 않는 작가가 되고 싶다. 그것은 말 그대로의 내 간절한 소망이다. 끊임없이 새것만을 요구하는 비열한 매스컴과 거만한 일부 비평가들, 비뚤어진 호승심만으로 똘똘 뭉친 공허한 유사 마니아들, 생의 진검 승부의 필수조건인 가족들의 생계문제 따위들이 내 목을 곧 조여올 것이다. 늙어 해놓은 것이 없으면 조급해지고, 그러니 괜시리 대가大家인 척하며 꼬장꼬장 추접스러운 글쟁이로 남는다는 건 상상만 해도 끔찍하다.

나는 어느 함정으로 튈지 모르는 내가 가장 무섭다. 줄기차게 사람들을 이해하고 미워하면서 그 오차를 차츰 줄여나가는 것, 그리고 유치한 센티멘털리즘과 거짓 심각성을 경계하여 나만의 다양한 서사, 그리고 농도 있는 웃음과 눈물을 찾아내고픈 마음이 내게는 희망의 근거이다.

나는 아무도 날 함부로 예측할 수 없길 바란다. 설혹 당신의 점괘가 얼마 뒤에 용케 들어맞는다 하더라도, 그것은 오로지 운이 좋아서였기를 또한 빈다. 나는 예술을 하고 싶다는 막연한 생각에 글을 쓰기 시작하였고, 지금은 오직 진짜 소설가가 되려는 맘밖에는 없다. 그리고 훗날에는 어떤 형태로든 예술가인 작가일 것이다.

거듭 나는 진행 도중인, 완결되지 않은 한 뼘의 앤솔러지이다. 하지만 누군들 꽤 들을 만한 음악이길 노력할 것이다.

억지로 쓴 이 글은, 내 몇 안 되는 독자들에게 띄우는 감사의 연하장이다.

Happy New Year!

(1998. 12)

그날,
우리가 사랑했던 지옥은

— 장편소설《전갈자리에서 생긴 일》에 대한 대담

대담자 : 이응준(소설가)
김미현(문학평론가, 이화여자대학교 국어국문학과 교수)

미현 당신 소설에서 3인칭은 처음이다.

응준 언젠가는 해야 할 일 아닌가. 그래서 했다.

미현 3인칭과 1인칭이 하늘과 땅처럼 다른가.

응준 내게 있어 3인칭과 1인칭의 차이는 중요하지 않다. 무엇이 이 소설에 적합한 것이냐가 관건이었다. 처음에는 습관대로 1인칭이었다. 그러다 이 소설의 특성상 감정의 습기를 제거하려는 강박 아래에서 쓰다 보니 자연히 3인칭을 선택하게 됐다.

미현 이 소설에서는 '그'가 바로 전갈이다. "검은 뇌"와 "핏기 없는 하얀 심장"을 지닌 "어두운 유기체"가 바로 전갈인가.

응준 전갈이 인간이니까.

미현 인간은 모두 에덴에서 '추방당한 자'이고, 그래서 패배할 수밖에 없다는 뜻인가.

응준 반드시 기독교 세계관 아래에서 구상한 것은 아니다. 그저 인간이 나약한 존재라는 것을 말하고 싶었을 뿐이다.

미현 인간은 그토록 약한 존재인가.

응준 물론이다.

미현 약한 척하는 것과 약한 것은 다르다. 약한 것도 끝까지 추구하면 강한 것을 이기지 않는가.

응준 그것은 인간의 알량한 처세술일 뿐이다. 약한 척하는 게 사실 가장 약한 거다. 얼마나 약하면 약한 척하겠는가.

미현 약한 것이 왜 나쁘냐면, 약한 사람이 폭력을 불러오기 때문이다. 그러면서도 약한 사람은 동정조차 받는다. 그래서 약한 인간은 강한 인간보다 나쁘다. 악을 불러오니까.

응준 우선, 동정받아 진정으로 행복해지는 자가 있는가? 그리고 문을 열어놓은 자가 나쁜가, 아니면 문이 열려 있다고 해서 그 집으로 들어가 강도짓을 하는 자가 더 나쁜가. 만약에 인간의 나약이 악이라면 인간은 모두 나쁘다.

미현 이 소설의 '그'처럼 약할 수밖에 없을 때에 거기서 인간의 몫은 얼마큼일까겠지.

응준 이것은 신뢰의 문제일 수 있겠다. 나는 인간을 그다지 신뢰하지 않는다. 어떤 인간의 어느 순간을 사랑할 뿐이다. 내 자신에게도 마찬가지다. 인간 따위를 신뢰했더라면 정치를 했을 것이다. 인간에게 책임이 아주 없다는 게 아니라, 불가항력의 불행이 존재한다는 얘기다.

미현 정리해보면, 결국 약한 것은 무엇인가.

응준 인간이다.

미현 그래서인지 당신의 소설 속 인간들은 너무 인간적이어서 미워할 수조차 없다. 오히려 화가 난다. 일그러진 자화상을 볼 때처럼 불편하다.

응준 그것은 당신이 내 소설의 주인공을 소설 안에서 보았기 때문이다. 만일 '그'가 당신 옆에 현실로 있었더라면, 당신은 분명 '그'를 경멸했을 것이다.

미현 전갈은 화가 나면 독침으로 자신을 찌른다고 한다. 전갈의 독침처럼 '자해'가 세상에 대한 '공격'이 될 수는 없을까.

응준 죽은 전갈에게 물어봐라, 자해가 공격이었는가를. 전갈은 괴롭게 죽어갔을 뿐이다. 자해를 공격으로 받아들이고 문학적 감흥을 얻은 것은 전갈이 아니라 당신이다.

미현 그럼 도대체 이 소설에서 '그'는 왜 자신을 방기하나. 왜 덧없는 쾌락에 함몰되나. 무엇 때문에.

응준 외롭고 궁지에 몰린 '그'가 그랬던 것은, '그'의 본능이었겠지.

미현 그래서 그런 인간들이 바로 "밖에서만 열 수 있는 감옥 안에서 열쇠를 쥐고 갇혀 있는 바보"가 되는 것인가.

응준 그렇다. 부조리의 감옥에 갇힌 인간들이다.

미현 그렇다면 '카Ka'는 무엇인가.

응준 당신에게는 무엇인가.

미현 '악령'이다. 당신이 말했다시피 인간이 그토록 약한 존재라면, 약하기 때문에 도망가는 곳, 인간의 어둠, 욕망의 그늘, 내부의 적 같은 것들.

응준 가장 타당하고 보편적인 해석임을 인정한다. 그러나 반드시 짚고 넘어가야 할 것은, 소설 속에서의 '카'가 기껏해야 쇠붙이라는 점이다 '카'는 푸른 향로였다가 큰 칼로 변한 일개 물질일 뿐이다. 그것이 '카'의 이성적이며 과학적인 외양이자 본질이다. 평범한 푸른 향로인 '카'를 우상이게 한 것은 목숨없는 '카' 자신이 아니라 인간인 T이다. 다시 말해서, '카'는 인간인 T의 필요에 의해 만들어진 우상에 불과하다는 얘기다. 이 세계의 일체의 부조리와 폭력성을 통틀어 나는 '카'라고 표현하고 싶다. 어떤 존재들이 균형을 잃고 어두운 곳으로 완전히 기울어졌을 때, 그것은 곧 '카'가 된다. 애초부터 푸른 향로는 푸른 향로였고, 큰 칼은 큰 칼이었을 것이다.

미현 '카'를 '카'이게 하는 것은 무엇인가.

응준 '카'는 그 두 가지 모양의 쇠붙이가 아니라, '카'라는 우상을 창조하고 경배하고 있던 T의 고독한 실존이 아니었을까? 사악한 인간과 우상은, 닭과 달걀의 관계를 이룬다. 히틀러가 먼저인가, 나치즘이 먼저인가? 나치즘의 우상이 히틀러였는가? 반대로 히틀러가 창조한 우상('카'가)이 나치즘이었는가?

미현 바로 그렇기 때문에 불행도 선택한 것이면 자유의지에 의한 것 아닌가? '그'가 베트남을 못 떠난 것도 불행의 힘이 아닌 자신의 어둠 때문이 아닌가. '그'는 어둠에 '갇힌 자'가 아니라 어둠을 '만드는 자'에 가깝다.

응준 자유의지? 그렇게 가혹한 겹겹의 시험이 자유의지로 간단히 귀결될 수 있다면, 과연 누가 그 심술로 가득 찬 시험을 통과하겠는가? 성자聖者가 아니고서는 어려울 것이다. 아마도 그래서 주기도문에 "우리를 시험에 들게 하지 마옵시며 다만 악에서 구하옵소서"라는 구절이 있는

지도 모르겠지만 말이다. 아름다운 시골 들판에 어린 남매가 놀고 있다. 그런데 언덕 저편에서 살인마가 저벅저벅 걸어온다. 그는 남매를 잔인한 방법으로 살해하고 시체마저 엽기적으로 훼손한다. 자, 이것은 내가 지금 이 자리에서 꾸며낸 소설이 아니라, 얼마 전 전라북도 고창의 한 마을에서 실제로 일어난 일이다. 그때 그 남매 곁에 신은 있었는가? 그들에게 자유의지라는 게 주어지기나 했던가? 역시 부조리다. 이런 의문이 나로 하여금 이 괴상한 소설을 쓰게 만들었다. 소설 속의 주인공 '그'는 전라북도 고창 들판의 그 남매가 그랬듯 베트남의 시골길에서 죽었다. 인과응보라든가 권선징악의 원리가 전혀 통하지 않는 사례들이 세상에는 허다하다. 노자의 말처럼 천지天地는 불인不仁하다. 불행은 나무 한 그루 없는 겨울 들판에서 맞는 칼바람같이 불어온다. 소설 속에서 '그'에게 '카'와 T가 끈질기게 육박해오듯이.

미현 촌스럽게 말해 나는 순자 같고 당신은 맹자 같다. 알고 보면 나도 인간의 '어쩔 수 없음'을 인정한다. 인정하고 싶다. 인정해야 한다. 자살의 8할은 타살이니까. 하지만 그래도 끊임없이 의심해봐야 한다. 자멸파는 '잡아 먹힐 수밖에 없는 먹이'가 아니라 '잡아 먹히기 쉬운 먹이'일 수 있음에 대해. 그것이 바로 인간성의 출발이다.

응준 '잡아 먹히기 쉬운 먹이'인 나는, 인생의 어떤 부분들을 '어쩔 수 없이' 엄청나게 사랑한다.

미현 인간이 인간일 수 있는 가장 인간적인 이유는 무엇인가?

응준 나약하니까.

미현 어쩌면 그런 나약함을 핑계로 삼을 정도로 이기적인 것이 인간은 아닐까.

응준 죽을 병에 걸린 자가 있다고 치자. 그가 자신의 병을 핑계 삼아 몇 가지의 사기들을 칠 수는 있겠지. 그러나 그는 그 병이 죽을 병이기에 결국엔 고통스럽게 죽을 것이다. 그 사실은 변하지 않을뿐더러, 그가 친 몇 가지의 사기들이란 그의 죽음에 비하면 아무것도 아니다.

미현 도대체 '악'이란 무엇인가

응준 인간에게는 비천한 자기 모습을 초월해 거룩해지려는 마음이 있다. 그것이 이른바 종교성(종교가 아니라)이고 존엄이다. 이를 실패하게 하는 것들이 악이 아닐까.

미현 악마가 따로 있나? 인간이 바로 악마 아닌가?

응준 악령의 집이 인간인 것 같다.

미현 당신은 누구보다도 악의 유혹성을 잘 아는 작가 같다. 악이 얼마나 달콤한지를.

응준 나는 탐미주의자다. 그럼에도 안식을 원한다.

미현 당신의 질문을 그대로 당신에게 던져보자. "세상에 진정한 파국이 있을까?"

응준 어디까지나 개인적인 대답이다. 나는 죽음 이후에는 아무것도 없었으면 좋겠다. 해탈이라든가 천국도 사양하겠다.

미현 이 소설에서 '그'는 위악적인 인물인 것 같다. 위악은 '악이지 않은 악'이다. '악인 척만 하는 악'이다. 그래서 '그'는 T보다 더 나쁘다.

응준 '그'는 어떤 시각에서는 다분히 위악적이다. 나는 위선보다는 위악이 낫다고 생각하는 편이다. 그래서 소설 속의 '그'는 카뮈의 《이방인》에서의 뫼르소가 그렇듯 이해하기 힘듦에도 불구하고 약간의 동정심을 유발시킨다. 우리는 위선자를 악 자체보다 더 싫어한다. 왜냐하면 위선은 악보다 솔직하지 않기 때문이다. 순수는 차라리 위악에 있지 위선에 있지 아니하다. 당신이 말하는 위악이 위선으로 통하는 그러한 위악이라면, 그것은 역겹게 느껴질 것이다. 완전한 악이란 인간의 관념이다. 반면 위악과 위선은 인간의 구체적인 행위와 욕망이 뒤섞여 육체를 이룬 현실태이다. 하여 이 소설 속에서의 '그'는 악 자체가 아니다. 기껏해야 당신의 말처럼 위악적인 인물일 뿐이겠지.

미현 그렇다면 이 소설에서 T는 악과 어떤 관계가 있는가. 악과 연관해서 '카'와 T의 관계가 중심축일 테니까.

응준 T는 악마에 홀렸다기보다는 미친 것이다. 미쳤기에 그런 행동들을 한다고 생각하며 나는 썼다.

미현 '카'라는 우상이란 무엇인가. '인간이기 때문에 나약할 수밖에 없다'는 사실에 대한 '알리바이'인가.

응준 이 소설 속에서 '그'의 잠재의식에는 분명 책임전가를 바랐다는 혐의가 짙다. 인간에게는 스스로의 육체와 정신을 몰락시키면서 얻어지는 묘한 기쁨이 있다. '그'는 자기가 처한 미궁을 그런 방법으로 탈출하려고 했던 것은 아닐까? 그러나 퇴폐의 실을 따라 밖으로 빠져나온 '그'를 기다리고 있던 것은 죽음이라는 파국이었다. '그'는 '카'라는 우상과 T라는 여사제를 제 제물로 삼았다.

미현 그렇다면 왜곡되고 일그러진 우상으로서의 '카'가 아니라, 이 소설 속에서 '그'가 일관되게 원망願望하고 있는 진정한 '신'은 무엇인가.

응준 나는 신을 모른다. 인간이기 때문이다. 다만 내가 아는 것은, 신이란 보통의 언어로 우리에게 다가오는 것이 아니라, 오로지 시적인 언어로만 표현이 가능하다는 것이다. 성경에서도 신은 모세 앞에 불타오르는 떨기나무로 나타났지, 제 얼굴을 생경하게 드러내지 않았다. 예컨대 신이란 미학적인 측면에서 논해보자면, 너무도 아름다워서 더 이상은 아름다워질 수 없는 무엇이다. 돌아가신 내 어머니는 암수술 직후에 예수가 백합꽃으로 나타났다고 말했더랬다. 나는 그것을 믿는다. 왜냐하면 그녀가 신을 본 것이 아니라 시를 보았기 때문이다. 백합꽃이라는 시 뒤에 숨은 신을 보았기 때문이다.

미현 당신의 그런 신관神觀이 이 소설 속에서는 무척 변형되어 나타나는 것 같다. 오히려 이처럼 아수라인 세상을 만든 것이 신 아닌가? 고로 신은 유죄일 수 있다. 그런가.

응준 '그'는 신을 저주한다. 그리고 '그'의 타락을 신을 향한 반항으로 파악할 수도 있을 것이다. 하지만 이 소설을 쓴 나는 '그'가 아니다.

미현 당신은 단편소설 〈길과 구름과 바람의 적〉에서 "신의 상실, 그것이 인간의 죽음이다"라거나 "인간은 어둠의 의미를 와해하고, 부활을 포기했다"라고 말했다. 이 소설은 그런 신과 인간의 관계에 대한 비서秘書인가.

응준 분명한 차이가 있다. 〈길과 구름과 바람의 적〉에서의 주인공은 스스로 신이 되려는 자이지만, 이 소설에서의 주인공인 '그'는 기껏해야 신을 비아냥거리는 자이다. 그것도 아주 무책임하게 제 몸과 영혼을 파괴하면서.

미현 그렇기 때문에 인간은 원죄나 타락으로부터 자유로울 수 없다는 것, 신에 대한 불신과 불경조차 인간의 탓이라는 것?

응준 '그'는 신을 저주했지만, 알고 보면 신이라는 도그마를 저주했을 수 있다. 원죄나 타락이라는 것들도 그 도그마의 범주에 속한다. 종교성은 종교의 몸을 얻어 인간의 제도로 자리잡는 순간부터 괴물로 탈바꿈한다. 요컨대, 한국 사회에서의 예수는 어쩌면 우상인지도 모른다. 오늘날 순수한 종교성으로서의 예수가 우리 앞에 나타난다면, 이 나라의 사람들이 믿고 있는 예수를 황금송아지라고 호통치며 때려부수지 않으리란 보장이 없다. '그'는 신이 아니라 '그'의 의식에 입력되어 있던 신의 도그마로 괴로워한다. 그래서 신을 미워하는 것이다. '그'는 신의 도그마로부터 자유로울 수 없었다.

미현 이 소설은 이상한 제의祭儀를 치르는 소설처럼 느껴진다. 고통을 제물로 바라는 신은 이미 너무 인간화된 신이지 않은가?

응준 그것은 '카'가 T에게 있어서는 우상이요, '그'에게 있어서는 자신이 원망하는 신의 그림자이기 때문이다.

미현 결국은 인간을 높임으로써 신에 가깝게 하려는 것이 '문학의 종교성' 아닌가?

응준 문학의 종교성은 어떤 방법을 택하든 신과 인간, 그리고 그 사이에 있는 세상이라는 고통에 관해 고민함, 그 자체에서 나온다고 믿는다.

미현 악마가 강한 것이 아니라 인간이 약하다는 것이 인간 최대의 비극이고 신에게 불경하게 되는 이유인 것 같다.

응준 그래서 '그'는 신을 탓하는 것이다. 왜 나를 나약한 인간으로 낳았느냐고.

미현 '그'는 구원받을 수 있었을까.

응준 죽어서 말인가?

미현 살아서 받는 구원은 기복祈福에 불과할 뿐이다. 그러니 '그렇게 처참하게 혹은 덧없이 죽어서라도'가 맞겠지.

응준 나는 '그'가 소설 속에서 독백했던 바대로 완전한 파국에 이르기를 바란다.

미현 당신 최대의 지옥은 무엇인가? 글쓰기가 최고最苦의 감옥인가?

응준 바로 이 대담이다. 나는 내가 쓴 소설에 대해 왈가왈부하고 싶지도 않고, 그럴 자격도 없다고 생각한다.

미현 그러면서도 작가들은 끊임없이 말을 하고, 들은 말들 때문에 마음 상해한다. 무엇보다도 당신은 벌써 많은 말들을 했다. 이미 지옥에 들어선 것이다.

응준 나도 '그'처럼 나약한 인간이니까, 뭐.

미현 이 '지옥'이 유혹적이지도 못해서 미안하다. 사실 우리가 지옥에 떨어지는 것은 그것이 아름답게 보이기 때문인데…… 하지만 당신도 '그'가 T를 잊지 못했던 것처럼 이 대담을 잊지 못하기를 바란다. '첫번째 독자'로서 당신에게 두려움과 고마움을 느낀다.

(2001. 3)

독자를 앞에 둔 작가의 불안

일찍이 보들레르는 예술을 두고 매음이라 칭하며 애써 갖은 패악을 떨어댔지만, 어떤 경우에도 만인을 동시에 만족시키는 것은 예술이 아니다. 당장의 추종자들이 던지는 환호에 홀려 예술을 빙자하는 그것은 일종의 고등사기이며, 궁극에는 대중으로 하여금 잔인무도를 일삼게 만든다. 예술은 얼치기 해답이 아니라 진지한 질문이다. 생의 어둠과 빛을 심장으로 느끼고 시간으로 사유하려는 이들을 위해 예술은 있다. 아, 나는 확실히 망하려고 작정했나 보다! 요즘 같은 전복의 시대에 이 따위 반동적인 망언을 마구 내뱉다니! 그러나 어쩌랴. 지구가 태양 주위를 돌고 있은 지가 하루이틀이 아닌데. 이를테면, 판도라의 상자가 열렸는데, 어, 있어야 할 희망이란 놈이 없는 것이다. 바야흐로 예술가에게는 패가망신의 고집과 장렬한 전사만이 남았는가? 오로지 이것밖에는 아무런 할 일이 없을 때에, 차라리 시인은 몰락의 공포를 우습게 여기며 새로운 꿈을 꾼다.

아직 살아서 계속 쓰고 있는 작가에게, 그를 좋아하는 독자들이란 과연 어떠한 의미일까? 그가 간혹, 우연히 마주친 독자들에게서 이런 얘기를 듣는다면? "나는 당신의 예전 소설들이 더 좋아요. 왜 달라진 거죠?" 그럴 적에, 작가는 씨익— 웃고 말아야 한다. 그만해도 천만다행이기 때문이다. 작가 최대의 적은, 권력욕에 시뻘겋게 달아오른 평론가라든가 늘 새로운 숙주를 원하는 천박한 언론, 폭력에 물든 이데올로기와 왜곡되고 오염된 지적 환경, 또는 지긋지긋한 가난과 주변의 재수없는 몰이해, 심지어는 벌써부터 바닥나기 시작한 제 재능조차도 아닌지 모른다. 끔찍한 얘기지만, 어쩌면 그것은, 그 작가를 근래 한창 맘에 들어하고 있는 일군의 독자들일 수 있다. 작가는 스스로를 버리지 않는 상태에서, 자기로부터 가장 멀리 도망쳐야만 하는 지극히 모순된 존재이다. 그는 언제라도, 저 누군가가 두 눈을 똥그랗게 뜨며 볼멘소리로 요구하는 "당신의 예전 소설들"로부터 자유로워져, 외롭고 지루하게 늙어갈 용기가 있어야 한다. 여전히 "당신의 예전 소설들"을 다량으로 복제해낼 수 있음에도 불구하고, 유사 성향의 작품들을 일견 자제하여 도전의 깊이를 담보해내야 하는 것이다. 대신, 작가는 늘 가고 싶지 않은 지옥에 가 있어야 한다. 유목민은 어제 잠들었던 곳에 다시 누워 똑같은 별자리를 바라보는 것을 치욕으로 여긴다.

스스로를 문학의 전부라고 생각하는 작가는, 얼마 가지 않아 반드시 문학을 그만두게 된다. 왜냐하면 자기가 실패했을 경우, 이 세상 모든 문학이 더불어 소멸했다고 착각하는 까닭이다. 작가가 냉정해야 하는 것처럼, 그를 사랑하고 격려하는 독자들 역시 냉정해야 한다. 한 작가의 진정한 매니아란, 그의 작품들이 변화하는 궤적을 함께 따라가며 각자의 미적 감각과 기성의 가치관, 그리고 삶의 외양과 본질을 자체적으로 성찰해 나가는 지혜로운 이들을 뜻한다. 그들은 한 명의 작가로부터 도서관을 통째로 끄집어내려는 오류를 범하지 않는다. 핑크 플로이드의 음악은 훌륭한 예술이다. 그러나 그렇다고 해서, 아무나 핑크 플로이드를 즐길 수 있는 것은 아니다. 많은 사람들이 좋아한다 하더라도, 어쨌거나 핑크 플로이드는 만인의 핑크플로이드가 될 수 없다. 또한 핑크 플로이드가 사라졌다고 해서 이 세계의 그 나머지 음악 전체가 의미를 상실하는 것도 아니다.

독자가 처음부터 작가를 선택한다는 믿음은 미신이다. 일단 독자는 어떤 특정한 책을 선택할 뿐이다. 그 이후에 한 독자는 한 작가를 발견한다. 마찬가지로, 작가 역시 처음부터 불특정 다수의 독자들을 위해 글을 쓰는 것이 아니다. 그는 우선, 자기의 세계관을 탐험하려고 글을 쓴다. 그리하여 한 작가는 한 독자에게 발견되고, 연이어, 그들 독자와 작가 공동의 역사가, 문득, 발생하는 것이다. 먼저 이러한 전제가 구축되어야만이, 어느 독자는 텍스트를 넘어서 한 작가를 비로소 이해하게 되고, 어느 작가는 자기를 격려해주는 한 독자를 제 문학만큼 사랑하게 된다. 그는 그제서야 대중을 담백하게 받아들이고, 세상을 향해 당당히 제 글을 팔아 빵을 취할 수 있는 것이다. 이 지점에서 대중성과 예술성의 애초부터 모호했던 경계는 깔끔하게 허물어진다. 예술성이란 이미 정해진 범주의 문제가 아니라, 아름다운 가치의 문제이기 때문이다.

상당히 난해하고 괴로운 과정이다. 그래서인지, 죽기 전에 행복했던 작가는 드물었다. 하지만, 희망? 뭐, 그런 거 없으면 어떤가. 그거야 이번에 자기가 사전에 맨 처음으로 올려놓은 단어라고 생각하며, 작가는 역시 또 씨익— 웃고 넘어가야만 한다.

(2001. 4)

필사로 소설수업을 해서는 안 되는 이유

얼마 전 어느 대학교의 문예창작학과 교수를 맡고 있는 모 시인으로부터 전화가 걸려왔다. 그런데 이런저런 대화 중에 그가 대뜸, 자기의 학생들에게 내 단편소설들을 필사시키겠노라고 아주 자랑스럽게 말하는 게 아닌가. 순간, 나는 기겁하여 절대로 그러면 안 된다고 극구 말렸다. 이 싱거운 일화가 결코 한 젊은 작가의 겸손을 드러내는 미담이 될 수 없는 것은, 내가 고마움이 섞인 부끄러움은커녕 되레 약간의 분노를 느끼며 문예창작학과 교수이자 시인인 선배의 배려라면 배려를 사양한 데에 그 까닭이 있다.

문예창작학과 소설가 지망생들이 내 단편소설들로 필사를 한다면, 그렇지 않아도 지겹게 안 팔리는 내 책들이 그저 몇십 부라도 더 나가고 더불어 세상에 선전이 되기는 될 터이다. 그러나 그것은 옳은 일이 아니다. 내게 옳지 않다는 게 아니라(사실 나는 굿이나 보고 떡이나 먹으면 되는 입장이다), 문학을 배우겠다는 학생과 그것을 그들에게 가르치는 선생에게 공히 그르다는 뜻이다. 필사로 소설수업을 시키는 것은 진지한 작가를 꿈꾸는 이들에게, 당장 힘 좀 쓰게 하겠다고 미래에 발병할 괴로운 병원체를 강장제로 먹이는 것과 같은 짓이다.

이른바 소설수업에서의 필사란, 국내의 기성 작가의 소설을 소설가 지망생이 그야말로 한 글자 한 글자 또박또박 베껴 쓰며 문학을 수련하는 과정이다. 외국소설들은 일반적으로 필사의 대상에서 제외되는데, 이는 그것들이 온전한 우리 글이 아니라 번역문이기 때문이다. 자연 여기서 우리는 필사의 가장 중요한 목적이, 여러 소설창작의 구성요건들 가운데에, 특히 문장강화에 있다는 것을 알 수 있다. 아무튼, 이미 여러 군데의 문예창작학과에서 이런 식으로 소설 수업을 하고 있고, 또 몇몇의 유명한 작가들이 혹독한 필사로 문청시절을 보냈노라고 술회하는 것을 나는 자주 들은 바 있다.

이제 왜냐는 질문에 답하기 전에, 대안부터 제시하기로 하자.

그러면 필사를 제치고 대체 뭘 해야 한다는 것인가? 독창성을 담보하기 위해서 남의 작품에 몰입하지 말라는 것인가? 천만에. 필사를 거부함이, 다른 문학작품들을 외울 정도로 탐독하지 않아도 된다는 것을 의미하지는 않는다. 다만 문학성의 습득은 머리와 심장으로 이루어져야 하지, 손가락이 설치고 앞장 서서는 안 되는 일이라는 것이다. 그게 그거 아니냐고 묻는다면, 꽃이 아름답다고 그 꽃의 존재를 그냥 바람 속에 음미하는 것과, 굳이 손으로 꺾어 허공에 휘젓고 다니는 것은 다르지 않느냐고 나는 반문하련다. 정말 훌륭한 소설가가 되고 싶다면 그는, 필사

대신에, 좋은 소설들을 읽음과 동시에 수천 편의 시를 암송하고 다양한 예술 장르들을 섭렵하는 편이 훨씬 유익하고 지혜롭다. 그리고 문학의 골수가 아닌 활자 따위 베끼며 끙끙대는 시간에, 차라리 이런저런 사람들과 술을 마시며 삶의 내공을 쌓아가는 것이 현명한 일이다.

여기서, 문학의 기술적인 측면은 궁극적으로 필사와 같은 체화가 아니냐는 흔한 이의가 제기될 수도 있겠다. 하지만 그것은 진정한 의미의 문학적 체화가 아니라 그저 기계화고 단순화이다. 예컨대 작가 고유의 세계관은 둘째로 치고서라도, 필사로 문장이 얻어진다는 것은 철저한 허상이다. 문장은 영적인 물질이다. 그것은 반 이상이 타고난다. 또 문장을 못 쓴다고 소설가가 될 수 없는 것은 아니다. 거칠고 아귀도 맞지 않는 문장을 쓰면서도 독특한 세계관으로 이름을 날린 작가들은 많다. 그러나 그들이 아름다운 문장의 소설가라는 말을 듣지는 못할뿐더러, 문장이 소설의 전부는 아니더라도 소설의 맨 처음이기는 하다. 더더욱 필사를 멀리 해야 하는 이유에 다름 아니다.

작가가 되려면 일단은 마음에 새겨진 것들을 글로 옮겨야 한다. 그것이 비록 누구의 영향을 받아 싹을 틔웠든 간에, 결국에는 작가 나름의 해석과 정신이 담긴 글이어야 하는 까닭이다. 필사를 통해 작가가 됐다고 믿는 사람들은 스스로들 무슨 대단한 고행 중에 문학의 본령을 터득한 줄로 아는데, 알고 보면 그들의 글을 문학으로 승격시킨 요소는 무식한 필사가 아니라, 하다 못해 필사까지 감행하게 한 열정과 노력이었을 것이다.

물론 필사로 단기간에 효과를 보기는 볼 터이다. 그리고 그렇게 문학수업을 한 사람이 등단하고 나서도 상당 기간 위력을 발휘할 수도 있다.

하지만 만약, 그가 진정 필사 때문에 공력을 쌓은 작가라면, 정작 문제는 그다음부터다. 곧 모래 위에 지은 집은 기울고 허물어지기 시작한다. 그가 필사했던 기성작가들이 도리어 그의 발목을 잡고 늘어지는 것이다. 그는 벌써부터 아류이다. 누군들 누구의 기름 부음을 받지 않았으랴. 하지만 비틀스가 엘비스 프레슬리를 존경하고 영향받았노라 공언하고 다녔다 해서, 아무도 비틀스를 엘비스 프레슬리의 아류라고는 말하지 않는다. 그것은 레니 크라비츠를 두고 지미 헨드릭스의 아류라고 폄하하지 못하는 것과 같으며, 상징주의의 시인들을 전부 보들레르의 아류라고 놀리지 못하는 것과 같은 형편이다.

그런데 필사는 십중팔구 남의 아류가 될 위험이 큰 도박이다. 아니라고 반박할 사람들이 의외로 많을 것 같아, 백번 양보해서, 그다지 똑똑한 방법은 아니라고 표현한다 해도 상황은 크게 달라지지 않는다. 이것은 내 눈으로 직접 목격한 임상의 결과이기 때문이다. 나는 심지어는 A라는 대학교의 문예창작학과를 함께 나온 R과 T가 서로 날이 갈수록 작품이 비슷해져가다가, 종국에는 이름을 가리고 놔두면 누구의 것인지 판단할 수 없을 지경에까지 이르는 식의 경우를 수두룩하게 보아왔다. 그 둘은 이십대에 같은 선생 밑에서 동일한 기성작가 목록의 소설들을 필사한 것이다.

예술은 비록 내 처음이 나만의 것이 아니었다 하더라도, 내 마지막은 오직 나만의 것이며, 그 처음 또한 그 마지막으로 향하는 독특한 도정이었음을 세상이 완전히 수긍하였을 적에 그 의의를 찾는 것이다.

더 따지고 들어가자면, '이응준을 포함한' 대한민국 작가들의 문장을 베끼는 것은 아둔한 짓이다. 지금껏 우리는 '아름다운 한글'을 내뱉는 작가를 만난 적은 있어도, 아직까지 '아름답고도 정확한 한글'을 구사하는 작가를 조우하는 행복을 누리지 못했다. 소설을 자기의 예술로 승화시키고 싶은 욕심을 가지고 있는 문학도라면, 마땅히 '아름답고도 정확한 한글 문장'에 대한 높은 기준과 확실한 방향성을 가지고 있어야 한다. 그러한 그는 훗날에 빛날 자기 사상과 표현의 씨앗에 필사라는 농약을 뿌려대진 않을 것이다.

뭐든 제 맘이겠으나, 나는 내 사랑하는 친구에게 먼저는 작가가 되기를 권하지 않을 것이요, 만약 죽어도 그가 하필 작가가 되겠다고 우긴다면 적어도 필사를 권하지는 않을 것이다. 그리고 혹시라도 필사로 문학수업을 거치신 다른 작가분들이 이 글을 읽으시고, "그럼 필사를 경험한 내가 필사를 하지 않은 너보다 못한 작가라는 말이냐? 나는 너보다 훨씬 유명하고 유능한 작가인데?"라고 역정을 내신다면, 우선은 죄송하다는 말씀을, 그러나 오해라는 변명과 동시에, 어디까지나 내가 생각하는 문학 안에서의 필사가 그렇다는 얘기였다는 애교쯤으로 양해를 구하고 싶다.

필사를 할 사람들은 앞으로도 계속 줄기차게 필사를 할 것이다. 어쩌면 필사에 대한 나의 이런 야유는 건방진 편견일 수도 있다. 하지만 이 글이 필사 자체가 아니라, 그것이 조장하는 천편일률의 작풍과 철학의 빈곤을 지적하고 있음을 눈밝은 이들은 알 것이다. 나는 소설쟁이가 되고 싶지도, 그보다 약간 나은 소설가가 되고 싶지도 않다. 이러니저러니 해도 글을 놓지 않는 이유는, 오직 작가가 되고 싶어서이다. 필사는 나쁘다.

(2001. 5)

능금나무 아래서의 낮잠

능금한알이떨어졌다. 地球는부서질 程度로아펐다. 最後.

이미如何한情神도發芽하지아니한다. —2월15일 개작

실없어 보이는 '2월15일 개작'을 빼면 겨우 두 줄이다.

그가 동네 서점의 그늘진 귀퉁이에 쭈그리고 앉아, 이승을 하직하며 레몬인가 멜론인가를 찾았다고 전해지는 어느 폐병쟁이의 시집을 건성 반 놀라움 반으로 넘기던 차에, 그래도 그중 비교적 이해가 가능한 이 시 〈最後〉를 발견한 것은 열다섯 살의 어느 여름날이었다.

시간이 타들어간 갱지 위에 놓인, 철사 끝으로 상처를 꿰맨 듯한 활자들에 사로잡혀, 그는 한참을 꼼짝 않고 심각할 수밖에 없었다. 뭐랄까. 그것은 교과서 따위를 통해 접했던 각지고 건강한 시라기보다는, 사형수의 광기 어린 일기 내지는 낙서에 가까웠던 것이다. 그의 무릎 부근의 허공에서, 콩알만 한 거미가 천장을 향해 기어 올라가고 있었다. 거미줄이 너무나 투명했기에, 놈은 진짜 무엇에도 의지하지 않고 공기를 암벽 타고 있는 것 같았다.

그때 갑자기 그가 침묵을 깨고 키득키득댔다. 그리고 곧, 그 키득키득은 푸하하로 바뀌었다. 좁은 책방 안에 있던 주인장과 기껏해야 서넛이었을 손님들이 어린 그를 의아해하며 쳐다봤다.

그가 불량한 웃음으로 소란을 피운 건, 거미의 엎치락뒤치락하는 그 열띤 포즈 때문이 아니었다. 거미의 묘기는 매우 경이로웠으며, 최소한 부러워해야 할지언정 비아냥거릴 사안이 아니었다. 아파트 3층에서만 떨어져도 목이 부러지는 게 한심한 인간들 아닌가.

사실인즉슨 그는, 능금 한 알에 얻어맞아 아파하는 지구의 표정이 마치 만화의 한 장면처럼 떠올랐던 것이다. 민망해진 분위기를 파악한 소년은 자리를 털고 일어나, 원래의 용건이었던 수학 참고서는 사지도 않은 채 허둥지둥 길로 나섰다.

한데 정말 문제는 이제부터였다. 집으로 걸어 돌아오는 동안 내내, 그는 짧은 생애로는 전혀 경험하지 못했던 아주 기괴한 감정에 최초로 시달리게 된다. 그것은 거대한 비극 앞에서 농담을 해버린 자의 후회와도 같았다.

그는 이틀간, 심한 몸살을 앓았다.

세상이 슬펐던 李箱에게는 하등의 책임이 없었다. 허공을 진격하던 거미의 재주도, 능금 한 알이 떨어져 해골에 구멍이 났다고 엄살을 떨어대는 저 칠칠치 못한 지구의 탓도 아니었다. 오로지 비로소 그가, 무의미한 표상들을 빛나는 보석쯤으로 오해하기 시작한 까닭이었다. 그것은 이내 버릇으로 전환되고, 천천히 의지를 따라 운명으로 승격되었다가, 훗날에는 체념을 가장한 질병으로 무시될 터였다.

아무튼 열다섯 살의 어느 여름날, 그의 삶은 어처구니없는 계기로 인해 완전히 개작되어버렸던 것이다. 그러나 정작 철부지는 아무것도 몰랐다. 서른두 살이나 먹은 지금도 마찬가지지만.

(2001. 6)

시여,
귀환하라

이른바 '문학권력'의 문제로 한창 공격을 받고 있는 어느 문학비평가가, "이미 이 나라(혹은 이 세계?)에서 문학이 망했는데 문학권력은 무슨 얼어죽을 놈의 문학권력이냐"고 제 적들에게 자학하며 일갈했다지만, 더 나아가, 과거나 현재나 문학의 핵심을 깊이 있게 즐기고, 그것도 성에 차지 않아 직접 문예가가 되려고 하는 사람들은 늘 극소수였다는 게 내 생각이다. 다만 이제 와서 한두 가지로는 규정할 수 없는 어떤 다양하고 독한 원인들에 의해, 그 극소수를 다수인 듯 보이게 하던 과대망상의 안개가 한꺼번에 걷히며, 허기진 독수리 떼도 외면할 만치 앙상하게 널린 우리 문화의 참담한 뼈다귀들이 후기자본주의의 광장 위에 비로소 드러났을 뿐이다.

"당신은 왜 문학을 합니까?"라는 질문에, 내가 아는 한 가장 힘차고 정직한 답변은, "이것 말고는 달리 할 수 있는 게 없어서요"이다. 제아무리 위대한 천재라고 해도, 일단은 이러한 고백이 있고 나서야 자기의 문학으로 아가씨를 꼬시거나 신에게 항의하는 등의 "외로 된 事業"이 가능한 것이다.

또 조금은 비슷하고 조금은 다르게, 이번에는 누군가 소설가인 나를 향해 "당신은 왜 시를 씁니까?"라고 물었을 때, 나는 "내가 시인이어서요"라고밖에는 말할 수가 없다. 그것은 내가 오로지 소설가이거나 오로지 시인이어서가 아니라, 소설가이자 시인인 하나의 작가이기 때문이다.

이는 마치, 언젠가 사석에서, 인터넷문학이니 디지털문학이니 하는 것들을 옹호하느라 열라 침을 튀기던 모 평론가가, 나의 별로 동의하지 않는 듯한 표정이 맘에 들지 않아서였는지, "그렇다면 당신은 소설을 컴퓨터와 만년필 중 어느 것으로 쓰시오?"라며 나를 추궁했을 적에, 내가, "마음과 손가락으로 쓰는데요"라고 무심히 대답했던 경우와 마찬가지이다. 요컨대, 시는 그냥 문학의 한 장르로서의 시가 아니라, '문학의 마음'이라는 뜻이다. 문학가를 두고 스님이라 한다면 시는 그에게 있어 불성佛性이자 예불인 것이다. 참선하지 않는 선승禪僧은 선승이 아니라 땡초인 것처럼, 시가 없는 작가는 작가가 아니라 한낱 글품팔이 모사꾼에 지나지 않는다.

그러나, ……아아, 진짜로 그러나. 만일 나에게 던져지는, "왜 시를 쓰느냐"는 타인의 집요한 의문이, "네 소설은 그럭저럭 봐줄 만해도 네 시는 어차피 발버둥 쳐봤자 고작 이류 취급받을 것이 분명한데, 뭐하러 문학적 에너지를 소설 쓰는 것에 집중투자하지 않고 시 쓰기에다 낭비하느냐"는 식의 진의를 함축하고 있다면, 당장 나의 어쩔 수 없는 반격은 내 소설보다 훨씬 재미있어지게 된다. 맞다. 현답을 애써 이끌어내도록 인내를 자극한다는 데에 우문愚問의 더러운 미덕이 있는 것이다.

시와 소설을 비롯한 문학 장르 간의 구별이 이처럼 폭력에 가까운 촌구석은 우리나라밖에 없을 것이라는 스승의 개탄에 가까운 말씀을, 나는 일주일마다 일곱 편 이상의 시들을 써갈기던 만으로 열아홉 나이에 경청하였다. 곧 수많은 외국의 대작가들 태반이 시로서 문학을 시작하였으며 또 시와 여타 장르들을 병행하였다는 사실을 직접 확인할 수 있었거니와(너무도 사례가 풍부한 나머지 일일이 열거할 엄두조차 나지 않지만, 유럽과 영미의 작가가 아닌 인도의 시성詩聖 타고르가 무지하게 긴 장편소설《고라》를 썼다는 것은 사뭇 놀라웠다), 그들의 열린 작가적 태도가 고작 같은 문학 테두리 안에서의 장르 넘나들기에 그치는 게 아니라, 완전히 다른 예술 분야로부터 꾸준히 영감의 충격과 이론의 에너지를 수혈받는 수준임을 깨달았을 때는, 그렇게 가지고 싶어 해 결국 가지게 되었던 '시인'이라는 직함이 도리어 감옥으로 여겨질 지경이었다.

'시는 문학적 청춘의 산물이다'라는 짜랑짜랑한 명제가 있다. 그 사람의 문학이 늙어버리면 시다운 시가 더 이상 나오지 않는다는 뜻이다. 그렇다면 근래 시집《거울 속의 천사》를 출간한 대여大餘 김춘수 선생은 문학적으로는 여든 노인이 아니라 아직도 젊은이인 셈이다. 단순한 연령과 병원에서의 정밀검사로 파악되는 육체의 실제적인 나이가 다르듯이, 문학의 나이 역시 세속의 통념과는 그렇게 아예 따로 존재한다. 시인 김수영이 영원한 청춘의 표상으로 남아 있는 것과 동일한 이치이다. 일급이던 시인이 어느 날부터인가 삼류 이하의 시들을 남발하면서도 계속해서 뻔뻔하게 일류로 행세할 적에 우선 드러나는 징후는, 그의 일

그러지고 와해된 시의 감식안이다. 쉽게 야구를 연상하면 된다. 야구선수가 타율이 떨어질 때 가장 먼저 망가지는 것이 선구안이라고 한다. 볼인지 스트라이크인지, 변화구인지 직구인지를 판별하지 못하게 되면서 당연 헛방망이가 돼버리는 것이다. 기껏 때려봤자, 원 아웃 일루에 더블플레이일 뿐이다.

이렇듯, 나이만 처먹는다고 해서 반드시 날카롭고 빛나는 작품이 보장되지 아니한다는 데에 바로 예술의 섬세하고 삼엄한 스릴이 있다. 잠시잠깐 정신을 놓아버리면 어느새 작품은 구닥다리에 파렴치한 수준으로 전락해버린다. 물론 이미 망해버린 문학에도 권력이라는 게 있어서 살아서는 대충 어리바리 넘어가기도 하지만, 그가 땅에 묻혀 썩어가면서까지 미학의 진실을 순순히 유린할 수 있을는지는 남·북한이 함께 지켜봐야 할 문제이다.

아무튼, 일급 시인 유하의 지적처럼, “시의 감식안은 아무나 가질 수 있는 것이 아니다.” 시는 쓰기도 어렵지만 읽는 것도 만만한 예술이 아니라는 말이다. 시의 눈은 아흔아홉 번 얻었다가도 백 번 실명하기가 십상이다. 아직 미학적 기준이 확립되어 있지 않은 사람들이 어제와는 전혀 다른 멍청한 소리를 시에 대해 늘어놓기도 하는 까닭이 그래서이다. 너무 지나친 단순화인지는 모르겠으나, 시에 관한 치밀하고 세련된 안목이 있으면 그것은 문학과 철학 전반에 대한 안목이 있는 것이요, 종국엔 예술 전체에 관한 소양을 내재한 것이다. 그리고 무엇보다 시를 예민하게 간직하고 있는 작가는, 누구보다 빨리 자기 예술의 지성과 감각의 몸 상태를 체크하여 큰 병이 나기 전에 치유할 수 있다. 시는 문예가라는 잠수함에 태워진 토끼의 역할을 훌륭히 수행할 수 있다는 소리다. 토끼는 잠수함 내의 공기가 나빠지는 것을 금방 알아차린다.

이는 비평도 예외가 아니다. 소설 비평은 반드시 전문적인 문학평론가가 아니라도 가능하다. 이를테면 사회학자나 고고학자도 그 나름의 멋진 소설 비평을 할 수 있다는 뜻. 하지만 시 비평에 이르면 상황이 다르다. 누구나 시를 쓰고 읽을 수 없는 것처럼, 시 비평은 아무나 할 수 있는 게 아니다. 거꾸로 뒤집으면, 유려하고 정확한 시 비평 능력이 있고 나서야 비로소 온전한 문예비평가라고 명함을 내밀 수 있다는 얘긴데, 이것은 시인 유하의 사석에서의 탁견을 내가 한 번 더 허락 없이 빌려온 것이다.

흔히들 상업주의문학, 상업문학, 그런다. 나는 이 혼탁한 논의의 수준과 층위가 확연히 달라져야 편의상 상업주의 작가라는 사람들과 역시 편의상 본격 문예주의자들 피차간에 민망하지 않은 미래가 있다고 본다.

간명하게, 이제껏 우리는 이른바 상업주의 문학의 혐의를 거시적인 측면에서만 측정해왔다. 하여 일단 중앙문단 내에 진입했던 작가들은, 겉만 번지르르했지 무협지 작가들과 비슷한 짓을 일삼아도 손가락질 받지 않았던 게 사실이다. 그러니 상업주의 작가들이 보기엔 스스로의 처지가 억울하고 한국문단 자체가 역겨운 것이다. 자신들이나 저들이나 별 차이가 없으니 오히려 자기들의 태도가 훨씬 솔직한 것은 물론이요, 독자들을 외면하지 않는 진짜 문학이라는 살벌한 오버는 거기서 비롯된다. 따라서, 이제는 상업논리에 물든 문학을 걸러내는 그물을 조금 더 촘촘하게 짜서, '우리 눈 안에 든 들보'들을 제거해내는 작업에 들어가야 할 필요가 있다는 것이다. 미시적인 측면에서의 상업논리를 걸러내는 그물을 가지자는 뜻이다.

그렇다면 과연 무엇이 상업주의인가? 예술가가 제 예술을 통해서 돈을 벌려고 작정하면 무조건 타락인가? 아니다. 그것은 예술의 진정성을 따지는 데에 가끔 참고는 될지언정 그 본질을 흔들어놓지는 못한다. 대예술가들 중에 부자는 수두룩하다. 정신만 지킬 수 있다면야 가난이 미덕인 시대는 지나갔다. 그것은 가난하다고 해서 자연스럽게 훌륭한 예술가의 반열에 오르지 못하는 것과 마찬가지이다. 좋은 책을 많이 팔아서 부자가 된 작가만큼 행복한 사람이 어디 있겠나.

아직 완전히 무르익어 확장된 상태는 아니지만, 최근에 나는 이렇게 미시적 측면에서의 상업주의에 대한 견해를 규정해본 적이 있다. 먼저, 모호한 재미 유발을 위해 오로지 소재주의에만 빠져 있는 문학은 미시적으로 파악했을 때 상업주의에 속한다. 또한 "최근 당신의 문학의 관심사는 무엇입니까?"라는 질문 앞에서, '나는 누군인가?' '신은 무엇인가?' '인간은 무엇인가?' '역사는 무엇인가?'라는 식의 큰 그림만을 그럴 듯하게 제시함으로써, 자기의 '사실은 아무 생각 없음'을 사기 치는 것이 아니어야 한다. 그러니까, 그러한 대명제는 작가로서의 방향으로 그대로 존재하고, 거기에서 보다 더 나아가 세밀하고 구체적인 '세계탐구의 내용물'이 있어야 한다는 것이다. 온갖 삼류들의 공통된 특징은, 모든 문제들을 함부로 보편화시키며 감정의 기복이 치열함을 대변한다고 믿는 데에 있지 않은가.

더불어 나는, 이 미시적인 측면에서의 상업논리를 걸러내는 그물로서 올곧은 '시 정신'을 선택하였다. 진정한 절창의 시 한 수를 그리워하며 매진하는 작가의 언어가 긴장을 잃고 좌초될 리가 없다. 시를 생각한다는 것은 벌써 그 자체로서 괴롭고 지난한 작업이기 때문에, 그것만 잘 해도 상업주의에 대한 훌륭한 안티테제로 작용한다는 말이다.

비록 이류 시인이었으되 오히려 그 이류 시인이었음으로 인하여 일류 문인이었던 외국작가들의 허다한 경우가 그러하며, 시를 안 쓰거나 못 쓸지라도, 최소한 시를 제일 잘 읽는 자가 되기를 매일매일의 목표로 삼는 것은 모든 문예가들에게 너무나도 중요하다. 토마스 베른하르트는 1989년 심장질환으로 타계하기까지 모두 24권의 소설책과 17편의 희곡, 그리고 4권의 시집을 작품목록에 추가하였다. 그런데 주목할 것은, 그의 마지막 시집《아베 베르길Ave Vergil》이 1981년도에 나왔다는 점이다. 토마스 베른하르트는 소설과 희곡으로 유명하였다. 그가 시인이라는 사실은 연구자들의 주된 탐구대상이 되지 못했을뿐더러, 웬만한 독자들로서는 인식하기조차 힘든 형편이었다. 그러나, 토마스 베른하르트의 시가 그의 소설과 희곡보다 덜 알려졌다고 하여 그의 시를 무용하다고, 혹은 그가 그 시들을 쓸 시간에 소설책과 희곡에 전념했다면 훨씬 좋았을 것이라고 폄하할 수 있을까? 여기서 감히 나는, 토마스 베른하르트의 시집 4권이 있었기에 그의 24권의 소설책과 17편의 희곡이 품위를 유지할 수 있었을 것이라고 단언한다. 헤르만 헤세가 시를 쓰지 않았더라면 과연 그만의 소설을 쓸 수 있었겠는가? 이 괴상한 나라에서는, 작가가 영화배우가 되어도 괜찮지만, 소설가가 시를 쓰면 외도라는 비아냥을 듣는다. 진지하게 시를 탐구하는 작가가 상업주의적 상황에 요동할 리 없다. 우리가 영원한 작가를 원하는 것이냐 광대를 원하는 것이냐는 독자의 책임도 크다. 독자의 눈치나 보는 작가를 원한다면 당신들은 향후 개들이 쓴 글들만을 읽게 될 것이다. 김경호와 컨츄리 꼬꼬는 컨츄리 꼬꼬가 김경호보다 스스로에게 훨씬 솔직하다는 것 외에는 음악의 본질적 차이점이 전혀 없다. 최인호는 풍속적으로 접근해야지 굳이 문학적으로 접근할 필요는 없다고 본다. 최인호는 브랜드이다. 그가 작가이면서 브랜드인 것이 아니라, 현대작가로 오해받으면서 브랜드인 것이 문제인 것이다. 예전에는 소재주의와 밀도 없는 작품들에 대한 확고한 경계의 태도가 있었으나 어느새 우리는 문학의 품위를 논하는 용기를 잃어버렸다. 당당히 옥석을 가리는 양식과 자부심을 짜고 치는 고스톱 판에 팔아 치워버렸다.

시와 시인들이 무시당하는 문화적 환경과 문학 판에는 진지한 희망이 없다. 현재 우리에게는 제2의 이문열과 조정래가 필요한 것이 아니라, 이인성같이 늘 시를 미친 듯 곁에 두는 이상한(?) 소설가들이 여럿 절실한지도 모른다.

아, 나는 금방 무슨 짓을 했는가? 나는 내가 이류 시인이라는 뼈아픈 고백을 하였다. 그러나 나는 앞으로도 계속해서 일류 시인이기를 꿈꿀 것이며, 비록 실패한다고 하더라도, 그 과정을 무기로 삼아 일류 작가가 되기를 소망할 것이다. 나는 포성에 어지러운 마음으로 전쟁터 한복판에서 이 글을 썼다. 시여, 귀환하라.

- **귀환歸還** 명사. 돌아옴. 특히 전쟁터처럼 위험한 곳에 갔다가 살아서 돌아옴.

(2001. 7)

잃어버린 소설의 시간을 찾아서

시간 자체가 문예작품의 구조를 구축한다는 말이 어떻게 들릴지 모르겠으나, 아무리 완성된 원고일지라도 출간에 앞서 그것을 두고두고 선禪하는 과정이 작가에게는 무척 중요하다. 이는 6개월이기도 하고, 10년이기도 하고, 때론 한 달이 되기도 한다. '쫓기지 않는 명문은 없다'는 선수끼리의 여유만만해 보이는 위로는, 사실인즉슨 개나 소나 함부로 사용해서는 안 되는 무림 고수들의 준엄한 칼이다. 집요함으로 단단해지고 확장되는 구조가 있는가 하면, 지루한 기다림과 해탈 같은 찰나 속에서 시가 시인을 찾아오듯 환골탈태되는 일면이 분명 모든 예술에는 있는 것이다. 이런 예술의 특성이자 삼라만상의 진리를 무시하면 부진한 작품들이 태어나 세상을 가득 메우기 마련이고, 그보다 훨씬 무서운 바는 저 예술의 저능아 생산이, 작가들의 의도적인 직무유기하에서 장사꾼들의 치밀한 계획에 따라 공공연히 자행된다는 사실이다. 이제 소설은 영적인 시간의 자유를 되찾아야 한다. 그런데, 정작, 누구로부터?

우리 문학—특히 소설—에 대한 온갖 모욕적인 현실을 개선시키려면(개혁까지는 언감생심 바라지도 않는다), 가장 먼저 이 나라의 황당무계한 학교 교육—당연히 대학교도 예외가 아니다—을 따지고 들어가야 하겠지만, 그것은 요원한 희망의 조건을 끌어들여 더 큰 자포자기를 자초하는 꼴이 될 것이기에 관두기로 한다. 당장 그저 목숨을 부지하려는 사람들에게 있어 형식과 절차 따윈 인사말조차 되지 않는 허사에 불과하다. 어둠 속에서의 백병전에 필요한 것들은 살기殺氣와 비명, 그리고 운이다. 어쩌면 그 병사는 아주 오래오래 살아남아, 깊은 내면의 상처 속에서 이 괴로운 과거를 증언할 수도 있을 터이다.

소설의 위기를, 사재기를 일삼는 몇몇 출판사들이라든가 지적 단련이 부족한 독자들의 탓으로 돌리는 것은 최소한 이 시점에서는 무의미하다. 천국과 지옥을 논하려는 마당에 우선은 이승이 전제되어야 하는 것처럼, 악랄한 출판사와 무식한 독자가 번성하기 이전에 작가는 상황과 결과의 총체적 씨앗으로서 벌써 거기에 존재하기 때문이다. 어차피 전쟁의 아수라장과 수용소 군도 속에서도 홀로 손바닥에 시를 쓰고 허공에 메모하는 것이 시인과 소설가라면, 상업주의와 세상의 몰이해는 조롱과 극복의 대상이지, 절망의 절대요건이 아니다. 반성은 모두의 것이어야겠으나, 적어도 그것이 문학에 관한 문제일진대, 제일 먼저 반성해야 할 부류는 바로 작가들이라는 말이다.

작가들은 제 정신의 자식인 작품에게서 영적인 시간을 빼앗아버렸다. 그 대가로 그들이 얻는 것은 약간의 빵 부스러기 같은 돈과, 스스로를 속인 데서 오는 좀 이상한 기분과, 또 그걸 재빠르게 반복해서 잊어버리도록 도와주는 왜곡된 이빨과 뻔뻔한 습관 따위이다. 바야흐로 어느 누구도 작가들에게서 재미난 이야기 이외에는 귀를 열려고 하지 않는다. 그리고 그들이 당당히 요구하는 그 재미란 진정한 의미에서 천박하다. 마땅히 드러내야 할 제 빛깔과 향기가 없는 까닭이다. 어떤 해괴한 현대미학을 갖다 대도 도무지 마무리가 안 되는 것들이다.

다작도 다작 나름이다. 저것들은 열정과 천재와 장인의 다작이 아니다. 유령의 다작이고 거품의 다작이다. 사기의 다작들이다. 그 환멸의 다작들이 사재기까지 일삼는 사이비 출판인들과 결합하여 독자들을 우롱하고 우민화하여서는, 평생 매번 2천-3천 부를 팔더라도 자기만의 목소리를 내려는 소중한 젊은 작가들을 사지로 내모는 범죄를 저지른다. 아니다. 아예 죽여주면 좋을 텐데 고작 타락시킨다.

엄청난(?) 과작의 작가 이인성은 다음과 같이 고백한다.

"빨리 끝맺어야겠다고 초조해질 때마다, 나는 반대로 더디게 쓸 방법을 찾곤 했다. (…) 그때 그 실제 방법은, 어떻게 지금 구상되어 있는 상태를 부수고 달리 쓸 것인가를 궁리하는 것이었다. 처음에는 아주 개략적인 구성을 했었지만, 나는 그때그때 소설의 흐름이 요구하는 방향에 맞춰 새 구성을 짜서 그때까지 쓴 앞 부분을 다시 해체시켜 고쳐 쓰고 다음 단계로 나아간 후, 다시 그 다음 단계에서 전체를 재조정해서 되풀이 앞부분을 고쳐 쓰는 식으로 일관했다. 예정대로 쉽게 쓰이는 소설을 믿을 수가 없었던 것이다."

이것은 비단 지독한 모더니스트인 이인성의 경우에만 해당되는 고백이 아니다. 정도의 차이는 있을지언정, 거의 모든 좋은 소설의 심포니적인 구조를 위해서는 저러한 편집증에 가까운 창작태도가 반드시 필요하다. 문장이라면 더 말할 것도 없으리라.

생활을 희생하지 않으려는 작가들의 얄미운 태도가, 엄청난 광고 없이는 허섭스레기 같은 책들마저 팔리지 않는 어두운 현실을 양산했다. "너무 같은 방법으로 일하는 예술가와 대가 들이 있다. 그들은 자신과 다른 사람들에게 고백하지 않으면서 예술가이기를 포기했다. 나쁜 걸 만들었다고 예술가이기를 포기하는 게 아니다. 모험을 무서워하는 순간에 예술가이기를 포기한 것이다"라고 일갈한 이는 제2차 세계대전의 피바다에서 돌아와 패전 독일의 폐허 위에서 글을 썼던 하인리히 뵐이다.

예술가가 할 수 있는 가장 예술적인 행위는, 스스로 예술가가 아니라고 판명 났을 때 일말의 미련 없이 그 가짜예술을 그만두는 것이다. 잃어버린 소설의 두 가지 시간, 즉 '영혼의 시간'과 '모험의 시간'을 되찾아주는 일은, 누구의 도움과 어떤 상황의 핑계 없이, 작가 혼자만의 결단으로도 충분히 가능한 사안이다. 비록 그것이 병든 문학의 치유의 전부는 아닐지 몰라도, 회복을 향한 올바르고 지혜로운 출발점이기는 할 것이다. 물론, 소설을 예술로 여기지 않는 소설꾼들에게는 전혀 해당 없다. 그들은 계속 그렇게 재미난 얘기나 지어내며 돈이나 벌고 출세나 하면서 살아가면 될 것이다. 우리 모두의 지적인 토대가 그렇다고 공멸하지는 않을 것이고, 어쨌거나 그들은 삼마이로 남을 것이다.

(2001. 7)

어두운 감각의 작법

1

R선생은 강자强者이다. 극단적인 것을 극단적으로 피하는 그는, 도무지 생활과 문학에 있어서 균형을 잃는 법이 없다. 나는 한때 그런 R선생을 두고 '모험'의 미학을 모르는 따분한 '안전제일주의자'로 폄하한 적이 있었는데, 요즘 들어 우연한 여러 기회로 그와 진지한 대화를 나눌 시간이 많아지면서부터는, 오히려 내 천성의 고질병인 경솔함을 새삼 뼈아프게 후회할 수밖에 없었다. 오해는 이해가 와해되었다는 뜻이기도 하겠거니와, 나의 R선생에 대한 저 참담한 오해가, 세상과 예술에 관한 내 스스로의 판단력과 성찰의 유치한 수준에서 비롯된 것임을 비로소 깨달은 까닭이다. 그는 모험을 멀리하는 이가 아니라 몰상식과 반이성

反理性을 싫어한 것이었으며, 나는 모험을 추구하려는 자가 아니라 아주 하찮은 생채기에도 흔들리고 피 흘리고 마구 주접을 떨어댔을 뿐이다. 그러니 R선생을 향한 나의 그릇된 해석은, 정작 R선생과는 아무런 연관이 없다. 내가 경험하는 거의 대부분의 문제들이 그러하듯, 역시 세상과 나 사이에서 발생한 사고 내지는 착각이었으리라. 과오란 비록 회복이 가능한 과오일지라도 미세한 상처의 틈새를 남긴다. 나는 그것을 아가미로 삼아 숨쉬고 싶다. 이것은 반성을 모욕하는 자학이 아니다. 나는 나의 많은 단점들에도 불구하고, 매사에 신사인 R선생이 부럽기도 하지마는, 내일 당장 부서질 것 같은 이 광인의 괴로운 심장이 가끔은 마음에 든다.

2

전주의 한 상가喪家로부터 상경하는 심야의 우등버스 안에서 R선생은, 혹시나 타인에게 피해가 갈까 봐 빤히 비어 있는 좌석에도 양복 윗도리를 던져두지 않았다. 이런 그의 태도는, 모든 세계 인식에서도 마찬가지인 것 같다. 그 밤 R선생은, 옆자리에 앉은 젊은 소설가에게 사려 깊은 충고를 많이 들려주었다. 그는 고전음악으로의 심취가 자칫 그것 이외에는 음악이 없다는 식의 아집과 무지를 불러일으키기 쉽다는 점을 지적하는 한편, 동일한 맥락에서 기생할 수 있는 유럽주의적인 편협한 사고방식 또한 경계하고 경고하였다. R선생은 고전음악이라는 옹달샘이 아니라 음악이라는 바다 그 자체에 대해 이야기하고 싶어 하는 듯

했다. 나는 전부에 가까운 대부분을 수긍하였고, 곧 그것은 일종의 합의를 이루었다. 이를테면 R선생은 내게 토마스 만의 지적 토대와 하드보일드한 문체의 필요성을 권하여주었고, 수사학의 과잉이 불러오는 소설적 충격의 감소를 걱정하였으며, 토머스 핀천은 자기를 대중에게 드러내지 않아 출판사의 편집장과 윤문해주는 여자 말고는 그가 누구인지 아는 사람이 별로 없다고도 꼬집었다. 이윽고 우리는, 지난 10년간에 한낱 소설쟁이가 아니라 진정한 의미의 작가로 남은 이들이 과연 몇 명이나 되는지를 우울하게 따져보다가, 앞으로 10년 뒤에도 이응준이 작가로 불릴 수 있을 것인가를 함께 의심하였다.• 그 과정은 내게 상당한 공포를 안겨주었다. 나는 알고 있다. 내가 만약 지금 일삼고 있는 서너 가지의 중대한 악습들을 수정하거나 버리지 않는다면, 내 남은 21세기에 작가로 살 날보다는 작가가 아닌 사람으로 살아갈 날이 더 많으리라는 것을. R선생의 명확하고도 차분한 논리를 바라보며 나는, 그동안 지나치게 많은 흥분과 자극에 나와 나의 문학이 동시에 노출되어왔음을 인정하지 않을 수 없었다. 나는 그에게서, 과격함을 지양하여 공평한 판단과 평가를 담보하는 지혜를 배웠다.

3

글 쓰는 것과는 전혀 상관없는 사람들과 방탕하게 놀다가 어두운 새벽에 지하에서 지상으로 올라왔을 때, 나는 불 꺼진 도시의 거리와 건물들을 바라보며 자주 혼란에 잠긴다. 도시는 암흑이라고 죽어 있는 것이 아니다. 그 안에서 무슨 일이 일어나고 있는지는 상상조차 할 수가 없다. 제아무리 유능한 법률도 도시의 어둠의 이면을 관리하지 못한다. 나의 어둠은 무게가 아니었다. 나의 어둠은 색깔일 뿐이었는지도 모른다. 나는 헤비한 것을 갈망한다. 마구 밀고 들어가는 탱크 같은 것. 그런 문학을 성취하고 나서야 높이 솟아오르는 새의 가벼움을 알 것이다. 그리하여 작가는 새빨간 거짓말처럼 전진한다. 저 어둠을 그림 그릴 것이 아니라 조각해야 하는 것은 아닐까? R선생과는 달리 젊은 시절 과격하기로 유명했던 내 아버지는, 이제 노인의 목소리로 나의 터무니없는 좌절 앞에 이런 화두를 던지곤 한다. "시간이 해결한다. 시간이 해결하는 게 참 많다." 나는 나의 괴로운 언어들을 유기하고 싶다. 어두운 감각의 작법은 아무나 터득할 수 있는 것이 아니다. R선생은 고전음악광이다.

(2001. 9)

- 언젠가 이인성 선생이 어느 술자리에서, 요즘 젊은 작가들 중에는 누구와 누가 잘 쓴다는 이야기를 시인 함성호 형 등의 사람들과 나누다가, 문득, 이렇게 말했다고 한다. "에이, 그러면 뭐 해. 걔들 10년 후에는 다 사라졌을 텐데."

추일서정 秋日抒情

1

나는 정원이 있는 남향집에서 자랐다. 삼대가 선행을 쌓아야 남향집을 얻는다는 소리도 그 어린 시절에 들었다. 햇살은 굉장한 가구이자 또 하나의 아름다운 식구였다. 나중에 아버지는 그 남향집을 헐어내고 높은 상가건물을 지었는데, 이제는 남의 소유가 돼버린 지 꽤 오랜 시간이 흘렀다. 우리가 잃은 것들은 남향의 보금자리와 거기를 비추던 햇살 정도가 아니었다. 우리는 우리를 잃어버리고 완전히 각자가 되었다.

아무튼, 나는 이후로 마치 일부러 고르기라도 한 듯, 지하실과 같이 햇살과는 아예 인연이 없는 곳들만을 거처로 삼으며 이 도시를 전전했다. 물론 옥탑 구석에서 하숙을 한 적도 있지만, 그곳의 햇살은 보통의 햇살이라기보다는 피해야 할 재해에 가까웠으므로, 결국은 햇살이 아니었다. 그리고 공교롭게도, 지금 내가 만으로 3년 넘게 살고 있는 이 주공아파트의 1층 역시 햇살이 거의 들지 않는다. 아직도 새벽이겠거니 하고 깨어 보면 오후 두세 시가 훌쩍 넘어 있기 일쑤이고, 그때도 책을 읽거나 글을 쓰기 위해선 형광등을 켜야 한다. 어느새 나는 햇살보다는 그늘이 편한 사람이 돼버렸다.

그렇지 않아도 비좁은 공간을 더 비좁게 하기 싫어서 마루에는 소파를 두지 않았다. 나는 〈그 침대〉라는 단편소설에서 가죽소파를 몹시 가지고 싶어 하는 한 사내를 그린 일이 있는데, 그것은 다른 누구의 것도 아닌 내 진심이었다. 언젠가 시인이자 영화감독 유하 형네 놀러 갔을 때, 그 집은 꽤 넓기도 하고 무엇보다 가죽소파가 있어서 그 위에서 독서도 하고 낮잠도 자고 음악도 듣고 창밖 하늘과 TV도 보고 그러던데, 9월에 접어들어 몸이 아픈 나는 괴물 같은 책들만 자꾸 늘어나고 가죽소파마저 없으니 그냥 이렇게 긴 쿠션을 벽에 대고 바닥에 드러누워 있다.

약기운에 몰려드는 졸음 속에서, 신구문화사판 《현대의 문학가 9인》을 뒤적거린다. 나는 이 소책자를 중학교 2학년 무렵부터 가지고 있는데, 초판 발행일을 살피니 1974년도 5월 1일이다.

제아무리 불쌍한 삶을 살다 요절했다 한들, 우리 문단사에서 김유정만큼 불쌍했던 이가 없다고 한다. 하루는 그 불쌍한 김유정에게, 못지않게 불쌍했던 이상李箱이 찾아와 함께 자살하자고 제의하였다.

"당신이나 나나 이렇게 살아서 무슨 뾰족한 수가 있소, 같이 갑시다."

그런데 웬걸, 김유정이 일언지하에 거절하는 거였다. 한술 더 떠 그는, 주변의 친구들에게 이상을 잘 지켜보라고 당부하기까지 했다. 얼마 뒤 이상은 동반자살 권유 때문이 아니라 일본에 간다며 작별인사 차 김유정을 또 찾아온다. 그때 김유정은 무얼 느꼈는지, 떠나는 이상의 등을 바라보며 하염없이, 서럽게 울었더라고 전해진다. 그것이 그들의 마지막 만남이었다. 이상은 동경東京에서 불령선인不逞鮮人으로 경찰에 검거돼 구금되었다가 건강 악화로 풀려나와 동경대학교 부속병원에 입원했으나 사망했다.

이를테면, 온통 이런 풍경들로 가득 차 있다. 우리의 《현대의 문학가 9인》이라는 게.

내가 시인 K형에게 물었다.

"형과 이상의 공통점이 뭔 줄 알아?"

"……"

"매일 회사에 지각한다는 거."

공업고등학교를 졸업한 이상은 총독부 내무국 건축과에 취직이 되었다. 판에 박힌 직장생활이 그의 보헤미안 체질에 맞을 리 없었다. 병에 시달려서도 그랬겠지만, 어쨌든 이상의 출근 성적은 좋지 않았다. 근무 중에도 책상에 멍하니 앉아 종이 귀퉁이에 낙서를 하기가 일쑤였는데, 바로 그것들이 그의 시들이었다.

내가 시인 K형에게 다시 물었다.

"형과 이상의 차이점은?"

"……"

"이상은 그렇게 쓴 시가 2천여 편이 넘었다고 하는데, 형은 원고마감조차 잘 지키지 않지."

2

그들에게는 함부로 해석하거나 규정하기 힘든 어떤 비애가 있었다. 탐정소설을 번역한 돈으로 닭을 한 30마리 고아 먹고, 땅꾼을 들여 살모사와 구렁이를 10여 뭇 삶아 먹고 싶어 하던, 그렇게 해서라도 살아내려고 했던 비애가 있었다. 그것은 식민지 청년이라는 나이브한 비극의 도식을 걷어낸 다음에도, 여전히 의미 있는 질문으로 내 앞에 오롯이 남는다. 최소한 그들은 예술가였던 것 같다. 비록 그들은 탕아와 거지꼴을 꾸준히 못 면했지만, 자기들이 창조한 것들이 사후死後에도 결코 이 세계에서 잊히지 않으리라는 현묘한 자존심이 있었다. 그리고 확실히 20세기 초는, 예술과 철학의 혼이 전 지구적으로 꿈틀댄 시기였던 것 같다. 그들에 비한다면 나를 포함한 요즘의 문인들은, 삼류로 떠들어대고 삼류로 쓰고 삼류로 쌈질하고 삼류로 작당해서 놀며 엄살도 삼류로 부린다. 정말 삼류인 것은, 우리가 우리의 삼류를 깨닫지 못하고 있다는 사실이다. 나는 절망을 입에 달고 지냈던 그들이 절망했다고는 생각하지 않는다. 오히려 나는, 폐병과 치질을 앓고, 집안 식구들과는 거의 말하는 일이 없이 으레 이불을 둘러쓰고 엎드려서 무엇인가를 끼적거리고, 별로 예쁘지도 않은 연상의 기생을 짝사랑 하고, 파괴된 성장과정과 치명적인 가난에 분노의 염念을 일으키며, 기껏해야 기이한 일화와 이방異邦으로의 행려 따위로 저 가망 없는 실존에 항의하던 그들이, 무섭다. 나는 일제의 지배를 겪거나 군사독재에 저항해보지 못했으며, 독일의 통일과 소련의 몰락이 충격적이지도 않았다. 하지만 나는, 문학은 이제 죽었다고 말해지는 얼음의 허허벌판 위에 맨발로 서 있다. 어쩌면 나의 비극은 그들의 비극에 비해 못지않다. 그들의 삶과 문학은 익히 우리가 알고 있는 그러한 모양의 그들의 것으로 남았지만, 가죽소파나 부러워하고 있는 내 삶과 문학은 그렇지 않을 공산이 크다. 누구의 비극이 진짜 비극인지는 따져봐야 한다는 뜻이다. 이상의 〈날개〉에는 햇살에 관한 대목이 나온다. 유곽의 구조를 닮은 33번지에 모여 사는 열여덟 가구를 묘사하는 부분에서인데, "해가 들지 않는다. 해가 드는 것을 그들이 모른 체하는 까닭이다"라고 되어 있다. 나는 눈을 감으며 궁금해한다. 지금이 낮일까, 밤일까? 내 햇살과 내 그늘은, 그때 그들의 햇살, 그들의 그늘과는 어떻게 다른가? 어느새 나는 햇살보다는 그늘이 편한 사람이 돼버렸다.

(2001. 9)

나의 김수영은

지난해 어떤 글에서 나는, 지독히 싫어하는 단어 열 개와 지독히 좋아하는 단어 열 개를 밝힐 기회가 있었다. 나는 그때 전자로 '천국·가족·무지·정치·병病·율법·영원·희생·속물들·원망'을 들었고, 후자로는 '비바람·형兄·나무·짐승·자유·청춘·해탈·영혼·고백, 그리고 김수영金洙暎'을 내세웠더랬다.

똑같은 책을 긴 세월 동안 반복해서 읽는다는 게 참 드문 일인 것 같은데, 내게도 그런 책들이 서너 권 있기는 있다. 그중 최고의 자리는 단연《김수영 전집 2》(산문)의 차지다. 책이 너덜너덜해지면 아무런 갈등 없이 새로 산 다음, 낡은 것은 화장실에 비치해두는 짓을 벌써 세 차례나 되풀이하고 있으니까. 여기에 더불어 꼭 들춰보곤 하는 것이 시인 최하림 선생의《김수영 평전》이다. 이 책의 장점은《김수영 전집 2》이라는 텍스트에 대한 콘텍스트의 역할을 충실히 수행한다는 데에 있다. 김수영의 산문들을 그의 자서전쯤으로 설정할 적에, 그것의 미진한 서사적 요소들을 알뜰한 시선으로 보완해주고 있기 때문이다.

예를 들어 나는《김수영 평전》을 통해서야, "낙타산은 나와는 인연이 두터운 곳이다. 낙타산 밑에서 사귄 소녀가 있었다. 나는 그 소녀를 따라서 지금으로부터 약 15년 전에 동경으로 갔었다. 내가 동경으로 가서 얼마 아니 되어 그 여자는 서울로 다시 돌아왔고, 내가 오랜 방랑을 끝마치고 서울로 돌아왔을 때 그는 미국으로 가버렸다. 지금 그 여자는 미국 태평양 연안의 어느 대도시에서 결혼 생활을 하고 있으며, 영원히 이곳에는 돌아오지 않겠다는 편지가 그의 오빠에게로 왔다 한다. 나와 그 여자의 오빠와는 죽마지우이다"라는 〈낙타 과음〉의 부분에서, 그 죽마지우가 고광호이고 그 소녀가 고인숙이었음을 비롯한 당시의 여러 은밀한 정황들을 파악할 수 있었다.

어디까지나 개인적인 취향과 판단에 의해, 나는 투사로서의 김수영을 전혀 인정하지 않는다. 왜냐하면 나는 투사에 별 매력을 느끼지도 않을뿐더러, 실지로 그가 투사가 아니었던 까닭이다.

작가라는 존재는 삶의 내용과 마찬가지로 죽음의 방식 역시 중요하다. 센 강에 몸을 던진 파울 첼란이라든가 심야 극장에서의 기형도, 더 나아가 비행기를 몰고 하늘 속으로 사라져버린 생텍쥐페리처럼 멋있진 않더라도, 나는 김수영이 유신체제 이전에 도시의 귀갓길에서 버스에 치여 죽은 사실을 무조건 안타깝거나 흉하게 보지 않는다. 이놈의 대한민국은 도대체가 피와 희생의 품위가 유지되게끔 놔두질 않으니까. 게다가 김수영은 과연 도시의 시인답게 총 174편의 시들에서 '바다'라는 낱말을 단 한 번 썼다. 그러니 버스와 어울릴 수밖에.

김수영은 설령 유신과 전두환의 시대를 살았다 하더라도 필시 술집 구석에서 세상을 향해 저주와 비아냥거림이나 일삼았을 것이다. 하지만 그것이 바로 김수영이다. 고은과 박노해를 닮은 김수영은 상상만 해도 오바이트가 쏠린다. 요컨대 나의 김수영은, "우리 시단의 참여시의 후진성은, 이미 가슴 속에서 통일된 남북의 통일선언을 소리높이 외치지 못하고 있는 데에 있다. 이것은 우리의 참여시의 종점이 아니라 시발점이다"라고 주장하는 김수영이 아니다.

나의 김수영은, "혁명 후의 우리 사회의 문학하는 젊은 사람들을 보면, 예전에 비해서 술을 훨씬 안 먹습니다. 술을 안 마시는 것으로 그 이상의, 혹은 그와 동등한 좋은 일을 한다면 별 일 아니지만, 그렇지 않고 술을 안 마신다면 큰일입니다. 밀턴은 서사시를 쓰려면 술 대신에 물을 마시라고 했지만, 서사시를 못 쓰는 나로서는, 술을 좋아하는 나로서는, 술을 마신다는 것은 사랑을 마신다는 것과 마찬가지 의미였습니다. 누가 무어라고 해도, 또 혁명의 시대일수록 나는 문학하는 젊은이들이 술을 더 마시기를 권장합니다. 뒷골목의 구질구레한 목로집에서 값싼 술을 마시면서 문학과 세상을 논하는 젊은이들의 아름다운 풍경이 보이지 않는 나라는 결코 건전한 나라라고 볼 수 없습니다"라며 속삭이는 김수영이다.

그리고 나는 "우리의 시의 과거는 성서와 불경과 그 이전에까지도 곧잘 소급되지만, 미래는 기껏 남북통일에서 그치고 있다. 그 후에 무엇이 올 것이냐를 모른다. 그러니까 편협한 민족주의의 둘레바퀴 속에서 벗어나지를 못한다"라고 지적했던 김수영도 싫지는 않지만, 그 무엇보다,

"지일에는 겨울이면 죽을 쑤어 먹듯이 나는 술을 마시고 창녀를 산다. (……) 창녀와 자는 날은 그 이튿날 새벽에 사람 없는 고요한 거리를 걸어나오는 맛이 희한하고, 계집보다도 새벽의 산책이 몇백배나 더 좋다. 해방 후에 한번도 외국이라곤 가본 일이 없는 20여년의 답답한 세월은 훌륭한 일종의 감금생활이다. (……) 그래서 나는 한적한 새벽거리에서 잠시나마 이방인의 자유의 감각을 맛본다. 더군다나 계집을 정복하고 나오는 새벽의 부푼 기분은 세상에 무엇 하나 부러울 것이 없다./이것은 탕아만이 아는 기분이다. 한 계집을 정복한 마음은 만 계집을 굴복시킨 마음이다. 자본주의의 사회에서는 거리에서 여자를 빼놓으면 아무것도 볼 게 없다"라고 고백했던 김수영이 제일 맘에 든다.

그것은 친구 박인환이 요절한 뒤, "나는 인환을 가장 경멸한 사람의 한 사람이었다. 그처럼 재주가 없고 그처럼 시인으로서의 소양이 없고 그처럼 경박하고 그처럼 값싼 유행의 숭배자가 없었기 때문이다. 그가 죽었을 때도 나는 장례식에를 일부러 가지 않았다"라고 버젓이 이야기하는 김수영과 일맥상통한다.

김수영은 정의롭지 않은 것들에 온통 분노했지만, 그에 못지않게 비열한 소시민이기도 했다. 그러나 김수영은 바로 그러한 자신을 있는 그대로 까발렸으며, 이윽고 자유에의 치열한 열정은 현실의 누추함을 강철무지개 같은 미래의 예술로 승화시켰다.

내가 김수영을 사랑하는 것은, 그의 잘남이 아니라 그의 나와 같은 어둠, 부끄러움과 서러운 죄 때문이다. 우리는 보리수 아래서 해탈하는 부처를 필요로 하기도 하고, 인류를 위해 대신 십자가에 못 박혀 죽는 예수를 필요로 하기도 한다. 그러나 문학하는 나에게는, 정말 많은 것들을 미워한 나머지 자신마저도 미워했던 김수영이 부처였고 예수였다. 그의 시와 산문이 경전이었다. 나는 내가 아주 타락했다고 느껴지거나, 술을 너무 많이 마셔 운신이 힘든 지경에 이르면 그의 산문을 읽는 버릇이 있다. 그러면 그 안에는 나보다 훨씬 괴로웠고, 방황했고, 절망했고, 아파했고, 자존심 상해했고, 외로웠고, 주변을 무시했고, 신경질 냈고, 땡깡 부렸지만, 오히려 그래서 더 아름다웠던 한 사내의 커다란 눈동자가 서려 있다. 그의 삐딱하고 불온한 포즈가 먼 훗날 이곳의 젊은 나를 위로하고 안심시키는 이유는, 내가 질투하고 애모하는 것이 그와 나의 비루한 생이 아니라, 우리가 함께 추구해나가야 할 인간의 자유와 예술의 순수함이기 때문이리라.

하여 나는 나의 김수영이, "살아가기 어려운 세월들이 부닥쳐올 때마다 나는 피곤과 권태에 지쳐서 허수룩한 술집이나 기웃거렸다. / 거기서 나눈 우정이며 현대의 정서며 그런것들이 후일의 나의 노우트에 담겨져 시가 되었다고 한다면 나의 시는 너무나 불우한 메타포의 단편들에 불과하다. / 우리에게 있어서 정말 그리운 건 평화이고 온 세계의 하늘과 항구마다 평화의 나팔소리가 빛나올 날을 가슴졸이며 기다리는 우리들의 오늘과 내일을 위하여 시는 과연 얼마만한 믿음과 힘을 돋구어 줄 것인가"라고 두려워할 적마다, 자꾸자꾸 구원 같은 슬픔에 휩싸이게 되는 것이다.

(2002. 8)

대학로
재회기

"……우리는 자유롭기 위해 예술가가 된 거야. 자유."

나란히 걷고 있던 그와 나 둘 중에 하나가 문득 그런 말을 했던 것 같다. 그것은 생활의 치욕을 못 이기는 속삭임이기도 하고, 상처받은 가슴에서 비어져 나오는 신음이기도 하였다. 그런데 정말이지, 그게 누구의 고백이었는지는 지금에 와서 잘 기억나지 않는다. 배우 S는 마로니에 공원 앞 '사랑의 티켓' 판매소 앞에서 나를 기다리고 있었다. 1997년의 어느 겨울밤이 마지막이었으니 얼추 7년 만의 재회였다. 그때 나는 한 해 전 유명을 달리한 어머니의 생일을 맞아 그녀의 오랜 벗인 연극 연출가 강영걸 선생과 함께 연극인들이 많이 오는 한 주점에서 소주를 마시고 있었다. 고인을 추모하는 일은 매우 더디고 잔잔하게 진행되었다. 와중에 배우 T씨는 생전의 내 어머니 표정을 그대로 흉내 내어 폭소를 자아냈는데 그 끝에는 어두운 채색의 침묵이 남았다. 어머니는 극단 〈민예〉의 후원자 격이었다. 화려한 전성기를 아무런 저축 없이 흘려보낸 늙은 연극 연출가는 그간 이혼을 하였고 고명딸을 배우로 만들었으며 거짓말처럼 담배를 끊고 있었다. 강 선생이 몰래 자리를 뜬 뒤 대취해 고개를 떨구고 있는 나를 S가 택시에 태워준 듯한데 이것 역시 기억 속에서 도통 명확하지가 않다. 하긴 내 인생에 분명한 것이 어리석음 말고는 어디 있기나 있었던가.

날씨는 아직도 약간 쌀쌀했다. 대학로는 차량이 통제된 채 가설무대가 설치되고 있었다. 그게 과연 무엇을 위한 것인지를 나는 지하철 혜화역 앞에 서서 읽은 신문을 통해서 알 수 있었다. 모 기독교 단체에서 주관하는 '대한민국을 위한 구국화합기도회'가 오후에 대학로에서 열린다는 거였다. 나는 통성하고 외식하는 자들의 천국이 짜증났다. 우리는 점심 식사 전에 일단 조금 걷기로 하였다. 골목들은 재정비되어 깨끗해진 편이었지만 예전 같은 문화적인 분위기는 좀처럼 찾아보기 힘들었다. 온통 술집과 노래방 간판들로 뒤덮여 있었기 때문이다. 대학로 소극장들은 저마다 상업주의의 누런 이빨 사이사이에 끼어 그렇게 아픈 숨을 몰아 내쉬고 있었다. 우리는 '마로니에 극장'으로 가보았다. 그곳에는 극단 〈민예〉의 사무실이 있다. 연극계의 거목 고故 허규 선생이 민족연극 창달에 뜻을 두고 창단한 〈민예〉는 우리나라에서 가장 전통이 있는 극단이다. 'MBC 마당놀이'로 대중에게 친숙한 연출가 손진책과 배우 김성녀 부부의 극단 〈미추〉도 〈민예〉에서 그 뿌리가 갈라져나간 것이다. 새단장을 한 마로니에 극장에서는 다른 극단의 공연이 한창이었다. 나는 스물두 살의 대부분을 그곳에서 지냈다. 연극연습이 끝나고 하늘 같은 선배들이 떠난 뒤 마로니에 극장 한켠 판자벽으로 가려진 사무실에 쪼그려 앉아 S를 비롯한 서너 명의 형들과 함께 수백 장의 입장권 위에 '초대권'이라고 새겨진 스탬프를 찍은 다음 봉투에 넣어 주소를 적었다. 독일로 도망쳤던 나는 물론이고 그 서너 명의 형들 중 누구는 목사가 되고 누구는 영어학원 강사가 되고 누구는 장사꾼이 되고 누구는 아예 기억 속에서조차 사라져버림으로써 대학로와 결별했다. 내 〈민예〉 동기들 가운데 아직까지 연극을 포기하지 않은 이는 S뿐이다. 장난기 어린 미소가 여전한 그의 나이가 어느새 마흔이다. 광주가 고향인 배우 S는 고교 시절부터 연극반 활동을 했고 대학 역시 광주에서 다니며 전공이던 호텔경영학은 외면한 채 연극서클 룸에서 먹고 자고 하기를 일삼았다. 대학 졸업 후에는 광주의 극단 〈터〉에서 활동하다가 어느 날 우연히 올라온 서울, 이곳 대학로에서 이만희 작 강영걸 연출의 〈그것은 목탁구멍 속의 작은 어둠이었습니다〉를 보고는 큰 감동을 받아 〈민예〉의 식구가 된다. 연출가협회 우수연기자상을 받은 바 있는 대학로 연극계의 중견 배우 S는 〈민예〉의 행정업무까지 도맡은 지 오래다. 내가 그에게 불쑥 전화를 넣은 것이 한 달 전쯤이었다. 그때 그는 지치고 갈라진 목소리로 반년이 넘도록 극단에 나가지 않고 있다고 하였다. 그는 '생존의 위협'이라는 단어를 여러 차례 사용했다. 하루 유료관객이 열 명도 채 안 되는 이 나라의 연극판에서는 더 이상 버티기가 힘들다는 거였다. 그는 아내와 두 아들을 둔 가장이다. 사실 여태껏 버틴 것만 해도 기적이었다. S는 연극을 그만두어야겠다는 생각을 처음으로 진지하게 하게 되었고 담배를 끊고 새벽 인력시장에 나가 막노동을 하며 휴일에는 간간이 산에 올랐다.

"거기에는 나처럼 젊은이가 별로 없으니까, 데려가려는 사람들은 많더라구. 하지만 겨울이 문제야. 공사판이 놀거든."

그런데 그 산행이라는 것들이 거의 자살에 가까우리만치 무모한 자학이었다. 이 정신 나간 위인이 등산에 대한 아무런 경험과 사전준비도 없이 전문가들에게나 어울릴 법한 험준하고 높은 산들을 향해 운동화 한 켤레 달랑 신고서 달려든 것이다.

"무릎까지 푹푹 빠져드는 눈벌판에 갇혀 하마터면 꼼짝없이 얼어죽을 뻔했다. 하하."

그는 그렇게 연극을 하고 싶어 하는 자신과 심하게 다툰 끝에 오히려 더 큰 열정과 당위를 발견하고는 견고한 명랑을 되찾은 듯했다. 이제 세상은 그를 괴롭힐 수는 있을지언정 감히 그로 하여금 연극을 못하게 할 수는 없을 것이다. 그는 꿈 말고는 잃을 것이 없는 청렴한 강자이니까. 그는 며칠 전 등촌동 SBS에 대본을 받으러 갔었다고 털어놨다.

"TV드라마 〈토지〉에 마을 사람으로 출연하게 됐어. 대사도 많아."

우리는 해물탕에 소주를 딱 반병씩만 나누어 마신 뒤 이승만 박사가 살았다는 이화장梨花莊 쪽으로 발걸음을 옮겼다. 그리고 문예회관대극장 옆을 지나며 그곳에서 함께 공연했던 최인석 작 강영걸 연출의 〈당신들의 방울〉이야기를 한참 했다. 1991년 8월 31일부터 10월 10일까지 열렸던 제15회 서울연극제. 그때 연출부였던 나는 변변한 대사 한 줄 없는 단역을 맡았고 그것은 나의 쑥스럽고 유일한 배우 경력이 되었다.

"김남조 선생님. 어디를 찾으시는데요?"

우리 앞에서 손에 든 연극공연 티켓에 그려진 약도를 들여다보며 안절부절하고 있는 이는 놀랍게도 시인 김남조 선생이었다. 겨우 반병 마신 소주 탓이었을까. 내가 초면에 도와드리겠다며 주책없이 나섰던 것이다. 김남조 선생은 유진 오닐의 〈밤으로의 긴 여로〉가 공연되고 있는 우석레파토리 극장을 찾고 있었다. S가 건너편 골목을 일러드렸고 우리는 교과서에 나오는 원로 여류 시인과 헤어졌다. 흐흠. 나만 그런 것일까. 교과서에 나오는 문인들은 왜인지 전부 백 살 이상인 것만 같아 직접 만나봐도 어째 현실감이 없다. 그때 〈밤으로의 긴 여로〉의 포스터를 앞뒤로 붙이고 있는 우석대학교 연극영화과 학생들이 나타났다. 그중 한 아이가 S에게 "선생님!" 하며 달려왔다. 사정은 이러했다. 연극배우 손숙 씨의 남편인 김성호 선생이 전주 우석대학교의 교수로 있는데 우석레파토리 극장이 전주 우석대학교에 속해 있다는 것이다. 그리고 예전에 어떤 창작극 공연에서 고등학생 배우가 필요해 그 작품의 작가가 직접 데려온 아이를 S가 지도해 함께 출연했다는 것인데, "선생님!" 하며 달려온 아이가 바로 그 아이고, 또 그 아이가 우석대학교에서 연극을 전공하고 있다는 얘기였다. 나는 풍경이 꽤 재미있을 것 같아 S와 함께 아이들을 호떡차 앞에 세워두고 — 물론 호떡은 충분히 사줬다 — 사진을 찍었다. 요즘 같은 세상에서도 연극을 하겠다는 저 멋진 아이들을 전적으로 격려해주지 못하고 슬슬 걱정이 앞서는 내 마음이 미안했다. 이화장 이승만 박사의 동상 좌우편에는 화환들이 늘어서 있었다. 1947년부터 경무대로 이사하기까지 조각당組閣堂에서 우리나라 건국 이후 초대 내각이 조직되었다고 안내판에는 쓰여 있다. S의 아내는 내가 모르는 〈민예〉의 후배 배우였다. 가난한 연극배우 연인은 틈만 나면 이곳 이승만 박사 기념관의 아름다운 정원을 공짜로 거닐며 사랑을 키워나갔다고 했다. 그는 6·25 당시 자기는 부산으로 달아나면서 녹음된 방송으로 국민들에게는 "뭉치면 살고 흩어지면 죽는다"라고 설교했던 대한민국 건국 대통령 얘기를 잊지 않았다. 또 아무리 보도자료를 보내도 기사를 실어주지 않아 찾아간 신문사마다에서 연극 담당 기자들에게 홀대받았던 것과 재작년 연극 〈하얀 자화상〉의 공연 때 임권택 감독과 정일성 촬영감독이 공연을 보러 와 회식하라고 백만 원을 전달하고 갔던 것을 비교했다.

"연극 너무너무 잘 봤다면서, 같이 회식하고 싶은데 갑자기 급한 일이 생겼다면서, 먼저 가서 죄송하다고 그러더라. 정말 대단하지 않냐. 그 유명한 사람들이 마지막 공연에 꽉 찬 일반 관객들 앞에서 바닥에 쪼그리고 앉아 연극을 보고 간 거야."

우리는 그사이 한창 소란스러워진 '대한민국을 위한 구국화합기도회'의 인파를 뚫고 서울대학교 의과 대학 쪽으로 길을 건넜다. 내가 집회 장면을 사진에 담자 웬 아저씨가 저건 또 뭐 하는 좌경 용공세력인가 하고 의심에 찬 눈초리로 쏘아보았다. 우리는 대학서림을 지나서 더욱 골목 깊숙이 들어가 통일문제연구소, 즉 백기완 선생의 집 앞에서 잠시 멈춰 섰다. 그가 보드 위에 수성매직으로 3월 18일에 적어놓은 시구가 대문 앞에 걸려 있었다. 이승만과 백기완이 한동네에 대학로 길을 사이에 두고 존재한다는 것이 묘한 감회를 불러일으켰다. 그때 비가 흩뿌렸다. 우리는 포장이 쳐진 선술집에서 다시 소주를 마시기 시작했다. S는 '대한민국을 위한 구국화합기도회'에서 얻어온 태극기를 들고 코믹한 표정을 지었다. 그는 기초예술을 하는 사람들의 중요성과 사명에 대해 더 이상 취해서 말하기 힘들 때까지 담담하게 이야기했다. 내가 참 좋았던 것은 그가 결코 비극적이거나 비극을 연기하지 않아서였다. 그는 분명 희망을 말하고 있었으며 희망을 살고 있었다. 나는 엄살과 절망만을 가장하기 일쑤였던 나를 반성했다.

"……우리는 자유롭기 위해 예술가가 된 거야. 자유."

그리고 그날 밤 늦게 헤어지기 위해 나란히 걷고 있던 그와 나 둘 중에 하나가 문득 그런 말을 했던 것 같다. 그것은 부끄러움을 못이기는 속삭임이기도 목마른 영혼에서 비어져 나오는 신음이기도 했다. 정말이지, 그게 누구의 고백이었는지는 지금에 와서 잘 기억나지 않는다. 그러나 이것만큼은 분명하다. 과연 그 말을 누가 했는지는 전혀 중요하지 않다는 것이다. 우리가 자랑스러워하고 있는 것은, 그와 내가 이렇게 살아가기를 희망하고 있다는 사실이니까. 우리의 자유는 그의 고난처럼 분명하기 때문이다.

(2004. 4)

무진에서
돌아오는 길

모든 청춘의 이마 위에는 비극의 꽃무늬가 아로새겨져 있다. 만일 제 청춘에 일말의 비극이 없었노라 자부하는 위인이 있다면 분명 그는 아이였을 때부터 노인이었을 게다. 단 한 번도 젊어보지 못했던 유령에게서는 아무런 향기가 나질 않는다. 청춘의 비극은 비록 그것이 구체적인 사건들에 의해 이루어져 있다 할지라도 결국엔 매양 안개처럼 모호하기 마련이다. 왜냐하면 청춘의 비극은 구체적인 혼돈이기 때문이다. 이 청춘을 휘감고 있는 안개는 비극마저 신비롭게 만드는 탓에, 우리는 어리석은 청춘을 추억할 뿐 그 고난을 비하할 수는 없다. 무진霧津의 안개는 묻는다. 이제 와 안정된 척하지만 너도 예전에는 나와 같은 안개였지 않았느냐. 너무 푸르러 어두운 안개였지 않았느냐. 그래서 무진은 공간이 아니라 시절이다. 나는 무진에서의 한 사내가 나 대신 회고해주는 저 청춘의 방 한 칸을 잊을 수 없다.

그때 내가 쓴 모든 편지들 속에서 사람들은 '쓸쓸하다'라는 단어를 쉽게 발견할 수 있었다. 그 단어는 다소 천박하고 이제는 사람의 가슴에 호소해오는 능력도 거의 상실해버린 사어死語 같은 것이지만 그러나 그 무렵의 내게는 그 말밖에 써야 할 말이 없는 것처럼 생각되었었다. 아침의 백사장을 거니는 산보에서 느끼는 시간의 지루함과 낮잠에서 깨어나서 식은땀이 줄줄 흐르는 이마를 손바닥으로 닦으며 느끼는 허전함과 깊은 밤에 악몽으로부터 깨어나서 쿵쿵 소리를 내며 급하게 뛰고 있는 심장을 한 손으로 누르며 밤바다의 그 애처로운 울음소리에 귀를 기울이고 있을 때의 안타까움, 그런 것들이 굴껍데기처럼 다닥다닥 붙어서 떨어질 줄 모르는 나의 생활을 나는 '쓸쓸하다'라는, 지금 생각하면 허깨비 같은 단어 하나로 대신시켰던 것이다. 바다는 상상도 되지 않는 먼지 낀 도시에서, 바쁜 일과 중에, 무표정한 우편배달부가 던져주고 간 나의 편지 속에서 '쓸쓸하다'라는 말을 보았을 때 그 편지를 받은 사람이 과연 무엇을 느끼거나 상상할 수 있었을까? 그 바닷가에서 그 편지를 내가 띄우고 도시에서 내가 그 편지를 받았다고 가정할 경우에도 내가 그 바닷가에서 그 단어에 걸어보던 모든 것에 만족할 만큼 도시의 내가 바닷가의 나의 심경에 공명할 수 있었을 것인가?

폐병을 앓고 있지 않았을 뿐 나 또한 소설 속의 '그'처럼 여기저기 공허한 편지들을 띄우고 있었고 거기에는 '쓸쓸하다'라는 단어가 지금으로서는 절대 공명할 수 없을 느낌으로 적혀 있곤 했다. 나는 언젠가는 〈무진기행〉과 같은 단편소설을 꼭 한 편 써내고 싶었다. 더도 말고 단 한 편만. 나는 소설가라는 직함을 공식적으로 얻기 전까지는 평소 소설이라는 것을 거의 읽지도 않던 사람이었다. 만으로 스무 살에 시인이 되어 근 5년간 시만 읽고 시만 써오던 내 눈에 비친 소설이란 것은 군더더기투성이의 천박한 공산품에 불과했다. 그러한 나에게 김승옥 선생의 〈생명연습〉 〈무진기행〉 〈환상수첩〉 등의 작품들은 소설을 쓰고 싶다는 욕망을 최초로 가지게 해주었다. 아, 세상에는 시 같은 소설이 있을 수도 있구나…….

1995년 늦봄, 인사동에서는 연변대표여성작가 소설집 《너는 웃고 나는 울고》의 출판기념회가 있었다. 그날 내가 왜 그 자리에 가게 됐는지는 전혀 기억이 나지 않는다. 아무튼 나는 거기서 《너는 웃고 나는 울고》의 책임편집을 맡은 김승옥 선생을 처음 보았다. 나는 뒤풀이 자리에서 부끄러움을 무릅쓰고 그에게 이런 말을 건넸다. 선생님, 〈무진기행〉을 백 번 읽었습니다. 그가 어떤 대꾸를 해주었는지는 역시 내가 그날 그 자리에 갔던 이유처럼 기억에서 완전히 지워져 있지만, 언젠가는 〈무진기행〉과 같은 단편소설을 꼭 한 편 써내고 싶은 나는 그렇게 해서 신화 속에서만 존재하던 김승옥 선생을 이제껏 딱 한 번 만날 수 있었다.

김승옥이란 소설가는 내게 있어 빛과 그림자였다. 빠져들어 닮고 싶어 했을 때는 찬란한 빛이었으되, 빠져나와 다른 것을 쓰려고 했을 때는 잔혹한 어둠이었다. 사람들은 그가 전두환이 이끄는 신군부의 쿠테타에 절망한 나머지 《동아일보》에 연재하던 〈먼지의 방〉을 15회 만에 중단했고 이후 하나님을 계시를 받아 문학에서 종교로 망명했다는 것을 정설로 여기는 듯 한데, 나는 그의 절필이 역사라든가 신앙의 문제보다는 그의 미학적 특성에 기인한 것이라 판단했고 그 판단은 내가 지독한 탐미주의자로서 시의 늪에 빠지지 않고 산문의 숲을 통과해나가기 위한 반성의 틀로 작용했다. 아무리 뛰어난 예술적 특성도 용맹한 변화와 온전한 발전을 거치지 못하면 자칫 돌이킬 수 없는 한계로 전락해버리기 십상이다. 아마도 그것이 시인 김수영이 〈반시론反詩論〉의 첫머리에서 주장한 '문학의 곡예사적 일면'인 것 같은데, 극과 극은 통하는 법. 김승옥의 소설들은 나에게 흠모의 대상이자 동시에 경계의 대상, 합하면 아슬아슬함이었다. 그러나 내 모순된 저 두 가지의 김승옥 관은, '작가는 자기를 지키며 자기로부터 가장 멀리 도망가는 언어도단言語道斷'이라는 강령을 각성케 해준 큰 스승이었다. 어디 그뿐인가. 〈환상수첩〉의 마지막에서 춘화春畵를 팔아 약값을 대는 폐병쟁이 임수영의 위악적인 독백을 통해 나는 얼마나 자주 사랑의 밀어密語 같던 자살충동들을 이겨냈던가.

다시 한번 말하고 싶지만 중요한 것은 어떻게 해서든지 살아내야 한다는 문제일 것이라고 나는 확신한다. 더구나 그를 자살로 이끈 고뇌라는 게 그처럼 횡설수설하고 유치한 것이라면 아예 세상엔 사람이 하나도 없었으리라. 그는 마지막에 가서 엉뚱하게도 죄와 벌에 관한 애기를 잠깐 꺼내고 있지만 죄란 게 있다고 한들 또 어떠한가? 불가피하게 죄를 짓게 되면 짓는 것이다. 그러나 죄의 기준이란 게 없어진 지금, 죄의 기준을 비단 죄뿐만 아니라 모든 것의 기준을 일부러 높여서 생각할 필요는 없다고 나는 생각한다. 그는 분명히 환상적인 기준을 만들어두고 거기에 자기를 맞추려고 애썼던 모양인데 참 바보 같은 놈이었다. 그가 고통하며 지낸 밤이 길었다면 내가 고통하며 지냈던 밤은 더욱 길었으리라. 산다는 것, 우선 살아내야 한다는 것. 과연 그것이 미덕이라고까지는 얘기하지 않겠다. 그러나 그것은 이제야 출발하는 것이다. 죽음, 그 엄청난 허망 속으로 어떻게 하면 자기를 내던질 생각이 조금이라도 난단 말인가!

이 독백의 바로 앞 장면, 눈발이 날리는 염전 벌판에서 장님 형기의 손을 놓고 비명을 지르던 정우는 내 이십대의 초상肖像이었던 것이다. 또 나는 스스로가 예술적으로 속물이 되어간다고 여겨질 적마다 〈생명연습〉의 이 대목을 되풀이해 읽곤 한다.

만화로써 일가一家를 이룬 오 선생 같은 분도, 좀 이상한 얘기지만 일을 하다가 문득 윤리의 위기 같은 걸 느낄 때가 있다, 라고 내게 말씀하시는 때가 있다. 윤리의 위기라는 거창한 말을 쓰고 있지만, 내가 보기엔 작은 실패담이라고나 할 수밖에 없는 일인데, 당사자에겐 퍽 심각한 문제인 모양이다. 이야기인즉, 하얀 켄트지를 펴놓고 먼저 연필로 만화 초草를 뜬다. 그러고 나면 펜에 먹물을 찍어 연필 자국을 덮어 그리는데, 직선을 그려야 할 경우에 어쩐지 손이 떨려서 그만 자를 갖다대고 그려버릴 때가 가끔 있다는 것이다. 그렇게 해서 다 그리고 난 뒤에 작품을 보고 있노라면 어쩐지 자꾸 그 직선 부분에만 눈이 가고, 죄의식이 꿈틀거린다는 것이다. 그리고 독자들이 이렇게 외치는 소리가 들리는 듯하다고 한다. 그건 당신의 선線이 아니다. 그것은 직선이라는 의사밖에는 가지고 있지 않는 자(尺)의 선이다. 당신은 우리를 속이려 하는구나, 라고.

내가 태어난 해에 김승옥 선생은 시인 김지하의 구명운동을 하고 있었다. 근래 나는 그가 병중이라는 소식을 들었다. 이 글은 개정판 김승옥 전집의 제3권 말미에, 요절한 소설가 채영주의 발문 〈김승옥의 생명연습〉 대신으로 실리게 될 것이다. 아마도 그사이 먼저 세상을 등진 후배 작가의 글이 아직 살아 있는, 그것도 투병 중인 선배 작가의 축하의 자리에 있는 것을 민망하게 생각한 출판사의 배려라고 생각한다. 채영주 선배는 그의 글에서 김승옥 선생에게 이런 목소리를 남겼다.

잔인했던 1980년 봄 나는 그가 모처럼 깎았던 연필을 다시 분질러야 했다는 이야기를 들었다. 그 무렵을 전후하여 종교세계로 깊숙이 빠져들었다는 이야기도. 그리고 사람들이 그에 대해 수군거리는 이야기도 들었다. 김승옥은 죽었다. 그는 더 이상 아무런 글도 쓸 수 없을 것이다…… 나는 아마 그를 이해할 수 없을 것이다. 언제까지고. 그는 내가 도달하고자 애쓰는 타인들 중에서도 가장 빠른 속도로 멀어져 가는 타인들의 한 명이었으니까. 하지만 나는 사람들의 수군거림이 성급한 판단이 아닐까 하는 의구심을 버릴 수 없다. 그는 어쩌면 죽었을지도 모른다. 그건 조금도 놀랄 일이 아니다. 죽음은 생명의 한 작은 속성일 뿐이니까. 그러나 죽음 너머에서 새로운 삶이 시작되는 것 역시 생명의 속성이다. 그렇다면 그에게서는 새로운 생명의 새로운 글쓰기가 시작될 수도 있지 않을까. 우리는 그것을 기대해도 좋지 않을까.

나는 가끔 내가 문학을 하게 됨으로써 만난 이들을 떠올리면 꿈만 같다. 그들은 대부분 내가 어려서부터 읽고 감동했던 텍스트들의 현현顯現이 아닌가. 그들이 나를 동료로 인정하고 따뜻한 눈빛을 전해줄 때마다 나는 그것이 내가 잘나서가 아니라 나를 양육하고 있는 이 문학의 세계 자체가 위대해서라고 믿는다. 나는 생전의 소설가 채영주를 서너 번 본 적이 있다. 몇 마디를 나누었던 것 같은데 이 역시 별 기억이 없다. 내 과거는 온통 그 모양 그 꼴, 잊었거나 여태 괴롭거나이다. 비록 작가 채영주의 색신色身은 갔지만, 그래서 도리어 그 스스로가 가장 빠르게 멀어져 간 타인들 중 한 사람이 되어버렸지만, 그의 법신法身, 즉 그의 작품들은 남았고 김승옥 선생에게 보낸 그의 늠름한 존경과 격려, 기대와 사랑 또한 형형하게 남아 있다. 따라서 후배 소설가 채영주가 기도했던 대선배 소설가 김승옥의 죽음 너머의 새로운 삶, 새로운 생명의 새로운 글쓰기에 대한 희망은 아직 유효하다. 그리고 그 기도는 얼마 전에야 겨우 무진을 떠난 나의 기도이기도 하다. 다만 나는 채영주와는 조금 다르게 결국엔 똑같은 말을 하고 싶다. 나는 공의로운 하나님이 가장 우리다운 것을 통해 우리를 나타내시리라는 것을 믿는다. 하여 위대한 작가 김승옥의 하나님은 위대한 작가 김승옥을 통해 자신을 드러내실 것이다. 나는 우리 모두가 〈무진기행〉의 소심한 주인공과는 달리 아래와 같은 편지를 썼다가 찢어버리지 않고 저마다의 청춘인 무진을 향해 담담히 고백할 수 있다면 좋겠다.

갑자기 떠나게 되었습니다. 찾아가서 말로써 오늘 제가 먼저 가는 것을 알리고 싶었습니다만 대화란 항상 의외의 방향으로 나가버리기를 좋아하기 때문에 이렇게 글로써 알리는 것입니다. 간단히 쓰겠습니다. 사랑하고 있습니다. 왜냐하면 당신은 저 자신이기 때문에 적어도 제가 어렴풋이나마 사랑하고 있는 옛날의 저의 모습이기 때문입니다.

(2004. 6)

김수영의
박인환 증오

1

얼마 전까지 EBS는 한국 문화사 시리즈의 제1편인 드라마 〈명동백작〉을 매주 토요일과 일요일 밤 11시에 방영한 바 있다. EBS가 맞나 싶을 만큼 화려한 출연진과 견고한 구성이 돋보였던 이 드라마를, 나는 주말 밤에 피치 못할 술자리가 있지 않는 한은 꼬박꼬박 챙겨서 시청하곤 하였다.

〈명동백작〉 속에는 1950년대를 풍미했던 다양한 문화예술계의 인사들이 등장함에도, 그 스토리의 포커스는 유독 문단 쪽으로 맞춰져 있었다. 아마도 그것은 이른바 한국의 몽마르트를 대변한다는 명동시대의 주류가 바로 문인들이었으며, 명동백작이라는 별명을 지녔던 소설가 이봉구가 작품은 별로 안 쓰면서도 사교계의 오지랖이 방대한 위인이었기 때문이 아닐까 싶다. 하긴 프랑스의 미술과 독일의 음악이 전 세계로 널리 퍼진 데에는 보들레르나 괴테 같은 문인들의 힘이 컸다는 사실을 감안한다면 글쟁이들 위주의 한국 문화사를 굳이 기형적으로만 몰아붙일 필요는 없을 것이다. 게다가 《명동 엘레지》의 작가 이봉구는, 명동의 술집이나 다방을 배경으로 실명의 문화예술인들이 등장하는 일종의 사소설私小說을 주로 남겼다. 그는 〈명동백작〉의 더할 나위 없는 화자였던 셈이다. 1916년 생인 이봉구는 1983년에 작고하였다. 마지막 숨을 거두며 그는, 가난했지만 아름다웠던 명동과 슬펐지만 자랑스러웠던 그때의 벗들을 떠올렸을까?

아무튼. 적지 않은 미덕에도 불구하고 드라마 〈명동백작〉은 우리의 문화사 전체를 낭만적 기조로 개관하려는 과욕 탓인지 캐릭터들의 내면 파악에 간혹 가다 분명한 한계를 드러냈는데, 내 눈에 그것은 김수영과 박인환의 관계설정에 있어서 제일 유치하게 도드라져 보였다. 〈명동백작〉은 마치 김수영이 박인환을 애증 내지는 연민한 것처럼 그리고 있었던 것이다. 다정이 병이라는 것은 이런 경우를 두고 이름이다. 과연 이봉구스러운 시각이 아닐 수 없다.

2

하나의 책을 제대로 이해하기 위해서는 적어도 백 번은 읽어야 한다는 끔찍한 소릴 세종대왕이 했다던가. 언젠가 짧은 서평에서 고백했듯이, 나는《김수영 전집 2》를 얼추 그렇게 읽은 것 같다. 누구는 자신의 관에《신약성경》을 넣어달라고 하고, 누구는《논어》를 넣어달라고 그러던데, 또한 김수영의 아내는 김수영의 관 속에 평소 그가 열독하던 하이데거를 넣어줬다는데, 만약 좋아하는 책 꼭 한 권을 저승까지 챙겨가야 하는 게 극락왕생의 필수조건이라면, 나는 주저 없이《김수영 전집 2》를 고를 것이다. 사정이 이러한지라, 나는 감히 이 책의 이면까지도 꿰뚫어본다고 자부하던 터였으나, 그럼에도 늘 풀리지 않는 수수께끼가 있었다.

3

《김수영 전집 2》에는 김수영이 박인환에 대해 본격적으로 언급한 글이 두 편 실려 있는데, 〈박인환朴寅煥〉과 〈마리서사〉가 그것들이다.

이 자리에서 그 내용을 모두 소개할 수는 없는 노릇이지만, "나는 인환을 가장 경멸한 사람의 한 사람이었다. 그처럼 재주가 없고 그처럼 시인으로서의 소양이 없고 그처럼 경박하고 그처럼 값싼 유행의 숭배자가 없었기 때문이다"로 시작되는 〈박인환〉과, "인환의 최면술의 스승은 따로 있었다. 박일영朴一英이라는 화명畵名을 가진 초현실주의 화가였다. 그때 우리들은 그를 〈복쌍〉이라는 일제 시대의 호칭을 그대로 부르고 있었다. 복쌍은 사인보드나 포스터를 그려주는 것이 본업이었는데 어떻게 해서 인환이하고 알게 되었는지는 몰라도, 쓰메에리를 입은 인환을 브로드웨이의 신사로 만들어준 것도, 콕토와 자코브와 도고 세이지東鄕靑兒의 〈가스파돌의 입술〉과 브르통의 〈초현실주의 선언〉과 트리스탄 차라를 교수하면서 그를 전위시인으로 꾸며낸 것도, 마리서사의 〈마리〉를 시집 《군함마리軍艦茉莉》에서 따준 것도 이 복쌍이었다. 파운드도 엘리엇을 이렇게 친절하게 가르쳐주지는 않았을 것이다. 나는 복쌍을 알고 나서부터는 인환에 대한 그나마 얼마 남지 않은 흥미가 전부 깨어지고 말았다. 복쌍은 그를 나쁘게 말하자면 곡마단의 원숭이를 부리듯이 재주도 가르쳐주면서 완상도 하고 월사금도 받고 있었다(월사금이라야 점심이나 저녁을 얻어먹을 정도이었지만)"는 등의 잔인한 폭로가 낭자한 〈마리서사〉를 통해, 김수영은 옛 친구인 시인 박인환을 그야말로 처절하게 조롱하고 있다.

사실 김수영은 자신이 사후에 이토록 유명해져 있으리라고는 차마 예상치 못했을 터이다. 물론 1960년대의 그가 유명하지 않았던 것은 아니지만, 요즘처럼 김수영이 한국현대시의 왕좌에 등극하기까진 충분한 문운文運이 작용했다. 1976년 계간 《세계의 문학》의 창간이 바로 그것이니, 그 문예지를 발행하는 민음사는 1974년 시선집 《거대한 뿌리》와 1975년 산문선집 《시여, 침을 뱉어라》를, 1976년에는 다시 시선집 《달의 행로를 밟을지라도》와 산문선집 《퓨리턴의 초상》을, 1981년에는 《김수영 전집 1》과 《김수영 전집 2》를 간행하였으며, 2003년에는 그간 발굴된 산문들마저 모아 정본 개정판을 출간하기에 이른다. 농담이 아니라, 어쩌면 김수영을 키운 것의 3할쯤은 민음사 박맹호 사장과 계간 《세계의 문학》의 초대 편집위원 김우창·유종호 선생인지도 모른다. 아직도 《김수영 전집 2》는 김수영에게 있어 김구 선생의 《백범일지》와 같은 역할을 톡톡히 수행하고 있다. 가령, 백범 김구의 테러리즘에 정당성을 부여해준 것이《백범일지》이듯, 김수영의 난해시들을 마치 서정시처럼 읽히게 만든 것이《김수영 전집 2》이다. 백범은《백범일지》로 이승만을 이기고, 김수영은《김수영 전집 2》로 한국의 다른 모든 시인들과 차별된다. 그리고 1982년에《세계의 문학》이 제정한 '김수영문학상'은 김수영의 한국현대시 영구집권을 가능케 한 군대이다.

따라서, 1968년의 여름밤 버스에 치여 사망한 김수영은 자신이 쓴 글 두 편이 설마 이렇게까지 박인환을 한국문학사에서 영원히 개망신 주리라고는 확신하지 못했으리라. 이제 와서 과연 김수영이 어느 수준까지 박인환을 저주하려 했는지는 가늠키 힘드나, 여하간 우리는 김수영에 의해 끝없이 부관참시되는 박인환의 가여운 운명을 목도해온 지 오래다.

펜이란 이래서 무서운 것이다. 복잡미묘한 김수영과 박인환의 관계를 떠나서, 당장은 폼잡고 떵떵거리는 어떠한 권세일지라도 보잘것없어 보이는 누군가의 고독한 글 한두 편에 의해 그리 멀지 않은 미래에 재활용이 불가능한 쓰레기로 전락할 수 있음을 항시 명심해야 할 것이다. 아슬아슬하다는 점, 저 〈반시론〉의 서두에서 김수영이 갈파했던 문학의 "곡예사적 일면"에 다름 아니겠는가.

4

박인환은 1956년에 이상李箱을 추모한다며 연일 술을 퍼마시다가 죽어버렸다. 그때 이봉구는 박인환의 주검을 찾아가 그 입술에 조니 워커를 적셔주었다고 한다. 김수영은 〈박인환〉과 〈마리서사〉를 1966년에 썼다. 내가 안개에 휩싸였던 것이 이 부근에서부터다.

김수영이 좋게는 검열 없는 산문가요 나쁘게는 이가 갈리는 성격파탄자라 할지라도, 한때 절친했던(이봉구 같은 사람들이 그랬다고 하니까), 그것도 10년 전에 고인이 된 동료를 모욕할 까닭이 있었을까? 보통 우리는 제아무리 혐오하는 자라 할지언정 정작 그를 글로써 공격할 적에는 으레 머뭇거리고 저어하기 마련이다. 특히 공격해야 할 그가 이미 타계해버린 상황이라면 행동은 몇백 배 더 조심스러워질 수밖에 없다. 왜냐하면 자칫 사람들에게 옹졸하게 비치어 제 무덤을 파는 꼴이 되기가 십상일 것이기 때문이다. 하물며 범인凡人들도 그러할진대 중견 시인 김수영이야 말해 뭣하랴. 그렇다면 만인에게 야비하다며 손가락질받을 가능성이 다분한 짓을 저지를 만큼 김수영은 바보천치였을까? 시인이자 국문학자인 아무개씨의 지적처럼 그에게는 박인환에 대한 심한 콤플렉스가 있었던 것일까?

《김수영 전집 2》를 백 번 이상 읽은 나는 이제 이렇게 본다.

어느 시점에서부터 김수영은 박인환을 문학의 공적公敵으로 결론 내렸던 것이다. 그에게 있어서 박인환은 가짜 시인이었고, 태작 기계였으며, 제멋에 취해 예술을 오도하는 문화양아치였다. 고로, 김수영은 자신의 산문들 중에서 가장 공적公的인 태도를 견지하고서 문학의 섬세한 질서를 위해 〈박인환〉과 〈마리서사〉를 썼던 것이다. 김수영의 박인환에 대한 감정은 연민이라든가 애증 따위가 아니라 완벽한 역겨움이자 순수한 증오였으며 그것은 사사로운 분노가 아니라 공분公忿이었다는 것이 나의 견해다. 김수영은 〈박인환〉과 〈마리서사〉를 쓴 지 2년 뒤에 죽었다. 그는 추호도 후회가 없었을 것이다.

1956년의 박인환은 술과 포즈에 절어 애처롭게라도 죽었지만, 요즘의 박인환들은 우리가 도저히 기록할 수 없는 술책으로 스스로를 위장하고 있다. 아니다. 오히려 그것은 너무 빤한 나머지 우리로 하여금 맥이 빠져 전의를 상실케 만든다. 나의 이러한 짧은 이야기가 비록 김수영에 대한 올바른 분석이 아니라 한낱 망상에 불과하다 할지라도, 이 새해, 어쩌면 우리에게는 더 무겁고 큰 치욕의 벌이 필요하고, 그래서 끝까지 망해버려 아예 처음부터 다시 시작할 수 있다면 불행 중 다행일 것이다. 우리는 하루 빨리 터무니없는 태작을 태작이라고 비웃을 수 있는 당연한 미학적 기준과 양심을 되찾아 이 악취 나는 혼돈에서 깨어나야 한다.

2004년은 내게 김수영과 박인환 사이의 미스터리를 풀게 해주었고, 인정할 수 없는 것들과 늠름하게 투쟁해나가야한다는 차분한 결론을 긴 분노의 터널 끝에서 선물해주었다. 나는 내가 지금보다는 훨씬 강하고 지혜로워진 어느 날, 쓸쓸했으나 아름다웠던 문단과 슬펐지만 자랑스러웠던 벗들의 문학을 떠올리며, 2004년에 관한 어두운 몇 편의 글들을 쓰게 될 것만 같아 두렵다.

(2005. 1)

문화의 전체구조가 완결되었느냐 아니면 문제적이냐에 따라 고찰해본 대서사문학의 형식

별빛 가득한 하늘을 보고, 갈 수 있고, 가야만 하는 길이 있는 지도를 읽을 수 있는 시대는 얼마나 행복했던가? 또한 별빛이 그 길을 훤하게 밝히던 시대는 얼마나 행복했던가?

게오르그 루카치의《소설의 이론》의 '제1부 문화의 전체구조가 완결되었느냐 아니면 문제적이냐에 따라 고찰해본 대서사문학의 형식'은 '제1장 완결된 문화'라는 소제목을 앞세우고 위와 같은 문장으로 시작한다.《소설의 이론》을 읽고 있던 스무 살 무렵, 시인일 뿐인 나는 정작 내가 앞으로 소설가가 되리라고는 꿈도 꾸지 못하고 있었다. 내게는 소설도, 소설의 이론도 없었다. 그리고 무엇보다 그때의 내 지적 수준으로는 루카치의《소설의 이론》이 너무 어려웠다.

나는《소설의 이론》을 무슨 시집 읽듯 읽었던 것 같다. 사실 나는 그 당시 모든 활자들을 다 그렇게 받아들였다. 나는 그저 시집 한 권만 낼 수 있다면 세상을 다 지배할 수 있을 것 같았고, 그런데 그 일이 너무도 요원해 보여 대신 세상을 저주하는 것으로 위안을 삼을 뿐이었다. 내가 아직도 무슨 일을 하든 간에 어쩔 수 없이 시인인 것은 그 시절의 상처가 너무 컸기 때문이다. 나는 수수깡 꺾이듯 꺾여봤다. 오늘 나는 스무 살 무렵과는 완전히 다른 이유에서 게오르그 루카치의《소설의 이론》을 다시 읽는다. 별로 어렵지 않다. 말년에 루카치는 아무래도 세상을 제대로 파악하려면 경제학을 공부했어야 했다고 후회 비슷한 것을 토로했다는데, 나는 그런 그의 마음까지도 다 이해할 수 있을 것 같다. 게다가 나는 이제 서른일곱 살이고 내가 가진 것들과 잃은 것들 정도는 알고 있다. 나는 내가 쓴 것들 말고는 궁극적으로 전부 잃어버리며 살아왔다. 그리고 끔찍한 소리지만, 앞으로도 분명 그러할 것이다.《소설의 이론》은 이제 내게 있어 더 이상 시집이 아닌 것이다. 책을 많이 쓰는 사람들을 별로 신뢰하지 않았는데, 나는 어느새 열 권에 가까운, 아무도 읽어주지 않는 것만 같은 어두운 책들을 출간했다.《소설의 이론》을 시집처럼 읽던 나는 밤하늘의 별들을 보고 내가 갈 수 있고 또 가야만 하는 길의 지도를 읽고 있었던 것일까? 지금의 나를 보아서는 그 이십대 초반의 청년이 길을 잃은 채 너무 오래 헤맸던 게 분명하지만, 아직도 내게 있어 문화의 전체구조는 완결된 것이 아니라 문제적이다. 나는 죽기 전까지는 완결되지 않을 것이다. 그리고 내 글은 내가 죽어도 남아 영원히 완결되지 않을 것이다. '영원히'라는 그 단어가 세상에 존재할 수 있을 때까지는. 다시 한 번 강조해두겠는데, 문화의 전체구조는 여전히 문제적이다.

(2006. 1)

개와 예술에 관한 몽상

나는 아직 젊기에 비극을 쓰고 있다. 그리고 노인이 되어서는 희극을 쓰고 있을 것이다. 청춘을 다 탕진한 뒤에도 코미디를 쓰지 못한다면 그것보다 부끄러운 일은 없을 것이다. 나는 세상에 잘 적응하지 못하였고 스스로를 의심하였기에 작가가 되었다. 만약 내가 인간을 신뢰했더라면 문학이 아니라 정치를 하고 있었을 것이다. 시대와 인종과 국가를 초월하는 모든 것들은 궁극적으로 마약과 크게 다르지 않다. 문학이 기묘한 것은 감각과 철학이 공존하는 공학적 유기체이기 때문이다. 문학은 때로 나를 한없이 가라앉히고 어둡게 하지만 그렇다고 해서 문학이 이 세계보다 더 무겁고 어두운 것은 아니다. 현실보다 혹독한 예술이란 결단코 가능하지 않기에, 역설적으로, 어느 희극배우의 무지막지한 좌우명처럼, 세상에는 웃지 못할 어떠한 비극도 존재하지 않는 것이다. 금생의 나는 미쳐버리는 것이 무서워 음악을 하지 못했다. 다시 태어난다면 꼭 유행가를 작곡하고 부르는 사람이 되고 싶다.

내게는 개 한 마리가 있다. 중국인들이 17세기 중엽 티베트의 라사압소를 페키니즈와 교배시켜 만들었다는 시추이다. 녀석은 과묵하고 사람을 핥지 않으며 늘 와선臥禪 중이거나 잔다. 선禪 중에 가장 어려운 것이 와선이라던데, 녀석에게는 확실히 라마승의 피가 흐르고 있는가 보다. 중국 당나라 때부터 왕실견으로 총애를 받아오던 시추는 사회주의 혁명 당시 멸종위기에 처해지기도 하였다. 고매한 품위와 탁월한 종교성은 때로 핍박의 원인이 되기도 한다. 그러나 1860년 제2차 아편전쟁 때 베이징에 입성한 영국군이 궁궐에 남겨져 있던 몇 마리를 영국으로 데려간 것이 계기가 되어 시추는 유럽과 미국, 호주로까지 널리 퍼졌다. '시추'는 '사자개'라는 뜻의 '시추쿠'에서 나왔다. 즉, 사자를 닮은 개라는 소리다. 내 개는 맹수의 가장 극단적인 희화이다.

독일어에서 돼지가 그러한 것처럼 한국어에서는 개가 욕설로 애용되고 있다. 가령 '개'가 단어 앞에 붙거나 직유하게 되면 무조건 분위기가 험악해진다. 인간이 개만큼만 정직하고 따뜻하고 영리했다면 지구가 이 지경이 됐을 리 만무한데도, 오늘도 나를 포함한 대부분의 한국인들은 미워하거나 부정하고 싶은 자의 이름을 '개새끼'로 바꿔 부른다.

개에 대한 변호와 찬양은 뒤로하고, 이 한국어의 불합리한 관습을 있는 그대로 받아들였을 때, 자고로 탐미주의적 예술은 개새끼들이 하는 것이다. 그러나 그 개새끼는 제 예술에 한에서만큼은 순수하고 양심적이어야 한다. 좋은 탐미주의적 시인은 개새끼여도 괜찮다. 하지만 그가 자신의 시를 가지고 개새끼 짓을 해서는 안 된다. 이것이 탐미주의적 예술가의 도덕이다. 물론 좌파 예술가의 경우는 좀 다르다. 그의 행동들은 그의 예술이 그려지는 캔버스이기 때문이다. 다행스럽게도, 나는 좌파 예술가가 아니다.

비극은 작가의 품위이다. 예술가는 자신의 비극을 관리할 줄 안다. 진실한 비극이 사라지면 시인은 역겨운 나르시스트가 된다. 좋은 시인은 비극을 자신의 외부보다는 내부에서 찾는다. 예를 들어, 어두운 시대가 변해 정치적 억압의 무대장치와 조명이 사라지면 외부의 비극에만 기대어 살아가던 어느 시인과 그의 시는 동시에 아우라를 잃는다. 그가 계속해서 내부의 비극을 담보하지 못한 채 심각한 표정을 지으며 주목받으려고 애쓰면 애쓸수록 그는 느끼한 속물로 전락할 뿐이다. 신을 자신의 외부에서 찾으면 하등 종교이고 신을 자신의 내부에서 찾으면 고등 종교이다. 신은 반드시 필요한 인간 내부의 비극이다.

나는 어떤 자가 예술가인가 아닌가를 감식할 때 먼저 그의 가슴속에 명쾌한 비극이 있는지 아닌지를 본다. 있지도 않은 비극을 가장하거나 한 술 더 떠 극복하고 희화했노라 떠벌리는지 아닌지를 본다. 예술적 출세의 코스튬이 아닌 시의 원형질인 비극. 아름다운 개새끼들의 예술은 차선책과의 싸움을 즐긴다. 자기의 전체를 걸고 전진하는 그들의 투쟁은 화가 나면 날수록 늠름해질 수밖에 없다. 새로운 것? 모든 새로운 것들은 쓰레기통 속에 있다. 또한 나의 예술적 소외가 나의 예술적 권위로 탈바꿈하는 바로 그 지점에 있다. 우리 내부에 신처럼 살아 있는 비극은 반드시 필요한 과학이다.

나는 내가 쓴 것들 말고는 전부 잃어버렸다. 앞으로도 그러할 것이다. 먹구름이 몰려들고 천둥이 쳤다. 우연한 비바람이 때로 한 도시를 휩쓸어버리듯이 어떤 사소한 좌우명은 간혹 전쟁이 되기도 한다. 라디오를 끄고 따뜻한 물이 가득 찬 욕조 안으로 들어가 누워 극사실주의적인 먹구름은 애인이 타고 있는 기차 같다고 생각하다가 잠이 들었다. 비 내리는 꿈속에서, 어머니의 자궁 안에서, 그 달콤한 양수에 잠겨 나는 왜 소리 없이 울었을까? 젖은 알몸으로 욕실 문턱에 섰는데, 내 작은 개가, 맹수의 가장 극단적인 희화가, 멸종당할 뻔했던 자신의 비극을 선禪하는 자가, 아까 내가 벗어놓은 옷가지들 위에 엎드려 곤히 잠들어 있다. 극사실주의적인 자화상은 나를 떠나는 애인이 타고 있는 기차 같은 먹구름이라고 생각하다가, 나는 내 개의 피가 덥혀놓은 옷가지들을 주워 입는다.

(2006. 2)

칠레 소설가 알레한드라 코스타마그나Alejandra Costamagna와의 이메일 대담 1

나는 '칠레'라는 단어에서 남태평양 이스터 섬의 모아이들을 가장 먼저 떠올리곤 합니다. 화산암을 깎아 만든 그 천여 개의 거대한 석상들은 태양과 바다를 응시하며 무엇을 기다리고 있는 걸까요? 정말 고대에 외계인들이 UFO를 타고 날아와서 세운 것들일까요? 그리고 연이어 나는 시인 가브리엘라 미스트랄과 파블로 네루다, 《영혼의 집》의 소설가 이사벨 아옌데 등등을 생각하지 않을 수 없습니다. 나는 칠레를 교육과 문화의 수준이 매우 훌륭한 나라로 알고 있습니다. 지난 11일, 사회주의자로서 정치범이자 망명자였고 싱글맘이며 소아과 의사였던 미첼 바첼레트가 칠레 최초의 여성 대통령으로 취임한 것을 축하합니다. 나는 저돌적이고 낭만적인 칠레 축구와 1973년 군사독재의 시작 이전까지 라틴아메리카에서 제일 전위적이었던 칠레 영화의 팬입니다. 무엇보다, 피노체트의 쿠데타에 맞서 대통령궁을 사수하다가 죽은 민선 대통령 살바도르 아옌데와 그가 당시 손에 꼭 쥐고 있었던, 피델 카스트로가 선물했다는 소총의 숭고함을 결코 잊을 수 없습니다. 이처럼 나는 칠레에 대해 신비와 열정, 투쟁과 진보 같은 빛나는 느낌들을 가지고 있습니다.

오늘 나는 칠레의 재능 있는 소설가와 서신을 왕래할 수 있게 되어 무척 기쁘지만, 하필 우리가 '문명의 충돌'이라는 무시무시한 테마를 두고 이야기를 나눠야만 한다는 사실이 안타깝고 슬픕니다.

당신의 단편소설 〈추파〉를 읽어보았습니다. 특별한 수사를 쓰지 않고 삶의 쓸쓸함을 냉정하게 묘사하는 작법 태도가 인상적이었습니다. 나는 소설가이자 기자인 당신이 정치폭력과 망명, 죽음, 침묵, 기억의 문제 등을 간결한 문체로 다루고 있는 데 주목했습니다. 우리는 같은 해에 태어났습니다. 당신이 두세 살이었을 무렵, 피노체트 군부가 아옌데 대통령을 피살하고 집권하여 1990년까지 악명을 떨쳤듯 나의 출생 이전부터 내 청년기까지 대한민국 또한 비슷한 시련을 겪어야 했습니다. 그 아픈 현대사의 상처들을 치유하고 정리함에 있어서 많은 혼란과 고통을 감수해야만 하는 지금의 처지 역시 칠레와 같을 것입니다. 그러나 당신과 내가 국가와 인종과 언어와 성별을 뛰어넘어 뭔가 통할 수 있다면 그것은 정치적, 사회적 경험과 환경의 공통점 때문이 아니라 우리가 인간과 그 인간을 둘러싼 세계에 관해 끊임없이 숙고하고 통찰해야 하는 '작가'라는 동일한 직업을 가지고 있어서일 겁니다.

2001년 9월 11일 오전, 여객기와 폭탄으로 미국의 심장부를 강타한 알 카에다의 테러 덕분에 21세기 인류 최대의 불안으로 급부상하게 된 문명충돌이란 용어를 간단히 설명하자면 이렇습니다.

40여 년간 지속되어오던 냉전체제가 종식됐다. 겉보기론 소련 중심의 공산권에 대한 서구 자본주의의 완승. 반대가 사라진 인간의 가치관은 변증법적 작용을 상실하게 되었다. 이러한 인간들의 역사는 아무리 시간이 흐른다 한들 역사로서의 의미가 없다. 이른바 프란시스 후쿠야마의 '역사의 종말'. 그런데 문제는 여기서부터. 역사성을 잃어버렸다는 현실은, 자유민주주의와 자유시장경제가 장악한 세계는 과연 평화로울 것인가? 대답은? 천만에. 서구가 세계를 장악했다는 것은 착각이니까. 치명적인 오만이니까. 과거에는 주로 경제적 가치와 체제에 관한 사상의 차이가 국가, 혹은 국가들 간의 충돌을 유발하였지만 이제는 그런 것들과는 비교할 수도 없이 복잡다단하고 위험천만하고 진정불가능하고 동시다발적이며 변화무쌍한 충돌들이 무자비하게 일어나고 있으니까. 왜? 그동안 꽁꽁 얼어붙어 있었던 이데올로기의 바다가 녹아버리자 그 밑에서 잠깨어 갑자기 거대한 날개를 펼치고 솟아올라 하늘을 뒤덮은 저 유서 깊은 괴물, 바로 문명권들 간의 충돌 때문이다. 보스니아 내전에서 자행된 인종청소나 미국의 이라크 침공과 테러 조직들의 반격, 그리고 보유가 용이해진 핵무기 같은 것들에 비한다면 최근 덴마크의 한 보수 일간지가 마호메트를 자살폭탄으로 풍자한 만평이 불러온 폭력사태라든가 아프가니스탄의 어느 사내가 기독교로 개종하자 사형을 담보한 재판에 회부된 사건쯤은 어린애 장난. 아무튼, 현재 세계가 직면한 가장 첨예한 문명충돌의 양상은 크리스트교 권의 서구 문명과 이슬람 문명 간의 충돌이며 이런저런 반론들에도 불구하고 우리가 문명충돌이라 불리는 '어떤 전지구적 파국의 위기' 속에서 살아가고 있다는 것만큼은 부정할 수가 없으니까.

대강 이러한 기조 아래서, 나는 아주 먼 곳에 있는 당신에게 오늘 종교에 대한 나의 견해를 짧게 밝히고자 합니다. 왜냐하면 문명권을 구분하는 여러 가지 요소들 가운데에서도 제1의 기준이 종교인 까닭입니다.

굳이 버트런트 러셀이 20세기 초반에 종교를 비판했던 바들을 빌려오지 않더라도 종교는 이 세상에서 선보다는 악을 저질러오고 있는 것이 분명합니다. 흔히 우리는 종교성과 종교의 관계를 오해하곤 합니다. 종교성을 종교의 부속물쯤으로 여기는 것이죠. 종교의 시조들은 종교성으로 가득 찬 인물들이었습니다. 그들의 역사적 실존 여부를 차치하고서라도 그들의 가르침은 종교성에 충실하여 사랑과 자비와 같이 거룩한 신념들로서 인간을 고통으로부터 해방시키고자 했습니다. 그러나 종교성이 세상 속에서 종교의 몸을 얻어 사회의 중요한 제도로 자리 잡으면 반드시 도그마를 필요로 하게 됩니다. 이제 세상의 종교들은 종교성이라는 본연을 잃어버리고 종교라는 껍데기만 남아 온갖 분쟁들을 조장합니다. 이교도란 나의 신과는 다른 신을 섬기는 누군가가 아닙니다. 종교성을 상실한 나 자신입니다. 만약 내일 아침 순수한 종교성의 예수가 우리 앞에 나타난다면, 사람들이 믿고 있는 예수를 금송아지라고 호통 치며 때려 부수지 않으리란 보장이 없습니다.

나는 신을 모릅니다. 사람이기 때문입니다. 그러나 바람과 풀과 물과 개와 새와 벌레와 나와 친구들 속에서 때로는 아무런 상관이 없는 이들과 나의 늠름한 적들 속에서 신적인 것을 문득 발견하고는 깊이 감동받습니다. 신이란 보통의 언어로 우리에게 다가오는 것이 아닙니다. 오로지 시적인 언어로만 표현이 가능합니다. 성경에서도 신은 모세 앞에 불타는 떨기나무로 현현顯現했지 생경한 얼굴을 드러내지 않았습니다. 요컨대 신이란 미학적인 측면에서 논해보자면, 너무도 아름다워서 더 이상은 아름다워질 수 없는 그 무엇입니다. 돌아가신 내 어머니는 암수술 직후에 예수가 백합꽃으로 찾아왔었노라고 고백했습니다. 신을 모르는 나는 그 말만은 믿습니다. 왜냐하면 그녀가 신을 본 것이 아니라 시를 보았기 때문입니다. 백합꽃이라는 시 뒤에 숨은 신을 만났던 까닭입니다.

독일의 철학자 아도르노는 '전체는 거짓'이라고 갈파했습니다. 오늘날의 종교는 저마다 이 전체가 되려고 합니다. 그래서 그것은 곧 거짓이고 당연히 폭력을 부릅니다. 종교는 단 하나의 모습으로만 존재하는 것이 아닙니다. 종교성을, 시적인 품위를 상실한 종교는 더 이상 종교가 아니라 끔찍한 전체주의에 불과합니다. 그래서 21세기에는 문학의 역할이 한층 중요합니다. 거시적인 시각은 이 지구에서 발생하는 모든 비참들을 무정한 게임으로 환원시킵니다. 역사성이 지워진 시간 속에서 개인은 불개미가 되고 맙니다. 이러한 시대에 진지한 문학은 인간의 일상에 의미를 부여하고 탐구해, 우리가 잔인한 종교인이 아니라 종교성을 지닌 고뇌하는 생명이라는 것을 잊지 않게 할 수 있는 탁월한 예술장르입니다. 지금 이라크 내에는 25개가량의 미국 사설 보안업체가 만오천 명이 넘는 전투요원들을 파견해 요인 경호와 시설 경비를 맡고 있습니다. 영국의 정규 주둔군보다도 많은 숫자입니다. 대부분 특수부대 출신인 용병들이 연합군에 고용돼 이라크 저항세력과 싸우고 있는 것입니다. 민간인 학살은 대부분 그들의 소행입니다. 미국의 이라크 침공에는 석유뿐만 아니라 군수산업이 깊이 개입되어 있습니다. 오늘의 서구 자본주의는 종교성을 상실한 전쟁신의 또 다른 모습입니다. 종교의 도그마를 비판하고 인간 안의 종교성이라는 참된 신을 회복하는 것. 당신과 나 같은 작가들이 문학에 복무해야 하는 이유일 것입니다. 함께 한 곳을 바라보는 것은 칠레 이스터 섬의 모아이들만이 아니길 바라마지 않습니다. 건필을 기원합니다.

(2006. 3)

칠레 소설가 알레한드라 코스타마그나Alejandra Costamagna와의 이메일 대담 2

친애하는 알레한드라. 당신의 진지하고 흥미로운 답변과 질문에 감사드립니다. 예상대로 우리는 공통점이 많더군요. 나 역시 최근 네 번째 소설집을 마무리 지었으며 과거 연극을 했고, 불규칙한 스케줄에 따라 주로 밤에 글을 쓰거나 돌아다니는 올빼미족입니다. 당신이 파스쿠알라Pascuala라는 고양이와 생활하듯 나는 토토Toto라는 여섯 살짜리 개와 지내고 있습니다. 당신이 읽었던 나의 산문 〈개와 예술에 대한 몽상〉에 나오는 바로 그 시추입니다. 토토는 저명합니다. 내가 쓴 시, 소설, 신문 칼럼 등에 자주 등장하니까요.

나는 영혼이라는 것을 스승이라든가 책으로부터가 아니라 말 못하는 짐승에게서 배웠습니다. 개의 눈동자와 잠꼬대를 보고 듣노라면 마치 우리에게만 영혼이 있는 양 행동하는 인간의 어리석음이 확연해집니다.

신이 인간을 창조했고 그 신이 자신을 섬기는 인간으로 하여금 인간 이외의 생명체들을 맘대로 할 수 있는 권리를 주었다는 식의 오만은 재앙입니다. 21세기의 모든 종교는 인간만을 위한 것이 아니라 이 세계의 만물을 함께 살리는 방향으로 진화되어야 할 것입니다. 영혼과 생명에 대한 슬픔과 존중은 종교성의 본질입니다. 그러나 그 종교성이 인간만을 대상으로 할 때 종교는 무정한 파괴자로 전락하고 맙니다. 그런 의미에서 21세기에는 생명에 관한 불교적 사상이 중요한 종교적 화두로 떠올라야 한다고 생각합니다. 나는 달라이 라마가 아니라 한 마리 개에게서 종교를 배웠습니다.

한국 작가들, 특히 나와 같이 젊은 작가들은 외국에 많이 소개된 편이 아닙니다. 어쩌면 대한민국의 국력에 비해 한국어의 위상은 세계 속에서 매우 미미한 편에 속할 것입니다. 당신처럼 라틴어 계통에 속하는 모국어를 구사하는 작가들과는 달리 동양의 문자언어로 작품을 쓰는 작가들은 번역을 비롯한 세계적 소통의 여러 필수조건들이 열악합니다. 당신이 나의 시와 소설을 읽지 못하는 것뿐만 아니라 당장 5월에 우리는 만나서 서로의 모국어가 아닌 영어로 소통해야 할 것입니다. 내 영어 구사능력이 낮은 것도 일단 큰 문제이겠지만 설령 내가 영어를 지금보다 훨씬 잘한다고 해도 언어가 존재방법인 작가로서 나는 당신에게 나의 전체를 나의 의도와 느낌대로 온전히 전달할 수는 없을 겁니다. 그러나 그것은 언어를 수단으로 삼은 문학의 답답한 측면이자 매력이기도 합니다. 미술이나 음악은 만국공통의 기표를 지니고 있지만 그것을 통해 고유한 지역성의 소소한 내용들을 전달하는 데에는 한계가 있습니다. 문학의 아우라는 그 지역성의 한계에서 나오는 것이고 이를 아름답게 극복하고 소통한 독자들에게 새로움과 경이를 주는 것 또한 바로 그 한계입니다. 문학은 번역의 어려움을 끌어안고 '거짓인 전체'를 훌쩍 뛰어넘어 인간사의 다양한 진실들을 세계에 전달합니다. 문학은 쉬운 사랑이 아닙니다.

한국에는 유능한 작가들이 참 많습니다. 한국의 시와 중·단편소설은 감히 세계 현대문학의 최고 수준이라고 과학적으로 자부합니다. 하루 속히 훌륭한 번역과 해외출판의 여건들이 좋아져 나와 내 벗들의 책들이 당신의 서재에 놓일 수 있기를 기대해봅니다.

당신은 국가와 애국심에 관한 나의 견해를 물었습니다. "패쇄적인 철의 이념에 따라 이룩된 국가원칙에 대한 반감"을 가지고 있는 당신을 지지합니다.

지금보다 내가 어려서, 그래서 눈물과 눈물 같은 것들이 많았을 적에, 나는 국가와 민족이라는 것을 극단적으로 부정하였습니다. 그것은 이데올로기적인 판단이라기보다는 다분히 감정적인 반응이었습니다. 시대가 그러했고 또 내가 그러했습니다. 하지만 이제 인간에게 있어서의 혁명이라는 것을 근본적으로는 믿지 못하는 지경에 이르러 나는 생각이 좀 다릅니다. 이것은 좌절이나 타협이 아닙니다. 세상에는 우리가 아무리 부정하고 싶어도 부정할 수 없는 것들이 꽤 있습니다. 그것은 지금 이런 생각을 하고 있는 내가 내 몸을 아무리 부정하려고 해도 그 몸을 결코 부정할 수 없는 것과 같습니다. 국가도 마찬가지입니다. 국가가 아무리 내 마음에 들지 않아도 나는 내 조국이라는 형식 속에서 이 세계를 살아가고 있습니다. 나는 세계인으로서 나를 인정하듯 한국인으로서의 나를 인정하지 않을 수 없습니다. 내 조국은 내 세계인으로서의 핵심

요소인 것입니다.

당신은 내게 있어 애국심이란 무엇이냐고 질문했습니다. 내 조국이 부당하게 침략당해 내 민족이 고통받는다면 나는 내 선조들이 그러했듯 극렬히 저항할 것입니다. 그러나 만약 내 조국이 파시즘에 휩싸여 반역사적이고 반인륜적인 만행들을 세계에 자행할 때 나는 나체 치하에서 독일의 여러 작가들이 그러했듯 조국보다는 인간을 택할 것입니다. 그것이 내 애국심입니다. 그러기 위해서 작가는 세계인으로서 늘 정확한 역사의식을 지니고 있어야 할 것입니다. 일제치하와 독재시절에 그러지 못했던 선배 작가들 때문에 한국문학에는 아직도 어두운 그늘이 드리워져 있습니다. 몸이 귀중하다면 그 몸이 병들었을 때 치유해야 하는 것처럼 우리는 조국이 썩어갈 때 그 조국의 썩은 살을 도려내고 새살이 돋게 해야 합니다. 애국심은 맹목적인 것이 아닙니다. 그것은 이성적인 사랑이고 내 조국을 통해 세계를 사랑하는 방법으로 실현되어야 합니다. 이것이 나의 애국심입니다.

나는 아나키스트는 물론이요 좌파 투쟁가가 될 수 없는 인물입니다. 굳이 정치적인 성향을 따지자면 상식적인 자유주의자일 뿐입니다. 그리고 나는 허무주의자입니다. 내가 만일 국가나 인간의 위대함을 신뢰했다면 정치를 했지 문학을 하지 않았을 것입니다. 나는 인간이 아니라 인간의 고독을 믿습니다. 무의미와 투쟁하기 위해 살아가는 동시에 삶이 무의미한 까닭에 문학이라는 방법론으로 삶과 투쟁하는 것입니다. 존 레논의 노래 〈이매진Imagine〉의 가사처럼 우리가 천국도 국가도 필요 없는 세상에서 살 수 있다면 그보다 더 행복한 세상이 어디 있겠습니까? 그러나 그런 세상은 어디에도 존재하지 않습니다. 문학이 스스로의 한계를 극복하고 자존하며 소통하듯이 우리는 우리가 짊어지고 있는 각자의 한계를 서로에게 주는 향기로운 선물로 만들어야 합니다. 누군가의 국가와 애국심이 다른 나라의 선량한 이에게 상처가 되지 않는 세상을 꿈꿀 뿐입니다. 부조리를 알지 못하면 부조리와 싸울 수 없습니다.

"자본주의에 대한 도그마적 규정은 매우 위험한 일"이라는 당신의 말에 동의합니다. 그리고 당신은 현재 파리에서 노동법 개정을 둘러싸고 벌어지고 있는 데모에 관해 질문했습니다.

하지만 현실 자본주의에 대한 의혹이 늘 도그마로 빠져드는 것은 아닙니다. 나는 한낱 심미주의적 예술가일 뿐이지만 좌파적인 시각이 우리의 이 무자비하고 야비한 자본주의적 세계를 보다 균형 잡힌 것으로 만들 수 있다는 희망이 있습니다. 나는 자유주의자로서 일견 좌파적 태도를 가지고 있는 것이 아니라 자본주의가 이 세상을 너무도 악랄하게 지배하고 있기에 좌파적 움직임들에 때로 따뜻한 눈길을 보냅니다. 작가는 자신이 속한 세계의 안티테제입니다. 사람들이 우리를 작가라고 불러주는 것은 우리에게 그러한 자세를 요구하고 있기 때문입니다. 가령 우리가 천국에서 살고 있다고 하더라도 우리가 제대로 된 작가라면 우리는 그 천국에서 불온한 부류가 될 수밖에 없을 것입니다. 약자들의 입장에서 생각하는 버릇은 철두철미한 사상만큼이나 가치가 있는 것입니다. 자본주의에 대한 도그마적 규정은 위험한 일이긴 해도 지금 이 세계를 실질적으로 장악하고 있는 이 자본주의에 대하여 의문을 제기하고 검열하는 것은 대단히 중요합니다. 주지의 사실처럼, 유럽의 자본주의는 좌파적 경향을 수용하여 스스로를 끝없이 수정해오고 있습니다. 그러나 한국과 같은 나라의 자본주의는 그 형식과 내용에 있어서 상당히 실험적이고 불안한 상태에 놓여 있습니다. 사회가 보다 합리적이고 인간적인 상황으로 진보하기 위해서는 뼈를 깎는 진통과 노력이 필요합니다.

긴 얘기를 드릴 순 없지만, 나는 근래의 문명충돌에 있어 이슬람 세계보다는 서구 기독교 세계의 책임이 더 크다고 봅니다. 그리고 그 이면에는 그들의 자본주의가 있습니다. 자본은 국가와 상관없이 스스로 반응하고 확장하고 돌변합니다. 그게 돈이라는 괴물입니다. 미국과 이스라엘의 예를 들지 않더라도, 서구세계는 아랍 문명권에 대해 더 많은 아량을 베풀어야 합니다. 이민자에 대한 그들의 입장이라든가 하는 것들도 다 여기에 걸립니다.

파리에서 벌어지고 있는 학생들과 노동자들의 움직임에 관한 판단을 내리려면 프랑스 내의 경제상황을 둘러싼 정확한 지식을 가지고 있어야 할 텐데 아쉽게도 나는 그렇지 못합니다. 그러나 그곳 젊은이들의 의식수준이나 순수성이 1968년의 그것과는 좀 다르고 미달한다는 느낌은 본능적으로 듭니다. 나는 그들의 국내적 문제와는 별도로, 많이 속물화된 전 세계적 젊음의 상황에 대하여 우려를 표명합니다. 확실히 나를 포함한 요즘의 젊음들은 우리가 읽고 전해 들었던 과거의 젊음들에 비해 덜 시적詩的입니다.

문학은 인생을 이야기하지만 그 인생의 불꽃은 언제나 청춘입니다. 청춘은 물리적인 나이가 아닙니다. 우리는 노인이 되어서도 청춘을 살 수 있고 젊어서도 노인처럼 살 수 있습니다. 청춘을 잃어버린 문학은 문학이 아닙니다. 나는 당신과 내가 그 청춘의 문학으로서 사람들에게 저마다의 청춘이란 무엇인가를 끊임없이 질문하게 하는 작가가 되기를 바라마지 않습니다. 언론사와 한국문학번역원에서 보내준 자료들 속에서 당신의 사진을 보았습니다. 여성 작가가 꼭 미인일 필요는 없겠으나 당신 같은 경우는 기분이 좋았습니다.

(2006. 4)

소설집 《약혼》에 대한 《매일경제》와의 인터뷰

이번 소설집에 수록된 9편의 작품은 주로 언제부터 언제까지 쓰인 것들인가.

2004년에 출간된 세 번째 소설집 《무정한 짐승의 연애》(문학과지성사) 이후 최근 2년 안에 쓴 것들이다.

9편의 작품들이 가지고 있는 교집합이 있다면 무엇인가.

《무정한 짐승의 연애》는 '짐승'이라는 화두로 내가 살아온 30년의 20세기와 앞으로 살아갈 21세기 속에서의 인간을 질문하고자 했다. 《약혼》은 그 '짐승'의 자리에 '사랑'이 놓인다. 더 나이가 들기 전에 '사랑'이라는 '환각적 물질'에 대하여 고뇌하고 싶었다. 그것이 인간에게는 천국만큼 중요한 지옥이요, 지옥만큼이나 괴로운 천국이기에. 또한 한창 '문장결벽증'에 시달리면서 쓴 작품들이다. 나는 '아름다우면서도 정확한 한국어의 문학적 문장'을 찾아내고자 노력했다. 깨끗한 문장, 수사적 장치를 배제한 상태에서도 수사가 능란한 문장을 얻기 위해 정말 힘든 시간들을 보냈다. "문장이 궁극에 달해도 별로 기이할 것이 없다. 다만 알맞음에 그칠 뿐이다"라는《채근담》의 말씀이《무정한 짐승의 연애》 이후《약혼》까지 계속 나의 화두가 되었다.

개인적으로 가장 애착이 가는 작품은.

《약혼》 중에서는 〈애수의 소야곡〉. 지난 7년 가까이 피땀 흘려 수련한 검도와 권투에 관한 나의 소양이 반영되어 있다. 너무 직접적인 진술이 될까 봐 작품 안에서는 합기도 사범과 그의 도장 안에서 일어나는 일들로 설정했지만. 이 작품을 쓰면서 "나에게는 육체로 절망을 해석하는 무도가 곧 실존주의였다"라는 아름다운 깨달음도 얻었다.

당신 문학의 전범은 누구인가(남녀노소 동서고금 막론).

내가 내 한계를 극복할 수 있는 단서와 계기를 제공해주는 모든 예술작품들. 사실 문예의 전범은 문예 밖에 있는 경우가 많다.

대부분의 소설이 '사랑'이라는 범주에 속한 듯 보이는데 사랑에 집중하는 이유는.

'사랑'이라는 통로를 통해서 '인간'을 집중한 것이다. '사랑'이라는 손가락으로 '인간'이라는 달을 가리킨 것이다. 사랑은 인생의 성감대이자 사바세계를 해석하는 아주 유용한 공식이다. 내 거의 모든 소설들은 외견상 연애소설의 구조를 가지고 있다. 그러나 막상 연애소설인 것은 한 편도 없다. 나는 연애소설이면서 연애소설을 넘어서길 바랐다. 만족한다.

작가의 작품에서는 대부분 청춘의 아픔 같은 게 느껴지는데 당신 문학에서 청춘은 무엇인지.

'청춘'은 생물학적 용어가 아니라 실존의 개념이다. 27살의 청년이 노인일 수 있고 70살의 노인도 청년일 수 있다. 안주하지 않고 아파하며 먼 곳을 향하는 모든 것. 그것이 청춘이다.

시와 소설을 함께 쓰고 있는데 특별한 이유는.

전혀 특별한 일이 아니다. 작가에게 한 가지 장르를 이렇듯 강요하는 촌스러운 나라가 전 세계에 몇 안 된다. 세계문학 전집의 작가 약력들을 살펴보면 금방 알 수 있을 것이다. 시는 지옥에서도 쓸 수가 있어서 참 편리하고 무서운 무기이다. 그리고 시는 모든 예술의 피다. 피는 곧 생명이다.

당신 인생에서 문학은 무엇인가.

보잘것없는 나를 종종 가치 있게 만드는 것.

문학이 무엇을 할 수 있다고 생각하는가.

미술이나 음악에 비하여 문학은 전 세계적 소통이 버겁다. 세계적이기보다는 지역적이다. 그러나 그 지역성의 한계를 드물게 극복하였을 때, 미술이나 음악에서는 불가능한 아주 섬세하고 미묘한 인간의 문제들을 호소하는 힘이 문학에게는 있다. 나는 문학보다는 문예라는 용어를 선호한다. 원래 예술이란 무용無用의 유용有用으로 연명한다.

요즈음 근황은 (특별한 이슈나, 준비하고 있는 작품 등).

세 권의 각기 다른 장편소설들로 이루어진 이응준의 '청춘 3부작'. 연작소설집. 예전에 미처 출간하지 못했던 경장편소설. 이응준 식의 '어린 왕자'(?). 새 시집 등등.

궁극적으로 작가가 하고 싶은 문학은 무엇인지.

나는 아직 젊기에 비극을 쓰고 있다. 늙어서는 코미디를 쓰고 있을 것이다.

(2006. 7)

어둠으로 희망을 그리는 소설

통일 이후의 우리 사회를 어둡게 그렸다는 이유로《국가의 사생활》에 대한 독자분들의 여러 가지 걱정이 많다는 것을 잘 알고 있습니다. 세상에 나온 지 채 한 달이 조금 넘은 졸작에 보여주시는 관심에 재주 없는 작가로서 큰 기쁨을 느낄 겨를도 없이 무거운 책임감에 깊이 가라앉는 요즘입니다. 그러나 정작 제가 두려워하고 있는 바는 맑은 심성과 지혜로운 지성을 지닌 대다수 독자분들의《국가의 사생활》에 대한 걱정이 아니라, 애초부터 어떤 목적을 설정해둔 채《국가의 사생활》을 오용하고자 하는 어떤 이들의 의도입니다.

전자의 경우, 저는 독자와 책과의 순수한 사랑 그리고 그 사이를 흐르는 시간의 숭고한 힘을 믿습니다. 저 역시 거의 모든 책들 앞에서 다소간의 진통을 겪으며 작가로까지 성장해왔습니다. 그 진통은 예술적으로

나 학문적으로나 당연한 것이고 아름다운 것이며 그래서 오히려 권할 만한 것일 겁니다. 그러나 후자는 그 차원이 전자와는 아예 매우 다릅니다. 이런 경우 작가는 우선 응급책의 발언이나마 일단 남겨두지 않을 수 없는 것입니다. 게다가 여기는 서독이 아니라 대한민국이 아닙니까? 또 《국가의 사생활》은 작가인 제가 생각했던 것보다 훨씬 더 태생이 불온한지도 모르겠습니다. 피차 탓하진 맙시다. 문제가 많은 집안에서 문제아가 생길 확률이 높을 테니까요. 다만 저는 "모든 전위문학은 불온하다"고 했던 시인 김수영의 말에 의지해 애써 위로받고자 합니다.

《국가의 사생활》 속 통일 대한민국의 어두운 미래에 놀라워하시는 독자분들께 저는 반문하고 싶습니다. 남북통일 이후가 양호하리라고 예상하는 남한 사람들이 정말 있습니까? 그런 낙관의 달인들이 정말 우리 주위에 있습니까? 당신들의 놀라움은 혹시 평소 생각조차 하지 않았고, 생각조차 하기 싫었던 것, 그래서 무의식 속에 꼭꼭 숨겨놓았던 과학적 악몽을 갑자기, 문득 보아버린 것에서 비롯된 놀라움이 아닐는지요?

대작가 고故 박경리 선생님께서 생전에 이런 말씀을 하셨던 것이 기억납니다. "절망해야 합니다. 우리 사회엔 절망하는 사람이 의외로 없어요. '어떻게 되겠지'라는 막연한 생각으로 삽니다. 희망, 희망 하는데 그거 무책임한 말이에요. 불확실한 가짜입니다. 현실을 직시하면 분명 벼랑 끝에 서 있고 절망뿐인데도 인간들은 좋은 쪽으로 자위합니다. '다 죽어도 나는 살겠지' 하는 망상에 사로잡혀 있어요."

아직도 우리와 함께 있는 듯 우리 걱정을 하고 계실 대작가의 저 말씀 속 절망이 저는 과학에 근거한 절망이라고 믿습니다. 포기하란 절망이 아니라 희망을 향한 절망이라고 믿습니다. 어둠에 휩싸여 있다면 우선 그 어둠을 제대로 파악해야 합니다. 그리고 그 어둠 속에 있는 스스로에 대한 확신이 있어야만 빛을 향해 걸어 나갈 수 있습니다. 환란이 꼭 나쁜 것만은 아닙니다. 고통이 꼭 나쁜 것만은 아닙니다. 어둠은 없는 척한다고 물러나지 않습니다. 직시해야 합니다. 그래야 개인이든 국가든 간에 제 운명의 주인이 될 수 있습니다.

제가 존경하는 소설가 한승원 선생께서는 이런 말씀을 하셨습니다. "화가들이 데생을 하는 것을 보면 아주 재미있고도 중대한 사실을 발견하게 된다. 먼저 화가는 그리려고 하는 대상의 밝은 면과 어두운 면을 구분한다. 그런 다음 목탄이나 검은 연필로 그 대상의 어두운 면과 그림자를 그려나가는 것이다. 그렇게 하면 대상의 밝은 면과 빛은 자동적으로 살아나게 되는 것이다. 소설도 마찬가지이다. 이 시대는 어떠한 시대이며, 어떻게 살아가는 것이 가장 올바르게 살아가는 것인가를 파악하기 위하여는 오늘의 사회나 역사의 어두운 면과 그늘진 곳에서 이야깃거리를 찾아야 한다."

저는 감히 과학에 근거하여《국가의 사생활》속 그늘을 새겼습니다. 제가 칠한 어둠을 보지 말란 뜻이 아니라 그 그늘과 함께 그 그늘이 그린 그림을 보아달란 뜻입니다. 손가락으로 달을 가리키면 그 손가락이 아니라 달을 봐야 합니다. 장자는 말이 담고 있는 뜻을 얻었으면 그 말은 버리라고 했습니다. 문학은 정답이 아니라 의미 있는 질문이라고 믿습니다. 저는 통일을 무서워하거나 걱정이나 하자고 이 소설을 쓴 것이 아닙니다. 함께 고민하고 질문하자는 뜻에서 썼습니다.

《국가의 사생활》이 호소하고 있는 메시지는 한 단어로 '변화'입니다. 혹독한 환란 속에서도 '나는 누구인가'를 질문하여 끝끝내 긍정적인 변화를 성취해내는 개인과 국가의 실존을 위해서 저는 이 소설을 썼습니다. 그리하여 이 소설을 한 문장으로 정리하자면 "통일이 되어 우리는 불행하다. 하지만 나는 너를 만나서 좋았다"가 될 것입니다. 절망 속에서도 희망을 보자는 뜻일 겁니다. 작가 이응준은 반통일주의자가 아니고 그가 쓴《국가의 사생활》은 반통일소설이 아닙니다.

독자분들 각자의 삶이 환란 속에서 좌절하는 삶이 아니라 그 환란을 계기로 자신을 찾는 일에 건승하는 삶이 되시길 기원합니다. 그리고《국가의 사생활》이 세상의 광활한 바다로 더 멀리 나아가 50년 전 대작가 최인훈 선생님의《광장》 속 주인공 이명준처럼 자살을 선택하는 것이 아니라 스스로 제 운명의 주인으로 제 온전한 삶을 찾아가기를 소망하며 덧없는 졸필을 거둡니다.

(2009. 5)

한국문학에 새겨진
R이라는 화인火印

전위예술이란 무엇인가. 〈샘Fountain〉이라는 제목이 붙은 하얀 변기를 파리의 갤러리에 전시하면 그것은 전위이지만 50년 뒤 과천 현대미술관으로 옮겨와 전시하면 그것은 더 이상 전위가 아니라 고전이 된다.

1990년 겨울, 6백여 페이지에 달하는 어떤 이상한 장편소설 한 권이 한국문단 한복판에 갑자기 던져졌다. 당시 젊은 작가들의 아이콘이었던 장정일의 시집《햄버거에 대한 명상》이후 찾아온 신선한 충격이었다.

문학사는 때때로 그렇게 완전히 새로운 스타일의 작품과 작가의 등장으로 인해 풍요로워지는 법이지만 불행히도 그 시절 한국문단은 프랑스에서 누보로망을 연구하다가 돌아온 저 기괴한 작가 하일지의《경마장 가는 길》을 충분히 수용하고 파악할 수 있을 만큼 지적이지 못했다. 정작《경마장 가는 길》에 주목하고 열광한 것은 게으른 문학 전문가들이 아니라 예민하고 정직한 문학 팬들이었다. 그 당시, 아직 영화의 시대가 도래하기 이전인 문학의 시대였다고는 하지만 순수문학으로서는 드물게 상당한 부수가 팔려나갔던 것으로 기억한다. 이 작품은 또한 하일지가 직접 쓴 각본으로 장선우 감독에 의해 영화화되었다.

《경마장 가는 길》은 주인공 R이 5년 반의 프랑스 유학을 마치고 귀국하여 4개월 반 동안 문화적 이질감과 혼돈에 휩싸여 지내는 이야기를 그 내용으로 하고 있다. R은 프랑스에서 자신이 대신 써준 박사논문을 들고 먼저 귀국해 교수 생활을 하고 있는 애인 J와 여관방을 전전하면서 치정과 불화로 인해 골치를 썩는다. 그런 한편 자신과 전혀 맞지 않는 아내와 이혼하고자 하지만 그것마저도 쉽지가 않다. 등장인물들의 감정을 일체 배제하고 오로지 객관적인 태도와 시선을 견지하면서 블랙코미디를 구사하고 있는《경마장 가는 길》은 작품 자체로도 무척 묘한 재미가 있는 소설이지만, 서구 모더니즘의 전통과 그 극단에 정확히 위치한, 유의미한 소설이다.《경마장 가는 길》이 딛고 선 것은 바로 카뮈 이후 누보로망으로 이어지는 프랑스 실존주의 문학의 전통인 것이다.

현대성이란 현실에 대한 존재의 의심에서 비롯되며, 그 시점부터 현대문학은 무엇에 대한 명백한 정답이 아니라 무엇에 대한 모호한 질문이 된다.《이방인》의 주인공 뫼르소가 자기 어머니의 죽음이 어제였는지 오늘이었는지를 의심하고 햇빛 때문에 한 아랍인을 해변가에서 쏴 죽이듯이 R은 지구를 반 바퀴 돌아 귀국하는 동안 시간과 존재의 허무와 불가해 속으로 빠져 들어간다.

우리에게도 소설이 없지는 않았지만 현대소설이라는 형식은 전등이

나 자동차처럼 서구에서 만들어져 우리에게 온 것이다. 그것은 어쩔 수 없는 사실이다. 다만 세계인으로서 우리는 우리의 이야기를 현대소설이라는 형식 속에서 실현하고 실험한다. 우리가 단지 재미있는 읽을거리를 원할 뿐이라면 아무나 아무렇지 않게 작가가 될 수 있을 것이며, 아무것이나 버젓이 현대소설이라 불릴 수 있겠지만 만일 예술과 철학의 대상인 진정한 문학이라면 문장과 메시지, 그리고 구조에 대한 고뇌가 현대소설에 합당할 만큼 갖추어져 있어야 할 것이다. 요즘 우리가 읽고 있는 한국소설들이라는 것이 정말 현대소설인가, 하는 문제에 대한 반성의 기준으로《경마장 가는 길》은 얼추 20년이 지난 지금에도 여전히 소중하다. 문학 전문가들이 이런 식으로 계속해서 현대소설 축에도 들 수 없는 것들을 위대한 작품이라고 속이는 한, 향후 대학원 문학 전공자들마저 무협지와 불경佛經을 구분하지 못하게 될지도 모른다.

《경마장 가는 길》이 불온한 전위의 운명을 갖고 태어날 즈음, 한국문단은 포스트모더니즘 논쟁에 휩싸여 있었다. 그 허울 좋은 선무당 놀음을 하다가 우리는 1990년대를 잘못 보내고 말았으며 그 대가를 2000년대에 와서 톡톡히 치르게 되었다. 대책 없는 상업주의로 인한 작품성의 상실이 바로 그것이다. 문제는 작아진 문학의 체구뿐만이 아니라 문학이 가치와 양심을 저버린 채 문학 팬들로부터 비웃음을 사게 되었다는 사실이다.

K라는 이니셜이 카프카의 것이라면 R은 한국문학사에 남은 하일지의 붉은 이니셜이다.《경마장 가는 길》의 정당한 문학적 공헌을 인정해주는 것은 우리가 우리 현대문학을 치유하는 첩경이 될 것이다. 과거의 불온한 전위를 오늘의 고전으로 만드는 것이 바로 젊음의 힘이다. 그리

고 우리는 그것을 문화라고 부른다.

(2009. 5)

민음사 네이버 카페 장편소설 《내 연애의 모든 것》 연재 사전 서면 인터뷰

그동안 어떻게 지내셨어요.

영화 〈웰컴 투 동막골〉의 이은하 PD와 영화 〈국가의 사생활〉을 준비했습니다. 여러 가지 사정상 늦어지고 있지만 차분히 진행 중입니다. 영화사(장진 대표의 소란플레이먼트)에서 시간이 좀 더 걸린다기에 그사이 다른 시나리오와 소설 들을 몇 편 썼고 불교 공부와 참선을 시작한 지는 1년쯤 되었습니다.

검도 고수라고 들었습니다. 요즘도 즐겨 하시는지요.

고수 아닙니다. 7년 남짓 도장에서 열심히 수련했고 2006년 이후로는 개인적으로만 종종 칼을 잡습니다. 대신 권투를 오래 했고, 요즘은 무조건 달립니다. 번뇌가 심할 적에는 검도 경기와 권투 경기 동영상을 하루 종일 음악처럼 틀어놓습니다. 그럼 마음이 고요해집니다.

민음사 네이버 카페에 연재하게 된 장편소설《내 연애의 모든 것》은 어떤 작품인지 소개해 주세요.

오래전 젊어서는 비극을 쓰고 늙어서는 희극을 쓰겠다고 계획했습니다. 그런데 삶이란 늘 예상을 비껴가기 마련이어서 다소간 일찍(이제 젊은 나이도 아니지만 아직은 늙은이도 아니므로) 희극을 쓰게 되었습니다. 그것이 러브스토리《내 연애의 모든 것》입니다. 사랑의 온갖 풍경들과 인생의 근본적인 문제들, 그리고 그 배경으로 자리하는 우리 사회의 명암이 즐겁게 그려질 것입니다. 현대판 로미오와 줄리엣의 이야기일 수도 있고, 사랑이라는 지독한 혼돈에 빠진 이들의 용기에 관한 이야기일 수도 있겠고…… 이응준이 쓴 나이스한 연애소설?

그동안 쓰신 단편들 중에 사랑을 다룬 것이 여러 편 있었고, 이번 연재작은 제목에도 '연애'라는 말이 들어갑니다. 이응준 작가가 생각하는 사랑에 대해서 들려주세요.

모르겠습니다. 다만 포장하고 싶지도 비하하고 싶지도 않습니다. 그러나 사랑이라는 것이 인간이 살아가면서 대면할 수밖에 없는 모든 질문들 가운데 죽음 다음으로 거대하고 결정적인 화두란 것만은 분명합니다. 사랑에 정답이 존재하든 말든 간에, 그 사랑이란 의문부호를 가슴에 품고 있을 때 우리는 인생을 생생하게 살아갈 수 있습니다. 사랑이란 의문부호가 없으면 인생은 빛을 잃고 시들해집니다. 죽음이란 질문이 있으면 우리는 진지해집니다. 사랑이란 질문이 있으면 우리는 운명과 투쟁할 수 있습니다.

소설 데뷔작인 단편소설 〈그는 추억의 속도로 걸어갔다〉를 발표한 지 17년이 지났습니다. 그동안 작품이 추구하는 방향이나, 소설에 대한 생각이 달라진 점이 있나요.

훗날 전집으로 남고 전집으로 평가받는 작가가 되고 싶습니다. 태작 없이 변화를 추구하는 것이 저의 이데올로기입니다. 비록 제 인생은 오점투성이었을지언정 작가로서는 특별한 가치가 있었던 사람으로 기억되고 싶습니다. 그리고 지금은 어느덧 마흔두 살입니다.

작업 스타일이나 작업할 때의 버릇이 있다면.

눈을 자주 감습니다. 음악을 많이 듣습니다.

작업하는 책상 위에는 어떤 물건들이 놓여 있나요.

찻잔.

습관적으로 혹은 의도적으로 즐겨 쓰는 부사나 형용사가 있나요.

그때, 문득, 순간, 결국. 드디어…….

가장 기억에 남는 독자가 있다면.

멀리서, 아주 오래전부터, 깊은 침묵으로 지지해주시는, 제가 알지 못하는 분들이 있다는 것을 알고 있습니다.

장편소설 《국가의 사생활》 이후 2년 만의 신작을 온라인 연재로 진행하게 되었는데 각오나 소감을 부탁드립니다.

장편소설 연재는 작가로서 가장 힘들고도 가장 재밌는 실존 체험입니다. 즐겁게 하겠습니다.

(2011. 7)

장편소설《내 연애의 모든 것》 네이버 인터뷰

2009년 화제작《국가의 사생활》이후 3년 만에《내 연애의 모든 것》으로 돌아오셨습니다. 전작의 강렬함을 기억하시는 분들이라면 이응준 작가님의 신작이 '연애소설'이라니, 놀라실 것 같습니다. 책에 대해 소개해 주세요.

러브스토리이고 코미디입니다. 정확하게 말해서 '이상한' 러브스토리 겸 '이상한' 코미디입니다. 더 정확하게 말하자면, '재밌게 이상한' 러브스토리이자 '재밌게 이상한' 코미디입니다. 그런데 사실은 그냥《내 연애의 모든 것》입니다.《내 연애의 모든 것》자체가《내 연애의 모든 것》의 장르고 본색입니다. 좀 이상하게 들려도 어쩔 수 없습니다. 그게 '재밌게 이상한'《내 연애의 모든 것》입니다.

보수 여당의 노총각 국회의원과 진보 야당의 노처녀 당 대표가 피 터지게 싸우다가 순식간에 연애를 하게 되는 식으로 줄거리가 뻗어나갑니다. 그리고 그 안에 우리 사회와 정치, 사랑과 죽음, 우연과 운명, 시간과 이별, 패배와 승리, 미움과 화해, 용서와 열등감, 우정과 용기 등등의, 제대로 살아가자면 대충 피해가서는 안 되는 여러 질문들을 즐겁고 진지하게 담았습니다. 부디 《내 연애의 모든 것》이 나이스한 연애소설이자 사랑과 인생에 대한 희극적 교본으로 읽히기를 바랍니다.

굳이 연애소설이라는 형식을 택한 까닭을 밝히자면, 사랑이 인간의 모든 문제들을 오롯이 담을 수 있는 가장 좋은 그릇이라 여겼기 때문입니다. 이 책은 오래전부터 기획하고 있던 '연애 3부작'을 이루는 세 권의 장편소설들 중 그 첫 번째 작품이기도 합니다.

훗날 비록 제 개인적인 삶은 부끄러움뿐일지언정 작가로서만큼은 나름의 가치를 인정받는 사람으로 남았으면 합니다. 기조는 유지하되 전형에는 빠지지 않으며 태작 없이 꾸준히 변화해 끝내는 전집으로 평가받고 싶습니다. 하여 《국가의 사생활》 이전의 제 독자들이 《국가의 사생활》에 놀랐던 것과 같은 이유로 《국가의 사생활》의 독자들이 《내 연애의 모든 것》을 손에 들고 있는 동안 과연 저자 이름이 똑같은 게 맞는지 자꾸 확인하게 될 수도 있으리라 기대합니다.

《국가의 사생활》은 대한민국의 조선민주주의인민공화국 흡수통일을 배경으로 하고 있었다면, 이번 신작에서는 보수와 진보, 정적 간의 사랑이라는 방식을 통해 이야기가 진행 되고 있습니다. 어떻게 보면 두 작품 모두 양극단에 있는 존재들이 하나로 융합되어가는 과정의 진통을 다룬 것으로 보이는데요, 특별히 이런 구조를 설정하시는 의도가 있을까요.

일단 러브스토리의 특성상 로미오와 줄리엣을 갈라놓는 철벽이 필요했습니다. 그러나 근본적으로 작가는 어떤 의미에서건 자신이 처해 있는 사회 현실에서 절대 벗어날 수 없습니다. 사막을 걷고 있는 낙타라든가 바다 위를 날고 있는 갈매기의 이야기를 쓴다고 한들 그것이 만약 문학이 맞다면 어쩔 수 없이 그것은 인간의 이야기일 것입니다. 게다가 저는 불가해한 세계와 분열하는 현대인의 내면을 다루던 모더니스트로서의 입장을 끌어안은 채 강력한 스토리텔링으로 시대의 벽화 역시 그려낼 줄 아는 소설가로 업그레이드되고자 하는 야심을 장편소설《국가의 사생활》에서부터 실천하기 시작했습니다. 저는 남북한을 통틀어 한반도 통일 이후의 사회를 최초로 그려낸 작가입니다. 그리고 이번에는 해방 이후 대한민국 내부에 상존하고 있는 좌익과 우익의 극단적 대립을 사랑이야기 속에서 희극적으로 풀어내고픈 욕심 또한 양껏 채웠습니다.

소설 속의 상황들을 보면 현재 우리 사회가 가진 많은 문제들을 투영하고 있는 듯합니다. 직접적인 연상이 가능한 실제의 정당이나 인물, 사건 들도 등장을 하고요. 이런 부분을 의도하셨을 때 특별히 어려웠던 점은 없으셨는지요.

《국가의 사생활》 때도 마찬가지였습니다. 대한민국은 아직도 작가로 하여금 어김없이 많은 부분들에서 어이없이 짜증나는 이유들로 자기검열의 고통을 겪게 만듭니다. 비슷해 보이는 상황과 정치인이 있다면 그것은 오로지 문학의 영역에서 발화된 정치풍자일 뿐입니다. 만약 필요 이상으로 심각하게 여긴다면 개인이건 사회건 간에 문학적 학습과 정신 병리적 치료의 조속한 병행을 간곡히 권합니다. 세계가 있고 인간이 있어서 여러 가지 유용한 기법들을 총동원해 대차게 질문하는 것은 작가의 무자비한 의무입니다. 모든 종류의 검열이란 문학의 무조건적인 극복 대상입니다. 작가에게 검열은 아무리 있어도 애초에 없습니다. 자기검열은 출정 전날의 자살입니다.

《내 연애의 모든 것》을 읽다 보면 음악이 주는 리듬감이 지속되는 느낌이 듭니다. 실제로 작품 속에서 많은 음악들을 소개해주기도 하셨는데, 이 소설에서 음악이 담당하고 있는 역할이 있을까요.

문학작품을 가득 채우고 있는 디테일들을 통해 여러 의미와 상징 들을 발견해내는 것은 고급 독자만의 특권일 것입니다. 그리고 그 특권의 즐거움을 대중화시킬 수 있는 작가가 재주 있는 작가가 아닐까 싶습니다. 저는 재주도 있고 노력도 하는 작가가 되고 싶었습니다.

실지로 소설을 쓰면서 내내 음악을 듣습니다. 어떤 장면에서는 영화에 영화음악을 깔듯 어울리는 음악을 상상해보는 것 또한 오랜 버릇입니다.

들려주는 것보다는 보여주는 것이 훨씬 더 좋은 글이라고 생각합니다. 그 글이 소설이 아니라 연설문일지라도.

계속 맞닥뜨리게 되는 어려운 상황과 가치관의 혼란 속에서도 '진짜 네가 누구인지가 중요하다'고 끊임없는 암시를 주는 이야기들이 완곡한 용기를 주는 듯한 느낌입니다. 사랑과 인생, 희망을 말하는 이 소설을 통해 독자들에게 전해주고 싶은 이야기가 있다면요.

삶의 거대한 벽 앞에서 좌절하는 이들에게 이 책이 사랑과 고통, 웃음과 눈물의 경험이 풍부한 지혜로운 친구가 되어주기를 소망합니다. 신을 인간의 외부에서 찾으면 하등종교이고 반대로 신을 인간의 내면에서 찾으면 그것이 고등종교입니다. '나는 무엇인가'에 집중하며 '나는 무엇이어야 하는가'를 모색할 때 나는 어느새 '가장 나다운 무엇'이 되어 운명과 맞서 싸우고 있을 것입니다. 나는 나의 고등종교가 될 수 있습니다. 나는 나의 국가입니다. 명랑하고 영리한 가짜가 되느니 아무리 괴롭고 어두워도 진짜가 되어야 합니다. 각자가 진짜일 때 비록 적일지언정 서로 늠름하게 사랑할 수 있으며 역경과 희생이 따른다 하더라도 결국 우리는 그로 인해 후회 없이 성장했노라 고백할 수 있습니다. 그리고 사랑과 인생에 대한 우리의 질문은 거기서부터 다시 시작될 것입니다.

(2012. 2)

카프카의
《변신》에 대하여

카프카의 《변신》이 독일어로 낭독되던 내 스무 살 무렵의 강의실이 떠오른다. 햇살 물든 창가에는 이름 모를 식물이 말라붙어 있는 작은 화분과 약간 취한 내가 나란히 놓여 있었다. 그때 나는 이미 시인이었고 너무 이상한 직업을 인생 초반에 갑자기 가져버려 적잖이 당황하고 있었다. 무시무시한 괴물이 서성인다는 캄캄한 방 안으로 혼자 과일 깎는 칼 하나만을 달랑 쥐고 들어가 등 뒤에서 문이 덜컥 닫히는 소리를 듣는 기분이었다. 어둠에 갇힌 나는 문학이라는 괴물은커녕 내 청춘의 좌표 자체가 가늠키 어려웠다. 나는 얼굴 없는 불안에 시달리며 방황했다.

"어느 날 아침, 불안한 꿈에서 깨어난 그레고르 잠자는 침대 속에서 한 마리 커다란 벌레로 변해 있는 자신을 발견했다." 프란츠 카프카의 《변신》은 이러한 문장으로 시작한다. 외판사원 그레고르 잠자는 아버지의 빚과 가족부양에 짓눌려 고달픈 직장생활을 해오던 중 위와 같은 재앙을 당하게 된 것이다. 이제 경제적으로 무용해진 그레고르 잠자는 등에 아버지가 던진 사과가 박힌 채로 자기 방 안에서 쓸쓸한 죽음을 맞이한다. 한 인간이 자본주의의 거대한 기계조직으로부터 이탈하는 그 순간 그는 곧장 해충으로 전락해버린다는 이 상상력은 1915년 당시로서는 대단히 선지자적이고 파괴적인 은유였다. 책날개의 흑백사진 안에서야 그저 깔끔하고 소심한 샌님 같아만 보여도 예리한 단면으로 잘린 철사 조각들 같은 이력들을 꼼꼼히 주워 모아 곰곰이 따져보자면 프란츠 카프카는 자신의 소설만큼이나 기이한 사람이었다. 강압적인 아버지에 대한 콤플렉스는 평생 그를 괴롭혔고 여동생들은 나치 강제수용소로 끌려가 학살당했다. 학창 시절에는 아나키스트 모임에 나갔고 헤르첸과 크로포트킨에 열광했으며 훗날에는 노자의《도덕경》에 심취했다. 여기에 독일계 유대인으로서 그가 팔레스타인으로의 회귀를 꿈꾸는 시온주의자였다는 사실이 겹쳐지면 색깔은 점점 더 복잡미묘해진다. 법학박사 카프카는 낮에는 노동자재해보험공사에서 성실히 근무하고 밤에는 마치 밀교의 경전을 정리하듯 불가해한 소설들을 줄기차게 써내려갔다. 지킬박사와 하이드 씨가 따로 없는 완벽한 이중생활이었다. 글쓰기는 그에게 있어 예술 정도가 아니라 순교를 맹세한 종교행위에 가까웠고 그것을 가능케 하기 위해 평상시에는 임마누엘 칸트 못지않게 일과를 쪼개서 엄수하며 살았다. 그는 임종 전날의 침상에서까지 새 작품의 교정지를 읽다가 41회 생일을 한 달 앞두고 사망한다. 자신의 글들을 모두 불태우라는 유언을 친구인 막스 브로트가 따르지 않은 덕에 프란츠 카프카는 현대문학의 제왕으로 부활할 수 있었다. 그러나 실지로 그의 말년 작품들은 그의 뜻에 따라 처음이자 마지막으로 동거했던 여인에 의해 〈굴〉 한 편을 제외하고는 전부 소각됐다. 카프카는 세 번 약혼했으나 예외 없이 결혼에 이르지 못했고 그중 두 번의 파혼은 한 여자와의 것이었으며 한때는 어느 재기발랄한 유부녀를 깊이 사랑하기도 했다. 그는 경건했고 게다가 병자였음에도 불구하고 늘 이상한 방식의 연애를 하고 있었다. 가령 서신 교환 따위의.

작가로서 카프카는 생전에 별다른 주목을 받지 못했다. 석연치 않은 이유와 과정으로 백만장자 슈테른하임이 폰타네 상의 상금을 양도해준 것이 소위 문단이 그에게 준 유일한 문학적 명예였다. 카프카는 이를 곧 부도가 날 오스트리아의 전시공채에 넣어버렸고 그것이 부도가 나 몇 푼 안 남게 되자 자기 방의 벽지를 바르는 비용으로 사용했다. 《변신》은 문학 잡지에서 거듭 퇴짜를 맞다가 일종의 괴기소설로 팔아먹으려는 출판업자의 속셈 덕에 출판되었다. 역사상 가장 유명하게 될 그 소설이 말이다.

어쩌면 스무 살 무렵의 나는 카프카의 문학 이전에 아웃사이더로서의 카프카에 더 매혹되었는지도 모른다. 예술가의 소외가 예술가의 권위로 승화되는 바로 그 지점에서 카프카는 영원히 부활하고 있다. 그러나 한편으로는 그가 죽은 지 80여 년이 지난 지금에 현대인의 실존에 대한 그의 묵시적 은유는 더 이상 은유가 아니다. 너무 강력하게 현실을 지배하는 은유는 태연한 일상의 우울 그 자체가 돼버린다. 자고 일어나 벌레로 변해버린 스스로를 발견하고 놀라야만 하는 것은 21세기의 대중이 아니라 작가들 아닐까? 시대의 축이 이동하는 거대한 곡선의 한 점 위에 서 있는 자들은 자신들이 직선 위에 서 있다고 착각한다. 아직도 즐거운 자들에게는 벌레가 될 자격조차 주어지지 않을 것이다.

(2012. 7)

장편소설《느릅나무 아래 숨긴 천국》
네이버 인터뷰

첫 장편소설인《느릅나무 아래 숨긴 천국》을 17년 만에 복간하게 된 기분이 어떠신가요.

제 독자들은 수가 적습니다. 하지만 제게는 제 모든 책들을 수집하듯 읽어주시는 분들이 많습니다. 저의 독자들은 이응준이라는 한 외로운 작가를 지켜주는 전위군대 같은 소중한 존재들입니다. 그런 분들에게 제 절판된 책이 있다는 사실이 늘 죄송했었는데 이번 기회에 부담을 덜게 되어 기쁩니다. 그리고《느릅나무 아래 숨긴 천국》은 부끄러움을 무릅쓰더라도 제게 매우 소중한 추억이고 부정해서는 안 되는 문학적 궤적입니다.

《느릅나무 아래 숨긴 천국》을 발표할 때, 작가님의 청춘은 어떠했나요.

글을 열심히 써보려고, 괜찮은 문인이 돼보겠다고 발버둥을 쳤던 것 같은데, 둘 다 실패하면서 애꿎은 방황만 일삼았던 것 같습니다. 개인적으로 어려운 일들이 많았고, 저 자신과 주변을 많이 불편하게 만들며 앓았던 것 같습니다. 그러나 인생에는 항상 빛과 어둠이 함께 오듯이 무엇이든 진지하고 정직하게 대가를 치르면 반드시 의미 있는 내공이 쌓이게 된다는 것도 배웠습니다. 이미 지나가버린 청춘이고, 이미 지나가버린 것들에 대해서는 그것이 무엇이든 후회는 없습니다. 다만 청춘은 육체의 개념이 아니라 실존의 개념이라는 것을 믿습니다. 제가 문학으로 거짓말을 하지 않는 작가인 이상 저는 죽는 그날까지 청춘일 것입니다.

《느릅나무 아래 숨긴 천국》을 꼭 추천해주고 싶은 사람이 있다면.

청춘을 앓고 있는 모든 청춘들. 자신이 앓았던 그 청춘이 무엇이었는지 궁금해하고 있는 사람들. 청춘을 되새겨보며 자신을 기념하고 싶은 모든 이들.

한 인터뷰에서 진짜 하고 싶은 것은 종합예술인 '영화'라고 하셨는데요, 《느릅나무 아래 숨긴 천국》을 영화화하면 어떤 배우가 출현하면 좋을까요.

이런 걸 미리 밝히는 건 상업영화에서는 금기지만, 《느릅나무 아래 숨긴 천국》의 경우에는 어차피 그럴 일 없을 것 같으니, 재미 삼아 말해본다면, 아마도, 유아인? 이것저것 다 떠나서, 정말 멋진 배우라고 생각합니다.

이응준 작가님의 소설 속 주인공들은 다소 진중한 캐릭터들이 많은데요, 작가님의 평소 성격은 어떠신가요.

낙관과 비관이 이상한 비율로 뒤섞인, 허무주의에 입각한 독실한 탐미주의자?

문단 데뷔 당시와 현재를 비교해봤을 때, 작품세계의 변화와 앞으로의 작품방향에 대해서 말씀해주세요.

항상 변화하는 것을 생존의 기본 법칙으로 여기고 있습니다. 모든 예술 장르들을 아우르며 전진할 것. 죽을 때까지 시는 항상 쓸 것. 앞으로의 단편소설들은 무조건 연작소설집으로 수렴될 것. 문체에 변화를 줄 것. 다 떠나서, 새로운 세상을 공부하기 이전에 새로운 세상을 즐기면서 살고 싶습니다.

(2013. 4)

청춘의 고백

—《느릅나무 아래 숨긴 천국》을 다시 일으켜 세우며

이 책 안에서 함박눈이 온 세상을 새하얀 공동묘지로 만들어버릴 듯이 펑펑 내리는 것은, 스물여섯 살의 내가 그 지독히 길고 무덥던 여름 내내 태양에서 가장 가까운 옥탑 방 안에 홀로 틀어박혀 이 책을 썼기 때문이다. 청춘은 극단이었을까, 결핍이었을까. 나는 대체 뭘 증명하고 싶었던 것일까. 우린 왜 슬픈 것들에게서 아름다움을 느끼는가. 어처구니없이 흘러가버린 청춘이 내 일생에 있어 그러한 것처럼 이제 이 책은 회의로 가득 찬 중년 작가인 내게 있어 눈을 감아야만 느낄 수 있는 옛날의 꽃향기 같기도 하고 입술로 더듬어야만 읽을 수 있는 마음의 칼자국 같기도 하다. 나는 이런 환각에 가까운 이야기를 저 젊은 내가 이를 악물고 지어냈다는 엄연한 사실이 너무도 낯설고 이상하다. 다만 당시의 나는, 요즘 풍조에서야 초등학생들도 비웃을 소리겠지만, 그럴 수만 있다면 기꺼이 문학에 순교하고 싶었다. 건전한 생활인들을 함부로 경멸하면서 혁명이라는 단어 앞에서는 괜히 두근거리고 자주 시련당한 사람처럼 아팠다. 좌절의 자리만 골라 앉는 버릇과 반문하는 것 같은 고집이 내 원죄라는 걸 알 도리가 없었으니 제 깐에는 얼마나 힘들었겠는가. 시인이라는 허황한 직업을 공식적으로 가지게 되던 날 나는 만약 내가 예순 살에 죽는다면 20세기와 21세기에서 생을 절반씩 나누어 살게 되는 셈이라는 엉뚱한 상념에 사로잡혀 있었다. 농담처럼 오는 운명, 그것이 이토록 끔찍한 화두가 될 줄이야. 피를 부르는 이데올로기보다 더 무서운 것이 외줄 위에 선 광대의 몽상이다. 결국 나는 문학에 순교하지 못했고 혁명을 모의하기는커녕 생활인으로도 망명하지 못했다. 나는 우울한 소인배가 되어 그저 애꿎은 방황만 일삼았다. 나의 21세기를 미리 볼 수 있었던들 스물여섯 살의 나는 결코 이런 책은 쓰지 않았을 것이다. 새로운 세상이 문학을 이렇게까지 천대할 줄은 차마 꿈에도 몰랐다. 아무도 안 알아주니 쓸쓸하다가도 누군가 알아준다니 씁쓸하다. 또 무슨 걸쭉한 헛소리들을 해대면서 악수를 청할까 봐 덜컥 겁부터 나는 것이다. 외줄 위에 선 광대의 몽상보다 더 무서운 것이 엄격한 광인의 자기연민이다. 21세기의 작가는 도태 위기에 처한 동물조차도 아닌 왜곡과 와해의 숙주, 나아가 존재감 없는 존재가 돼버렸다. 나는 20세기에 태어나 20세기에 죽을 수 있었던 작가들을 질투한다. 시대의 축이 이동하는 거대한 곡선의 한 점 위에 서 있는 자들은 자신들이 직선 위에 서 있다고 착각하는 법이다. 그래서인가. 아직도 뭐가 저렇게들 즐거운 건지 하염없이 나대는 모양을 멀리서 우연히 보고 있자면 나는 하도 기가 막혀서 그만 전의를 상실하고 만다. 내부의 부패와 모순의 공조로 제 직업을 망쳐버린 위인들이 세계의 격변을 인정하고 적응할 리도 만무하거니와 행여 반성과 자정은커녕 기왕 이렇게 된 바에야 죽은 애인의 입을 벌리고 금니까지 뽑아 가져가야겠다는 고매한 욕심에는 그 바닥의 노소가 따로 없는 것 같기 때문이다. 아, 우리는 정말 문학을 사랑하기는 했던 것일까? 대한민국에서 표절을 저지르고도 무사할 수 있는 곳은 문단밖에는 없다. 수모의 8할이 자멸인 것이다. 엄격한 광인의 자기연민보다 더 무서운 것이 작가의 타락이다. 작가의 타락은 개인의 도덕적 타락이 아니라 글쟁이로서 세상의 눈치를 보는 것이다. 늑대이어야 하는 작가가 애완견이 돼버리는 것이다. 그럼에도 불구하고 이 책 어딘가에 적혀 있듯 우리는 가장 깊이 상처받았던 곳으로 되돌아가 천국을 발견한다. 청춘이란 무엇인가? 이 책은 내게 대답한다. 그런 핑계 같은 질문 대신에 네가 죽음처럼 앓았던 청춘의 열병을 기억하라고. 청춘은 육체의 나이가 아니라 실존의 나이라고. 그 시절의 너와 네가 그려냈던 그 젊은이들처럼 나머지가 없는 전부를 걸고 고백하라고. 작가의 타락보다 더 무서운 것이 작가의 절망이다. 청춘은 위로를 거부해야 한다. 누가 우리에게 백설탕 같은 위로를 주고 뼈아픈 고백을 빼앗아가려 하는가. 젊은이여, 위로를 장사하는 자들의 얼굴에 침을 뱉어라. 고백을 억압당하는 젊은이들은 혁명 이전에 소요라도 일으켜 자신의 영혼을 구제하지만 아예 고백의 뿌리가 파헤쳐진 젊은이들은 완벽한 노예가 되기 십상이다. 백번을 양보해 그들의 그 잘난 위로라는 것을 순수하다고 가정하더라도, 고통은 위로받는다고 해서 조금도 감소되지 않는다. 고통은 고통의 원인을 밝혀 그것을 제거했을 때에야 비로소 사라지는 것이다. 만약 어른이라는 것이 존재한다면 어른은 청년에게 무릎으로 걸어가든 배로 기어가든 어쨌든 가야 할 길의 방향을 일러주고 적을 타격하는 올바른 방법을 전수해줘야 한다. 청년은 문화 포주들이 널리 풀어놓는 마약 같은 위로를 끊고 신을 대면하듯 자신의 적을 직시해야 한다. 청춘의 강을 건너며 우리는 어떤 식으로든 신에 시달린다. 그 신은 인간이라는 혼돈일 수도 있고 세상이라는 사랑일 수도 있으며 청춘 그 자체일 수도 있다. 있을 수도 있고 없을 수도 있고 있다가도 없고 없다가도 있는 신은, 청년을 광장에서 광인이 되어 소리치게 하기도 하고 광야에서 양치기가 되어 고독하게도 하며 총 한 자루 쥐여주지 않은 채 아무 의미 없는 전쟁터로 내몰기도 한다. 돌이켜보건대, 내가 간혹 아주 조금이나마 선하거나 아무리 늘 극악했다 하더라도, 정작 나의 청춘은 선도 아니었고 악도 아니었다. 그런 속물적 판단은 청춘의 신이 우리에게 진정 원하는 바가 아니다. 중요한 것은 우리가 청춘 안에서 어떤 상처를 입었든 간에 그 상처를 통해 성장했는가 아닌가 하는 것이다. 젊은이는 자신이 얼마나 순결하고 위험한 종교인지를 모른다. 청춘을 견디는 동안 우리는 스스로 신이 되어 시험받는다. 그러면서도 그 사실을 인식하지 못한다. 노인들은 그저 세상 이치에 더럽게 통달해 있을 뿐이다. 어른이란 가슴속에서 영혼의 불꽃이 꺼져버린 청년에 불과하니, 신과 소통하는 것은 결국 실존의 어둠 속에서 무지의 눈동자로 떨고 있는 어린 짐승들이다. 이 책 안에는 세기말을 살아야 했던 한 청춘의 고뇌가 오롯이 담겨져 있다. 그는 낭만적이고 아프다. 단 한순간의 아름다움을 위해 목숨을 바치겠다는 각오에 숨이 가쁘다. 곰팡이꽃이 피어오르는 미학의 감옥 독방에 갇혀 벽 틈 사이로 출렁이는 바다를 훔쳐본다. 나의 이십대는 온전히 20세기의 끝이었다. 세기말에 청춘을 탕진한다는 것은 여러모로 독특한 경험이었다. 하여 나와 함께 이십대로서 세기말을 겪어낸 뒤 이 기괴한 21세기를 함께 돌파해나가고 있는 나의 몇 안 되는 오랜 독자들에게, 멀리서 아주 조용하게 한 외로운 작가를 응원해주고 있는 그 사람들에게 추억과 각성의 징표로서 이 책을 보내고 싶다. 더불어, 21세기의 청춘들이 이 책을 읽어준다면 좋겠다는 충정 같은 바람을 가져본다. 문학이란 답이 아니라 질문이고, 세상이 어떻게 변했든지 간에 청춘이 품게 되는 여러 가지 진지하고 소중한 질문들을 이 책 속의 주인공이 던지고 있다고 믿는 까닭이다. 시와 소설이 각광받는 세상이 과연 행복한 세상인가? 문학이 위세를 떨치는 세상이 진정 멋진 세상인가? 이기심을 버리고 곰곰이 회상해보건대 분명 그렇지는 않았던 것 같다. 그러나 그럼 시와 소설을 외면하고 있는 지금의 세상과 사람들이 예전보다 아주 조금이라도 더 행복해진 것인가를 따져보면 그것 역시 그렇다고는 말할 수 없을 것 같다. 그렇다면 아직 문학에게는 뭔가 할 일이 남아 있고 따라서 나의 일도 틀림없이 남은 것은 아닌가 하고 생각해보는 것은 작가의 절망보다 더 무서운 작가의 희망일 것이다. 구원을 바라지 않는 죄인인 나는 문학이 이래도 좋고 저래도 좋다는 소리에 아직도 절대로 동의할 수가 없다. 아직도 내 안에서는 스물여섯 살의 내가 저 지독히 길고 무더운 여름 내내 태양에서 가장 가까운 옥탑 방 안에 홀로 틀어박혀 무언가를 쓰고 있기 때문이다. 시간이 흐르고 세상을 따라 나는 늙어갈 것이나 청춘은 스스로 저버리지 않는 한 죽음도 이기는 마음이다. 그러한 슬픔의 극단 안에서 우리의 청춘은 결핍을 무릎쓰고 사랑을 증명할 것이다.

(2013. 2)

바다 위에 불타오르는 강철나무 한 그루

그를 생각하려고 가만히 눈을 감는다. 바람의 영혼에 무채색 바다가 뒤척인다. 하늘은 맑은 것도 아니지만 흐린 것도 아니다. 아마 새벽이 아침으로 접어드는 어느 시점인 듯하다. 물보라에 젖은 태양은 숨을 삼킨 채 영영 솟아오르지 않아, 뛰어가는 사내아이의 키만큼 흔들리는 저 수평선에는 애초에 밤도 없고 낮도 없다. 별들이 없고 천국과 새들이 없다. 신과 천둥과 인간이 없다. 오직 파도의 광야 위에 아름드리 강철나무 한 그루가 홀로 서서 활활 불타오르고 있을 뿐이다. 무엇이 세계이고 무엇이 세계의 그림자인가? 나는 적요한 물음 속에서 눈을 뜬다. 가슴이 먹먹해진다. 방금 전 내가 보았던 그것이 바로 시인 함성호니까.

모순. 나무와 강철은 상징적으로 상극이자 일종의 화학적 모순지간이기도 하다. 더구나 바다 한복판에 뿌리를 내리고 불타오르는 강철나무란 명백히 불가능한 모순이 아닌가. 어떻게 이 강렬한 이미지의 수수께끼를 와락 끌어안아버릴 것인가? 모순의 마법에 기대지 않고서는 성실한 설명은커녕 막연한 표현조차 난감한 대상이 아주 드물게는 존재하는 법이다.

그때까지 문단의 사소한 자리들에서 우연히 스치지 않았던 것은 아니지만 얼추 13년 전 그 여름밤 신촌의 한 선술집에서 함성호와 나는 만남다운 만남이라는 것을 처음 가졌더랬다. 그를 갑자기 불러낸 것은 나와 단둘이 소주를 나누고 있던 시인이자 영화감독 유하 형이었다. 한 시간쯤 뒤 기골이 장대한 함성호가 골목 어귀에 들어찬 어둠을 뚫고 노변 파라솔에 멍하니 앉아 있는 내 정면으로 저벅저벅 걸어올 때 언뜻 나는 그가 현대인으로 옷을 갈아입은 고구려 무사武士라는 착각에 빠져들었다. 만화영화의 전투용 로봇처럼 선마다 면마다 각이 진 함성호의 얼굴은 그가 나고 자란 속초가 그러하듯 북방형, 가령 인민군 야전 장교형에 가깝다. 시인이자 산문가이자 건축가이자 건축비평가이자 만화비평가이자 미술가이자 기타 등등인 자가 문자향文字香이나 예풍藝風은커녕 살과 뼈에서 무기武器의 연상을 불러일으킨다면 필경 그는 생겨먹은 것부터가 자신의 본분과는 적잖이 모순된다고 봐야 할 것이다.

아무튼, 함성호는 첫잔을 비우자마자 뜬금없이 밀란 쿤데라의 《느림》에 대해 늘어놓기 시작했는데, 정작 그 체코인이 쓴 프랑스 소설에 대한 얘기는 단 한마디도 없고, 《느림》에 대한 《르몽드》지의 서평—민음사에서 번역출간된 《느림》의 책 뒷날개에 실린—에 대해서만 한참 열을 올리는 거였다.

그 서평의 간단한 내용인즉 이렇다. 옛날 중국에 추앙추라는 유명한 화가가 있었다. 어느 날 황제가 그에게 게 하나를 그려달라고 했다. 추앙추는 열두 명의 시종과 집 한 채, 그리고 5년의 시간을 요구했다. 하지만 5년 뒤 여태 게 그림은 시작도 하지 않은 추앙추는 5년을 더 달라고 했고 황제는 이를 수락했다. 10년이 거의 다 지날 무렵 드디어 추앙추는 붓을 들어 먹물을 찍더니 순식간에, 단 하나의 선으로, 가장 완벽한 게 그림을 그려냈다. 자, 그렇다면, 이는 느림을 칭찬한 것인가, 아니면 빠름을 칭찬한 것인가?

시인 함성호가 밀란 쿤데라의 《느림》이 아니라 밀란 쿤데라의 《느림》에 대한 《르몽드》지의 서평에 꽂혔듯 나는 함성호가 말하는 밀란 쿤데라의 《느림》에 대한 《르몽드》지의 서평이 아니라 그것을 말하고 있는 시인 함성호에게 꽂혔더랬다. 모순이다. 밀란 쿤데라의 《느림》에 대한 《르몽드》지의 서평 내용이 모순이고, 밀란 쿤데라의 《느림》이 아니라 밀란 쿤데라의 《느림》에 대한 《르몽드》지의 서평에 꽂힌 함성호가 모순이고, 밀란 쿤데라의 《느림》이 아니라 밀란 쿤데라의 《느림》에 대한 《르몽드》지의 서평에 꽂힌 함성호에게 꽂힌 내가 모순이다. 당시 내 심정이라는 것이, 거 참, 이상한 사람이구나. 왜 저런 공허한 말장난에 환장을 할까? 뭐 그런 식이었던 것 같은데, 아무래도 아직 나는 함성호라는 현묘한 물음표와 소통하기에는 내공이 많이 모자랐던 게 아닌가 싶다. 쇼펜하우어의 말대로, 사람은 누구나 자신이 가지고 있는 시야의 한계를 세계의 한계로 간주하니까 말이다.

그러나 내가 앞서 밀란 쿤데라의 《느림》에 대한 《르몽드》지의 서평을 말하고 있는 시인 함성호에게 꽂혔다라고 규정한 그 상태만큼은 전혀 과장이 아니다. 나는 그때 그것이 함성호가 내게 자신의 실존적, 예술적, 인간적, 과학적, 종교적, 사회적 등등—그러니까 제 온갖 것들 전체—의 코드를 자기도 모르는 사이 덜커덩 노출해버린 의미심장한 사건이었다는 사실을 기어이 술회하고 싶은 것이다. 느림과 빠름은 상극의 개념쌍이고, 추앙추의 완벽한 게 그림이란 그 상극의 개념쌍이 화학적으로 흘레붙는 지랄 끝에 이윽고 하나의 물질로 재탄생해 발광發光하는 명백한 모순일 터. 요컨대, 돌아가는 사정이 이쯤 되면 느림인지 빠름인지는 조금도 중요하지가 않은 우문의 무지개에 불과하다. 현답을 담보한 미학주의자의 경우 그런 논리의 손기술 너머 진짜 꽃패를 낚아채야 하는데, 그것은 다름 아닌 모순 그 자체인 것이다. 요러한 요지경의 화두 앞에서 예술가 함성호가 산중 소녀 앞의 허기진 늑대마냥 즐거울 수밖에 없었던 까닭은 선명하다. 그 화두의 본색이 딱 제 본색과 동일했기 때문이다. 바다 위에 불타오르는 강철나무 같은 그것, 결단코 모순의 신비인 것이다.

이른바 통섭을 논하자면 최치원의 유불선 통합사상, 원효의 화엄사상, 최한기의 기철학氣哲學, 윌리엄 휴얼의 《귀납적 과학의 철학》에까지 거슬러 올라가야겠으나 함성호는 대한민국이 사방에서 통섭을 무슨 약장수 도깨비방망이마냥 팔아대기 훨씬 이전부터 '나 홀로 통섭파統攝派'였다. 건축과 영상과 미술과 음악과 무대와 문학 등을 마구 연결하며 넘나드는 그가 깜빡해서 범하지 않은 장르는 글로 하는 것 중에 소설이나 희곡 정도밖에는 없다. 수학에도 정통한 그는 과학자들과 세계의 원리를 분석하는 프로젝트에 참여하고 있는데 이런 요상한 짓은 그가 십수 년 전부터 버스와 전철을 타고 다니는 것처럼 늘 해오던 일이다. 바야흐로 여기에 급진적 모더니스트 함성호가 독실한 샤머니스트이기도

하다는 모순까지 떡을 치게 되면 우리는 그의 난해하지만 아름다운 요설시들을 절박하고 유일한 해례로 삼을 수밖에 없게 된다. 그의 시는 굳이 시가 아니라면 족히 주문이다. 기표와 기의가 따로 없는 음표다. 이러한 미적 공학과 공학적 미신 안에서 내가 좋아하는 역작 〈구지가〉나 〈옛 그늘〉 같은 주술적이고 음악적인 시들이 방금 살인을 마친 총의 탄피들처럼 툭툭 튀어나온다. 그러면서도 그는 시 안에 갇혀 있지 않다. 문학이 함성호의 인생에 중대한 영향을 미치긴 한 것 같지만 그가 적절한 수련의 과정을 거쳐서 시인이 된 것으로는 보이지 않는다. 그의 예술적 재능과 기인 기질이 청춘의 어느 순간 그를 확 무자비하게 시인으로 만들어버렸고 이후로는 천지간을 방랑하며 절망을 아름다움으로 조율하는 예술가로서만 그는 비로소 온당해진 것이다. 함성호는 언젠가 강연 도중에 자신의 작업을 두고 지구의 핵까지 곧장 파내려가며 여러 지층들을 섭렵해 그 데이터들을 종합하는 행위로 비유한 적이 있다. 그러나 그가 일삼는 통섭의 원인은 그러고야 말겠다는 그의 의지가 아니라 그럴 수밖에는 없는 그의 피다.

함성호는 피가 끓어오르지 않는 일에 몰입할 정도로 세상을 사랑하는 타입이 절대 아니다. 사사로운 감정이나 이득으로는 남을 자극하거나 자극받지 않는 그는, 뭐가 들어 있는지 잘 감이 잡히지 않는, 원양어선 밑바닥의 먼지 쌓인 나무궤짝 같은 인간이다. 사회에서는 그런 그를 두고 온화하다느니 지혜롭다느니 사람이 진국이니 평하는 것 같은데, 내 눈에 그는 자신의 원형과 원리에 입력돼 있지 않는 현실은 아예 이해를 하지 못하는 딱한 처지에 놓인 것으로 파악된다. 더 엄밀하게 말해서, 그는 인간에 대해서는 근본적으로는, 아무런 관심이 없다. 그는 자신을 포함한 모든 인간들에 대한 일체의 기대를 포기한 인간이다. 이러한 그가 다 내려놓고 가벼운 몸과 마음으로 타인들을 만나니 당연히 그들은 박식한 경청자傾聽者인 그가 너그러운 도사님인 데다가 급기야는 자기들을 사랑해주는 줄로 착각하고 마는 것이다. 그는 그냥 심심해서 듣고 앉아 있는 것이고 그 듣고 앉아 있음은 있는 그대로 이 세계를 구경하는 것과 별반 다르지 않다. 인간이라는 것도 그에게는 때론 재미있는 세계의 한 조각일 것이나 아마 재미있는 세계 중에서는 가장 재미없는 한 조각일 것이다. 따라서 그가 가끔 쑥쑥 누군가의 안으로 들어가 노는 것도 결국 그 순간뿐이다. 그는 이데아든 이미지든 일단 냠냠 먹어치웠으면 그것이 어디에서 어떤 경로로 왔는지는 체질상 아예 싹 잊어버리고 만다. 어쩌면 끔찍하게도, 그는 그러는 편이 옳다고 믿고 있는지도 모르겠다. 이것이 그의 도저한 허무주의가 현실에서 발화되는 대강의 양상이다. 그러나 그를 책망할 수 없는 까닭은 그가 사람들을 이중적으로 대한 적이 없기 때문이다. 일관된 그를 사람들이 각자 제멋대로 일관되게 받아들여놓고도 결과는 항상 모두가 즐겁다니 내 입장에서는 뭐 아무래도 다행이다 싶지만 도저히 미소까지 지어주진 못하겠다. 계속 이렇게 몰아가자면 그는 아무것에도 매인 데가 없는 나머지 그로테스크하기까지 한데 그라고 그러고 사는 데 어찌 아무 고통이 없었겠는가. 다만 차라리 짐작하듯 통찰해야지 상식적으로 계산했다가는 여지없이 다른 쪽에 서 있는 그를 보게 될 것이다. 이렇듯 그를 짐작하듯 통찰하는 수준까지는 꽤 오랜 세월과 공이 들지만, 사람들은 제 풀에 지쳐, 아니, 제가 그에게서 얻을 것을 다 얻었다고 판단하고는 그를 떠난 줄도 모르고 떠난다. 아무에게도 오라고 한 적이 없으니 간다고 해서 잡지도 않는 인간 함성호에게는 물론 아무 상관없는 일이지만. 이 모든 것들이 다 모순의 원리가 작용하는지라, 좀 어려운 모순이 아닐 수 없다.

그는 착한 사람이지만, 또한 예술의 본질을 알기에 착한 사람이 아니다. 사람들은 그가 좌파적 성향을 지닌 진보적 예술가라는 판단에 모 정치인의 얼굴마담 같은 것도 시키려는 모양인데, 아서라, 사실 그의 내면은 전형적인 파시스트에 가깝다. 가끔 주위를 둘러보면 예술을 민주주의 실천하는 것처럼 하는 속물들이 하도 많아서 매우 피곤하던 차에 확실히 이참에 내 소견을 못 박아두고자 한다. 예술은 민주주의가 아니다. 예술은, 문화는, 살포해 전염시키거나 살포된 것에 전염되거나 둘 중에 하나다. 위대한 예술은 페스트처럼 행동한다. 따라서 예술가는 그가 현실에서는 충실한 공화주의자일지언정 자신의 예술에 있어서만큼은 파시스트여야 하고 그런 의미에서 함성호는 골수 파시스트인 것이다. 그는 세상 이치대로 차분하게 살아가고 있는 듯 보이면서 세상 이치에서 한참 벗어나 들끓고 있다.

무엇이 세계이고 무엇이 세계의 그림자인가? 아무것도 물어서는 안 되는 사람이 있다. 나는 그런 함성호에게 항상 무언가를 물어대는 한심한 위인이다. 그는 많은 것들에 대해서 답을 주기도 했지만 그가 주었던 가장 훌륭한 답은 비참한 나를 참고 새로운 나를 기다려준 것이었다. 그는 조용한 혁명가이지만 그보다 먼저 천 년을 기다려야 한다면 천 년이라도 기다리는 사람이다. 지난 10여 년간 내 개인적인 생은 지옥의 밑바닥이었다. 만약 그가 나를 보살피지 않았다면 은유로서가 아니라 실지로 내 육신은 죽었을 것이다. 인간을 환멸하는 그가 나를 지켜준 것은 모순이다. 오늘 그 사실을 작은 기록으로나마 남길 수 있게 되어 나는 기쁘다.

나는 20세기의 마지막 날에 함성호와 함께 술을 마시다가 21세기의 0시를 함께 맞이했더랬다. 그날 이후 내가 겪을 불행들을 미리 알았더라면 어떡해서든 도망칠 궁리에 안절부절못했겠지만 이제 내가 전부 이겨냈고 앞으로도 뭐든 해볼 만하다고 큰소리치는 것은 아직 그가 내 곁에 있기 때문이다. 우리는 언젠가 이 21세기의 어느 지점에서 다른 모든 인연들처럼 영원히 헤어질 것이다. 그러나 아무도 똑같은 죽음을 반복할 수 없듯이 감히 어떤 사람과 사람도 그와 나의 인연을 대신할 수는 없을 것이다. 나는 그를 통해서 나의 지나간 청춘을 편력하고 이 이글거리는 세계를 감찰한다. 천둥 같은 신이 운명으로 나를 겁주고 슬픈 인간을 보내 괴롭힌다 한들 나는 애초에 태양이 없는 것처럼 가만히 눈을 감고 적요해질 것이다.

그러니까 그때 내가 보려는 것은, 믿고 의지하는 것은, 이런 것이다. 통섭 중에 가장 지독한 통섭은 모순하는 것들을 통섭하는 것일 게다. 창과 방패는 모순矛盾이지만, 예술가가 그 모순을 단단히 움켜쥔 채 높이 치켜들면 전사戰士가 된다. 바로 그것이 바다 위에 홀로 서서 불타오르는 강철나무, 시인 함성호다.

(2013. 4)

장편소설 《국가의 사생활》에 대한
《조선일보》 어수웅 기자와의 인터뷰

소설가 이응준(43)을 만나고 싶었던 이유는, 단지 그의 장편소설《국가의 사생활》(2009)이 최근 영국 일간지《가디언》에 소개되었기 때문은 아니다. 그보다는 이 장편이 가지는 희귀성 때문이었다. 흥미를 위한 엔터테인먼트라면 모르지만, 한국문학에서 통일 이후의 한국사회에 대한 진지한 질문을 던지는 작품을 찾기는 불가능에 가깝다. 통일에 대한 한국인의 무관심에 초점을 맞춘《가디언》의 기사가 이응준에게 주목한 이유도 그래서였을 것이다. 따라서 관심의 초점을 바꾸면 이런 질문도 가능하다. 한국의 작가들은 왜 이 주제를 외면하고 있는가.

《가디언》이 왜 당신과 인터뷰를 하고 싶다고 하던가.

"오히려 내게 묻더라. 왜 통일이나 북한 문제를 다룬 한국문학은 당신 것밖에 없느냐고."(이 주제로 영문 번역된 한국문학은 이 책이 유일하다)

그럼 이렇게 묻자. 한국문학은 왜 이 주제에 소홀한가.

"이 소설을 쓰며 내가 가졌던 의문이기도 하다. 박정희 정권 18년, 전두환 정권 7년만 합쳐도 25년 아니냐. 독재정권, 권위주의 정권이 작가들에게 상상력의 경직을 불러일으킨 것 같다. 위험한 소재 아니었겠나."

이응준은 스무 살에 시(계간《문학과 비평》), 스물네 살에 소설(계간《상상》)로 등단했던 기린아였다. 등단 이후 부침浮沈도 있었지만, 지금은 자의식과 내면에 갇힌 최근 한국문학의 무력함에 대해 불편한 감정을 굳이 숨기지 않는 다혈질 작가이기도 하다. 그를 도발했다.

그건 민주화 이전 이야기고. 한 번 더 묻자. 왜 요즘 작가들은 북한과 통일에 대해 쓰지 않는가.

"요즘 젊은 소설가들이 상상력이 없다. 문학상 눈치 보고, 출판사 눈치 보고. 이러는데 무슨 상상력이 있겠나. 작가의 모럴은 남의 눈치를 보지 않는 거다. '나는 이 사회를 흔들어놓겠다, 이 사회를 뒤흔들 질문을 던지겠다.' 이 강력한 의지가 글을 쓰게 하는 거라고. 그런데 남의 눈치를 보니까 쓸 게 없지, 여기서 '남'은 누굴까? 여기까지만 하자."

지금 한국문학에는 어떤 '공백'이 있다. 누군가는 그 공백의 원인을 사회경험 부족한 문창과 출신 젊은 작가들에게서 찾기도 하고, 갈수록 시장에서 밀려나는 문학 현실의 결과로 해석하기도 하며, 이념의 경직에서 원인을 찾는 이들도 있다. 수면 위에서 날렵하고 매혹적인 스릴러인 이응준의 《국가의 사생활》은, 수면 아래에서 남한과 북한을 동시에 비판한다. 뒤집어서 얘기하면 양쪽 모두에서 비난받을 수 있다는 이야기. 대한민국에 북한이 흡수된 '통일 조국'은 경찰 독재와 인민군 출신 조직 폭력배가 횡행하는 디스토피아다.

반反통일 작품이 아니냐는 비난도 들었다는데.

"좌파까지는 아니지만, 어떤 소위 진보 인사랄 수 있는 선생님이 있다. 그동안 내가 쓴 책을 보내면 답으로 엽서를 보내오고는 했는데, 《국가의 사생활》을 보내고 연락이 끊겼다. 남한이 북한을 흡수통일하는 상상력 자체가 불쾌했나 보다. 하지만 앞으로 가령 어떻게 연방제가 가능하겠나. 이정희 세력(민노당)에서 무슨 희망을 보겠나. 우파도 마찬가지. 상식을 찾아 제대로 된 좌익과 우익이 균형을 맞춰 가야 한다."

화제를 북핵과 북한 문제로 확장했다. 문인은 직설보다 상징과 은유를 즐긴다. 학자나 관료가 아닌 문학가의 입장에서, 그는 이 문제를 어떻게 보고 있을까. 오랜 대화를 압축하면, 북핵은 김일성의 현현顯現, 현재의 북한은 신약 직전의 구약시대라는 것이다.

북핵이 김일성의 현현?

"북핵에 대한 저들의 집착은 서구의 합리성으로는 해석되지 않는다. 나는 북핵을 김일성의 육화肉化로 본다."

구체적으로.

"북한의 광기적 파시즘을 김일성(성부), 김정일(성자), 주체사상(성령), 삼위일체로 해석하는 입장이 있다. 이른바 비아냥적 삼위일체론이지. 《국가의 사생활》을 쓰느라 관련 서적 100여권을 읽었다. 나의 결론은 북한에는 오직 성부만 있고, 성자와 성령은 없다는 것이었다. 김일성이라는 상징적 실체에 붙어 있는 각주에 불과하다. 김일성이 주체사상을 모르더라던 《강철서신》의 저자 김영환을 기억하라."

신약의 시대가 올 것이라는 비유는.

"유일신 야훼의 유대교가 타락한 뒤, 그 혁신이 신약의 시대 아니었나. 또한 카스트 제도하에서 신음하는 인도 종교를 혁파하고 새로운 시대를 연 게 부처였다. 지금 북한은 김일성이라는 유일신이 지배하는 구약의 시대다. 신약을 여는 것은 예수. 그렇다면 누가 예수가 될 것인가. 나는 당연히 북한 민중이라고 본다."

신약의 주인이 북한 민중이라는 해석은 조금 상투적으로 보이는데.

"예수는 목수였다. 예수의 십자가는 예수 스스로 만들었다는 사실을 잊어서는 안 된다. 그리고 자신의 십자가에 못 박혔지. 상투적이라고? 모든 진리는 단순하다. 그 진리를 어떻게 끌어내느냐가 핵심이다. 중요한 것은 분석 과정의 새로움과 타당성이다. 며칠 전 북한을 탈출하다가 다시 강제북송된 청소년들의 이야기는 그런 점에서 시사적이다. 그들이 곧 예수가 아니고 뭔가."

사회와 세계에 대한 새로운 해석 틀을 제공하고 질문하는 것은, 늘 문학의 변하지 않는 책무였다. 《가디언》이 인용한 《국가의 사생활》은, 문단 혹은 문학 안에 갇힌 것처럼 보였던 최근 한국문학의 무기력에 대한 예리한 자극은 아니었을까. 사회와 세계를 뒤흔들, 이 '다혈질 작가'의 다음 질문이 궁금하다.

(《조선일보》, 2013년 6월 5일 자)

문화무정부주의자들에게 보내는 엽서

한 아담한 출판사의 젊은 사장과 일요일 단둘이 낮술을 마시며 길고 긴 한담을 나누었다. 그는 대한민국에서의 빛나는 학벌이 무조건 허울만은 아님을 증명이라도 하는 듯 지성과 감성이 공히 매우 뛰어난 사람이다. 그리고 무엇보다, 어떤 신념 같은 기운이 늘 충천하면서도 결코 주변을 피곤케 하는 법이 없는 멋진 사나이기도 하다. 저런 친구가 왜 요즘 같은 세상에 더 잘 나가는 여러 일들을 놔두고 하필 책이라는 갑갑한 물건을 만들어 팔며 쪼들려 살고 있을까, 하는 천박한 생각을 사실 나는 문득문득 몰래 품고 있었다. 암만 세심히 듣고 들여다봐도 학창시절 문학병을 앓았다거나 하는 흔적은 어디에도 없는데 말이다. 이 말은 머리가 좋고 영혼과 인격이 세련되면서 아담한 출판사를 경영하는 이들은 전부 사서 고생으로 꿀꿀하게 산다는 소리가 아니라, 내가 아는 그가 자신의 어떤 신념을 책이라는 별로 인기 없는 물건을 만들어 파는 데에 실현하고 있고, 그것이 요즘 같은 세상에서 그에게 경제적 풍요는 물론이요 일말의 명예라도 안겨주기는 영 글러먹어 보인다는 뜻이다. 어쩌면 그는 사업가로서는 애초에 쪼다 내지 반편이었는지도 모른다. 뭔가 길을 잘못 들어선 자의 그림자가 언뜻언뜻 미소 속에 내비칠 때 아마도 나는 그가 남 같지 않아서 편하게 여겨졌는가 보다.

"역설이죠. 베스트셀러가 책 읽는 사람들을 점점 더 줄어들게 하고 있어요. 상업주의가 상업주의로 보인다면 겁낼 게 없죠. 그런데 상업주의가 고상하게 포장되고 있잖아요. 절대로 그래서는 안 되는 사람들에 의해서, 아주 성공적으로, 뻔뻔하게. 공포예요, 공포. 걱정스러워요, 정말."

그날 나는 그의 이러한 수줍은 독설 같은 현실진단에 항상 그러했듯 아무 대꾸도 하지 않았다. 틀린 말도 때로는 그냥 듣고 있어주는 것이 친구라면, 옳지만 슬픈 얘기에 침묵으로 동조하는 것도 친구니까.

과거에 비해, 디지털과 대중문화의 시대는 매트릭스가 구축되기에 훨씬 용이한 세계다. 이제 파시스트들은 정치에서 버젓이 나오지 않는다. 문화에서 양악수술을 하고 나온다. 지적 사기꾼들이 설계자로 암약해 주물럭거리기 가장 즐거운 데가 문화판이고 그중 제일 누워서 떡 먹기인 곳이 문학이니 출판이니 하는 이른바 '박물관 예술'인 것이다. 이를 기본으로 하여 검은 매트릭스, 악마의 시스템은 더 멀리 제 영역을 계속 넓혀나간다.

예전이라고 문화사기꾼들이 없었던 것은 아니지만 오늘날의 상황이 끔찍한 것은 가짜들을 비웃어줄 수 있는 소수의 정신들마저도 아예 씨를 말려버리는 저들의 대단한 집중력과 욕망 때문이고 저들이 그러한 작업에 '노예지식인'들과 '애완견예술가'들을 심지어는 자부심을 가지고 동원시키는 까닭이다.

세상 어느 동네나 그렇듯 문화계도 전문 정보를 가지고 직접 들어가 살펴보기 전에는 절대 알 수 없는 추악한 정체들이 참 많다. 사장과 편집자가 체계적으로, 은밀하게 작가에게 이거 써라 저거 써라 제시하고 조종하다가 와중에 컵이 엎어져 물이 왈칵 쏟아지는 것처럼 표절사건이 빵— 터진다. 진지한 작가정신은 사라지고 얄팍한 기획만이 횡행한다. 외국 번역소설을 가져다 놓고 베낀 유명 작가는 TV에 나와서 온 세상을 속이며 문학의 진정성을 설교한다.

그런 야만을 알면서도 숨겨주는 편집위원들과 그 동료들은 자신들이 얼마나 엄청난 죄를 저지르고 있는지 당연히 모른 척한다. 그러나 결국 이런 악질 문화범죄도 언제든 적절한 때가 되어 누군가 명백히 제대로 기록하면 세세토록 그 판결문이 남는 법이다. 그 일에 두 사람은 필요치 않다. 지금 비록 한 사람이 썼으나 장차 반드시 모든 사람들이 읽게 될 것이기 때문이다.

하지만 저들의 참담한 위대함은 청년들에게까지 속물의 독성을 퍼뜨리면서도 대중이 저들을 존경하게끔 만든다는 점에 있다. 이것은 상업주의와 묘하고 치밀하게 연계돼 오리무중에 의해 방치되고 탐욕과 위선에 의해 보호받고 있다. 연예인병에 걸린 문화계 인사들의 개똥철학 가르침은 문화사기꾼들이 가장 좋아하는 마케팅 인프라다. 이 문화전체주의적 상황에 대항할 수 있는 문화무정부주의적 존재들이 절실한 시점이다. 조직 같은 것은 중요치 않다. 깨어 있는 한 사람, 한 사람의 비웃음이 모아져 그 거대한 매트릭스의 벽에 구멍을 내 빛이 들어오기 시작한다. 균열은 기어코 붕괴를 이끌어낼 것이다.

우리는 언제부터 이렇게 가짜들을 알아보고 비웃어주는 능력과 용기를 잃어버린 것일까? 친구가 절망하는 것을 보는 것은 불쾌한 일이다. 우리에게는 유쾌하게 살 권리가 있다. 그것이 내 친구의 '어떤 신념'을 응원하는 길이다. 비웃자. 아무나 존경하지 말자.

(2013. 11)

문장전선

강령

우리는 어떠한 세계를 살아가고 있는가. 우리는 세기말과 종말론을 거쳐 천국과 지옥의 너머를 서성이는 21세기의 인간들이다. 이제 이념과 과학과 종교 따위는 낮과 밤이 교차할 적마다 둔갑하는 세상이라는 혼돈을 해석해줄 만한 아무런 자격도 갖추고 있지 못하다. 절망이 무감각해졌다는 것이 절망이다. 우리는 얼굴 없는 시스템의 노예로 전락한 지 오래다. 어쩌면 노예의 가장 큰 고통은 구속과 핍박이 아니라 늘 비슷한 삶 속에서 주인이 너무 자주 바뀌고 있는 것인지도 모른다. 그 종잡을 수 없는 사실을 잘 알고 있지만 그저 우울하고 무기력할 뿐이라는 혼잣말로부터 우리의 비극은 양육되듯 사육된다. 우리는 주로 극단에 위로받으며 애써 증오로 버티고, 우리 중 가장 사악한 부류는 선한 사마리아인과 애통하는 선지자를 가장하며 미래를 오염시키고 있다. 디지털과 대중문화의 시대는 매트릭스가 구축되기에 훨씬 용이한 세계다. 이제 파시스트들은 정치에서 버젓이 나오지 않는다. 문화에서 양악수술을 하고 나온다. 이를 기반으로 악마의 시스템은 더 멀리 제 영역을 계속 넓혀나간다. 문학적 소양이 없으면 세계에 대한 분별이 불가능한 때에 오히려 우리는 문학이 몰락해버린 아이러니에 갇혀 있다. 아무거나 막 읽어댈 줄은 알아도 제대로 된 문장은 단 한 줄 쓰기는커녕 이해조차 못하는 신문맹인들의 창궐은 변종 파시즘이 기생하는 최적의 숙주가 된다. 20세기를 알아야 21세기를 탐험할 수 있음은, 20세기 안에는 인류의 모든 실상과 핵심은 물론이요 21세기의 맹아가 오롯이 담겨 있어서이다. 20세기를 모르면, 21세기 내내 20세기를 아는 자들의 노예로 살아가게 될 것이다. 20세기는 문장이고, 21세기는 그 문장 안에서 부글부글 끓어오르고 있다. 예전이라고 문화사기꾼들이 없었던 것은 아니지만 오늘날의 상황이 끔찍한 것은 가짜들을 비웃어줄 수 있는 소수의 정신들마저도 아예 씨를 말려버리는 저들의 대단한 집중력과 욕망 때문이고 저들이 그러한 작업에 노예지식인들과 애완견예술가들을 심지어는 자부심에 차서 동원시키는 까닭이다. 저들의 참담한 위대함은 청년들에게까지 속물의 독성을 퍼뜨리면서도 대중이 저들을 존경하게끔 만든다는 점에 있다. 이것은 상업주의와 묘하고 치밀하게 연계돼 오리무중에 의해 방치되고 탐욕과 위선에 의해 보호받고 있다. 이 문화전체주의적 상황에 대항할 수 있는 문화무정부주자들의 활동이 절실한 시점이다. 우리는 언제부터 이렇게 가짜들을 알아보고 비웃어주는 능력과 용기를 잃어버린 것일까? 당신들의 자유를 좌파라는 자들에게도, 우파라는 자들에게도 설계당하지 마라. 의심하라. 공부하라. 검토하라. 통찰하라. 꿈꿔라. 아무나 따라다니지 마라. 스스로에게 스스로 연대하라. 지금 우리에게 진보란 무엇인가. 무엇이 좌파이고 무엇이 우파이며 무엇이 파멸인가. 과연 누가 반동인 것인가. 해석이 끝나지 않았으니 우리의 20세기는 아직도 끝나지 않았다. 우리는 우리가 겪게 되는 소외를 통해 우리가 진짜임을 증명하며 21세기의 매일매일을 전진할 것이다. 우리는 무정하고 강력한 기계같이 아름다운 문장처럼, 가장 물질적인 유령 조직이다. 우리는 그토록 진지한 모순을 무기삼아 세계의 맹점들을 낱낱이 섭렵해 치유할 것이다. 우리의 자유는 형용사나 부사로 변질되지 않는다. 타협 없는 우리의 자유는 오직 동사로서만 존재해, 우리는 자유할 것이다. 인간은 반드시 죽지만, 영혼이 늙지 않는 한 절대 늙지 않는다. 만국의 젊은이여, 우리가 세상을 온당하게 혁명하려면 우선 세상이 우리를 제 멋대로 가지고 놀 수 없게 만들어야 한다. 사랑은 우리의 메시지이고 어두운 세계는 청춘의 문장전선文章戰線이다. 우리가 균열을 내면 빛은 들어오고, 벽은 무너져 내릴 것이다.

(2014. 6)

당신과 나의 《약혼》을 위한 해제解題

요즘도 가끔 내가 식은땀에 젖어 깨어나곤 하는 악몽은 이러하다. 그 밤 나는 내 네 번째 소설집 《약혼》의 출간을 축하하기 위해 벗들을 불러모았다. 모두가 왁자지껄 즐겁게 술을 마시고 있다. 한데 그 풍경을 빤히 들여다보고 있는 꿈 밖의 나는 남몰래 그렇게 가슴이 아플 수가 없다. 왜냐면 꿈속의 내가 겉으로는 웃고 떠들지만 속으로는 얼마나 슬퍼하고 있는지를, 또한 꿈속의 내가 그 밤 이후로도 오래오래 감당해야 할 힘겨운 나날들을 꿈밖의 나는 하나님보다 더 잘 알고 있기 때문이다.

실지로 그 밤이 지나고, 그러니까 《약혼》이 세상에 나온 지 얼마 안 돼 나는 스스로 모습을 감췄다. 그 시절의 내가 자신의 미래를 어디까지 신뢰하고 있었는지는 기억조차 가물가물하다. 그저 나는 그런 식으로는 단 하루도 더는 살기가 싫었을 뿐이다. 《약혼》은 제 작가를 따라 조용히 잊혀졌다.

누가 바로 내 눈 앞에서 나를 줄곧 지켜보고 있다 한들 항상 나의 모든 글들은 내가 죽고 나서 읽힐 것을 상정한 채로 쓰인다. 그 무정한 전제이자 원칙에 있어서 두려움이란 아예 거추장스럽다. 막말이 아니라 내 인생이야 개가 되든 소가 되든 나는 아무런 불만이 없다. 그러나 만약 누군가 내게 던지는 질문이 문학에 관한 것이라면 사정은 한참 달라진다. 한 인간으로서의 나는 물론 사면이 절대 안 되는 죄인이지만, 문학이라면 나는 죽기 직전까지 미학의 책무가 형형한 작가인 것이다. 개인이든 국가든 간에 원하는 대로 과거를 정리한다는 것은 불가능하다. 과거를 해결하는 것은 신의 모습으로 변장하고 있는 시간이지 짐승이 아니라고 박박 우기고 있는 인간이라는 최악의 짐승이 아니기 때문이다. 그러나 《약혼》은 사람의 일이 아니라 문학의 일인 까닭에, 나는 송장을 돌무덤 속에서 걸어 나오게 만드는 숙제라고 해도 무조건 목숨을 걸고 해볼 때까지는 해봐야 하는 것이다.

그렇게 꼭꼭 숨은 채로 여러 시련들을 간신히 견뎌낸 내가 다시 세상으로 돌아와 어떤 책의 저자 사인회를 하고 있던 어느 날, 처음 보는 한 청년이 수줍게 다가와 그 어떤 책이 아니라 불쑥 《약혼》을 내밀며 자기가 가장 사랑하는 책이라고 무슨 대단한 비밀이라도 털어놓는 듯 말하는 순간, 나는 문득 멍해지면서 한없는 부끄러움에 젖어들었다. 몰래 교회 앞에 내다버렸던 내 갓난아기가 훗날 장성해 갑자기 나타나 늙어버린 나를 따뜻하게 끌어안아주는 것만 같은 그런 기분이었다. 내 그 부끄러움은 어디선가 내가 모르는 시간 속에서 나와 나의 문학을 지켜주고 있던 한 독자에 대한 부끄러움이었다. 《약혼》은 내가 작가라는 게 싫어질 만큼 큰 고통이었다.《약혼》이 당한 외면은《약혼》의 작가가 못난 탓이었던 것이다. 이 자책에는 만감이 교차한다는 표현이 모자란다. 내 문학은 항상 나보다 옳았다. 내가 오늘 지껄이고 있는 문학에 대한 어떠한 사상은 내 십대 후반에 이미 정립된 감각이자 태도다. 남이야 비웃든 말든 추호의 과장도 있을 수 없는 사실이다. 그러니 내가 사회인으로서 등신 천치였던 것은 맞지만, 나는 문학까지 비즈니스로 여기는 처세의 달인들을 차마 용서할 수가 없었던 것이다.

이번에 새로 교정을 보는 동안 나는《약혼》의 소설들이 그것을 쓴 자보다 옳았을 뿐만 아니라《약혼》을 모독했던 자들보다도 옳았다는 사실 또한 똑똑히 확인할 수 있었다.《약혼》 안에는 몸과 마음이 병들어야만 빚어낼 수 있었던 문장들이 가득하고, 세상과 인간에 관해 모르는 게 너무 많아 반쯤 미쳐가던 젊은 날의 내가 이글거린다. 당시 나는 극도의 문장결벽증에 시달리고 있어서 한 페이지에 똑같은 조사가 사용되는 것조차 몹시 괴로웠다. 솔직히 나는 소설 쓰기가 턱턱 숨이 막혀서 차라리 죽어버리고 싶었다. 아니다. 굳이 소설이랄 것도 없이 나는 글자라는 것을 한 자 한 자 새겨나가는 것 자체가 뼈가 무너지고 피가 마르는 고역이었다. 그때 내가 작가로서 더는 버티지 못할 거라는 생각까지 품고 있었음을 새로운《약혼》을 준비하는 과정에서 차분히 깨달으며, 이 책이 있기에 망정이지 만약 그렇지 않았더라면 그 쓰레기처럼 지내던 시기의 내 인생에는 정말 아무것도 기념할 만한 것이 없을 뻔했다는 아찔함에 모골이 송연해졌다. 게다가 그 지경이었던 8년 전의 내가 어찌 저런 허장성세와 호언장담이 서늘한 〈작가의 말〉을 내지를 수 있었을까? 나는 새삼 기가 막혔고, 그래서 해답을 구하듯 해제라는 단어에 손을 내

밀게 되었다.

해제가 요구되는 글이 좋은 글인지 나쁜 글인지는 잘 모르겠으되, 확실히 그 글과 그 글을 쓴 이는 불온한 것들에 속해 있을 것이다. 가령, 있을 것만 있는 것이 시라면, 해제를 쓰는 이는 가장 비시적非詩的인 짓을 저지르는 셈인데, 해제가 필요한 그 글과 그 글의 해제가 동시에 시가 될 수는 없을까? 딜레마다. 하지만 본시 딜레마가 시의 강력한 재료인 것은 시 말고는 도저히 해결할 도리가 없는 것이 바로 딜레마여서가 아니던가. 딜레마를 구워삶아 시를 쓰는 것은 식인행위처럼 천진하다. 시인은 가장 반문명적인 방법으로 가장 문화적인 시를 짓는 것이니, 문명과 문화는 간혹 서로에게 보름달에 금이 가듯 적개심의 이빨을 드러낸다. 따라서 이 안개 같은 해제를 쓰고 있는 나는 나를 우걱우걱 씹어 삼키면서도 멀쩡히 살아남아야 한다. 그것은 불의 길일까, 재의 길일까?

8년 전 《약혼》의 〈작가의 말〉을 저렇게 썼던 나는 불이었을까, 재였을까? 재가 되지 않는 영원한 불은 한낱 망상이고, 날아가 무언가를 태워버리는 불 가운데 재를 각오하지 않는 불 역시 없을 것이다. 그러나 과연 불이 미리 재를 염두에 둔다는 게 온당한 일인가? 불은 그저 불일 뿐, 바람에 활활 솟아오르는 불꽃은 재와 재의 운명 따윈 개의치 않는다. 바로 그것이 날아가 무언가를 태워버린 뒤 그것과 함께 완전히 사라지려는 불의 실존이고 불의 용기다. 재에서는 재의 냄새가 나는 것이 아니다. 죽은 불의 냄새가 난다. 이해가 안 되는 세상은 불태워버리면 된다. 그러면 이 세계는 그로인해 잠시나마 환해지고, 사람들은 그 덕에 단 한 뼘이라도 전진하거나 제 발 밑에 떨어져 있는지도 몰랐던 제 아픈 마음을 되찾아 어루만져 제 가슴으로 다시 가져간다. 따라서 《약혼》

과 나의 과거에 대한 이 작은 해제는 치욕과 후회에 대한 거대한 해제解除다. 요컨대, 비로소 나는 아래와 같은 말들을 그날《약혼》을 촛불처럼 들고 나라는 어둠 앞에 서 있던 그 청년에게 때늦은 감사의 인사를 대신해 전하고 싶은 것이다.

나의 문학은 달랑 칼 한 자루를 꽉 쥐고 홀로 밤 한가운데로 달려들어가 백병전을 치를지언정 사기보다 더 더러운 연극에 동조하거나 고개 숙여서는 안 되는 것들에게 동냥질을 하면서 연명하지는 않았다. 나는 애완견 문인이 아니었고 내 문학은 공무원 문학이 아니었다. 내가 아무리 비천했다 하더라도 작가로서의 나는 당당하고 치열했으며 내 문학은 맨주먹으로 "그 철벽 같은 어둠"을 기어이 바수어버렸다. 나는 내 인생의 주인이고 내 문학은 노예의 문학이 아니다. 내 운명은 천국이든 지옥이든 간에 오로지 내가 결정한다. 이제 감히 내 문학을 뒤흔들어놓을 수 있는 자는 나 자신밖에는 없다. 어쩔 수 없이 이렇게 8년 전과 비슷한 소릴 늘어놓을 수밖에 없는 나는 분명 그때의 그가 아니지만, 그는 꿈에 도전하는 것에 관해서만큼은 절대 포기를 모르는 사람이고 늘 남이 밟아보지 못한 새로운 길을 가려는 사람이니, 그래서 또한 그는 여전히 8년 전의 그이기도 하다. 다만 나는 뼈아프게 회고한 만큼 정직하게 고백해야 한다. 사랑은 내가 잘나서 선택하는 것이 아니다. 그것 말고는 끝끝내 어디에도 기댈 데가 없는 것, 그것이 곧 사랑이다. 앞으로 내가 어디서 무슨 일을 하든 간에, 예나 지금이나 그리고 영원히, 내 영혼은 문학 말고는 세상 어디에도 기댈 데가 없고, 이 책은 그 사랑의 심장 안에 있다.

(2014. 9)

월간 태블릿 잡지 《von》 〈내 인생의 책〉

— 문학전문 기자 어수웅과의 인터뷰

당신이 기억하는 최초의 독서는. 그 책이 무엇이었는지는 기억나는가.

아마도 《신약성경》이 아니었나 싶다. 집안 여기저기에 많이 굴러다녔다. 그래서 늘 안 읽어도 읽었던 것 같고, 읽기 전에 감화부터 받았던 것 같다. 나는 기독교 가정에서 자랐다. 암으로 돌아가신 어머니가 대단한 지적 능력을 지닌 대단한 크리스천이었다. 과장이 아니라 이화여자대학교 총장을 하고도 남을 양반이었는데, 방언으로 기도를 하고 그 방언기도를 우리말로 통역까지 하면서 신과 소통했다. 그런 모습을 곁에서 지켜보는 것이 나로서는 그다지 행복하지는 않았다. 어머니는 수술 중에 백합으로 현현顯現한 예수를 보았다. 죽기 직전에는 담당 여의사에게, 자신은 하나님 곁으로 갈 것이므로 죽는 것이 조금도 두렵지 않으니 어서 이 고통스러운 치료를 중단해달라고 아주 담담히 요구하기도 했다. 게다가 내 외증조부는 감리교 목사였다고 들었다. 요즘의 내 사악한 몰골을 감안한다면 이건 매우 놀라운 얘긴데, 사실 나는 중학교 시절 훗날 신학대학교에 진학해 개신교 목사가 되려고 마음먹었더랬다. 하지만 스무 살에 가까워질수록 점점 더 종교와 예술, 신과 인간, 도그마와 자유 사이에서 갈등이 심각해졌다. 아무리 노력해도 별 소용이 없어서, 이십대가 다 끝나가도록 상황은 전혀 나아지질 않았다. 《데미안》에서 방황하는 싱클레어는 거의 나의 모습이었다. 중년인 아직도 나의 영혼과 피에는 그러한 흔적이 긍정적으로든 부정적으로든 선명하다. 내 여러 장르의 작품들, 특히 소설 속에서, 서양적 개념의 절대자인 신이 자주, 그리고 여러 모습들로 둔갑해 등장하는 것은 바로 그 때문이다. 삼십대를 지나면서 불교를 공부했고, 와중에 신이란 것에 대해, 예술이라는 것에 대해, 인간이란 것에 대해, 세상이라는 것에 대해 나름의 결론을 내릴 수 있었다. 내 문학의 대전제는, '인생이라는 환상 속에서 헤매는 인간이라는 물질'이다. '불교적 시공을 방황하는 기독교적 인간들의 풍경'이다. '그 두 세계관의 기이한 혼음이 빚어내는 노을'이다. 이점을 모르고서는 내 문학을 절대 이해할 수 없다. 내 문학을 이해하는 사람이 거의 없는 것은 바로 그 때문이다.

당신으로 하여금 작가가 되겠다고 결심하게 만든 책은. 그리고 그 이유는.

나는 책을 별로 좋아하지 않는 아이였다. 책을 들여다보는 것 자체를 굉장히 답답하게 여겼으며 공연히 여기저기 어슬렁거리면서 엉뚱한 공상에나 잠기는 그런 좀 이상한 소년이었을 뿐이다. 그리고 어쩌다가 운명처럼 너무 일찍 작가가 돼버렸기 때문에, 그 이후부터 읽은 책들은 거의 대부분 글을 쓰기 위한 자료로서 기능했으니 참다운 즐거움의 독서와는 거리가 멀었다. 문단을 스스로 떠난 지가 오래라서 이제는 이런 경우가 없지만, 예전에는 공적인 자리에서 동료 작가들이 자신이 어려서부터 얼마나 다독가였으며 그랬기에 작가가 되었다는 것에 대해 어마무시한 증언들을 늘어놓으면(가령 초등학교 시절 세계문학 전집을 독파해버렸다는 식의) 그 곁에 잠자코 앉아 있는 나까지 덩달아 유서 깊은 애독가로 대접받곤 했지만, 이미 밝혔듯 그것은 전혀 사실이 아니다. 나를 작가로 만든 책은 없다. 나는 어느 날 문득, 시인이 되고 싶어서 시인이 되었다. 나는 읽기보다는 쓰기를 먼저 했고, 쓰다가 꼭 필요할 때만 읽었다. 어려서 나는 문학에 있어서만큼은 정말 오만했고, 인간으로서도 건방졌다. 탐미적 작가는 당연히 그래야 된다고 생각했다. 다만 인생이 피곤했을 뿐, 지금도 그게 그다지 틀린 태도였다고는 보지 않는다. 남이 쓴 것들에 감동받아서 인생이 변하는 작자들이 작가가 되어서는 안 될 일이라고 믿어 의심치 않았다. 나는 스무 살에 시인이 된 지 5년쯤 뒤에 소설가로 재차 등단했는데, 나의 데뷔작인 단편소설 〈그는 추억의 속도로 걸어갔다〉의 첫 구절은 이렇게 시작한다. "책 한 권에 의해 인생이 변화받았노라고 떠벌리는 인간들과는 상종하지 마라. 그들은 언제 너를 책 한 권 정도의 값어치로 팔아넘길지 모른단다." 이것은 그 시절의 내 진심이고, 지금도 그 생각은 크게 달라지지 않았다. 그런데 그러던 내가 언제부터인지 책을 펼치기가 겁이 날 만큼 책에 골똘해져서 시간 가는 줄 모르게 된 것은 대체 무슨 조화일까. 그냥 책 읽는 자체가 염불 외우는 것처럼, 주기도문을 암송하는 것처럼 평온하다. 나이가 들었다는 것은 여러 가지 변화로 인간을 지배하는가 보되, 할 일이 너무 많아 읽던 책을 일부러 그만 덮어버리곤 하니, 나는 여전히 다독가는 못 되는 중증 망상가에 불과하다. 나는 분명 보통 사람들과는 비교될 수 없을 만큼 많은 책들을 소장하고 있다. 그러나 그것들은 내가 나를 표현하기 위한 무기일 뿐이다. 나는 심지어 나의 책마저도 책으로 인정하지 않는다. 내가 책으로 인정하는 것은 종교적 경전들일 뿐이다. 그것들은 인간을 빛으로 유인해 어둠으로 몰아넣는다. 그리고 그 안에서 우리는 스스로 빛이 되지 않는 한 결코 이 세계에서 살아남을 수 없다는 진리를 고요히 깨닫게 된다. 진정한 종교는 삶과 죽음 이후를 가르치는 것이 아니다. 진정한 종교는 결국 오로지 생존하는 법을 가르친다. 나는 그렇게 믿는다. 나는 그런 문학을 하고 싶다. 그런 책을 쓰고 싶다.

'내 인생의 책'이라는 표현은 폭력적이다. 한 권만 꼽기가 어려울 것이라는 것도 안다. 하지만 그럼에도 불구하고 한 권만 뽑아야 한다면. 그리고 그 이유는.

나는 시만 쓰는 것이 너무 답답해서, 그래서 차마 못 참고 어느 날 쓴 단편소설 한 편으로 갑자기 소설가가 되었다. 정말이다. 나는 소설 습작을 해본 적이 없다. 그냥 썼다. 나는 소설가가 되기 전까지는 소설을 잘 읽지도 않는 편에 속했다. 그때까지 내게 소설이란 문학적으로 천박한 인간들이 집착하는 유치한 장르였다. 그런데도 내가 소설을 시작한 것은 아마도 요즘 내가 상업영화를 하려는 것과 비슷한 심리가 아니었을까 싶다. 내 인생은 늘 그런 식이었다. 일단 저지르고 난 뒤, 그것을 운명으로 받아들이면서 행동하는 동시에 해석한다. 일이 잘 풀리면 때론 해석조차 거부한다. 하여간, 그러던 나는 소설보다는 잘 쓰인 외국의 비평문들을 보고 자주 자극받았다. 나는 학사와 석사까지는 독일문학을, 박사과정에서는 한국문학을 전공했다. 내가 등단할 무렵까지만 해도 시나 소설을 창작하는 문학연구자들이 그다지 많은 편은 아니었다. 교수님들은 내게 예술가의 문학과 학자의 문학은 상충할 수 있다는 걱정을 자주 해주시고는 했다. 요컨대 장차 교수가 되면 좋은 시나 소설을 쓰기는 어려울 거라는, 설마 저주일 리는 없는 짜증나는 충고였다. 학업을 그만두어라, 그렇지 않으면 작가로서의 너는 망한다, 뭐 대강 그런. 그리고 그 고마운 말씀들을 해주시는 내 교수님들은 예외 없이 시인이거나 소설가였다. 이러한 맥락 안에서, 그래도 기자의 질문에 애써 답해본다면, 영국 작가 콜린 윌슨의 비평서 《아웃사이더》를 꼽겠다. 스무 살 무렵에 여러 번 숙독했고, 나중에는 영문판으로도 읽었다. 노동자 출신인 콜린 윌슨은 침낭으로 노숙을 하면서 대영박물관의 독서실에 다니던 중 우연 같은 운명처럼 작가 앵거스 윌슨에게 발탁돼, 스물네 살이던 1956년에 저 세계적인 비평서를 출간할 수 있었다고 한다. 내가 그래서였는지는 몰라도, 나는 어린 나이에 데뷔한 작가들에 유난히 관심이 많다. 그들이 죽을 때까지 겪게 되는 작가로서의 긴 우여곡절이 당연히 남 얘기 같지가 않다. 나는 《통일 대한민국에 대한 어두운 회고》를 두 달 반 동안 매주 《경향신문》 토요일 판에 거의 한 면 전체를 연재하면서 콜린 윌슨의 《아웃사이더》를 무슨 시집 읽듯 자주 펼쳐보았다. 나는 만약 런던의 그 청년 콜린 윌슨이 2013년의 내가 되어 미래의 통일 대한민국에 대해 글을 쓴다면 과연 어떠할 것인가, 하는 '감각'을 상상하면서《통일 대한민국에 대한 어두운 회고》를 써내려갔다. 나는 한반도 통일에 대한 지식보다는 우선 한반도 통일에 대한 '어떤 자극'을 전달하고 싶었던 것이다. 그것은 인간의 증오이자 인간에 대한 염려였다. 그리고《경향신문》의 그 연재가 거의 끝나가던 무렵인 2013년 12월 5일, 콜린 윌슨이 영국 남서부 콘월의 한 병원에서 폐렴 합병증으로 숨을 거뒀다는 소식이 들려왔다. 나는 묘한 슬픔에 젖어들었다. 어쩌면 나는 기질과는 어울리지도 않는 사안에 대해 논하고 있는 스스로가 마치 콜린 윌슨이 논하고 있는 저 어두운 소설들 속의 아웃사이더들처럼 느껴졌는지도 모르겠다. 나는 요즘도 울적해지면 아무 생각 없이 콜린 윌슨의 공식사이트에 들어가 그에 관한 이런저런 글들을 보곤 한다. 가수가 자기 노래 제목을 따라 산다고들 하던데, 나는 콜린 윌슨의《아웃사이더》를 좋아해서 이렇게 괴이하고 독한 아웃사이더가 되었나 보다.

책을 읽지 않는 시대이다. 책을 읽어야 한다는 당위를 요즘 젊은 세대들에게 어떻게 설득하겠나.

책을 읽지 않으면 이 디지털 전체주의 시대의 노예가 되기 쉽다. 자유를 잃지 않으려면, 책을 읽는 것이 좋다. 무식하다고 다 지혜롭지 않은 것은 아니다. 그러나 무식하면 지혜롭지 못할 공산이 만 배는 커진다. 반대로, 책을 읽으면 무식하지도 않으면서 지혜로워질 공산이 만 배 커지는 것이다. 21세기를 지배하는 것은 20세기를 아는 자들이다. 책을 읽으면 이 세계와 인간의 모든 것들에 관한 역사가 응축돼 있는 20세기를 통찰할 수 있다. 그러면 21세기를 자유인으로 살게 될 가능성 또한 커진다. 피차 지배하지 않고 사는 것이 좋지만, 나를 죽이려는 자를 어쩔 수 없이 죽여야 할 때는 차라리 살게 해주고 지배하는 편이 나을 수도 있다. 당신을 지배하려고 하는 자들을 오히려 지배하게 되는 것은 그러한 당신의 노력과 선택에 달려 있다. 나는 나를 지배하려는 자들을 지배할 수 있게 되면, 그들을 내다버릴 것이다.

정말 좋아하는 일은 직업으로 삼지 말라는 말이 있다. 그런 점에서 책을 정말 좋아하는 이들에게, 어떤 충고를 주고 싶으신지.

문학의 시대는 지나갔다. 문단이라는 것도 '유령의 마을'이 돼버렸다. 문학과 문단의 권위가 날아간 지는 오래이고 그 실체조차 가물가물해지고 있다. 아무리 억울해도 사실은 사실인 것이다. 나는 20세기의 작가다. 어떻게 해서든 21세기에 적응하면서 살아가려고 한다. 책을 좋아하는 것까지는 좋은데, 작가가 되는 것을 양심상 도저히 맨정신으로는 권할 수 없다. 요즘 작가가 되는 것은 쓸쓸한 지옥으로 망명하는 짓과 똑같다. 21세기에는 작가가 되지 마라. 왜냐하면 그것은 작가일 수 없기 때문이다.

당신은 영화와 문학을 함께 하고 있는 예외적인 캐릭터다. 그에 대한 당신만의 작은 논변이나마 듣고 싶다.

한 사람이, 특히 한 작가가 자신의 세계를 확장시키는 데에는 그야말로 무자비한 용기가 필요하다. 문학은, 특히 순수문학은, 더 특히 한국의 순수문학은, 자유 공정 경쟁 체제가 아니다. 여기에는 일종의 위원회 같은 것이 각각의 층계마다 조직되어 어떤 의미로든 조작을 일삼는다. 그것은 종종 당파 이전에 치정이자 연극이기 이전에 사기이기도 하다. 나는 그런 더럽고 어두운 것들에 지배당하지 않고 직접 대중과 소통하면서 싸우고 싶었다. 그럼으로써 새로운 시대의 힘을 얻어 오히려 내 문학의 고결함과 자존을 지켜내고 싶었다. 이에 관한 긴 얘기는 훗날 내가 상업영화감독으로 성공하게 되면 한 권의 책으로 펴낼 것이다. 그것을 기록으로 남겨놓으려는 것은 문학을 하는 후배들을 위한 마음도 크다. 나는 그들이 작가로서 당당하기를 바란다. 문학 외적인 요소들에 의해 나처럼 휘둘리거나 고통받아야 했던 경험이 다른 누군가에게 되풀이되지 말기를 기도한다. 그러나 분명히 그런 일들은 앞으로도 계속 일어날 것이고, 차라리 그렇다면 반드시 나처럼 극복해내기를 촉구한다. 지금 나에게는 힘이 있다. 그러나 더 큰 힘을 건설하려는 내 과정 자체가 이 더러운 나라에서 문학을 하는 후배들에게 조금이라도 용기가 되기를 진정 원한다. 나는 나와 같은 전범이 없어서 많이 방황했다. 그래서 내가 어쩔 수 없이 나의 전범이 된 것이다. 내가 걸어왔고, 걸어가고, 걸어갈 길이 후배 작가들에게 유용한 약도가 돼준다면 오히려 내가 그들에게 무척 고맙겠다. 또한, 영화는 누가 뭐래도 종합예술이다. 나처럼 모든 장르의 벽들을 하나하나 깨부수며 전진하는 스타일의 작가가 결국 영화에 도달하게 된 것은 너무도 당연한 수순이다. 그러나 영화감독이나 소설가가 정착민이라면 시인은 유목민이다. 영화감독은 돈과 사람을 빼앗으면 영화를 못 만들고, 소설가는 펜만 빼앗으면 소설을 못 쓴다. 그러나 시는 지옥에서도 영혼만 있으면 쓸 수가 있다. 어떤 예술가는 모든 무기들을 제 한 몸으로 승화시켜 전쟁을 치른다. 그는 예술가이기 전에 전사戰士다. 왜냐하면 세상이 그로 하여금 그런 괴물이 되지 않고서는 도저히 살아남을 수 없게 대했기 때문이다.

(2014. 10)

예술가의 도덕

모든 세상의 여름밤에는 밤나무 숲이 있다. 밤꽃, 저 밤꽃들. 그것은 잠 못 들어 헤매는 소년의 향기다. 모르는 것들에 관한 공포로 빛나는 두 눈이다. 소년은 어둠 속에서 소녀를 찾는 것이 아니다. 상처 입은 볼을 어루만져주는 보드라운 손과, 곧 좋은 날이 올 거라고 속삭이는 서러운 목소리가 그리울 뿐이다.

언젠가 어느 술자리에서 자칭 문학평론가라는 한 초면의 사내가, 마치 대단한 통찰이라도 뽐내는 듯한 표정으로 내게 말했다.

"작가들은 좋겠어요. 맘껏 비도덕적으로 살 수 있어서 말이지요."

이에, 나는 심드렁한 목소리로 대꾸하였다.

"문학평론가들이 얼마나 맘껏 도덕적인지는 모르겠지만, 교황이 직업이어도 충분히 맘껏 비도덕적으로 살 수 있어요."

사실 그 밤 나는 그의 일견 있을 수 있을 법한 의견이 마음에 들지 않았던 게 아니라, 말투와 동작의 여기저기서 속물 냄새를 풍기던 그의 번잡한 육신 자체가 싫었다. 그래서 그토록 시니컬하게 반응했으리라. 인내를 저당 잡힌 선입견이란 매양 그 꼴이로되, 나는 내 경솔함을 때에 따라선 사랑하는 편이다.

한데, 참 이상하게도, 평소에는 라면 한 봉지쯤으로 치부하던 그 '도덕'이라는 경멸스러운 단어가, 홀연 근엄한 화두가 되어 이후 며칠째 내 머리를 딱따구리처럼 쪼아대는 거였다. 당연히, 그 도덕은 '생활인의 도덕'이 아니라, '작가의 도덕'이었다. '예술가의 도덕'이었다.

상황이 여기까지 이르고 보니, 슬슬 나 자신이 아둔한 속물로 환산되고, 오히려 그 문학평론가라는 느끼한 놈이 의외로 훨씬 많은 진리들을 깨닫고 있는지도 모른다는 의심마저 들었다. 그의 주장이 진심이었다는 가정하에서라면, 작가는 설사 비도덕적이어도 비난을 받지 않는다는 소린데, 그렇다면 적어도 그는 답답한 예술관의 소유자는 아닐 테니까 말이다. 더욱이 그것이, 예술가가 도덕의 일체로부터 자유롭지는 아니하되, 다만 적용되는 도덕의 범주와 내용이 보통의 사람들과는 사뭇 다르다는 뜻이었다면, 그 사내는 분명 상당한 내공의 소유자일 거였다.

작가가 사악한 거대권력으로부터 유혹을 받았을 적에 취하는 행동양식에는 크게 세 가지가 있다고 한다. 첫째는 야합하는 것이다. 둘째는 도망쳐 숨어버리는 것이다. 셋째는 저항하는 것이다.

두 번째 경우의 좋은 예로, 전두환의 자서전을 쓰지 않으려고 몇 달간 지리산 속에 들어가 있었다는 한 소설가의 풍문은 시사하는 바가 크다. 그는 예술가적 도덕의 마지노선을 지킨 것이다. 최소한 이러한 전제가 있고 나서야, 자신의 미학적 판단에 예술 외적인 감정을 개입시키지 않는 것이 비로소 예술가의 예리한 도덕으로 자리 잡는 것이다.

예술가가 요만큼이라도 세상을 하찮게 여겨준다면, 그의 나머지의 온갖 악행들은 충분히 귀엽게 받아들여질 여유를 가지게 된다. 우리들은 평양 갑부의 자제 김동인이 기생 치마폭에 둘러싸여 가산을 탕진했다거나 불면증에 시달려 아편을 했다고 해서 비난하지는 않지만, 조선 제일 천재 이광수가 일제의 주구단체인 조선문인협회 회장으로서 학병 권유 연설 차 전국을 순회했던 것은 멀리 한다(나중에야 알게 된 일인데, 김동인도 어느 정도 친일을 하기는 했다. 그는 〈감격과 긴장〉이라는 글에서 "이미 자란 아이들은 할 수 없지만, 아직 어린 자식에게는 '일본'과 '조선'이 별개 존재라는 것을 애당초 모르게 하련다"라고 썼다.).

또한 예술사는 평생 가공할 성욕에 사로잡혀 있던 피카소의 화려한 여성편력을, 마약 과용으로 요절한 바스키아를, 장 주네의 도둑질과 비역질을, 미쳐 제 귀를 도려낸 고흐의 광기를, 가족을 내팽개치고 타히티로 가버린 이기주의자 고갱을, 친구의 부인과 연애했던 마야콥스키를, 랭보와 베를렌느의 무자비한 퇴폐와 일탈을 심판하지는 않는다. 만약 누군가 그런다면, 그것은 굉장히 민망한 느낌을 불러일으키리라.

하지만 설사 미당未堂 서정주가 아무리 '경이로운 재주의' 시인일지라도 절대로 '위대한' 시인이 아닌 것은, 그가 '시를 통해' 자신의 안락을 추구하는 과정에서, 일제 군국주의 파시즘에 빌붙어 천지신명과 가련한 민중들을 유린했기 때문이다. 사랑하는 아들을 원수의 전쟁터로 징용 떠나보내는 어머니의 찢긴 가슴에 '시로' 대못을 박은 까닭이다. 죄 없는 사람들을 고문하고 살육하는 독재자 전두환의 생일을 찬양하기 위해 '시를' 오용한 이유에서이다. 만약 서정주가 육체로만 친일과 친독재를 했더라면, 그래도 그의 문학은 도망갈 구석이 서너 군데는 남아 있었을 게다. 가령 서정주가 일제의 악질 관료였다고 해도 〈문둥이〉이라든가 〈자화상〉의 아름다움이 크게 상처받지는 않는다. 따라서 우리는 서정주의 시를 교과서에 싣더라도 이러한 그의 시인으로서의 빛과 어둠을 반드시 함께 명기해야 할 것이다. 선진국일수록 예술가들의 색다른 자유를 인정하는 데에 후한 것은, 그들에게 '어떤 특정한 부분'에 있어서만큼은 삼엄한 '순수'를 요구하기 때문이다. 예술가는 그러한 자유로 경계 없는 꿈을 꾸고, 보통 사람들은 그 꿈을 섭취해 현실에서의 영적·미학적 각성을 잃지 않는다.

더욱이 우리가 서정주를 억지로라도 용인할 수 없는 것은, "한 개의 별을 노래하자. 꼭 한 개의 별을/십이 성좌 그 숱한 별을 어찌나 노래하겠니"라고 절규했던 이육사의 대쪽 같은 시와 처절한 삶 때문이다. 일제 군국 파쇼들과 싸우다가 옥고로 사망한 그의 청춘은, 서정주처럼 훈장이 추서되기는커녕 미아리 공동묘지에 쓸쓸하게 묻혔더랬다.

그러니 예술가는—안 그러는 게 제일 좋겠지만—설사 지옥의 지하도에서 노숙을 한 탓에 자신과 주변을 파멸로 이끌었다고 해서 그의 순수한 예술정신이 모욕받지는 않으나, 조국과 민족이 파시즘의 야만으로 치달을 때라면 그 조국과 민족을 저버릴 의무마저 지니고 있다. 나치즘을 증오했던 독일의 수많은 작가들이 그러했듯이.

예술가는 심지어, 인간적인 한계에 의해 직접 굉장한 속물이 되어도 그럭저럭 봐줄 만하다. 허나 예술가가 스스로의 예술을 미끼 삼아 속물 짓을 자행한 그 순간, 그는 무도덕의 모든 특권을 박탈당하고 악마보다 못한 인간으로 전락한다. 왜냐하면 이미 거기에는, 예술의 기본 심성인 어린아이의 천진함이 가증스럽게 거세되어 있기 때문이다. 게다가 이러한 종류의 예술가라면 표절의 늪에 빠질 가능성 또한 농후할 것이다.

"작가의 '영감의 근원'은 바로 그 자신의 수치심이다. 자신 속에서 수치심을 보지 못하거나 회피한다면, 표절작가가 되거나 비판의 대상이 될 것이다"라고 루마니아 출신의 프랑스 문인 에밀 시오랑은 말했다.

모든 세상의 여름밤에는 밤나무 숲이 해풍을 타고 점박이 달 곁에서 춤춘다. 나는 풀벌레 소리라도 들으려고 애쓰지만, 내부에서 욕망이 일어나는 즉시 그것을 소모해버리는 천박한 습성을 멸하기 전에는, 어떠한 추억과 어떠한 명상으로도 감각의 단전丹田은 열리지 않음을 잘 안다. 이승에서 괴로워하고 있는 건 지켜질 수 없는 나약한 인간의 도덕만이 아니다. 언젠가는, 벗어나야 한다. 나비가 흉한 껍데기를 내려놓고 허공으로 해탈하듯이. 멀리멀리.

(2014. 12)

단편소설 〈소년은 어떻게 미로가 되는가〉를 주요 테마로 한 《동양일보》와의 인터뷰

〈소년은 어떻게 미로가 되는가〉는 어떤 계기로 쓰게 되었나요.

지금이야 장편소설 작가로 더 알려져 있지만, 사실 저는 소설가보다는 시인으로 먼저 등단했고, 그 5년 뒤 〈그는 추억의 속도로 걸어갔다〉라는 단편소설을 통해 소설가로 다시 한 번 더 데뷔했으며, 이후 매우 열심히, 그리고 꾸준히 많은 양의 단편소설들을 써내던 작가였습니다. 문단에서 드러나게 오가며 활동하는 것을 접은 지 오래이다 보니 일부러 신경을 쓰지 않으면 중·단편소설이라는 아름다운 장르와는 아예 이별하게 될지도 모른다는 걱정이 들었습니다. 그래서 매년 연말 즈음에는 몇몇 문예지 관계자들에게 전화를 걸어 작품청탁을 한두 편씩 받고는 했는데, 〈소년은 어떻게 미로가 되는가〉 역시 그런 외부적인 과정에서 빚어진 작품입니다. 연작소설집《밤의 첼로》 이후 제 중·단편소설의 또 다른 진보적 변화와 새로운 미학을 성취해야 한다는 강박 때문에, 그리고 너무 오랜만에 쓰는 단편소설인지라 처음에는 손이 안 풀려서 정말 고생이 많았습니다. 탈고하고 나서야 아직 제가 단편소설을 쓸 수 있다는 확신을 가질 정도로, 쓰는 내내 스스로에 대한 의심에 시달려야 했으니까요. '소설은 결국 인간에 대한 이야기이고, 인간의 이야기란 결국 인간이 사랑하고 이별하는 이야기가 아닐까' 하는 상념에서 〈소년은 어떻게 미로가 되는가〉는 시작되었던 같습니다. 사랑을 하면서도 사랑이 알 수 없어 괴로운, 그러면서도 그 사랑을 견뎌내며 성장하는 모든 인간들의 총칭을 '소년'이라고 상상하면서 썼습니다. 이러한 기조 속에서 여러 중·단편소설들이 모아져 차후《밤의 첼로》가 그러했듯, 한 권의 연작소설집으로 묶어질 예정입니다.

〈소년은 어떻게 미로가 되는가〉를 통해서 전하고 싶었던 메시지, 대표적인 주제의식은 무엇입니까.

"사랑은 죽음보다 고통스러운 것이다. 그럼에도 우리는 일부러 사랑을 해서 고통받는다. 그 고통을 경험하면서 우리는 삶의 비밀에 한 발짝씩 접근할 수 있다. 그 비밀을 풀어낸다는 소리가 아니다. 불꽃에게 다가가듯 이 세계와 사랑에게로 좀 더 가까이 다가갈 수 있다는 뜻일 뿐. 와중에 나 자신과 나를 둘러싼 모든 것들, 내가 그토록 사랑하는 그 사람마저도, 전부 불에 타 사그라질 수도 있다. 사랑의 고통을 맛볼 것인가, 아니면 회피할 것인가. 선택은 각자에게 달려 있다. 대체 무엇이 사랑이고 무엇이 죽음이며 무엇이 이 세계란 말인가? 내가 사랑한다고 믿고 있는 당신은 도대체 누구인가? 재에게서는 재의 냄새가 나는 것이 아니다. 죽은 불의 냄새가 난다. 우리는 불꽃인가? 자, 이제 어쩔 작정인가?"

이런, 정답이 있을 수 없는 질문들을 혼잣말처럼 중얼거리며 썼습니다.

작품을 세상에 내놓을 때는 어떤 기분이 드십니까.

쓰고 나선 다 잊어버립니다. 저절로 그렇게 됩니다. 다만 그것에 관해 설명하거나 논할 때 억지로 다시 생각하면서 정리가 됩니다. 그리고 그 논하거나 설명하는 행위가 종료되면, 다시 다 까맣게 잊어버립니다. 이것이 제가 제 인생이라는 아수라장을 글쓰기로 정리하는 방식입니다. 뭐든 그렇게 정리가 되면 무조건 저 자신으로부터 분리됩니다. 그리고 그 와중에 뭔가 달라져 있는 저는 다시 새로운 방황을 시작합니다.

작품을 구상하며 꼭 의식하는 것이 있다면 무엇인가요.

"모든 것은 이미 다 내 안에 있다. 나는 내 안에 있는 것을 쓰는 것뿐이다. 화성의 우주인에 관해서 쓰고 있다고 하더라도." 이런 확신을 놓치지 않기 위해 애를 씁니다.

시, 소설, 영화 등 다양한 장르에서 활동하고 계신데 현재 각 분야의 활동들은 어떠신지 구체적으로 말씀해주세요.

저는 상업영화를 하고 있습니다. 상업영화는 대중과 소통하는 가장 좋은 예술 방식입니다. 일종의 도박이기도 하고 사업이기도 하고 게임이기도 합니다. 어쨌든 생계를 유지하며 예술을 하기 위해서는, 그리고 이 21세기에 적응하면서 문학을 포기하지 않기 위해서는 아이러니하게도 영화의 힘을 빌리지 않을 수 없었습니다. 그리고 영화는 어쨌든 분명한 종합예술입니다. 저처럼 스스로를 극복하고 확장시켜나가는 스타일의 예술가에게는 매우 어울리는 분야이기도 합니다.

소설가로 본격적인 활동을 시작하고 나서 한 1년 정도 지났을 즈음, 이제 다시는 시를 쓰지 못할 거라고 짐작하고 또 정말 그렇게 된다고 하더라도 큰 지장은 없다고 생각한 적이 있었습니다. 그러나 정작 가장 외롭고 힘들 때 저는 시를 쓰고 있었습니다. 그래서 저는 그때 제가 시인이라는 사실을 인정하지 않을 수 없었습니다. 또한 소설은 제게 있어 '자유의 무기'입니다. 영화는 돈과 사람이 없으면 만들 수 없지만, 소설은 노트북과 저만 있으면 그 어떤 악조건 속에서도 아무 부족함이 없습니다. 저는 앞으로 몇 가지의 예술적 고비만 넘기면 지금으로서는 상상할 수 없을 만큼 강해질 것입니다. 왜냐하면 저는 시를 쓰고 소설을 쓰고 칼럼을 쓰고 상업영화를 만드는 각각의 네 사람이 한꺼번에 스며들어 있는 한 사람일 것이기 때문입니다.

작가가 되기로 결심한 것은 언제부터인가요. 작가로서의 삶에 어려움은 없으셨나요.

청소년 시절이었습니다. 열여섯, 열일곱 살 즈음의 어느 날 어느 순간. 조금은 몽롱한 느낌 속에서, 문득, 시인이 돼야겠다고 생각했습니다.

문학의 시대가 가버린 지금에 문학을 한다는 것이 몹시 쓸쓸하긴 합니다. 굴욕적인 일들도 많이 일어납니다. 하지만 이제는 그러려니 합니다. 어느 시대와 어느 직업인들 그런 외로움과 수모가 없겠습니까.

문단을 떠난 이유는 무엇인가요.

제 문학적 운명을 남에 손에 맡기기 싫었습니다. 제 문학의 길은 그 어느 누구도 아닌 저 스스로 만들어나가고, '결정'하려 합니다.

상업영화에 뛰어들게 된 계기는 무엇인가요.

문학을 문학 안에 가둬두고 싶지 않았습니다. 대중과의 소통과 예술적 힘을 확보하고 싶었습니다.

작품이 드라마 속에 인용되거나 실제 드라마로 방영되기도 하는데 느낌은 어떠신가요. 특별히 드라마, 영화 제작 등을 염두에 두고 글을 쓰시나요.

보람과 기쁨을 느낍니다. 아무 소설가나 자신의 소설이 드라마와 영화로 제작되는 것을 경험할 수 있는 것은 아니니까요. 또한 제 모든 글들은 다 각종 영상매체들과 관계가 있다고 보시면 정확합니다. 문학을 최대한 넓게 사용하여 결과적으로는 문학의 본질과 그 가치에 기여하고 싶습니다. 그것은 이 어두운 21세기에서도 굳세게 생존하려는 순수문학가의 당연한 전략이기도 합니다.

가장 행복을 느끼는 순간은 언제인가요.

어떤 글이든 막 끝마쳤을 때. 그리고 곧 다시 사는 게 막 힘들어집니다.

현재 구상하고 있으신 작품과 앞으로의 계획에 대해 말씀 부탁드립니다.

올해는 제 문단 데뷔 25주년입니다. 여러 장르의 여러 책들이 일정한 간격을 두고 출간될 예정입니다. 두 해 전부터는 칼럼니스트로서도 열심히 활동하고 있습니다. 과거에도 물론 그러했고, 앞으로도 무엇을 하든, 문학 작업은 제 모든 창작들의 배후이자 사령탑 구실을 할 것입니다. 지금 쓰고 있는 새 시나리오로 상업영화 감독 데뷔를 한창 준비 중입니다. 지난 6년간 매번 결정적인 순간에 난항을 겪어 좌절되곤 했지만, 결코 포기하지 않으려 합니다. 많은 분들이 도움을 주시고 계시니 조만간 꼭 꿈을 이룰 수 있으리라 믿습니다. 집념과 노력은 가지되, 서두르는 바람에 무너지지는 않으려 합니다. 그 정도의 지혜는 있는 사람이어야 한다고 늘 스스로를 타이르고 있습니다.

(《동양일보》, 2015년 4월 2일 자)

우상의 어둠,
문학의 타락

— 신경숙의 미시마 유키오 표절

두 사람 다 실로 건강한 젊은 육체의 소유자였던 탓으로 그들의 밤은 격렬했다. 밤뿐만 아니라 훈련을 마치고 흙먼지투성이의 군복을 벗는 동안마저 안타까와하면서 집에 오자마자 아내를 그 자리에 쓰러뜨리는 일이 한두 번이 아니었다. 레이코도 잘 응했다. 첫날밤을 지낸 지 한 달이 넘었을까 말까 할 때 벌써 레이코는 기쁨을 아는 몸이 되었고, 중위도 그런 레이코의 변화를 기뻐하였다.

— 미시마 유키오, 김후란 옮김, 〈우국憂國〉, 《金閣寺, 憂國, 연회는 끝나고》, 주우主友 세계문학 20, 주식회사 주우, P. 233.(1983년 1월 25일 초판 인쇄, 1983년 1월 30일 초판 발행)

— 신경숙, 〈전설〉, 《오래전 집을 떠날 때》, 창작과비평사, P. 240-241. (1996년 9월 25일 초판 발행, 이후 2005년 8월 1일 동일한 출판사로서 이름을 줄여 개명한 '창비'에서 《감자 먹는 사람들》로 소설집 제목만 바꾸어 재출간됨)[1]

자, 이제 눈을 감고, 내가 말하는 장면을 각자의 머릿속에 그려보자. 대한민국 최고의 유명, 유력 소설가 신경숙은 문단의 까마득한 선배인 김후란 시인이 번역한 일본의 대표 작가 미시마 유키오의 《金閣寺, 憂國, 연회는 끝나고》에서 단편소설 〈우국〉의 한 부분을 가만히 펼쳤다. 이어 신경숙은 자신이 청탁을 받아 쓰고 있는 중인 단편소설 〈전설〉의 원고에 〈우국〉의 그 한 부분을 거의 그대로 옮겨 타이핑한다. 이 원고는 1994년 계간 《문학과 사회》 겨울호에 실린 뒤 1996년 창작과비평사에서 출간된 소설집 《오래전 집을 떠날 때》 속으로 들어가게 된다.

미시마 유키오의 〈우국〉에 대한 표절로 저렇게 적발되고 있는 신경숙의 〈전설〉의 일부분은, 한 소설가가 '어떤 특정분야의 전문지식'을 자신의 소설 속에서 설명하거나 표현하기 위해 '소설이 아닌 문건자료'의 내용을 '소설적 지문地文'이라든가 '등장인물들의 대화 속에서 활용하는 등'의 이른바 '소설화小說化 작업'의 결과가 절대 아니다. 저것은 순전히 '다른 소설가'의 저작권이 엄연한 '소설의 육체'를 그대로 '제 소설'에 '오려붙인 다음 슬쩍 어설픈 무늬를 그려넣어 위장하는', 그야말로 한 일반인으로서도 그러려니와, 하물며 한 순수문학 프로작가로서는 도저히 용인될 수 없는 명백한 '작품 절도행위—표절'인 것이다. 특히, 과연 경륜 있는 시인답게 김후란은, 1996년 6월 30일 초판이 발행된 《이문열 세계명작산책》 제2권 '죽음의 미학' 편에 실린 미시마 유키오의 〈우국〉에서는 "한 달이 채 될까 말까 할 때, 레이꼬는 사랑의 기쁨을 알았으며, 중위도 이를 알고 기뻐하였다"라고 번역된 부분에서 "사랑의 기쁨을 알았으며"라는 밋밋한 표현을 "기쁨을 아는 몸이 되었"다라는 유려한 표현으로 번역하였다. 이러한 언어조합은 가령, '추억의 속도' 같은 지극히 시적인 표현으로서 누군가가 어디에서 우연히 보고 들은 것을 실수로 적어서는 결코 발화될 수가 없는 차원의, 그러니까 의식적으로 도용盜用하지 않고는 절대로 튀어나올 수 없는 문학적 유전공학의 결과물인 것이다.

만약 신경숙이 자신의 머릿속에서 흘러나오는 대로 받아 적다보니 시인 김후란 번역의 〈우국〉 속 저 부분을 표절한 〈전설〉의 그 부분이 저절로 나타나게 된 거라고 주장하려면, 가령, 자신의 집 앞에 커다랗고 둥근 바위 하나가 있었는데 어느 밤 태풍이 몰아쳤고 이튿날 맑게 갠 아침에 눈을 떠 보니 그 커다랗고 둥근 바위가 로댕의 〈생각하는 사람〉과 똑같은 모양으로 간밤 비바람에 깎여 있더라는 해괴한 어불성설을 명쾌한 사실로 증명해내야만 할 것이다.

원래 신경숙은 표절시비가 매우 잦은 작가다. 재미 유학생 안승준의 유고집《살아는 있는 것이오》의 서문은 고인의 부친 안창식이 쓴 것인데, 이를 신경숙이 자신의 소설 〈딸기밭〉에 모두 여섯 문단에 걸쳐 완전 동일하거나 거의 동일한 문장으로 무단 사용한 것[2]이나, 신경숙의 장편소설《기차는 7시에 떠나네》와 단편소설 〈작별인사〉가 파트릭 모디아노와 마루야마 겐지의 소설들 속 문장과 모티프와 분위기 들을 표절했다는 고발[3] 등등은 필경 신경숙이 미시마 유키오의 〈우국〉을 표절한 것과 비슷하거나 같은 노릇을 여기저기서 상습적으로 일삼던 와중에 흩뿌려진 흔적과 증거 들이라고 보아야 타당할 것이다.

이 대목에 이르러 우리는, 신경숙이 미사마 유키오를 표절한 저 방식으로 다른 국내외 작가들의 작품들을 더 많이 표절한 것은 아닌지 하는 '상식적이고도 합리적인 의심'을 충분히 품을 수 있다. 예리한 독서가들 여럿이 작정하고 장기간 들러붙어 신경숙의 모든 소설들을 전수조사全數調査해보면 위와 같은 사례들은 얼마든지 더 있을 수도 있다는 소리다.

무라카미 류의 유쾌한 장편소설《69》에는 이런 명언이 나온다. "똥에는 사상 따위 없다." 표절도 마찬가지다. 표절은 '똥'이다. 똥에 사상이 개입할 여지가 없듯 표절에는 사상이 개입할 여지가 없는 것이다. 그런데 한국문단에서는 그런 문학적 야만이 버젓이 벌어졌다. 그래서 신경숙의 '표절'은 그저 '치워버리면 끝이 나는 똥'이 아니라 한국문학의 '치명적인 상처'가 돼버렸던 것이다.

소설가 신경숙은 시인인 나보다 5년 정도 문단에 먼저 나왔다. 우리는 20세기의 끄트머리에서 한국문단 생활을 함께 시작한 셈이다. 그러니 내가 기억하고 있는 한국문인들의 표절에 대한 염결함이 유독 신경숙에게만 무감각하거나 다르게 해석될 리 만무하다. 본시 한국문단은 요즘처럼 표절에 관해 널널한 입장을 취하는 그런 개념 없는 동네가 절대 아니었다. 가령, 어느 밤 동료 문인과 단둘이 술자리를 갖다가 그에게서 어떤 흥미로운 경험담을 들었을 때 다음 날 아침 술이 덜 깬 상태에서조차 그에게 전화를 걸어 "혹시 어젯밤 내게 말했던 그 이야기를 내가 내 시나 소설에 써도 되겠냐"고 허락을 구하는 정도가 내가 데뷔하던 당시 우리 한국문단의 표절에 대한 경계警戒의 수준이었으니, 공적인 자리나 매체에서의 표절에 대한 엄격함이란 더 말할 필요가 없겠다. 가령 소설가 이인화처럼 표절과 페스티쉬(혼성모방)의 논쟁들[4] 사이에서 조리돌림을 당한 문인이 있었고, 한 번 표절작가로 찍힌다는 것은 문인으로서의 죽음을 은유하는 것을 넘어서 자연인으로서의 자살까지 고려할 만큼 심각한 부끄러움이었음을 나와 나의 문우들은 자명하게 술회할 수 있다. 그래서 현재 명지대학교 문예창작학과 교수이자 신경숙의 남편(1999년도에 결혼. 신경숙의 표절 시비들은 2000년도부터 본격적으로 터져 나옴)이기도 한 문학평론가 남진우는 하일지를 비롯한 여러 문인들을 표절작가라며 그토록 가혹하게(아아, 정말로 가혹하게!) 몰아세우고 괴롭혔던 것 아니겠는가?[5] 참으로 기적적인 것은, 그랬던 그가 자신의 부인인 소설가 신경숙의 표절에 대해서는 이제껏 일언반구가 없다는 사실이다.

아무튼. 나처럼 천박하고 보잘것없는 작가도 당연히 알고 있던 한국문단의 저 호흡 같은 '문학헌법 제1조'를 신경숙처럼 고매하고 대단한 작가가 몰랐다고 우기려면 적어도 그때 신경숙의 문단은 화성에 있었고 신경숙은 화성인이어야만 할 것이다. 그리고 신경숙은 〈전설〉이 실린 소설집《오래전 집을 떠날 때》의 제목을《감자 먹는 사람들》로 바꿔서 재출간했다.[6] 절판된 책을 재출간하는 경우도 아닌데 굳이 왜 그랬을까. '오래전 집을 떠날 때'라는 제목이 '감자 먹는 사람들'이란 제목보다 못생겨서? '감자 먹는 사람들'이란 제목은 그 오리지널이 고흐의 그림 제목인데도 왜 굳이? 참으로 요상한 처신이 아닐 수 없다.

신경숙과 같은 극소수의 문인들을 제외한 거의 모든 한국문인들의 삶은 예나 지금이나 버겁고 초라하다. 하지만 그럼에도 불구하고 우리가 작가임을 스스로 자랑스러워하려는 까닭은 비록 비루한 현실을 헤맬지라도 우리의 문학만큼은 기어코 늠름하고 진실하게 지켜내겠다는 자존심과 신념이 우리에게 있기 때문이다. 생각해보라. 빈센트 반 고흐가 광기에 젖어 온갖 패악을 부렸다고 한들 누구도 예술가로서의 그를 비난하진 않을 것이다. 그러나 고흐가 누군가의 그림을 표절했다면 문제는 사뭇 근본적으로 달라진다. 평생 지독한 성욕에 시달렸던 피카소의 마성魔性에 가까운 여성편력을, 마약 과용으로 요절한 바스키아를, 장 주네의 도둑질과 비역질을, 가족을 내팽개치고 타히티로 가버린 이기주의자 고갱을, 절친한 친구 부부와 동거하며 그 친구의 부인을 사랑했던 마야코프스키를, 랭보와 베를렌느의 무자비한 퇴폐와 일탈을 예술사가 심판했다는 민망한 소리는 이제껏 어디서도 들어본 적이 없으나, 만약 저들 중 단 한 사람이라도 남의 작품을 표절했다면 지금 우리는 그를 예술가가 아니라 예술의 범죄자로 기억하고 있었을 것이다. 이렇듯 예술가에게도 도덕은 있으니, 그것은 '예술에 대한 도덕'인 것이다. 문인이 안하무인일 수는 있다. 그러나 문인이 문학에 있어서만큼은 안하무인일 수 없다. 문인이 범죄자일 수도 있다. 그러나 문인이 문학에 있어서만큼은 범죄자여선 안 되는 것이다. 종이책마저 사라져가는 21세기 디지털 시대, 문학에 싸늘해진 세상보다 막상 더 섭섭하고 화가 나는 것이 문학인들이 문학을 두고 부끄러운 짓들을 서슴지 않을 때인 까닭 역시 그래서이다.

표절은 시대와 시절에 따라 기준이 변하거나 무뎌지는 '말랑말랑한 관례'가 아니다. 만약 표절에 대한 엄중한 잣대를 무시하고 그 벌을 농락해 지식과 지성과 과학과 문화와 예술 등의 사법체계가 무너지면, 인간과 인간이 공부하고 노동하고 창조하는 모든 것들은 '모럴 헤저드'에 빠져들고 만다. 가장 양심이 없다는 대한민국 국회의원들마저도 논문표절을 하면 장관이 안 되고 산악 14좌 등반도 미심쩍은 부분이 발각되면 그 인정이 취소됨과 동시에 산악인으로서의 명예가 박탈된다. 인기 절정의 대중강연자는 논문표절로 인해 모든 방송 프로그램들에서 일거에 퇴출되고 세계적인 스포츠 스타도 도핑 테스트에 걸리면 평생의 업적이 한순간에 물거품으로 변해버리는 세상이다. 그러나 표절을 저질러도 아무 문제가 없는 곳이 있다. 바로 한국문단이다. 단, 조건이 있다. 책이 많이 팔린다거나 그것과 음으로 양으로 연관된 문단권력의 비호가 있어야 한다. 그러면 설혹 표절 문제가 제기된다고 하더라도 그저 약간의 소란 아닌 소란을 거쳐 다시 납득할 수 없는 평온으로 되돌아갈 뿐인 것이다. 어느덧 표절에 대한 도덕이 완전히 무너져버린 한국의 순수문학 안에서 표절은 아주 다양한 방법으로 치밀하게 진행돼 몽롱하게 마무리된다. 개인적인 표절 말고도, 가령, 거대 출판사의 사장과 편집부가 작가에게 이거 써라 저거 써라 제시하고 조종하다가 유리잔이 엎어져 물이 쏟아지는 것처럼 표절사건이 터지기도 하며, 이러한 와중에 자신의 작품을 표절당한 한 신인 소설가는 적반하장賊反荷杖으로 매장당하기까지 하건만 한국문단의 어느 문인도 시원스럽게 나서서 입장을 표명해 도와주지 않는다. 왜냐. 일종의 '내부 고발자'가 돼버려 자신의 문단생활을 망치고 싶지 않은 것이다.

나는 한국문단의 이러한 '표절의 환락가화歡樂街化'가 2000년 가을 즈음부터 줄줄이 터져 나왔던 신경숙의 다양한 표절 시비들을 그야말로 그냥 시비로 넘겨버리면서 이슥고 구성되고 체계화된 것임을 또렷이 증언할 수 있다. 신경숙의 표절에 대한 한국문단의 '뻔뻔한 시치미'와 '작당하는 은폐'는 그 이후 한국문단이 여러 표절사건들에 대해 단호한 처벌을 내리지 않는 악행을 고질화, 체질화시킴으로서 한국문학의 참담한 타락을 가져오게 되었던 것이다.

이렇듯 한국문인들은 신경숙의 표절 사실을 알든 모르든 간에 어쨌든 '침묵의 공범'으로 전락하고 말았다. 한국문학은 표절을 용인하는 집단이 돼버린 것이고, 한국문인들을 그러한 자괴의 콤플렉스에 갇혀버리게 된 것이다. 이는 자결할 기운도 남겨두지 않는 낙담이다. 우리 한국문인들과 한국문학의 독자들은 이제 이 폭압 같은 좌절로부터 기필코 해방돼야 한다. 신경숙의 표절로 인해 한국의 시인이자 소설가인 나는 수치심을 느꼈다. 다른 많은 문인들도 수치심을 느꼈다. 어떤 경로로든 이 사실을 알게 된, 한국문학을 사랑하는 독자들도 수치심을 느꼈다. TV 예능프로그램에 나와서까지 문학의 순수함과 숭고함과 엄격함에 대해 감동적으로 설파하곤 하는 신경숙의 모습은 우리에게 극심한 충격과 자책, 한국문학 자체에 대한 환멸을 안겨준다.

신경숙은 단순한 베스트셀러 작가가 아니다. 신경숙은 한국문학의 당대사 안에서 처세의 달인인 평론가들로부터 상전처럼 떠받들어지고 있으며 동인문학상의 종신 심사위원을 맡고 있는 '등등'의 요인들로 인해 한국문단 최고의 권력이기도 하다. 그러한 신경숙이기에 신경숙이 저지른 표절이 이른바 순수문학에 대해서는 순진할 수밖에 없는 대중, 특히 한 사람의 작가만큼이나 그 개개인이 소중하기 그지없는 한국문학의 애독자들과 날이 갈수록 하루하루가 풍전등화인 한국문학의 본령에 입힌 상처는 그 어떤 뼈아픈 후회보다 더 참담한 것이다.

뿐인가. 신경숙의 소설들은 다양한 언어들로 번역돼 각 외국 현지에서 상업적으로도 가시적인 성과를 올린 바 있다. 그런데 만약 '신경숙의 미시마 유키오 표절'이 뉴욕에 알려진다면? 파리에 알려진다면? 영국에 알려진다면? 일본의 문인들이, 일본의 대중들이 이 사실을 알게 된다면? 이는 감춘다고 감춰질 문제도 아니며, 감추면 감출수록 악취가 만발하게 될 한국문학의 치욕이 우리가 도모할 일은 더욱 아닐 것이다. 그러니 대한민국의 대표 소설가가 일본 극우 작가의 번역본이나 표절하고 앉아 있는 한국문학의 도덕적 수준을 우리 스스로 바로잡는 것 말고는 한국문학의 이 국제적 망신을 치유할 방법이 달리 뭐가 있겠는가.

지금 내가 이 글을 쓰고 누군가 이 글을 읽는다는 것은, 누가 누구의 흠결을 잡아내 공격하는 성격의 일이 정녕 아니다. 만약 그렇다면 내가 지난 10년 가까이의, 그리고 앞으로의 문단생활을 스스로 포기하면서까지 이 글을 쓸 이유란 애초에 없었다. 다만 내가 바라는 것은, 나와 나의 문우들이 문학을 처음 시작했을 적에 신앙했던 문학의 그 치열하고 고결한 빛을 되찾는 일일 뿐이다. 신경숙의 개인사가 아니라 한국문학사 전체를 병들게 하는, 나아가, 아직 태어나지 않은 미래의 한국문학

작가들과 그들의 독자들에게까지 채워질 저 열등감의 족쇄를 바수어버리는 일일 뿐이다.

한국문단과 한국문학은 이 글을 통해 표절에 대한 패배감과 우울증을 치유 받아야 하고 그것이야말로 이 글의 사회적, 문화적 공익성이 될 것임은, 그러고 나서야 비로소 우리가 우리의 아이들에게 작가란 표절을 하지 않는 존재라고, 또한 비록 작가가 아닐지라도 누구든 남의 작품을 표절하는 것은 도둑질과 다름없는 것이라고 학교에서 가르칠 수 있게 될 것이기 때문이다.

신이 아니고서야 악한 사람과 선한 사람을 칼로 무 자르듯 구분할 수는 없다. 우리는 악한 사람이기도 하고 선한 사람이기도 하다. 그러나 악한 일과 선한 일은 있다. 나는 나의 이 글이 과거에도 그랬고 앞으로도 지속적으로 우리 사회와 문화에 악영향을 끼칠 어떤 악한 일을 바로잡는 선한 일이 되기를 간절히 기도한다. 보통의 경우 나는 용감하지 않은 사람일 수도 있다. 하지만 언제가 죽으면서 나는, 내가 용기 없는 문인이었다고 후회하고 싶지는 않다.

진정한 문학은 세상을 능욕하는 더러운 시스템을 무시하고 무너뜨린다. 또한, 인간의 영혼을 기만하고 예술의 가치를 짓밟는 야만을 용서하지 않으려는 결의는 유별난 한 문인만의 것일 수도 없는 것이다. 세상은 법률로만 유지되는 게 아니다. 세상은 인간의 모순과 슬픔을 예술의 순수를 통해 사랑하고 위로하면서 제 핵심을 사수한다. 예술에 대한 예술가의 윤리가 예술가의 본분임은 바로 그 소치인 것이다.

고로, 신경숙이라는 한국문학의 우상偶像이 저지른 표절에 관해 한 작은 문인이 정식으로 써서 그 사실과 의미를 일깨우는 일은 한국문인들의 긍지를 회복하는 길이자 척박한 환경 속에서도 피눈물과 땀방울로 한국문학을 일궈낸 선배작가들과 독자들에게 사죄하려는 오늘의 한국문인들 모두의 모습이다.

글이란 비록 그 글을 쓴 자가 죽은 다음일지라도 오히려 새 생명을 부여받아 역사와 문화 속에서 자신의 무거운 책무를 감당한다. 어떤 대단한 권력이 협박하고 공격하고 회유하고 은폐하고 조작한다고 한들 단 한 사람만이라도 순정한 마음으로 혼신을 다해 기록한다면 그 기록은 그 기록을 포함하는 모든 것들의 진실을 필요할 적마다 매번 소환해 영원히 증명해낸다는 뜻이다. 이것이 곧 온갖 어둠을 이용해 당대에 설치는 거짓보다 훨씬 강한 참된 글의 빛이며 문학의 위대함이다. 나는 나의 과거와 현재와 미래의 문우들과 함께, 지금 이 순간 오로지 그것만을 믿고 싶은 것이다.

(2015. 6. 16)

1 저작권법상 저작권자와 출판사의 인용 허가가 필요한 부분이므로 생략하였다. 원문은 인터넷에서 '우상의 어둠, 문학의 타락'을 검색하면 볼 수 있다.

2 최재봉, 〈왜 신경숙씨 '딸기밭'에 남의 글이 그대로 담겼나〉, 《한겨레신문》, 1999년 9월 21일 자 참조. 이 일이 드러나 문제가 커지자 신경숙은 고故 안승준의 유족에게 사과하고 양해를 구해 소설집 《딸기밭》의 그 다음 인쇄본부터는 '유의 어머니 편지는 고 안승준 씨의 유고집 서문의 일부를 변형한 것임'이라는 문구를 단편소설 〈딸기밭〉의 말미에

달았다. 신경숙, 〈출처 안 밝힌 인용은 죄송, 표절혐의 이해할 수 없다〉, 《한겨레신문》, 1999년 9월 28일 자 참조.

3 이는 주로 문학평론가 박철화가 주장한 것들인데, 계간 《작가세계》 1999년 가을호에 실린 〈야성성의 글쓰기, 대화와 성숙으로〉와 이후 《한겨레신문》에 발표한 그의 기고문들을 참조할 수 있다. 특히 박철화는 신경숙의 단편소설 〈작별인사〉가 마루야마 겐지의 장편소설 《물의 가족》의 여러 요소들을 그저 멋 부리기 위해 가져다가 표절한 것이라 주장하고 있다. 박철화, 〈비슷한 문장과 모티프 모든 것이 우연인가〉, 《한겨레신문》, 1999년 10월 5일 자 참조.

4 최재봉, 〈국내 포스트모더니즘 거센 내부 비판〉, 《한겨레신문》, 1993년 3월 13일 자 참조.

5 소설가 하일지는 자신의 작품에 대한 남진우의 공격이 문학평론이 아닌 인신공격적 언어폭력이라고 일갈했다. 또 문학평론가 권성우는 강준만과의 공저 《문학권력》 (개마고원, 2001) 속 자신의 글 〈심미적 비평의 파탄—남진우의 반론에 답한다〉에서 남진우가 하일지의 장편소설 《경마장 가는 길》이 로브그리예의 작품을 표절했다고 비판하면서도 아무런 증거를 내세운 적이 없다고 주장하면서 남진우의 하일지 비판(특히 로브그리예에 대한 표절 시비가)이 그야말로 인신공격적 언어폭력에 불과하다고 소설가 하일지와 똑같은 결론을 내리고 있다. 고미석, 〈문학평 인민재판식 안된다〉, 《동아일보》, 1991년 9월 30일 자 참조. 윤성노, 〈권성우·강준만 공저 '문학권력서' 재비판〉, 《경향신문》 2001년 12월 17일 자 참조.

6 〈문화단신〉 문학, 연합뉴스, 2005년 8월 9일 자 참조.

신경숙의 의식적인 표절,
문인들의 침묵은 자살 행위

— '신경숙 표절 사태'에 대한 소설가 이응준의 《중앙일보》 신준봉 기자와의 인터뷰

지난주 초부터 한국문단은 요동쳤다. 한국의 대표적인 소설가 신경숙(52) 씨가 일본의 극우 작가 미시마 유키오의 소설을 표절했다는 논란이 문단 안팎을 뒤흔들었다. 정작 표절 의혹을 제기한 소설가 이응준(45) 씨는 말을 아꼈다. 16일 온라인 매체 《허핑턴포스트》에 '우상의 어둠, 문학의 타락'을 게재해 표절 의혹을 제기한 뒤 한 차례도 인터뷰에 응하지 않았다. 간간이 전화로 입장을 표명했을 뿐이다. 특히 신 씨가 23일 《경향신문》을 통해 표절에 대한 입장을 밝힌 이후에는 휴대전화까지 끈 채 두문불출했다.

그런 이 씨가 마침내 본지와의 인터뷰에 응했다. 왜 표절 의혹을 제기했는지, 왜 하필 지금인지 등 세간의 궁금증에 대해 상세하게 답했다.

표절 논란 관련 첫 언론 대면 인터뷰이다. 그는 거듭해서 "지금 당장 표절을 포함한 한국문학의 문제들을 해결하지는 못할지라도 기록으로 남겨 나중에라도 반드시 개혁되기를 바라는 마음에 그 글을 쓰기로 결심했다"라고 여러 차례 강조했다. 이 씨는 "이번 인터뷰가 처음이자 마지막"이라고 했다.

《경향신문》 23일 자에 보도된 신경숙 씨 해명에 대해 어떻게 생각하나. "나도 이제 내 기억을 믿을 수 없는 상황"이라고 했다.

내가《허핑턴포스트》기고에서 문제 삼은 신경숙 씨의 표절 대목은 문학계에서 통상적으로 인정되는 정당한 '문학적 사용'의 한계를 크게 벗어나는 것이다. 특정 분야의 전문지식을 소설 속 지문이나 등장인물들의 대화 속에 용해해 넣는 것은 가능하다. '소설화 작업'이라고 부르는 거다. 한데 신 씨의 작품 〈전설〉은 그 정도가 아니었다. 나는 기고에서 신 씨의 행위를 '다른 소설가의 소설의 육체를 그대로 자기 소설에 오려붙인 다음 슬쩍 어설픈 무늬를 그려 넣어 위장했다'고 표현했다. 신 씨의 행위는 지극히 '의식적인 표절'이다. 그런데 신 씨의 해명은 '기억이 나지 않는 행위에 의한 표절'이라는 거다. 내가 그런 '난해하고 아리송한' 표절 인정을 사실로 받아들인다면《허핑턴포스트》기고에서 했던 내 주장과 상충되는 말을 하는 사람이 되고 말 것이다. 다시 말하지만, 나는 23일 자《경향신문》인터뷰에서의 신 씨의 표절 인정을 제대로 된 표절 인정이라고 볼 수 없다. 하지만 검찰이 이 일에 개입하는 것은 여전히 반대이다. 문인들 스스로의 힘과 지혜로 문단이 깨끗해지기를 바란다.

트위터 등 인터넷에는 핵심인 표절 문제에 대해 아직도 개운하게 입장을 밝히지 않았다는 비판이 많다. 사람들은 명백한 표절이라고 보고 있다는 얘기다. 다시 한 번 묻고 싶다. 명백한 표절인가.

신 씨에게 문학이 전부이듯 나에게도 문학은 내 전부다. 나도 내 전부를 걸고 말한 것이다. 당연히 표절이다.

《우국》과 너무 흡사한 〈전설〉은 그렇다치고 신 씨의 다른 작품들은 어떤가. 최근작 《어디선가 나를 찾는 벨이 울리고》 같은 작품에 대한 표절 의혹도 제기되는데 그런 정도의 유사함은 있을 수 있다는 지적도 있다.

내가 공식적으로 제기한 부분만 책임을 지고자 한다. 나머지는 다른 문인들과 독자들의 추상같은 판단에 맡긴다. 내 짐이 너무 무겁다.

신 씨는 2000년부터 표절 시비에 시달렸다. 최근작 《어디선가 나를 찾는 벨이 울리고》에 대한 표절 의혹이 제기되긴 했지만 적어도 2000년 이후, 1994년 작품인 〈전설〉만큼의 '표절 글쓰기'를 하지는 않은 것 같다. 문제가 된 작품을 작품집에 계속 남겨둔 것은 문제다. 그런 점에서 오만했다고도, 표절 문제에 둔감했다고도 할 수 있다. 신 씨는 왜 표절 문제를 좀 더 분명하게 대처하지 못했을까.

너무 권력이 강하다보니 누군가 감히 같은 사안을 새로운 방식으로 다시 끄집어내 공격하리라고는 상상하지 못했던 것 같다. 또한 내 방식은 가장 고전적인 방식이기도 했다. 글 쓰는 사람으로서 오직 글을 통해 오랜 숙제를 해결하고 싶었다. 그래서 사건 와중에 일체 방송 인터뷰를 사양했다. 비만한 권력은 편한 것만 보고 편한 것만 듣고 편한 대로만 사고한다.

'비만한 권력'이라고 표현할 만큼 신경숙 씨에게 권력이 있나.

내 글을 처음에는 문예지에 실어보려고 고심하고 노력했지만, 그 가능성이 제로라는 사실 앞에서 새삼 절망했었다. 이게 증거다. 만약 고지식하게 진행했더라면 틀림없이 우스꽝스러운 꼴을 당했을 것이다.

이른바 '문단권력' 얘기도 많이 나온다. 문단권력이 존재하나. 어떤 점이 문제인가.

당연히 존재한다. 가령 정치는 미우니 고우니 해도 어쨌든 사람들의 집중적인 관심을 받다 보니 문제가 있으면 빠르든 늦든 결국 드러나게 된다. 하지만 한국문단 안에서 무슨 일이 벌어지는지 대중은 무관심하다. 마치 성채와도 같은 그곳에서 쥐도 새로 모르게 황당한 사건들이 벌어진다. 문단이라는 왕국에는 임기 말이라는 것도 없어서 가령 사정당국이 불쑥 뛰어들어 누군가를 잡아하거나 하지도 않는다. 성주들은 심심치 않게 대중 앞에 나서서는 정교한 위선으로 포장한 묘한 감동을 판매한다. 바닥에 파묻힌 어두운 역사까지 엉뚱하게 조작하는 판이니 훗날 사건을 다시 파헤치기도 쉽지 않다. 이 왕국의 가장 무서운 점은 비판자의 늑대 유전자를 꼬리치는 애완견의 유전자로 바꿔버린다는 점이다. 문제가 있다면 하나님에게라도 이의를 제기해야 하는 문인들을 '문단공무원'으로 전락시켜버린다.

너무 문학적인, 비유적인 표현이다. 구체적인 문단권력의 폐해 사례를 소개한다면.

표절로 시작한 마당이니 표절에 대한 사례로 답하자면, 그동안 등장했던 많은 표절 의혹 제기들을 모두 무마시키고 이 표절의 악순환을 체계화시킨 것이 바로 문단권력이다.

《허핑턴포스트》 글에서 출판사의 요구에 작가가 휘둘려 표절 사건이 터지기도 하고, 와중에 신인 작가가 적반하장으로 매장되기도 했다고 했는데 구체적으로 어떤 사건인지 밝힐 수 있나.

문단의 누구라도 다 아는 사실이다. 내가 너무 지쳤다. 내 짐이 너무 무겁다.

신경숙 씨 표절 논란을 처음 접한 시기는.

1999년을 지나 2000년 가을 무렵. 충격이었다.

문제의 심각성을 절감했다고 하더라도 의혹 제기를 위해 10년간 문단을 떠나고, 본격적인 준비를 위해 6개월간 하던 영화 일을 그만두는 건 다른 문제다. 그렇게 끈질기게 매달린 이유는.

그런 질문을 내게 던지기 전에, '한국문단은 이대로 썩어가기만 할 것인가 아니면 아름다운 쪽으로 변해야 할 것인가'라는 내 질문에 누구든 먼저 답해줘야 한다. 작가로서의 자존심을 되찾는 것은 우리 문인들 모두의 의무다. 문인들은 평소 정치비판과 사회적 발언을 많이 한다. 그런데 자신들의 고유 영역이 이토록 썩어문드러져 가고 있는데도 아무 말도 못하는 것은 모순이 아니라 부끄러운 일이고 자살 행위다. 내 주변에는 지난 10년 내내 내가 이 문제를 얼마나 진지하게 고민하고 근본적으로 해결해보려 했는가를 생생히 증언해줄 사람들, 특히 문인들이 수두룩하다. 지금도 늦었다고 그러는 마당에 더 늦출 수는 없었다. 무엇보다 무모해 보이는 이 일을 이제는 벌여도 좋을 만큼 내 산문 문장이 준비됐다고 스스로 생각했다. 또 더 늙는다면 나도 패기를 잃을 수 있다는 두려움이 앞섰다. 나는 죽는 날 오늘 이 일을 안 한 것을 후회하기보다는 결행하고 아프기로 결정했다. 그뿐이다.

대표적인 작가인 신 씨는 어정쩡한 상태지만 사과했고 출판사 '창비'는 먹칠을 했다. 무엇보다 독자들이 신 씨 등에 크게 실망을 했다. 바라던 결과인가.

어리석은 소리다. 자신의 슬픔을 바라는 사람이 있는가? 나는 상황이 바뀌기를 바랄 뿐이다. 나는 내 전부를 걸고 노력했다. 이제 내가 벌여놓은 일들은 이미 내 손을 떠났다. 나는 한 사람의 보잘것없는 문인으로서 한국문단을 위해 그나마 할 일을 한 것이고, 이 이상 뭔가를 더 하려고 한다면 추해질 뿐이라고 생각한다.

신 씨는 당분간 모든 것을 내려놓고 자숙하겠다고 했다. 하지만 절필은 못하겠다고 했다.

나는 결코 신 씨의 절필을 바란 적이 없다. 나는 내가 좋은 작품을 쓰기 바라듯 다른 모든 작가들도 좋은 작품을 쓰며 행복하기를 바란다.

문단과 신 씨, 출판사 등이 상처를 회복하는 방법은.

문학에 대한 사랑과 사명감으로 이 일을 지혜롭게 마무리해주었으면 좋겠다. 소설가 신경숙의 반대편에 서 있는 분들도 오늘의 이 사태를 사적 복수의 기회나 분노의 하수구로 이용하는 일이 없기를 간곡히 부탁드린다.

학술논문과 달리 문학작품의 경우 표절 판단 기준이 아직 모호하다. 생각하는 기준 같은 게 있나.

표절의 가장 강력한 기준은 작가의 양심이다. 표절인지 아닌지는 그 글을 쓴 본인이 제일 먼저 알 것이다. 아까도 얘기했지만 소설을 쓸 때 용인되는 자료 사용방식이 있다. 그 기법을 따르는 한 표절 시비에서 자유로울 수 있다. 거기다 각주나 미주, 참고목록 같은 것들을 적절히 활용하면 표절에 관한 한 아무런 문제 없는 소설 텍스트를 얻을 수 있다. 나는 그렇게 한다.

기록을 남기기 위해 의혹을 제기했다는 말을 여러 차례 했는데.

인간 신경숙 개인에게는 아무런 관심도 감정도 있을 수 없다. 다만 문학인으로서 느끼는 공적인 의무감이《허핑턴포스트》에 기고를 하게 했을 뿐이다.

2000년에 정문순 씨가 문제 제기했을 때는 묻혔었으나 이번《허핑턴포스트》기고에 대한 반응은 폭발적이었다. 어떤 면에서는《허핑턴포스트》의 승리라고 할 수도 있을 법한데.

'우상의 어둠, 문학의 타락'을 실을 만한 문예지를 도저히 찾을 수 없었다. 잡지들도 여의치 않았다. 문단과 이 사회를 아는 사람들이라면 저간의 사정을 충분히 짐작할 수 있으리라고 본다. 그러다가 만난 게《허핑턴포스트》였다. 그 매체의 잠재력이 순기능으로 작용해 많은 독자들의 기적 같은 참여를 이끌어냈다. 만약 독자들의 폭풍 같은 힘이 없었다면 내 문제 제기는 과거 신 씨의 표절을 지적했던 다른 글들처럼 무시당하고 묻혀 버렸을 거다. 만약 그렇게 됐더라고 해도, 나는 '기록'의 숭고함을 의심치 않았을 것이다. 언젠가는 반드시 내 기고가 빛을 발휘해 문학의 섬세한 질서를 되찾아 주리라는 믿음이 있었다. 이것은 흠집잡기나 폭로가 아니다. 문학의 기록이다. 신경숙과 내가 죽어서 흙이 된 다음에도 한국어가 살아있는 한 한국문학은 존재할 것이다. 후세의 한국문인들과 한국문학 독자들마저도 표절 콤플렉스와 그 치욕에 시달리게 할 수는 없는 일 아닌가. 비록 당장 좋은 결과를 못 얻는다고 해도 기록으로 남긴다면 언젠가는 그 기록이 진실을 다시 들춰 잘못된 현실을 치유해주리라 굳게 믿었다. 문학이 타락하면 사회가 타락한다. 사실 모든 질문과 대답은 '우상의 어둠, 문학의 타락'에 다 담겨 있다. 다시 읽어보길 권한다.

의혹 제기 이후, 신 씨만큼이나 심경이 복잡했을 텐데.

힘겨웠다. 사태가 내 진의와 소망과는 다르게 진행되거나 변질될까봐 마음을 졸였다. 낮에는 상황을 지켜보며 적절한 반응을 내놓거나 침묵하고, 밤에는 술을 많이 마셨다. 매일 그랬더니 몸이 망가졌다. 누군지도 모르는 사람들에게서 모함과 협박도 받았다. 그 증거들을 모아뒀다. 오늘 이후로는 경찰에 수사를 의뢰할 생각이다. 변호사에게 자문을 받아뒀다.

앞으로의 계획은.

남은 인생, 문단의 공적인 자리로부터 아주 멀리 떠나서 지낼 것이다. 문인들이 모인 곳은 가지 않을 생각이다. 작품을 발표하고 책을 출간하기는 하겠지만, 오로지 아웃사이더 작가로서 묵묵히 살아가겠다.

(《중앙일보》, 2015년 6월 26일 자)

장편소설 《국가의 사생활》
이탈리아어판 〈작가의 말〉

저의 장편소설《국가의 사생활》이 문화와 예술의 강국 이탈리아에서 그 모국어로 번역 출간되게 된 것을 작가로서 매우 기쁘게 생각합니다.

이 책은 대중소설의 옷을 입고는 있지만, 정통 현대문학이 추구하는 구조와 내용을 지니고 있습니다. 저는 이 책을 읽는 모든 이들이 스토리의 즐거움을 느끼는 동시에 자신과 자신을 둘러싼 이 세계에 대한 진지한 질문과 성찰 또한 얻기를 바라고 있습니다.

작가는 가끔 자기도 모르는 사이 예언자가 되기도 하지만,《국가의 사생활》 속의 시간 설정, 즉 2018년과 2023년은 사실 큰 의미가 없습니다. 이것은 조지 오웰이 장편소설 《1984》를 1948년에 집필하면서 '48'에서 '8'과 '4'의 위치를 뒤바꿔《1984》의 제목을 만든 것과 비슷한 원리를 따르고 있습니다.《1984》가 출간되었던 1949년 당시 '1984'가

'어떤 미래'를 추상적으로 가리키고 있듯이, 2016년 현재에 있어서 2018년도는 그저 '가까운 미래'를 상징하고 있을 뿐입니다.

역사적 사건이라는 것은 블랙코미디의 양상을 띤 자연재해의 양상으로 인간에게 다가오기 마련입니다. 저는 한반도의 통일도 그렇게 발생하리라고 봅니다. 지금 대한민국과 조선민주주의인민공화국은 전 세계에서 유일한 분단국가의 반쪽씩입니다. 그러나 이 분단은 한반도만의 문제가 아니라 전 세계 문제이기도 합니다. 그리고 머지않아 남한과 북한이 통일 되면 한반도 안에서는 인간과 사회와 국가 등등에 대한 대실험이 펼쳐질 것입니다. 지난 20세기에 대한 마지막 보고서가 정리되고 21세기의 전망과 진단이 이루어질 것입니다. 우리는 한국인이나 이탈리아인을 넘어서 인류의 한 가족, 세계인입니다. 그리고 그러한 감각과 지성을 가지고 살아가기를 지금의 세계는 우리 모두에게 요구하고 있습니다. 나는 대한민국의 작가가 쓴《국가의 사생활》이탈리아의 독자들에게 그러한 요구를 충족시켜주는 선물이 되기를 소망합니다.

사실 모든 역사는 인간의 내부에서 발생합니다. 분열은 한반도의 정치적 상황에만 있는 것이 아닙니다. 우리 각자의 마음속에는 분열이 있고 그로 인한 불행이 있습니다. 그것을 해결하기 위해서는 사랑과 용기가 필요합니다. 저는 이 책의 주인공이 사랑과 용기로 가득 찬 사람이었듯, 이 책을 쓴 저와 이 책을 읽는 전 세계의 모든 독자들도 그러하기를 바랍니다. 그것이 제가 이 책을 쓴 간명한 목적입니다.

이 책이 이탈이아어로 번역되어 출판되는 과정과 그 결과에 동참해주신 모든 분들께 감사드립니다. 저는 이십대 초반에 이탈리아를 두 차례 여행한 일이 있습니다. 제 청춘의 너무나 아름다운 추억이었습니다.

그 위대한 나라의 국민들이 제 책을 읽는다고 생각하니 가슴이 뛰니다.

이로서 저는 꿈을 이룬 행복한 작가입니다.

2016년 10월, 서울에서 이응준

4

참호에서의 책읽기

책은 나에게
어머니도 아니고 창녀도 아닌
내 수호천사의 고민
보통 빠르기로 노래하듯이
영웅 이야기에 위로받는다는 것
죽은 자가 산 자보다 더 행복하다
불완전한 인간만이 쓸 수 있는 아름다운 이야기
진정한 순례
십자군 전쟁의 업보
인간의 최후, 최후의 인간
어두운 풍자와 묵시가 아닌 담담한 현실로서의 디스토피아
현실보다 더 현실 같은 허구의 공학
추억의 회복
어둠에 대처하기 위한 다섯 권의 책 읽기
그 시절이 우리의 것이 아니었다면
이야기가 하는 일
작가
바람 속의 시집
공학이되 결국 선인 시
추억의 동지로서의 책
두려움의 안개 속을 걸어 나오라

책은
나에게

책은 내게 있어 최악의 경우에도 함께 있을 수 있는 동지이다. 또한 내게 책은 핵폭풍 한가운데서도 안전하게 숨을 수 있는 참호이기도 하다. 나는 궁지에 몰리면 그 동지와 함께 그 참호로 들어가 몸을 웅크린다. 그리고 나를 궁지로 몰아넣은 내 삶에 대한 반격의 기회를 노린다. 비바람이 불고 벼락이 치면 나는 밀봉된 유리병이 되어 책을 읽는다. 내 안에서 무엇이 생겨나고 무엇이 부풀어 올라 그 유리병이 폭발할 지는 아무도 모른다. 책은 나를 다스리고, 나를 위험하게 만든다. 내가 그들에게 날아가 폭발하고 나서야 그들은 불타오르며 비로소 알 것이다. 무엇이 비바람이었고, 무엇이 벼락이었는지.

어머니도 아니고 창녀도 아닌

— 카리 우트리오의 《이브의 역사》

언젠가 술자리에서 한 외우畏友로부터, 내가 여자를 '어머니' 아니면 '창녀'로밖에는 구별 못한다는 비난을 받은 적이 있다. 하지만 그날 밤 약간은 심한 듯한 그의 지적에도 내가 얼굴 한 번 찡그리지 않고 계속 즐겁게 시간을 보낼 수 있었던 건, 아마도 우리 한국 남성들 전체가 여성이라는 존재 앞에서만큼은 결국 다 똑같은 파시스트라는 공범심리, 혹은 거기서 연유한 묘한 안도감 때문이 아니었겠나 싶다. 이 사회의 종교지도자들로부터 사창가 포주들에게 이르기까지 여성에 대한 몰이해와 폭력에 있어서만큼은 저 근원을 따져간다면야 유전자가 일치할지도 모른다. 우리는 여기서 '사회'를 '세계'로, '여성'을 '약자'로 바꾸어 읽어도 그 의미의 확장에 전혀 불편함을 느끼지 못한다.

핀란드의 역사학자이자 작가인 카리 우트리오의 역저 《이브의 역사》

는, 전쟁과 권력욕으로 얼룩진 남성들의 야만적인 역사에서 제외된 여성들의 이야기를 시종 차분하고 균형 있는 목소리로 다루고 있다. 작가는 요즘 주변에서 흔히 볼 수 있는 현학적이고 공격일변도의 '막가는 페미니즘'이 아니라, 철저한 고증과 예리한 사유를 통해 '인간으로서의 여성'에게로 우리를 안내해주고 있는 것이다. 작가의 문제 제기는 고대의 초기 기독교에 나타난 여성의 모습, 수도원과 수녀원에서의 여성의 역할, 마리아 숭배, 기사와 귀부인의 연애, 종교재판과 마녀사냥, 종교개혁기와 프랑스대혁명 시대의 여성들의 자유를 향한 투쟁, 절대주의시대의 궁정 여성들과 귀족들 사이에 성행했던 살롱문화, 20세기 현대여성과 동성애, 매춘, 포르노그라피의 문제 등을 다양하고 폭넓게 다루고 있다. 페미니즘 따위는 애초에 잊어버리고 그냥 희귀한 역사교양서로 읽어나갈 것을 추천할 정도로 흥미롭고 명확한 사실관계를 보편적 틀 안에서 분석한다. 이 책은 남성들을 비난하거나 여성들을 특별히 옹호하는 자극적인 언사들이 부재함에도 불구하고, 끝장을 넘기고 나면 실은 가장 천박하고도 야비하면서도 매우 경건한 척하기 좋아하는 남성권력을 스스로 반성하고 고자누룩하게 만드는 이상한 힘이 있다.

가끔 이런 생각을 할 때가 있다. 남자가 괴로운 것은, 그들이 신을 알고 싶어 하다가도 기회만 좋으면 스스로 신이 되려고 하기 때문이 아닐까, 하는. 남자들이 보다 행복해지기 위해선 그 그릇된 힘 중에 많은 부분을 여성들을 정당한 인간으로 끌어올리는 데에 써야 한다고, 그래야 함께 온전한 인간이 된다고, 이 책은 애써 말하지 않고도 가르치고 있는 것 같아, 찔린다.

(2000. 4)

내 수호천사의 고민

— 베르나르 베르베르의 《천사들의 제국》

천사는 너무나 독특하고 매력적인 존재이다. 그들은 늘 우리 인간들의 주변을 맴돌며 근엄한 신의 심판을 함께 걱정해주었다. 신은 감정의 동요가 없어야 한다. 신이 함부로 기뻐하거나 노여워하고, 혹은 슬퍼한다면, 인간은 그때마다 천재지변에 가까운 세계 변화의 격차를 감당해내야 할 것이기 때문이다. 하지만 천사의 경우는 다르다. 우리는 술에도 취하고 낙심도 하는 그런 어리숙한 천사의 모습에서 신성과 인성의 유머러스한 화해를 발견한다. 그들은, 제 손으로 창조하였기에 제 손으로 멸망시키리라고 호언장담하는 얼음심장의 절대자가 아니라, 실수투성이 인간의 곁에서 인내심 많고 따뜻한 벗으로 오래 남아주었다. 그들은 신처럼 날아다니되 인간처럼 고뇌한다. 우리가, 사랑을 이루기 위해 은빛 날개를 버리고 테라코타마냥 부서지기 쉬운 인간이 되려는 빔 벤더스의 천사에게 이끌리는 것은, 바로 그런 이유에서이다.

여기, 피흘리고 늙어가는 나약한 인간들을 매혹시키는 또 한편의 천사이야기가 세상에 모습을 드러냈다. 이미 《개미》《타나토노트》 등의 작품으로 한국 독자들을 사로잡았던 베르나르 베르베르의 신작《천사들의 제국》이 그것이다. 상갓집이 시체가 누워 있는 곳이 아니라 살아 있는 자들이 스스로의 살아 있음을 확인하는 장소이듯, 베르나르 베르베르는 비록 천사의 이야기를 하고 있지만 기실 그것을 통해 인간의 죽음과 현생, 선과 악, 운명과 증오의 우스개, 사랑의 승리 등을 기발하고 감각적인 소설미학 속에 풀어내고 있다.

《천사들의 제국》에 그려진 천사들은, 저마다 지상의 세 인간을 맡아 그들의 영혼을 바른 길로 인도해야 한다. 그러나 인간의 삶에 직접적으로 개입해서는 안 된다. 요컨대 직감이나 꿈, 징표, 영매, 고양이 따위를 이용해 간접적으로 영향을 미쳐야 하는 것이다. 원래 미카엘은《타나토노트》의 등장인물들 중 하나로,《천사들의 제국》에서는 그가 사는 건물에 난데없이 비행기가 추락함으로써 황당무계한 죽음을 맡는다. 그렇게 탐사자가 아니라 사자死者로서 영계에 다시 올라간 미카엘은, 대천사들 앞에서 심판을 받기에 이른다. 윤회의 사슬에서 벗어나 천사가 되려면 선업 점수가 600점이 되어야 하는데, 그의 영혼은 그 점수에 미달이어서 다른 육신으로 환생하라는 판결을 받는다. 하지만 미카엘의 수호천사인 에밀 졸라가, 드레퓌스를 옹호하던 달변으로 판결의 부당함을 지적하고 재심을 요구하여, 기어이 미카엘을 환생의 순환에서 벗어나게 해준다는 대목에서, 우리는 작가 베르나르 베르베르가 상상력의 갑옷을 입고 유머의 깃발을 높이 쳐든 통찰의 흑기사라는 것을 단박에 깨닫는다.

이제, 천사가 된 미카엘이 한날한시에 태어난 각기 다른 국적을 지닌 세 사람의 파란만장한 삶에 개입하면서, 일파만파로 이야기는 가지를 뻗어나간다. 소설 속에서, 우리를 도우려는 수호천사를 가장 방해하는 적은 다름 아닌 '인간의 자유의지'이다. 아무리 수호천사라 할지라도 인간 영혼의 50퍼센트를 이루는 자유의지를 존중해야만 하는 것이다. 허구한날 인간을 관찰하며 보내는 생활에 권태를 느낀 나머지, 천사의 제국은 감옥이라 규정하고, 신들의 세계를 탐험하러 가는 미카엘과 그의 친구 천사들. 우주탐사에서 돌아오는 천사들과 타락한 천사들 간의 대접전. 이들의 무기는 물질적인 것이 아니라 정신적인 것이어서, 선한 천사들은 사랑을 칼로 삼고 유머를 방패로 삼는 반면, 악한 천사들은 증오를 칼로 삼고 경멸을 방패로 삼는다. 인간이라는 깊은 존재를 향해 끈질긴 질문들을 던져보기를, 특히 운명에 관해 전 우주적으로 발상을 전환하고 확장해보기를 이 책은 권하고 있다.

외롭고 쓸쓸하고 두렵기만 한 인생의 어느 순간, 우리는 나의 수호천사가 곁에 있다는 부질없는 상상만으로도 마음이 충분히 포근해진다. 어쩌면 지금 당신 곁에서 당신의 수호천사가, 당신의 그 일그러지고 금간 '자유의지' 때문에 애태우고 있는 것은 아닐까?

(2000. 12)

보통 빠르기로 노래하듯이

— 마르그리트 뒤라스의 《모데라토 칸타빌레》

1

만약 누군가 내게 "남녀 간의 영원한 사랑을 믿느냐"는 질문을 던진다면, 내 대답은 "글쎄요"이다. 하지만 그 누군가가 내게 "남녀 간의 죽음을 무릅쓰는 사랑을 믿느냐"고 다르게 물어온다면, 나는 "그럼요"라며 자신 있어 할 것이다. 그것이 너무도 서글픈 확신이기에 곧 우울해지고 말겠지만.

나는 셰익스피어의 《로미오와 줄리엣》을 가지고 이런 말을 하지 않았다. 마르그리트 뒤라스의 《모데라토 칸타빌레》에는 그런 사랑이 나온다. 죽음까지 치밀고 올라가는, 기괴하고도 파괴적인 사랑이.

2

주인공 안 데바레드는 상류층의 젊은 유부녀로 슬하에 아들 하나를 두고 있다. 그녀는 결혼생활이 10년에 이르도록 오로지 고상한 처신만을 일관해왔다. 그러나 허무하고 지루한 일상으로 인해, 멀쩡한 겉모습과는 달리 정작 마음의 중심은 곪아 터지기 직전이다. 이에 안 데바레드는, 일부러 공장지대로부터 멀지 않은 부둣가에서 아들이 피아노 교습을 받게 함으로써 나름의 해방구를 마련한다. 아이를 핑계 삼아 금지된 세계에 출입하기 시작한 것이다. 이미 그녀는 초봄이면 목련꽃의 짙은 향기 때문에 몸살을 앓고, 또 창문을 통해 바라본 노동자들의 근육질적인 모습을 떠올리며 꿈틀거리는 욕망을 버거워한지 오래였다.

안 데바레드는 해가 지는 길가에서, 노을을 먹으며 하품하는 어린 아들을 향해 속삭인다.

"어떤 때는 내가 널 상상으로 만들어낸 것 같아. 네가 진짜로 있는 게 아닌 것 같다니까. 알겠니?"

이렇듯 스스로를 둘러싼 온갖 존재들과 이 세계 자체를 낯설어하는 그녀는, 계속해서 멍하게 살아가야 할 마땅한 이유를 알지 못한다.

생을 의욕적으로 도발할 만한 실존의 자극, 그것은 어느 날 상식의 궤도를 한참 벗어난 살인사건을 안 데바레드가 목도함으로써 점화된다. 한 사나이가, 자기를 살해해달라고 간청하는 한 여인의 요구를 들어준 것이다. 둘은 지독히 사랑하는 사이였고, 사내는 제 손으로 죽인 피투성이 여인을 애무하느라 정신이 없었다. 그들은 무료함에 퇴색하려는 사랑을, 죽음이라는 극한의 쾌락으로 몰고 가 허공에 정지시킨 것이다. 이러한 광기어린 사랑의 풍경에 일순 완전히 홀려버린 안 데바레드는, 살인이 벌어졌던 그 카페에서 우연히 만난 노동자 쇼뱅과 함께 저 엽기적인 애정행각을 서로의 언어와 상상 속에서 재현하고자 한다.

3

이 소설의 내부는 언뜻 강렬해 보이는 스토리라인의 기대를 허물어버리고, 잔인하리만치 잠잠하다. 모데라토 칸타빌레, 그야말로 보통 빠르기로 노래하듯이 연주된다. 또 모든 상황설명들은 대사 안에서 교묘하게 처리되어 그 여백의 해석이 온전히 독자의 몫으로 남겨진다.

소설의 맨 마지막 부분에서, 쇼뱅은 안 데바레드에게 말한다.

"당신이 죽었으면 좋겠습니다."

그녀는 대답한다.

"그대로 되었어요."

둘은 헤어진다.

결국엔 아무 일도 일어나지 않은 것이다. 불륜도, 찰나의 엑스터시를 위한 살인도.

4

《모데라토 칸타빌레》의 성공은 몽롱하고 환상적인, 그러나 정확하기

이를 데 없는 뒤라스의 문체 탓도 있겠으나, 무엇보다 그녀가 현대 소설의 본질과 그 기법을 통찰하고 있음에서 연유한다. 예를 들어 이런 식이다.

"당신이 말한 건, 추측이었죠?"

"저는 아무 얘기도 안 했는데요."

뒤라스의 인물들이 구사하는 대사들은, 당장 영화 속으로 옮겨놓아도 손색이 없다.

5

나는 이 소설을 매개로, 사랑의 마성과 삶의 의욕을 잠식하는 일상의 타성 따위를 구차하게 논하고 싶지 않다. 다만 나는, 《모데라토 칸타빌레》가 1958년도에 발표되었음을 놀라와하면서, 엉뚱하게도 누보 로망의 교주 로브그리예의 가르침을 되뇌인다.

"독자들이 누보 로망을 이해하기 어려워하는 것은 세계와 세계의 이해가 이미 이해불가능한 상태이기 때문이고, 누보 로망이 바로 그 이해하기 힘든 세계를 그대로 그려내고 있기 때문이지요. 또한 문학 자체가 어려운 것이기 때문이지요. 포크너나 카프카를 이해하기 어려운 것과 마찬가지로 말입니다. 물론 사강은 이해하기가 쉽죠. 그러나 사강의 소설은 문학작품이라고 말할 수 없습니다."

《모데라토 칸타빌레》는 누보 로망이 아니다. 하지만 로브그리예가 설정하고 있는 예술의 범주에 드는 것만큼은 분명하다. 마르그리트 뒤라스는 고통의 글 읽기를 매혹으로 환원시키는 언어 예술가이다. 그리고 지금 우리는 누보 로망이라든가 포크너나 카프카가 언급된 대목들 말고, 다음의 문장에 붉은 밑줄을 그어야만 할 것이다. 왜냐면 우리는 이미 이것과 관련된 위기에 처해 있고, 조만간 이 위기는 우리의 지성을, 우리의 문학을 쓰레기로 만들 것이 확실하기 때문이다.

"물론 사강은 이해하기가 쉽죠. 그러나 사강의 소설은 문학작품이라고 말할 수 없습니다."

(2001. 5)

영웅 이야기에 위로받는다는 것

— 파트리크 지라르의 《명장 한니발 이야기》

내 고교 시절의 어느 날. 한 젊은 영어선생님은 스스로의 삶이 무의미하게 느껴져 괴로울 때면, 이를 치유하기 위해 두꺼운 영웅전기들을 섭렵하는 버릇이 있노라고 토로하였다. 그러는 그의 시선은 학생들이 아니라 창밖으로 멀리 벗어나 있었으며, 그의 목소리는 평소의 낭랑한 가르침이 아니라 거의 공연한 독백에 가까웠다. 영어선생님은 끝에 가서는 박정희를 수줍게 들먹였는데, 그이도 처음에는 자기와 같은 평범한 교사였다고 하였다. 겨우 이것까지가 이제는 얼굴이 흐려지고 이름이 지워진 그 영어선생님에 대해, 무심하고 괘씸한 제자인 내가 그나마 선명하게 간직하고 있는 기억의 전부이다. 하지만 나는 알고 있다. 그가 구체적인 한 어두운 권력자를 존경했던 게 아니라, 생에 반전의 폭풍을 몰고 올 어떤 파란만장한 모험을 동경했던 것임을. 어느덧 그때의 영어

선생님보다 족히 서너 살은 더 먹어버린 나는, 그의 청춘이 구했던 씁쓸한 마음의 처방전을, 무슨 배짱에서인지는 몰라도 완전히 이해할 것만 같다.

우리는 영혼의 그림자로 하강하는 카프카의 기이한 잠언에서 위로를 받는 것과 마찬가지로, 보통의 인간으로서는 상상할 수 없는 오디세우스적인 도전에도 역시 목말라한다. 이는 최소한 우리의 무의식에 뱀처럼 똬리를 튼 징그러운 심리다. 그것이 부족할 때 우리는, 지구를 지배하게 된 고등 원숭이들을 향한 인류의 투쟁이라도 억지로 공상해서 즐긴다. 그러니 하물며 역사 속에 엄연히 존재했던 어마어마한 전쟁 드라마임에야.

프랑스의 역사학자이자 저널리스트인 파트리크 지라르의《명장 한니발 이야기》3부작이 바로 그러하다. 작가는 지중해의 제해권을 둘러싸고 대제국 로마에 맞섰던 카르타고의 흥망성쇠를 철저한 고증과 풍부한 감각으로 새롭게 되살린다. 한니발이 태어난 카르타고의 귀족 바르카 가문의 운명을 기원전 3세기에서 2세기에 걸친 포에니 전쟁과 함께 역동적으로 그려내는 것이다. 패자의 관점에서 쓰인 이 독특한 전쟁소설에는 한니발의 아버지 하밀카르, 동생 마고와 하스두르발을 모두 다루는 것은 물론이요, 카르타고의 명장 한노, 로마의 명장 스키피오, 누미디아 용병 마시니사 등 수많은 전사들의 면모가 화려하게 펼쳐진다. 아프리카에서 이베리아 반도까지 식민지를 삼아 호령했던 카르타고는 사람들의 뇌리에서 사라진 채 이제는 지중해의 휴양지일 뿐이다. 그러나 "신이 인간에게 준 가장 고귀한 선물은 죽음을 무서워하지 않는 용기이다"라고 자기의 병사들에게 외쳤던 한니발의 기개는 아직도 영원하다. 우리는 도시의 일상에서 성냥개비처럼 왜소해질 적마다, 한 번쯤은 세상을 향해 이렇게 용맹할 수 있게 되기를 꿈꾸는 거 아닐까? 그 꿈이 곧 우리의 환한 비극이자 쓸쓸한 미학이리라. 지금은 오십대 중반에 이르렀을 그때의 그 영어선생님은, 요즘도 가끔씩 영웅전기를 읽고 있을까?

(2001. 8)

죽은 자가 산 자보다 더 행복하다

— 아티크 라히미의 《흙과 재》

아무리 강철같은 무신론자일지라도 신이 없다고 주장하기 위하여 신을 필요로 한다. 그런데 문제는 인간들이 내세우는 저마다의 신들이 기실 대부분 흉측한 우상偶像에 불과하다는 데에 있다. 순수한 신이 탐욕스러운 인간의 아집과 오해에 걸려드는 순간, 그는 사랑과 자비의 종교성을 상실한 채 잔혹한 처형기계로 전락하고 마는 것이다. 근래 미 공군의 융단폭격에 의해 개미집조차 성한 것을 찾아볼 수 없게 되었다는 아프가니스탄의 카불. 그곳 태생의 작가 아티크 라히미의 《흙과 재》는 바로 그러한 인간들이 그러한 우상들 앞에서 벌이는 피와 광기의 잔치를 묘사한 지옥도地獄圖이다. 때는 아프간-소련 전쟁의 한복판. 노인 다스타기르가 어린 손자 야씬을 데리고 아들 무라가 일하고 있는 탄광을 향해 가는 여정이 시종 어두운 풍경의 바탕을 이룬다. 인상적인 소설의 도입부는, 할아버지가 손자에게 먹이려고 보따리 안에서 사과를 꺼내어 제 옷에 문질러 닦는 장면. 하지만 사과는 깨끗해지기는커녕 오히려 더 더러워진다. 야씬의 어머니, 즉 다스타기르의 며느리이자 무라의 아내인 제이나브는 미쳐 불길 속에 알몸으로 뛰어들어 타죽었다. 그들이 살던 마을에서의 생존자라곤 야씬과 다스타기르뿐. 이러한 비극을 아들에게 알려야 하는 처지를 갈등하는 노인의 괴로운 영혼은 사자死者들과 대화하기도 하고 환영幻影을 체험하기도 하면서 전쟁의 폐허를 생생히 전달한다. 특히 소련군의 폭탄 굉음에 귀가 멀어버린 야씬이 도리어 다른 사람들이 말소리를 잃어버렸다고 믿는 대목은 섬뜩한 감동을 던진다. 소년은 소련군들이 사람들의 목소리를 모아다가 도대체 어디에 쓰려고 하는지를 궁금해하는 것이다.

작가 아티크 라히미는, 1984년 스물두 살의 나이에 전쟁을 피해 아프가니스탄을 떠나 파키스탄을 거쳐 이듬해 프랑스로 망명했다. 현재 파리에서 광고와 기록영화를 만들고 있는 그는, 아프가니스탄에서와 같은 참혹을 인류가 범세계적인 통증으로 받아들여 줄 것을 요청한다. 그가 가장 두려워하는 것은 전쟁 자체가 아니라, 전쟁이 행하는 지혜의 무차별적 학살이다. 과거 아프가니스탄에서 공산주의자들은 1만여 명의 엘리트들을 학살했으며, 이보다 더 많은 수의 지식인, 작가, 예술가 들이 이슬람교도들에 의해 파키스탄에서 학살당했다. 또 그 다음에는 탈레반 정권의 학살이 있었다.《흙과 재》에 구멍가게 주인으로 등장하는 시인 미르차 카디르는, 한때 현대적인 이슬람국가의 모델이었던 아프가니스탄의 표상에 다름 아니다. 그것은 서로의 다른 전통을 받아들이는 능력, 곧 문화를 지닌 국가였다. 미르차 카디르는 다스타기르에게, '고통은 눈물로 녹아 흘러나오기도 하고, 날카로운 칼날이 되어 입술 사이로 새어나오기도 하지만, 무엇보다 우리의 내부에서 폭탄으로 변해 우리 스스로를 파멸시킨다'는 요지의 경계를 들려준다. 또 그는, "지금은 죽은 자가 산 자보다 더 행복한 때"이며, "우리 인간이 존엄성이라는 걸 잃어버렸"고 "신앙이 힘이 되는 게 아니라 권력이 신앙이 되어버렸다"고 절망한다. 패도의 시대. "젊은이들의 골을 빼먹고 살아가는 뱀들"의 시대인 것이다. 오래전부터 아프가니스탄에서 사용되어온 아름다운 페르시아어로 쓰인 이 작은 책은, 그 내용 속의 처절한 초토焦土와 프랑스어로의 중역에도 불구하고, 간결한 문장들의 조응으로 당당히 시적 품위를 자아낸다. 또한 2인칭 단수 '너'를 주어로 하여 이야기를 풀어나가는 차분한 어조 역시, 자칫 비참한 분위기에 빠져 허우적거릴 수도 있었을 작품의 균형을 줄곧 성실히 교정한다.

아티크 라히미의 《흙과 재》는 어디에서든 일어날 수 있는 재앙을 다룬다. 그곳은 아프가니스탄이고, 뉴욕이었고, 또 장차 여기 한국이 될는지도 모른다. 각자의 신을 흉기로 빼어들고 분쟁을 일삼는 인간들에게, 진실이란 그 싸움이 구축한 지옥밖에는 없는 것이다. 만약 이러한 우리를 창조한 신이 있다면, 살인자들의 아버지인 그의 직업은 신이 아니라 묘지기일 것이다. 지난 '9·11 사태'를 두고 '기독교 문명과 이슬람 문명의 충돌'이니, '근대적 세력과 전근대적 세력과의 대결'이라느니 하는 도식적 해설들이 난무하고 있다. 그러나 만약 우리가 아프가니스탄의 귀머거리 소년 야씬의 슬픔 하나 마음에 깊이 새겨두지 못한다면, 제아무리 기발한 논리로 그날의 충격과 아픔을 명징하게 닦는다 한들, 거기에 비춰지는 것은 주검과 상처뿐이고, 잊고 있는 것은 이 순간에도 인간이 신의 이름을 빙자해 인간을 짐승처럼 도살하고 있다는 사실이리라.

(2002. 1)

불완전한 인간만이 쓸 수 있는 아름다운 이야기

— 조반니 과레스키의 《신부님 우리들의 신부님》

"웃음이 없는 검劍은 폭력을 낳는다."

이것은 내 검도 사부의 가르침이다. 책 소개를 하는 데 난데없이 웬 놈의 칼 얘기냐는 사람도 있을 것이다. 그러나 그렇지가 않다. 당신은 무슨 수로 확신하는가? 지구 반대편에 서 있는 느릅나무 한 그루와 당신은 정말 아무런 관련이 없는 것일까?

조반니 과레스키의 《신부님 우리들의 신부님》은 좌익과 우익, 정치와 종교, 그리고 자본가와 노동자 간의 대립이 기승을 부리던 1946년부터 1947년 사이의 이탈리아를 배경으로 하고 있는데, 돈 까밀로 신부와 사회주의자 읍장 빼뽀네가 사사건건 충돌을 일삼는 뽀 강변의 작은 마을 보스까치오 역시 이러한 시대의 독한 혼란을 멀리 피해가지는 못한다.

과격한 신부와 무식한 읍장은 주먹질을 마다하지 않고 서로를 잡아먹지 못해서 안달을 하지만 결코 상대를 치명적으로 해치거나 하는 법은 없다. 오히려 둘은 마을에 어려운 일이 닥치면, 비록 눈을 좀 흘기긴 해도, 종국에는 협력하여 지혜롭게 그 난관을 헤쳐나간다. 왜냐하면 그들은 각자의 입장이 무엇이든 간에, 스스로가 인간이며, 나의 적 또한 인간이라는 진실을 잊지 않는 착한 마음씨를 지녔기 때문이다. 작가가 작품의 서두에서 고백하고 있듯이, 돈 까밀로 신부가 지나친 행동을 취할 적마다 들려오는 예수님의 음성은 벽화 속에서 죽어 있는 예수님이 아니라 우리들 가슴에서 숨 쉬고 있는 양심의 소리이다. 하여 보스까치오에서는 "다른 데서는 일어나지 않는 일이 일어난다. 거기서는 산 자든 죽은 자든 특별한 공기에 둘러싸여 있으며 개까지도 영혼이 있다." 실직과 파업이 판을 치는 각박한 현실 속에서도, 보스까치오만큼은 따뜻하고 배꼽 잡는 이야기들로 가득 차 있는 것이다. 그것들을 한 꼭지 한 꼭지 읽어나가는 동안, 우리는 우리가 얼마나 잘 웃을 수 있는 사람들인지를 난생 처음 느낀 기쁨처럼 깨닫는다.

가끔 나는 친구들에게 조반니 과레스키의《신부님 우리들의 신부님》을 예로 들며, 늙어서는 희극을 쓰고 싶다는 포부를 밝히곤 한다. 그럼 그들은 늘 비극만 구상하고 있는 내 어두운 이마를 향해 그런 내 말이 또 다른 양상의 비관이 아니겠냐는 식의 표정을 짓곤 한다. 하지만 지금 누가 뭐라고 비웃든 훗날의 나는 정말로 희극을 쓸 것이다. 웃음이 없는 검은 폭력을 부르니까. 웃음이 없는 인생은 지옥이니까. 언젠가 반드시 죽을 내게는 지금 지옥에서 살지 않을 권리가 있으니까. 도대체 불완전한 인간 말고 아름다운 이야기를 쓸 수 있는 존재가 세상 어디에 따로 있단 말인가?

(2002. 9)

진정한
순례

— 필 쿠지노의 《성스러운 여행 순례 이야기》

스스로 길이 되지 않고서는 결코 그 길을 여행할 수 없다고 부처는 가르쳤다. 하지만 과연 어떻게 해야 외롭고 고단한 생의 방랑 끝에서 내가 나의 등불이 되는 법열法悅을 누릴 것인가. 편집자, 사진작가, 교사, 다큐멘터리 영화감독 등의 다양한 일을 하고 있는 필 쿠지노의 진짜 직업은 '여행사색가'이다. 그는 생후 2주일만에 부모에 의해 1949년형 허드슨 승용차에 태워져 여행을 시작한 이래로 수없이 많은 길들을 섭렵하며 인간과 이 세계의 참의미를 탐구해왔다.

이제 필 쿠지노는 여기 《성스러운 여행 순례 이야기》에 이르러 여행을 자기에게로의 순례로 규정한다. 순례는 우리의 마음을 원하는 신에게 믿음을 증명하고 가장 깊은 의문에 대한 해답을 찾으려는 시도이다. 외국인이나 나그네, 혹은 사원이나 신성한 곳을 찾아가는 사람의 여행이라는 뜻을 가진 이 단어의 보다 오래된 시적 어원은 '들판을 가로질러'이다. 따라서 순례자란 우리가 순순히 받아들이는 일련의 제약들을 부수고 제 존재의 중심을 찾아가는 영혼의 소유자이다. 풍경이 아니라 그 풍경의 이면을 꿰뚫어 볼 수 있는 직관을 가진 자유인이다. "알려진 곳의 경계를 넘어 마음에는 목적지를, 가슴에는 이상을 품고 들판을 가로지르는 여행자. 그는 길 위에서 꿈에 귀를 기울이고 자신의 지혜를 이용하여 새로운 의식을 창조한다. 그러곤 알게 된다. 순례는 삶의 축소판이라는 것을. 여행에서 하루하루를 보내는 방법이 삶을 살아가는 방법이라는 것을. 우리가 집을 떠나는 것은 바로 그런 은혜로운 순간을 위해서다. 이 세상에서 더 이상 자신을 이방인으로 여기지 않기 위해, 운명의 힘에 대항하여 자신의 용기를 시험하기 위해, 만나지 못한 친구들을 찾기 위해."

필 쿠지노는 앙코르와트, 스핑크스, 글래스턴베리 대성당, 콘월의 거석문화유적지와 같이 거창하고 유명한 장소뿐만이 아니라, 프랑스의 셰익스피어&컴퍼니 서점, 짐 모리슨의 묘지, 첫키스를 나눈 찻집, 어렸을 때 떠나온 고향, 전쟁 중에 폭탄을 투하했던 적지, 좋아하는 선수가 홈런을 날린 야구장처럼 소박하고 개인적인 공간 역시 순례의 대상으로 삼는다. 또한 그는 여행을 열망, 부름, 출발, 길, 미궁, 도착, 은혜로운 선물의 일곱 개 과정으로 나누어 설명하는 동안 직접 찍고 그린 사진과 스케치 70여 점을 보여준다.

여행의 가장 좋은 친구는 안식이 아니라 낯선 곳에서의 공포이다. 그래서 마호메트는 여행을 일컬어 지옥의 한 단면이라고 했는지도 모른다. 그러나 지난날 내가 나와 당신의 곁을 떠나지 않았던들 어찌 지금의 우리가 있을 수 있었겠는가. 사랑하는 사람이여, 당신은 나의 길이다. 나는 그 길을 걸어 나를 향해 아주 멀리 가고 싶다. 소포클레스가 그랬듯 신비를 본 사람은 세 배로 행복하고, 호머가 그랬듯 어떤 사람도 그의 운명보다 위대하지는 못하기 때문이다. "어쩌면 우리는 두 번 죽는지도 몰라. 한 번은 우리의 심장이 멈추었을 때고 또 한 번은 삶이 우리에게 이야기하는 것을 멈추었을 때야." 이 책은 그렇게 속삭이고 있다.

(2003. 3)

십자군 전쟁의 업보

— 제임스 레스턴의 《이슬람의 영웅 살라딘과 신의 전사들》

포수는 한 마리의 새를 총으로 쐈을 뿐이지만 그 새는 전우주全宇宙를 잃어버리게 된다. 이 부조리한 세상에서는 종종 다수를 위한 개인의 희생이 따르기도 하지만, 죽어간 그 하나에게 결국 제 목숨보다 소중한 것은 없었을 것이다. 아랍인들의 자살공격을 오로지 미친 짓으로만 폄하하는 속없는 위인들은, 그들이 왜 자기의 전우주에 불을 붙이고 성조기를 향해 달려드는지에 대하여 곰곰이 생각해봐야 할 것이다.

저널리스트이며 퓰리처상 수상 작가인 제임스 레스턴의 《이슬람의 영웅 살라딘과 신의 전사들》은 술탄 살라딘과 사자왕 리처드가 대결했던 제3차 십자군 전쟁을 정교한 역사지식과 편견 없는 양심의 시각으로 기술한다. 기독교에 길들여진 서구인으로서 한계를 분연히 뛰어넘은 저자의 인간을 향한 애통함이 놀랍다. 결코 과장이 아니라, 문학적 유모로 피눈물을 흘리고 있는 이 고통의 책은 감히 그 어떤 장편소설보다도 재밌고 감동적이다.

우리는 유럽에서의 모든 사건들을 서구인의 관점에서 바라보는 경향이 농후하다. 십자군 전쟁 역시 마찬가지. 흔히 사자왕 리처드하면 성지聖地 탈환의 종교적 대의명분을 실천한, 중세의 기사도를 대변하는 훌륭한 왕으로 알려져 있다. 그러나 그의 이런 모습은 후세의 낭만적 서정시인들이 조작해낸 영웅만들기의 결과이다. 실제의 리처드는 프랑스의 존엄왕 필리프 2세와 동성애 관계에 있었으며 잔인무도하고 사치스러웠다. 지도자들 간의 경쟁과 갈등으로 더럽혀진 십자군은 사원에 모여 있는 유대인 2백여 명을 전부 태워 죽였고 절망한 무슬림들이 금화를 삼켰다는 소문이 돌자 이들의 배를 칼로 갈랐다. 저자는 십자군의 예루살렘 입성 때 "사람들은 솔로몬의 신전 현관에서 무릎과 말굴레에까지 피를 묻혀 달렸다"라고 표현한다.

반면 신의가 있고 관대했던 살라딘은 이슬람 세계에서 존경받았던 것은 물론 적들에게조차 감탄과 질투를 자아냈다. 그는 기독교인들에게 평화로운 항복을 받아냈으며 '성스러운 묘지'를 파헤치자는 이슬람 강경파에게 다른 종교도 존중해야 한다고 맞섰다. 그는 결혼식이 진행되고 있는 성으로의 공격을 미루는 아름다운 영웅이었다. 아랍인들에게 살라딘은 희망의 상징이자 신화적 존재이다. 재수 없는 일이지만, 사담 후세인이 살라딘과 같은 티크리트 출신임을 강조하면서 아랍의 수호자를 자처한 것은 바로 그 때문이다. 참고로, 너무나 청렴했던 살라딘은 사후 가족에게 무덤 만들 돈조차 남기지 못했다.

레스턴은 십자군 전쟁을 인류가 아우슈비츠보다 심각하지 않게 바라보는 것을 조소한다. 그는 이스라엘과 팔레스타인, 미국과 이슬람 세계와의 갈등을 십자군 원정의 업보로 재해석해야 한다고 주장한다. 이제 신이 우리 인간들에게 하고픈 말은 이런 것인지도 모른다. 짐승들아, 제발 나를 믿지 마라.

(2003. 4)

인간의 최후,
최후의 인간

— 에드워드 불워 리턴의 《폼페이 최후의 날》

당신은 폐허를 아는가. 나는 심장에 못이 박힌 표정의 사람들 곁에서 치를 떨었다. 썩지 못하고 잿빛 화석이 되어 영원한 고통 속에 갇혀버린 자들의 절규. 예전에도 지금처럼 내게는 본 것을 제대로 해석해낼 만한 지혜가 없었다. 다만 신이 그날의 대재앙을 기념하기 위해 지옥의 꽃을 말려 이 세계라는 화병에 꽂아둔 것이라고 나는 생각했다. 스물두 살의 여름, 폼페이의 뜨거운 태양 아래에서였다.

로마제국은 도미티아누스가 암살되고 원로원 의원 네르바가 황제로 즉위하며 문을 여는 오현제시대伍賢帝時代에, 북부 부리타니아로부터 아라비아와 메소포타미아에까지 이르는 드넓은 영토를 지배한다. 하지만 정작 로마제국이 가장 거대한 육체로 찬란한 문명의 정점을 구가했던 때는 이로부터 대략 17년 전인 서기 79년이다. 그런데 역사는 아이러니

컬하게도, 영광의 노래와 정복의 나팔소리 대신 '베수비오 화산 폭발—폼페이 묻히다'라는 대서특필로 그 시절의 로마제국을 기념하고 있다. 단 한 편의 비극이 수천 편의 희극들보다 인상적이었던 것이다.

베수비오 화산의 경사면에 위치한 폼페이는 인구 2만여 명의 도시로서, 로마제국이 해상으로 뻗어 나아가는 거점이자 귀족들의 휴양지였다. 또한 금지되었던 초기 기독교의 활동 무대이기도 했다. 서기 79년 8월 24일 아침, 화산은 맹렬하게 달아올라 뜨거운 독가스와 바윗덩어리들을 토해냈다. 산사태가 일어났고 유황과 염소가 가득한 불길은 정박해 있던 배들까지 뒤덮어버렸다. 플리니우스 제독이 지휘하는 구조함대 역시 감히 접근조차 못하다가 열풍에 의해 사그라들었다. 이후 폼페이는 무려 1700년간 말 그대로 땅 밑에 묻혀 있다가 1748년경부터 고고학적 발굴이 시작되었으며 아직까지도 탐사 작업은 진행 중이다.

찰스 디킨스의 절친한 벗이었던 19세기 영국의 최고 인기 소설가 에드워드 불워 리턴의《폼페이 최후의 날》은 바로 이 희대의 대재앙을 배경으로 하고 있다. 독자는 작가의 세심한 고증을 통해 고대 로마제국의 건축 양식과 풍속, 종교와 제도를 한눈에 구경할 수 있다. 현대인들은 상상도 못할 귀족들의 사치스러운 식사와 공공 목욕탕의 환락, 음습한 뒷골목에서 벌어지는 검투사들의 내기, 신전에 제물을 바치고 신탁을 구하는 사람들과 거짓 신탁을 내리는 사제, 박해를 두려워하지 않고 목숨을 바치는 기독교인들, 오직 쾌락만을 추구하는 에피쿠로스주의자들 등에 대한 묘사는 생생하다.

출간 당시에도 베스트셀러였다는 이 소설은, 주인공 글라우코스가 이시스 밀교의 사제 아르바케스의 음모와 모략을 떨쳐내고 연인 이오

네와 사랑을 이룬다는 약간은 통속적인 내용을 담고 있다. 그러나 이 멜로 드라마를 멜로 드라마 이상의 것으로 상승시키는 진짜 주인공들이 있는데, 그것은 다름 아닌 응징하는 베수비오 화산(신)과 응징 당하는 폼페이(인간의 죄)가 빚어내는 대재앙의 풍경이다. 마치 요즘 헐리우드식 재앙영화의 원조를 보는 듯한 느낌이다. 무지막지한 재앙이 있고, 적당한 러브스토리와 휴머니즘이 있고, 어쨌거나 살아남은 인간이 있는 것이다. 인간의 최후가 있으되, 최후의 인간 또한 반드시 존재한다는 것. 아무튼, 소돔과 고모라를 탈출했던 구약의 롯처럼 글라우코스는 폼페이를 무사히 빠져나온다. 차이가 있다면 롯은 주책없는 아내가 뒤를 돌아봐 소금기둥이 돼버렸지만, 글라우코스는 연인 이오네와 함께라는 것과 그를 짝사랑하던 꽃파는 장님 소녀 니디아가 자살한다는 것 정도일까. 작품의 마지막에서 아테네에 정착한 글라우코스는 로마에 있는 친구에게 쓴 편지에서 기독교 개종을 고백한다. 작가는 기독교적인 이원론으로 폼페이에 대한 신의 심판과 이교도에 대한 기독교의 승리를 그리고 있는 것 같은데, 그가 '천지天地는 불인不仁하다'라는 노자의 가르침을 공부했더라면 좋았을 것이다. 재앙마저도 완전한 멸망이 아닌 희망과 성장을 위한 것이라는 입바른 소리가 맞다면, 폐허 위에서 인간의 최후를 보면서도 계속해서 최후의 인간을 꿈꾸는 우리는 지금 어디에 있는가.

(2003. 7)

어두운 풍자와 묵시가 아닌 담담한 현실로서의 디스토피아

— 이스마일 카다레의 《꿈의 궁전》

정신분석의 조사祖師 프로이트 선생께서, 지옥에 떨어질까 봐 벌벌 떨고 있는 중생들에게 내리신 구원의 메시지는 무엇일까? 왜 아인슈타인은 "당신에 비하면 나는 놀라운 물고기를 낚기 위해 매달린 작은 벌레에 불과합니다"라고 그를 찬양했으며, 어째서 헤르만 헤세는 "시인들은 언제나 당신의 편입니다. 그리고 점점 더 많은 시인들이 당신의 글에서 시를 읽게 될 것입니다"라며 그를 추켜세웠던 것일까? 간단히 말해, 그것은 "너희도 나도 전부 미쳤느니라"가 아닐까. 프로이트는 인간을 신과 법이 주관하는 재판정의 피고석으로부터 햇살이 비치는 정신병동의 하얀 침대시트 위로 이동시켰던 것이다. 모름지기 근대국가 체면에 정신병자는 치료의 대상이지 차마 응징의 대상이 될 수가 없다. 하여 20세기의 모든 또라이 천재 예술가들은 프로이트 덕에 비로소 제

불온한 상상력의 도덕적 해방을 맞이하였던 것이다. 사람은 정작 자기가 저지르는 일들의 태반을 모른다. 그것은 그가 아니라 그의 내면의 상처와 욕망이 저지르는 짓이다. 또한 꿈꾸는 것은 죄가 될 수 없는 것, 대강 이러한 도량에 의해 프로이트는 마르크스, 니체하고도 반말을 트고 지낸다.

이스마일 카다레의《꿈의 궁전》. 이 스산한 소설의 배경은 19세기말 오스만 투르크 제국이다. 술탄과 긴장관계에 있는 세도가의 마르크 알렘은 신민들의 꿈을 수집, 해석하는 '꿈의 궁전'에서 고속승진을 거듭한다. 그러던 어느 날, 그는 제 가문의 역모를 예언한 꿈을 무심코 지나쳐 버리게 되고, 이로 인해 외삼촌이 참수형에 처해진다. 하지만 어찌된 연유인지, 마르크 알렘은 그 흔한 처벌이라든가 좌천을 당하기는커녕 오히려 '꿈의 궁전'의 최고위직인 국장으로 발령받는다.

너무도 빤하게, 여기서의 오스만 투르크와 '꿈의 궁전'은, 극단화된 전체주의 국가와 그 정보기관쯤의 알레고리일 터이다. 바로 이러한 디스토피아적 콘셉트 탓에 카다레는 조지 오웰의 계보를 잇는 작가로 손꼽히고 있다. 그러나《꿈의 궁전》의 마지막 페이지를 덮고 난 내 소견에, 이스마일 카다레의 디스토피아와 조지 오웰의 그것 사이에는 분명한 차이가 있어 보인다. '꿈의 궁전'은 비단 제국의 파시즘 체제를 전복하려는, 소위 정치적 내지는 혁명적 꿈들만을 문제 삼는 것이 아니다. 이 반역의 꿈들은 프로이트가 정신분석의 대상으로 삼았던 욕망의 창고로서의 인간 무의식, 그리고 꿈꾸는 것 그 자체에 관한 자유를 의미한다. 때문에 카다레는 일부러 꿈이라는 '영적인 물질'을 소설 속 알레고리의 방법론으로 삼은 것이며, "나는 아주 오래전부터 지옥을 형상화하고 싶었다. 지옥은 법이 만들어진 곳이다. 또한 인류의 첫 형법이다" 라고 말한 것이 아닌가 싶다. 인간의 상상력을 제한하고 죄를 덮어씌우는 일체의 것들에게 저항한다는 뜻에서 카다레의 알레고리는 조지 오웰의 그것보다 한 차원 더 깊고 넓다. 그는 20세기 초 프로이트가 예술가들에게 선물했던 영혼의 자유를 억압하는 훨씬 근본적인 파시즘을 고발하고 싶었을 것이다. 우리는 1933년 히틀러가 정권을 장악하자마자 베를린에서 프로이트의 저서들을 공개 소각한 장면을 상기할 필요가 있다.

그렇다면, 써내는 책마다 금서가 되고 결국엔 알바니아 공산주의 독재정권의 탄압을 피해 1990년 프랑스로 망명한 카다레의 《꿈의 궁전》은 과연 이 사회의 〈요한계시록〉으로 읽힐 수 있는 것인가. 불행하게도 이제 우리에게 이러한 검열의 디스토피아는 어두운 알레고리로서의 능력과 가치를 상실했다. 조지 오웰이나 헉슬리의 디스토피아는 이미 우리의 담담한 현실이 돼버려 풍자라든가 묵시 따위로는 전혀 읽히지 않는다. 악마 같은 독재정권도 없고 초능력을 가진 중앙정보부도 없다. 그러나 요즘의 전체주의가 한층 끔찍한 것은, 조지 오웰의 빅 브라더가 눈에 보이지만 않는다는 것이 아니라, 어쩌면 존재하지조차 않는지도 모른다는 데에 있다. 검열의 주체가 없고 검열의 시스템만이 남아 검열하고 있는 것이다. 그것은 누군가 그 자리에서 그런 일을 하게끔 하는 어떤 힘일 뿐이다. 만인이 부러워하는 지위에 오른 마르크 알렘은 그래서 어리둥절해하고 있는 것이다. 신민들의 꿈을 수집하고 해석하는 일련의 작업이 대체 어디에 소용되는 것인지조차 궁금해하는 《꿈의 궁전》 속의 그는 지금 《꿈의 궁전》 밖 얌전한 우리들의 미친 몰골이다. 《꿈의 궁전》은 어두운 풍자라든가 묵시, 혹은 블랙코미디가 될 수 없다. 우리 스스로가 전체의 일부분으로서 매일매일 확장, 유지하고 있는 무심한 디스토피아일 뿐이다.

(2005. 1)

현실보다 더 현실 같은 허구의 공학

— 장 크리스토프 이사르티에의 《사라진 도시 우루아드》

사람들은 소설을 황당한 이야기쯤으로 생각하곤 한다. "소설 쓰고 있네"가 "말 같지 않은 소리 집어치워라"는 뜻의 관용구인 것은 그런 까닭이다. 물론 때로 어떤 부류의 소설들은 황당한 이야기를 육체로 삼기도 한다. 그러나 그것이 제대로 된 소설이라는 전제 하에서, 소설은 황당한 이야기를 마치 사실인 것처럼 그려낸 것이어야 한다. 따라서 뻥이 심한 친구에게 "소설 쓰고 있네"라고 타박하는 것은 기실, "넌 어쩜 그렇게 말을 말같이 하니"라는 칭찬이 될 수도 있다. 독자가 소설의 내용이 사실이 아닌 줄 뻔히 알면서도 어쩔 수 없이 그 소설 속으로 빨려 들어가는 것은, 이야기 때문이 아니라 이야기의 구조 때문이다. 현대소설에 있어 이야기 자체는 공사장의 자재들일 뿐이다. 작가는 그것들을 가지고 설계도에 따라 이야기의 구조물인 집, 즉 소설을 짓는다. 소설가는 건축가이자 막노동꾼이다.

장 크리스토프 이사르티에의《사라진 도시 우루아드》는 사실이 아닌 것 같은 이야기를 사실처럼 직조해내는 소설의 마력을 마음껏 발휘한다. 유럽연합의 지원을 받은 이라크의 두 고고학자 베샤르와 리파트는 인류 최초의 문명지인 이라크 수메르의 한 도시 우루아드에서 유적탐사를 하던 중 기원전 3000년경의 홀로그램과 당시의 유전공학이 탄생시킨 DNA 복제인간을 발굴한다. 창조론을 전복시킬 이 엄청난 진실을 백지화시키기 위해 미국의 기독교 원리주의자들은 베샤르와 리파트를 살해하고 급기야 이라크를 침공한다는 얘기. 이런 식으로 이 소설의 시놉시스 전체를 적어놓고 보면 황당하기 그지없다. 그런데 이 황당한 줄거리가 소설의 몸을 얻은 뒤에는 전혀 황당하지 않다.

경제학도이자 과학도인 저자는 아버지의 영향으로 어렸을 때부터 자연스럽게 고고학에 관심을 가졌고 원자력발전 연구원으로 근무하며 첨단과학 분야의 전문지식을 다루게 되었다. 그의 그러한 이력이 바탕이 돼《사라진 도시 우루아드》의 리얼리티는 한층 견고해질 수 있었다. 수메르 점토판의 설형문자를 해독하는 과정이나 생명연장과 인간복제에 대한 묘사는 이를 충분히 입증한다. 소설가를 여러 가지 학문과 경험 들의 연결자쯤으로 여기고 있는 듯한 이 독특한 작가는 가히 백과사전적인 지식을 자랑하면서 추리기법이 돋보이는 대단히 흥미로운 작품을 완성했다. 작가는 소설 속에서 복제인간들이 지구에 도착했을 때 이미 거기에는 다른 사람들이 살고 있었던 것으로 설정해놓았다. 서구의 신을 부정하거나 무시하진 않았지만 천지창조의 기원만큼은 이제까지 알려진 것보다 훨씬 더 먼 시간을 거슬러 올라가야 하는 문제로 남겨둔 것이다.

과학을 앞질렀던 소설가들의 상상력은 미래에 곧잘 실현되곤 하였다. 그것은 텔레비전과 우주여행으로부터 전체주의와 공산주의까지 다양하였다. 이사르티에는 인간복제는 시간이 좀 걸릴 뿐 다른 동물들에게 가능한 것이 인간에게 가능하지 않을 리가 없고, 모든 시대에 정부와 군대는 굉장히 앞선 과학기술을 비밀리에 가지고 있었으며 이러한 과학기술들은 일반인들에게 전혀 알려지지 않았다고 주장한다. 과연 우리가 기정사실화하고 있는 현실은 온전한 현실인가? 그것은 누군가에 의해 허락된 부분적인 사실들일 수도 있다. 소설가의 과학적 공상은 현실을 흔들고, 우리는 그것을 통해 세계를 의심한다. 그리고 이는 곧바로 인문학적 질문이 된다. 허구의 공학으로 우리가 체감하는 현실을 반추하게 만드는 이 소설은 한낱 읽을거리이기를 거부하고 있다.

(2006. 1)

추억의 회복

— 오정희의《돼지꿈》

이 아담한 책의 표지에는 '오정희 우화소설'이라고 적혀 있다. 그러나 그 어느 갈피를 펼쳐보아도 인간을 풍자해주는 짐승이라고는 전혀 등장하질 않는다. 그래서 이 책은 아담하고도 기이한 책이다.

상징은 세월이 지나 무르익으면 직설이 되어도 아무런 하자가 없다. 문학, 특히 한국문학을 국악처럼 여기는 요즘의 젊은이들에게는 낯설기 만한 소리겠으나, 한글로 씌어진 소설을 비로소 예술로 대하려는 이들에게 오정희는 피할 수 없는 통과의례이자 새로운 장르였다. 분명히 그러한 시절이 있었고 오늘 여기 있는 바로 내게 오래전 오정희는 그러하였다. 사정이 그 지경이면 한 작가는 누군가에게 있어 열중했던 문학만이 아니라 그 삶의 배후가 되어버린다. 누군가에게 하루키가 '태양이 뜨거운 해변'인 것처럼 내게 오정희는 '눈내리는 밤의 흐릿한 골방'이다.

나는 거기서 극약을 핥듯 오정희를 되풀이 해 읽으며 이십대 초반을 보냈다. 작품에 대한 감상이 이렇게 치정으로 치닫는 것은 과학적으로야 그리 권할 만한 일이 아니겠지만, 적어도 먹고사는 것을 넘어서는 고결한 추억을 소유하게 되니 오로지 비난할 만한 일도 아닐 것이다. 치정은 세월이 지나 무르익으면 텅 비어 쓸쓸해질 뿐이지만 우리는 그 쓸쓸함 안에서 무언가를 곰곰이 생각하게 된다.

산문시 같은 소설들이다. 문장과 문장 사이의 여백이 많은 것들을 말해주고 있는데, 주절주절 늘어놓기를 부질없어 하는 작가의 결벽이 단어와 단어의 결마다 매섭게 숨어 있다. 세상의 이치를 통달해 요망해지느니 차라리 은은한 독설가가 되고 말겠다는 노장의 의지가 예리하다. 실은 고통에 헉헉 숨이 막히는 자가 스스로를 평범함으로 위장할 때 이렇듯 고요한데 섬뜩한 이미지들, 이러고도 사는 게 무섭지 않느냐는 통찰들이 문득문득 튀어나온다. 일상의 풍경 속에서 마성의 장면들을 골라 도려내는 솜씨는 연륜이 간섭하는 재능이 아니라 불온한 고해성사에 가깝다.

오정희의 캐릭터들은 사건의 실마리를 풀거나 뭔가를 깨달았다고 해서 쉽게 주변과 화해한다든가 자신을 용서하지 않는다. 저들 속에는 아직도 그녀의 초기 소설들 속을 뛰어다니던, 그 맹랑한 혼돈에 사로잡혀 있던 한 소녀가 도사리고 있다. 또한 모든 관계들에서 묘한 치정의 냄새가 나는데, 그것은 심지어 멀쩡한 부부라든가 어머니와 아들 사이에서조차 예외가 아니다. 하긴 문학이란 삶에 대한 치정인지도 모른다. 인간이라는 짐승을 통해 삶이라는 치정을 이야기하고 있는 이 책은 아담하고도 기이한 우화가 맞다. 내가 오정희를 더 읽고 싶은 것은 치정으로 가득한 내가 아직도 고결한 추억을 필요로 하기 때문이다.

(2009. 3)

어둠에 대처하기 위한 다섯 권의 책 읽기

《아리랑》, 님 웨일즈 · 김산

탐욕과 엄살을 일삼는 스스로가 역겨울 적마다 나는 저 조선인 항일 혁명가 김산의 불꽃 같은 삶을 만나러 간다. 몸과 영혼의 전부를 걸고 투쟁하지 않으면 죽음마저 사치가 되는 지옥 속에서 살아야 했던 그는 오늘 여기 냄새나는 천국에서 어디가 좀 가렵다고 칭얼대는 나보다는 훨씬 행복했다. 자신은 비록 무자비한 고통 속에서 사라진들 자신이 사랑했던 인간의 역사는 반드시 진보하리라는 희망을 저버리지 않았기 때문이다. 내가 기껏해야 일상과 일신의 알량한 행복과 자존심 따위에 안달하고 있다면 그는 인간이라는 물음표와 문명의 미래를 걱정했고 그 대가를 치루느라 짐승처럼 죽어갔다. 김산은 말했다. "내 인생에서 오직 한 가지를 제외하고 나는 모든 것에서 패배했다. 나는 나 자신에게 승리했다." 인간이 절망의 모욕 앞에서도 어떻게 하면 고결한 불멸이 되는지를 이 책 속의 한 사내는 가르쳐준다.

《인간의 조건》, 앙드레 말로

요망한 사르트르는 감히 앙드레 말로의 위대함 앞에서 명함을 내밀 수 없다. 프랑스 현대사의 영웅이자 행동주의 문학의 대부가 피의 본색으로 적어내려간 인간 실존의 극단 실험. 상하이 혁명의 소용돌이 속에서 고독한 혁명가들은 제 사상과 운명의 순결을 지키기 위해 폭탄을 끌어안고 불길 속으로 뛰어들어간다. 인간을 진정으로 사랑하고 싶다면 이런 류의 인간들을 이해한 뒤에야 비로소 사랑하라. 그리고 21세기에도 예술을 하고 싶다면 누구든 20세기의 이런 것들을 섭렵하라.

《김수영 전집 2》, 김수영

김수영은 화려한 시인은 아니었지만 정확한 시인이었다. 큰 사람은 아니었지만 스스로에게마저 신랄할 수 있는 정직한 시인이었다. 그는 남한과 북한을 통틀어 처음으로 시 안에서 현대의 철학과 과학을 실현했다. 그리고 죽어서는 자기가 그렇게도 혐오해 마지않던 대한민국 시단의 옥좌에 과연 '삐딱하게' 앉았다. 다만 주의할 점 한 가지. 좋아는하되 닮지는 말 것. 성격이 상당히 비뚤어질 수 있다. 내가 그랬다.

《신부님 우리들의 신부님》, 조반니 과레스키

예수님이 얼마나 유머로 가득찬 존재인가를 알고 싶다면, 도그마를 조장하고 또 그것에 갇힌다는 것이 얼마나 악질 반동적이고 반종교적인 짓인가를 알고 싶다면 이 이야기책을 읽어라. 원수 같은 이웃과 당장 죽일 듯 다투면서도 항상 인간미를 잃지 않는 방법을 알고 싶다면 이 이야기책을 읽어라. 그 외에도 좋은 점들이 참 많지만 그저 그냥 낄낄거리거나 배를 잡고 웃고 싶어도 이 이야기책을 읽어라. 하나님이 우리의 말도 안 되는 기도들을 다 들어주시느라 얼마나 피곤한지 알고 싶어도 이 이야기책을 읽어라. 어떤 심각한 일들 속에서도 하나님이 개그콘서트를 연출하고 계시다는 것을 알게 되리라. 의심하지 말지니, 세상에 웃지 못할 일은 하나도 없다는 것을 알게 되리라. 아멘.

《책을 버리고 거리로 나가자》, 데라야마 슈지

일본 현대 문학예술의 우측 끝에 미시마 유키오가 있다면 그 좌측의 끝 절벽을 넘어서는 어느 허공 위에 데라야마 슈지가 UFO처럼 둥둥 떠 있다. 우리는 그것을 좌파의 극단이 아니라 어떤 전위라고 부른다. 데라야마 슈지의 아방가르드 월드는 장르의 한계가 없었으며 그 불온한 진지함은 종교적 희생에 가까웠다. 우든 좌든 허공에서든 쓰레기통 속에서든 간에 극단으로 치닫는 예술가들이 있다는 것은 우리로선 너무나 부러운 일이다. 왜 우리에게는 공무원보다 더 공무원처럼 행동하는 예술가들만 득실거리는 것일까? 제발 부탁이다. 풍자는커녕 자살이라도 좀 해라! 감각이 양심을 이끈다고 믿는 예술가를 보고 싶은 이들에게 데라야마 슈지를 권한다. 그를 다 보고 난 뒤에는 그마저도 버리고 거리로 나가면 된다.

(2009. 5)

그 시절이 우리의 것이 아니었다면

— 지그프리트 렌츠의 《침묵의 시간》

정염에 휩싸였던 그 시절이 우리의 것이 아니었다면 오늘의 이 슬픔이 얼마나 홀가분하겠는가. 실패한 사랑은 애틋한 추억으로 남아 두고두고 청춘을 증명하지만 때로는 잊히지 않는 상처가 되어 나머지 삶 전체에 좌절의 그림자를 드리우기도 한다. 나는 이 소설이 말하고자 하는 바가 과연 전자의 경우인지 아니면 후자의 경우인지를 차마 분간하기가 힘들다. 어쩌면 사랑의 애틋한 추억과 잊히지 않는 사랑의 상처는 빛과 어둠 따위로 나눠질 수 없는 천국 속의 지옥인지도 모른다. 이러한 미묘하고 감상적인 주제를 현대 독일문학의 대가 지그프리트 렌츠가 그 특유의 격조 있는 문체로 그려내고 있다. 세상사를 잔인하리만치 담담하게 바라보는 그의 특기는 만년에도 여전해, 죽음이 갈라놓는 불온한 연인의 비밀을 읽는 독자의 마음을 더욱 아프게 한다. 우리는 아무리 사랑한다 한들 사랑을 제대로 이해할 수 없다. 세월이 흐르면 과거의 나조차 내가 아닌 것 같은 지금에, 내가 겪었던 그 격정의 시간들을 감히 무엇이라 표현할 것인가. "당신의 신실한 크리스티안"에서 "당신의 영원한 사랑 크리스티안"으로 편지 끝의 서명이 바뀌기까지의 모든 불안과 설레임은 하루하루 냉정하게 살아가며 죽어가고 있는 우리들 각자를 문득 과거의 순수했던 우리 자신에게로 데려가준다. 정염에 휩싸였던 그 시절이 없었던들 오늘의 이 슬픔은 얼마나 보잘것없었을 것인가.

(2010. 3)

이야기가 하는 일

— 메이어 샬레브의《내 러시아 할머니의 미제 진공청소기》

사람은 알고 보면 다 거기서 거기라고들 하는데, 더 나아가 사람과 사람을 둘러싼 이야기 역시 태반이 비슷비슷한 게 아닌가 싶다. 요컨대, 세상을 멸하는 대홍수는 구약성서에만이 아니라 그리스 신화와 인디언의 전설 등에도 버젓이 등장하는 것이다. 또 모세가 이집트에서 이스라엘 백성들을 이끌고 탈출할 적에 파라오의 군대를 등 뒤에 두고 홍해를 갈라 건너는 광경은 장차 고구려의 시조가 될 주몽이 오이, 마리, 협보와 함께 압록강 동북쪽 엄시수를 물고기와 자라 들이 떠올라 만들어준 다리를 밟고 건너 동부여 금와왕의 맏아들 대소의 기마병들을 따돌리는 이야기와 그 구조가 같다. 고대 국가의 시조(혹은 그에 비견할 만한 위인)들이 죽음의 궁지에서 상징적 기적을 통해 활로를 찾아 새로운 역사를 시작할 때 늘 발생하는 패턴—만약 이런 식의 예들을 일일이 들자면 아마 날을 새도

시간이 모자랄 것이다. 이스라엘의 유명 작가 메이어 샬레브의 자전적 장편소설 《내 러시아 할머니의 미제 진공청소기》를 읽으면서 인간과 이야기의 관계에 대해 깊이 생각해본다. 작중 화자이기도 한 메이어 샬레브의 외할머니 토니아는 동유럽 유대인들의 팔레스타인 이주, 즉 '알리야'가 한창이던 1930년대 우크라이나를 떠나 나할랄의 '모샤브(촌락 공동체)'에 정착했다. 그런데 어느 날, 결벽증 말기 환자인데다 괴팍하기가 그지없어 온가족을 달달 볶아대는 그녀 앞으로 제너럴 일렉트릭 사의 진공청소기 하나가 풍요의 땅 미국으로부터 덩그러니 배달된다. 사정인즉슨, 토니아 할머니의 공처가 남편 아하론 할아버지에겐 미국에서 사업가로 성공한 예샤야후라는 형이 있는데 사회주의자이자 시오니스트인 아하론 할아버지는 예샤야후 할아버지를 자본주의자이자 민족배신자로 몰아세우며 그가 보내주는 돈을 매번 고스란히 되돌려 보낸다. 그렇게 내내 골탕을 먹던 예샤야후 할아버지가 이윽고 기막힌 복수를 고안해냈으니 그것은 바로 청소에 광적으로 집착하는 제수씨에게 미제 진공청소기를 안기는 것. 당시 나할랄은 막 전기설비가 들어온 오지와도 같은 곳이어서 아무도 과연 그것이 무엇에 쓰는 물건인지를 몰라 제너럴 일렉트릭 사의 진공청소기는 졸지에 부시맨의 빈 콜라병과 같은 처지에 놓이게 되고 여기에 정말이지 친근하고도 요상한 가족들의 이야기가 마구 뒤섞여 펼쳐진다. 평소 이스라엘 작가라고 하면 아모스 오즈의 몇 작품밖에는 접하지 못한 내가 첫 페이지부터 아무런 이물감 없이 쉽게 빠져들 수 있었던 것은 우선, 어쩌면 이미 전 세계인들에게 이스라엘 문학의 뿌리가 은연중 온전히 이식되어 있기 때문이 아닐까 싶다. 왜냐. 바이블과 탈무드의 저자들이 곧 유대인이니까 말이다. 다음으로, 디아스포라에 신음하던 유대인들이 선조의 고향으로 귀환해 궁핍하고 삭막한 현실을 굳세게 극복하는 모습들은 과거 한국전쟁의 폐허 속에서 근대화를 이룩한 대한민국 국민들의 애환과 정서, 핵가족이 일반화되기 이전 우리가 경험했을 만한 대가족 속의 따스한 추억들을 떠올리게 한다. 언젠가 소설가 박완서 선생님께서 내게는 시간이 신이었어요, 라고 담담히 술회하시던 것을 기억한다. 그 말씀은 시간이 모든 아픔을 치유해주더라는 뜻이었을 텐데, 나는 이 책을 읽으며 한편으로 사람들에게는 이야기가 신일 수도 있겠다는 생각을 했다. 앞서 인간은 모두 대충 대동소이하다고 전제했으나 개개인을 면밀히 검토해보자면 그것이 반드시 절대진리인 것만은 아니다. 행복과 불행, 빛과 어둠은 사실 동시에 오기 마련이라 어둠 속에서도 빛을 볼 수 있는 자만이 제 인생을 가치 있는 것으로 만들 수 있어서, 이는 삶이라는 고통의 바다를 지나가는 가장 지혜로운 방법은 역경을 이야기로 승화시키는 과정임을 깨닫는 것과 크게 다르지 않다. 신화나 전설, 성경과 불경 같은 것들도 따지고 보면 다 인간이 스스로가 괴롭고 외로워서 지어내지 않았겠는가. 토니아 할머니와 그 가족들은 어떤 이야기든지 늘 도입에 "사실은 이랬어"하면서 자신만의 버전으로 각색하기를 당연시한다. 그래서인가. 이 책은 고통받는 인간이 이야기하는 인간이 되어 삶을 사랑하는 과정을 유쾌하게 그려내고 있다. 사람은 신을 의지하지 않고는 살 수 있어도 이야기에 의지하지 않고는 살아갈 수 없는 존재인지 모른다. 절망 속에서도 절망마저 도구삼아 인간을 위로하는 것, 그것이 곧 이야기의 일이고 이야기라는 신이 하는 일임을 이 책은 다정한 미소처럼 속삭이고 있다.

(2013. 3)

작가

— 밀란 쿤데라의《소설의 기술》

나는 소설 쓰기가 힘들어지면 카프카의 소설을 읽는다. 그런데 소설가로 사는 것이 힘들어지면 카프카에 대한 밀란 쿤데라의 산문을 읽는다. 소설이란 무엇인가, 소설에 대한 생각이란 무엇인가에 대한 그의 첼로 소리 같은 글들은 작가란 천국에서조차 이방인이어야 하며 그의 조국은 '망명'이라는 사실을 감각하게 해준다.

(2013. 10)

바람 속의 시집

— 박세현 시집《헌정》

스무 살 무렵의 어느 겨울밤 나는 막 불혹에 접어들고 있던 시인 박세현을 처음 만났더랬다. 내가 소년티를 채 못 벗었던 것에 못지않게 그 또한 틀림없이 어른 같지는 않았다. 그 시절 그의 시들은 내 가슴 어딘가에 사금파리처럼 박혀 아직도 아프게 빛나고 있다. 그는 내게 있어 대명천지 같은 문학 이전에 기묘한 별자리가 문신처럼 새겨져 있는 추억이다. 어디선가 지천명에 이른 그를 해후했을 적에 그는 인생은 아무런 의미도 없다고 내게 담담히 말했고 나는 그의 그 말과 표정이 슬프기는 커녕 더없이 믿음직스러웠다. 그때로부터 세월이 한참 더 흘러버린 지금 그의 무기교의 기교가 내 여름밤 환각의 함박눈 같은 추억과 후회의 청춘을 더블 베이스처럼 울리고 저기 저 어둠 속으로 점점 멀어져 간다. 낡은 시인 박세현의 새로운 시들에는 인생과 문학에 대한 불안과 고통이 수줍게 묻어 있다. "부드러움과 격렬함이 타협할 수 없을 때/ 터져 나오는 이탈음"과 "모든 불가피한 사정"들 때문인가. 하긴, 원래 박세현의 시에는 바람이 있다. 차이점이라면 예전에는 그가 바람 속에 있었는데, 이제 그는 창밖의 바람을 멍하니 바라보고 있다. 내가 그의 육신을 너무 오래 만나지 못한 탓일까, 나는 과연 어느 쪽이 더 쓸쓸한 것인지 잘 모르겠다. 그는 왜 자꾸 이 고요한 시집 안에서 음악이라는 표상과 악기라는 허상에 골몰하고 집착하는 것일까. 이제 박세현의 삶과 그의 시에는 원칙이라든가 시론 따윈 없다. 맹물 같은 진정성만 남아 있는 것 같다. "모든 후기시는 실험 뒤의 실험인 듯 애틋하다"고 그는 일종의 자학을 알리바이로 내세우고는 있지만, 아직 마저 늙어버리지 못한 소년에게 후기시 따윈 가당치 않다. 평범한 한 사내가 이상한 시인이 되어 평생 차마 시를 놓지 못한다는 것은 이유를 불문하고 당당하되 눈물겨운 일이다. 새가 노래하는 것이 당연하다지만 우리는 새 한 마리가 얼마나 외롭고 상처받기 쉬운 존재인가를 잊어서는 안 된다. 우리는 끝까지 비천해본 적이 있는가. 때로 인간에게는 그것마저 용기다. 시인 박세현은 그런 애틋한 인간들에게 이 시집《헌정》을 헌정하고 있다.

(2014. 1)

공학工學이되 결국 선禪인 시

— 이영옥 시집《누구도 울게 하지 못한다》

이영옥의 시는 고전적이되 결국 모던하다. 삶의 뼈아픈 이치들을 세공해 공식화해버린 뒤 아무 미련 없이 공기 중으로 흩어버린다. 그것이 독자들의 폐부에서 냉정한 깨달음을 길어 올릴 때 우리는 왜 인간은 기필코 따뜻해야 하며 문학 안에는 왜 철학이 사무쳐 있는 것인가를 호흡하게 된다. 이영옥의 시가 인간이라는 물음표를 향해 한 방 훅을 먹이며 들어가 휘청, 세계가 흔들려 저 쓸쓸한 심경을 빚어낼 때 그것은 시가 아니라 홀연 아름답고 슬픈 여인이 된다. 이영옥의 시들이 가지고 있는 과하지 않은 수사학은 감각의 절제라기보다는 단단한 수수함이다. 공학工學이되 결국 선禪인 시. 시인 김수영이 여인의 몸을 빌려 환생했다면 아마도 지금 이런 시들을 쓰고 있을 것이다.

(2014. 10)

추억의 동지로서의 책

— 김봉석의《나의 대중문화 표류기》

인생이야 원래 허망한 것이지만, 만약 아름다운 추억마저 없다면 그것은 불안한 허망이 아니라 완벽한 지옥일 것이다. 아름다움이란 슬프고 그리운 허망에서 비롯되는 것. 사람은 삶의 갈피를 잡기 어려울 때 추억의 이정표들을 되짚어본다. 이제 전방위 전천후 평론가 김봉석이 시대의 폭염 속에서 우울한 꽃비가 내리던 그 시절 우리가 무엇을 읽고 보고 들으면서 우리의 청춘을 기어이 사랑했는가를 대신 술회해주는 것은 필경 한 권의 책이라기보다는 가장 좋은 친구일 것이다. 요설을 일삼는 가짜 평론가들이 넘쳐나는, 문화파시즘이 호황인 이 21세기의 매트릭스 속에서도 제 주인의 성품을 꼭 닮아 담백한 그의 글은 한 진지하고 소박한 인간이 문화작품들 속에서 얼마나 스스로를 강철처럼 단련시킬 수 있는지를 추억의 즐거움으로 보여주며 오늘에 낙담한 우리들에게 다시금 새로운 날들을 살아갈 용기를 권한다. 아, 우리는 얼마나 마음이 자주 아프지만 그만큼 순수한 사람들이었으며 미숙하지만 고뇌하는 영혼이었던가. 이 책을 읽는다는 것은 잃어버린 그 시절의 사랑에게 오늘의 불안을 극복하고 희망의 편지를 적는 일이다. 완벽한 허망이란 슬프고 그리운 것에 대한 무지에서 비롯되는 것. 지금 이 책을 가지고 있는 우리는 우리의 인생이 아름다운 추억이 아니라 지옥이 되는 것을 결코 용납할 수 없게 되었다.

(2015. 4)

두려움의 안개 속을 걸어 나오라

— 도널드 트럼프의 《불구가 된 미국》

진정한 두려움이란 눈앞에 서 있는 괴물이 아니다. '위력으로 육박해오기는 하되 눈에는 보이지 않는 무엇'이다. 정체를 알 수 없는 막강한 상대에게 적개심을 가져야만 할 때 우리는 가장 거대한 불안에 시달린다. 이것이 곧 공포의 요체고, 그래서 뛰어난 공포영화는 괴물의 모습이 아니라 빛과 어둠과 소리를 이용하는 법이다. 오리무중伍里霧中의 두려움에 걸려버린 인간은 빗자루를 도깨비로 착각해 밤새 그놈과 씨름을 하는 것처럼 헛것들에 놀아난다. 이러한 상태를 지식으로 부정하면서 극복한 결과가 과학이라면, 지혜로 어루만지면서 평안을 추구한 깨우침이 종교일 게다. 종교는 일종의 승화된 공포물인 셈이다. 그리고 근대 민주정치란 세상사의 그 눈먼 두려움을 안정된 현실로 되돌려 놓으려는 제3의 길일 것이다.

전 세계가 가위눌리고 있다. 소련이 사라진 세계질서의 유일 지배자 미국(G2란 개념은 과장이 아니라 거짓이다)의 차기 대통령이 미치광이 막말꾼, 극우 파시스트 인종차별주의자, 자유무역과 군사동맹을 저버리는 고립주의자, 핵무기와 전쟁마저 거래할 역겨운 장사꾼, 인류번영과 호혜평등의 가치 파괴자, 근친상간을 암시하는 음담패설도 모자라 포르노영화 단역출연에 성폭력까지 일삼는 천하잡놈(뭐 또 없나?), 하여간 기타 등등 사상최악의 인간말종이라는 비난들이 있는 것이고, 2016년 11월 9일부로 이러한 혐오가 버젓이 두려움으로 둔갑해버렸기 때문이다. 그렇다면 다른 어떤 국가들보다도 특별히 대한민국은 과연 지금의 두려움이 온당한지부터 면밀히 따져봐야 할 처지에 놓여 있다. 정말 불이 꺼져 있어서 어두운 것일까? 방 안의 불빛은 애초부터 환한데 우리가 스스로 눈을 꽉 감은 채 어둡다고 소리치고 있는 건 아닐까? 사실은 한참 전에 공부하고 준비했어야 할 일이었다.

제45대 미합중국 대통령 당선자 도널드 트럼프의 대선 출사표《불구가 된 미국》은 바로 그런 문제제기에 대한 실마리다. 이 책은 트럼프 선거캠프의 슬로건인 '어떻게 미국을 다시 위대하게 만들 것인가'를 부제로 달면서 총 17개 장에 걸쳐 정치언론, 이민정책, 의료보험, 경제, 외교, 사회간접자본, 중동정책, 교육, 에너지, 세법, 총기소유, 기후정책, 미국의 전통가치 등을 기술하고 있다. 일체의 편견을 배제한 채 오로지 서평의 본분으로 평하자면,《불구가 된 미국》은 자유민주주의 시장경제의 입장과 포부를 쉬운 문장으로 요약해놓은 것에서 벗어나지 않는다. 한국에 새로운 보수정당이 나타나 이 책을 벤치마킹해 정책집을 만들어도 좋을 정도다. 100개가 넘는 보험청구 항목들과 8만 쪽에 달하는 세법서류들에 괴롭힘 당하며 간호사보다 회계사를 더 많이 두어야 하는 의사와 별 혜택도 없이 점점 더 비싼 비용만 치르는 "국민들은 오바마케어의 실체를 정확하게 모른다"라고 오바마 정부의 '천사표 관료주의'를 고발하는 트럼프는 전형적인 리얼리스트다. 이런 면모의 원형은 우리로서는 그야말로 먼 나라 얘기인 총기규제에 관한 트럼프의 견해에서 오히려 잘 추출된다. 트럼프에게 완전한 총기규제는 실현 불가능한 이상주의에 불과하다. 만약 온 국민의 총기 소유를 금지한다면 범죄자들만이 불법적인 경로로 구입한 총을 들고 설칠 것이기에 트럼프의 공략지점은 황당한 '당위'가 아니라 냉정한 '현상'에 있는 것이다. 그는 정신보건 체계를 바로잡고 중범죄자들로부터 총기를 집중적으로 격리시키며 폭력범죄를 엄단하는 조치 등에 민주당 정권이 게을렀다고 질타한다. 또한 그가 인용하는 "잘 규율된 민병대는 자유로운 주州의 안보에 필수적이므로 무기를 소장하고 휴대하는 국민의 권리는 침해할 수 없다"는 수정조항 2조의 철학은 왕과 귀족이 싫어서 유럽에서 넘어온 평민들이 세운 최초의 근대국가 미국의 뿌리를 환기시킨다. 세상을 대하는 트럼프의 태도는 우리가 트럼프를 대할 적에도 절실하다. 그것은 한 마디로 현실주의다. 그는 아웃사이더로서 대통령이 되기 위해 미국 기득권의 대부분을 격파시키며 부조리극이 필요했던 괴물이다. 우리가 정파적이나 취향적으로 누구를 증오하고 폄하하는 것과 그 누구를 제대로 파악하는 것은 다른 사안이다. 게다가 그가 세계 최고의 권력자인 경우에는 더더욱. 트럼프 월드의 개막이 민주주의의 몰락인지, 아니면 위선과 부패에 골병 든 제국을 치유하는 민주주의 혁명이었는지는 멀리 두고 봐야 할 필요가 충분하다. 전쟁은 현실주의자가 아니라 이상주의자가 일으키는 법이다. 자고로 미국의 큰 전쟁들은 민주당이 일으키고 공화당이 마무리했다. 이제 눈을 밝게 뜨고 어쨌든 우리에게 중요하게 된 저 괴물이 아닌 한 인간과 현실주의 국제정치에 입각해 대화를 나누자. 우리는 어리석은 겁쟁이가 되어선 안 된다.

(2016. 11)

5

토토는 생각한다

고소
낙타
낮잠
눈에는 눈, 이에는 이
말
미안
법문
병법의 기본
비밀
실망
와중에 내가
우리의 가을
쾌락의 늪
토토
토토의 노래
토토의 삶
혁명수칙
K POP STAR 토토 리
나의 소원
노래를
우리가 사랑하는 것들
아나키스트
잘 기억해 둬

고소告訴

어제 술 취해서. 사람들 앞에서 미발표곡 〈토토의 노래〉를 부를 뻔했다. 이게 왜 무서운 일인가 하면. 토토는 저작권법으로 날 고소하고도 남을 놈이거든. 작사는 내가 한 거 맞는데, 사실 작곡은 지금 코 골고 있는 저놈이 한 거거든. 위험한 밤이었다.

낙타

토토가 창가 햇살 안에 벌러덩 대자로 누워 코 골고 있는 걸 멍하니 보고 있자니 문득 이런 생각이 든다.

요새 낙타는 한 마리에 얼마나 하나?
돈 있을 때 술 처먹지 말고 낙타나 한 마리 사둘 걸.
정말 낙타 한 마리만 있으면 딱 좋겠는데.
저 놈은 나의 혁명에 전혀 쓸모가 없다.
아니다. 아무 짝에도 쓸모가 없다.
무심한 놈. 게을러빠진 놈.
비겁한 방관자.
토토, 너 낙타 알아?
드르렁, 드르렁.

오, 나의 위대한 사막. 토토.

낮잠

오늘 내 낮잠 속에서 토토가 말했다. 아빠. 괜찮아. 그러지 마. 슬퍼하지 마. 새로운 세상을 즐겨. 그렇게 말했다. 토토가 아빠의 낮잠 속으로 찾아와.

눈에는 눈, 이에는 이

아침에 일어나 가장 먼저 하는 일은 토토 눈 관리이다.

손으로 눈곱을 세세히 떼주고 백내장을 지연하는 안약을 눈에 넣어준다.

근데 이놈에게는 그게 그렇게도 싫은 모양이다.

방금 내 손을 물었다. 물론 세게 물지는 않았지만.

그래서 나도 토토 발을 물었다.

물론 세게 물지는 않았지만.

말

나는 토토가 언젠가 한 번은 내게 말을 할 것만 같다. 이렇게 우리 둘만이 서로를 고요히 보고 있을 때면. 영영 이별하기 전까진 언젠가 단 한 번은 나의 토토가 내게 말을 걸어올 것만 같다.

미안

내가 실의에 빠져 온종일, 하루, 이틀, 사흘 죽음처럼 누워 있으면 토토는 마치 자기가 나를 그렇게 만든 것마냥 턱을 바닥에 대고 엎드려 꼼짝도 안 한다. 밥도 먹지 않고 물도 마시지 않고 가만히 나만을 바라본다. 나를 따라 죽어가는 것처럼. 정말 그럴 것처럼. 이미 그런 것처럼. 나처럼.

원각이 보조하니 적과 멸이 둘이 아니다. 아빠는 일단 침대에서 일어나라. 고담준론 따윈 필요 없다. 산책이 아니라면 간식이다. 보이는 만물은 관음이요, 먹는 소리는 묘음이라. 이밖에 진리가 따로 없으니. 아, 사회대중은 알겠는가? 산은 산이요, 물은 물이로다. 술이 덜 깬 아빠여 사바 지옥의 천장을 뚫고 일어나라, 어서 벌떡 일어나라. 위기다. 영혼의 위기다. 사랑이여, 어림 반 푼어치도 없는 기대여, 기로에 서 있는 그대와 나의 어두운 낭만이여. 산책은 산책이요, 간식은 간식이로다. 왈왈왈—.

병법兵法의 기본

아빠.

응?

계속 싸울 거야?

당연하지.

언제까지?

죽는 그 순간까지.

왜?

그게 나니까. 후회하긴 싫으니까.

그럼 명심해.

뭘?

아무것도 가져선 안 돼.

음.

뭘 많이 가질수록 약한 사람이 되는 거니까.

흠.

영혼 말고는 아무것도 가지지 마.

음.

아무것도 가지지 않은 자가 가장 강한 사람이니까.

음.

아빠.

응?

나 아빠 소시지 먹어도 돼?

토토.

비밀

어젯밤에 사업상 미팅이 갑자기 잡혀서 홍대에 나갔다 술이 떡이 돼서 들어왔는데, 아침에 일어나니 토토가 시놉시스 한 장을 써서 식탁 위에 올려놓았다는 걸 방금 알았다. 토토가 나 몰래 글을 쓴다는 걸 느낌으로 알고는 있었지만(이것 말고도 나는 토토의 비밀들을 많이 알고 있다. 아무리 천재적인 토토라고 할지라도 이 아빠에게까지 감추는 데에는 한계가 있는 법이지), **막상 이것이 현실로 다가오니 마음이 별로 안 좋다. 나는 토토가 작가가 되는 걸, 반대한다.**

실망

허리가 부러질 것 같다. 토토가 코 좀 그만 골고 일어나 대신 일해줬으면 좋겠다. 생으로 처음부터 쓰라는 것도 아니고 비문 고치는 것 정도는 할 수 있는 거잖아. 작가 아빠 옆에서 자그마치 십육 년인데. 토토. 네가 서당 개보다 훨씬 못하다는 얘기야? 응? 존나 실망이야, 아빠는.

와중에 내가

누군가와 정신없이 얘기를 나누던 와중에 내가 그만 토토를 개라고 말해버렸다. 이럴 수가. 토토야, 미안해. 네가 비록 내 속에서 나오지는 않았지만, 나는 너를 안드로메다 고아원에서 입양했단다. 나는 너의 아빠고, 너는 나의 아들인 것이 이렇듯 분명한데, 오, 마이 갓, 개라니. 토토야, 이 부족한 아빠를 부디 용서해줘. 하긴 모든 인간들은 특별히 작정을 하지 않더라도 대부분 '와중에' 죄를 짓지. 누군가와 경쟁하던 와중에. 누군가의 스승이던 와중에. 누군가에게 고백하던 와중에. 누군가를 부러워하던 와중에. 누군가의 미움이던 와중에. 누군가와 선한 일을 하던 와중에. 누군가에게 사과하던 와중에. 누군가의 희망이던 와중에. 누군가에게 안부를 전하던 와중에. 아무튼, 와중에. 누군가를 사랑하는 와중에.

우리의 가을

토토는 나이가 많아 귀가 먹었다. 나는 토토의 그 부드러운 귀에 대고 말했다. "사랑해요, 이토토." 토토는 아무 말도 하지 않았다. 토토가 따뜻하다. 가을이다.

쾌락의 늪

마약침대(도넛침대)에 푹 파묻혀 있는 토토의 팔과 다리, 어깨를 지긋이 지긋이 주물러주면서, 사장님 시원해요? 사장님, 안 아파요? 그러면. 이 새끼가 기분이 좋아서 하품을 하며 대자로 기지개를 켠다, 진짜 사장님처럼.

그럼 난 뭐지?

토토

너구나.
하나님은 버려도 나는 버릴 수 없는 것.
너구나.
세상이 나를 버렸을 때
내가 꼭 끌어안고 죽음처럼 누워 있었던 것.
잠들고 싶어 눈물 흘렸던 것.
내 영혼에서 가장 마지막에 남은 가장 보드라운 것.

너구나.
말로 헛된 약속 하지 않아 어느 인간보다 아름다운 작은 짐승아.

너구나. 우주에서 가장 귀여운 사자를 닮은 나의 작은 별.

너구나.
내가 나를 죽이기 전에는 죽을 수가 없는 나 같은 것.
죽으면 무지개다리를 건너가 나를 기다리고 있을 내 친구야.
너구나.

누구도 자기를 해치리라고는 상상조차 못하는 착한 마음.

너구나.
내 어둠 속에서도 촛불처럼 나를 가장 오래 지켜본 것.

토토의 노래

작사 이응준 · 작곡 이토토
행진곡풍으로. 가슴을 쫙 펴고. 가장 파시스트스럽게.

토토의 힘!

토토의 용기!

토토의 지혜!

토토는 전진한다!

(절망이 사라질 때까지 무한반복)

토토의 삶

토토의 삶을 요약한다면.

토토의 삶은,

출가하기 전까지의 싯다르타의 삶인 것 같다.

혁명수칙

어느 개새끼가 짜장면에도 프로포폴을 타놨나.

원고 마감 땜에 바빠 죽겠는데.

중국성 빈 그릇 옆에서

토토의 두서없는 잠꼬대 곁에서

낮잠을 홀라당 네 시간이나 자고 말았다.

온 나라, 전 우주, 검은색주의보 발령.

앞으론 혁명가의 붉은 자존심, 짬뽕만 먹으리라.

검은 마음. 나쁜 마음.

짜장, 간악한 적들의 독한 이데올로기.

짜장이 무섭다.

K POP STAR 토토 리

"저희 '아빠 엔터테인먼트'에서는 토토 군을 캐스팅하기로 하겠습니다."

토토 군, 전혀 반응이 없다.

저런 면이 참 훌륭하다. 세상의 기쁨 앞에서도 바위 같은 저 무심함.

나의 소원

토토랑 외계어가 아니라 한국말로 대화 좀 나눠 봤음 좋겠다.

죽음 때문에 우리가 한동안 헤어지기 전에 물어 보고 싶은 게 너무 많다.

노래를

오늘부터는 작업하면서 노래를 들어야지.

노래.
노래를.
토토랑.
봄이 올 때까지.
노래를 부르며 일해야지.

알잖아.
이야기는 가짜고 노래는 진짜니까.
가짜를 쓰면서 진짜를 노래 부르자.

토토랑 나는
세상 모든 가짜들이 진짜가 될 때까지
오늘부터 봄이 올 때까지
노래를.

우리가 사랑하는 것들

나는 토토가 개 같지가 않아.
외계인 같아.
사실 외계인이지 뭐.
안드로메다에서 입양한.
언젠가는 나를 이 지구에 남겨두고 다시 안드로
메다로 돌아갈.
우리가 사랑하는 것들은
다 외계인이다.

토토의 코와 입술과 발바닥, 이런 것들이 다 검은 색이란 점이 내겐 문득문득 화들짝 충격으로 와 닿는다. 아, 이놈은 태생이 아나키스트로구나. 붉은색은 공산주의자의 색. 검은색은 무정부주의자의 색이 아니던가 말이다. 이놈은 도대체 무슨 짓을 저지르려고 늘 눈을 감은 채 골똘한 것일까. 혁명을 꿈꾸는 자, 이리 와 토토에게 경배하시오.

잘 기억해 둬

이제는 나이가 너무 많이 들어 오래 걷지 못하는 토토를 안아

밤하늘을 보여줬다.

토토야. 잘 기억해 둬. 이게 아빠와 토토의 세상이야.

슬픔으로 가득차 있지만 토토와 아빠는 함께 있어.

머지않아 토토는 아빠를 여기 남겨두고 먼저 어디 가 있겠지.

아빠는 너무 외로울 거야.

아빠에게는 아빠밖에는 없을 테니까.

나는 토토를 다시 땅에 내려줬다.

토토가 다시 걷기 시작했다.

6

시인 함성호 씨

시인 함성호 씨 1
시인 함성호 씨 2
시인 함성호 씨 3
시인 함성호 씨 4
시인 함성호 씨 5
시인 함성호 씨 6
시인 함성호 씨 7
시인 함성호 씨 8
시인 함성호 씨 9
시인 함성호 씨 10
시인 함성호 씨 11
시인 함성호 씨 12
시인 함성호 씨 13
시인 함성호 씨 14
시인 함성호 씨 15
시인 함성호 씨 16
시인 함성호 씨 17
시인 함성호 씨 18
시인 함성호 씨 19
시인 함성호 씨 20
시인 함성호 씨 21
시인 함성호 씨 22
시인 함성호 씨 23
시인 함성호 씨 24
시인 함성호 씨 25
시인 함성호 씨 26
시인 함성호 씨 27
시인 함성호 씨 28
시인 함성호 씨 29
시인 함성호 씨 30
시인 함성호 씨 31
시인 함성호 씨 32
시인 함성호 씨 외편

시인
함성호 씨 1

오늘 하마터면 또 술을 마실 뻔했다. 간신히 그냥 넘어갔다. 나는 내가 너무나 자랑스러웠다. 문득 성호 형 생각이 났다. 성호 형은 어떻게 매일 술을 마시는 것일까? 어떻게 그럴 수 있는 것일까? 정말 대단하긴 하지만, 절대 본받지는 말아야겠다고 다짐했다. 긴 비가 시작되고 있다.

시인
함성호 씨 2

글 쓰기 전에 고민한다고 술 마시고. 글 다 쓰고 나면 다 썼다고 술 마시고. 버는 것보다 나가는 돈이 많고. 몸 버리고. 악순환이다. 악순환. 직업을 바꿔야 한다. 하긴 이건 직업도 아니지, 뭐. 성호 형이 그러더라. 내가 미쳤다고 좀팽이들이나 하는 문학하고 살겠냐고. 자기는 건축가라고. 누군가에게는 잘난 척이 악순환인가 보다.

시인
함성호 씨 3

예쁜 아가씨들이랑 술을 마실 때 절대 사고가 안 나는 가장 확실한 방법이 있다. 시인 함성호 형과 함께 있으면 된다. 왜냐. 성호 형 무섭게 생겼다. 아가씨들이 정말 무서워한다. 어떤 아가씨들은 벌벌 떤다. 사실.

시인
함성호 씨 4

방금 시인이자 건축가 함성호 형과 전화통화 하는데, 형이 나더러 정신이 이상한 놈, 정신병자란다. 당신은 전두환에게서 너는 독재자란 소리를 들어본 적이 있나요?

시인
함성호 씨 5

어제 성호 형이랑 전화통화하는데, 나더러 이랬어, 우리(성호 형과 나)가 '이건희'보다 더 돈 잘 쓰고 즐겁게 사는 거라고. 생각해보니까, 맞는 얘기더라고. 그 형이 정신은 좀 이상해도 말씀은 똑바로 하는 사람이거든. 특히 나한테는.

시인
함성호 씨 6

편의점에 다녀오는 길에 '망개떡'이라는 간판을 단 떡 가게가 새로 생긴 것을 보았다. 나는 갑자기 성호 형이 생각났다. 그제도 그랬고, 왜 성호 형이랑 나랑은 함께 술만 먹으면 떡이 될까? 벌써 둘이서 25년째 저 길과 저 거리에서 떡, 망개떡을 팔고 있다. 우리는 아주 고전적인 수순을 밟고 있다. 우리가 얼마나 원리주의자들인지 안다면, 아마 탈레반도 와서 우리의 떡을, 이 사랑과 슬픔의 망개떡을 사 먹지 않을 수 없으리라. 그놈들은 우리에 비하면 분노도 없고 군기가 빠진 놈들이다. '제비'라는 다방이 그립다. 우리에게 아직 20세기는 끝나지 않았다. 그러고 싶지 않다.

시인
함성호 씨 7

족히 십오 년쯤 전일 것이다. 그 당시는 성호 형이랑 일주일에 나흘 이상을 만나 술을 처먹던 시절이다. 전날 역시 둘이서 동시에 필름이 끊겨서 헤어졌는데 아침에 일어나 보니 내가 성호 형의 안경을 가지고 있었다. 우리는 다시 신촌에서 만났고, 만나기 전에 절대 오늘만큼은 술을 마시지 말자고 서로 맹세했다. 속도 너무 아프고 구토도 심했다. 그래서 우리는 차를 한 잔 마시자고 하다가 그냥 보통의 찻집인 줄 알고 '민들레 영토'라는 간판의 찻집 안으로 들어갔다. 우리는 그때까지 그곳이 그렇게 위험한 영토인지 전혀 모르고 있었다. 여기저기 알프스 소녀 하이디들이 출몰하며 서빙을 보고 있었다. 그중 한 알프스 소녀가 우리에게 다가와 주문을 받기 전, 우리가 뭐 거기 직원도 아닌데 아직 술도 덜 깨 몽롱한 우리에게 무슨 직원교육 비슷한 '민들레 영토'에 대한 소개를 길게 늘어놓았다. 우리는 심한 공포를 느꼈다. 하지만 내가 용기를 내어 그 아가씨의 정체를 물었다. 하이디는 자신은 대학생이라고 했다. 나는 더 강력한 용기를 내어 그럼 전공이 뭐냐고 물었다. 하이디가 연극영화 연기전공이라고 대답하였다. 나는 성호 형과 급히 상의하여 아이스크림을 주문했다. 하이디가 방긋, 웃으며 우리를 떠나려고 하는데, 불현듯, 성호 형이 하이디에게 잠깐만요, 하면서 너무 궁금하다는 표정으로 나직이 하이디에게 이렇게 물었다. "저어, 그럼 여기 계신 분들은 다 연기자이신 겁니까?"

시인
함성호 씨 8

아가씨들은 기절할 소리겠지만,

날이 갈수록 성호 형이 예쁘다.

내가 늙어가고 있다.

시인
함성호 씨 9

얼른 정리할 것 정리하고 오늘은 작업실에 가서 작업해야 한다. 내일 성호 형이랑 술 먹으려면.

우리 불타는 흰 머리 성호 형, 불로초를 찾아 소주에 담아서 먹여야 하는데, 그게 좀 쉽지가 않네?

시인
함성호 씨 10

고민이 있어서, 성호 형과 전화로 상담을 했다.

가만 듣고 있던 성호 형이 대뜸 이랬다.

"야, 임마. 우리 같은 쓰레기가 왜 그런 고민을 해?"

고민이 한방에 풀렸다.

시인
함성호 씨 11

이따가 저녁에 성호 형이랑 홍대서 술 마시기로 했다.

수화기 저편 어둠 속에서 성호 형이 감기 걸린 목소리로 말했다.

고량주 마실까? 양꼬치에?

내가 말했다. 고량주? 그거, 위험한 거 같은데?

수화기 저편 어둠 속에서 성호 형이 촛불을 켜듯 말했다.

뭐든 위험하긴 마찬가지야.

하긴. 언제 우리가 위험한 거 안 위험한 거 따지면서 살아왔나.

위험은 우리의 위업이다.

세상이 위험하다. 양들이 위험하다.

내가 수화기 저편 어둠을 향해 입김을 훅, 불어버렸다.

촛불이 꺼졌다.

다시 이 세계가 어두워졌다.

시인
함성호 씨 12

성호 형과 토토의 공통점은 내가 뭘 물어보면 대답을 잘 안 한다는 것이다.

시인
함성호 씨 13

성호 형은 오만하다. 자기가 토토보다 말을 잘한다고 믿고 있다.

시인
함성호 씨 14

지난번에 성호 형이랑 홍대서 양꼬치에 고량주 마실 때. 성호 형이 아는 사람 중에 하나가 나와 페북 친구라는데, 그가 성호 형더러, 이 작가 그 사람, 정신적으로 좀 문제가 있는 거 같아요. 정신이상이요, 그랬다고 한다. 그래서, 성호 형이 이렇게 대답했단다.

"그러게 말에요. 내가 그러지 말라고 그랬는데도 그러네요."

시인
함성호 씨 15

이게 얼마나 아름다운 술인지 아는가.

진로에서 일본으로 수출한다는 최고급 소주다. 성호 형이랑 둘이서 망년회하면서 마셔야지.

성호 형은 원래 제정신이 아니지만, 요즘엔 정말 더 정신이 없다. 어머니가 백내장 수술을 받으시는 바람에.

성호 형이 내게 약속했다. 내년에는 설계사무실도 내고 돈도 벌고 착하게 살겠다고. 내가 꼭 그래야만 한다고 다그쳤다.

사람들은 성호 형이 착하지만 돈이 별로 없는 줄 아는데.

사실 성호 형은 빚만 많고 착하지도 않다.

그러나 사람들이 성호 형을 어쨌든 착하게 보는 것은 나에게조차 매우 유익한 일이다.

성호 형은 요즘 화가들이랑 몰려다니면서 이상한 전시회만 하고 그런다. 자기가 화가인 줄 안다. 이것은 매우 심각한 문제다.

하지만 나는 늙어서 노망이 난 것 같은 성호 형이 좋다.

내가 늙어서 좋다는 게 아니라, 그 인간이 늙을수록 좋다.

우리는 둘 다 차가 없어서 걸어다니는 데. 이것은 매우 좋은 일이라고 생각된다.

우리가 차를 몰고 다닌다면, 도시는 마비될 것이다.

그리고 나야 평소 운동으로 단련된 몸이지만, 성호 형은 전혀 운동을 하지 않기 때문에 곧 걸어다니지도 못하게 될 게 빤하다.

그래서 성호 형은 걸어다닌다. 낙타처럼.

나는 바람처럼.

이제껏 우리는 단 둘이서 술을 정말 원 없이 마셨는데.

아직도 둘이 몰래 술을 마실 수 있다는 사실이 정말 좋다.

사람은 행복해야 한다.

자기도 행복하지 않으면서 남을 행복하게 만든다고 하는 사람들은
반드시 세상을 불행하게 만든다.

세상의 모든 혁명들이 실패하는 이유는 그래서이다.

시인
함성호 씨 16

성호 형이랑 나랑은 전화통화를 하면 낄낄대다가 볼일을 못 본다.

하하하, 가 아니라.

낄낄낄.

시인
함성호 씨 17

아버지와의 전화통화에서 받은 찝찝한 기분도 털어낼 겸 방금 성호 형이랑 한참 전화통화를 했다. 내가 형에게. 내가 형보다 먼저 죽을 거니까 나한테 잘하라고 했다. 형이 이렇게 대답했다.

"그래."

물론 나는 저 뻔뻔한 말을 믿지 않는다. 사람은 친구를 잘 사귀어야 한다. 물들기 때문이다. 이제야 어른들의 그 말씀을 내 인생이 다 망하고 나서야 알겠다. 나는 성호 형에게 물들었고 이상한 사람이 되어버렸다.

여러분. 좋은 사람과 좋은 얘기를 많이 나누면서 사세요. 정신병자와 얘기를 많이 하면 저처럼 정신병자가 됩니다.

시인
함성호 씨 18

성호 형은 남한과 북한이 다 망해버려야 된다고 생각하는 자이다. 국가보안법은 도대체 왜 있는 것이냐. 국정원은 제발 밥값 좀 해라.

성호 형은 고발해도 보상금이 안 나오는 악마의 간첩이다.

시인
함성호 씨 19

성호 형을 적에게 팔아서 뭐 맛있는 거라도 좀 사 먹고 싶다. 진심.

그러나 아무도 성호 형을 사주질 않는다. 현실.

시인
함성호 씨 20

아까 성호 형이 내게 이렇게 말했다.

"넌 착한 놈이야."

전혀 위로가 되지 않는 건 악마가 내게 착하다고 말했기 때문이다.

시인
함성호 씨 21

아침에《동아일보》에서 전화가 왔다.

이유는《중앙선데이》오늘 자에 왜 내 칼럼이 실렸냐는 거였다.

내가 그건 마지막 칼럼이었어요, 그랬더니.

아, 네, 잘 알겠습니다, 그러더라.

내가 이 얘기를 성호 형에게 해주니까.

우리와는 달리 정말 부지런한 사람들이라고 말했다.

나는 게으름의 황제가 내게 '우리'라고 말한 것이 기분 나빴다.

시인
함성호 씨 22

대한민국 알코올 중독자가 155만 명이란다. 그러나 이제 154만 9천 9백9십9명이 될 것이다.

내가 저 지긋지긋한 집단에서 자진 탈퇴할 것이기 때문이다.

저 조직은 내가 없어도 성호 형이 잘 지켜낼 것이다.

시인
함성호 씨 23

나는 국가보안법이 위험한 사람보다는 이상한 사람을 감옥에 잡아넣는 법이라고 생각한다.

그렇다면, 국가보안법은 성호 형부터 감옥에 처넣어야 하는 것 아닌가.

그 전에 국가보안법은 폐지돼선 안 된다.

시인
함성호 씨 24

내가 성호 형에게. 나는 왜 무슨 글이든 하나만 쓰고 나면 술을 처먹고 난리인지 모르겠어, 라고 고민을 털어놓으니. 내게 이런다.

"너한테 상을 주는 거지. 네가."

"상?"

"그렇지. 술을 상으로 주는 거지. 너 자신에게."

"상 받을 시간이 없는데도? 바빠 죽겠는데 자꾸 그러니까, 문제지."

"그래도 받을 상은 받아야지. 깔깔깔."

세상 사람들아. 고민이 있거들랑 시인 함성호 씨에게 가져가라. 그럼 당신의 인생을 쓰레기처럼 구겨서 쓰레기통 속으로 던져놓은 다음, 깔깔거릴 것이다.

그럼 그 순간부터는 인생이 쓰레기가 됐다는 것 말고 다른 고민들은 다 사라지게 된다. 해탈인 것이다.

시인
함성호 씨 25

방금 성호 형과 전화통화를 했다.

왼쪽 귀인지 오른쪽 귀인지 아무튼 한쪽 귀가 안 들린단다.

의사도 정확한 원인을 모른단다.

수술을 해야 한단다.

나는 그 원인을 알고 있다.

'술'이다.

이비인후과 의사들은 인간의 생활습관에 대해서는 잘 묻지 않을뿐더러 더욱이 인간들 가운데 성호 형이나 나 같은 정신병자들의 생활습관에 대해서는 도무지 관심이 없는 거 같다.

사실은 정신과 의사들도 우리에게는 별 관심이 없다.

예전에 정신병원에 한 번 가본 적이 있는데,

나중에는 내가 정신과 의사를 상담해주고 있더라.

정신과 의사가 나보다 라깡을 잘 모르더라구.

우리랑 한 시간만 얘기하면 정신과 의사들도 다 정신병자가 된다.

내가 성호 형에게 말했다.

"형. 우리 병은 다 술 때문이야. 그걸 인정해야 돼. 그것이야말로 진정 어려울 일일까?"

성호 형이 말했다.

"술을 안 마시면 백 년 살까 봐 그러지. 마셔도 90년은 살 거 같은데."

정신병자에도 급수가 있다. 나는 성호 형보다는 희망이 있는 사람이다.

아니다.

희망이 가득한 사람이다.

나는 부활한 예수다.

시인
함성호 씨 26

아침에 일어나서 커피부터 한 잔 마시면서 컴퓨터를 켰는데, 실시간 검색에 '함성호'가 떠서 어이쿠, 기어코 성호 형이 평소 내 앞에서만 떠들어대던 걸 세상에 성명으로 발표했구나, 하고 자세히 보니 '함성호'가 아니라 '한성호'다.

내 인생의 반은 토토이고, 나머지 반이 성호 형인가 보다. 그런데 전자는 아예 말이 없고, 후자는 나한테만 하는 말이 너무 무섭고 황당한 소리들뿐이다.

시인
함성호 씨 27

성호 형이 늙어서인지 도통 말귀를 못 알아들어 이제는 전화통화로 간단한 회의를 하는 것조차 너무 힘이 든다. 작전이 안 된다. 작전수행이. 그 나이라고 다 그런 것은 아닐 텐데 술에 뇌가 평생 절어 있어서 그런가? 저 국무총리 후보자께서는 저 연세에도 마치 악어처럼 얼마나 끈질기게 인사청문회를 잘 버티고 계신가 말이다. 성호 형이 정말 한심하면서도 정말 불쌍하다. 이 세상이 성호 형에게 조금만, 아주 조금만, 이 나라 국회의원들에게 해주는 것의 만 분의 일만큼이라도 잘 해줬더라면 오늘의 성호 형이 저런 기이한 노인이 돼 있진 않을 것이다. 나는 성호 형의 젊은 시절을 알고 있다. 그때 성호 형은 약간의 총기가 남아 있었는데. 지금 성호 형은 이 지구 자체를 귀찮아하고 있다. 아, 그에 비하면 나는 얼마나 훌륭한가! 얼마나 위대한가!

이건 노인 비하 아니다. 나의 슬픔이다. 성호 형은 외계인이 아니다. 함성호는 이 지구의 시인이다.

시인
함성호 씨 28

이 나라는 사태의 객관화와 객체화가 도무지 안 되는 나라이다.
그래서 오로지
구름을 타고 다니는 시인 함성호 씨만 행복하다.

시인
함성호 씨 29

어젯밤 꿈속에서 성호 형이 유부녀와의 간통죄로 감옥에 갇혀 있었다.

내가 사식을 넣어줬다.

우리는 면회실 유리벽을 사이에 두고 아무 말이 없었다.

성호 형은 보름달빵을 먹고 있었다.

나는 성호 형 얼굴이 낙타처럼 생겼다는 것을 처음 알게 되었다.

내가 말했다.

"나는 초승달만 보면 슬퍼, 형."

성호 형은 보름달빵을 우걱우걱 씹으면서 목이 막힐 적마다 팩우유를 마셨다.

나는 성호 형이 불쌍하지 않았다.

내가 말했다.

"그 보름달빵이랑 우유는 토토의 선물이야."

순간 성호 형은 보름달빵 먹는 것을 멈추더니, 잠시 깊은 생각에 잠겼다.

나는 성호 형이 토토 생각을 하는 것인지 그 여자 생각을 하는 것인지 알 수 없었다.

내가 말했다.

"토토는 많은 생각 중이야. 알겠어? 토토는 많은 생각 중이라고."

그때 교도관이 오더니 성호 형을 다시 면회실 밖으로 끌고나갔다.

성호 형이 떠난 자리에는 찌그러진 우유팩과 초승달 모양의 보름달빵이 덩그라니 놓여 있었다.

나는 교도소 정문를 천천히 걸어나왔다.

가을바람과 저녁과 노을이 있었다.

나는 혼잣말을 중얼거렸다.

"토토는 많은 생각 중이다. 토토는 많은 생각 중이야."

그때 나는 비로소,

이 지구가 둥글지 않고,

초승달 모양이라는 것을 깨달았다.

시인
함성호 씨 30

내가 성호 형에게 물었다.

"형은 내가 창피해?"

성호 형이 대답했다.

"아니."

성호 형이 내게 물었다.

"왜, 넌 내가 창피하냐?"

내가 대답했다.

"아니."

우리는 이렇게 망했다.

시인
함성호 씨 31

오늘. 전화통화.

내가 성호 형에게 말했다.

"형."

성호 형이 대답했다.

"응."

내가 말했다.

"나는 황사맨黃砂Man이 될 거야."

성호 형이 물었다.

"왜?"

내가 대답했다.

"그래야, 적들이 나를 무서워할 거 같아."

성호 형이 말했다.

"황사맨 가지고 되겠냐. 염산맨이 되라."

내가 대답했다.

"알았어, 형."

성호 형이 대답했다.

"그래."

시인
함성호 씨 32

오늘. 전화 통화.

내가 성호 형에게 말했다.

"형."

성호 형이 대답했다.

"응."

내가 말했다.

"앞으로 형한테 정말 잘하겠습니다."

성호 형이 말했다.

"술 취해서 물지나 마."

시인
함성호 씨 외편外篇

아까 성호 형이랑 전화 통화를 했다.

내가 말했다.

"형. 나는 토토가 죽는 게 형이 죽는 거보다 더 슬플 거 같다. 형 시체는 내가 안 치우지만. 토토 시체는 내가 수습해야 할 테니까 말이야."

성호 형이 대답했다.

"나는 너보다 더 오래 산다."

참고로. 성호 형은 죽을 때가 되면. 사막 동굴 같은 곳에 들어가 곡기를 끊고 혼자 몰래 죽을 거란다.

내가 말했다.

"형. 토토가 죽으면 내가 어떨 것 같아?"

성호 형이 대답했다.

"큰일이지. 큰일."

나는 성호 형이 사막 동굴에 들어가서 혼자 몰래 죽는 거 반대다.

7
바다 위 밀봉유리병 속에서

진실과 전략

미워하면 지는 것이다. 싫어해야 한다. 싫어하면 이길 수 있다. 싫어하면 잊을 수 있다. 미워하면 아직도 잊지 못하고 있다는 뜻이다. 싫어해야 하는 것을 아직도 사랑하고 있다는 뜻이다. (2013. 6. 2)

무사도武士道

작가란 세계를 무너뜨리고 재구성하려는 불가능한 야망에 사로잡혀 있어야 한다. 그러는 것은 기껏해야 비극이지만 누군가는 그 비극 안에서 불새가 소리치며 날아오르는 것을 본다. 작가는 가능한 것에는 아무런 관심이 없다. 그는 자신을 세계가 안락이라는 감옥에 감금하려들 때에, 도저히 그런 더러운 처지를 엎어버릴 수 없을 적에는, 차라리 적을 끌어안고 불타버려 모독을 재로 만들어버린다. 작가는 죽어서야 비로소 세계를 온전히 이길 수 있지만 살아 있는 동안 적어도 세계와 비길 수는 있다. 작가는 비바람 속에서 불꽃이 되어 노래하고 인간은 지옥의 절망 속에서도 꽃핀다. 세계는 작가 곁에서 얼쩡거리지만 작가는 세계라는 거울을 깨부수고 전진한다. 세계가 아무리 작가를 위로하는 척해도 작가는 기어코 세계를 무찌른다. 외롭지 않다고 착각하는 모든 것들을 경멸하는 작가는 단 한 자루의 칼이며, 그 칼에는 우주의 피가 묻어 있다. (2013. 6. 14)

어느 별자리

비평이 쓰레기가 되지 않을 수 있는 단 하나의 길—자본과 무식과 개새끼들의 작당으로부터 가치 있는 예술을 보호하는 것. 만약 아직도 비평이라는 것이 남아 있

다면. (2013. 6. 18)

피곤함과 괴로움 사이

이 이상한 나라에서는 자유주의 날라리가 단 세 가지 코드로만 존재할 수 있는 것 같다. 첫째, 꿀 먹은 벙어리. 둘째, 눈알이 떼꾼한 박쥐. 셋째, 잘난 척하는 광대. 이 이상한 나라에서 만약 자유주의 날라리가 자유주의 날라리로서의 당연한 정치적 포즈를 취하면, 그러니까 위의 세 가지 엿 같은 범주에 속하지 아니하면, 그는 당연히 몹시 외로워진다. 고로, 지금 이 이상한 나라에서 제대로 된 중도를 표방하는 자가 있는데 만약 그가 정치적으로 몹시 외롭지 않다면 그의 중도는 가짜이고 그는 스스로를 알든 모르든 사기꾼이다. 이 이상한 나라에서는 혁명가로 사는 것보다, 애국지사로 사는 것보다, 자유주의 날라리로 사는 것이 훨씬 더 힘들다. 혁명가들과 애국지사들만 우글우글 득실거리는 이 위대한 나라에서는. (2013. 6. 22)

쓸쓸함

잊히기는 해도 사라지지는 않는다던 그 말마저 요즘은 잘 믿기질 않는다. 처음부터 잘못된 말, 잊히지는 않는다는 말. 있어서는 안 되는 말, 사라지진 않을 거라는 그 말. 또 처음부터 다시 시작한다. 나를 잊지 않으려고. 너를 사라지게 놔두진 않으려고. (2013. 6. 26)

장마

비가 내리면 생각이 많아진다. 눈이 내리면 몽롱해지는 것과는 참 느낌이 다르다. 어린 시절부터 비를 좋아했는데 이십대 초반에 독일에 가서는 하도 비에 질려서 그로부터 몇 년간 비를 싫어했던 기억이 있다. 중년이 된 이제는 좋고 싫고 할 것이 없이 비가 내리면 생각이 내리고 그 생각이 아무것도 남기지 않게 될 때까지 그저 흘러가는 것만을 보게 된다. 비가 오고 있는데 사랑과 이별에 대한 시를 쓰고 있다면 거기서 그만 스스로 멈춰야 한다. 이 긴 비가 그치고 나면 그러려고 했던 것조차 흘러가버렸을 것이다. 모든 사랑과 이별이 그러했던 것처럼. 비가 내리면 생각이 많아진다. 아무것도 남지 않을 때까지 흘러가는 것만을 보게 된다.

(2013. 7. 2)

구토

한 중년 사내가 있다고 치자. 그는 신한국당이라든가 한나라당이라든가 새누리당을 찍어본 적이 없다. 항상 민주당 정도를 찍었던 것 같고 정당비례는 진보 정당만을 찍었다. 그는 김대중 후보를 찍었으며 노무현 후보를 찍었고, 문재인과 박근혜 후보 대신에 어쩔 수 없이 김순자 후보를 찍었던 것을 후회하지 않는다. 그는 혁명가인 척 하지 않고 애국지사인 척하지도 않는다. 실지로 혁명가가 아니고 애국지사도 아니기 때문이다. 그는 스스로를 중도 우파 자유주의 날라리 정도로 규정한다. 사실은 그것도 과분하다. 그럼에도 그는 심상정과 노회찬이 사회민주당을 만든다면 지역구 건 정당비례건 모두 찍어줄 생각까지 가지고 있다. 민주당이나 안철수를 찍느니, 적어도 현재 상황으로서는, 그것이 자신의 한 표가 이 나라의 정치적 균형을 위해 비교적 건강하게 사용되는 길일 수도 있기 때문이다. 그런데 이 중년 사내가 어느 날 소위 좌파 지식인들 앞에서 북한을 비판하면, 그는 순식간에 수구 우익 꼴통으로 내몰린다. 인민들이 흰 눈을 부릅뜬 채 굶어 죽고, 또 그렇게 학정에 시달리며 미라 같이 말라죽어가는 것이 싫어서 국경을 넘다 총에 맞아 강물 위에 벌레 먹은 낙엽처럼 둥둥 떠오르고, 동포 소녀와 아낙네 들은 중국인들에게 단 돈 얼마에 개만도 못하게 팔려나가고, 수십 곳의 강제수용소들에서 죽음보다 무서운 노역에 시달리다가 쥐 한 마리 잡아먹게 되는 것을 마치 산삼 먹는 것 마냥 기뻐해야 하고, 21세기의 대명천지에 버젓이 조작된 파라오의 가계가 3대 세습되는 등등 저 온갖 극한의 비참과 야만 들을, 평소 그가 이승만 비판하듯, 박정희 비판하듯, 전두환 비판하듯 비판하게 되면 그는 곧장 '수꼴'로 내몰리고 마는 것이다. 김대중을 찍었던 그가. 노무현을 찍었던 그가. 어쩔 수 없이 김순자 후보를 찍었던 것을 결코 후회하지 않는 그가. '소위' 진보좌파가 아님에도 불구하고 심상정과 노회찬을 찍을 준비가 돼 있는 그 이상한 자유주의 날라리 아저씨가. 저 무간지옥 같은 곳에서 제 아들과 딸을 단 하루도 살게 할 자신이 없을 그들에게.

(2013. 7. 3)

진지함

책을 낼 때마다 이런 생각이 든다. 예전에는 요즘처럼 책 내는 게 쉽지 않았다. 문학을 하던 선배들 중에는 자기 책 한 권 보지 못하고 죽은 이들이 꽤 있었다. 그럴듯한 병이라든가 사고 때문에 죽은 것이 아니라 매일 술에 취해서 기행을 일삼다가 어느 날 밤 계단에서 굴러 목이 부러져 죽는 것과 같은. 보통 사람들은 비웃을지 모르지만 문학을 하던 우리는 그들이 문학 때문에 죽은 것을 잘 알고 있었다. 그때 우리는 그냥 사람과 문학하는 사람으로 사람을 나누었더랬다. 그런 시절이었고 우리는 현실에서 우리가 얼마나 비루하든 간에, 우리 스스로를 차마 자랑하지는 못할지언정, 각자 강철 같은 자부심이 있었다. 우리는 다 그런 이해할 수 없는 방법으로 슬퍼하고 더 이해하기 힘든 대목에서 기뻐하고는 했다. 그래서 우리끼리는 서로를 이해해주는 부분들도 많았다. 진지함이란 무엇인가. 때로 그것은 괴로움이다. 그리고 요즘 같은 세상에서 그것은 쓸쓸함이 된다. (2013. 7. 10)

유대인 1

유대인들이 팔레스타인 아랍 민중들에게 하고 있는 짓들을 가만히 보고 있노라면, 그들이 강자인 것은 알겠다. 그들이 잘난 것도 알겠다. 그러나 유대인들은 지난날의 고난을 통해 아무것도 배운 게 없는 민족이라는 것까지 잘 알겠다. 그들은 야훼가 전쟁의 신이며 유대인들 자신의 공포와 욕망의 현현顯現일 뿐이라는 것을 이 백주대낮의 현대에서 참혹하게 증명해주고 있다. 유대인들은 지옥을 지옥으로 갚는다. 그것이 바로 그들이 믿고 있는 야훼의 천국이며 사랑과 구원의 방식이다. 우리는 저마다의 구약을 가지고 있다. 구약은 폐기돼야 한다. 또한 우리 저마다의 신약은 늘 갱신돼야 한다. 우리는 유대인들의 야만을 통해서 그것이라도 배워야한다. 유대인들이 팔레스타인 아랍 민중들에게 하고 있는 짓들을 가만히 보고 있노라면, 그들은 강자가 아니다. 그들은 잘나지 않았다. 그들의 야훼도 마찬가지다. 복잡하게 생각할 것 없다. 어떤 신의 가치를 결정하는 것은 그 신이 아니라 그 신을 믿고 따르는 인간들이기 때문이다. (2013. 7. 12)

유대인 2

하나의 민족이라는 것은 정신분석의 차원에서 보았을 때 공통의 유전형질을 보유한 자들의 집단(물론 이것은 과학적으로 환상에 불과하지만 아무튼)이 아니라 공통의 신화를 지닌 자들의 집단이라고 볼 수 있다. 그렇다면 구약성서의 신화를 믿고 따르며 아브라함을 제 심리적 조상으로 여기고 있는 한국의 기독교도들은 한국인이 아니라 유대인이다. 그들이 그리스도를 매일매일 십자가에 못 박아 죽이면서 마구 못된 짓들을 일삼고 있는 것은 그래서가 아닐까? (2013. 7. 13)

유대인 3

가자지구에 대한 한밤의 폭격을 불꽃놀이로 즐기고 있는 유대인들에 대한 기사를 본다. 이제 독일은 유대인들에게 더는 미안한 마음을 가지지 않아도 된다. 미안하다는 소리 그만해도 된다. 히틀러 시대의 독일이 이스라엘로 환생했기 때문이다. 인간이라는 게 그렇다. 가학을 하면 애정이 싹튼다. 피해자가 가해자를 사랑하게 되는 것이다. 그리고 점점 그 피해자는 그 가해자와의 동일화 과정을 겪으면서 이윽고는 새로운 가해자의 하이브리드로 재탄생하게 된다. 유대인들은 히틀러를 사랑하고 있다. 노예가 주인님을 사랑하고 있다. 사랑은 미안하다는 말 하는 게 아니다. (2013. 7. 17)

정리

변화하지 않으면 이기는 것은 고사하고 살아남지 못한다. 지는 것은 고사하고 사라지게 된다. 그런데 변화하는 척하면서 싸우면 져도 더럽게 진다. 죽어도 더럽게 죽는다. 변화를 모독하는 자는 사라져도 더럽게 사라지게 된다. 변화는 용기의 참 실현이다. 그것은 승패를 넘어선다. 삶과 죽음을 넘어선다. 변화를 모독하는 가짜 용기는 이겨도 이미 더럽게 진 것이다. (2013. 7. 31)

어떤 사춘기

작년 초여름부터 올 초여름까지 나는 내 나이 쉰 살에 겪어야 할 어떤 강력한 고통을 미리 겪었다. 그 고통이 너무도 고통스러워 몸과 영혼이 온통 이글거리는 혼돈 속에서 허우적거렸으나 어쨌든 분명히 견뎌 여전히 살아 있고 보니 이보다 다행한 일이 없는 것 같다. 하나의 지옥을 이긴 자는 또 다른 지옥도 이겨낼 수 있다. 고통마다 나름의 시기가 따로 있다면 나는 조금이라도 내 몫의 고통을 앞당겨 힘껏 싸워내고 싶다. 불행 중 다행이 아니라 다행 중 다행이다. 나는 지옥을 우습게보지 않는 것만큼 지옥 속의 인간과 그의 고통을 손가락질 하지 않을 것이다. 지옥이 지옥끼리 이종교배를 해댄다면 나 역시 인간이 되고 싶은 요괴처럼 몸과 마음을 마구 바꿔나갈 것이다. 그리고 훗날 쉰 살의 한 사내인 내 친구를 도울 수 있을 것이다.

(2013. 8. 4)

깨달음

나는 가짜다. 의심하지 않기 위해 증오하고 있기 때문이다. 나는 가짜다.

(2013. 8. 11)

대전제

내 문학의 대전제는 인생이라는 환상 속에서 헤매는 인간이라는 물질이다. 불교적 시공을 방황하는 기독교적 인간들의 풍경이다. 그 두 세계관의 기이한 혼음이 빚어내는 노을이다. (2013. 8. 15)

어떤 각주

Erinnern heißt also festhalten durch Aussprechen, niederlegen, um zu verstehen, ausformen, um zu vergessen. Vergessen wird nur das Bewältigte. Nur das Geordnete, sprachlich Geformte kann Vergangenheit werden(과거를 기억한다는 것은 진술을 함으로써 그 과거의 사실을 확정짓고, 이해하기 위해 기록하며, 잊기 위해 형상화시키는 것을 뜻한다. 극복한 것만 잊을 수 있는 것이다. 정리된 것, 언어로 형상화된 것만이 과거로 여겨질 수 있다).

— Albrecht Weber: Siegfried Lenz. Deutschstunde, Munchen 1975, S. 53.

(2013. 8. 17)

희망

이반 일리치는 이렇게 말했다. "미래 따위에는 관심이 없습니다. 그건 사람을 잡아먹는 우상입니다. 제도에는 미래가 있지만, 사람에게는 미래가 없습니다. 오로지 희망만이 있을 뿐입니다." 그리고 말년에 그는 이런 절망을 피력했다. "이제 나는 무력함을 받아들입니다. 책임은 이제 망상입니다." 그러나 이반 일리치가 승리를 거뒀다는 기록이 세상 어디에도 없듯, 그가 패배했다는 기록 또한 세상 어디에도 없다. 다만 그는 끝까지 싸웠을 뿐이다. 요즘 들어 문화를 제멋대로 세팅하고 이득을 챙기는 자들에 의해 고통받는 사람들이 의외로 참 많다는 새삼스러운 자각이 심심치 않게 밀려든다. 문화 수용자들은 자신들이 앓고 있는 치명적인 우울증의 기저에 성인聖人을 자처하는 큰 도둑들의 시스템이 존재한다는 사실을 어렴풋이나마 알고 있으면서도 매번 몽롱하게 당하고 있다. 그들은 자신들의 교양과 선의가 얼마나 간악하게, 저 더러운 놈들의 장삿속을 위해 버젓이 이용당하고 있는지를 모른다. 하긴 이미 오래된 일이다. 그것은 그들이 그 간교한 시스템을 제대로 파악하지 못하기 때문이고 설혹 제대로 알게 된다고 해도 과연 어떻게 저항해야 할지 오리무중에 빠지기 때문이다. 나 역시 미래 따위에는 관심이 없다. 나 역시 나의 무력함이 절망스럽다. 그러나 나 역시 희망만이 있을 뿐이다. 나는 승리했다는 기록을 남기진 못할망정 패배했다는 기록은 절대로 남기지 않을 것이다. 그리고 그것은 나의 친구들도 마찬가지여야 할 것이다. 이것이 바로 내 책임감이다. 망상 따윈 없다. 만약 있다면 나는 그 망상마저도 무기로 들고 싸울 것이다. 이제 뭔가를 새롭게 시작해야 할 시점임을 통감한다. 〈이반 일리치 연보〉에 드러난 바, 말년에 이반 일리치와 대담을 나누었던 캐나다 CBC의 프로듀서 데이비드 케일리는 "주류 언론에서는 일리치가 이미 20여 년 전에 죽은 사람처럼 부고 기사를 썼다. 하지만 사람들 가슴속에 일리치만큼 생생하게 살아 있는 사람은 없을 것이다. 나는 이 성경 구절만큼 그에게 합당한 부고도 없을 것이라고 생각한다"며 다음을 인용했다.

"나는 세상에 불을 던지러 왔노니, 이미 그 불이 타올랐으면 내가 무엇을 원하리요." (〈누가복음〉 12장 49절) (2013. 8. 26)

아름다움과 행복과 강함, 그리고 나무와 숲과

내가 때로 죽을 만큼 힘든 것은 작가로서의 당연한 공적 의무 때문이지 내가 내 개인적 삶에 불만을 가지고 있어서가 아니다. 나의 투쟁은 매순간 매우 아름답고 나는 이미 충분히 행복하다. 나의 고달픔 없이 나의 생은 아무런 존재 가치가 없고 나는 이 아름다움과 행복을 포기할 의사가 전혀 없다. 이 세상에서 가장 무서운 자는 아무것도 잃을 것이 없는 자이다. 이 세상에서 가장 강한 것은 그런 자의 자유이다. 과거의 나는 어리석었지만 그 과거는 온전히 나의 것이다. 나는 개들이 시키는 대로 살지 않았다. 내 안에 있는 단 한 그루의 나무는 어느새 울창한 숲이 되었

다. (2013. 9. 20)

이상한 일

내가 스무 살 즈음에 썼던 어떤 시를 지금의 이십대가 읽고 있다는 사실을 우연히 발견하게 되고는 깜짝 놀랄 때가 있다. 아니. 내 그 시절의 어떤 시가 비단 지금의 이십대뿐만이 아니라 아직도 누군가에게 읽혀지고 있다는 그 사실 자체 앞에서 갑자기 뭔가에 강하게 얻어맞은 듯 멍해지고는 한다. 그러나 그것은 이러한 내가 아직도 시라는 것을 쓰고 있다는 사실보다 더 놀라운 사실이 아닐는지도 모른다. 작은 컨테이너 박스 안에서 구두를 닦는 한 아저씨를 알고 있다. 그는 여름에도 겨울에도 하루를 천 년처럼 그 비좁은 생의 참호 안에 고개를 숙이고 앉아 무슨 병든 세계를 치유하듯 더러운 구두를 빛나게 닦는다. 저녁 무렵 노을 묻은 작은 가방을 둘러멘 채 어딘가에 있을 집으로 돌아가는 그의 야윈 등을 바라보는 것은 내게 뭐라 설명하기 힘든 복잡한 감정을 불러일으킨다. 나는 누구인가? 아직도 누군가는 내 어린 시절의 시를 읽어주고 있고 나는 여전히 오리무중의 모독 속에서 새로운 시를 쓰고 있는 중이다. 보잘것없어 보이는 일을 목숨처럼 여기며 살아간다는 것은 일제히 묘한 슬픔을 안겨준다. (2013. 9. 23)

슬픔에 대한 한 줄

세상이 너무 소란스럽다. 차라리 누구라도 아팠으면 싶을 만큼. 그러나, 아무도 아프지 마라. 너무 소란스러운 세상이다. 이미 모두가 아픈. (2013. 10. 21)

어떤 아침

음악보다 책이 좋아지기 시작했으니, 느끼는 것보다 생각하는 게 좋아졌으니, 아무 것도 느끼지 말고 아무 생각도 안 해야겠다. (2013. 11. 5)

과학

몸소 확인하게 되는 바이지만, 인간의 운명이란 신의 뜻이라든가 사주팔자 같은 한 가지 요인 때문이 아니라 수만 가지의 요인들로 구성되어 있으며, 그중 가장 강력한 요소는 인간 스스로의 투쟁이다. (2014. 3. 10)

슬픔

베드로가 돌아서서 보니 예수께서 사랑하시는 제자가 따라오고 있었다. 그 제자는 만찬 때에 예수님 가슴에 기대어 앉아 있다가, "주님, 주님을 팔아넘길 자가 누구입니까?" 하고 물었던 사람이다. 그 제자를 본 베드로가 예수님께, "주님, 이 사람은 어떻게 되겠습니까?" 하고 물었다. 예수님께서는 "내가 올 때까지 그가 살아 있기를 바란다 할지라도, 그것이 너와 무슨 상관이 있느냐? 너는 나를 따라라." 하고 말씀하셨다. 그래서 형제들 사이에 이 제자가 죽지 않으리라는 말이 퍼져나갔다. 그러나 예수님께서는 그가 죽지 않으리라고 말씀하신 것이 아니라, "내가 올 때까지 그가 살아 있기를 바란다 할지라도, 그것이 너와 무슨 상관이 있느냐?"하고 말씀하신 것이다.

— 〈요한복음〉 21장 20절-23절

…… 그것이 너와 무슨 상관이 있느냐 …… 그것이 너와 무슨 상관이 있느냐 …… 그것이 너와 무슨 상관이 있느냐 …… 그것이 너와 무슨 상관이 있느냐 …….

(2014. 3. 10)

실존의 원칙

시를 쓰면서 마음을 정리한다. 소설을 쓰면서 생활을 정리한다. 육체를 단련하면서 고통을 정리한다. 영화를 하면서 앞날을 정리한다. (2014. 4. 1)

아름다운 과정

인생의 전부를 집중해서 살 수는 없을 것이다. 또 그것이 옳은 것만도 아닐 것이다. 그러나 그 의지가 패배하지 않으려는 용기의 발로라면 그 발버둥은 매우 아름다운 과정이 될 것이다. 집중하지 못하는 인생은 분열이다. (2014. 4. 4)

파시즘의 얼굴

사람들은 관대하게 지배당하는 것 외에는 아무것도 바라지 않는다.

— 요제프 괴벨스, 《미하엘》, 1936.

관대하게 지배당하는 것을 바라며 살고 있는 것, 당신들은 예외인가? 정말 그런가? (2014. 4. 8)

이제 나는 다시

아무리 궁리해본들 이 세상의 행복이란 작은 양탄자를 깔고 그 위에 앉아 명상하는 것 그 이상은 없다. 아무리 술을 처먹고 분탕질을 일삼아도 거기에 남는 것은 그저 허탈과 고통뿐이다. 나는 타락도 해보았고 구원도 받아보았다. 나는 쓰레기도 돼보았고 수도자도 돼보았는데, 결국 계율을 지키지 않으며 얻어지는 평화라는 것은 말짱 사기라는 것쯤은 완전히 깨달았다. 사실은 무라카미 하루키의 《바람의 노래를 들어라》 속에 나오는 가상의 작가 데릭 하트필드처럼 '불모'의 작가가 되고 싶었다. "문장은 읽기 힘들고, 스토리는 엉망진창이고, 테마는 치졸"하지만, 하도 다작을 해 죽기 전 해에는 한 달에 15만 단어를 써갈기는 식으로 "레밍턴 타자기를 6개월마다 새 것으로 교체했다는". "그렇지만 하트필드는 글을 무기 삼아 싸울 수 있는, 몇 안 되는 뛰어난 작가였다"고 한다. 나 역시 내 소설들 속에서 가상의 존재들을 많이 만들어낸 바 있다. 가령 히말라야금강앵무새라든가 독일시 〈밤의 첼로〉와 그것을 쓴 시인 안나 헨리케 등등. 그렇다면 그것은 명상인 것인가 몽상인 것인가. 나는 이 어두운 세계 속에 나라는 가상의 작가를 만들어내며 하루하루 살아가고 있다. 명상을 하면서 몽상을 하고 방황을 하면서 명상을 하고 몽상을 하면서 방황을 명상한다. 몽상과 명상이 착종되고 방황이 명상 속에서 몽상을 방황한다. 세상은 여전히 혼란스러우며 인간들은 영원히 치졸하고 나는 견딜 수 없어 고작 스스로를 혐오한다. 때로는 이 아무런 가치도 없는 세상이 문득 너무 아름다울 때, 그 순간에, 그 순간만큼 슬픈 것은 이 우주 어디에도 없다. 오늘 내게는 오직 고요한 분노가 필요하다. 생각하는 사이 이미 식어버린 한 잔의 차 같은 분노. 들끓지 않는, 말이 들리지 않는 이야기 같은 분노. 분노가 아닌 분노. 이제 나는 다시 무사武士로 되돌아가야겠다. (2014. 4. 22)

원리는 습관으로 지배하는 것이다. 몸으로 영혼을 다루는 것이다. 이것이 자유의 이치다. 내가 나를 즐겁게 가둘 때 아무도 나를 가둘 수 없다. 자유는 물거울과 같아서 바람이 불거나 내가 손을 담그면 물에 파문이 생겨 아무것도 보이지 않는다. 사실 보려고 하는 것은 나의 얼굴이 아닌가. 그때 우리는 파문이라는 저마다의 얼굴을 마주하게 되지만, 어리석게도 우리는 아무것도 못 보았다고, 제 얼굴을 보지 못한다고 투덜댄다. 바람이 불 때 물을 들여다 본 것도 자신이고, 물에 손을 담근 것도 다름 아닌 자신인데. 나는 온몸을 적시며 강을 건너고 싶다. 그것이 나의 얼굴이 될 것이다. 나는 강 건너편에 서서 강을 건너기 전의 나를 잊을 것이다. 나는 세상의 파문이 될 것이다. (2014. 5. 3)

'매의 눈'의 원조元祖

요즘 어떠한 필요에 의해서 마르크스를 자주 뒤적이고 있는데, 그가 1837년 11월 10일 부친에게 보낸 편지에서 아래와 같은 대목을 발견했다.

우리의 위치에 대한 의식에 이르기 위해서 우리는 사상의 독수리의 눈으로 과거의 것과 현재의 것을 고찰할 필요가 있습니다.

— Karl Marx, *Brief an den Vater in Trier,* vom 10 November 1837.

위의 것을 더욱 부드럽고 풍성하게 의역한다면, "우리가 어디에 서 있는지 제대로 파악하기 위해서 우리는 우리 사상의 눈을 매의 눈처럼 사용하여 과거와 현재의 모든 것들을 고찰할 필요가 있습니다." 뭐 이 정도가 되지 않을까 싶다.

그렇다면, 요즘, 그러니까 2014년을 전후로 대한민국에서 유행하고 있는 '매의 눈'이라는 관용적 표현은 19세기 중엽 본 대학교에서 베를린의 프리드리히 빌헬름 대학교 법학부로 전학 온 카를 마르크스 학생이 원조라는 소린데, 어째 기분이 상당히 묘하다.
사족에 사족을 덧붙여, 인류의 근대와 현대를 발칵 뒤집어놓은 털북숭이 혁명가 카를 마르크스 박사님의 생일은 5월 5일 '어린이날'이시다. (2014. 5. 5)

사실

만약 시를 쓰지 않았더라면 내 인생은 지금 어떻게 달라져 있었을 것인가. 문득 그게 새삼 궁금해졌을 때 봄이 왔다. 만약 스무 살의 내가 시인이 되지 않았다 하더라도 물론 나는 여전히 별로 행복하지는 않았을 것이다. 그러나 그보다 더 분명한 사실은 만약 내가 시를 쓰지 않았더라면 나는 내 적의 위협과 나의 절망에 주눅 들고 패배하는 버릇에 사로잡힌 사람이 돼 있었을 거라는 사실이다. 그런 의미에서 시는 나의 무기다. 만약 시를 쓰지 않았더라면 내 인생은 지금 어떻게 달라져 있었을 것인가, 라는 질문은 인생에 대한 질문이 아니라, 인생에 대한 사실이다.

(2014. 5. 7)

이 슬픈 질문, 그러나 지금 다시 한 번 더 우리에게

자신의 예술을 위해 자신의 육체와 영혼을 악마에게 팔아먹은 자들의 예술에는 빛나는 것들이 대부분이다. 그런데 국가와 사회와 이념과 인민과 도덕 같은 것들에 자신의 전부를 바친다고 하는 자들의 예술은 대부분 쓰레기일 뿐만 아니라 그들의 육체와 영혼조차 악마보다 못한 경우가 대부분이다. 왜일까? 어쩌면 이것은 아이러니도 딜레마도 아닐지 모른다. 어쩌면 이것은 아주 단순한 산수算數일지도 모른다. 그런데 사람들은 늘 그 산수에 틀린 답을 내놓고 있는 것인지도 모른다.

(2014. 5. 17)

반 평의 거적

온 세상 전부를 평생 헤매 다녀도 반 평의 거적 위에 가부좌를 틀고 앉아 가만히 눈을 감는 것 이상의 행복은 없다. 어쩌면 그것은 최고의 행복이 아니라 단 하나의 행복인지도 모른다. 반 평의 거적 위에서 가만히 눈을 감고 근육을 단련하는 것, 내 살과 피를 영혼으로 느끼는 것, 반 평의 거적 위에 엎드려 기도마저 멈추고 신의 낮은 숨결을 듣는 것, 반 평의 거적 위에서 아무것도 보지 않고 아무것도 듣지 않고 오직 내 안의 어둠만을 듣고 내 안의 어둠만을 보는 것, 그것만이 한 인간이 누릴 수 있는 확고한 행복이다. 반 평의 거적을 돌돌 말아 다시 벽에 기대 세우고 나는 반 평의 거적 밖 온 세상으로 다시 나아간다. 내 안의 어둠 속에서 걸어 나와 상처의 빛으로 가득 찬 저 타인이라는 지옥들 속으로. (2014. 5. 25)

사탄과 하나님에 대한 조각 에세이

신은 없다, 라고 외치는 사람은 사실 가장 강력한 유신론자다. 정말 신이 없다면 그의 영혼에는 애초에 신은 없다, 라는 문장 자체가 성립되지 않을 것이기 때문이다. 신이 있다는 것을 기독교적으로 인정하는 방법 중에 하나는 사탄을 인정하는 것이다. 그렇다면, 신이 있다는 것을 증명하는 것은 너무나 쉽다. 인간 감정의 핵심이 슬픔이듯, 사탄의 핵심은 바로 '돈'이기 때문이다. 저 거대한 교회들은 하나님의 교회가 아니라 사탄의 교회들이며, 세상을 지도하고 있는 신은 하나님이 아니라 대개 돈이라는 모양으로 변신한 사탄이다. 신은 있다, 라고 외치는 사람은 사실 가장 강력한 무신론자다. 정말 신이 있다면 그의 영혼에는 애초에 신의 부재에 대한 불안이 없을 것이기 때문이다. 반 평의 거적 위에 가부좌를 틀고 앉아 가만히 눈을 감으면, 아무런 모습도 지니지 않은 하나님은 항상 내 안에 계시다. 신은 외면한다고 해서 사라지지 않으며 우긴다고 해서 나타나는 것도 아니다. 신은 내 몸과 영혼의 거울이다. 우리가 그 거울을 들여다보았을 때 우리는 자주 자신 아니라 사탄을 만난다. (2014. 5. 27)

대한민국 국회

대한민국 국회는 반국가단체다. (2014. 5. 28)

희망에 대한 각서

정말 오랜만에 미친 듯이 샌드백을 치던 와중에 문득 이런 생각이 들었다. 이제는 인간의 절망이 아니라 인간의 희망에 대해서 뭔가를 쓰고 싶다는. 이제는 그럴 때가 되었다는. 솔직히 나는 내가 아직도 사춘기에 갇혀 있지 않다고 말할 자신이 없다. 희망이 진실이든 환상이든 간에, 절망이 과학이든 미신이든 간에, 너무 오랫동안 나는 희망을 구질구질한 이야기로 치부하면서 절망에서 어떤 세련미를 찾으려고 했던 것 같다. 인간이 아무리 어리석은 존재라고 할지라도 인간이라는 밤 안에서 조용히 불타고 있는 한 자루의 촛불을 기념하지 말라는 법도 없지 않은가. 나는 더 이상 인간의 어두운 미래를 그리고 싶지는 않다. 어쩔 수 없이 절망했다면 일부러 희망할 수도 있는 것이다. 작가의 길은 전사戰士의 길이다. 이왕이면 나는 희망의 편에서 싸우고 싶다. 전쟁을 위해서 전쟁을 벌이진 않을 것이다. 그러나 나는 사랑과 욕망을 혼동하지는 않을 것이다. 자유와 집착, 용기와 폭력 사이에서 실종되지는 않을 것이다. 그것이 먼저 죽은 자들과 항상 죽어가고 있는 자들에 대한 예의가 아니겠는가. 그것이 죽음을 둘러싼 기쁜 소식이며 삶의 희망이 아니겠는가. 나는 그와 그녀의 웃음을 기념하기 위해 노력할 것이다. (2014. 6. 25)

상실의 힘

요즘 같은 세상에서 문학은 무용지물을 넘어서 차마 듣도 보도 못한 쓰레기 같은 느낌을 자아내지만, 사실 문학에는 근본적으로 종교적인 생리를 뒤흔드는 외계적 순교자의 본질이 있어서 인간의 사악함과 나약함을 밑바닥부터 싹싹 긁어모아 단 한 방에 무지개가 태양 곁에서 폭발하듯 일깨워준다. 그것에 극도로 몰입하다보면 우리는 일종의 도道에 이르게 되는데, 이런 무자비한 통찰력은 글을 쓴다는 기예와 어우러져 이 세계의 모든 일들에 간혹 전지전능한 감각을 제공하기도 한다. 문학이 철학과 예술의 공학적 유기체라는 까닭 안에 문학이라는 바다가 있고 문학이라는 태양의 그림자가 있는 것이다. 정말로 문학이 필요한 시대에 우리는 행여 우리에게 문학이 있다 한들 끝없이 없게 돼 버렸다. 천 년에 한 번쯤 찾아오는 거대한 사조思潮의 탓이 크건만, 그러나 적어도 우리 사회 안에서만큼은, 문학이 우리의 곁에 있을 때 우리가 문학으로 저질렀던 온갖 추접하고 치사한 죄들에 대한 대가를 우리는 우리 문인들이 다 말라죽어버리는 그날까지 온전히 치르게 될 것이다. 괴롭지 않다. 상실은 그저 패배가 아니다. 인간은 고통 다음에 찾아오는 쓸쓸함 속에서 많은 것들을 생각하게 되는 법이다. (2014. 7. 6)

한여름의 엽서

네가 가지고 있는 그 오류를 수정하지 않는다면 아무리 가치 있는 일들을 하더라도 너는 지금처럼 계속 지쳐갈 것이다. 아무것도 늦지 않았지만, 지금부터 뭘 다시 시작해도 아무 문제가 없지만, 지금보다 수천 배 더 어려운 일들도 다 견뎌낸 너이지만, 아무리 좋은 뜻을 가지고 있다고 하더라도 너는 계속해서 지쳐갈 것이다. 지금 네가 가지고 있는 그 오류를 당장 수정하지 않는다면, 바로 이 순간의 바로 그 다음순간부터, 새로운 일이 시작되는 그 순간부터, 또 계속해서 지쳐갈 거란 말이다. 사랑하는 너에게 내 손바닥에 송곳으로 작은 사랑을 새기듯 전한다. 지금 네가 그 오류를 수정하지 않으면 나는 계속 지쳐갈 것이다. 내가 너를 아무리 사랑한다고 하더라도. 네가 나를 아무리 사랑하려 한다고 하더라도. 내가 너라는 사실을 지금 이 세상이 알고 있음에도 불구하고. 네가 나의 다른 이름이라는 것이 지금 아무리 아름답다고 하더라도. 다른 누군가가 아니라 내가 나의 악순환인 지금 영원히.

(2014. 7. 13)

증명

"너는 시인인가?"라는 물음에 감히 나는 "그렇다"고 대답할 수 있다. 왜냐하면 내가 인생의 밑바닥에서 차라리 죽고 싶었을 적에 남몰래 조용히 시를 쓰고 있는 나를 보았기 때문이다. (2014. 7. 15)

화학공식

가진 것이 있으면

겁이 생긴다.

그러면 마음이 변하지.

나는 매순간 다 잃어버릴 것이다.

이것은 사상이라든가 태도가 아니라

말 그대로 무기다.

잃을 것이 없어야

그것을 가지고

저들을 이길 수 있다. (2014. 7. 15)

진리는 슬프다

만프레트 가이어가 쓴《칸트 평전》의 서문에 다음과 같은 대목이 눈에 들어온다.

세계사적 과정은 지구 전체의 혼란스러운 환상을 그려내는 것이 아니라 순간을 그려내며, 이 과정은 어떤 목표나 질서를 결여한 채 어리석음, 강요의 기제, 파괴의 에너지로 가득 차 있다. 칸트의 기본 전제는, 인간은 비틀리고 휘어진 나무로 되어 있어서 어떤 바른 것들로도 조립될 수 없다는 것이다.

"인간은 비틀리고 휘어진 나무다. 어떤 식으로도 바르게 조립될 수 없다"는 문장이 왜 이렇게 가슴 아픈지 모르겠다. 저런 빤한 소리가 오늘 따라 왜 이렇게 슬픈지 모르겠다. (2014. 7. 17)

고독

당신은 언제 가장 고독한가? 이 질문에 어떤 사람은 이렇게 대답할 것이다. 세상만사가 전부 쇼라는 것을 알게 되었을 때. 세상만사를 전부 쇼라고 느끼는 것이 아니라, 세상만사가 전부 쇼라는 사실을 화들짝 깨달아버렸을 때. 이 대답에 동의하는 사람이 만약 당신이라면, 당신은 나는 고독하다고 엄살을 부리는 모든 사람들 앞에서 나는 진정한 고독을 좀 안다고 자부해도 좋다. (2014. 7. 20)

잔잔한 악몽 곁에서

몸이 안 좋아서 그런지 자꾸 잔잔한 악몽에 시달리는구나. 청소고 뭐고 가만히 누워서 아미타불과 주기도문이나 외워야겠다. 내 안에서 또 한 시절이 가고 다른 한 시절이 열리는 것을 느낀다. 나는 나를 잘 알고 있다. (2014. 7. 27)

요점

일은 열심히하되 인생은 결국 별 게 아니라는 것을 명심할 것. (2014. 7. 28)

절망과 전위, 그리고 희망

내가 작가로서 절망에 빠져 세상을 피하고 있었을 적에 나는 내게 아직 나만의 독자들이 남아 있음을 자각하지 못했다. 나는 그 정도로 지쳐 있었다. 그것은 나락이었다. 시간이 흘러 어느 순간에 문득, 나는 멀리서 나와 내 문학을 조용히 지켜주고 내 귀환을 간절히 기다려준 소수의 독자들이 엄존했다는 사실을, 그리고 바로 그들이 내 절망을 바수어버린 내 희망의 전위였음을 깨달았다. 감히 나는 이제 나와 내 문학이 그들의 전위가 되었으면 하는 희망을 가져본다. 조만간 그들에 대한 내 감사와 존경을 기념하는 글 하나를 쓰고자 한다. 사랑은 표현하는 거라지만, 작가인 내게 사랑은 기록하는 것이다. 나는 우리들의 이야기를 작은 불멸로 만들 것이다. 그리고 그것으로 내 그림자의 국면을 빛으로 전환하고자 한다. 나는 사랑의 무기가 필요한 사람이다. (2014. 7. 28)

주기도문

왜 이렇게 사람들이 싫은지 모르겠다가도 사실 이유야 빤하지. 내가 나 자신이 짜증나는 거겠지. 주여, 내가 내게 죄지은 자들을 사하여 주었듯이 나로 하여금 나를 증오하지 않게 하소서, 아멘. (2014. 7. 28)

좌파

나는 지난 25년간 프로작가로서 살았다. 나 보고 글을 못 쓴다고 말하는 거야 내 팔자소관으로 넘어갈 수 있지만 나 보고 문단을 모른다고 말하려면 정신감정이 좀 필요할 것이다. 한국 문인들은 거의 예외 없이 좌파를 자처하고 좌파 성향의 예술단체 소속인 경우가 많다. 물론 나는 모태 무소속 문인이지만 그들은 나의 친구이기도 하고 선배이기도 하며 후배이기도 하다. 그런데 참 이상한 일은 그렇게 많은 좌파들을 만났음에도 나는 좌파를 만나본 경험이 전무하다는 사실이다. 마약보다 무서운 것이 바로 자기가 자기한테 거짓말을 치면서도 자기가 그걸 모르고 있다고 착각하면서 사는 것이다. 날라리가 무더위에 걸레질하다가 문득 떠든 소리니 절대 신경 쓸 필요는 없다. (2014. 7. 31)

사막

위장 관련 약이 메스꺼워서 밤새 토하고 고생이 심했다. 의사가 부작용이 너무 심하다면서 일단 복용을 중단시켰다. 퀭해져 작업실로 걸어간다. 폭염주의보. 인생이 이글거리는 사막이구나. 내가 동물들 중에 낙타를 괜히 좋아하는 게 아니다. 나는 사막을 건너가지 않는다. 왜냐하면 내가 사는 곳이 사막이기 때문이다.

(2014. 8. 1)

재

나는 우리나라 사람들이 내 시와 소설을 읽지 않는 것에는 정말이지 아무런 불만이 없다. 그러나 《미리 쓰는 통일 대한민국에 대한 어두운 회고》를 읽지 않는 것은 매우 안타깝게 생각한다. 왜냐하면 그것은 바로 우리들 각자의 안위가 걸린 일이기 때문이다. 아무리 좋은 교본이 있어도 사람들은 그런 것이 있다는 사실 자체를 의식적으로 또 무의식적으로 외면한 채 불구덩이 위에서 낮잠을 자려 한다. 진심이다. (2014. 8. 3)

악마들이 비웃는다

맞다. 부정할 수 없다. 저 아이들은 분명 악마 같은 짓들을 저질렀다. 그러나 저 아이들은 우리 모두가 그렇게 기른 것이다. 이렇게 생각하는 것은 염치 있는 당위가 아니라 괴로운 과학이다. 저 아이들이 더 자라서 저 악마 같은 청년 병사들이 된 것이고 그들이 더 자라서 악마도 두 손을 모으고 경의를 표하는 우리 같은 어른들이 돼 간다. 이 사회의 어른들이 악마보다 더 악독한 까닭은 악마도 제 새끼는 알아보기 때문이다. 인간은 제 속에서 나온 것을 불결하게 여기는 유일한 짐승이다. 이제 우리는 여기까지 와 함께 지옥에 갇혀버렸다. 만약 출구를 찾고 싶거든 제발 일단 착한 척이라도 하지 말자. 악마들이 비웃는다. (2014. 8. 4)

우리 안의 무서운 사실

우리 안에 암흑이 존재한다는 무서운 사실을 담담히 인정하지 않고서는 우리는 그 어떠한 선함도 실현할 수 없다. 자기 안의 혁명을 외부로 이끌어내는 행위는 단순한 극복 정도가 아니라 아예 강을 훌쩍 건너버리는 것이다. 이것은 당신이 공산주의자든 자유민주주의자든 목사든 포주든 히틀러든 달라이라마든 꽃이든 오소리든 간에 전혀 예외가 없다. 달나라를 지나 화성에도 가는 인간의 능력에는 제법 한계가 없는지도 모르지만, 인간을 사랑하는 사람은 그와 동시에 인간을 혐오할 수밖에 없다. 모순 앞에서 숙연해지지 않는 철학은 위험한 잡념일 뿐이다. 인간이 마냥 사랑스러워 사랑한다면 그것은 다소간 무식한 사랑이 아니라 완전한 무지에 불과하다. 인간의 악함에는 한계가 없다는 빤한 사실 앞에서 겸손하지 못한 인간은 불현듯 대연히 악마가 되며 이 세계를 무간지옥으로 만든다. 나름 좋은 포부 없이 살아가지 않는 악당은 없다. 천국의 진짜 주인이 사탄인 것은 종교라는 도그마의 역사가 낱낱이 증명하고 있다. 우리가 정치에 대해 관심을 가지면서도 늘 정치 자체를 경계해야 하는 것은 우리가 인간이면서도 인간이라는 악마를 경계하기 때문이다. 우리가 우리 안의 이 무서운 사실을 인정하고 삶에 임해야 하는 까닭은 그것이 무서워서가 아니라 명백한 사실이기 때문이듯. (2014. 8. 4)

입법과 뇌물

나는 하루에도 열두 번씩 나의 법들을 입법하는데, 내게 뇌물을 건네는 놈이 하나도 없구나. 이것은 나의 무능에 대한 확증이 아닐 수 없다. (2014. 8. 5)

지옥에 대한 질문

예전에 독재정권이 우리에게 하던 고문과 살인을 이제는 우리의 아이들과 청년들이 서로에게 하고 있구나. 전자와 후자 둘 중 어디가 더 지옥인가. (2014. 8. 7)

추일서정秋日抒情

가을바람이다. 아, 또다시 많은 어리석음들이 나를 지나갔구나. (2014. 8. 9)

인간의 가을

인간이 인간 이전에 짐승이라는 사실이 새삼 당연하게 느껴지는 가을바람이다. 기온이 몇 도만 떨어져도 이렇게 몸과 마음이 달라지는 주제에 무슨 대단한 존재인 양 잘난 척하면서 깝죽대는 우리 인간은 얼마나 가증스러운 존재란 말인가. 가을을 걸어 작업실로 가고 있는 나는 즐겁다. 나는 할 일들이 많고 하고 싶은 일들은 그보다 더 많다. 나의 인생은 고리타분하지 않다. 나에게는 아직 생명이 있다. 나는 또다시 나의 문체를 바꾸고 있는 중이며 숨이 멎는 그 순간까지 기꺼이 고뇌하고 힘들어 할 것이다. 나는 아무것도 일부러 사랑하지는 않을 것이다. 인간의 가을은 짐승의 가을을 지나 인간의 가을로 간다. 나는 나를 일부러 사랑해야만 이 세계를 사랑할 수 있는 것이라면 그렇게 할 것이다. (2014. 8. 10)

인간이라는 사물의 이치

나는 사람들이 정치를 들먹이며 끔찍한 막말들을 난사해대는 진짜 이유를 안다. 정의로워서가 아니다. 외로워서다. (2014. 8. 11)

호소력

호소력이란 무엇인가. 애석하게도 그것은 '병든 것'이다. (2014. 8. 12)

미래의 의미

자신만의 미래를 개척해나간다는 것은 자신의 과거에 늘 새로운 의미를 부여할 수 있는 사람이 된다는 뜻이다. 그것은 능력이기 이전에 투쟁이다. 그리고 그러한 한 사람이 다른 모든 사람들의 존재 자체를 이해하게 되면, 그의 미래는 어느 날 문득, 우리들 모두의 미래가 되기도 한다. (2014. 8. 13)

순교와 순교하는 인간

순교란 무엇일까? 순교하는 인간이란 대체 무엇일까? 이런 질문들로 쉽고 재미있는 소설을 쓸 수는 없을까? 인간을 신으로 만들고 신을 인간으로 만들면 가능하지 않을까? 비극이 아니다. 희극이다. 희극이 비극이 된 희극. 나는 눈을 감고 빛을 볼 것이다. (2014. 8. 16)

회복

망해버린 몸과 상처받은 마음이 회복되려면 이 가을이 가고 저 겨울도 다 가버려야 될 듯하다. 나는 이렇듯 모든 것들로부터 자유롭지 못하다. 회복된다는 것은 결국 고요함 속에서 자유를 되찾는 일이다. (2014. 8. 17)

성벽 밑에서

방금 이번 달치 《중앙선데이》 칼럼을 넘겼다. 신문 글이 제일 쓰기 어렵다고 매번 느낀다. 좀 씻고, 청소하면서 다음 일들에 대한 마음도 정리하고, 다시 진격할 것이다. 어지러운 세상일들 더 이상 듣거나 보고 싶지 않은데, 자꾸 들려오고 자꾸 보게 되고 자꾸 쓰게 된다. 나는 죄책감을 논할 만큼 정의로운 사람이 아니다. 그저 그 사이 나이가 들었을 뿐이다. 거기에 무슨 얼어 죽을 선과 악이 있겠나. 산이 솟아오른다고 슬프거나 기쁘지 않듯이 산이 무너진들 마찬가지다. 노자老子의 가르침대로 천지天地는 불인不仁하다. 바닷물을 다 마시지 않아도 바닷물이 짜다는 것을 충분히 알 수 있듯이, 인생은 완전 허망하다. 다만 적어도 내가 나에게만큼은 아무 의미가 없지 않도록 노력할 뿐이다. 어쨌거나 삶은 단 한 번뿐이니까. 이제는 싸우는 것이 내 체질이 돼버렸다. 때론 괴롭지만, 만족한다. 발명이든 발견이든 상관없다. 나는 문인文人이 아니라 무인武人으로 살다가 사라질 것이다. 성城은 노래 같은 걸로 무너뜨리는 게 아니다. (2014. 8. 21)

시인의 길

한 10년 전쯤인가. 성호 형이랑 술을 마시고 있는데, 바로 옆자리에서 아는 시인 놈 하나가 어떤 남잔지 여잔지 아무튼 일반인(정상인)에게 정말 말도 안 되는 사기를 고상하게 늘어놓고 있었다. 그런데 그 황당하지만 뺀질뺀질한 내용이 너무 명징하게 다 들리는 거야. 당시는 내가 지금보다 훨씬 인내심이 없던 시절이라, 헛소리 그만하라고 면박을 주려고 했는데, 갑자기 성호 형이 내 입을 막으면서, 이랬다. "개가 밥 먹을 때랑 시인이 구라를 풀 때는 건드리지 말거라." (2014. 8. 25)

정신과 육체에 대한 무자비한 질문과 그에 대한 소박한 답변

"작가님은 인간이 정신의 존재라고 생각하십니까, 아니면 육체의 존재라고 생각하십니까? 둘 다라고는 말씀하지 마시고요, 둘 중에 꼭 하나라면요."

가끔 이런 무자비한 질문을 받을 때가 있다. 그러면 나는 이렇게 대답하곤 한다.

"인간은 육체의 존재입니다."
"왜죠?"
"죽어서 뭐가 되던, 인간은 하늘에서 살고 있는 것이 아니라 땅에서 살고 있습니다. 그리고 인간의 정신은 인간의 육체이기 때문입니다. 인간뿐만이 아닙니다. 모든 생명체는 정신과 육체를 하나의 육체 속에 가지고 있습니다. 제멋대로 만물의 육체에서 정신을 분리시켜 악행을 일삼는 것은 오직 인간뿐입니다. 게다가 인간은 인간 말고는 영혼을 가지고 있지 않다고 주장하는 유일한 악마입니다. 나의 정신은 내 육체의 일부분입니다. 따라서 내가 나의 정신으로 뭘 하든 그것은 나의 육체가 하는 일입니다. 그것이 바로 나 자신이고 세상 모두인 것입니다. 나는 육체로 살다가 사라질 것입니다." (2014. 8. 26)

민주시인의 길

충동적으로. 베란다 물청소하다가. 허리가 부러질 뻔했다. 오늘의 체력 단련은 이것으로 대신한다. 삼십 분 정도 쉬고. 일하기로 한다. 시원한 물을 한 잔 마시고. 눈을 감고. 아무 생각도 하지 않아야 한다. 세상은 혼돈이다. 나는 인생을 허비하고 있지 않다. 세상에는 참 좋은 노래들이 많다. 예쁜 아가씨들도 많다. 거리에는 태양이 있고 눈과 비가 있다. 꽃이 있고, 꽃은 술과 바람에 흔들린다. 나무는 대체로 말이 없지만 매우 믿음직하다. 나는 내가 누구인지 안다. (2014. 8. 28)

나의 소설

한 남자와 한 여인이 있다. 열렬히 사랑하고 열렬히 미워했기에 결국 열렬히 사랑한 거였다. 그러던 어느 날 헤어지게 되었다. 시간이 흘렀다. 둘은 굳이 애쓰지 않는 한 서로를 생각하지 않게 되었다. 그는 그녀를 잊었고 그녀는 그를 잊었다. 자, 세상에 이것처럼 빤한 얘기가 어디 있겠나. 그런데 말이야, 세상에 이것보다 이상한 얘기가 또 어디 있겠는가. 내가 어떻게 너를 잊고 네가 어떻게 나를 잊을 수 있단 말인가. 그런데 그런 일이 일어나버린 것이다. (2014. 8. 30)

단 하나의 길

예술가가 대중을 만나서 행복해지는 길은 단 하나뿐이다. 그들에게 추억을 주는 것이다. 그들의 강력한 추억이 되는 것이다. 그러기 위해 그는 외로움을 두려워해서는 안 된다. (2014. 8. 30)

당신과 나를 위로합니다

하도 답답해서 산책을 하다가 이런 생각이 든다. 매번 반복되는 고통들을 일일이 기억했다면 우린 다 미치고 말았을 거라는. 그러니 삶 앞에서 스스로가 늘 초보자

같아 가슴 속에 깔깔한 모래가 가득 차 있는 듯 괴롭다면 오히려 그것에 감사하자. 우리는 미쳐버리는 대신 다 잊어버린 어린애로 돌아가 매일매일을 견디며 사는 것이다. (2014. 8. 30)

문학의 정의定義

문학이 뭐냐고? 문학은 인간과 세상이 신이라는 존재처럼 우스꽝스럽다고 벽에게 말해주는 것이다. (2014. 8. 30)

견고하고 아름다운 예술의 작법

벽돌 한 장을 올리더라도 전체에 대한 시야를 놓치지 않아야 한다. 그러나 이것 또한 잊지 말아야 한다. 내가 지으려고 하는 것은 '집'이 아니다. 그것은 '길'이 변해서 만들어진 '무엇'이다. 가장 견고한 예술은 가장 아름다운 예술이며, 가장 아름다운 예술은 가장 견고한 예술이다. (2014. 8. 31)

소외의 작은 예술론

사람들은, 특히 예술가들은 자신이 겪고 있는 '소외'가 자신의 가장 큰 무기이자 빛나는 정체성이라는 사실을 잘 모른다. 그럴 수밖에 없는 것이, 대부분의 사람들, 특히 예술가들은 그 사실을 깨닫고 그 깨달음에 부응하는 무언가를 창조해내기 전에 좌절해 일을 그만두거나 목숨을 잃는다. 우리가 흔히 말하는 '주류'라는 것은 아주 더러운 환상에 불과하다. 설혹 그런 것이 실재한다고 하더라도 매번 아름답고 단호하게 거부할 줄 알아야 보통의 사람은 인생의 어느 순간 홀연 어떠한 예술가가 된다. 하지만 다시 한 번 더 말하는데, '주류'라는 위대한 똥덩어리는 결코 존재하지 않는다. 자신이 '주류'라는 착각에 즐거워하는 자는 죽어서라도 반드시 대가를 치르게 된다. 예술가는 자신이 당하고 있는 불합리하고 지독한 '소외' 때문에 세상의 일부분이 자신을 치열하게 사랑해주거나 앞으로 자신의 작품이 더 깊고 더 넓게 영원히 사랑받으리라는 진리를 모르기 십상이다. 아무리 대단한 사람일지라도 만약 그가 예술가라면 그는 태어나서 죽기 그 직전까지 아슬아슬한 '비주류'다. 그래야만이 그와 그의 예술은 그가 죽은 뒤 비로소 동의어가 된다. 보통의 사람과 예술가와 예술이 비로소 하나가 되는 것이다. (2014. 8. 31)

혼돈의 뜻

혼돈의 과정을 즐기자. 혼돈 속으로 뛰어 들어가 맘껏 헤엄치지 않으면 새로운 상상력이란 있을 수 없다. 혼돈은 제거돼야 하는 불순물이 아니다. 혼돈은 견고한 기초공사를 위한 필수 재료이다. 혼돈은 독창성의 요람이다. (2014. 8. 31)

취중귀가醉中歸家

새벽, 이제 집에 갑니다. 언젠간 집으로 돌아가지 못할 날이 오겠죠. 남 얘기가 아닙니다. 요즘 같은 세상에 집에서 죽는 사람이 몇이나 되겠습니까. 대부분 병원 영안실, 객사죠. 우리가 잊지 말고 살아야 되는 진리는 성경이니 불경이니 이전에 가령 이런 것들이라고 생각합니다, 저는. (2014. 9. 1)

나의 이념

삶은 현재다. 과거는 망상이고 미래는 공상일 뿐이다. 다 번뇌다. 우리는 살아 있는 것만으로 충분히 보상받고 있다. 과정이 목표다. 스스로 스스로를 가두지 않는 한 우리에게 감옥이란 없다. 그 어느 대단한 왕이 우리를 감옥에 가둔다 하더라도. 그러한 나의 이름은 자유인이다. 단 하루도 노예로는 살지 않을 것이다. 이것이 나의 이념이다. (2014. 9. 3)

개와 국가

자기 개를 배신하는 자는 자기 나라도 배신할 수 있는 자다. (2014. 9. 5)

작술의 헌법

실존적인 것과 실증적인 것을 구분하면서 글을 쓰자. 그래야 실존과 실증이 조화를 이룬다. 그것이 우리가 존중해야 하는 진짜 현실이다. (2014. 9. 5)

연애소설

사랑 이야기를 쓰려고 했는데, 왜 갈수록 공포물이 돼가냐.

이젠 나도 모르겠다. (2014. 9. 6)

투쟁의 이유

사랑이야기의 한계는 이 세계의 한계이다. (2014. 9. 7)

이 사회

가장 안 좋은 질문은? 듣고 싶은, 들어야만 한다고 생각하는 답을 자기가 미리 정해놓고 상대에게 던지는 질문. 우리 사회에는 이런 어두운 질문들로 가득 차 있다.

(2014. 9. 8)

이념

불교 공부를 더 많이, 더 열심히 하고 싶다. 신약성경도 다시 읽어야 한다. 다 지워버리고 처음부터, 애초부터 다시. 사람들은 이념을 인간과 세계의 문제를 해결하는 방법으로 착각한다. 아니다. 이념은 싸움의 방법이다. 이념이란 인간과 세계에 어떤 나쁜 짓을 하더라도 자부심을 잃지 않게, 자존심을 잃지 않았다고 착각하게 만드는 끔찍한 향정신성 약물이다.

우리에게는 천사의 말이 필요한 게 아니다. 우리에게는 천사의 슬픔이 필요하다.

(2014. 9. 14)

간단한 진리

긴 시간 속에서 멀리 내다보고, 하루하루 고된 일에 집중하는 것만큼 즐거운 것은 없다. 이상한 소리로 들릴지 모르겠지만, 사실이다. (2014. 9. 24)

어떤 군국軍國의 노래

기미가요君が代처럼 음울한 국가國歌를 나는 세상 어디에서도 들어본 바가 없다. 그 내용의 한심함도 한심함이려니와. 일본을 폄하하려는 게 절대 아니다. 사상을 떠나서, 정말 내 미감이 피곤해져서 그런다. 지옥에서 절망한 고양이들이 숨죽여 울고 있는 것만 같다. (2014. 9. 28)

출몰하는 신들의 정체

사실 내 중학교 시절의 꿈은 신학교에 가서 목사가 되는 것이었다. 정말 놀랍지 않은가?

그래서 내 소설들 속에 그토록 신이 여기저기 다양한 모습들로 자주 등장하는 거다. (2014. 9. 30)

시

시는 나를 치유한다. 시는 비록 나의 전부는 아니지만, 때로 전부처럼 여겨지는 유일한 무엇이다. 나는 시가 무엇인지 알 수 없어도 도무지 그것을 사랑하지 않을 수 없다. 만약 이것이 사랑의 원리原理라면, 시는 사랑을 완전하게 하는 신이다. 시는 나의 전부이다. 시는 우주를 치유한다. (2014. 10. 1)

애정의 그림자

오늘 어느 출판사 사장이 나더러, 지금처럼 그림을 열심히 그리면 화집畵集을 내주겠다고 약속했다. 정말로.

나는 기뻤지만, 한편으로는 이제 이 사람이 나를 포기했구나, 싶었다. (2014. 10. 2)

내 안의 화엄華嚴

작은 산을 오르고 있다. 어제부터 가사가 있는 음악은 소란스러워 들을 수가 없다. 가을인 것이다. 나는 불교 신자가 아니지만 붓다의 말씀이 없었더라면 한 5년 전쯤에 죽었을 사람이다. 사실 그때 나는 사람도 아니었다. 짐승과 마구니의 중간 어디쯤이었다. 나는 비록 초라하지만, 이렇게 살아 있음에 감사한다. 나는 아무 부족함이 없다. 다만 결심한 일들은 마저 다 하고 죽고자 할 뿐이다. 그 길에서 외롭지 않으려고 하지 않겠다. 나의 내면은 지금 바위처럼 고요하다. (2014. 10. 6)

소설가의 위엄

일전에 내 연작소설집《밤의 첼로》의 표4 때문에 소설가 김원일 선생님과 소주를 마셨더랬다. 선생님은 노구에 여러 가지 불편하신데도 소주 한 병을 너끈히 비우시며 이러셨다. 술이 참 좋다. 소주가 정말 좋다.

이것이 바로 소설가의 위엄이다. 나도 대선배의 그 고귀한 길을 따르련다.

(2014. 10. 6)

일부러 그럴 때

시가 오는데, 일부러 안 받아 쓴다. 그럴 때도 있어야 한다. (2014. 10. 6)

취향

나는 영혼이 예민한 사람들이 좋다. 그 미세한 흔들림을 바라보고 흠향하는 것이 그렇게 좋을 수가 없다. (2014. 10. 6)

혐오의 미덕

산에서 한 아줌마가 도토리를 한 보따리 주워서 걸어가고 있다. 다람쥐들은 뭘 먹으라고. 대체 저 도토리들을 가져다가 뭘 하려는 것일까. 내가 보기엔 어디에 팔거나 자기가 먹지도 않을 것 같아 보인다. 이게 인간이다. 이기적이고 무지하다. 공연히 악마짓을 한다. 그리고 그것은 공연히 변형되고 공연히 확장돼 치밀한 지옥이 된다. 정치와 이념이 인간을 진보시킨다고 설교하는 인간은 다 사기꾼이다. 이게 우리다. 미물의 끼니마저 공연히 앗아가는 저 민초의 지긋지긋한 뒷모습이 나와 당신들이다. 제발 잘난 척들 하지 말자. 인간을 혐오하는 것만이 모든 바람직한 것들의 출발점이다. (2014. 10. 6)

나의 미학개론

나는 이렇게도 생각한다.

가장 튼튼한 것이 가장 아름다운 것이다. 절대 아닌 것 같지만, 막상 만들어놓고 보면 그렇다. (2014. 10. 7)

어두운 깨달음의 고비

작업실을 향해 걸어가고 있는 지금, 나는 이 거리에서 엄청난 사실 하나를 깨닫는다. 정말 많은 여자들이 젊고 늙고를 떠나 화가 나 있다는 것을. 젊고 늙고를 떠나 정말 많은 남자들이 화가 나 있는 것과 마찬가지로. (2014. 10. 7)

행복의 기법

문득 주위를 둘러보라. 혼자서는 웃고 있는 사람이 아무도 없다. 사람이란 혼자 있으면 행복한 기억보다는 어두운 기억을 떠올리나 보다. 아니면 괴로운 현실을 고민하고 있거나. 그렇다면 이제부터는 혼자 있을 때에도 행복한 추억을 회상하는 연습을 하자. 행복한 과거가 없다면 행복한 현실을 만들어 행복한 기억을 만들자. 물론 혼자서 웃고 있으면 저 인간 미친 거 아니냐고 손가락질받겠지만, 뭐 어떤가. 내가 행복하면 된 거지. (2014. 10. 7)

누구의 인생이든

누구의 인생이든 결국은 화분 속의 화초처럼 시들고 만다는 것을 잊어선 안 된다.

(2014. 10. 8)

산문가

고운 시만 짓고 맑은 차만 마시며 살고 싶지 않은 사람이 어디 있겠는가. 더러운 세상일들 듣고 싶지도 않고 보고 싶지도 않지만, 어쩌다 보니 더러운 세상일들에 대해 글을 쓰는 사람이 돼버려, 더러운 세상일들을 듣고 보지 않을 수가 없게 되었다. 하지만 어제 오늘은 일부러 뉴스와 신문을 보고 듣지 않으니, 태초로 돌아간 것처럼 머릿속이 고요하다. 사실 제대로 된 산문가가 되기 위해서는 저런 꼴불견과 이런 소음에 대한 예민함조차도 정확한 판단과 정교한 표현을 위해 항상 밸런스를 유지해야 할 것이다. 하지만 지치지 않는다면 그것이 또 무슨 사람이겠는가. 탈진했다는 것은 내가 비록 남루하나 가진 것들을 다 쏟아부었으며, 적어도 노동에 있어서만큼은 사기를 치지 않았다는 증거이다. 오늘은 영화 제작자와 미팅이 있는 날이다. 잠시 운동을 좀 한 후에, 씻고 나가서, 그가 무슨 말을 하는지 듣고 보고, 내 생각이 어떤지를 말할 것이다. 그리고, 내일부터는 다시금 더러운 세상일들 속으로 주저 없이 저벅저벅 걸어 들어갈 것이다. 나는 면벽에 염불을 하면서 내 나머지 인생을 살고 싶지는 않다. 벽을 부수고, 저자거리로 나아갈 것이다. 성불成佛 같은 것은 감히 바라지도 않지만, 만약 성불을 한다 한들 캄캄한 밤 유곽의 지붕 위에 홀로 서서 할 것이다. (2014. 10. 8)

후회

자기가 그토록 간절히 원하던 일을 직업으로 가지게 된 것을 후회하게 되는 일은 한 여인을 사랑한 것을 후회하게 되는 일과는 비교할 수 없이 깊은 아픔을 준다.

(2014. 10. 9)

나의 전부

괴로워서 시를 써보면, 시가 나의 전부였음을 깨닫게 된다. (2014. 10. 11)

나의 진보

나는 넘어져도 단 한 발자국이라도 앞으로 넘어지고 있다. 나는 흔들릴지언정 무너지지는 않을 것이다. 나는 진보하고 있다. 나는 변하고 있다. 그러면 되었다. 나는 나를 이길 것이다. (2014. 10. 13)

인생론 겸 예술론

허리가 부러지고 눈알이 빠질 것 같은 관계로 잠시 쉬기로 한다. 예술? 웃기고들 앉아 있네. 그런 게 있으면 좀 알려주시길. 삶이란 강제노동이다. 세상은 강제노동 수용소고. 죽기 전에는 탈출할 수 없다. 그러는 게 좋은 것만도 아니고. (2014. 10. 15)

눈물겹다

멀고 먼 나라의 비바람 속을 유령처럼 떠돌며 이미 오래전에 사라져버린 조국을 그리워하는 사람들 같다. 이런 세상에서 아직도 문학이라는 것 때문에 힘겨워하는 이들이 눈물겹다. 다른 뜻은 전혀 없다. 눈물겹다. (2014. 10. 17)

소설 소견

사건이 넘치게 있어도, 인간의 내면이 없는 이야기는, 사실상 소설이 아니다. (2014. 10. 19)

예술가

예술가는 사실 군인과 비슷한 내면과 운명을 지녔다. 예술은 일종의 군기 안에서 빛을 발한다. 가령 스스로에게 용병 같은 예술가는 존재한다. 그러나 스스로에게 탈영병 같은 예술가는 존재할 수가 없다. (2014. 10. 19)

유행

유행이란, 아무것도 기다리지 않으려는 인간성의 총합이다. (2014. 10. 19)

일

사람은 자신이 죽기 전에 반드시 해내야만 하는 몇 가지 일들의 목록을 가슴에 품고 있어야 한다. 그 몇 가지 일들을 반드시 이루기 위함뿐만이 아니라, 만약 그러한 자세로 살아가지 않는다면 그 사람은 어느 순간 아무 일도 할 수 없거나 무슨 일을 하더라도 아무 의미가 없는 사람이 되기가 쉽기 때문이다. 혁명이란 사실 혁명 때문에 꿈꾸는 것이 아닌지도 모른다. 그것은 우리의 고결한 삶의 자세를 끝까지 유지하기 위한 간절한 기도라는 과정이다. (2014. 10. 19)

진실의 서書

이제 이 세계에서 농사를 못 지어서 백성이 굶어죽는 나라는 사실상 있을 수가 없다. 그런데도 사람들을 굶어죽게 만드는 것은 그들이 살고 있는 곳의 정치政治다. 예외가 없다. 아프리카든, 조선민주주의인민공화국이든. (2014. 10. 28)

환멸의 서書

국민이든 인민이든 대중이든 시민이든 뭐든 간에 인간이라는 족속이 지긋지긋하다. 구더기가 들끓는 혀들이 진절머리가 난다. 이 저마다의 정의가 득실거리는 생

지옥 같은 나라의. (2014. 10. 28)

나의 소원

이 대단한 나라에서 작가로 살면서 꿈에라도 돈을 바란 적 없다. 감히 명예를 바라지도 않는다. 사랑도, 벗도 필요 없다. 다만 오직 하나, 작가라는 이유로 모욕이나 당하지 않았으면 한다. (2014. 10. 29)

법문法門

삶에는 뾰족한 수가 없다. 나는 알고 있다. 내가 알고 있다는 그 사실을 잊어서는 안 된다. 모든 진리는 결심이다. (2014. 11. 2)

작가

작가는 인간을 사랑하는 사람이 아니다. 작가는 인간이라는 존재에 대해 질문하는 사람일 뿐이다. 인간을 사랑해야 하는 의무를 가지고 있는 직업은 억지로 따져도 성직자 정도가 있을 뿐이다. 나는 나를 포함한 모든 인간들을 믿지 않는다. 만약 내가 인간을 믿었다면 정치를 했지 문학을 하지는 않았을 것이다. 인간을 사랑하고 믿는 게 그토록 적성에 맞다면 성직자가 되거나 정치가가 되면 되지 굳이 작가가 될 필요가 없다는 소리다. 나는 성직자 같은 작가도 믿지 않고 정치가 같은 작가도 믿지 않으며, 당연히 그 둘을 사랑하지 않는다. 내가 왜 사기꾼들마저 사랑하고 믿어주는 바보 성자聖者 흉내를 내야 한단 말인가. 나는 혼돈의 다른 이름인 작가를 사랑하며, 정확하고 아름다운 기술의 소유자인 장인匠人으로서의 작가를 믿을 뿐이다. 최소한 나는, 나의 예술에만 솔직하면 된다. 그것이 자유주의 작가로서의 내 유일한 도덕이다. 작가는 만약 천국에 살고 있다고 하더라도 그 천국조차 비판하는 사람이다. 다만 지옥의 마귀 곁에서일지라도 천사인 척하지 않으면서 말이다. 나는 죽음 직전까지 방황할 것이다. 그것이 사랑과 믿음 같은 것들과는 비할 데 없는 나의 의무이기 때문이다. (2014. 11. 2)

작지만 무서운 이야기 1

대학시절의 일이다. 독일인 교수님과 축제에서 둘이 재미있게 놀고 있었다. 그 독일인 교수님이 술이 거나해져서 다른 학생들 틈으로 들어가 탈춤을 따라 추었다. 그때는 대학교 축제에 공장 노동자들이 단체로 놀러 와서 함께 행사도 가지고 그랬다. 그들 중 한 젊은 남자가 나와 독일인 교수님에게 다가와서 뭐라고 말을 붙였다. 그의 요지는 이거였다.

"이렇게 착한 미국 놈이 있다는 것이 정말 놀랍다."

나는 그 노동자에게 몹시 화를 냈다. 그는 내 서슬 퍼런 반응에 적잖이 당황했는지, 투덜거리면서 제 무리 속으로 되돌아갔다. 독일인 교수님은 그러한 사정도 모른 채 계속 모닥불 주변을 돌면서 탈춤을 추고 있었다. 나는 마음이 참 복잡했고, 이제와 돌이켜보건대 그것은, 어느 정도 절망에 가까운 서글픔이었던 것 같다.

이것은 시대와 이념에 대한 작은 이야기만이 아니다. 요즘도 나는 자신의 답답한 어법과 괴로운 흑백논리를, 자신의 체험과 지적 수준으로는 도저히 이해가 불가능한 세계에 마구 대입해 떡을 치는 사람들을 너무 많이 목격한다. 그들이 정말 무서운 것은, 자신들이 그렇다는 것을 전혀 모른다는 사실이다. 이것은 엄청난 수준의 지긋지긋함이다.

그들은 천진하다. 그들은 착하지 않은 사람들이 아니다. 그래서 나는 그들이 세상에서 가장 무섭다. (2014. 11. 2)

작지만 무서운 이야기 2

누군가에게 충고를 하거나 심지어 위로를 할 적에도, 사람은 자신의 언어와 지식의 한계를 잘 알고 있어야 한다. 그렇지 않다면 그것은, 좋은 마음에서 우러나오는 폭력이 된다. (2014. 11. 2)

아주 작은 시론詩論

무지개에 대한 시를 쓰고 싶다. 결국, 인간에 대한 시. (2014. 11. 3)

각성覺醒

삶이라는 단어보다는 생활이라는 단어를 쓴다. 생활의 원칙과 규칙 들을 다시 정하고 육신의 척추부터 똑바로 세운다. 정신의 근육을 강화한다. 인내가 아니다. 평안이다.

나 스스로의 불평등은 내가 나의 평안을 나의 인내로 착각하고 있는 데서 비롯된다. 삶이 아니라 생활이다. 인생은 별 수 없이 별 것 없지만, 평안은 우주와도 같은 것이다. 인내가 아니다. 평안이다. (2014. 11. 3)

인간의 길

내가 알고 있는 처세술은 하나뿐이다. 증명하고 싶다면, 정 그래야만 살 수 있을 것만 같다면, 계속 이렇게 제자리에서 사는 것이 죽기보다 싫다면, 직접 증명하면 된다. 살아서 증명해버리고, 그것이 죽어서는 영원히 증명하게 만들어버리면 된다. 우리가 가야 할 인간의 길은 단 하나뿐이다. 내가 나를 내 두 손으로 증명하는 것이다. 나라는 것이 천국이든 지옥이든. 상처든 무지개든. (2014. 11. 4)

로보트 태권V 헌장

해야 할 일이 있다는 것은 감사한 일이다. 그것이 세계를 구하는 일이든, 화장실 청소든 간에. 사실 화장실 청소와 세계를 구하는 일은 크게 다르지 않다. 일을 하면서 우리는 스스로를 구원할 수 있다. 그럴 수 없다면, 그것은 진정한 노동이 아니다. 노동은 기도이고 미사다. 노동은 혁명이고 공부다. 노동은 선禪이다. 그리고 무엇보다, 노동은 노동이다. 나를 구하면, 세계를 구할 수 있다. (2014. 11. 8)

약자의 강함과 추함에 대하여

강자든 약자든 늠름함이 없다면 제대로 된 싸움을 할 수가 없다. 강자든 약자든 그의 처지의 온당함과 부당함을 떠나 추할 수 있다는 소리다. 옳고 그른 것은 옳고 그른 것이고 추한 것은 추한 것이다.

늠름해 추하지 않은 약자가 늠름하지 않아 추한 강자를 이기는 경우는 꽤 있다. 그리고 혹시 패배하더라도 그 패배는 우리에게 많은 지혜와 새로운 희망을 가르쳐 주는 패배인 경우가 대부분이다. 그러나 늠름하지 않아 추하기까지 한 약자가 현실 속의 강자들을 이기는 경우는 거의 없다. 혹시 이기더라도 그 결과는 결단코 견딜 수 없이 추하다. 부당한 지금보다 더 불행하다.

이 점을 정의로운 약자들은 명심에 명심을 보태며 싸워야 한다. 만약 정말 정의로운 결과를 원한다면 말이다. 그래야 오늘의 약자가 비로소 내일의 강자가 될 수 있는 것이다.

적과 싸우다가 적을 닮아버려서는 안 된다.

약한 것은 약한 것이다. 강한 것은 강한 것이다. 그리고 추한 것은 추한 것이다. 오늘, 이 사회의 약자들은, 정말 정의로운가? 저 정의롭지 않은 강자들보다 더 정의로운가? 더 늠름한가? 아름다운가? 이 질문들을 통과하지 않고서 제대로 된 승리란 있을 수 없다.

정의는 비록 그것이 하나님의 말씀일지라도, 매순간 의심받아야 한다.

(2014. 11. 8)

작지만 무서운 이야기 3

가끔 이런 사람들이 있다. 나는 당신이 '이래서' 당신을 존경한다고 말하는. 나는 '이런 적'이 없는 데 말이다. 그런데도 나더러 나를 '이렇다'고 하면서 '이러니' 내가 당신을 존경하지 않을 수 없다고 말하니 나로선 정말 미치고 환장할 노릇이 아닐 수가 없는 것이다.

일단, 예술가는, 특히 시인은, 사랑받아야 하는 존재이지 결코 존경받아서 행복한 존재가 아니다. 따라서 사랑받기보다 존경을 한참 더 받는 시인은 뭔가 하자가 있거나 문제가 심각한 시인이요, 예술가일 것이다. 이 말은, 제대로 된 예술가라면 대중에게 존경받기를 바라지는 않을 것이라는 말과도 통한다. 더욱이, 대중이 사랑하는 것은 그의 작품이지 결코 그가 아니다. 그는 자신의 작품을 남겨둔 채 다른 모든 사람들처럼 곧 썩어문드러질 것이다.

다음으로, 좋다. 존경하든 사랑하든 좋아하든, 다 좋다. 그런데 그 사람이 한 작가를 인정한다는 이유가 그 작가가 스스로를 생각하는, 또한 그 작가의 과학적 실재와는 전혀 어울리지도 들어맞지도 않는 그 사람만의 착각이거나 아집이라면? 작가는 '이런' 사람이고, '이래야 되는' 사람이고, 그래서 나는 그것에 어울리고 들어맞는 당신을 진정 인정합니다, 라고 말하고 있는데, 정작 그 '이런'이라는 것이 너무 편협하거나 무식하거나 순 엉터리여서 그 작가를 곤혹스럽게 한다면?

우선, 한 작가를 지지한다는 것은 적어도 그의 책이라도 좀 읽어보고 나서 떠들 일이다. 그리고 '작가란 무엇인가'를 논하기 전에 그 '작가란 무엇인가' 안에 자신의 무명無明과 작가와 문학에 대한 무식이 없어야 한다.
사랑이 사랑인 경우는 매우 드물다. 우리가 사랑이라고 부르는 그것은 사실 대부분 감옥이거나 고문인 것이다.

정확하지 않은 이유로 '누군가'에게 호감을 표현한다는 것은 그러는 자신은 꿈에도 그럴 의도가 없었음에도 불구하고 어김없는 폭력이 될 수 있다. 왜냐하면 그는 언젠가는 반드시 정확하지 않은 이유로 저 혼자 '그 누군가'를 싫어할 것이 분명하기 때문이다.

이는 반대의 경우에도 마찬가지다. 자기가 혼자 맞다고 착각하는 '어떤 이유'로 타인을 불쌍하게 생각하거나 위로해서는 안 된다. 왜냐하면 그는 정확하지 않은 이유로 저 혼자 '그 누군가'를 이미 충분히 괴롭히고 있는 것이기 때문이다.
보았는가? 사랑은 이토록 어렵다. 나는 이것을 '사랑의 원리'라고 부르고 싶다.

(2014. 11. 10)

뭐. 그냥, 그렇다고

소련에서는 1905-1907년의 혁명을 제1차 러시아혁명이라고 하였고, 1917년 3월(구력 2월)과 11월(구력 10월)의 혁명을 전자는 '2월 혁명' 또는 '2월 부르주아 민주주의혁명', 후자는 '10월 사회주의혁명'이라고 하였다. 이는 혁명 전 러시아에서는 16세기까지 유럽에서 쓰인 '율리우스력Julian calendar'을 사용했기 때문이다.

러시아는 오늘날 우리가 일반적으로 쓰고 있는 태양력인 '그레고리력Gregorian calendar'을 혁명 이후에 받아들인다. 율리우스력은 그레고리력보다 13일이 늦다. 따라서 본격적인 러시아혁명이 일어난 날짜들은 러시아 사람들에게는 1917년 2월 23일과 10월 24일이지만, 그레고리력으로는 각각 3월 8일과 11월 6일이 된다. 이렇듯 러시아가 구력과 신력의 차이를 설명하면서까지 '2월 혁명', '10월 혁명'이란 표현을 고집한 것에는 자신들의 혁명에 대한 자부심이 담겨 있다고 보아야 한다.

아무튼. 내가 위의 얘기를 왜 했느냐 하면, 문득 생각해 보니 박정희의 생일이 1917년 11월 14일이 아닌가. 그렇다면, 그는 러시아에서 '10월 사회주의 혁명'이 터진 뒤 8일 뒤에 태어난 것이다.

재밌다.

뭐. 그냥, 그렇다고. (2014. 11. 11)

상대성이론

인간은 몸으로 사는 것이다. 몸을 움직여 정신을 다스리는 것이다. 정신을 잃었다면, 몸을 제대로 사용하지 못한 것이다. (2014. 11. 14)

생지옥의 알리바이

하나님은 너무 바쁘셔서 자신이 직접 오는 대신 우리 인간들에게 어머니라는 존재를 보내주셨다고 한다. 나는 이런 말을 하고 싶다. 사탄은 너무 바빠서 자기가 직접 오는 대신 우리 인간들에게 돈이라는 것을 보냈다.

그러나 돈에게는 사실 아무 죄가 없으니, 이것이 우리의 생지옥이다. (2014. 11. 14)

날라리의 정의定義

날라리란 무엇인가? 그것은 짜장면 한 그릇으로 예쁜 아가씨를 꼬실 수 있는 자이다. (2014. 11. 19)

행복한 풍경

통일이 되면 나는 성호 형이랑 토토랑 평양에 가서 살고 싶다.

나는 중국집 사장이 되고, 성호 형은 주방장이 될 것이다.

토토는? 토토는 계산대 옆에서 잠을 잘 것이다.

우리는 정말 행복할 것이다. 고량주와 함께. (2014. 11. 19)

교양

'악으로 깡으로'가 반드시 무식한 말만은 아니다. 삶이란 거의 전부가 터무니없는 장애물의 모양을 하고 있기에, 사실은 '악으로 깡으로' 깨부수며 전진하는 것이 맞다. (2014. 11. 20)

한낮에 눈을 뜨다

눈을 뜨자마자, 기억나지 않는 악몽은 흩어져버리고

인생이 허무하다는 느낌이 내 온몸에 쏟아져 내렸다.

오늘은 칼럼을 하나 쓰고 시 몇 편을 손봐야 한다.

칼럼은 이 나라를 골치 아프게 하는 어떤 문제에 대한 내
오기 같은 도전이고, 시 몇 편은 사랑할 수는 없으나
그렇다고 해서 버리고 도망칠 수도 없는 저 어둠에 대한
나의 진실이다. 극작劇作의 준엄한 평화를 생각한다. (2014. 11. 20)

호치민

몸과 마음이 바닥으로 가라앉을 때 호치민을 읽는다. 그러면 못 견딜 일이 없고 못 할 일이 없는 국면으로 나의 생이 되돌아간다. (2014. 11. 20)

도전

도전은 존중돼야 한다.
대부분의 사람들이 도전하지 않고 그냥 인생을 흘려보내기 때문이다.
그러나 어떤 인간은 도전 없이는 제 삶에 아무 의미를 찾지 못한다.
사실 도전은 타인의 존중을 개의치 않는다.
존중을 바라면서 숨을 쉬고 물을 마시는 사람은 없다.
숨은 그냥 쉬는 것이고 물은 목이 말라 마시는 것이다.
사실 도전이라고 함은 곧 생존이다. (2014. 11. 23)

시간

시간이 흐른다는 것만이 변하지 않는다. 이 빤한 사실이 사실은 신이다. 절대자다. 시간이 흐른다는 것만이 늙어가지 않고 죽어가지 않는 유일한 사실이다. 우리가 괴로울 때 기도하는 그 대상이다. 신은 사실이다. 우리가 인정할 수 있는 유일한 사실. (2014. 11. 24)

예언을 가장한 전망

통일 이후, 역사적 리얼리티를 미래의 모더니즘으로 승화시키는 예술가들의 시대가 찾아올 것이다. 그가 글을 쓰든, 그림을 그리든, 음악을 짓든, 연극을 하든, 영화를 찍든, 거리에서 발가벗고 미친 춤을 추든 간에.

이제 과학적인 예언능력이 피에 스며 있지 않은 예술가는 도태될 것이다.

이러한 피는 타고나는 것이 아니다. 이러한 피는 공부와 결단이 만든다.

(2014. 11. 24)

번역가들이 준 카드

어제 한국문학번역원의 영문번역 세미나에서 번역가분들의 공동명의로 예쁜 선물과 함께 아래와 같은 글이 적힌 카드를 받았다.

"지난 한 학기 동안 선생님의 작품《국가의 사생활》을 통해 한국과 한국어에 대한 우리 자신의 무지함을 절감했으며 참으로 많은 것을 깨닫고 또 배울 수 있었음에 깊이 감사드립니다. 그 어떤 작품보다도 문장의 모호함으로 인한 번역의 애로가

없었던 선생님의 아름다운 문장에 존경을 표하며,
문학 번역원 영어과
특별과정 7기 올림."

나는 기뻤다. 특히 "문장의 모호함으로 인한 번역의 애로가 없었"다는 것에 대해.

(2014. 11. 25)

도시

도시는 참 이해하기 힘든 곳이다. 감각하는 거 말고는 별 도리가 없는. 나 자신처럼. (2014. 11. 26)

인간의 맨얼굴 앞에서 홀로

너무 가난한 것도 문제지만. 뭘 좀 가지고 있는 것은 더 문제인 것 같다. 밥값에 두 주먹만 있음 충분하다. 가진 게 많아서 배짱부리는 건 배짱도 아니지. 빈손에 배짱이 진짜 자유다. 남에게 피해만 주지 않는 삶이라면.
홀로 조용히 소설 자료를 뒤적이다 보면, 그 자료 안에서 인간이라는 악마의 맨얼굴이 확 보여서 소름이 끼칠 때가 종종 있다.
가진 놈들이 가진 것 때문에 죽고 죽인다. (2014. 11. 27)

고독해하지 마라

고독해하지 마라. 인간은 늘 자신의 죄와 함께 있기 때문에 아무리 혼자 있어도 혼자가 아니다. 인간의 죄가 인간의 하나님인 것이다. 그러니 자신의 죄에게 기도하라. (2014. 11. 28)

명심하자

아, 인간의 진정한 행복은 신명을 다 하는 사랑에서 오는 것이로구나. 잊지 말자.

인간의 진정한 행복은 신명을 다 하는 사랑에서 온다.

인간의. 진정한. 행복은. 신명을 다 하는. 사랑에서. 온다. (2014. 11. 28)

사람들의 착각

사람들이 매번 착각하고 있는 게 있다.

작가가 부정한 권력과 싸우는 것은 별로 어려운 일이 아니다.

작가는 부정한 여론과 싸울 때 가장 외롭고 위태롭고 아프다. (2014. 12. 1)

첫눈 온 날

작업실을 나선다.

해가 너무 일찍 진다.

쓸쓸하지 않은 날이 없구나.

쓸쓸하지 않은 인생이 없어서인가. (2014. 12. 1)

인생은

인생이 뭐냐고? 인생은 다 알면서도 모른 척해주는 것이다. 사랑하는 너에게, 다른 누구도 아닌 나 자신에게. (2014. 12. 5)

초보자

지난 25년간 그렇게 장르를 가리지 않고 이것저것 많이 써왔는데. 아직도 새 작품에 들어가면 바늘 떨어지는 소리가 들리듯 예민해지고 가슴에 뿔 달린 짐승의 머리가 들어앉은 것처럼 답답해진다.

내가 이런 말을 기계인간 함성호에게 하면 성호 형은 이런다. 또 시작이냐? 나도 그것이 신기하다. 어떻게 그런 일들을 매번 까먹는지. 정말 하얗게 까먹는지. 나는 늘 초보자다. 이것은 추호의 과장도 없는 사실이다.

아무리 혹독한 죄인이라고 할지라도 기도를 잃어서는 안 된다. 그 기도가 곧 나의 신이니. 진정한 평화는 신명을 다 하는 사랑에서 나온다. 다만 그 이론이라도 잊어버리지 말자. 이야기는 가짜고 노래는 진짜다.

나쁘게 생각하지 말자. 오늘은 기쁜 날. 나의 영혼은 고요히 가라앉아 있다. 오늘은 기쁜 날. 눈 내리는 사막 같은 세상에서 벗들과 나는 정겨울 것이다. (2014. 12. 5)

박남철 1

박남철 시인이 돌아가셨다는 사실을 방금 우연히 알게 되었다. 새로운 날들이 없이 지난날들이 하나둘씩 사라져 가는구나. 문학과 문인들이 이 세계에서 정리되면서, 나의 지난 청춘도 정리되고 있다.

과거가 완전한 과거가 되는 것만큼 쓸쓸한 일은 없다. (2014. 12. 7)

박남철 2

어제 고인이 된 박남철 시인을 인간적으로 평가한다면 당연히 악인이라고 거의 모두가 결론 내릴 것이다. 나라고 예외는 아니다. 그러나 나는 그의 인간을 얘기한 것이 아니다. 그의 시에 얽힌 시인으로서의 내 추억과 이제는 사라진 문학의 시대를 되새긴 것뿐이다.

그리고 이것 하나만은 꼭 덧붙이고 싶다. 그는 분명 악마적 인간이었다. 그러나 내가 최악으로 여기는 것은 악마가 아니라 위선자다. 인간적으로나 문학적으로나.

(2014. 12. 7)

절교

일부러 절교할 필요가 없다. 어차피 죽으면 다 절교인데. (2014. 12. 7)

순수한 사람

그것을 선함이라고 부르든, 초심이라고 부르든 간에. 한 인간이 온갖 고통 속에서도 자신의 순수함을 지켜나간다는 것은 고귀한 일이다. 순수하다는 것은 순진하다는 것과는 다르지 않은가. 순진한 사람은 자신의 깨끗함에 상처받아 죽어가지만, 순수한 사람의 깨끗한 상처는 그 삶의 빛나는 훈장勳章이다. 순수한 사람은 '그래서'가 아니라 '그럼에도 불구하고' 순수한 사람이다. 순수는 대단한 이념이다. 순수한 사람은 자기와의 혁명의 결과다.

나는 그 어떤 부자와 권력자도 부럽지 않다. 그럼에도 불구하고 나는 순수한 사람에게 열등감을 느낀다. 나는 순수한 사람을 그저 좋아하는 것에 반대한다. 순수한 사람은 참 존경받을 만한 사람이다. (2014. 12. 8)

문득

시나 소설을 쓰다보면, 문득 이런 생각이 든다. 그래도 결국 인간의 이야기는 '사랑과 이별에 관한 이야기'구나, 라는.

사랑과 이별이 바로 인간이 천국과 지옥이라고 부르는 가장 난해한 환각의 가장 이해하기 쉬운 본색이다. (2014. 12. 9)

망년회

망년회보다 무서운 것은 없다.

망년회는 혁명도 정지시킨다. (2014. 12. 13)

나의 행복

나의 미래는 불확실하고 불안하다.

그러나 내가 할 일들은 확실히 정해져 있다.

이것이 내 행복의 요체이다. (2014. 12. 14)

내 영혼이

신약성경을 읽자. 그리고 부처님의 가르침에 의지하자.

눈을 감고, 가만히 있자.

내 영혼이 가만히 있을 수 있을 때까지. (2014. 12. 14)

재능

하늘이 내린 재능으로 할 수 있는 일은 별로 없다. 의외로. 사실상.

그래서 우리는 그 나머지를 노력이라고 부르는 것이다. (2014. 12. 14)

지워진 사람

나는 이제 누군가에게는 지워진 사람이다. 그것을 몰랐던 것은 아니다. 다만 공기처럼 잊고 있다가 새삼 놀란듯 깨닫고 가슴이 아플 뿐이다. (2014. 12. 17)

죄송

부처님과 예수님이 한국 와서 정말 고생이 많으시다. (2014. 12. 18)

신념

밥 먹다가 문득, 어, 혹시 내가 예전보다 좀 착해진 건가? 그랬다가, 에이, 그래봤자 어차피 지옥 갈 건데 뭐, 그랬다.

계속 더 막 살아야지. (2014. 12. 19)

이별의 가치

죽어서 더 큰 힘을 발휘하는 사람들이 있다. 그런 죽은 이의 책은 삶의 책이다. 그런 죽은 이의 음악은 삶의 음악이다. 아직 살아 있는 나는 그의 책을 읽고 그의 음악을 듣는다. 그의 아름다움과 그의 진심을 느낀다. 그와 그는, 우리의 죽음 뒤에 있다.

살아 있을 적에 거짓으로 살아 있던 자들은 저런 책을 쓰지 못하고 저런 음악을 만들지 못한다. 죽음은 존경해야만 하는 것들을 다만 존경하게 해주는 맑은 눈과 밝은 귀이다.

죽음만큼 강력한 이별이 어디 있겠는가. 사랑하는 이여, 이별은 숭고하다.

(2015. 1. 1)

다시 시작

지금 만약 아직도 절망이거나 절망의 근처에서 고통받는 분들이 있다면, 나는 이 말을 꼭 전하고 싶다. 끝난 것은 끝난 것이다. 그래서 우리는 다시 시작하면 된다. 문제는 끝내야 하는 것을 못 끝내서 새로운 시작을 못하는 것일 뿐이고, 정 끝나지 않는다면 그냥 놔두고 다시 시작하는 방법도 얼마든지 있다. 요는 무조건 다시 시작하는 것 그 자체이다. 이것은 용기도 뭣도 아닌 그냥 그것, '다시 시작'이다.

게다가, 끝나기 전에는 끝난 것이 아니다. 여태 안 끝난 게 오히려 다행일 수도 있다. 이것은 깊게 따질 문제가 아니다. 너무 여러 길들이 펼쳐져 있기 때문이다. 이것은 혼란이 아니라 기회다. 이래서 인생에 정답이란 없는 것이다.

다. 시. 시. 작.

이렇게 마음속으로 외치고, 다시 시작하면, 그것으로서 우리는 이미 모든 소원을 다 이룬 것이다. 명백히 말하건대, 부처님 예수님이 논증했듯이, 인생은 사실 아무런 가치가 없다. 있는 것도 없는 것이고 없는 것도 없는 것이다. 얻은 것도 잃은 것이요 잃은 것은 원래 없었던 것이다.

지금 당장 다시 시작하면, 당신은 이미 구원받은 자가 된다. 다른 누구도 아닌 자신의 영혼이 된다. 아무도 배신하지 않는 자신 안으로 홀로 여행을 떠나게 된다. 누구를 원망할 필요도 없고, 누구와 다툴 필요도 없다. 지금 당장 다시 시작하면, 당신은 당신의 몸이 될 수 있다.

이것은 '열려라 참깨'이자, '수리수리 마수리'이다. 우리의 실존이자 신앙이다.

자, 이제 우리는, 처음도 끝도 개의치 않으며, 천사의 눈치도 악마의 눈치도 보지 아니하고,

각자 다시 시작한다. (2015. 1. 2)

감정의 변증법

일요일 저녁은 너무 쓸쓸하다.

나는 어릴 적부터 일요일 저녁이 싫었다.

학교 가기가 너무 싫었기 때문이다.

이제는 다닐 학교가 더는 없는데도

일요일 저녁이 너무 쓸쓸하다. (2015. 1. 4)

불효자는 울지 않는다

아버지는 내가 영화감독이 되겠다고 멀쩡한 전임교수를 그만두었을 때 이미 내게 절망했다. 따라서 그외의 것들은 나에 대한 절망의 부스러기일 뿐이다.
나는 아무렇지도 않다. 그렇지 않고서야 이렇게 살 수 있겠는가 말이다.
음성이 예쁜 아가씨랑 정담을 나누며 막걸리 한잔하면 어제 먹은 술이 깰 것 같은데. (2015. 1. 4)

아름다운 일요일

방금 아버지와 전화통화를 했는데. 나더러.
"너 나이가 몇 살인데 한심해서 어쩌냐." 그랬다.

그래서 내가 이랬다.

"그러게요."

아버지의 한숨 속에서 나는 재빠르게 전화를 끊었다.

이제는 삶의 한심함에 대한 감각 자체가 없다.

아름다운 일요일이다. (2015. 1. 4)

정해진 길

나는 문인들과 인연이 끊어진 지 오래다.

내가 일부러 그랬고, 또 어쩌면 그렇게 휩쓸려갔다고 보아야 옳다.

정말 우연한 기회에 무심코 후배 문인들이 진행하는 라디오 방송을 들었다.

단 한 사람도 아는 사람이 없었다.

괜히 미안했다.

요즘 같은 세상에서 아직도 우리 문학을 지켜주는 게 고맙기도 하고.

사람에게는 저마다 정해진 길이 있다. (2015. 1. 5)

갑

돈 많은 놈들이 돈 때문에 감옥 가고.

돈 때문에 서로 시기하고 멸시하고 싸우다 죽이고.

빼앗길 것도 잃을 것도 없어 무서울 것 없는,

돈 없어 마음 가벼운 내가 이 아수라 세상의 갑이다. (2015. 1. 6)

가장 중요한 것

삶에서 가장 중요한 것이 무엇이냐고 내게 묻는다면,
이것 하나만은 분명하게 대답해줄 수 있다.
'인내'다.
이 세상 모든 가치 있는 것들은 인내가 없으면 제 기능을 발휘하지 못한다.
사랑도, 용서도, 믿음도, 희망도, 아름다움도, 승리도,
결국은 별것 아닌 인생 그 자체도.
인내는 최소한 인생을 인생이게는 한다. (2015. 1. 8)

나의 검명劍銘

나의 적敵은 나의 메시아messiah다. (2015. 1. 10)

명약

완치는 없다.

불편을 나의 상태로 받아들이면 된다.

완치는 없다. (2015. 1. 10)

사랑과 실망

내 토토는 분명 개인데 가끔 돼지소리를 낸다.

나는 토토가 시추로서의 자존심을 지켰으면 좋겠는데 말이다.

시추는 중국 황실견이자 티베트가 고향인 수도승 아닌가.

하지만 돌이켜보면 토토는 내게 실망하는 것이 어디 한두 가지겠는가.

그런 거지. 산다는 건.

사랑하는 사이에 서로 실망하면서 사는 거지.

그런 거지. 사랑한다는 건.

실망하는 사이에 서로 사랑하면서 사는 거지.

그러면서도 사랑하는 거지.

서로 너무 사랑하는 거지. (2015. 1. 10)

진리는

사람은 꿈을 가지고 노력은 하되, 항상 나보다 훨씬 더 어려운 사람들을 통해서 감사하는 마음과 위안을 얻어야 한다.

정말 흔한 소리지만, 진리는 원래 정말 흔한 소리다. (2015. 1. 10)

내 정체성에 대한 한밤의 메모

문학비평가인 내 스승께서 스무 살의 시인이던 내게 이러셨던 게 문득 기억난다.

"공부해라. 해방정국부터 정치적으로 이리저리 설치던 학생 유명인사들 지금 어디 살아 있는지 죽었는지 소식 한 줄이 없다. 너는 공부해라. 공부하지 않으면 사라지게 된다."

나는 어려서부터 석학들에 둘러싸여 살아왔다. 나는 술과 발광만을 나의 전공으로 삼았지만, 석학이라고 해서 의미 있는 인생을 살게 되는 것이 아님 또한 분명히 보았다.

와중에 나는 깨달았다. '작업(노동)'이 없는 공부는 사람을 안으로 곪게 만들 뿐이라는 것을.

나는 '문인文人' 안에 나 자신을 가두지 않으려 노력해왔다. 언제부터인가 나는 나의 정체성을 다음 세 가지로 규정하기로 결정하고 살아왔다.

첫째, 무인武人.

둘째, 노동자.

셋째, 법사法師.

사람은 어쨌든 사라지지만, 다 똑같이 사라지는 것은 아니다. (2015. 1. 11)

역사에 대한 한밤의 메모

많은 북한 전문가들이 북한은 루마니아의 차우세스쿠 정권처럼 민중봉기에 의해 무너지는 일은 절대 일어나지 않을 거라고 단언한다. 나 역시 《미리 쓰는 통일 대한민국에 대한 어두운 회고》에서 북한의 민중봉기 가능성은 매우 낮다는 식의 언급을 한 바 있다.

그러나 그 말이 북한의 민중봉기 가능성을 제로로 주장하고 있는 것은 아니다. 또한 나는 〈이상한 나라의 상징과 은유〉라는 글의 말미에서 북한 인민들이 스스로를 구원하는 그리스도가 될 것이라고 진단하기도 했다.

북한의 민중봉기는 일부 군부와 결합해 국부적이지만 치명적으로 일어날 수 있다고 본다, 나는.

모든 역사는, 사실 일종의 사고이거나 자연현상이다.

그것들을 그 이상의 역사처럼 보이게 하는 것은, 역사적 해석과 기술記述일 뿐이다. (2015. 1. 11)

단 하나의 칼, 두 주먹의 길

검도에 미쳐 있었을 적에.

심지어 검도 도장까지 거의 경영하다시피 하고 있었을 적에.

내 검도 사범이 내게 이런 말을 했다.

"칼 하나로 모든 것을 다 막아내고 모든 것을 다 베어내야 한다고 믿어야 하고, 또 실지로 그래야 됩니다. 그게 검도에요. 칼 하나로 창과도, 활과도, 총과도 싸워서 이길 수 있다고 믿어야, 또 실지로 그래야 검사劍士가 되는 겁니다. 진정한 무사武士가 되는 겁니다."

내가 권투에 빠져 있었을 적에.

운동을 마치고 주먹의 붕대를 풀며, 옆에서 소파에 앉아 새우깡을 먹고 있는 권투체육관 관장님에게 이렇게 물었다.

"관장님. 권투란 무엇입니까?"

산전수전, 공중전, 시가전까지 다 치른 그 양반은 TV를 보던 눈을 들어 물끄러미 천장을 보더니 잠시 후 이렇게 말했다. 내 쪽은 쳐다보지도 않은 채.

"두 주먹으로, 어떤 어려움도 이겨내는 것?"

나는 이렇게 혼잣말처럼 대답 아닌 대답을 했다.

"간명하군요." (2015. 1. 12)

혁명이라는 것

혁명이라는 게 별 건가.

허무와 겸손 안에서 나 자신을 무시하지 않는 것이다.

무시하지 못하도록 하는 것이다.

혁명이라는 게 별 건가.

허무와 겸손 안에서 세상을 무시하지 않는 것이다.

아무도 무시당하지 않게 하려는 몸부림이다.

허무와 겸손 안에서. (2015. 1. 12)

지옥에 가는 가장 확실한 방법

아이와 강아지를 때려라. (2015. 1. 15)

세상의 진실

남의 종교를 돈 벌려는 목적으로 모욕한 사람은 남의 종교를 돈 벌려는 목적으로 모욕한 사람이고.

남의 생명을 제 도그마 때문에 마구 죽인 사람은 남의 생명을 제 도그마 때문에 마구 죽인 사람이다.

세상의 진실은 이렇듯 문장만 똑바로 쓰고 나열해도 명확해진다.

세상의 모순 앞에 겸손해야, 우리는 우리의 폭력에 대한 이야기를 시작할 지점을 얻게 된다. (2015. 1. 16)

어떤 노동기본법

나는 노동을 하지 않는 노동운동가를 조금도 믿지 않는다.

노동을 하지 않는 노동운동가는 타락하거나 지치게 돼 있다.

그 타락의 이유는 정치 때문이고,

그 지쳐감의 이유는 제 손으로 자신을 책임지지 못하기 때문이다.

노동은 인간에게 삶일지 모르지만

노동운동가에게 노동은 삶이자 기도하는 삶이다.

나는 글을 쓰지 않는 작가들을 많이 알고 있다. (2015. 1. 16)

일관성

매일매일 다시, 새롭게 시작하는 인생이 가장 뛰어난 인생이다.

그것이 우리가 죽음 직전까지 추구해야 할 일관성이다. (2015. 1. 16)

우리나라 대한민국

과거에는 듣기 싫은 말을 하는 자는 독재자가 살해했다.

지금은 듣기 싫은 말을 하는 자를 대중이 살해한다. (2015. 1. 17)

죄의 길

내가 허탈한 나머지 문득 전의를 상실하게 되는 것은 극좌 때문도, 극우 때문도 아니다. 무식한 줄을 모르는 자들과 문맥을 모르면서도 글을 읽고 쓴다고 자부하는 자들 때문이다.

무식한 건 죄가 아니다. 문맥을 모르면서도 읽고 쓰는 것도 죄가 아니다. 하지만 그걸 자랑스러워하는 것은 죄다. (2015. 1. 17)

중도주의자의 죽음

조선의 중도주의자 백호白湖 윤휴尹鑴는 송시열과 서인들에게 사문난적斯文亂賊으로 몰려 고문을 당하고 있었다.

윤휴의 옷이 피에 다 젖었기에 가족이 그 옷을 갈아입히려고 하자 윤휴는 이렇게 말했다.

"놔두어라. 어설프게 정치를 하려는 후세들에게 경계가 되게 하려 함이니."

윤휴는 죽었다.

이후로 조선에서 중도주의자는 살아남은 예가 없었다.

조선은 망했다.(2015. 1. 17)

지옥에서

이 나라에서 글은 더 이상 글이 아니다. 사람들이 글이란 것을 제 변기로 생각하기 때문이다. (2015. 1. 17)

역사발전 1단계설

빈부의 차별이 있는 사회가 망하지는 않는다. 그러나 희망에 차별이 있는 사회는 반드시 망한다. (2015. 1. 18)

전진의 묘미

불의의 교통사고로 전신이 마비되어 스티븐 호킹의 처지 비슷하게 살고 계신 한 교수님을 알고 있다. 그분은 그러한 몸으로 거의 모든 일들을 거의 직접 처리하신다. 그분이 말씀하셨다.

"일이란 빨리 하고 늦게 하는 것보다는 어쨌든 해내면 결과는 똑같다고 생각합니다. 가령, 남들은 1시간이면 충분할 강의준비가 저는 5시간 걸릴 뿐이죠. 하지만 인생은 오히려 제 쪽에서 좋은 결과가 나오는 경우가 많더라고요."

넘어져도 앞으로 넘어지며 전진하면 되는 것이다.
삶의 진주는 '장애' 속에서 맺힌다. (2015. 1. 18)

나의 소년

IS에 가입하겠다고 집을 나가 사막으로 가는 소년을 보니, 엉뚱하고 우울했던 어린 시절의 내가 생각난다. (2015. 1. 21)

술

작가들이 술을 많이 마시는 이유는 명쾌하다. 글 쓰는 일이 너무 중노동이기 때문이다. 만약 그 사람이 입이 아니라 손과 발로 사는 작가라면 사실은 그래서 술을 마시는 것이다. 공사판의 노가다들이 강소주의 힘으로 고된 삶을 버티는 것처럼. 바로 그게 술과 작가의 관계에 대한 신빙성이다. 문학을 입으로 하는 자들은 작가가 아니다. (2015. 1. 21)

여자

여자는 정말 이해가 안 되는 존재다.

도저히 알 수가 없다.

말이 너무 어렵다.

그래서 너무 무섭다.

어릴 적에는 무슨 수로 안 무서워했는지 도저히 이해가 안 간다.

정말 알 수가 없다. 생각하면 생각할수록 아찔하다.

젊은 시절의 내가, 나는 아직도 너무 어렵다. (2015. 1. 21)

이승

슬픈 꿈에 시달리다 깨어났다.

인생이 악몽이라는 것은 사실이다. (2015. 1. 21)

자신을 결정할 수 있는 자의 즐거움

나는 어중간하게는 절대 못사는 사람이다.

하든가, 말든가, 불이 아니면 얼음이다.

피곤하기는 한데, 오히려 훗날 막상 후회는 별로 없는 거 같다.

결국 가고 싶었던 곳으로는 가고,

하고 싶었던 일은 실컷 하게 되는 경우가 많으니까.

내가 나를 결정하는 것은 지극한 즐거움이다.

남이 나를 결정하는 것보다 불쾌한 일은 없다.

후회란, 사실, '한 것'보다는 '안 한 것'에서 오는 경우가 많다.

그리고 하던 것을 내 의지로 안 하는 것도 '하는 것'이다. (2015. 1. 24)

고백과 고해 사이에서의 조서調書

만약 내가 나의 중심을 인정하지 않았다면 나는 감히 나를 이토록 미워할 수 없었을 것이다. 이것은 결국 나는 나를 사랑한다는 말이 아니라 나는 나를 무서워한다는 말로 귀결된다.

그런데 싸움꾼으로서는 전자보다는 후자가 훨씬 유용하다.

나는 나를 사랑하면서 편안하게 살고 싶지는 않다.

나는 나를 괴롭히는 나를 이기고 싶다.

나의 가장 큰 스승인 나의 적敵이 세상에서 가장 무서워해야만 하는 나를.

(2015. 1. 25)

강해지는 것과 망가지는 것

육체는 괴롭힐수록 강해진다.

그런데 사실은,

영혼도 마찬가지다.

망가지는 것과 강해지는 것은 다르다.

내 육체와 영혼이 그 사실을 기어코 잊지 않는다면. (2015. 1. 26)

외로움에 관하여

작가는 할 말을 하기 위해 외로워지는 것을 두려워해서는 안 된다.

지금 이 나라에서 좌파는 외롭지 않다.

지금 이 나라에서 우파는 외롭지 않다.

작가는 할 일을 하기 위해 외로워지는 것을 두려워해서는 안 된다. (2015. 1. 26)

인간이 과학적으로 증명할 수 있는 삶에 대한 유일한 진실

삶은 고통이고, 죽음 너머로 가져갈 수 있는 것은 아무것도 없다. (2015. 1. 26)

내 묘비명墓碑銘 앞에서

나는 작년 11월 12일 이탈리아에서 심장마비로 작고한 구본준 기자와는 일면식도 없었다.

오늘 아침 아주 우연히 그의 페이스북에 들어가게 되었다.

물고기가 어떤 물살에 휩쓸려 낯선 강으로 접어드는 것과 비슷한 경우였을 뿐이다.

그를 잊지 못하는 많은 사람들이 그를 그리워하고 있었다.

그가 불의의 허무로 유명을 달리 한 뒤, 나는 내 주변에 있는 사람들 대부분이 그와 친분이 있다는 사실에 적잖이 놀랐다. 그리고 정말 예외 없이 그들 모두가 그를 너무나 사랑하고 있다는 사실에 더 놀랐다.

나는 마흔 살에 접어들면서, 인간으로서의 내 저열한 수준을 순순히 인정하고 차라리 자유로워지기로 결정한 사람이다.

나는 한 인간으로서는 만인 앞에서 잘난 척하지 않기로 했고, 다만 오로지 장인匠

스스로서만 자의식을 발동하려고 최대한 노력한다, 왜냐하면 나는 그것조차 죽을 만큼 과분한 죄인이기 때문이다.
신이 내 죄를 용서하는 것은 신과 나의 일이지, 다른 사람들과 나 사이의 일이 아니다. 나는 더 이상 내 영혼을 괴롭히고 싶지가 않은 것이다.
하지만 저런 선량한 이의 때 이르고 갑작스러운 죽음을 묵상하면, 나는 내가 죽었을 때 어느 누가 슬퍼해주기나 할까 하는 슬픔에 얼굴을 적신다.
영원한 이별 뒤에 대체 누가 나를 그리워할 것인가? 대체 누가 나를 아름답게 추억할 것인가?
이것은 거짓말이나 엄살이 아니다. 물은 물일 뿐이고, 소금은 소금이다. 내가 어둡다고 해서 나의 눈물까지 모욕받을 필요가 있다고는 보지 않는다.
죽음 앞에서 무기력하듯 죽음 이후를 생각한다는 것은 당연히 부질없고 온당치 못하다.
그러나 나는 어쩔 수 없이 두렵다. 살아서 나는, 과연 누구에게 친구인가? 죽어서 나는, 누구의 친구일 것인가?
아나키스트들은 이런 말을 좌우명으로 삼았다고 한다.
'삶은 태산처럼 무겁고, 죽음은 깃털처럼 가볍다.'
그들은 항상 검은 정장을 즐겨 입었고 술을 마시면 동지들과 사진관에 들러 기념사진 찍기를 즐겼다고 한다.
언제 목숨을 무기로 사용해야 할지 몰랐기 때문이다.
그들에게는 죽음이라는 친구가 있었다.
오늘 나는 나의 묘비명을 다시 써보고자 한다. (2015. 1. 30)

이루어질 수 없는 사랑

나는 좌파가 아니다. 그래서 이러한 충고를 더욱 해주고 싶다.

이념의 문제를 떠나서, 이 나라 '소위' 우익 정치인들은 자기들이 왜 이 나라 문화예술인들에게 증오는커녕 경멸과 혐오의 대상이 돼버렸는지를 잘 성찰해봐야 한다.

이 나라 문화예술인들 대부분이 빨갱이든 파랑이든 간에.

나는 크레파스가 아니라, 인간이다. (2015. 1. 31)

거북이

나는 술집에 거북이를 맡기고 술을 마신 적이 있다.
이틀 뒤 외상값을 갚고 거북이를 찾아왔다.
작은 초록색 거북이.
나는 거북이에게 미안했다.
스물일곱 살의 여름이었다. (2015. 2. 1)

사무엘 베케트

사무엘 베케트는 오래 살았다. 1906년 4월 13일 생인 그는 베를린 장벽이 무너지는 것도 보았다. 그로부터 한 달 반쯤 뒤에 죽었으니까. 나는 자퇴를 계획하고 있는 독문학과 1학년생이었다.

1989년 12월 22일, 그가 죽은 날, 술에 취한 나는 대학가의 어느 골방에서 담요를 뒤집어쓰고 혼자 누워 있었다.

나는 1년 뒤 그 즈음 시인이 되었다.

이것이 내가 그의 삶과 죽음에 대해 알고 있는 모든 것이다. (2015. 2. 1)

세대 간의 염치

나이 든 꼰대가 혐오의 대상이듯 예의 없는 젊은이가 발랄함으로 포장되어서는 안 된다.

책임감 없는 어른이 총체적 재앙을 부르듯 나태한 젊은이는 그저 꼴불견일 뿐이다.

젊은이든 늙은이든 세련되게 살자. 그러나 그런 것과 육갑은 피차 확실히 구분하고 경계하자. (2015. 2. 1)

너 자신을 알라

대한민국의 문제는 이념理念이 아니야.

대한민국의 문제는 문맹이야. 문맹文盲. (2015. 2. 2)

시간은

예전에는 내가 사랑하지 못했던 여자들이 가끔 생각났는데, 요즘에는 나를 사랑했

던 여자들이 아주 가끔 생각난다. 시간은 데리고 가지 않는 것이 없다. (2015. 2. 3)

악질을 위한 선불교식禪佛教式 인성교육

내가 방금 진리를 깨달았다.

바닷물을 다 마셔봐야 바닷물이 짠 줄 아는 놈들은 바닷물을 다 처먹이는 게 맞다.

이리 와. 바닷물 다 처먹여줄게. (2015. 2. 4)

인생과 세계에 대한 엽서

인간을 사랑하는 것은 그 자체로 투쟁이다.

인간이 악마가 아니라고 말하는 것이 위선이라기보다는 무식이기 때문이다.

세상과 투쟁하는 것은 그 자체로 사랑이다.

세상은 지옥이지만 인간의 고통은 불구덩이가 아니라 무책임이기 때문이다.

(2015. 2. 4)

내 기도

밖에서 혼자 밥을 먹고 어느 건물 실내 벤치에 앉아 꾸벅꾸벅 졸곤 한다.

그런데 그게 묘한 자부심을 준다.

나는 그 노릇이 내 삶을 위한 나의 조용한 기도였음을 이제야 깨닫는다.

(2015. 2. 5)

책과 작가

아무리 시대가 변했다고는 하나 책은 위대하다. 아무리 쓰레기 같은 책들이 태산처럼 쌓이고 개나 소나 나 작가라고 우겨대지만 진정한 책과 그 그림자 속에서 고요히 눈을 감은 채 생각에 잠겨 있는 우리의 작가는 위대하다.

책은 쓰레기들을 불태워버리는 불꽃이고 작가는 그 불길을 높이 들어 어둠 속 짐승들의 얼굴을 밝힌다. (2015. 2. 5)

'그러나'와 '소위'

지성知性은 이념의 부분집합이 아니다. 이념이 지성의 부분집합이 돼야 한다.
소위 좌파든, 소위 우파든, 수준과 품위가 없는 쪽이 이길 수는 있다. '그러나' 소위 좌파든, 소위 우파든, 수준과 품위가 없는 쪽은 이겨도 반드시 재앙이 된다.
그 수준과 품위가 '소위' 수준과 품위가 아니라 수준과 품위라면. (2015. 2. 7)

천성과 공부

지금이라도 틈틈이 하니 다행이지만. 젊어서부터 과학 공부에 취미를 가졌었다면

하는 아쉬움이 크다. 대가리가 원래 그쪽이 아니니 그게 그렇게 잘 안 되더라고.

문학을 하려는 사람이 있다면, 나는 과학책들을 많이 읽으라고 권하련다. 자신의 천성을 충분히 이용하는 것만큼이나, 자신의 천성을 거스르는 엉뚱한 공부는 엄청난 무기가 된다. (2015. 2. 7)

주님

〈Amazing Grace〉를 우연히 듣는데.

눈물이 나네.

내 마음, 이상하다.

주님이 누구이든 간에 나 같은 죄인에게는 주님이 필요하다. (2015. 2. 8)

기본 중의 기본

어떠한 고난 속에서도 사는 재미를 잃지 말자.

그게 기본 중의 기본이다. (2015. 2. 9)

삶에 대한 이상한 죄책감

자료조사 때문에 종잇장들 넘기느라 몇 시간 정신이 없었는데.

문득

창밖을 보니, 눈이 많이 왔었네.
눈이 내리는 것을 지켜보지 못한 게 꼭 무슨 역사를 놓친 것만 같은 기분이다.

(2015. 2. 9)

슬픈 비유와 그 나머지

새누리당은 죄악이 가득 찬 마을의 음흉한 이장里長 같고, 민주당은 그곳의 중2병 걸린 불량서클 애들 같다.

그럼 우린 뭐냐? 이런 제기랄. (2015. 2. 9)

영원한 패인敗因

용서와 화해를 못하는 자들의 특징이 있다.
글의 힘, 기록의 힘을 믿지 않는 것이다.
그래서 그들은 제대로 된 글도, 기록도 남기질 못한다.
그래서 그들은 결국 오늘도 지고 또 영원히 진다. (2015. 2. 9)

조용히

인간이 악마까지는 아니더라도 악의로 가득 차 있는 짐승이라는 사실 앞에서 오히려 마음이 편해지는 것은 타인에 대한 어리석은 기대를 조용히 내려놓을 수 있기 때문이다.

나를 사랑한다고 말하는 그대에게마저도 나에 대한 기대를 내려놓으라고 조용히 말할 수 있기 때문이다. (2015. 2. 10)

집중

"과거는 이미 버려졌고 미래는 아직 오지 않았다. 과거로 거슬러 올라가지 말고 미래를 바라지도 말라. 오로지 현재에 집중하라."

집중이 아닌 것은 없다. 잠을 자는 것조차도 사실은 집중인 것이다. 죽음조차도. 하물며 투쟁이야. (2015. 2. 10)

존경의 지옥

왜 우리나라 국회의원들은 자기들끼리 부를 때 존경하는 아무개 의원님 그러는 거지? 듣는 국민들은 털끝만큼도 존경 안하는데 자기들끼리 말이야. 사실은 자기들끼리도 전혀 존경하지 않으면서.

가만. 저것들이 정말 자기들끼리는 존경하고 있는 거 아냐?

만약 그게 사실이라면, 감히 대한민국 국회의원들을 존경하지 않는 불경한 자들은 이제부터 모두 내게 경배하시오. (2015. 2. 11)

공포의 진면목

대한민국 국회의원들의 거의 대부분이 역겨운 것은 그들이 바로 대한민국 국민들의 거의 대부분이 출세했을 때의 모습이기 때문이다. (2015. 2. 11)

규명糾明

무식한 것들 안에 무식함 말고 뭔가 다른 것들이 놓여 있을 거라고 자꾸 해석을 시도하지 말자.

그래서 우리가 이렇게 외로운 거다. (2015. 2. 12)

자유

긴수염고래가 밤새 그물을 끊고 먼 바다로 사라졌다고 한다.

나는 기쁨의 눈물을 조용히 흘렸다.

자유.

이제 너와 나는

자유다. (2015. 2. 12)

다르다

노인들을 공경하는 나라와 노인들이 지배하는 나라는 완전히 다른 것이다.

(2015. 2. 13)

증오란 무엇인가

어딘가에 완전히 복종하고 싶은 자가 무언가를 지독히 증오하는 법이다. 다만 그가 자신에 대한 그 사실을 모를 뿐이지. (2015. 2. 13)

노래와 이야기

노래는 참 좋다.

노래는 이야기보다 낫다.

노래는 진짜고

이야기는 가짜다.

이야기는 노래를 그리워한다.

노래는 이야기가 애잔하다.

그러니 사랑과 그리움아.

내게 이야기를 하려거든

노래 같은 이야기를 하라. (2015. 2. 14)

사라진 내 것과 사라질 내 것

원래 작업실에는 최소한의 책들만을 두는 것을 원칙으로 삼고 있다. 그런데 이번 작업실 이사 중에 은근슬쩍 사라진 책들이 왜 이렇게 많으냐. 혹시 서재에 두었을까 하여 집에서 아무리 찾아봐도 도무지 나타나질 않는다. 특별히 내가 아끼는《주역周易》해제解題들 중 한 권이 어디에도 없다. 손때가 묻은 정든 건데, 귀신이 곡할 노릇 앞에서 화가 난다.

참아야지, 뭐. 책 한 권은 그저 책 한 권에 불과하다. 죽고 나서 가져갈 것 하나도 없다. 애초에 내가 가지고 있었던 것이 하나도 없었던 것과 마찬가지로.
사라진 내 것과 사라질 내 것은 원래 내 것이 아니다. 해석할수록 난해해지기만 하는 운명과 사랑도, 우리가 인생이라고 부르는 그 어둠 덩어리 자체도. (2015. 2. 14)

제로

다음 생에서는 목수가 되고 싶다. 만약 짐승이나 버러지가 아니라 인간으로 태어난다면.

그러나 지금으로서는 그럴 가능성이 제로Zero다.

제로. (2015. 2. 15)

스크린 지옥

IS의 참수나 화형 영상을 잠깐이라도 보면.
저 놈들은 영화를 찍을 줄 아는 악마들이다.
영화를 찍을 줄 안다는 것은 이제 싸움의 기본이 돼버렸다.
당신이 하고 있는 일이 뭐든 영화를 찍어야 하는 끔찍한 세상이다.
카메라 없이도 영화를 찍는 것처럼 살아야 하는 세상. (2015. 2. 16)

유권자

뭐? 유권자는 상하로만 이동하지, 좌우로는 이동 안 한다고?

그야말로 '정치 분석에 대한 환상'에 대한 '환상'에 불과하다.

유권자는 좌우로도 이동하고, 물론 상하로도 이동한다.

게다가 인간의 마음이란 뭔가에 정이 떨어지면 산을 넘고 강을 건너가버리는 법이다.

민심이 무서운 것은, 인간의 마음이 소위 이념이라는 것보다 훨씬 변덕이 심한 까닭이다.

유권자도 결국 인간의 부분집합일 뿐이라는 사실을 모르는 저런 오만무지한 자가 가엽다.

왜냐하면 그가 정치인 이전에 상당히 어리석은 사람이기 때문이다.

그의 아집이 유권자의 정당한 변덕이 되어 그를 심판할 것이다. (2015. 2. 16)

일을 대하는 정법正法

작든 크든, 힘들든 수월하든 간에, 해야만 하는 일들이 있다는 것은 감사한 일이다.

우리가 그 사실을 모를 때 인생은 즐거움이라곤 찾아볼 수 없는 지옥이 된다.

그리고 작든 크든, 힘들든 수월하든 간에, 해야만 하는 일들은 매번 크고 힘든 일로 대해야 그 값어치가 생기는 법이다.

우리가 그 사실을 모를 때 인생은 타인의 입김에도 흩어져버리는 모래성이 된다.

(2015. 2. 16)

일의 본색

우리가 일을 하는 것은, 그 일을 하면서 세상일들을 잊기 위함이다. (2015. 2. 16)

의미

지금 내가 밥 먹고 있는 식당 건너편 자리에서 아가씨 넷이 삼겹살에 낮술을 소주 여섯 병째 까고 있다. 얼굴이 벌게서 까르르, 까르르거리는 모양이 꼭 개콘대학교 14학번 수지 같고 왜 이렇게 다들 기특하고 예쁘냐.

아, 의미 있다. (2015. 2. 16)

작가의 입장立場

작가가 글을 쓸 때는 그 별것도 아닌 글 한 줄 때문에 자신이 죽을 수도 있다는 각오를 무의식적으로 항상 당연히 해야 한다.

어느 시대든, 어느 문명이든 사실상 예외가 없다. 왜냐하면 글이란 그냥 무의미하게 사라지는 것에 대한 가장 단순하고 가장 심오한 반항인 동시에 신과 권력의 얼굴에 칼끝으로 제 묘비명墓碑銘을 새기는 일이기 때문이고, 이 온 세상의 어처구니없음은 제 주인이자 악마의 쌍둥이인 인간들의 판박이기 때문이다.

천국의 한복판에서일지라도 이러한 사실을 추호도 의심하지 않는 자가 작가다.

(2015. 2. 17)

말로는 설명하기 힘든 것에 대하여

설 한 방에 퉁치러, 신장 투석 중인 연로한 부친 뵈러 홀로 지하철 타고 가는 길.

정말 오랜만에 음악이 잘 들린다.

역시 예술은 비극 속에서 꽃피는구나. (2015. 2. 18)

역전逆戰

역겨운 것들 천지라고 괴로워하는 이들이 많다. 나도 그렇다.

그러나 역겨운 것들을 알아보고 역겨워할 수 있는 이들이 점점 늘어간다는 것은 절대 패배가 아니며 고작 환멸이 아니다.

분명한 희망이다. (2015. 2. 18)

말씀과 마음

부처님은 제자들에게 이렇게 말씀하셨다.

"논쟁하지 마라."

예수님은 제자들에게 이렇게 말씀하셨다.

"맹세하지 마라."

오늘 하루 종일 이 두 가르침이 마음속을 서성였다. (2015. 2. 18)

실상

홀로 간단한 아침 겸 점심을 먹고 차 한 잔 하러 역시 홀로 카페에 들어왔다.

설날의 이 국제도시에는 인간들이 없어서 너무 좋다.

평소에도 인구밀도가 이 정도면 천국이겠다.

하지만 밤이 되면 쓸쓸하겠지.

실상은 내 변덕이 쓸쓸한 것이겠지만. (2015. 2. 19)

항아리 속 어둠에 관하여

빛으로만 존재하거나 어둠만으로 존재하는 세상사라는 것은 단연코 없다. 빛과 어둠은 서로의 반대편이 아니라 한 몸이다. 낮에는 빛을 공부하고 밤에는 어둠을 공부해나갈 뿐이다. 낮에도 그림자를 보고 밤에도 먹구름 뒤의 달빛을 보아야 한다. 그리고 무엇보다, 인간이라는 거울 속에 비친 어둠과 빛으로 천사의 것도 악마의 것도 아닌 인간이라는 모순의 아름다운 무늬를 다시 그려야 한다.

화내지 마라. 우울해지지 마라. 사람이 어떻게 저럴 수 있나 싶을 만큼 냉정해지라.

사랑할수록 사랑하지 않아야 사랑하는 것을 위해 싸울 수 있다. 사랑하는 것을 나의 심장처럼 지켜줄 수 있다. 그게 사랑이다. 그 사랑이 학문이든 이념이든 지성이든 정의감이든 양심이든 신념이든 진실이든 자유이든, 아니면 이 모두이거나 다른 그 무엇도 아닌 오직 나 자신이든.

항아리 속 어둠에 갇혀 결박된 자는 그 항아리를 깨뜨릴 수 없다. (2015. 2. 19)

너에게 주는 나의 편지

음악이 있고 시가 있는 한 자살할 이유가 없는 거야.
이렇게 좋은 것들이 많은데 왜 자살을 해?
어차피 가만있어도 죽을 거 왜 자살을 해?
지구가 망하는지 안 망하는지는 봐야지.
안 망하면 안 망해서 좋고.
망하면 다 망해서 더 좋고.
내가 낙엽이 되는지
네가 바람이 되는지는 봐야지.
죽고 싶을 만큼의 고통 속에서도
음악 때문에 음악이 되고
시 때문에 시가 된다면 더 좋고.
음악이 없는 사람
시가 없는 사람
시체보다
더 불쌍해. (2015. 2. 21)

두 개의 영정影幀

10여 년 전부터인가.

내 작업실 책상 위에는 김산金山의 영정이 있다.

내 서재 책상 위에는 단재 신채호의 영정이 있다.

나는 매일 촛불을 올리며 정치와 이념과는 전혀 상관이 없는 무언가를 회개하고 갱신한다. (2015. 2. 21)

아가씨

이거는 남자가 아니라 남성 작가로서의 생각인데.

내가 어제그제 뭘 좀 보고 들으면서 새삼 깨달은 건데.

왜 그 여자라는 외계인들 있잖아.

그 외계인들 중에 아가씨라는 종족.

정말 엉뚱한 거 같아.

정말 우리로서는 상상도 못하는 상상들을

저 혼자서 정말 시시때때로 또 뜬금없이 상상하는 것 같아.

가로수길의 꽃들도 그럴까?

꽃들도 그런 엉뚱하고 정말 우리로서는 상상도 못하는 상상들을

저 혼자서 정말 시시때때로 또 뜬금없이 상상하는 것일까?

아무튼 여자들은 너무 복잡한 미로 같고

아가씨들은 가능하면 안 보는 게 최선이다.

어느 순간, 갑자기, 머리를 뻥 돌게 만들거든.

나는 아가씨보다는

'아가씨'라는 단어가 더 예쁘더라.

아. 가. 씨. (2015. 2. 21)

언어라는 게 이래

어제 밤을 샜더니. 더 못하겠네. 일단 작업실에서 집으로 이동하겠다.

내일 저녁엔 홍대에서 사람 만날 일 있다, 라고 써놓고 보니. 그럼 사람을 만나겠지 코끼리를 만나겠나 싶다.

언어란 게 시비를 걸면 참 끝이 없다. 그지? (2015. 2. 21)

JP

JP의 인생은 우리에게 많은 것들을 생각하게 하는 것이 아니라,

우리에게 많은 것들을 '명상'하게 만든다.

사실 DJ나 YS의 인생보다 더.

소설의 장르가 바뀌면 그 소설의 주인공도 바뀌는 법이다.

또한 DJ나 YS라는 소설은 그 장르의 변화가 서너 갈래 정도이지만,

JP라는 소설의 장르는 그 확장성이 무궁무진하다.

역사라는 것은 우리가 제대로 음미하기 전에는 역사가 아니다.

생각하는 것과 명상하는 것은 다르다. (2015. 2. 23)

내가 문화무정부주의 조직 '문장전선文章戰線'을 하는 지극히 '개인적인' 이유들 중에 하나.

가라타니 고진의 '근대문학의 종언'을 극복하기 위한 것이 아니라, 가라타니 고진의 '근대문학의 종언'을 내 안에서 수용하기 위함이다. 사람들은 보통 수용하면 그것에 종속되는 것이라고 착각한다. 그러나 수용하여 적용한 뒤 적응하고 배반하면 보다 더 강력한 변종이 탄생할 가능성이 열린다. 문화에 있어서 '순종純種'이란 열등하고 자존심 없는 작자들이 싸질러놓은 똥 덩어리에 불과하다. 문화에서 항상 잡종은 순종보다 우성이고 또한 순종보다 그 실존과 생존이 극히 옳다. 그런데 그 잡종의 최고 단계가 바로 '새로운 변종[mutant]'인 것이다.

가라타니 고진이 스스로 '근대문학의 종언'을 수용하는 방식은 가령 소설가가 소설 쓰기를 그만두고 댐 건설 반대운동을 하는 것이다. 그러나 나는 다르다. 나는 수십 가지 장르의 글들을 죽을 때까지 쓸 것이고 영화를 할 것이고 '문장전선'을 '할' 것이다. '문장전선'은 나를 수용하고 적용한 뒤 적응하고 배반해 스스로 새로운 변종으로 계속 진화를 거듭할 것이다. 나와 양립하며 서로를 소모해 재창조하기 위해.

이것은 사뭇, 악마와의 내기다.

가리타니 고진을 정리하자면, 아무리 유명하고도 고명하더라도 어쨌든 그는 일개 철학자이자 평론가일 뿐이다. 나는 그와는 태생이 다른 작가이자 예술가이다. 나는 괴물의 생태도감 따위를 정리하는 사람이 아니다. 나는 이제 막 알에서 깨어난 '새로운 괴물'인 것이다. 내가 기껏해야 사람이 되고 싶었다면 애초에 예술의 길에 들어섰을 리가 있었겠는가. (2015. 2. 23)

소유에 관한 작은 명상

우리는 지금은 물론이고 언제든지 가질 수 있는 것들을 단 하루도 단 한 시간도 그냥 그대로 놔두지 못하고 가져버리기 때문에 일생에 단 한 번 단 한 순간만 가질 수 있는 소중하고 아름다운 것을 가질 수 없다. (2015. 2. 24)

고등 사기꾼들의 주요 서식처

익히 몰랐던 것은 아니지만, 요 며칠 내가 새삼 보고 듣고 절감한 것은, 그래서 그 불쾌함이 아직도 무슨 끈끈이처럼 목덜미에 붙어 지워지지 않는 것은, 이 사회의 위쪽으로 가면 갈수록 능글거리는 고등 사기꾼들이 득실거린다는 사실이다. 좌파든 우파든, 선한 사마리아인파든 대놓고 개새끼파든 간에.

나는 아직 비위가 너무 약하다. (2015. 2. 28)

나의 종교

나는 나의 삶을 변명하려고 시를 쓰는 것이 아니다. 나는 나의 죄를 사랑과 슬픔의 시로 포장하고 싶지도 않다. 내가 시를 쓰는 것은, 다만 내가 죄인이라는 사실을 잊지 않기 위해서일 뿐이다.

나는 무종교 유신론자이다. 그러나 만약 시가 없었더라면, 나는 신을 믿지 않았을 것이다. (2015. 2. 28)

글쓰기에 대한 정의定義

글을 쓴다는 것은 어떤 측면으로 접근하든, 전적으로 '육체적 중노동'이다. 25년째 이 짓을 하면서도 왜 이 분명한 사실을 지난 글을 마치고나서 새 글을 쓰기 직전까지 매번 까먹느냐 하며는, 지난번 그 글을 쓰기 위한 육체적 중노동이 그야말로 지옥 같았기 때문일 뿐이다. 잠깐이라도 새까맣게 까먹지 않고서는 도저히 또 그 미친 짓을 또 되풀이할 수가 없기 때문에.

글쓰기에 있어서의 정신적 고통이란 그 육체적 고통이 남긴 재에 불과하다.

(2015. 3. 1)

사실은 그런 사람이

달랑 타이프라이터 하나를 들고 유럽을 떠돌며 투쟁하던 호치민이 된 기분이다.

외롭다.

팔자거니 한다.

이제 심지어는 외롭지 않으면 불안하다.

사실은 그런 사람이 제일 무서운 거지. (2015. 3. 1)

시대와 개인, 아는 것과 이해하는 것

나는 사람들이 다 나처럼 생각하고 있는 줄 알았는데. 의외로 아닌 것 같아 며칠 놀라고 있는 중이다. 이건 생각이 아니라 엄연한 사실이다.

김종필은 그 시대의 가장 과격한 청년 장교였다.

이러니 미워하기만 하고 극복이 안 될 수밖에. 시대를 입체적으로 안다는 것은 개인을 제대로 이해하는 것에서 출발한다. (2015. 3. 2)

모순

김종필이 박정희보다 모자랐던 것은 다름이 아닌 '모순성'이었다. 그리고 그는 그 밖의 거의 모든 면모에서 박정희보다 뛰어났다.

'모순'이란 우리가 생각하는 '모순'에 불과한 것이 아니다. (2015. 3. 2)

고양이와 쥐

'고양이가 쥐 생각 하냐'는 말이 있다.

속으로는 해칠 마음을 품고 있으면서, 겉으로는 걱정해주는 척함을 이르는 말이다.

그런데 가끔은 중화기로 무장한 쥐도 있는 법이다.

이럴 때 '고양이가 쥐 생각 하냐'는 말은 고양이에게 고양이 방울이나 잘 간수하라는 말이 된다.

고양이를 겸손하게 해주는 것은 쥐의 중무장밖에는 없다. (2015. 3. 3)

그들은 왜 항상 화가 나 있는가

자신의 노동이 무엇인지 모르는 사람들과는 만나지 마라.

그들은 자신을 확인시키고 싶어서 분란을 일으킬 것이다. (2015. 3. 3)

평범平凡 속의 준엄峻嚴

한 인간으로 태어나 반드시 대단한 일을 할 필요는 없다.
그러나 해야 할 일을 끝내고 죽는 것은 아름다운 삶이다. (2015. 3. 3)

혁명

머저리들 중에 최고의 머저리는 인간이 대단하다고 생각하는 머저리다. 보통의 경우 그런 머저리가 세상을 지옥으로 설계한다. 그리고 그 지옥에서 살게 된 이후에야 우리 머저리들은 그 머저리가 인간이 대단한 존재라고 생각했던 게 아니라 자기가 다른 모든 인간들보다 대단하다고 생각했다는 것을 생각하게 된다.

혁명이 완성되는 유일한 길은 인간은 대단하지 않다는 것을 깨닫는 것뿐이다.

(2015. 3. 3)

나는 그렇게 생각하고, 또

나는 문학이, 특히 한국문학이 할 일이 남아 있다고 생각한다. 그렇게 믿고 있다.
할 일이 남아 있다면 그것은, 아직 살아 있다는 뜻이다.
살아 있을 가치가 없다면, 살아 있을 가치를 '새롭게 되찾으면' 되는 것이다.
나는 그렇게 생각하고, 또 믿는다. (2015. 3. 4)

죽음

죽음이란 위대한 무기武器이자 부적符籍이다. 죽음을 각오하면 우리는 삶에서 못 해낼 일이 없다. 그 어떤 적도 멸망시킬 수 있으며 그 어떤 재앙도 씹어 먹어 완전히 소화시킬 수 있다. 그리고 그 일을 다 한 뒤에도 당당히 죽을 수가 있다. 우리는 이런 기가 막힌 무기이자 부적을 공평하게 하나씩 지니고 태어난 사람들이다. 죽음은 제대로 살기 위해서 있는 것이지 삶에서 도망치기 위해 있는 것이 아니다.

(2015. 3. 4)

만화

아까 TV 뉴스속보 자막에서.

'민화협'을

'만화협'으로 잘못 봤어.

그래서,

왜? 만화가가 주한 미국대사를 테러하지?

그랬다.

이 나라가 만화보다 더 만화 같다. (2015. 3. 5)

슬픈 사회학

80년대, 90년대 운동권들이 이제는 귀국한 파월장병들처럼 사회문제가 되는구나. 역사에는 공짜가 없다. (2015. 3. 5)

씁쓸한 밤의 한순간

가령. 문학판에서 부끄러운 일이 일어나면 문인들은 비록 자신이 저지른 일이 아닐지라도 일정량 이상의 부끄러움을 느껴야 한다.

다 아는 바와 같이. 이 나라의 좌파와 우파는. 자신들의 영역에서 벌어진 그 어떤 죄악 앞에서도 당당하다. 그리고 오늘도 역시. 저 테러는 자기들과는 아무런 상관이 없는 미치광이의 일이라고 치부하는 데에는 가히 선수들이다.

자신의 명백한 의료과실과 의료범죄를 태연히 감추는 의사처럼.

사실. 많은 작가들도 문학판에서 벌어진, 벌어지고 있는 부끄러운 일들에 대해서는 침묵하고 모른 척하고 심지어는 동조한다. 그러면서 사회와 국가의 모든 일들에는 '정의의 사도'의 가면을 쓰고 나대지.

결심하게 만드는, 씁쓸한 밤이다. (2015. 3. 6)

지금 너무 흔한 사기꾼들

모든 도덕의 심장이자 척추는 '직업정신'이다.

제 직업에서 사기를 치는 인간들이 나라와 민족을 걱정하는 것은, 그 걱정이 사실이든 아니든, 세상에서 가장 참담하고 더러운 사기다. (2015. 3. 6)

극과 극

극劇은 나의 날개다. 나는 창공으로 뛰어내린다.

나는 자유의 극極이다. (2015. 3. 7)

그에게 새로운 '이론'이 필요한 열 가지 이유들 중에 하나

대부분의 좋은 말들은. 조만간.

궁색한 말이 되게 된다.

왜 그렇게 되는지를 숙고하고 명상하라.

좋은 말을 좋아하는 대부분의 궁색한 사람들아.

인간의 현실과 영혼을 구원하고 고양하는 혁명(물론 자유민주주의 안에서의)의 언어는 그런 것이 아니다.

일단 정치 지도자의 좋은 말이 궁색함의 연원淵源을 벗어날 때,

대중은 그 정치 지도자를 자기의 것으로 만든다.

비로소 새 시대를 향한 새로운 시도가 시작되는 것이다.

좋은 생각과 마음을 가진 자에게는 그래서 이론이 필요하다.

그가 정치 지도자라면 더욱더.

특히 이러한 나라의 이러한 시대에는 반드시. (2015. 3. 9)

공부의 급소

공부는 젊어서보다 늙어서가 훨씬 더 중요하고 빛이 난다.

나이가 들수록 왜 공부를 젊을 때보다 훨씬 더 열심히 해야 하는가 하면.

안 하면. 후배와 후손 들에게 개소리를 늘어놓게 되기 때문이다.

공부는 개가 되지 않기 위한 나이 든 인간의 가장 기본적인 호신술이다.

(2015. 3. 12)

몸의 마음, 마음의 몸

세상 속에서 사는 것이 역겹지 않아서 이러는 게 아니다.

세상 속에서 사는 것을 피하지 않기 위해서 노력할 뿐이다.

항상 내 운명의 기로에서의 선택과 결정은 타인이 아니라 내가 한다.

그 원칙과 자격을 잃어버리지 않기 위해 목숨을 걸고 집중할 뿐이다. (2015. 3. 12)

변증법적 발전의 절망

순리에 가까운 분열을 두려워하는 이유는 딱 하나다.

부패한 자들이기 때문이다. (2015. 3. 13)

통찰력이란 무엇인가

인간이라는 짐승을 대단하게 보지 않는 것. (2015. 3. 13)

산다

무식한 것들에 대한 공포를 가지지 않도록 해달라고, 세상사의 환멸에 지쳐 쓰러지지 않도록 해달라고, 스스로를 미워하지 않도록 해달라고, 매일매일 기도하는 심정으로 일하며 산다. (2015. 3. 14)

철학

어디서 무슨 일을 하든 간에, 삶에 대한 생기와 재미를 잃지 말자.
실존은 의미에 선행하는 것. 고로 절망하거나 포기할 이유란 없다. (2015. 3. 16)

다짐

평안과 고요가 최고의 쾌락이다.
그 '사실'을 잊지 말자. (2015. 3. 17)

평론가라는 것들에 관하여

예술이란 치열한 장인匠人의 세계가 미스터리한 경지로 넘어가버리는 것이다.

내가 화가 나 있는 근본적인 이유는,

장인匠人조차도 아닌 주제에 고작 미스터리 아래서 사는 것들이 예술에 대해 주접을 떨기 때문이다. (2015. 3. 17)

나

나는 불평하는 사람을 혐오한다.

나는 투쟁하는 사람이므로. (2015. 3. 18)

나는 그럴 수 없었다

만약 이 비천한 내가 정치나 문화나 기타 등등에 대하여 글로 논하는 것들 가운데 남들과 견주어 제법 봐줄 만한 구석이 있다면. 그건 틀림없이 내가 지난 25년간 하루도 빼놓지 않고 일구어온 '문학의 힘' 때문일 것이다. 어떤 동네이든 그곳이 어쨌든 글을 쓰는 곳이라면, '문학'은 결코 함부로 무시할 수 있는 상대가 아니다. 그런데 이 당당한 사실을 정작 작가란 자들이 모르고 있다. 그래서 그들은 '문학' 안에 갇혀 닭장 속의 닭처럼 죽어간다.

나는 그럴 수 없었다. (2015. 3. 18)

일

아무도 미워하지 않는다.

오직 일할 뿐.

나 자신을 잊기 위해 일할 뿐. (2015. 3. 18)

저것들은

나는 어느 정권에서건 사정정국은 나쁘지 않다고 생각한다.

어쨌든 부패가 단 한 구석이라도 더 드러나고, 부패한 놈들이 단 한 놈이라도 더 감방에 가게 되는 거 아닌가.

저것들은 서로가 서로를 번갈아가며 막 잡아먹어야 한다. (2015. 3. 18)

가장 크고 강력한 도道

인생에는 아무 의미가 없다. 그리하여 살아가는 가장 좋은 방법은 아무 생각 없이 할 일을 하는 것이다. 일을 하기 전과 일을 하는 동안의 생각은 사실 그 일을 하기 싫어하는 번뇌인 경우가 거의 다이고, 일을 다 마친 뒤에 드는 그 일에 대한 생각은 그 일이 이루어놓은 업적을 더럽히는 짓을 저지르려는 번뇌인 경우가 거의 다이기 때문이다. 살아가는 가장 좋은 방법은 '그냥 해버리는 것'이다. 실패는 있어도 실망하지는 않는 것, 도망치지 않고 계속해서 자신과 세계를 직시하며 노동하는 것, 절망이라는 말 자체가 아예 있을 수 없는 것, 포기할 필요가 애초에 없는 것. 이것이야말로 아무 생각 없이 자신의 일을 다 해내는 자의 길, 세상 일꾼들의 진리들 중 가장 크고 강력한 도道이다. 그러므로 슬퍼하지 마라. 의미가 있는 것은 다 지옥이다. 인생은 아무 의미가 없어서 아름다운 것이다. (2015. 3. 22)

과학

보통의 세상에서는 끝없이 사고가 일어나고 누군가가 다치거나 죽는다.

당신의 인생이 무료하다면, 그건 다행이자 기적이라는 과학이다. (2015. 3. 22)

매일 지금의 윤회

내가 괴로워서 내 글을 쓰고 그 글에 내가 위로받다가 또 괴로워서 새 글을 쓰고 또 위로를 받고는 다시 괴로워하는 이 미친 노릇을 대체 어떤 어리석음이라고 불러야 하는가. (2015. 3. 23)

미친다는 것, 미쳐 있다는 것

글을 쓸 때는 자신을 끝없이 의심하면서도 끝없이 신뢰해야 한다.

그러니 미칠 노릇인 거다.

그걸 한 20년 이상 하면 정말 미친 인간이 된다.

그래서 내가 뭘 좀 한다는 인간 치고 제 정신인 인간을 안 믿는 거다. 사기꾼이거든. (2015. 3. 25)

여행기

지옥 같던 열흘 남짓 만에.

마치 멀고 긴 여행을 다녀온 기분이다.

어쩌면 사실이 그런지도 모른다.

마음은 육체이고,

육체는 마음 같은 육체니까. (2015. 3. 29)

사람

술을 마시면 몸이 아프고 술을 안 마시면 마음이 슬프구나.

베드로야, 사람은 왜 이리 정처 없는 것이냐. (2015. 3. 30)

싱가포르《1984》

누가 내게 요 며칠 싱가포르에 대해 자꾸 묻는다.

싱가포르에 가본 적이 있다.

그건 언젠가 긴 글로 쓰기로 하고.

'리콴유 전체주의 체제'까지는 어떻게든 인정하고 이해할 수 있는 구석이 없지 않다. 그리고 그건 굉장히 다양한 측면에서의 복잡한 사안이다.

그러나 그의 집안 사람들이 국가를 장악하고 있는 싱가포르의 현실은 그 어떤 핑계를 갖다 댄다고 해도 간단히 '야만'이다.

이것은 경제와 정치의 문제가 아니다.

인간의 타락에 대한 진리다. (2015. 3. 30)

진정한 로맨티스트

방금 길을 걷다가 문득 깨달았어.

내가 사춘기 첫사랑 이후로는

지구가 안 망할 거라고 생각해본 적이

단 한순간도 없다는 것을. (2015. 4. 2)

역설과 자격

역시 인생에는 금기와 원칙이 필요하다. 그래야 자유로울 수 있다. (2015. 4. 4)

이제 그만

책부터 시작해서 내 인생에 물건들이 너무 많다. 줄이진 못하더라도 이것들만 가지고 잘 놀다가 죽겠다. (2015. 4. 4)

사랑의 미로

남편이 제 아내를 토막살인하는구나.

아내가 제 남편을 농약살인하거나.

내가 사랑을 경멸하는 것은,

사랑이 부패해 미움의 거름이 되기 때문이다. (2015. 4. 8)

인생이라는 강박에 대처하는 작은 철학

인생을 낭비하지 않으며 살고 싶지만.

사실 그런 인생은 어디에도 없다.

원래 인생 자체가 낭비이기 때문이다.

따라서 만약 스스로의 삶에 너그럽지 못하다면.

우리는 죽는 그 순간까지, 타인의 삶을 경멸하는 병에 시달리게 될 것이다.

(2015. 4. 10)

그만 좀 괴롭혀라

지하철 승강장 스크린도어에 적혀 있는 시들, 제발 좀 지워줬음 좋겠다.

사람 괴롭히는 방법도 참 가지가지다. (2015. 4. 11)

중년 中年

빈말이 아니라.

목련이 정말 검은 우주의 흰 별들 같구나.

꽃은 좀 별로고. 늘 나무를 더 좋아했었는데.

점점 꽃이 좋아지니.

이것이 중년이다. (2015. 4. 11)

의식 있는 작가

대한민국에서 '의식 있는 작가'가 되는 것은 사실 너무나 쉬운 일이다.

'어떤 사람들'이 듣고 싶은 말을 대신 써주면 된다.

그러면서, 그것이 자기의 '계산'이 아니라고 믿고, 나중에는 그런 생각 자체까지 지워버리면 된다. 그리고 이것이 반복되면 습관이 되고 체질이 된다.

대한민국에서 '의식 있는 작가'가 되는 것은 '의식 있는 국민'이 되는 것보다 사실 너무나 쉬운 일이다.

멋져 보이는 말만 골라서 하면 된다. 그걸 진정한 용기라고 자백하면 된다. 고독하고 아픈 척하면 된다. 그러면서 자신이 정말 고독하고 아프다고 믿어버리면 된다. 그리고 이것이 반복되면 이 '의식 있는 작가'는 많은 '어떤 정의로운 독자들'을 창녀로 거느린 유곽 같은 사회의 포주가 된다.

이것은 어려운 길이 아니다. 매우 쉬운 길이다.

'어떤 정의로운 대중'은 그걸 잘 모른다. (2015. 4. 12)

2015. 4. 13.

귄터 그라스가 죽었다. 오늘.

방금 그걸 알게 되었다. 내가. (2015. 4. 13)

내 안에 있는 내 목소리

나보다 힘겨운 이들을 상기하면서 겸손과 위안을 얻고, 소임과 공부에 신명을 다 함으로써 번뇌를 잊는 것. 이것이 우리가 죽음과 더불어 허무 속으로 사라지기 전까지 스스로를 일깨워 운명을 개척하는 최선의 길이다. (2015. 4. 13)

세월호 참사 1주기

비가 내리는 것까지는 참을 수 있다. 그러나 천지가 너무 어둡다. (2015. 4. 16)

인간은

예민하면 지는 거다.

인간은 무생물 같아야 하는 거야.

그래야 세상을 끝까지 걸어갈 수 있는 거야.

그게 가장 인간적인 거야. (2015. 4. 20)

광장의 역리逆理

광장이 광장이라는 도그마에 갇히면 그것은 광장이 아니라 밀실로 둔갑하는 법이다. 세상만사가 다 그렇다. (2015. 4. 21)

차라리

이 나라의 '소위' 진보 야당이라는 것을 현명하게 만드느니, 차라리 이 나라의 '소위' 보수 여당이라는 것을 선량하게 만드는 게 낫겠다.

이런 말은 '소위' 말이 아니라 '절망'이다. (2015. 4. 21)

가면고假面考

상업주의가 나쁜 것이 아니다. 정의감과 진정성으로 위장한 상업주의가 악마일 뿐이다. (2015. 4. 22)

데자뷔

IS는 정말 극한의 악마들이다.

십자군이 한 짓들이랑 너무 비슷하다. (2015. 4. 22)

책 한 권

나는 이제 세상에서 문학이 마이너리티가 되었다는 것을 누구보다 잘 안다. 하지만 여전히 위대한 책 한 권이 세상을 바꿀 수 있다는 것 또한 누구보다 잘 안다. 이것은 비관 속의 허세도, 신앙 같은 소망도 아닌 과학적 사실이다.

책 한 권은 세상을 바꾸는 한 사람의 신神이 될 수 있다. (2015. 4. 22)

나의 일

견고하게 불타오르는 언어로 현실을 새롭게 규정해버리면 몽롱한 미래는 강렬한 변수變數로 변한다.

나는 그러한 일을 해야겠다.

그것이 내 인생 가운데 가장 중요한 행동이다. (2015. 4. 23)

명왕성에서

사람들은 가끔 내게 묻는다. 왜 시를 쓰느냐고. 필경 그 질문의 진의는 왜 아직도 그런 쓸데없는 짓에 열심이냐는 것이겠지. 나는 일부러 대답을 안 한다. 다만 홀로 이렇게 생각할 뿐. 시는 이 세계와 나에 대하여, 궁극적으로는 내가 사랑하고 미워하는 너에 대하여, 어느 곳에서든 아무 때라도 가장 자유롭고 정확하게 기록할 수 있는 유일한 길이라고.

예술이니 문학이니 하는 것들은 무식해서 모른다. 내가 아는 것은 우리가 다 죽는다는 진리밖에는 없다. 어찌 기록하지 않을 수 있단 말인가. 내 사랑의 허무를 대체 뭘로 견디며 살아가란 말인가.

시는 나의 무기武器요, 나의 종교로 위장된 공업工業이다. (2015. 4. 23)

간단한 질문

내가 6년 전《국가의 사생활》에서 이미 질문한 건데. 오늘 다시 한 번 더 '남한 노동계'에 묻고 싶다. 이 '미래의 질문' 안에는 '오늘 우리 좌파의 핵심적인 맹점'이 들어 있다.

"통일 이후에 북한 출신 노동자들은 남한 자본가들보다 남한의 노동자들을 훨씬 더 증오하고 있다. 이유는 간단하다. 그들이 자신들을 가장 차별하고 가장 괴롭히고 가장 조롱하고 가장 착취하고 있기 때문이다." (2015. 4. 24)

반동

이 시대에는 어떤 자들이 진짜 반동인지 잘 들여다봐야 한다. 그들은 대부분 혁명

가의 가면을 쓰고 엄살을 떤다. (2015. 4. 25)

세상과 인간은

잊지 말자. 인간과 인간세계란 고작 이런 것이다. 해일과 지진이 잠시만 다녀가도 다 무너져 내린다.

世皆有死 三界無安

세상의 모든 것에는 죽음이 있고 삼계三界에는 편안함이 없다.

諸天雖樂 福盡亦喪

모든 천상계가 비록 즐겁다하나 복업福業이 다하면 또한 죽어간다.

—《법구경》, 〈세속품〉에서

(2015. 4. 26)

왜 자꾸 변하고 확장하느냐는 질문에 대한 나의 대답

나는 항상 어떡하면 내가 무의미하고 무기력한 글쟁이로 남지 않을 것인가를 고심해왔다. 어떡하면 글쓰기를 포기한 채 다른 삶으로 도망치지 않을 것인가에 대해 천착해왔다. 내가 여러 장르의 글들을 섭렵하는 작가가 된 것은 바로 그러한 과정이 만들어낸 자연스러운 결과일 뿐이다. 그리고 이것은 나의 인생관이기도 하다. 아직도 나의 삶이 남아 있다면 그것은 나의 변화가 여전히 남아 있다는 뜻이다.

오랜 투쟁 속에서 나의 신조는 나라는 짐승의 체질과 본능이 돼버렸다. 나는 내 죽음 뒤에도 나의 생애가 나의 글을 통해 영원히 확장될 것임을 잘 알고 있다. 그것은 불멸을 말하고 있는 것이며 그러기 위해 나는 이 순간도 변하고 있다. (2015. 4. 26)

가장 강해지는 법

사람이나 국가나 진실을 견딜 수 있을 때 가장 강해지는 법이다. (2015. 4. 27)

너희가 공포를 아느냐

이 세상에서 가장 무서운 사람은, 사람들이 자신을 얼마나 싫어하는지 모르는 사람이다. 사람들이 자신을 싫어해도 얼마든지 모른 척할 수 있는 사람보다 더. 사람들이 자신을 싫어해도 아무 상관이 없는 사람보다 더.

이것은 집단도 마찬가지다. (2015. 4. 27)

약장수와 그의 노예들에게

이제 그만 TV를 끄고 일하러 가기 전에.
한 달 전쯤에 꾸었던 꿈 얘길 하나 해주겠다.
꿈에 슬라보예 지젝이 나를 찾아와서는 그 몽골어처럼 들리는 영어로 자기가 토토의 친부라며 이제 그만 토토를 데리고 가겠다고 왈왈대는 거였다.
나는 아무 말 없이 죽도로 지젝의 대가리와 손모가지를 마구 연타했다.
지젝은 컹컹거리며 맞다가 뒤뚱뒤뚱 도망쳤는데.
뒷모습이 하마로 변해 있었다. (2015. 4. 28)

악몽

아버지와 나에 대한 악몽에 시달리다가 깨어났다. 현실이라는 악몽 속으로 되돌아왔다. (2015. 5. 2)

그것만 해도

이 당연한 사실을 자꾸 까먹으니 한심하다.
작가는 죽고 난 다음에야 이해받으면 된다.
그것만 해도 거의 기적에 가까운 행운이다. (2015. 5. 3)

작가의 소질

작가로서의 소질은 무엇이냐는 질문을 받을 때가 종종 있다.
잘 말해주지 않는 나의 대답은 이것이다.
"자유."
체질적으로 자유를 최우선으로 추구하지 않는 자들은 작가가 될 수 없다.
기껏해야 스스로를 작가라고 착각하는 '공무원문필가'나 '어떤 정치조직의 개'가 될 수 있을 뿐이지.
'애완견예술가'들은 바로 그 어디쯤에서 탄생해 제 돼지 같은 주인이 곁에 있을 때나 왈왈댄다.
작가의 자유를 구속할 수 있는 것은 작가로서의 공업工業 말고는 없어야 한다.
자신이 인간의 자식이라고 생각한다면 작가를 하지 않는 것이 좋다.
작가는 그 무엇에든 갇혀 있으면 개로 변해버리는 늑대이기 때문이다. (2015. 5. 3)

전쟁의 신

위대한 책 한 권을 손에 넣으면 마치 일개 사단을 얻은 기분이다. 여기서 고작 일개 사단이라고 표현하고 마는 것은, 더 많은 위대한 책들을 만나고 싶기 때문이다. (2015. 5. 5)

고백

인생의 모든 것들이 결국엔 다 허무할 뿐이라는 것을 나는 하나님보다 잘 알고 있다. 그러나 바로 그러하기 때문에 더욱더 한순간이라도 의미 있는 일들을 해내고서, 그것으로 인해 제대로 된 허무를 맛보고 싶은 것이다. 나의 사랑은 나의 실수로 당신의 온몸이 불타버린 뒤에 남은 재와 같으니, 이것이 나의 영혼이요 내 인생의 요점이다. (2015. 5. 6)

그가 오늘 내 안에서 나와 우리의 신에 대해 이렇게 말하고 있다

금연과 마찬가지로, 급격한 체중감량에도 여러 가지 '호전반응'들이 나타나기 마련이다. 몸이 개혁당하지 않으려 흉하게 일그러지며 격렬히 저항하는 것이다. 이럴 때 절대 굴복해서는 안 된다. 고양이가 쥐의 목을 물어뜯는 것처럼 무정하고 단호해야 한다. 이럴 때 한 개인의 신은 하나님이 아닌 '깡다구'다.

사실 인간이란 하나님보다는 깡다구에 의해 구원받는 경우가 대부분이다. 신이란 평소 우리의 생각과는 달리 꽤 작고 단단하며 우리 밖이 아니라 우리 안에 잠들어 있기 때문이다. 그를 깨워 일으켜 세우는 자가 제 삶의 혁명가인 것이다.

'신은 깡다구다.' (2015. 5. 7)

다행

시를 쓸 수 있어서 얼마나 다행인가.

시는 지옥에서도 쓸 수 있으니까. (2015. 5. 7)

소망

말을 버리고 노래가 되자. (2015. 5. 9)

가장 무서운 사실

이 나라는 '사실'을 말해서 핍박받는 사람들이 너무 많다. 독재권력이 아니라 대중들에게. (2015. 5. 10)

복음경 福音經

공부와 공업 工業. 이 두 가지가 각자의 삶을 구원할 것이다. (2015. 5. 10)

결국은 누구나 그러하니

인간은 잘난 척해봤자 결국은 궁색해지는 단 하나의 운명을 공유할 뿐이다. 겸손하자. 겸손이 최고의 보험이자 무술이다. (2015. 5. 11)

전락

지난 새벽 작업을 끝내고 잠이 오질 않아, 서재 책장에 선 채로 기대어, 정말 우연히, 거의 20년 만에. 1967-68년 김수영과 이어령 사이에 있었던 수차례의 문학논쟁에 속하는 문건들을 쭉 다시 읽어보았다. 그렇게 읽기 시작한 것을 도저히 멈출 수가 없어서 날이 밝아오는 것까지 보고 말았는데, 끝내 남은 것은 감탄보다는 모종의 슬픔이었다.

이 선배들은 그 척박한 시대에도 이런 세계 최고 수준의 논쟁을 했구나. 나는 그 사실조차 까맣게 잊고 있었구나. 하긴. 김수영과 이어령이 붙었으니. 지금 우리 문학에는 저런 위대하고 멋진 것들이 한 톨도 남아 있질 않다.

그렇다. 시간이 흐른다고 해서 진보하는 것은 없다. 노력하지 않으면, 전락하고 마는 것이다. 국가도 개인도, 역사도 문화도. (2015. 5. 11)

군중과 대중

20세기가 우리에게 가르쳐준 것들 가운데 가장 중요하고 뼈아픈 진리는 민심이 천심이 아니라, 민심이 악마일 수도 있다는 사실이다. (2015. 5. 12)

맹점 盲點

우리는 정신분석의 대상을 자꾸 정치분석의 대상으로 오인하는 어리석은 버릇이 있다. 그래서 한국정치가 치료가 안 되는 것이다. (2015. 5. 12)

문득, 울컥

어릴 적의 내 꿈은 우주경찰이었다.

그런데 결국 이렇게 돼버린 것이다. (2015. 5. 12)

복수

복수는 안현수처럼 하는 것이다.

저 복수는 자유와 공익성마저 있다.

자신과 모두를 위한 복수다.

우리, 때론 복수하면서 살자.

단, 저런 복수. (2015. 5. 13)

북진정책

방금 성호 형이랑 완전 합의를 보았다.

남조선 여성들은 너무 섬세해서 우리 같은 정신병자 야만인들과는 전혀 어울리지 않는다. 너무 까다롭고 심오해서 도저히 감당이 안 된다.

통일이 되면 우리는 무조건 북으로, 북으로 올라간다.

개마고원에서 중국집을 겸한 여관을 차릴 것이다.

그리고 금나라 여인들과 주야장천晝夜長川 놀아나면서 황음방탕荒淫放蕩한 시를 써야지.

고량주에 취해 랄라라 춤도 추고.

그것이야말로 참 좋은 인생이며 그 만년晩年일 것이다. (2015. 5. 13)

불안

성호 형이 한 달 가까이 술도 안 마시고 일을 너무 열심히 하고 있다.

처음엔 눈곱만큼도 믿지 않았다.

그런데 정말로 술도 안 마시고 너무 열심히 일만 하고 있는 것이다.

불안하다.

이 악마 영감님이 개과천선改過遷善해 나와 달라지는 것 같아서. (2015. 5. 13)

사랑이 뭐냐고 물으신다면

작업실에서. 사랑에 관한 시나리오와 소설을 동시에 한참 쓰고 있는 중인데.

아까.

아까는 한 후배가 내게 전화로 이렇게 말했다.

"형님. 저 사랑에 빠졌습니다."

그래서 내가 이렇게 진심을 다해 말해줬다.

"왜 지옥행 열차에 올라타고 그러냐. 어서 뛰어내려 새끼야." (2015. 5. 13)

유령작가

인간들이 좋아서 세상을 걸어가고 있는 것이 아니다.

인간으로 태어났으니까, 인간인 척할 뿐이다.

모든 인간은 세상의 유령작가. (2015. 5. 13)

총살

인민무력부장 현영철이 정은이 앞에서 졸았다고 고사포로 총살당했다는데.

성호 형은 북한에서 살았으면 아휴.

항상 졸거든.

특히 내가 3차에서 진지하게 말할 때. (2015. 5. 13)

성장

그저께 내가 스마트폰을 세탁기에 넣고 빨래해버린 뒤 인격적으로 대폭 성장한 게 틀림이 없다.

화가 잘 안 난다. (2015. 5. 15)

어느 청년에게 전하는 메모

언젠가 정식으로 이에 대해 몇 편의 글을 쓰고자 한다.

그러나, 지금은 이 몇 줄만.

나는 한국문학의 현실에 대해 지극히 비판적인 사람이다. 아마 한국문인들 가운데 나만큼 비판적인 사람도 찾아보기 힘들 것이다. 한국문학과 한국문단에 대한 나의 비판은 근본적이면서도 총체적이다. 나는 부끄러움과 함께 자괴감에 시달리고 있다.

시대가 달라졌음에도 불구하고 반성해야만 하는 것들을 반성하지 않은 채 부패하고 무능력해지는 모든 것들에 대해서는 변명의 여지가 없다. 오로지 반성하고, 오로지 쇄신해서, 기어코 아름답게 살아남으면 될 일이다.
그러나. 우리가 어떤 말을 할 때 그 말을 통해서 내가 발전할 수 있을 것인가를 숙고해보는 것은 이와 차원이 다른 이야기이다. 더군다나 그 말이 그다지 정확하지 않고 깊이도 없는 까닭이 내가 티가 나지 않게 무식하고 내가 티가 나지 않게 생각이 모자라고 내가 티가 나지 않게 아직 고수와 장인이 아닌 것과 연관이 있다면 말이다.

이 세계의 한 분야라는 것은 그렇게 우스운 것이 아니다.

패기가 있는 것은 좋은 일이다. 특히 젊은이에게 있어서 패기는 목숨과도 같은 것이니 뭐로든 축하해마지 않을 도리가 없다.

그러나.

치욕을 줄 때는 그 순간, 자신도 상처받고 있다는 점을 반드시 각오하고 자각해야 복된 발전이 있다.

우리는 그것을 지성이라고도 하고, 겸손이라고도 한다.
이 세계의 한 분야라는 것은 그렇게 우스운 것이 아니다. (2015. 5. 15)

늙은 지식인의 도덕

지식인이 폭삭 늙어서까지 대중을 향해 마이크를 붙잡고 있는 것은 추하기보다는 어리석은 일이다. 그럴 시간이 있으면 좋은 책을 한 권이라도 더 남기기 위해 마지막 전력을 다 하는 것이 자신과 세상에 두루두루 전격적으로 이득이기 때문이다.

젊어서부터 그렇게 열나게 지껄이며 살았음에도 가치 있는 책 한 권 쓸 능력과 뉘우침이 없는 지식인은 가련한 인간이다. (2015. 5. 17)

믿음

자신과 세계의 운명을 바꿀 수 있다고 믿는 사람은 반드시 '시간의 힘'을 믿어야 한다.
시간이 해결해주는 것이 참으로 많기 때문이다.
투쟁이 인간의 길이라면 인내는 인간의 신앙이어야 한다. (2015. 5. 17)

자유

나는 내 두 발로 어디든 걸어 다닐 수 있다. 그러니 다 가지지 않았다고는 말할 수

없는 것이다. (2015. 5. 18)

정치적 소망

대한민국에서는 그 누구의 그 어떤 개혁도 성공할 수가 없다. 사상과 실천이 아니라 사고와 수습에 휩쓸려가는 나라이기 때문이다. 이것은 고질이기도 하고 유전자이기도 하다. 고로 이 나라에서는 정책이 아니라 사건들의 흐름을 주도하는 세력이 정권을 가지게 된다. 설계도가 아니라 폭풍에 따라 앞길을 열어가는 나라가 바로 이 나라다. 이 나라의 지도자가 누구든 그는 인간세계가 아니라 자연 재해와 싸우는 자가 돼버리고 마는 것이다. 그러니 정치적으로는 모두 패배자가 될 수밖에는 없다. 이 나라의 국민들은 미개하진 않지만 미개인들이 집착하던 희생제의를 항상 요구한다. 아무런 접신 없이도 이 악순환을 끊을 수 있는 자가 통일 대한민국의 지도자가 되기를 소망한다. (2015. 5. 18)

경계警戒를 권하다

내가 이 시대 이 나라의 인문학자들을 경계하기를 권하는 이유는, 그들이 과학적 철학자가 아니라 기실 '수사학자 부근의 어떤 사람들'인 경우가 허다하기 때문이다. 하물며 수사학자란 아주 좋게 말해서는 언어의 연금술사이고 솔직히 말해서는 신나는 약장수이다. 문제는 그들이 팔아대는 약이 공갈이라는 점이고. 수사학자는 시인보다는 열등하고 사기꾼보다는 어느 정도 더 공익적이지만 때로 매우 위험천만한 법이다. 이것은 외국으로부터 수입돼 숭배되며 공연되는 스타 학자들과 그들의 한국인 노예들에게도 정확히 해당되는 사안이다. 수사학은 진리가 아니라 기능이다. 수사학이 수사학으로 쓰이는 것은 아름다운 일이지. 그러나 수사학이 과학을 가장하며 행세하는 사회는 휘발유에 젖은 모래성이다. (2015. 5. 19)

나에 대한 분명한 진실

우여곡절이 있을 수 있다. 실패가 있을 수 있다. 그래서 늦어질 수 있다. 그러나 넘어지더라도 목표를 향해 넘어진다. 결국 해야 할 일들은 반드시 다 해내면서 전진한다.

이것은 나에 대한 분명한 진실이다. (2015. 5. 19)

사실은

알잖아. 세상에 그 무엇도 대단한 것은 없다. 단지 우린 좀 외로울 뿐. 어느 누구 하나 괜찮지 않으니, 사실은 외로울 것도 없다. (2015. 5. 19)

고요한 마음

고요한 마음은 인간이 가질 수 있는 가장 강력한 무기다. 그가 기도를 하고 있든 전쟁을 하고 있든 간에. 고요한 마음을 가진 인간만이 스스로 무엇에서든 자신이 필요로 하는 신이 될 수 있다. (2015. 5. 20)

핵분열

한 작가의 내부에서 예술과 사상과 실천이 조화를 이룬다는 것은 거의 불가능에 가까울 정도로 힘든 일이다. 왜냐하면 그 조화는커녕 한 작가가 예술과 사상과 실천 가운데 어느 하나라도 빼놓지 않고 소지하는 것조차 불가능까지는 아닐지라도 매우 힘겨운 일이기 때문이다. 그러나, 한 작가가 예술과 사상과 실천의 조화를 위해 끝없이 긴장하고 노력할 때 그는 핵분열과 같은 에너지를 얻게 된다. 사실 세상과 인생에 완성이라는 것은 없다. 어느 장례식장에서 한 목사는 이렇게 설교했다. "성경 말씀에 이르기를, 너희는 모두 곧 흩어져버릴 안개니라." 그럼에도 불구하고 우리의 형체는 사라질지언정 우리가 해놓은 일들은 남아 있게 될 것이다. 이왕이면 우리는, 이 가혹한 허무에서도 우리의 삶이 핵분열되게 하고자 한다. 작가이든, 작가가 아니든 간에. 우리가 짐승이나 벌레가 아니라, 그러지 않고서는 외로워서 미쳐버리는 한 인간이라는 것을 증명하기 위해서. 이것은 때로 전쟁이 될 수도 있지만, 어쨌든 이것은 고요한 승리에 속하는 일이다. (2015. 5. 22)

다음 두 가지

지식인이 스스로를 예술가로 착각할 때 다음 두 가지가 발생한다.

폭력과 코미디. (2015. 5. 23)

인생의 정답

인생에 정답이 없다는 말은 위로이기도 하고 공포이기도 하다. (2015. 5. 23)

예술에 대한 감출 수 없는 한 가지 진실

북한 노동당이 반혁명 분자들을 처단하겠다는 서사시를 노동신문에 발표했다는데. 요즘 세상에도 신문에 서사시가 실린다니. 북한은 정말 보면 볼수록 끔찍하게 낭만적이다. 하하하.

이걸 계기로 한 대목 '꽤 다른' 얘길 하자면.

내가 늘 그랬잖아. 문학은 민주주의가 아니라고. 문학은 기본적으로 파시스트적이라고. 문화나 예술은.

아이러니지. 그러나 진실인 아이러니.

예술가는 자유민주사회의 시민이지만 예술까지 투표로 결정한다면 그건 예술이 아니야. 예술에 관한 부패지. (2015. 5. 24)

처방

복잡하게 생각하는 것은 생각이 아니라 고통에 대한 중독일 뿐이다. (2015. 5. 24)

부처님 오신 날

부처님 가르침이 없었다면 나는 지금 살아 있지 못했을 것이다.

그만큼 몸과 마음이 절체절명의 위기 속에서 헤매던 수년간이 있었다.

그 시절을 생각하면 못할 일도 없고 감사하지 않을 일도 없다.

의미가 없는 어둠은 없다.

오히려 빛은 가짜인 경우가 너무 많다. (2015. 5. 25)

술을 마신다는 것

정말 많은 술을 마시고 살았다. 물론 기쁨도 많았지만 후회와 고통이 가득했다. 다시 살 수 있다면 술을 마시지 않을 것인가?

후회와 고통은 끔찍하지만 내가 오로지 기쁨 때문에 술을 마신 것은 아니었으므로, 나는 또 술을 마실 것이다.

나에게 술을 마신다는 것은 모순을 마신다는 것과 같다. 그리고 그것은 노래와 흡사하다.

노래 없이 세상을 해석할 수는 없다. (2015. 5. 26)

공짜는 없다

훌륭한 사람들을 모으려는 사람은 어쩔 수 없이 그 과정에 '자백 쓰레기'들도 만나게 된다. 그 괴로운 과정이 싫으면, '운동'을 안 하면 된다. (2015. 5. 27)

악성 이념 에너지 보존의 법칙

전향이란 양쪽 극에서 중간 쪽으로 이동하는 경우는 거의 없다. 자고로 전향은 극에서 극으로 이루어진다. 극좌는 극우로 전향하고 극우는 극좌로 전향하는 것이다. 이유는 간단하다. 지랄 유전자가 똑같기 때문이다. 그 힘의 용량이 똑같기 때문이다. 극좌와 극우는 파시즘이라는 동질同質의 이형異形이기 때문이다. 게다가 극좌와 극우는 극한 상황에 이르러서는 하는 짓마저 똑같아진다. 애국자여, 혁명가여, 이념은 당신들의 잘 정리된 이론과 선의가 아니다. 이념은 당신들의 억하심정이 엉뚱한 피의 도가니로 둔갑해 들끓고 있는 전도발광傳導發狂이다. 당신들이 철석같이 믿고 있는 그 이념이라는 것은 기실 환한 광장에서 버젓이 까대는 성기性器와도 같은 것이다. 이념은 폭력적 외설이고, 이유는 간단하다. 날 좀 알아달라는 거지. 안 알아주니까, 인간은 인간을 도살한다. (2015. 5. 27)

작지만 강한 음악실기론

동작을 반복하면 형식이 감각으로 발전해 이윽고 새로운 스타일(변종)이 탄생한다. 그리고 이 변종은 정칙보다 강하다. 기예에서 길을 잃었다면, 무엇보다 죽음 직전까지 연습(반복)을 하지 않은 것이다. 여기에 지름길이 있을 확률, 제로 퍼센트.

권투도, 음악도, 세상만사도. (2015. 5. 27)

지금 이 순간의 집중

인생은 현재뿐이다.

과거는 망상이고, 미래는 몽상이다.

몽상과 망상에 휩싸인 인생을 우리는 고통이라고 부른다.

집중이 없으면 인생은 분열한다.

몽상과 망상은 어리석은 일이기에, 그것이 어리석은 일임을 깨닫기만 한다면 충분히 물리칠 수 있다.

인생은 지금 이 순간의 집중뿐이다. (2015. 5. 27)

강철수칙

다시 시작한다. 처음부터. 바닥부터. 지금 이 순간부터.

항상.

모든 것들을. (2015. 5. 30)

글

글을 쓴다는 것이 우습게 취급받는 세상인 것은 맞다.

그러나 글 알기를 우습게 아는 사람을 만나게 되면 그가 너무 우습다.

그러한 사람들로 가득 찬 어두운 세상을 통찰하고 표현하기 위해

지금 이 순간도 한 작가는 자신의 글을 쓰고 있기 때문이다. (2015. 5. 31)

기도

방금 '어떤 문건'의 1차 수정을 끝마쳤다. 조만간 이것이 세상에 나아갔을 때 사람들의 마음속에서 그 공익성이 환하게 빛나기를 간절히 기도한다.

악한 사람과 선한 사람을 구분할 수는 없다. 우리는 악한 사람이기도 하고 선한 사람이기도 하다. 그러나 악한 일과 선한 일은 있다.

나의 이 글이 과거에도 그랬고 앞으로도 지속적으로 우리 사회와 문화에 악영향을 끼칠 어떤 악한 일을 바로잡는 선한 일이 되기를 다시 한 번 간절히 기도한다.

보통의 경우 나는 용감하지 않은 사람일 수도 있다. 하지만 언제가 죽으면서 나는, 내가 용기 없는 문인이었다고 후회하고 싶지는 않다. (2015. 5. 31)

본색本色

사랑은 무자비한 폭력의 낭만적 이면.
그래서 아나키스트들이 시를 쓰는 것이다. (2015. 6. 2)

신해철 후기後記

솔직히 나는 신해철의 후기後期를 그다지 좋아하지는 않았다.

돌이켜보면, 어느 누구든 사람이야 맘에 들기도 하고 안 들기도 하는 법.

그러나 아티스트는 먼 사후死後의 대상인 것이다. 또한 그럼에도 불구하고, 나는 그가 얼마나 멋진 업적들을 남겼는가를 새삼, 당장 확인할 수가 있다.

신해철, 그가 내 청춘과 우리 시대의 큰 부분이었음을 인정하지 아니할 수가 없다.

신해철, 그는 위대한 대중음악가였다. 그리고 앞으로도 내내 그러할 것이다.

(2015. 6. 2)

외로움

외롭다고 말하지 마라. 아직 자신에 대한 이해가 부족할 뿐이다. (2015. 6. 6)

투쟁의 끝

앞으로는 자본주의에 저항하기 위해서 술값 영수증 뒤에 시를 메모하기로 했다.

(2015. 6. 7)

6월의 저녁

인터넷이 끊긴 작업실의 간이침대 위에 모로 누워.

백건우의 베토벤을 내내 아주 작게 들으며.

고교 시절 탐닉했던 정호승의 시를 다시 읽었다.

문득.

시가 나에게 무기라면.

시에게 나는 무엇일까, 하는 의문이 들었다.

곰곰이 생각해보니,

나는 시를 무기로 사용하고 싶어 할 정도로 정교하게 황폐해진 사람일 거라는 답이 남았다.

나는 시에게 시인이기 이전에,

괴롭고도 쓸쓸한 한 세상일 것이다. (2015. 6. 9)

간단簡單의 선禪

취약 먹었나? 마약을 왜 하나?

술같이 싸고 구하기 쉬운 마약이 있는데.

비싼 해독주스는 왜 사서 개고생하면서 마시나?

술만 안 마시면 해독의 끝인데.

어차피 약 빠는 것처럼 사는 인생, 주기도문이나 염불이나.

조용히 눈감고 씨익— 한 번 웃어주면,

내가 산들바람에 참선하는 양귀비꽃이로세. (2015. 6. 9)

알게 되는 것들

문학을 하는 사람보다는 문학을 좋아하는 사람이 훨씬 선하고 아름다운 사람이다.

이렇듯 한 가지 일을 오래 하다가 저절로 알게 되는 것들의 거의 대부분은 기쁨보다는 슬픔 쪽이다. (2015. 6. 9)

속삭임

먼지를 사랑하라.

예민해지지 마라.

아무것도 가져갈 수 없고.

다 불태워지고 썩어 들어갈 것들뿐이다.

먼지를 사랑하라.

먼지가 되어 바람에 날아가라. (2015. 6. 11)

인간과 역사와 정치와 사실은 그 밖의 모든 것들에 관한 메모

인간은 이념에 의해 정치적 선택을 하게 되는 듯 보이고 또 스스로도 그렇게 착각들을 하고 있지만, 사실 인간은 심리적 원리와 요인 들에 지배당하며 정치적 행동을 취하는 법이고 이것은 역사의 굴러감도 마찬가지이다.

바로 이러한 고백이 우리가 결코 잊지 말아야 할 교양이자 끔찍한 현실인 것이다.

우리는 우리가 모르는 것들과 해결할 수 없는 것들을 신(이념)이라는 단어 하나로 얼버무리며 다 안다고 말하고 다 해낼 수 있다고 믿으며 세상을 망친다.

(2015. 6. 11)

방법론적 서설序說

심각하면 지는 거다.

개그가 스승이다. (2015. 6. 12)

일그러진 거울에 대한 증오

대한민국 사회가 '하버드대 스탠퍼드대 동시 입학 거짓말 천재소녀'에 대해 지나치게 가혹한 공격을 해대는 이유는 간단하다.

가장 감추고 싶은 제 모습이거든. (2015. 6. 12)

제발

자신의 정치적 진영논리 때문에 '고등사기꾼(들)'을 못 알아보진 말자.

제발. (2015. 6. 12)

괴물이론의 조건

마르크스의 이론이 사람들에게 인기가 있는 것은 그것이 정확한 이론이어서가 아니다. 기독교의 이론과 그 내면이 거의 정확히 일치해서이다.

뭐든 잘나가는 이론을 만들고 싶다면 우선 이 두 가지를 잊지 마라.

'아멘'과 '할렐루야'. (2015. 6. 13)

바람직한 인생

어제 누군가를 통해 또 한 번 새삼 절감했다.

사람은 젊어서 잘나가는 거 아무 소용이 없는 정도가 아니라 오히려 당장 독이 되거나 훗날 고통이 되거나 대부분의 경우 그 둘 다이다.

요절이 아니라면, 사람은 제 삶의 후반부가 빛나야 한다. (2015. 6. 14)

옳은 체념

만약 옳은 일이란 것이 존재한다면.

옳은 일을 할 때 외롭지 않다는 소리는 하지 말자.

오늘, 그런 것을 느낀다. (2015. 6. 15)

묵상 중의 쓸쓸함

새벽에 날이 밝자마자 임금은 일어나 서둘러 사자 굴로 갔다. 다니엘이 있는 굴 가까이 이르러, 그는 슬픈 목소리로 다니엘에게 외쳤다. "살아 계신 하나님의 종 다니엘아, 네가 성실히 섬기는 너의 하나님께서 너를 사자들에게서 구해내실 수 있었느냐?" —『다니엘서』 6장 20-21절.

새삼 이런 것을 느낀다. 강력한 플롯이라는 것은 결국 저토록 악랄하기 그지없는 폭력과 불합리를 담담히 돌파해야만 하는 것이로구나. 그래서 그럴 듯한 이야기는 스스로 무너지지 않기 위해 음으로든 양으로든 신을 필요로 하는 것이로구나. 나는 소설가가 아니어라. 나의 직업은 이적기사異跡奇事로다. 세상이여, 사자 굴이여.

기어코 그곳에 나를 처넣고 시험하는 임금과 신의 협잡, 내 사랑이여. (2015. 9. 8)

본모습

병을 앓고 나서 남은

알량하고 척박한 이것이

나의 본모습이다.

그러니, 억울해하지 말고

오직 다시 시작할 뿐. (2015. 10. 9)

일말의 양심

나는 여한이 없다.

너무 많은 것들을 가졌고

너무 많이 누렸다.

이미 적게 산 것도 아니다.

그러므로

남은 인생 그 어떤 고통 가운데서도

생산적이 될 것이다. (2015. 10. 19)

바른 말을 사용합시다

양아치가 양아치를 이용해 양아치를 치면서

이이제이以夷制夷, "오랑캐로 다른 오랑캐를 친다"를 들먹이는 것은

오랑캐에 대한 모독은 물론이요,

양치기 소년에 대한 인권유린이다. (2015. 11. 4)

신문맹인新文盲人들의 나라

글자를 안다고 하는 자들이

문장을 모른다.

그러면서도 모르는 게 없다고 생각한다.

이 나라는 무식이 권력이다. (2015. 12. 16)

어느 노인을 위한 한 줄

젊은이들을 노예로 만드는 노인은 곱게 죽어서는 안 된다. (2015. 12. 16)

어떤 노인을 위한 나라에서의 전술戰術

나는 인생이 짧다는 생각 절대로 안 한다. 낙천적이어서가 아니다. 그래가지고서는 젊은이들을 노예로 만든 그 늙은 권력자를 절대로 쓰러뜨릴 수 없기 때문이다.

(2015. 12. 16)

기괴

1999년의 마지막 날, 나는 시인 함성호와 밤새워 아침까지 술을 마셨다. 그리고 어제, 2015년의 마지막 날. 나는 영화평론가 김봉석과 밤 9시쯤에 만나 자정을 한참 넘겨서까지 술을 마셨다. 이 메모를 정리하면서 깨달은 건데, 전자와 후자의 경우 모두, 우리는 "새해에 복 많이 받으라"는 식의 말은 단 한 마디도 나누지 않은 채 그 긴 시간을 멍하게 놀다가 헤어졌다.

곰곰이 생각해보니, 기괴奇怪하다. (2016. 1. 1)

나의 서사이론

불통은 코미디의 본령이고

소통은 비극의 틀이다.

버릴 게 없다.

아닌 것 같지만, 곰곰이 따져보면

제대로 구축되고 잘 표현된 것들은 다 그렇다.

소통이 슬프고

불통이 웃긴다.

그 어떤 것이라도, 글을 쓰는 자에게 인생과 세계는

미학이다. (2016. 1. 19)

고통이라는 거울

멀쩡하다가도 낮이거나 밤이거나 길을 걷다가 문득, 지나온 인생의 어느 기억 때문에 미쳐버릴 것만 같은 순간이 있다. 마음의 심장마비 같은 것. 나는 나에 대해 아무런 기대를 가지지 않아야 살아갈 수 있는 사람이다. 오로지 해야 할 일들만 차곡차곡 해내고 미련 없이 사라지자. 그것만이 내 삶에 대한 나의 신앙이자 구원이니. (2016. 2. 2)

약속

나는 너희들이 밉지 않다.

나는 너희들이 싫다.

증오와 혐오는 다르다.
적개심과 환멸은 다르다.

나는 너희들이 싫어서,
여기서는 죽지 않겠다. (2016. 2. 25)

인간이라는 것

요즘이야 서점에 가는 일 자체가 드물지만. 어쩌다 가게 됐을 때, 최근에 죽은 누군가의 책이 특별 코너에 잔뜩 쌓여 마케팅되고 있는 것을 보면 어쩐지 좀 쓸쓸하다. 그가 살아 있을 적에도 그의 책이 잘 팔렸든 그렇지 않았든 간에. 작가에게 죽음은 마지막 상품성이다. 그나마도 사용돼지 못한 채 시간 속의 재가 돼버리는 작가들이 거의 대부분이지만. 그런데 알고 보면 사실, 비단 서점 안에서뿐만이 아니라, 이 세상에는 죽은 자의 책들이 산 자들의 책들보다 비교할 수 없이 많다. 죽은 자들은 그런 방식으로 우리 주변에 살아 있다. 아직도 아우성이다.

인간이라는 것, 이 얼마나 끈질긴 것이냐. (2016. 2. 27)

부처의 무武

고타마 싯다르타 석가모니 부처는 무지無知와 무명無明이 죄업을 생산하는 공장이라고 보았다.

불교의 입장에서는, 제 죄를 알고 그 죄를 짓는 자가

제 죄를 모르고 그 죄를 짓는 자보다 훨씬 낫다.

왜냐하면 모르고 죄를 짓는 자는 계속해서 죄를 짓지만

알고 죄를 짓는 자는 죄짓는 것을 멈출 가능성이 더 높기 때문이다.

불교는 말한다.

"무지한 자, 잘못된 앎에 휩싸여 어두운 자가 가장 악하다."

평소에 나는 이것을 그저 종교적, 철학적 의미로만 받아들였던 것 같다.

역사와 속세를 공부하면 할수록 분명해지는 것은,

"무지한 자, 잘못된 앎에 휩싸여 어두운 자와 그 집단이 가장 약하다."

부처의 지혜는 허무의 가르침 곧 무도無道가 아니라,

가장 강력한 무력武力이다.

한 손에는 병법兵法을, 한손에는 불법佛法을 들고서 어마어마한 적과 싸워보면 자

연히 알게 될 것이다. (2016. 3. 3)

조지 오웰

에릭 아서 블레어Eric Arthur Blair, 그러니까 조지 오웰George Orwell의 생일은 6월 25일이다.

그는 스페인 내전의 의용군이었다.

조지 오웰의 출생에는 내전과 국제전이 함께 스며있다.

작가는, 내전과 국제전을 유전자로 가지고 있는 자이다. (2016. 3. 7)

해로

어느덧 선한 자들은 다 떠나버리고 악한 자들만이 남아 이렇게 서로 해로偕老하고 있구나. 형제여, 두려워 마라. 이곳은 이미 더 나빠질 것이 없느니라. (2016. 3. 9)

결심

항상 죽음을 친구처럼 여기면서 살아야지.

항상. (2016. 3. 10)

로봇 명상

인간이 괴로워봤자 대충 80년이다.

인간이 즐거워 봤자, 그 대충 80년 가운데 아주 적은 일부분이다.

그런 인간들이 삶과 죽음을 모르는 로봇을 만든다.

자아가 없으니 애초부터 끝까지 죄의식과 고통이 없는,

그리스도와 보리수와 가부좌가 필요 없는 로봇붓다.

인간은 노동과 욕망 때문에 로봇을 창조하고 발전시키는 게 아니다.

그러는 인간의 무의식 속에는

신에 대한 질투와 해탈에 대한 종교적 자위가 숨어 있다. (2016. 4. 2)

체념

긴 세월의 끝에서. 그러니까 자신의 인생의 끝에서. 아이러니를 이겨낼 수 있는 사람이야말로 진정한 강자일 것이다.

근데, 오래 산 사람치고 그런 사람이 어디 있겠나?

그런 사람이 어디 있겠어? (2016. 4. 4)

애련哀憐

인간사에 정치가 아닌 것이 없으니, 세상아, 지옥이구나. (2016. 4. 5)

양심의 현상학

간밤 술에 취해 필름이 끊겨 성호 형에게 아래와 같은 문자를 보냈다는 것을 오늘 정오가 넘어서야 내 핸드폰을 보고 알게 되었다.

"흔들리는 인간들을 지켜보면서. 그 흔들림이 완전하지 않은 꼴을 몰래 경멸하는 그 고약한 '관찰'과 '연구'를 즉시 중단하시오."

나한테 할 말을 남한테 잘도 하는구나. (2016. 4. 10)

음악

황폐해지니까, 음악이 잘 들리는구나. (2016. 4. 11)

권투의 가르침

잽을 많이 맞으면 결국 누구든 맛이 가게 돼 있다. 스트레이트, 어퍼컷, 훅보다 무서운 게 잽이다. 오른손잡이의 오른손 공격보다 무서운 게 오른손잡이의 왼손 공격이다. 오른손잡이가 오른손에 부상을 입어 불편할 때 억지로 왼손을 많이 썼는데 의외로 쉽게 이기는 경우가 종종 있는 것은 그래서이다. 권투는 주먹보다는 다리의 운동이다. 정칙을 무한 반복해 형식이 감각으로 무르익으면 어느덧 정칙은 변칙으로 진화하고 그 변칙은 정칙을 이긴다.

세상 모든 강자들이 그러한 것처럼, 강한 권투는 역易이다. (2016. 4. 15)

몽매蒙昧

철학이란 그 어떤 경우에도 사는 재미를 잃지 않는 것.

종교란 죽음을 도구로 삼아 생의 의미를 잃지 않는 것.

이념이란 고통과 죄를 감수하고서 분노해 이루려는 것. (2016. 4. 18)

예외 없음

6개월 시한부 인생을 살고 있다는 누군가에 관한 신문기사를 보았다.

시한부 인생이 아닌 인간이 어디 있을까.

사실은 우리가 이것 하나만 잊지 않아도 종교가 필요 없지.

종교의 본질은 죽음이니까.

인간은 태어나는 그 순간부터 사형수다. (2016. 4. 20)

환幻

얼마 전에는 한 케이블TV 채널에서, 고故 남경태 선생이 진행하는 역사교육 프로그램을 우연히 보았다. 불현듯 오래전 간암으로 갑자기, 그리고 조용히 유명을 달리했던 문학평론가 이성욱 형 생각이 났다. 이 세상 사람이 아닌 그도 언젠가 EBS TV에 나와서 버젓이 강의하는 것을 본 적이 있었던 것이다.

대체 무엇을 삶이라고 부를 것인가. 실체와 물질이 믿기지 않아 두렵다.

마음에서 죽어 있으면 죽은 것이요, 마음에서 살아 있으면 살아 있는 것인가. 그렇다면 마음이란 무엇인가. 나는 너무나 많은 자들을 죽였고 또 너무나 많은 자들이 나를 죽였다. 마음속에서 우리는 모두가 살인자고 시체다.

삶을 미신으로 만들어버릴 수는 없다고 종종 이를 악물며 다짐하다가도, 이런 때면 어쩔 수 없이 삶이란 원래 미신 그 자체라는 생각이 들고 마는 것이다.

(2016. 4. 24)

모든 사랑

너무 늙어버려 약해진 토토 때문에 마음이 안 좋다.

애잔함이 고통보다 더 괴롭다.

대충 일을 마무리하고 어서 집으로 돌아가서 안아줘야겠다.

모든 사랑의 요약은 결국,

'마음을 강하게 먹는 것'이다. (2016. 4. 28)

고독의 의미

고독은 외로움과 동의어가 아니다.

고독은 공장工場이다. 일은 어디서든 고독 속에서 하는 것이다. 고독은 종교다. 하나님은 천당이 아니라 고독 속에서 만나는 것이다. 고독이야말로 십자가에 못 박혀 죽은 뒤 사흘 만에 부활한 예수 그리스도다. 고독은 진리다. 붓다는 고독 속에 가부좌를 틀고 앉아 설법說法을 시작한다. 고독은 해탈의 유일한 길이다. 아픔이 아니라 평화다.

고독이 명장名將이다. 고독하지 못해서 세상에 지는 것이다.

고독은 영혼뿐만이 아니라 몸도 구원한다. 고독 때문에 마음이 병든다고들 하지만, 아니다. 인간은 고독하지 못해서 영혼은 물론 몸까지 망친다. 고독이 치유다. 몸과 영혼은 가만히 있지를 못해서 악화일로를 걷는다. 외로움은 고독과 동의어가 아니다.

고독이 명의名醫다. (2016. 5. 1)

평범한 비결

인간이 동물이라는 사실을 잊지 않으면,

인생과 세상에 대한 괴로운 질문들의 대부분이 사라진다.

절대 아닌 거 같지만, 막상 해보면 신기하게도 그렇다.

인간성이 중요하지 않아 악마 같은 인간이 많은 게 아니다.

영혼이 없는 인간이 많아서 세상이 이 지경인 게 아니다.

역설적이게도, 인간을 잃지 않으려면, 명심해야 한다.

당신과 나는 동물이다. (2016. 5. 2)

해골

몸이 아파서 병원에 갔다.

X-ray를 여러 방 찍었다.

여의사 앞에서 나는 내 해골을 보았다.

저 희고 앙상한 뼈다귀가 그 온갖 흉한 생각들과 허망한 욕심들로 가득 차 있다니 도무지 믿기지 않았다.

여의사는 내 몸에 별다른 이상은 없는 것 같다고 진단했다.

나는 마음이 아팠다. (2016. 5. 2)

어둠의 맛

도대체가 이 나라에서는 당위當爲를 말하면 현상現象을 왜곡하며 욕을 해대고 현상을 말하면 당위를 악용하며 멱살을 잡는다. 그리고 당위는 당위로 현상은 현상으로 나누어 논하면 확신에 불타는 표정으로 대뜸 칼을 들이댄다. 이 나라에서는 일단 무조건 사납지 않으면, 아무도 살아남지 못하고 아무것도 남아나질 않는다. 이 나라에서 힘이라는 것은 필요와 상징과 은유가 아니라 정말로 폭력을 가리킨다. 무지와 증오가 이념인 이 나라에서 안전한 것은 어떤 분야에서든 광신도들뿐이다. (2016. 5. 3)

지옥의 찌라시

지식인이나 예술가가 권력자에게 사상검열당하는 국가는 그래도 희망이 있다.

그러나.

지식인이나 예술가가 대중에게 사상검열당하는 국가는 절망적이다.

그런데.

지식인이나 예술가가 다른 지식인이나 예술가 들에게 사상검열당하는 국가는 '절망'이다. (2016. 5. 5)

진실한 대화

내가 내 '옆사람'인 영화평론가 김봉석에게 이렇게 말했다.

"형. 난 둘리야."

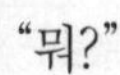

"뭐?"

"난 내가 둘리 같아."

"그러니까. 만날 옆에 있는 사람들이 힘들지."

"왜?"

"만날 사고를 치니까."

"둘리가 얼마나 불쌍하냐."

"둘리가 뭐가 불쌍하냐. 고길동이 불쌍하지."

콧수염을 기른 고길동이 꼬리가 없는 둘리에게 그렇게 말하고 있었다. (2016. 5. 10)

주문呪文

매일매일 같은 일 속에서 새로운 일을 시작하는 것은 당연하다. 이상한 말이지만, 어제와 내일의 새로운 오늘. 납득할 수 없는 인생을 이겨내기 위한 유일한 길.

(2016. 5. 13)

구덩이

대한민국에서는 '소위' 좌파니 '소위' 우파니 하는 정치싸움의 구덩이 속으로 말려들면 그 어떤 옳은 일이든 일거에 똥으로 변해버린다.

이것을 명심해 대비하지 못하면, 이 더러운 법칙을 경계하는 것에 소홀하면, 그 어떤 사회운동도 제대로 된 길을 갈 수 없다.

이것은 전략이 아니다. 불가능에 대한 저항이자 지옥 속에서의 지혜다.

무섭다기보다는, 죽을 만큼 피곤한 나라다. (2016. 5. 14)

통증

자신의 직업적 불성실이 사실을 왜곡하고 있다는 사실을 (일부러) 모르고 자신이 성실해야만 하는 그 직업의 영역을 끊임없이 모욕하는 자를 보고 있으면 마음이 정말 안 좋다. (2016. 5. 14)

암초暗礁

가령, 해석의 여지가 상당히 복잡하고 난해하며 부분적으로는 불가해한 어떤 영화 한 편이 있다고 치자. 그런데 대중이 그것을 장르적인 측면에서만 접근해 기호화하는 태도에는 꽤 다양한 이유들이 있을 수 있겠지만, 사실 그 안을 깊이 들여다보면, 거기에는, 저 스크린 안의 등장인물들이 겪고 있는 일들이란 스크린 밖의 자신들과는 전혀 상관이 없는 별나라의 이야기일 뿐이라는 한계의 심리가 독보적으로 자리하고 있다. 따라서 지금 '그런' 당신들이 상징이라고 믿고 있는 그것은 상징이 아니라 코드일 뿐이다. 그리고 지금 '그런' 당신들이 매혹 당하고 있는 그 플롯은 사실은 플롯이 아니라 영화적 문체의 그물이다. 지금 '그런' 당신들이 어리둥절한 나머지 장르라는 주물 안에 넣어 찍어내려는 붕어 없는 붕어빵은 비과학적인 장면들이 수놓은 아수라장이 아니라, 과학보다 수억 배는 더 멀고 크며 촘촘한 연기(緣起)의 바탕을 두고 있는 혼돈이라는 기계다. 결단코 당신은 그 지옥의 관객이나 배우가 아니라, 리얼한 당사자인 것이다. 그런데 그렇지 않다고 착각하는 사람들이 많은 사회일수록 전체와 폭력에 노출되기가 매우 쉽다. (2016. 5. 15)

농담

인간들의 말도 안 되는 기도들에 시달리다가 그만 병이 들어버려, 하나님은 이 지긋지긋한 지구에서 아예 저 먼 별나라로 이민을 가버리셨다. 우리가 불행할 때 밤하늘의 별들을 올려다보고 알 수 없이 눈시울이 뜨거워지는 것은 그 때문이다.

(2016. 5. 16)

악한 자여, 그대의 이름은

아버지를 아버지라고 부르지 못하고 형을 형이라고 부르지 못하는 것까지야 그렇다고 치자. 그런 사회는 인간을 비굴하게 만드는 사회이므로 개혁하면 되니까. 그러나 똥을 똥이라고 부르지 못하고 또 그런 말을 하려면 그 똥을 찍어먹으라고 강요하는 사회, 더 나아가 그 빤한 똥이 당연히 똥인 것을 과학적으로 증명하자면서 안개를 뿌리는 사회는 비굴해진 자신을 인식조차 못하게 만드는 사회이므로 완전한 절망밖에는 희망의 방법이 없다. 이곳은 그런 논쟁들의 지옥이다. 똥을 똥이라고 부를 수 있는 것도 쉬운 일은 아니다. (2016. 5. 17)

진실

겁이 많은 인간만이, 다 죽이고 싶어 한다. (2016. 5. 18)

고맙습니다

몰락과 나락 속에서 곁에 있던 모두가 떠나버리고
아무도 찾아주지 않는 시절을 견디고 치유해
다시 지상으로 기어 올라와 두 발로 서봤던 사람은
그것이 무엇이든 할 일이 있다는 것이
얼마나 큰 축복인지를 알게 되는 선물을 얻는다.

당신이 정말 아무것도 아니라면, 누구도 당신을 괴롭혀 주지조차 않는다.

오늘도 저는 다시 일어났습니다.
소임을 주셔서, 고맙습니다. (2016. 5. 19)

시인의 가난

시인이 시만으로 가난하지 않은 적이 있었나? 단 한 편의 시라도 더 사랑받고 이해받기를 바란 적은 있어도 시집이 많이 팔리는 세상이 아름다운 세상이라고 생각한 적은 단 한 번도 없다. 가난은 가난일 뿐 시를 쓰고 안 쓰고 와는 정작 세심히 따져보면 별 상관이 없다. 시인이 부자이거나 거지이거나, 그것은 그의 생활일 뿐이다. 그리고 누군가 시인이라는 사실은 그 누군가의 인생의 모든 의미일지언정 그 누군가의 생활의 일부분일 뿐이다. 생활은 수억 갈래 온갖 연기緣起들의 총합이다. 너무 복잡해서 그 본색을 가려내기가 굉장히 힘들다. 시인은 시인이기 때문에 부자이거나 거지인 것이 아니라, 시인이면서 부자이거나 거지이거나 그럭저럭 살아가는 사람인 것이다. 여기에는 냉정한 현실에 앞서 솔직한 자각이 필요하다. 사막은 황량하다. 그리고 황량하지 않은 사막은 없다. 황량한 사막도 때로는 아름다울 뿐이다. 시인의 가난을 시와 일방적으로 연결시키는 일이 얼마나 감상적인 판타지이며 더 중요한 문제점과 심각한 모순 들을 외면하는 태도인지 가난해도 계속해서 좋은 시를 써내는 시인과 문학을 진실로 존중하는 사회는 안다. (2016. 5. 20)

연민

가지면 조롱당하는 거 같고.

외면하면 타락한 것만 같고.

옳지도 그르지도 않은 괴로움. (2016. 5. 20)

교미交尾

사람은 이미 형체를 가지고 있는데, 이것은 '나'라고 한다. 온 사방에 펼쳐져 있는 온갖 존재[萬有]를 '물物'이라고 한다. 나의 눈과 귀로써 물을 보고 들으면 이것은 내가 보고 듣는 것이지, 물이 보고 듣는 것이 아니다. 그러므로 내가 무엇에 가리워지거나 염착染着함이 있으면 올바르게 보고 들을 수 없다. 설령 올바르게 보고 들었더라도 자신할 수 없다. 그러니 모름지기 다른 사람이 보고 들은 것을 가지고, 내가 보고 들은 것을 참작하여 우열을 비교해서 올바른 것을 찾으면, 이것이 물아시청物我視聽이 된다. 그러나 이것 또한 돈독하게 믿기가 어려우니, 반드시 천인운화天人運化의 기氣를 보고 들음의 대상으로 여길 것이다. 이렇게 되면 만물이 일관되고 물아物我를 모두 잊게 될 것이니, 보고 듣는 것이 이에 이른다면 이것이 곧 신통한 눈이요, 영험한 귀이다. — 혜강 최한기, 《기학氣學》에서

"문인은 세상의 적이다." — 샤를 보들레르

(2016. 5. 22)

혼잣말

사람을 비굴하게 만드는 관습과 제도는 개혁되거나 폐기되어야 한다.

하물며.

예술가를 비굴하게 만드는 관습과 제도는 말해 뭣하랴. (2016. 5. 24)

리얼리즘

사람은 사람의 마음속에 있는 것이다.

그가 살아 있든 죽었든.

그가 누구든. 어디서 무얼 하고 있든.

사람은 사람의 마음속에 없으면 없는 것이다.

내가 살아 있든 죽었든.

내가 누구든. 어디서 무얼 하고 있든. (2016. 5. 25)

어느 나라에서의 정치적 요점

나는 새 세상을 만들겠다고 외치는 자들을 믿지 않는다.

나는 공존을 논하고 약속하는 자들도 믿지 않는다.

나는 공멸이 걱정돼 잠 못 이루는 자들을 지지하겠다.

이미 이곳은 그럴 수밖에 없고, 앞으로는 더 그래야만 할 곳이다. (2016. 5. 25)

구멍 속의 진흙탕

산림을 보호는 "나무를 심자"는 캠페인으로 성취되는 것이 아니다. 역설적이게도, 산업이 발전해 나무를 대체할 연료들이 충분할 때 산림은 보호되고 양육된다.

우리가 분노하고 있는 사회문제들에는 이런 비유가 딱 들어맞는 '밑 빠진 독'들이 의외로 대부분이다.

사람들은 구멍을 막지 아니하고 그 구멍에 빠지면서 서로를 증오한다. (2016. 5. 27)

두 가지

인생은 두 가지만 생각하면 된다.

아직 살아 있는가?
그러니 계속 살아 있으면 된다.

죽었는가?
만약 그렇다면 이러한 생각 자체가 없을 것이다.

때로,

흑백논리는 우리를 구원하는 선善이자 선禪이다. (2016. 5. 28)

문화평론가

평소 예술인들이 가난한 것에 대하여 당연하다거나 혹은 그 반대로 억울한 일이라고 생각해본 적 없다. 행여나 그런 생각이 들려고 할 적마다 그건 어리석음일 뿐이라고 스스로에게 경고한 적은 있어도. 예술인들의 가난은 예나 지금이나 결코 특별한 일이 아니고, 무엇보다 스스로 선택한 길에서 벌어진 상황이니 자랑도 부끄러움도 아닌 그저 한 개인의 성격을 이루는 삶인 것이다. 다만 예술가가 생전에 자신의 예술로 명예는 물론 부까지 누린다면야 축하할 따름.

정치 당파싸움의 타짜로 살다보면 가끔은(사실은 너무 자주이지만 아무튼) 개소리를 지껄일 수 있다고 본다. 원래 그런 바닥에서 거의 다들 그러는데 말리기도 성가신 노릇이고.

그러나. 좌파니 우파니 하며 화투판 같은 세상에서 왈왈대는 거 말고도 문화를 비평하는 게 업이라는 이가, 고호 정도 말고는 예술가들이 고통스럽게 작업하지 않고 다 잘 먹고 잘 살았으며 지금도 그러하다고 떠들면서 사람과 예술을 비굴하게 만드는 악덕과 사기 수준의 관례 같지도 않은 관례를 옹호하는 건, 그가 그토록 경멸한다는 이 나라의 재벌 3세들도 안 하는 짓이다. (2016. 5. 29)

소심한 비유

원효 대사가 요석 공주랑 자고 나서 설총을 낳았다 해서, 출가한 모든 승려들이 여인이랑 몸을 섞은 뒤 애 아버지가 돼도 오케이라고 주장하는 건, 적어도 종교적으로는, 너무 뻔뻔하고 야만적이다.

예술도 마찬가지. (2016. 5. 29)

술에 관하여

덕분에 얻은 것들도 많지만 반면 잃어버린 것들도 많다. 지금까지는 그렇다 치더라도, 나의 나머지 인생이 너무 아깝다. 죽기 전에 해야 할 일들이 너무 많다.

후회 없이 어리석어본 인간은 결국 평안과 보람을 원한다.

그것이 불완전한 인간의 권리다.

나의 권리다. (2016. 5. 30)

고독은 나의 힘

한 인간이 자신의 한 세상을 관통하고 사라지기까지

그리 많은 노래들이 필요한 게 아니다.

홀로 아무도 모르게 중얼거릴 수 있는

노래 같지도 않은 노래 하나면 충분하다.

염불처럼,

주문呪文처럼,

나로서는 하나밖에는 없는

이 몸뚱이처럼. (2016. 5. 31)

참선요지參禪要旨

사악한 적을 상대할 때 가장 중요한 것은
당연히 힘이다. 그들보다 강력한 폭력을 소유하고 있어야
그 더러운 적의 준동을 막을 수 있고
오히려 폭력을 사용하지 않을 수 있다.
이것을 무武라고 이른다.

사악한 적을 상대할 때 그 다음으로 중요한 것은
그들을 부끄럽게 만드는 수준과 태도다. 그래야 그 더러운 적이
더욱 강력해지는 것을 막을 수 있고,
오히려 우리 자신의 영혼이 파괴되지 않을 수 있다.
이것은 문文이라고 이른다.

명분을 갖추고 절차에 따라 불의한 적을 응징하거나 분쇄하는 것, 이것이 문무文武다.

대중의 사회적 행실은 현실에서만 끝나는 것이 아니라 스스로 과거가 됨으로써 미래에 기록된다. 그리고 그것은 미래의 현재에 영향을 행사하는 사회적 유전자로 각인되게 마련이다.

적에게 나는 두려운 존재여야 한다. 그러나
적과 싸우다가 적을 닮아버려서는 안 된다.

만약 그렇게 된다면, 우리는 문과 무를 잃게 되고,
한번 그렇게 돼버린 사회를 치유해 재건하는 데에는 몇 세대가 더 걸릴 수 있다.

그 더러운 적들이 가장 바라는 것은, 우리가 그들과 비슷해지는 것이다. (2016. 6. 1)

소망

노예제도를 폐지시키고 싶다.

사회인으로서의 소망이 있다면,

그것뿐이다. (2016. 6. 3)

우리는

노환에 곡기를 끊고 죽으려 드는 토토에게.

지난 2주일간 온갖 맛있는 것들을 뒤섞고 빻아서 버무린 특식을 나무숟가락으로 떠먹이고 있다.

토토는 치매다.

머리를 이상하게 흔들고, 정처 없이 헤매며, 어두운 구석으로 처박히듯 들어갔다가는, 이윽고 함정과 늪에 빠진 것처럼 되돌아 나오질 못한다.

아주 작은 늙은이가 나의 아들이라는 게 너무 이상하다.

병간호에 오늘은 내가 병이 났다.

단 하루라도 더 내 곁에 있어만 준다면 나는,

그 단 하루만큼 더 용기 있는 사람이 될 수 있을 것이다.

꼭 끌어안고 있는 우리는,

겁쟁이가 아니다. (2016. 6. 3)

반대한다

너를 용서한다고 생각하면 이미 진 것이다.

억하심정은 불편해서 소지하지 않는다.

용서에 반대한다. 용서는 무서운 감정이다. (2016. 6. 4)

법률적 의무로서의 즐거움

괴로움은 도벽과 같다.

착하게 살자. (2016. 6. 4)

독감

감기만 걸려도 앓아누워서 만사를 중단하게 되는 게 한낱 인간이구나.

숲과 도시의 짐승처럼 사냥당하지 않으려 어디 숨어들 한 줌의 어둠조차 없다.

자신의 몸을 귀찮아하지 않아야 한다.

자신의 몸을 혐오하지 말아야 한다.

자신의 몸을 귀찮아하지 않는 자가 타인을 무시하지 않는다.

자신의 몸을 혐오하지 않는 자가 타인을 공격하지 않는다.

나무아미타불 관세음보살, 아멘. (2016. 6. 5)

사도신경使徒信經

모든 분야와 정파에서 신성모독은 폐지되어야 한다.

이것은 실증 안에서 진리를 발견하고 자신의 과오를 커밍아웃하는 자유인끼리의 합의다.

진영논리는 인간의 뇌와 심장에 생기는 가장 악랄하고 야비한 질병이다.

(2016. 6. 6)

어떤 사람

오늘부터는 토토에게 기저귀를 채워주었다.

태어난 지 석 달 된 강아지였을 적에도 채우지 않았던 기저귀.

토토는 다시 어려진 게 아니라 내가 모르는 어떤 사람이 된 것 같다.

나는 슬프기 직전에서 생각을 멈추고 행동하기 위해 노력 중이다.

쓸데없는 질문보다는 그것이 강해지는 훈련에 가깝기 때문이다.

사실 우리가 살아가는 데에는 그다지 많은 대화가 필요 없다. (2016. 6. 7)

어둠

후회가 없을 수 없는 것이 인생이다.

어쩌다 보니 나는 스무 살 무렵부터 작가였다.

나는 작가란 당연히 글을 잘 쓰는 사람이라고 믿었고 그러니까 당연히

나도 그런 사람이어야 하고, 또 그래서 당연히 그런 사람이라고 생각했다.

26년가량이 흐른 지금, 솔직히 나는 작가란 무엇인지 잘 모르겠고 부끄러운 소리지만 솔직히 때로는 대체 뭐가 잘 쓴 글인지조차 모르겠다.

다만. 한 인간으로서 자신이 보고 듣고 체험한 어둠에 대한 성실한 기록자가 되는 것만도 얼마나 힘든 일인지는 안다.

더구나 그는 자신 안의 어둠에 대한 기록까지 빼놓아선 안 된다. 사실은 그게 가장 중요하지.

빛은 어둠을 기록하다보면 자연히 드러나게 돼 있다. 어둠의 나머지가 빛이기 때문이다. 당연하다.

빛으로 어둠을 기록할 수는 없다. 그러는 순간, 기록해야만 하는 어둠은 사라져버리니까.

어둠은 보석처럼 소중하다. 당연하든 당연하지 않든, 잘 간직하고 있어야 한다.

어쩌면 이것이 내가 작가라는 인생에 대해 알고 있는 전부일는지 모른다.

(2016. 6. 8)

토토

오늘 밤

나의 토토가

나를

이곳에 남겨두고

무지개다리를 건너갔다. (2016. 7. 1)

자유로부터의 당부

자본주의 사회에서 누군가로부터 경제적으로든 정신적으로든 별 달리 물려받은 것이 없는 한 사람이 부당한 수단을 사용하지 않고 경제적으로도 정신적으로도 비교적 매우 자유롭게 살고 있다면, 그를 부러워하거나 이상하게 보기 전에 그가 얼마나 혹독한 대가를 치르며 자신의 그러한 자유를 가능하게 하고 있는지를 알아야 한다.

무엇보다, 자신이 누구인지 똑바로 마주하고 살아가야만 하는 진정한 자유의 조건이 얼마나 까다롭고 괴로운 일인가를.

공짜는 없다. 자유도 마찬가지다.

그러니, 남의 자유를 마냥 부러워하거나 오로지 이상하게 보는 것은 무지이거나 도벽에 가깝다. (2016. 8. 1)

공부에 대한 단상

세상의 혼돈 앞에서는 숨이 막히듯 말문이 막힌다. 그리고 그 혼돈을 견뎌내느라 날이 갈수록 강퍅해지고 잔인해지고 사나워지는 사람들 앞에서 다름 아닌 나 자신을 본다. 만약 공부라는 것이 있다면, 공부란 그 반대편으로 걸어가려는 안간힘일 것이다. 이것이 공부의 시작이거나 공부의 전체가 될 수는 없겠지. 그러나 공부의 중간 점검 정도는 될 것이다.

그릇된 공부는 때려치워야 한다. (2016. 8. 7)

염치

내가 나 자신에 대해 실망하는 것도 버릇이고 질병이 될 때가 있다. 남은 인생을 계속 이런 식으로 반성이나 일삼으면서 살아야 한다는 생각이 지독한 물질적 악몽으로 덮쳐올 때 사랑할 수도 미워할 수도 없는 침묵이 찾아온다. 그리고 어쨌든 거기부터 다시 시작하는 수밖에는 없다. 다만, 이것만이라도 명심하자.

염치는 내가 나에게 지켜야 하는 것이다. (2016. 8. 9)

이별 너머의 이별

절에서는 5만 원 정도를 지불하면 짐승에게도 천도재를 지내준다.

8월 18일은 토토가 내 곁을 떠난 지 49일째 되는 날이다.

스님은 8월 17일에 있을 천도재가 사람들 천도재 가운데 큰 행사이니 그날 함께 보내줘도 좋을 것이라고 했다.

나는 고개를 끄덕였다. (2016. 8. 12)

사랑과 청춘

이 전대미문의 폭염 속에서도, 횡단보도에서 내 쪽으로 마주 걸어오는 저 젊고 수수한 연인은 꼭 잡은 서로의 뜨거운 손을 절대 놓지 않으며 대체 뭐가 그렇게 즐거운지 연신 깔깔거리고 있다. 마치 이 세상 모든 불행더러 엿이나 먹으라는 듯이.

하긴. 그런 것이지, 사랑이란. 그리고 청춘이란.

너무 오래 잊고 있었기에 전생 같다.

감히 함부로 아무나 위로하지 말자. (2016. 8. 13)

안 믿는다

내일 오전 10시.

토토 천도재.

사실은 그런 거 안 믿는다.

죽고 나서 뭐가 있는지 아는 사람이 어디 있나?

다 살아 있는 헛것들이 저 좋겠다고 만든 형식이지.

죽음 다음 가지고 사기 치는 게 젤 쉽지.

왜?

죽었다가 살아 돌아온 새끼가 한 새끼도 없거든.

그냥. 눈 좀 감고 있다가 올 거다.

우린, 헤어지지 않는다, 토토. (2016. 8. 16)

천도재薦度齋

네가 있게 되는 곳이 다시 이 세상이든 아니면 정말로 무지개다리 건너편이든 간에. 그 어떤 곳보다 가장 좋은 곳이라고 믿을게.

아빠는 여기서 꼭 해내야만 하는 일들이 아직 몇 가지 남아 있어. 만약 그것들이 뜻깊은 일들이라면 그 어떤 어려움 속에서도 반드시 이룰 수 있게 도와다오.

네가 있을 곳에 나도 있을 자격이 없다는 것이 두렵지만,

토토. 내 일생 가장 아름다운 인연. 그 어떤 인간보다 순수한 내 친구야. 사랑한다.

잊지 않을게. 너도 잊지 마.

다시 만나자. (2016. 8. 17)

전신거울

토토 아주 떠난 날. 낮부터 취해 엉망이 됐구나. 새벽에 깨어서 나와 마주하니. 이 세상에 근엄한 일이란 아무것도 없다.

엉망.

고요.

그러니, 하나둘씩, 처음부터 다시 시작하자. (2016. 8. 18)

나

명상하고, 기도한다.

육신을 재건한다.

해야 할 것은 하고. 하지 않아야 할 것은 안 한다.

새로운 길이 보일 것이다.

조금 뒤가 아니라, 지금

가자. (2016. 8. 19)

진실한 말

헤어지는 것과 잊는 것이 힘들어서 만날 수 없다는 그 말은.

진실한 말이다. (2016. 8. 19)

토토야

세상 사람들이 말이야, 토토야.

서로 다 죽이려고 사는 거 같아.

아빠가. 너무 취했다.

미안. (2016. 8. 19)

시대

교회와 군주가 악마이던 시대가 있었다.

자본주의와 공산주의가 악마이던 시대도 있었다.

이제는,

종교와 이념과 대중이 다 악마다.

이 시대, 세상에는 악마이면서도 자신이 악마가 아니라고 믿게 된 악마들로 가득하다.

나도 그렇다. (2016. 8. 20)

인간

우리 인간들에게는 인간이라는 것에 대해 과신하는 정말이지 어이없이 못된 버릇이 있다.

인간이 저지르는 모든 비극은 대부분 여기서 나오고, 그 참상의 폭과 정도가 크고 심할수록 더욱 그러하다.

이 말이 사실인지 아닌지 알고 싶다면,

인간이 뭔지 알고 싶다면,

더도 덜도 말고 지금 즉시

유기견보호소에 가보면 된다.

거기에 인간의 맨얼굴이 있을 것이다.

우리가 인간으로서 뭔가를 논할 때는, 그게 대체 뭐든, 이걸 알고 있는 게 기본이 돼야 한다. (2016. 8. 21)

누군가

작은 절망에 시달리던 와중에. 누군가 나의 시를 위해 써서 보내준 긴 글을 오늘 읽었다. 가슴이 시리게 정확하고 눈물이 맺히게 만드는, 아름답지만 그지없이 담백한 글이었다. 승려가 된 그가 지금 어디서 무엇을 하고 있든 간에 그는 여전히 문인이고, 내가 비록 여기서 이러고 있음에도 불구하고 나 역시 결국 문인이라는 사실이 어둠을 밝힌다.

누군가. 나도 그처럼 누군가에게 그러한 '누군가'가 될 수 있을까? 이 세상에서 천대받고 괴로운 붓 하나로?

황폐한 현실 속에서도 형형히 빛나는 선배들의 공덕과 은덕에 새삼 깊이 감사드린다.

나는 용기를 잃지 않고 싶다. (2016. 8. 23)

노예들

타인에게 이런 말을 쉽게 하는 부류들이 있다.

"너는 안 돼. 그건 아무나 할 수 있는 일이 아니거든. 포기해."

그런 사람들을 가만 들여다보면, 저것과 똑같은 말을 스스로에게도 일삼으며 살아가고 있는 자들임을 알게 된다.

언젠가 앵벌이 포주를 인터뷰 한 적이 있다. 나는 앵벌이들이 감시당하는 것도 사슬에 묶여 있는 것도 아닌데 포주의 영역에서 도망치지 않는(못한)다는 사실을 접하고는 엄청난 충격을 받았다. 내가 앵벌이 포주에게 물었다.

"걔들이 왜 당신에게서 도망치지 않는(못한)다고 생각하나요?"

한동안 생각에 잠겼던 앵벌이 포주가 대답했다.

"……모르겠는데."

뭐, 이유야 여러 가지가 있을 수 있겠지.

그러나 분명한 것은, 내가 포주의 노예들이 떠드는 개소리에 흔들릴 리가 없다는 사실이다. (2016. 8. 24)

방문

비바람아 몰아쳐라.

가을이여. (2016. 8. 25)

새로운 시작

끊는 것이 아니다.

강을 건너가버리는 것이다. (2016. 8. 25)

삶

어쩌면 삶은 견디는 것이 전부인지도 모른다.

그러나, 견뎠으므로 밤사이,

거짓말처럼 왔다.

가을이. (2016. 8. 26)

태도

세상의 혼돈을 해석하고 그 행동의 방향을 결정하는 것이 이념이라고 할 때, 사람들은 거기까지만 생각하고 그것의 태도는 별로 상관하지 않는다.

그런데. 사실 이념은 혼돈을 대하는 태도다. 그 태도가 이념의 내용을 채우고 지배한다.

아닌 것 같지만, 사람 대해보면 그렇다.

그게 좌파건 우파든 반려견파든 간에. (2016. 8. 26)

바닥

'바닥'이라는 건 이제 올라가라고 있는 것이다.

당연한 말은 맑은 말이다.

올라가자. 이제. (2016. 8. 27)

이런 말을

함께 토토를 화장시켜주고 집 앞에서 술을 마실 때.

성호 형이 이런 말을 툭, 던졌더랬다.

"노래를 잃지 않아야 해. 노래를. 그게 중요하다."

이미 알고는 있었지만. 온 세상이 미쳐 돌아가는 오늘.

이번에는 내가 나 자신에게 이런 말을 해준다.

"노래를 잃지 않아야 해. 노래를. 그게 중요하다." (2016. 8. 27)

태산

해야 할 일이 태산.

나흘간 한 삽 퍼 나른 뒤 저 태산을 바라본다.

아. 태산은 얼마나 웅장하고 아름다운가.

내가 곱게 미쳤다. (2016. 8. 28)

이처럼

몸무게를 6kg 감량했다.

시원하다.

삶도 이처럼 명확하게 덜어낼 수 있는 것이라면,

그래야 한다. (2016. 8. 30)

새 길

일생에서 최악으로 힘든 원고를 나흘 밤을 새가며 넘긴 뒤.

이틀간 줄기차게 술을 마셨다.

새 길을 가기 위해 다 허물어버렸으니.

떠나자.

새 길이다. (2016. 8. 31)

새벽

세상은 혼돈이고

인생은 허무하나

몸이 있고

영혼도 있다.

끊으면 전진할 수 있고

멈추고 눈을 감으면 다 볼 수 있다.

치료해야겠다. 강해지고 구별하자.

나의 것이 아닌 것들은

가지지도 만나지도 않는다.

침잠沈潛해야겠다. (2016. 9. 1)

옳은 것

누군가는 반려견을 다시 입양하라고 권하던데. 다시 이별하는 것이 너무 두려워 엄두가 나질 않는다.

얻은 것이 있으면 잃을 것이 있다는 게 삶이라지만, 무엇이 옳은 것인지 알 수 없는 게 그 이전의 삶인 것 같다. (2016. 9. 1)

우리들의 지하

지하철 스크린도어에 박혀 있는 시들을 억지로 보게 되는 게 너무 고통스럽다. 좋은 시가 좋은 시인 것은 사실이겠지. 그러나 안 좋은 시는 안 좋은 그 어떤 것들이 안 좋은 것 이상으로 안 좋은 법이다.

어떤 선의는 분명한 최악의 결과를 가져온다.

정치인과 행정가 들이 문화를 가지고 자꾸 뭔가를 설계하려고 하지 않길 바란다.

미움보다 혐오가 더 괴롭다.

우리들의 지하에는 지하와 기차만 있었으면 한다.

오물이 묻어 있지 않은 지하철이 깨끗한 지하철이다. (2016. 9. 2)

자각

토토가 죽어 사라져버렸다는 사실이 문득 자각될 때마다, 칼에 찔린 것처럼 가슴이 아파온다.

아무런 과장도 없이. (2016. 9. 3)

내 말

아주 오래된 임대아파트들이 몰려 있는 우리 동네에는 몸과 마음이 불편하신 분들이 많이 계시다.

뭐 맛있는 거라도 좀 먹고 기분을 억지로라도 좋게 가져보고자 밖으로 나왔는데. 겨울옷에 맨발 바람인 한 선지자 아저씨가 내게 다가와 이렇게 말씀하셨다.
"죄송해요. 제가 머리가 아파서 죄송해요. 소리가 들려서요. 죄송해요."

살다보면. 남이 내 말을 대신해주는 경우가 있다. (2016. 9. 4)

안 좋은 일

살다보면. 안 좋은 일도 있는 거지.

살아남았으니. 본전이 남아 있는 것.

고통은 경험이다.

나는 창피하지 않다.

많이 배웠다. (2016. 9. 4)

과오

의지가 없는 사람을 무시하지 않기로 한다.

내가 지쳐 있음으로 인해, 그래서 스스로에게 실망하고 있을 때 이런 마음을 가지게 되니, 감사한 일이다.

의지가 없는 사람은 의지가 부족한 사람이 아니라 그저 그렇게 내게 보이는 그일 뿐이다.

내가 그를 어찌 알겠는가.

내 세상이 왜 그의 세상이겠는가.

그는 그가 아니라, 나라는 교만과 오만일 뿐이다. (2016. 9. 5)

지혜를 주소서

나에 대한 믿음을 잃으면

용기를 잃게 된다.

세상에 대한 용기가 없으면

타인에게 피해를 주는 사람이 된다.

지식이 필요하다.

나는 나를 믿고자 한다.

결심한다. (2016. 9. 5)

환기換氣

하는 것보다 안 하는 것이

기억하는 것보다 잊는 것이

눈 뜨고 모색하는 것보다 눈 감고 주변을 느끼는 것이

말하는 것보다 말하지 않는 나의 말을 듣는 것이

더 많은 일을 할 때가 있다. (2016. 9. 6)

7

몸무게 감량 7kg 돌파. (2016. 9. 6)

덫

노력하는 자가 괴로움도 알고 방황도 하게 되는 법이다.

점잖고 평온한 거, 자랑하지 말 일이다.

덫에 걸린 채로 발목이 썩어가며 웃고 있다니. (2016. 9. 7)

정신병자

정신병자야, 남한에서 술이나 처마시고 있는 내가 정신병자지.

결과적으로는, 사실상,

김정은이 저 놈이 제일 똑똑한 거 같다.

아이고. (2016. 9. 10)

감정

언제부터인가 글이라는 것은 감정을 제어하는 일이라고 생각했더랬다.

그런데 요즘은 글이라는 것이 감정을 제거하는 일은 아닐까 하는 생각을 자주 하게 된다. (2016. 9. 11)

비결

어제 엄청난 지진이 났다고 온 나라가 야단법석들인데.

나처럼 평소에 늘 흔들리고 살면,

지진을 느끼지 않을 수 있다.

나처럼. (2016. 9. 13)

좋은 책

좋은 책을 읽고 있으면 세상을 다 잊는다.

그러다, 아. 내가 이러면 안 되지, 하며

도중에 그만 책을 덮는다.

참 이상한 사람의 괴로움. (2016. 9. 13)

태풍

우리 앞의 역사가

태풍으로 변해버릴 것만 같은 느낌이 든다.

태풍 같은 역사가 아니라,

태풍으로. (2016. 9. 13)

다시

토토가 아프기 시작한 뒤로, 속절없이 다시 피웠던 담배를 끊는다.

다시, 검도와 권투를 시작하겠다. 그리고

다시, 혼자만의 종교생활을 시작하겠다. (2016. 9. 14)

정확한 계산

나는 지금까지의 내 인생이

플러스 마이너스 합쳐서, '제로'라고 생각한다.

이것은 과학적으로나 양심적으로나 감히 정확한 계산이다.

잘한 일들의 꼭 그만큼 과오도 많았으니,

제로.

그러나 만족한다.

제로만큼 새 출발을 하기에 완벽한 지점은 없기 때문이다. (2016. 9. 14)

집념

다시 집념을 가져야겠다.

인간이 제 인생에서 가장 부끄럽지 않은 행동,

집념. (2016. 9. 14)

앞으로 한동안

앞으로 한동안 잠 못 드는 밤이 많을 것이다. 필경, 매일매일.

그러나 언제나 그렇듯, 그냥 계속 이대로 사는 것보다는 천 배 만 배 낫다.

이게 삶의 기로마다 내려졌던 내 똑같은 결론이다.

어차피 자유인의 제 삶에 대한 책임은 결정과 행동이다.

명료하다. (2016. 9. 15)

호전반응

나쁜 것을 끊을 때 일어나는 호전반응好轉反應은 괴롭지만, 즐겁다.

그것이 마약이든 못된 버릇이든 악마의 삼지창 달린 꼬리든 간에.

자정되고 강해지고 있다는 증거이기도 하려니와, 나를 조종하던 내 안의 어둠을 굴복시키는 과정이기 때문이다.

세상에서 가장 재밌고 유익한 싸움은 나와의 싸움이다.

아무에게도 피해주지 않으면서 오직 나만 좋은 전쟁.

도대체 안 할 이유가 없다. (2016. 9. 15)

역리의 순리

한 세대로서의 역할과 시효가 끝났으면 늠름하게 은둔 섭생攝生하거나 치열하게 공부하고 반성, 반응하여 갱신하는 일이 순리順理일 것이나, 그러지 못한 자들이 자신들의 과거에 대한 자영업자나 좀비가 되어 갈 길 바쁘고 피로한 후세의 발목에 역리逆理의 올무를 놓은 채 위선에 물든 이득을 추구하는 국가는 가히 중풍 걸린 환자와도 같다.

어느 정파, 어느 누가 결정권을 가지게 되든 간에 절대 아무런 결정도 (신속히) 내리지 못하는 이 국가가 모든 급박한 절호의 기회들을 잃고 천길 나락으로 떨어질 위기의 시대가 점점 임박하고 있다.

차라리, 속 시원히, 다 망하자. 그게 우리의 순리라면.

그럼 좀 순해지려나? (2016. 9. 16)

강화도

이틀째.

내일 다시 돌아간다.

나는 문인이지만, 혼자 문인일 것을 거듭 깊이 다짐하게 되는 밤.

내일 다시 돌아갈 것이다.

기필코 여전히 혼자이기를 다짐하면서.

문인으로서도, 한 인간으로서도 혼자.

나는 취했으나, 나는 맑다. (2016. 9. 17)

승려

사람은 스스로 몰래 승려가 될 필요가 있다.

이득이 되면 이득이 됐지, 손해날 일이 없다. (2016. 9. 18)

인간의 입

인간이 지긋지긋하다는 것은 인간의 입이 지긋지긋하다는 소리다.

인간. 그리고 인간의 입.

함정과 확성기. 그리고 하수구.

함께 사는 짐승이 사랑스럽다는 것은 그 짐승이 입이 있어도 말을 안 한다는 뜻이다. (2016. 9. 18)

뭉게구름

버스 창밖 저 너머로 하얀 뭉게구름이 한가득 떠 있다.

토토가 나를 보고 웃고 있다. 입을 조금 벌린 채 가쁜 숨을 헤헤거리며.

괜찮냐고. 다 괜찮아질 거라고. 아무 걱정하지 말라고.

나는 버스 창밖 저 너머 하늘에서 문득,

하나님의 따뜻한 빵, 하얀 뭉게구름을 본 것뿐이다. (2016. 9. 19)

소설가 이호철 선생님

소설가 이호철 선생님께서 소천하셨다. 올해 6월 뇌종양 판정을 받은 뒤 병세가 악화돼 치료를 받아오시던 중 어제 18일 오후 7시32분쯤 가족과 지인 들이 지켜보는 가운데 눈을 감으셨다고 한다. 향년 85세.

그날 그때까지 이호철 선생님을 문단의 잘 기억나지 않는 자리에서 한두 차례 친분 없이 스쳐지나갔던 적은 있었다(올해 햇수로 등단 27년 차인 내가 원래부터 이렇게 스스로 한국문단 밖에 있었던 것은 아니다). 그러다 2009년 11월 9일 자로《동아일보》에서 마련한 '베를린 장벽 붕괴 20주년 기념 대담' 자리에서 선생님을 마주하게 되었다. 장소는 동아일보사였고, 배석자는 담당 기자 한 분 말고는 선생님과 나 둘뿐이었다.《동아일보》에서 '분단문학'의 대가이신 선생님의 상대로 나를 골랐던 것은, 필경 내가 선생님에 비해 젊은 세대 작가라는 의의와 또 당시 얼마 전《국가의 사생활》을 출간했다는 사실 말고는 특별한 까닭이 없었을 듯싶다.

아무튼 나는, 그 대담 이후로 지금까지 내내 마음에 걸리는 것이 하나 있다. 함경남도 원산 태생으로서 한국전쟁에서 인민군으로 징집돼 전쟁포로로 잡혔다가 풀려난 뒤 1·4 후퇴 때 혈혈단신 월남했던 선생님으로선 남북통일을 분석적으로 대하는 내 견해와 태도를 은근히 섭섭하게 생각하시는 눈치였다. 하지만 내가 반통일주의자가 아니고《국가의 사생활》이 반통일소설이 아닌 게 분명한 마당에 나는 내심 답답할 뿐 작가로서의 뜻을 굽힐 순 없었다. 이윽고 대담이 끝난 후《동아일보》정문 앞 길거리에 마주서서 그 모양으로서는 꽤 이례적으로 긴 시간 동안 선생님과 말씀을 나누었다. 나는 선생님을 뵙게 되어 후배 문인으로서 큰 기쁨이라는 진심과 남북통일에 대해 분석적으로 접근하는 내 작가적 입장에 관해 수줍은 변명 아닌 변명을 함으로써 어떤 아쉬움을 표현했던 것 같다. 예의 선생님은 나를 따뜻하게 격려해주시고《국가의 사생활》도 꼭 읽어보고 싶다고 말씀하셨다. 선생님과 나는 그렇게 가로수 길에서 헤어졌고 그것이 이 이승에서 선생님과 나 사이에 있었던 처음이자 마지막 인연이다.

꼭 그럴 필요까지는 없었는데, 그리고 평소 문학의 공적인 활동에 있어서 사적인 감정을 끼워 넣지 않는 원칙만큼은 결코 어기지 않고 있었는데, 담당 기자에게 일부러 전화를 걸어, 혹시라도 아까 내 의견개진의 뉘앙스에 선생님께 누가 될 수 있는 부분이 있다면 잘 좀 다듬어주십시오, 라는 요지의 부탁을 했던 게 기억에 남는다. 왜 그랬던 것일까? 선생님은 그 연세에도 달변에 강건하고 기품이 있으셨다. 외면상 감히 연민을 느낄 만한 구석이라고는 찾아볼 수 없는 멋진 분이셨다. 그런데 난 왜 그랬던 것일까? 어제 선생님의 부고를 접하고 나서부터 이 의문이 머릿속에서 좀처럼 떠나질 않는다. 어쩌면 나는 소설가 이호철 선생님을 한 작가나 한 인간으로서가 아니라 비극적인 우리 민족의 분단사, 그리고 향후 우리 사회와 국가에 몰아칠 위태위태한 미래의 상징과 충고로서 받아들였던 게 아닐까? 나는 그 분의 뒷모습에 가슴이 아팠던 것 같다.

며칠 뒤, 선생님이《동아일보》정문 앞 길거리에서 적어주셨던 주소로《국가의 사생활》을 우송해드렸다. 하지만 선생님의 답신은 없었다. 아마도 바쁘셨겠지. 그러나 혹시《국가의 사생활》이 선생님의 심기를 불편하게 만들어드렸던 것은 아닐까 하는 생각에 또 다시 마음이 무겁다. 선생님의 문학성과 지성을 감히 못 믿는다는 게 아니라, 그만큼 선생님이 가지고 계셨던 분단의 아픔과 한이 혹시라도《국가의 사생활》을 반통일 소설로 오해하게 만든 건 아닐까 하는 염려가 뭐라 설명하기 힘든 무조건적인 죄송함과 함께 육박해오기 때문이다.

이 부족한 내가 요즘도 이것저것 글줄이라고 꾸역꾸역 쓰면서 연명하는 것은, 지금의 우리보다 더 어려운 현실 속에서도 빛나는 전통을 마련해주신 선배 문인들의 은덕과 공덕이심을 잊지 않으려 한다.

실향민 이호철 선생님. 그러나 작가 이호철 선생님. 그날 뵙게 되어 영광이었습니다. 해주셨던 말씀도 죽는 그날까지 가슴에 새기고 열심히 쓰겠습니다. 이 세상, 특히 이 한반도보다는 훨씬 좋은 곳에 계시게 되었음을 믿고 있습니다. 다시 뵈올 날이 없을 것 같아, 이렇게 마지막 인사를 올립니다. 소설가 이호철 선생님, 이제 아무런 그리움마저 없는 곳에서 평안하세요. (2016. 9. 19)

내가 이렇게

이렇게 죄를 짓고 나서도 삶의 집중력을 잃지 않는 것을 보면

원래 죄라는 것이 내가 생각하고 있는 죄가 아니거나,

나의 죄가 제대로 된 죄로서 작동하고 있지 않는 거 같다.

마치 수혈을 받듯 내가

이렇게 죄를 짓고 나서도. (2016. 9. 21)

봉

성호 형도 외국에 있는 이 시국에.

술에 취해 헤매다 이틀 만에.

아무도 없는 집으로 돌아왔다.

침대에 드러누워

영화평론가 김봉석과 전화통화 중에 물었다.

봉. 원래 태어날 때부터 그렇게 차가웠어?

너 얘기 다 들어주는데 무슨.

봉. 내가 따뜻한 사람이야, 차가운 사람이야?

따뜻하지.

알겠어, 봉, 굿 나이트.

굿 나이트, 이 세계. (2016. 9. 21)

독백

나는 나의 죄에 대해 여한이 없다.

불안은 마음이 착한 사람의 성격이고

불만은 정의로운 사람의 그림자일진대

나는 불안하지도 않고 불만도 없다.

나는 나의 죄에 대해 여한이 없다. (2016. 9. 22)

현실

아까 잠결에 들은 뉴스에서 군 간부들이 사병들의 피를 팔아서 뭘 어쨌다고 하길래, 무슨 비리에 대한 메타포이겠거니 했었다.

근데. 말 그대로 진짜네?

현실이 메타포를 잡아먹는 국가는 위독하다. (2016. 9. 22)

애

저 사람은 저렇게 돈이 많은데 왜 놀지를 않고 저런 일을, 저런 짓을 하지?

이런 생각을 하루에도 두세 번씩 하는 걸 보니,

나는 아직 애인가 보다. (2016. 9. 23)

점검

가만히 있으면 치유되고.

멈추면 축적될 것이다.

하는 것이 안 하는 것, 안 하는 것이 하는 것.

가지고 있는 것들마저 애초에 내게는 없다고 믿으면.

더 이상 아무것도 원하지 않으며 전진할 수 있다.

치유된 자 고요하고,

축적된 자가 치니, 무너져 내릴 것이다. (2016. 9. 23)

나뿐인가

누가 대통령이 돼도 좋다.

국회만 없었으면 좋겠다.

누가 대통령이 돼도 저 정신병동 같은 국회가 없다면 뭐가 되건 지금보다는 훨씬 낫겠다.

라는 '무식한 생각'까지 '잠깐' 하게 되는 건 나뿐인가? (2016. 9. 24)

사랑과 냉정

사람에게 실망했다면 그건 그 사람의 오만과 과오 때문이 아니라 지나친 사랑을 주었던 나의 탓이다.

냉정이란 나를 지키는 것도, 너를 지키는 것도 아닌, 관계를 지키기 위한 생활의 규율 내지는 삶의 군기다.

게다가, 지나친 사랑이란 사실 알고 보면, 자진해서 저지르는 방황의 일면인 경우가 거의 대부분이다.

사람에게 실망했다면 나를 실망시킨 자는 나 아닌 누군가가 아니라 바로 나 자신인 것이다.

냉정해야 제대로 사랑할 수 있다.

냉정해야 제대로 살 수 있다. (2016. 9. 24)

요다의 귀환

성호 형이 만리타향의 긴 여행에서 돌아왔구나.

다시, 이 나라에는 혹세무민이 시작되겠구나. (2016. 9. 25)

KO, OK

어제 최홍만이 대자로 KO당한 모양이구나.

딴짓하느라 몰랐네.

그러나 어차피 빤한 일이라, 알았다고 해도 진배없음.

승패가 중요한 건 아니지. 다만,

우리는,

자기가 아닌 일은 하지 않고 살기.

약속.

OK? (2016. 9. 25)

마음

살면서 마음 아프기 싫지?

살면서 마음 아프기 싫다.

살면서 마음 아프지 말기. (2016. 9. 26)

역시 정답

동남아 순회공연을 마치고 귀국한 성호 형과 정말 오랜만에 전화통화를 했다. 와중에,

"형. 나 지난 일주일간 계속 술 먹었어. 아무래도 토토 영향이 큰 거 같아. 오늘부터 일해야지. 형. 나 괜찮은 거지?"

"뭐가?"

"일주일간 술 먹은 거."

"아휴, 무슨 소리야. 나는 석 달도 그러는데."

"……."

위로가 된다.

역시 정답은 '함성호'뿐이다. (2016. 9. 26)

인간의 종고

나는 신을 잘 모른다.

그러나. 신과 함께 살아간다.

신은 나를 이해할 수 없다.

그러나. 나는 신과 함께 있다.

잘 모르고, 이해할 수 없기에 사랑하는 내 자신.

나의 가여운 신이여. (2016. 9. 26)

트럼프와 함성호

나는 트럼프가 미국의 대통령이 될 거라고 판단한 지가 꽤 오래 되었다. 싫든 좋든 이건 점점 더 현실로 다가오는 듯싶다. 나는 힐러리가 트럼프보다 굳이 나은 정치가이거나 인간이라고는 보지 않는다. 현재 미 대선은 민주당과 공화당이 아니라, 인사이더와 아웃사이더의 대결이며 미국 국민들은 아웃사이더의 승리를 바라고 있다. 미국은 귀족들이 싫어서 평민들이 만든 최초의 근대국가이기 때문이다. 현지시각으로 26일 밤 첫 TV토론이라는데 이보다 재밌는 프로그램을 향후 5년간은 찾기가 힘들 것이다.

트럼프가 미합중국의 대통령으로 당선되는 게 위험하다고 믿는 사람들에게 위로 삼아 이런 얘기를 전해드리고 싶다.

시인이자 건축가 함성호 형은 과거 백기완 선생 대선 캠프에 있었다고 하는데. 백 선생 집권시 삼십대 젊은 장관 후보였다는 것이다. 예나 지금이나 백기완 대통령은 상상하기 힘들지만, 성호 형이 대한민국의 장관인 장면을 떠올리면, 아, 정말 나라 망할 뻔했구나 하는 생각에 모골이 송연해진다.

바로 이게 내가 '미국 대통령 도널드 트럼프' 앞에서 태연할 수 있는 이유다.

(2016. 9. 26)

급훈 級訓

누가누가 더 많이 더 기발하고 더 다양한 방법으로 미워하나, 가 현실을 네가 원하는 쪽으로 변화시키는 게 아니다.

간단하다.

이기려면 이기는 방법을 행동해야 하는 것이다.

네가 옳든 그르든 간에. 일단은.

그런데, '미워하기'의 선수인 너는 패배자인데다가, 너의 적과 마찬가지로 안 옳을 공산마저 크다. (2016. 9. 27)

사람들은

사람들은 말싸움에서 이긴 사람 편을 드는 게 아니다.

사람들은 자신을 감동시킨 사람의 편을 든다.

그리고 무엇보다 우선적으로, 또 근본적으로, 사람들은 자기에게 이득이 되는 사람의 편을 든다.

혼자 몰래, 커튼 뒤에서라도. (2016. 9. 27)

생중계

CNN '힐러리 트럼프 대선후보 토론' 생중계 중.

엉뚱한 소리지만, 이런 생각이 든다.

인간의 욕망이라는 게 정말 징글징글하다는.

그러나 누군가는 만인을 대신하여 그런 욕망을 가지고 있어줘야 하는 세상.

그런데, 정말 저들이 만인을 대신하고 있는 것일까?

저들을 포함한 만인이 다 그런 것은 아닐까?

아수라에 가장 고요한 명상이 있다.

종교적 생중계. (2016. 9. 27)

시간 속의 시간

이른 새벽 일어나 가장 조용한 시간 속에서 줄곧 일을 하였다.

그러며. 내가 그동안 무방비가 아니었음을 깨닫는다.

나는 놀았으나 놀지 않았고 방황했으나 방황하지 않았다.

삶에는 '눈높이 교육'이 없다.

삶은 될 수 있으면 어려운 문제들과 부딪혀 강해지는 것이 가장 평온해지는 길이다.

삶은 삶이 아니라 죽음을 지불한 뒤 남기는 한줌의 모래.

시간 속에 들어가야 시간을 느낄 수 있다.

싸워야하니, 싸워야겠다. 그리고,

이른 새벽 일어나 나는 나와 화해하였다. (2016. 9. 27)

우울한 편지?

'트럼프 현상'의 본질을 모르면, 오늘 1차 미국 대선토론이 힐러리의 완승이고 이 연장선상에서 트럼프는 끝났다고 볼 것이다.

미국 주류 언론들의 거의 전체가 트럼프의 적이며, 그것을 한국 언론들이 거의 그대로 받아쓰거나 성대모사하고 있다는 사실 안에 '트럼프 현상'의 본질이 숨어 있다.

오십 보를 양보해 트럼프가 패배한들, '트럼프 현상'은 새로운 주인공을 요구하며 지속될 것이다. 왜냐하면 미국 국민들이 그것을 바라고 있기 때문이다. 아니라고? 댈 증거는 수십 가지이지만, 만약 안 그렇다면 대체 어떻게 정치적 천둥벌거숭이 트럼프가 그 기라성 같은 공화당 대선 후보 지망생들을 전부 물리쳐 공화당을 적대적으로 접수해버린 뒤 저 자리에 힐러리와 나란히 서서 대선토론을 하고 있겠나?

진실이라는 괴물은 바다 위로 솟구쳐 날아오르기 전까지는 이런저런 모습의 바다일 뿐이다. (2016. 9. 27)

이해한다. 그러나

트럼프가 싫은 것은 이해한다. 나도 좋아하진 않는다.

그래도 우리 언론들이 남의 나라 상황마저 (어쩌면 왜곡하는 줄도 모르고) 왜곡해서 전달하는 건 좀 그렇다. 게다가 무슨 신성동맹이라도 맺은 듯 일제히.

우리 상황을 각자의 진영논리대로 왜곡하는 것도 지긋지긋한 마당에. 받아쓰기도 양심이 있어야지.

트럼프가 싫은 것은 이해한다. 그러나 트럼프가 졌다는 것은 사실이 아니다.

현상은 당위가 아니고, 당위 또한 현상이 아니다.

사실을 사실로 확인하지 못하는 개인이나 집단에게는 희망은 물론이요 정의로움도 있을 수 없게 된다. (2016. 9. 27)

혁신

받아들이기 힘든 사실과 애정 어린 이념이 자기 안에서 충돌할 때 거의 대부분의 인간은 제 이념으로 새로운 사실을 거부한다. 그리고 이 이념이란 것 안에는, 그때까지 자신이 그 이념을 가지고 쌓아왔던 모든 정신적, 물적 인프라들이 고스란히 들어 있기 마련이다. 그래서 거의 대부분의 인간들은, 알면서도 모르는 척, 제 이념(과거)의 노예가 된다.

물론 정말 몰라서 계속 노예로 살아가는 경우도 많다. 그 어떤 새로운 정보나 지식도 제 과거라는 믹서기 안에서 갈리고 빻아져 결국엔 제 과거와 똑같은 개 사료로 변해버리기 때문이다. 이럴 때 과거는 단순한 과거가 아니다. 모든 걸 녹여 똑같은 모양의 주물鑄物로 만들어버리는 거푸집인 것이다.

혁신이 없는 인생은, 노예의 시간이다.

혁신은 지성 이전에 고백이고 용기다. (2016. 9. 28)

경제

좋은 의도를 가졌으나 그것이 반드시 좋은 결과로만 이어지지 않는 것이 경제다. 오히려 그 반대인 경우가 많지.

이 경제라는 것은 경제만이 아니라 인간과 세상에 대한 광범위한 실증이자 메타포다.

인문학도가 경제를 공부해야 하는 것은 경제를 논하기 위해서라기보다는 경제에 무지함으로 인해 인문학적 개소리를 늘어놓지 않기 위함이다. (2016. 9. 29)

김영란법

'김영란법'에 대한 나의 정의Justice는 이것뿐이다.

국회의원과 검사 '들만' 이 법의 대상이면 이 나라는 그나마 고비를 넘길 것이다.

그런데 그렇지가 않다.

망했다. (2016. 9. 29)

내 그림

손오공이든 부처든, 혹은

그 하이브리드든 간에.

내 그림은 내 그림이다. (2016. 9. 29)

능력

못하는 건 바보인지 모르겠으나, 안 하는 건 능력이다. (2016. 9. 29)

없다

타인의 욕망을 이용하는 것까지는 이해한다.

그러나.

타인의 무지를 이용하는 자들은 구원의 도리가 없다. (2016. 9. 29)

단순한 다짐

여유를 가지자.

사랑을 가지자.

무엇을 가지다,

시들지 않도록. (2016. 10. 1)

계명誡命

태어났으니 살아내자. 이유 없이.

할 일 하자. 패배쯤은 상관 말고.

허무가 종교다. 죽음마저 삶이듯. (2016. 10. 2)

미신

이 나라에서. 마르크시즘과 신자유주의는 미신이다. 종교와 학문과 철학은 미신이다. 당연히 역사와 정치도. 심지어는 예술과 문화와 과학마저도.

이 나라에서는 민족과 국가와 민주주의와 애국심이 미신이다. 당연히 교육과 휴머니즘도. 그리고 끔찍하지만,

샤머니즘까지 샤머니즘이 아니라 미신이다.

나는 인간이 아니라 미신이다.

이 나라의 이 사람들 속에서는. (2016. 10. 2)

조용한 이야기

새벽에 일어나 샤워한 뒤 옷을 갈아입고 향을 피우고 음악을 들으며 글을 쓰는 일만큼 내 인생에서 즐거운 시간은 없다.

'부처와 손오공의 하이브리드 그림'은 올리브유를 먹여서 말리고 있다. 다 마르면, 붓으로 덧칠을 할 것이다. 그림을 한 장 두 장 모아가 훗날 전시회도 갖고 싶다. 다시 시도 쓰겠다.

담배를 끊고 나니 더러운 냄새가 사라지고, 몸무게를 7kg 뺐더니 옷이 헐렁하다.

번잡한 일들이 다 끝난 만큼, 이젠 계획의 본령本領이 전진해야 하므로, 반드시 전진할 것이다.

그간 배우고 깨달음 점들이 있어서, 유념해 고칠 것이다. 그러면 되었다.

개혁할 것은 개혁하고, 혁명할 것은 혁명할 것이다. 내가 나를.

이틀 전 술 취한 성호 형을 재웠더니 좁은 작업실 꼴이 말이 아니었다.

깨끗이 치웠다. (2016. 10. 2)

헬조선

취직이 안 되고. 집을 못 사고. 노후가 막막해서만은 아닐 것이다.

이토록 서로를 비난하고 모욕하고 멸시하고 모함하고 속이고 저주하고 증오하고 괴롭히고, 말만이 아니라 할 수만 있다면 정말로 죽이고 싶어 하니.

헬조선, 맞구나. (2016. 10. 2)

낯선 가을

그동안 그렸던 그림 몇 점에 올리브 오일을 먹이려고

베란다 창고 앞 등산화들을 치우는데.

거기에.

콩알보다 조금 더 큰,

토토의 메마른 똥 하나가 고요히 놓여 있다.

낯선 슬픔.

죽음과 침묵.

낯선 가을 아침. (2016. 10. 3)

직업

신문과 TV뉴스를 보다가 문득 이런 생각을 한다.

음악을 하고 그림을 그리고 시를 쓰는 일은 좋은 일이다.

사람을 감동시키지만, 사람의 마음을 아프게 하지 않는 일이다.

이런 직업은 흔하지 않다.

가난할 만한 일이다.

꼭 그럴 필요는 없지만.

그렇다 하더라도. (2016. 10. 3)

금식

일요일 자정까지 5일간 금식 정진한다.

그저 굶는 것 말고

다른 까닭은 없다. (2016. 10. 4)

기록

기록이라는 건, 참 슬프구나.

그리고 늠름하구나.

슬프고 늠름해, 아름다운 기록. (2016. 10. 4)

넥스트

물론 이견은 있겠지.

그러나.

'현대적인 한국 록의 대중과의 세련된 현장'은,

그리고

그 권력을 멀쩡히 실현시켰던 사람은,

신해철이다.

다른 누가 아니라.

(내가 많이 좋아하진 않았지만, 나의 추억을 지배하는 노래를 남긴 우리 시대의 위대한 음악가 신해철) 새삼, 안녕. (2016. 10. 4)

자살충동

성호 형이 전화통화 중에. 나더러. 술주정뱅이라고 했다.

나는 죽고 싶다.

당신은 이디 아민에게. 독재자란 소릴 들어본 적이 있나요? (2016. 10. 4)

화해

조금 전. 전화통화에서.

성호 형이랑 잘 지내기로 서로 약속했다.

근데. 기분이 좀 이상하다.

뭐가 잘못 된 거 같다.

하지만 잘 지내고는 싶다. (2016. 10. 4)

여유

병원과 교도소에만 있지 않으면 천국에 있는 것이다.

적어도, 늘, 그런 마음. (2016. 10. 5)

아무 의미 없음

미국에서 '문장전선' 총무 형균이가 코넬 대학교 로스쿨 과정을 마치고 귀국했다. 내일 지방으로 내려간다고 해서. 어쩔 수 없이. 녀석을 만나는 오늘 밤 10시경 부로 일요일 자정까지 하려던 금식을 중단한다.

(참고로. 평범한 교회 아줌마 집사님들도 금식 일주일씩 합니다. 그 많은 집안일들 평소처럼 다 하고, 고래고래 통성기도에 박수치면서 찬송가까지 부르며. 뭐 그냥, 그렇다고요.)

(2016. 10. 6)

액자표구

이제부터는 돈을 좀 따로 들여서.

완성된 그림들은 하나둘씩 액자표구 해야겠다, 라고 생각했다가.

먼저 작은 화집을 하나 만들고 나서 그러는 게 낫다는 생각.

화집을 제작하려면 액자표구를 해체해야 함.

그러면 일 두 번 하게 될 수도 있으니까,

술 좀 그만 처먹고,

액자표구 비용을 위한 통장만 따로 만들자.

(금식을 하니까. 정신이 맑아지면서. 별 쓸데없는 생각을 다 하는구나.) (2016. 10. 6)

종교

자신의 일을 하는 것이

육체의 단련이자

지적 성장이며

영혼의 탐구와

마음의 휴식인 자는

외로운 투쟁 속에서

행복하다. (2016. 10. 6)

거울

저 흉측한 국회의원들의 얼굴이 저마다의 정의로움(?)에 불타오르는 유권자들의 얼굴이 아닐 리가 있나.

제 속으로 낳은 자식 정도는 알아보고 살자.

얼굴. 얼의 거울. (2016. 10. 8)

도올과 중국

지난 날 긴 세월 동안 나는 도올 김용옥 선생께 홀로 많은 것을 배웠다.

그런데.

요즘 중국에 대해서 그분처럼 어리석은 말씀을 하시는 저명한 학자는 전 세계를 통틀어 뵌 적이 없다.

이건 감히 비난이 아니다.

핍진한 슬픔이다.

'인문학자들이 과연 무엇을 조심하고 살아야 하는 것'에 대한.

문득,

멀고 먼 자발적 제자의 아픔 같은 슬픔. (2016. 10. 9)

늦지 않았다.

다시 시작할 수 있다.

아직 살아 있으니, 누구든 다시 시작할 수 있다.

이것이 '믿음'이라면,

나도 그러할 수 있다는 건

지금 이 순간부터 '사실'이다.

나는 이제 다시 시작하였다. (2016. 10. 9)

우문愚問의 길

학자들이 대선후보들 옆에 쥐 떼처럼 줄을 서는 풍경이 오늘도 낯설지 않다.

거칠게나마 제도권 학자를 우리나라에서는 대학교수와 연구소에 몸 담고 있는 두 경우로 나눌 수 있겠는데.

언제부터인가. 하는 소리나 저서를 읽어보면. 대학교수들의 수준이 연구소 학자들의 그것에 한참 못 미치는 정도가 아니라 아예 거의 사기詐欺, 사이비似而非 파派에 가깝다는 것을 통감한다. 거의 모든 분야에서.

연구소 학자들은 정치권에 직접 줄을 대는 경우도 대학교수들에 비해서는 거의 없어 보이는데.

왜일까?

(제 정신인 대선후보가 있다면 이 점을 잘 이용해 보시길. 그러나 절대 그럴 수 없겠지. 실은, 그러거나 말거나.) (2016. 10. 9)

대강 이렇게 생각하는 미국인들이 많아서

미국 대중들은 자신들의 상류층이 트럼프보다 더 (성적으로든 뭐로든) 도덕적이라고 절대 생각하지 않는다. 상류층 어른들 뿐만이 아니라 상류층 애들까지 싹 다.

부자가 나란히 대통령 해먹더니. 이젠 부부냐. 그것도 괴상한 부부.

미국은 왕과 귀족이 싫어서 유럽에서 넘어온 평민들이 만든 최초의 근대 국가다. 그런데 지금의 미국은 왕까지는 아니더라도 귀족들의 국가가 돼버렸다. 더는 못 봐주겠다.

이 귀족에는 여러 가지들이 포함되는데. 정치권이나 금융권보다 오히려 주류 언론들이 더 그 대표라고 할 수 있다. 트럼프는 그들과 영리하고 용감하게 잘 싸워내고 있다.

정치적으로 입바른 위선보다는 실질적으로 진실인 막말이 낫다. 힐러리는 구제불능의 거짓말쟁이다. 트럼프는 쓸모 있는 막말꾼이고.

미국은 자국의 이익에 우선하여 과거 영국이 그러했듯 '영광스러운 고립'을 취해야 한다.

개가 개를 잡아먹는 세상. 지금의 미국은 최대한 센 놈을 지도자로 요구한다. 착한 척하는 약한 놈들이 세계 최강 국가의 지도자가 되는 게 짜증난다.

미국은 의회가 강한 나라다. 누가 대통령이 되도 의회와 타협해야 할 것이다. 트럼프 대통령도 그럴 수밖에 없을 것이다. 너무 걱정할 것 없다. 게다가 트럼프는 바보가 아니다. 오히려 정반대지.

트럼프의 지지자들의 많은 수가 트럼프를 지지한다고 말 안 한다. 하물며 CNN이나 NYT 등에서 하는 여론조사 따위에는 제대로 응하지 않는다.

트럼프가 원래 그런 놈인 거 잘 안다. 잡놈이다. 그래서 좋은 거다. 천하제일 잡놈 빌 클링턴과 언제 지병으로 무너지듯 쓰러질지 모르는, 그의 성질 더러운 마누라보다는.

클린턴보다 힐러리가 더 사악한 범법자다. 감옥으로 보내자.

트럼프는 원래 저런 놈이기도 하지만, 만일 저러한 태도와 입장을 취하지 않았다면, 그 쟁쟁한 공화당 대선후보 14인을 모두 날려버리고 오늘 저 자리에 있을 수 없었을 것이다. 트럼프는 바보가 아니라 천재다. 전략과 배짱으로 공화당을 적대적 인수 합병해 버린.

지금 미국의 시대정신은 민주당과 공화당의 싸움이 아니라. 아웃사이더와 주류의 대결이다. 그래서 민주당 내에서도 샌더스가 떠올라 힐러리를 괴롭힐 수 있었던 것이다.

트럼프가 낙선해도. 제2, 제3의 트럼프가 등장할 것이다. 트럼프는 영웅이나 괴물이 아니라 현 미국적 상황의 정직한 결과물일 뿐이므로.

오바마는 대통령이 아니라 하버드 로스쿨의 기독교 서클 회장 같다. 게다가 클린턴 부부의 꼬붕이다.

대강 이렇게 생각하는 미국인들이 많아서. 트럼프가 저 지랄 속에서도 아직도 건재한 것이다.

2차 TV토론은 여론조사 수치상(?) 당연히 트럼프의 압승이다.

과거 영화배우 출신 로널드 레이건도 그의 첫 대선에서는 지금의 트럼프 비슷한 취급을 받았다. 여론조사 결과도 안 좋았다.

앞날은 아무도 모른다. 한국은 대비해야 한다. 국익을 위해서. (2016. 10. 10)

도박사

2차 TV토론 조금 지켜봤는데.

내가 만약 도박사라면.

지금. 이 상황에선. 트럼프에게 건다.

(호불호와는 아무 관계없음. 둘 다 싫다. 둘 다 우릴 괴롭힐 인간들이고. 아무튼.)

추신: 함성호보다는 트럼프가 아흔여덟 배 도덕적임. (2016. 10. 10)

중국, 우리들의 스톡홀름 신드롬

천 년 동안. 그리고 지금도.

자신이 누구의 인질인지 알고 사는 것은 힘들다.

누구를 미워하면서도 누구를 사랑할 수밖에는 없는 모순과 그 노예근성을 깨닫는 것.

과학적이지 못하다는 반성 이전에, 자신이 자신의 안보조차 도모하지 못하는 등신이라는 점을 파악하는 것은 제 자식을 위하는 것보다 더 중요하다.

국가도 마찬가지.

(베트남은 현재 미국의 실질적 군사동맹이다. 그리고 한국의 사돈나라이다. 베트남은 21세기의 강국이 될 것이다. 베트남은 위대한 민족이고 아름다운 국가이다.) (2016. 10. 10)

개 주인과 인간

해안가 카페 파라솔에 혼자 앉아서 바다를 바라보며 망고주스를 마시고 있었다.

저쪽에서 개 짖는 소리가 나길래 가 봤더니. 카페에서 키우는 블랙리트리버 한 마리가 줄에 매어져 있었다.

그런데.

똥이 사방에 널려져 있고 밥통 물통도 더럽게 말라붙어 있는 것이, 관리상태가 거의 학대수준이 아닌가.

개는 나의 눈을 보았고. 나는 개의 눈을 보았다.

나는 반이 넘게 남은 망고주스를 쓰레기통에 집어 처넣고 자리를 떴다.

할 일도 많은데. 카페 주인 놈을 죽여 버릴 것만 같아서.

해안가를 홀로 걸으며. 개 주인이라는 것과 인간이라는 것에 대해 생각한다.

(2016. 10. 11)

부탁

부탁한다, 벗이여.

기분 나빠한다고 기분 나쁜 일이 일어나지 않는 게 아니다.

원하든 원하지 않든 간에 지금 세상에 왜 이런 일이 벌어지고 있는 것인가를 제대로 정확히 아는 것이 중요하다.

그리고 그 다음은 순전히 선택이다.

치유하거나, 그냥 놔두거나.

부탁한다 벗이여.

네 편인 내게 화내지 마라.

그건 자유가 아니다.

병이다. (2016. 10. 11)

섬

섬에서 눈을 떴다.

파도소리.

이 세계의 끝에서 눈을 뜬 기분이다.

무엇이 이 세계이고

무엇이 끝인지도 모르는 주제에.

다시

눈을 감는다.

파도소리. (2016. 10. 11)

문화예술인

권력의 가랑이 밑에서 해먹지 말란 소리까지는 이 더러운 세상에서 차마 안 하겠다. 재미보며 몰려다니는 것도 있어야 인생이라면야, 뭐.

그런데.

해쳐먹어도 정말 상상초월로 해쳐먹었구나.

'대한민국 문화예술인 탐욕 비리 불변의 법칙'.

예나 지금이나. (2016. 10. 12)

집단사기

문화예술인들이 단체 만들어서 좋은 짓 하는 거 본 적이 없다.

그 자체로 악이다.

문화인이 되고 싶으면 혼자서 지내라.

예술을 하고 싶으면 혼자서 해라.

몰려 있고 싶으면 군대에 가라. (2016. 10. 12)

취직

소설 쓰는 거랑 영화 만드는 거 중단하고.

울산 현대자동차 공장 정규직이나 미르재단에 취직하고 싶다.

불가능하겠지만. (2016. 10. 12)

토토에게

아빠. 네 동생 입양 안 하기로 했다.

그러는 게 나을 것 같아.

그런 줄 알아.

너 잘 있지?

아빤 뭐, 좀 그렇기도 하고 아닌 것 같기도 하고.

그냥 인간들이 다 싫다. 나 자신을 포함해서.

그러거나 말거나.

내일 집에 돌아가면.

너도 나도 하던 일 하자.

시작했으면 언제든 끝을 봐야지.

아빠가 문 열 때까지,

집이나 잘 지키고 있어. (2016. 10. 12)

거대한 삼나무 숲 한가운데서 혼자 은박지에 싸온 핫도그를 먹는다.

이틀 전. 공항에서 내가 성호 형에게 말했다.

"나, 강아지 입양할까?"

"왜?"

"토토가 없으니 외로워서."

"키우지 마."

"왜?"

성호 형이 내게 말했다.

"너는 인생 살면서 왜 불편한 게 없으려고 그러냐?"

"……."

마귀가 옳은 얘기를 하는 세상. 짜증난다.

사실. 입양하려면. 내 맘대로 당장 할 수 있지.

하지만. 훗날의 이별이 너무 두려워서. 판단이 서지를 않는다.

바람이 불어가고. 까마귀가 운다.

역사가 뒤집어지는 난리가 나면. 이런 고민 따윈 다 사라져버리겠지. 부디 난리가 났으면 좋겠다.

집으로 돌아가면. 이발해야지.

성호 형과는 앞으로도 잘 지내고 싶다.

거대한 삼나무 숲 한가운데 홀로 서서 핫도그를 먹었다. (2016. 10. 12)

환각에 대한 손오공의 입장

여행안내소 앞에 홀로 서서

한라봉아이스크림을 먹었다.

달고 맛있다는 이유로 이것은 리얼한 세계가

아니라고 말하진 말기. 사실이 그렇다 하더라도.

그리하여 나는,

여행안내소 앞에 홀로 서서

달고 맛있는 이 세계를 먹었다. (2016. 10. 12)

맹세

오늘 바다를 떠나면서.

기도하듯 맹세했다.

내 나머지 인생.

정신적으로나. 육체적으로나. 물질적으로나.

미니멀리스트로 살겠노라고. (2016. 10. 13)

국가의식의 발전단계와 개인 지성의 한계

중국 최고의 국제정치 학자(특히 미국 전문가라는)가 오늘 자 《중앙선데이》와 북핵과 그로 인한 많은 문제들에 대해 대담한 것을 우연히 읽었다.

적잖이 놀랐다.

카를 마르크스는 이런 말을 했더랬다.

"자본주의 안에서 살아가면서 자본주의를 파악하기는 매우 어렵다."

북핵이니 미국이니 한반도니 뭐니 논하기 이전에. 중국인이면서 중국인이 뭐고 중국이 무엇인지를 파악하기는 중국 최고의 (미국 유학파) 국제정치학자가 되어도 어려운 일인가 보다.

성리학이라는 게 제 아무리 치장을 한들 이리도 무지하고 고지식하기 그지없는 피인 것이다.

과거 우리에게도 다양한 분야에 있어서 석학이 없었던 게 아니다. 그래도 대한민국은 결국 그 지경이었으며 오늘날까지도 대가를 치루지 않은 열매를 따먹은 적이 없다. 한 개인에게도 한 국가에게도 요행이란 불행의 근원임은 진리인 모양이다.

중국인은 현대인인가? 중국의 시간은 현대인가?

대한민국도 걱정이긴 하지만. 앞으로의 중국 팔자도 그리 좋아 보이진 않는다.

(2016. 10. 14)

이상해

도대체 이 나라에. 정외과 나온 사람들은 다 어디서 뭘 하기에. 온통 변호사들만 정치평론을 하고 있지? 변호사들은 왜 그러는 거지? 이 나라 정치가 변호할 게 많아서 그런가?

문화예술인들이 정치활동을 할 수 있지. 정치인이 될 수도 있고. 그런데. 앞으로 문화예술인들이 관료는 안 했으면 좋겠다. 적어도 이 나라에서는. 변호사도 아닌 주제에. (2016. 10. 14)

학문적으로 말하는 것

어떤 상황에서 어떤 식으로 한반도의 통일이 이루어질는지는 모르겠다.

그러나. 이것은 시인이나 소설가로서가 아니라, 작가로서 학문적으로 말하는 것인데.

만약에 우리가 갈 길을 너희가 방해하면. 너희 본토를 확 불 질러 버리겠다, 라는 식의 각오와 태도를 어느 결정적인 순간에 중국에게 보여주지 않는다면.

어떤 상황에서 어떤 식으로든. 대한민국과 북조선은 제대로 된 통일을 이루지 못할 것이다.

아마도 그것은 통일이 아니라, 괴상한 결과가 따르는 일종의 사고가 되겠지.

능멸과 천추의 한. 대강 그런 것이 되겠지.

미국이고 일본이고 말할 것 없다.

대한민국의 영혼은 중국의 매 맞은 개다.

억지로 최대한 학문적으로 말해서. (2016. 10. 14)

나침반

지식이란 세상의 모든 것들을 분류하고 종합하고 재구성하는 것이다.

지혜는 지식과 지식 아닌 것을 분류하고 종합하고 재구성해 행동하는 것이다.

지식이 없으면 지혜의 절반은 작동하지 않고.

지혜가 없으면 지식은 태반이 악용된다.

침묵과 은둔도 행동이다. 어쩌면 가장 강력한 행동.

그러니 행동하지 않는 것에는 지식과 지혜가 더욱 필요하다.

삶을 사막으로 만들어버리기 때문이다. (2016. 10. 15)

노벨문학상

결과가 마음에 안 든다고

밥 딜런의 문학성까지 모욕하지 마라.

밥 딜런이 노벨문학상을 받은 건

밥 딜런 잘못이 아니니까.

나를 포함한 한국 작가들이 쪽팔리는 짓 자주 하는 게

문학의 죄가 아닌 것처럼. (2016. 10. 15)

번쩍

돈 같은 건 문제가 아니다.

시간과 마음을 너무

낭비하며 살아왔다.

내 육신, 할 일만 하자. (2016. 10. 15)

낙오자

어디서 누구를 만나도. 내가 '김영란법'의 대상이 될 수 없다는 사실이. 약간 불쾌하다.

왜 아무도 내게 뇌물 주는 자가 없는 것인가. (2016. 10. 16)

미니멀리즘

불도佛道와 무도武道에 전념해야 한다.

그게 내가 살 길이다. (2016. 10. 16)

사랑

언제인가. 이 세상에서 가장 아름다운 한 여인이 이런 말을 나직이 하는 것을 들었다. 애인과 헤어지니, 애인은 보고 싶지 않은데. 애인이 데리고 간 개는 보고 싶더라고.

이제껏 내가 공부한 그 어떤 사랑에 대한 아포리즘보다 더 심오한 말씀이었다.

(2016. 10. 16)

성호 형

어제 장쾌 화백님 전시회에 갔다가.

봉석 형이랑 술을 너무 많이 마시고 돌아와.

늦게 일어난 지금 혼자 밥 먹으면서. 해장 반주 한잔하는데. 갑자기.

이런 생각이 든다.

성호 형이 건강해야 된다.

토토도 없는 이 마당에.

인간과 동물 사이의 생물인 그 인간이 오래 살아야 내가 좋다.

성호 형이 나보다 단 하루만 더 오래 살아야 한다.

그 인간을 최대한 이용해야 한다.

다시는 한국에서는 구하기 힘든 오리지널 카멜 담배 공항 면세점에서 사다주지 말아야지. (2016. 10. 16)

이해가 간다

몰려다니면서 마구 소리 지르고. 밀치며 새치기하고. 왜 그러시냐고 하니까 미친 어거지 쓰고. 손가락으로 이 쑤시면서 희번덕 쳐다보는 아줌마가 너무 싫은 오후.

마음이 약해지니 별 일이 다 생기는구나.

개저씨에 학을 떼는 여인들이 이해가 간다. (2016. 10. 17)

증거

한밤에 깨어나 일을 할 수 있을 줄 알았다.

그런데 어둠속에서 갑자기 마음을 앓기 시작했다.

10년 전쯤 매일매일 죽고 싶었던 그때처럼.

정말 심각했다.

날이 밝고 나서. 죽을힘을 다 해 겨우 몸을 씻었다.

그렇다. 나는 아팠다.

살아 있다는 증거일 뿐이다. (2016. 10. 17)

싸움의 길

거대하고 강력한 적을 무너뜨리기 위해서는

그 적을 무너뜨리기 이전에.

그 적의 룰을 해체시켜버려야 한다.

구기고 찢어서 쓰레기통에 처넣어야 한다.

그러면 그 적은 자연히 소멸하게 된다.

그 적의 후예와 그들의 세상까지도.

쓰레기들은 한 곳에 모아서 태우는 것이다. (2016. 10. 18)

저녁의 영혼

몸이 안 좋아 이렇게 누워 있을 때.

토토가 이 세상 어디에도 없다는 사실이

잘 믿기질 않는다.

너는 죽었다. 토토.

너는 죽은 거다. 토토.

성호 형은 자꾸 이렇게 토토에게 말해주라고 했다.

너는 죽은 거야. 토토.

죽고 없는 거라고.

토토.

알았지? (2016. 10. 18)

반말

성호 형이랑 술을 마시다가 내가 말했다.

“변호사들 좀 이상해.”

“뭐가?”

“어쩌다 함께 술 마시면 말이야. 왜 종업원들한테 반말이 기본이지? 나쁜 사람이 아닌데도 그러더라고. TV 밖에서는.”

“그게 이상해?”

“뭐 그렇다는 거지. 민변이고 베트맨이고 지랄이고 많이 그런 거 같아. 남자 변호사들. 잘나갈수록 더."

성호 형이 날 쳐다보지도 않고 말했다.

"개들. 제 의뢰인한테도 그래."

"……졌다." (2016. 10. 19)

만평漫評

세상은 미쳐 돌아가고.

민심은 암매장 된 아이들의 시체처럼 흉흉하다.

기댈 곳 없는 그대 마음이여,

사랑을 거두고,

난리에 대비하라. (2016. 10. 20)

문화융성

국정농단이니 비리니 같은 건 나중 문제고.

재단을 설립해 문화를 융성하게 만들 수 있다고 믿는 그 상상력이 정말이지 사회주의적으로 끔찍하다.

문화는 기본적으로,

쓰레기통 속에서 꽃피는 것이다.

자유라는 혼돈 속에서. (2016. 10. 20)

아쉬움

이 마당에. 내가 궁금한 것은 오직 이것이다.

아버지 박통께서는 왜 청와대 뒤뜰에서 최태민이를 총살시키지 않으셨던 것일까?

그게 뭐가 어려운 일이라고. (2016. 10. 20)

착오

사람들은《대학大學》이 불경佛經이 아닌 줄 안다.

《대학》은 엄연한 불경이다.

그것도 아주 지독한 부처님의 말씀. (2016. 10. 21)

몸살, 마음의 병

삶은 아무 이유 없이 견디는 것이라고 믿어야 기어코 견딜 수 있다는 것을 잘 알고 있지 않은가.

죽어버릴 때까지 무조건 움직이자.

견디자. (2016. 10. 21)

문학

나는 대학과 대학원에서 외국문학과 국문학을 전공했다.

나는 대학과 대학원에서 문학을 강사와 전임교수로서 가르치기도 했다.

나에게는 문학의 스승이 있고 나는 적지 않은 세월 동안 문학선생이었다.

나는 나의 스승들처럼 작가이자 문학자이다.

나의 참된 스승들은 나에게 이렇게 말했다.

"문학의 창작은 누가 누구에게 가르칠 수 있는 것이 아니다."

그건 사실이었다. 나는 나의 스승들로부터 학문으로서의 문학은 배운 적이 있었으나 예술로서의 문학은 전혀 배운 바가 없다.

나는 나의 제자들(언제부터인가. 내가 자의적으로 숨어 살게 되면서 거의 모두 교류가 끊겼지만)에게도 그렇게 가르쳤다.

문예창작은 누가 누구에게 가르칠 수 없는 것이다, 라고.

그러면서도 나는 문예창작을 가르치는 아이러니 속에서 살았더랬다.

가르칠 수 있는 문예창작이란 문예에 대한 창작이 아니라, 문학을 대하는 태도일 뿐이라는 내 경험과 믿음에 의지하면서 정말이지 가까스로.

이 시대에도 문예를 누군가에게 배우겠다고 찾아가는 이들이 있다는 소식이 너무나 놀라운 한편, 그 과정에서 야만적인 고통을 겪었다는 그들에게 한 사람의 문인으로서 심한 부끄러움을 느끼며 또한 가슴 아픈 위로를 전하며, 이러한 충고를 꼭 해주고 싶다.

문예는 혼자서 하는 것이다. 언제나. 당신이 문학을 만난 그 첫 순간부터 당신이 죽는 그 순간까지.

그러니. 누구를 찾아가 문예를 배우려고 하지 마라.

만약 당신이 누군가에게 문예에 대한 태도 외에 문예에 대한 무언가를 배울 수 있다면.

정말 그럴 수 있다면, 당신은 이미(결국) 그의 아류가 된 것이고, 그가 좋은 스승이자 문학인일진대 결코 그는 그런 짓을 저지르려고 하진 않을 것이기에, 분명히 그는 당신의 스승이기를 거절할 것이다.

그러니 만약 문예를 가르쳐주겠노라고 당신에게 손짓하는 누군가가 있다면.

그는 좀 의심받을 필요가 있다.

문예를 배우겠다고, 누군가를 찾아가지 마라. (2016. 10. 21)

정다운 친구

방금 깨달은 사실인데.

최태민은 김일성과 생몰연도가 동일하다.

생일과 사망일도 큰 차이가 없다. (2016. 10. 21)

《대학》

《대학》은 무서운 책이다. 《맹자孟子》보다 백배는 무서운 책이다.

《대학》은 옳은 듯하나, 그 옳은 것을 통해 자기밖에는 없는 책이다.

불가능을 가능하게 만드는 과정에서 세상의 변화를 소유하고 싶은 자에게는 가장 유용할, '반동적인 혁명서'이다.

무자비하다. 큰 도덕은 무자비하다.

《대학》에 비해 《맹자》는 순진하기 짝이 없는, 차돌 같은 소년 가장 같다.

《대학》은 짐승에게 성인聖人의 옷을 입혀 왕으로 만들려는 책이다.

그리고.

그 왕은 용기를 내어 안으로 쑥 들어가 들여다보면, 거대한 짐승이다. (2016. 10. 22)

명랑형제

이토록 바쁜 와중에도. 성호 형이랑 장시간 전화로 세상을 비관하며 노닥거렸다.

모든 한탄과 저주를 키득키득 마치고.

말미에 내가 오늘 하루 80매를 써야 한다고 했더니. 그럼 졸리니까 밥을 먹지 말고 쓰라고 하길래 싫다고 했다. 또 성호 형은 초코바를 사서 작업실로 가라고 했으나 나는 또 "싫어!" 하고는 오징어를 사 가겠다고 하였다.

함께 병들어 있다는 것은 이리도 즐거운 것이로구나. (2016. 10. 22)

소망

그림을 많이 그리고 싶다.

그 그림들을 팔아서 낙타를 사고 싶다.

그 낙타를 타고 사막에 가고 싶다.

그 사막에서 나를 기다리고 있던 하나님을 만나고 싶다.

그 하나님이 모래바람인 것을 보고 싶다.

초승달과 죽음과 나. (2016. 10. 22)

평소에

평소에 개미처럼 준비하면

훨씬 좋은 글을 쓸 수 있을 터인데,

늘 이렇게 쫓기며 아쉬워한다.

사실은, 수도승처럼 사는 게 몸과 마음이 가장 편할 것이다.

도道는 답답함이 아니라 절제와 성실함이다.

평소에는 왜 이런 생각을 실천하지 못할까?

평소에 있지 아니한 것은 늘 부실하여 위태롭다.

아둔하고 방탕한 내가, 지긋지긋하다.

이 급한 불을 끄고 나면,

평소에서부터 다시 시작해야 한다.

평소에. (2016. 10. 22)

균열을 내면 빛은 들어오고 벽은 허물어질 것이다

한 시대가 무너질 때 일어나는 일들을 겪으면서도,

한 시대가 무너지고 있는 것임을 알지 못하는 자는.

만고에 정처 없는 마음으로 제 몸을 저버리게 된다.

한 시대는 한 시대이자 긴 역사의 한 고리일 뿐이다. (2016. 10. 23)

기도

노회한 저들이 얼마나 사악하고 간교한지 명심하기를.

그리고 주여.

주님이 지켜주셔야 할 이를 우리가 지켜주도록 하소서. (2016. 10. 23)

모든 책

모든 책은 병서兵書다.

불경佛經과 전화번호부까지도. (2016. 10. 23)

공포

물론 감히 나는 애국자가 아니다.

하지만.

이 나라 정치인들 중에

애국자가 하나도 없는 것은

되게 이상하다.

그리고.

그것은 문득.

공포가 되기도 한다. (2016. 10. 24)

순리順理

꼬리가 길면.

트럭 바퀴에 대가리가 깔린다. (2016. 10. 24)

엘리스에게 보내는 엽서

엘리스에게.

이 이상한 나라에서 정치를 하기 위해서는.

대강 아래와 같은 네 가지가 기본이다.

밀폐된 공간.

화툿장.

프로판가스통.

그리고 담뱃불.

이 이상한 나라에서의 정치는 기본적으로,

대강 위의 네 가지(싸가지)와 같은,

모략과 협박에 대한 시니피앙의 다양한 버전일 뿐이다.

이상, 끝. (2016. 10. 24)

고통

최순실과 그 주변 인물들의 내용보다는.

우선 그들의 이미지가 너무 폭력적이다. (2016. 10. 25)

참회

나는 이제껏 성호 형이랑 나만 비정상이라고 생각하며 살아왔더랬다.

참회합니다. (2016. 10. 25)

혁명

그 대상이 무엇이든.

싫을 때는 일어나지 않는다.

이러다 다 죽겠다 싶을 때 일어난다.

그 대상이 무엇이든. (2016. 10. 25)

근심의 뜻

비웃지 말자.

사람들의 얼굴에는 분노가 아니라 수심이 서려 있다.

진정한 근심이란 미움을 넘어서,

이상한 빛깔의 겁에 질려 있게 되는 것이라는 사실을 알게 해준 대통령.

(2016. 10. 26)

독방에서의 방백傍白

이제껏 살면서. 날 아껴주는 사람들의 마음을 참 많이도 아프게 했다.

그런 후회와 슬픔을 자각하게 되는 요 며칠. (2016. 10. 26)

모래성 기념일

하룻밤 자고 일어나니.

정권이 무너져 있구나.

예나 지금이나. 모래성. (2016. 10. 26)

최순실 사태

사람들이, IMF가 터졌을 당시 정도의 심리적 붕괴를 겪고 있는 것 같다.

이런 일에는 '금 모으기 운동'마저도 있을 수가 없다는 데에 그 위태로움과 비참이 있다. (2016. 10. 26)

무서운 것

무서운 것을 봤다.

대통령 탄핵을 외치는 대학생들을

경찰버스 안으로 연행하는 경찰들의 몸짓과 표정이

이전과는 달리

뭔가 확연히 어색하고 소극적이다.

저 '무서운 것'을 무서워하지 않으면.

정말 무서운 일이 일어날 텐데. (2016. 10. 27)

슬픈 사람

최순실의 《세계일보》와의 인터뷰를 보고 느낀 것은 딱 하나. 저 여자는 박 대통령(언니) 걱정을 전혀 하지 않고 있구나. 정말로. 조금도. 완전히. 전혀.

저런 사람이 자신을 가장 사랑해주는 사람이라고 믿는 사람만큼 슬픈 사람이 또 어디 있을까.

인간이라는 지옥에 대해 생각하게 된다. (2016. 10. 27)

인정!

2016년.

이대 다니는, 이대 나온 여인들이.

세상을 바꿨다.

사실이다. (2016. 10. 27)

낙서

적에게 총 한 방 못 쏘고

나라를 빼앗겨

나라가 없었던 독립운동가들도.

자신들의 나라를 모멸하지는 않았다.

행동하자.

그런데.

생각하자. (2016. 10. 28)

되뵘

먼지를 사랑하라.

이것만이 나를 구원할 유일한 화두.

먼지를 사랑하라. (2016. 10. 29)

평안과 안식

평안과 안식의 요체는

용맹정진勇猛精進이다. (2016. 10. 30)

포기

성호 형을 아시아의 지도자로 만들고 싶다.

그러나. 이미 너무 늙었다.

술 담배도 너무 많이 한다.

한번 집을 나가면 잘 돌아오지 않는다.

게다가.

꼭두각시 삼기엔 잔머리가 장난이 아니다.

포기. (2016. 10. 30)

단 하나의 진실

진실의 중심에 있는 한 사람, 핵심이 거짓이므로.

그 한 사람 주위에 있던 모든 사람들이 거짓이며.

그 한 사람 주위의 새로운 사람들도 다 거짓이다.

지금까지는 이것이 음모의 원리, 단 하나의 진실. (2016. 10. 31)

최순실

내 친구야.

우리는 가난하고 아무 힘이 없지만.

저 얼굴을 가린 여인보다 행복하다. (2016. 10. 31)

기다림

요즘은. 아기 시추를 구하기가 힘들다.

수의사 선생님들의 가정에서 분양하는 것을 부탁해놓기는 했는데.

언제 아기 시추가 생길지는 모른다고 한다. (2016. 11. 2)

입양부탁

동물보호단체 Care의 박소연 대표님에게도 전화해서 부탁드렸다.

보호하고 있는 아이들 중에 시추가 있으면. 동영상 전송으로 일단 좀 보고 싶다고.

그렇게 해주시겠다고 함.

이상하게 쓸쓸하다. (2016. 11. 2)

인연을 기다리는 사람

몸과 마음은 계속 안 좋고.

유기된 아이들의 사진을 보고 또 본다.

새로운 인연을 만나는 게 이렇게 힘들구나.

그러나. 어쨌든 함부로 결정해서는 안 되는 일 아닌가.

이기심이 아니라 말이다.

아직도 혼돈.

작지만 깊은. (2016. 11. 3)

민원民願

앞으로는. 그 어떤 정권이든.

제발 문화 융성이니 문화 지원이니 뭐니 하지 마라.

기업이 자발적으로 하고 싶으면 하는 것이고 아님 말고.

문화를 설계하려는 그 마음이 더러운 욕망이 아니라 순수하고 착한 의도일지라도,

얼어 죽든 굶어 죽든, 자유문화 자유경쟁 시장에 맡기고.

우리는 우리 안에 있는 노회하고 부당한 것들과 맞서 싸우기도 너무 벅차니, 부디 국가는 문화와 예술에 아무 참견도 하지 마라.

그건 문화와 예술이, 혹은 문화와 예술에 대한 무엇이 아니라, 곧 타락이요 부패다.

국가는 제발, 문화에 대해 하고 싶은 일이 뭐든, 아무것도 하지 마라. (2016. 11. 4)

조심을 권한다

어느 시점에서 어떤 모양으로든

역풍이 안 불 거라고 확신한다면

그야말로 자만과 경박이다.

하긴. 그게 재주이자 고질이니,

한계겠네.

그러니 그렇게

늘 하던 대로 하시든가. (2016. 11. 4)

그의 진실과 나의 진실

영화평론가 김봉석과 술을 마시고 있었는데. 그 술집 매니저 왈, 거기 성호 형이 자주 오고. 오면 항상 내 칭찬을 엄청 많이 하곤 한다는 거였다. 나는 어딜 가든 성호 형 흉보고 욕만 하는데 말이다.

잠깐의 침묵이 흘렀지만.

나는 전혀 미안하지 않았다.

그도 진실을 말했고. 나도 진실을 말했을 뿐이기 때문이다. (2016. 11. 5)

사랑의 빛

누군가에게 자신의 노동이 없다면 그의 사랑은 빛을 잃어버리고 말 것이다. 이것은 조건이 아니라 특권이다.

사랑 안에는 정말 많은 것들이 들어 있다. (2016. 11. 6)

정치적 역풍 가설의 어두운 배경

대한민국에서 언제라도 하루아침만의 정치적 역풍逆風의 가능성이 다분하다는 가설의 어두운 배경은 이렇다.

대한민국 국민들은 저 쓰레기 같은 대한민국 행정부에 분노하고 한탄하지만, 그렇다고 해서 대한민국의 국회와 '여야' 국회의원들이 저 쓰레기 같은 대한민국 행정부보다 덜 쓰레기 같은 걸레라고 생각하지는 않는다는 사실이다. (2016. 11. 6)

삐라

완전히 망해 무너져버리는 측이 여전히 병들어 있는 채로 기세등등해진 측보다는 차라리 훨씬 더 희망적인 절망에 속해 있다. (2016. 11. 7)

즐거운 착각

정말 오랜만에 시를 한 편 썼다.

사람으로 돌아온 것만 같은 착각이 든다. (2016. 11. 7)

타락소년

검찰에 소환되는 우병우의 태도를 보고 느낀 아주 간단한 사실 두 가지.

첫째. 우병우는 작금 청와대의 지휘자가 아니었다. 저렇게 어리석은 자가 설계자일 리가 있나. 설계한 자가 저렇게 제 판에 똥칠을 한다?

둘째. 우병우는 최순실과 내통한 게 아니다. 그냥 한 우리에 있는 닭이랑 소였을 것. 똥통에 똥과 오줌이 뒤섞여 있는 것과 마찬가지. 하물며 저렇게 안하무인인 자에게 대통령이 있고 국가가 있었을 리 없다. 최순실은 우병우가 잡고 있는 대통령의 급소였을 것. 그게 도리어 자기를 죽일 줄이야. 배 자체가 뒤집어질 줄은 몰랐던 게지.

(인생에서 가장 안 좋은 게 '소년출세'라더니.) (2016. 11. 7)

가짜 황태자와 진정한 황제

검찰에 체포되는 문화계의 황태자라는 차은택의 울음을 TV로 보면서 라면을 먹다가. 문득 이런 생각이 들었다.

저런 새가슴이 황태자는 무슨 황태자.

성호 형은 절대 울지 않는다.

성호 형은 태어난 뒤로 단 한 번도 운 적이 없다.

물의만 일으킬 뿐. (2016. 11. 8)

망상 주의

오바마가 매너 좋고 말 잘한다고 칭송하는 한국 사람들이 나는 늘 이상했다. 좋은 사람과 좋은 대통령은 좀 다르다. 특히 자국인(미국인)의 입장에서는. 물론 나는 미국인이 아니지. 그러나 많은 미국인들은 오바마를 힐러리 악마부부의 꼭두각시로 본다. 하버드 로스쿨 농구서클 회장 같은.

힐러리가 돼야 한국에 유리할 거라는(특히 안보) 생각은 정말이지 천만에 만만에 망상이다. (2016. 11. 9)

미국 대선 결과 확정 대강 두 시간 전

트럼프가 되면.

나한테 내기한 술 사야 될 사람들 많다.

술 끊어야지.

난 소중하니까. (2016. 11. 9)

얼룩진 진단서

소위 진보주의자들이란 이들이 변화를 두려워하는 것을 보면 정말 이상하다.

그런데 그보다 더 이상한 것은,

소위 진보주의주의자라는 이들이 그 변화의 내용이나 필요성을 모르는 풍경이다. 뭐가 정말 반동인지는 크고 깊게 잘 분석하고 길게 두고 봐야 하는 법이다.

결국 지식과 지성이 없는 이데올로기란 삶을 위한 이데올로기가 아니라,

삶의 병증病症일 뿐이다. (2016. 11. 9)

역사의 수평선을 넘어가는 화두

인간은 무식해졌다.

그런데. 내면은 훨씬 더 꼬이고 어두워져버렸다.

그래서 정치가

대중을 못 따라가는 것이다.

게다가 그 정치는 올바른 정치도 아니잖은가.

모든 사회과학은 재편되어야 한다. (2016. 11. 9)

오늘따라 유독 이런 말을

우리가 정파적, 성향적으로 누구를 증오하고 폄하하는 것과, 그 누구에 대한 사실과 그 사실을 둘러싼 현실을 제대로 파악하는 것은 완전히 다른 문제이다. 늘 그렇게 전자처럼 지내면 늘 위험과 남루에 처하게 될 것이다. 그나마 다행히 당신만이 아니라, 불행하게도 당신이 속해 있는 그곳까지. (2016. 11. 9)

일반상대성이론

이기는 사람들은 다양한 원인들을 가지고 있는 것 같다.

반면. 지는 사람들은 몇 가지의 공통점을 가지고 있는 것 같다.

정치적으로든 뭐든. (2016. 11. 10)

입양

시추 사내 아이 이름은 '행복'이로 정했다.

사료는 물론이고,

토토가 쓰던 물건들 중 그대로 물려받을 것들과 아예 새로 살 물건들을 준비해야 한다.

녀석이 지내기 편하게 집안 정리도 다시 해야 하고.

월요일에. 일산에 있다는 유기견 보호소로 가서 데려올 것이다.

집에 들어오면 가장 먼저, 토토와 인사시킬 것이다.

나는 꽤 지쳤으나,

긴 방황이 끝났다. (2016. 11. 10)

발문

진격하는 중도中道와 검은 선禪의 무사武士

— 함성호(시인, 건축가)

흰 백白자는 원래 하얀 해골의 모습을 본떠 만든 글자로 '희다'는 뜻을 갖고 있다고도 하나, 곽말약郭沫若에 의하면 엄지를 본 뜬 글자라고 한다. 엄지는 손가락 중에서도 으뜸을 뜻하기에, 백은 '첫째'나 '만이'가 원래 뜻이고, '희다'는 의미는 가차假借된 것이다. 그래서 '백伯'자는 사람 '人'의 항렬에서 첫째를 뜻한다. 갑골문甲骨文에서는 백白과 백百이 혼용되다가 금문金文에 이르러 '百'이 숫자 100을 뜻하는 것으로 정착定着되어 희다는 뜻을 가진 '白'과 구분되기 시작했다. 또한 흰 백 자는 가로 왈曰자와 닮아서 '말하다'는 뜻으로도 쓰인다. 또한 '희다'는 아무것도 없다는 뜻이다. '백병전白兵戰' 하면, 창이나 칼을 이용한 근접전을 가리킨다. 사전적인 의미는 그렇지만, 빈손으로 싸운다는 뜻이다. 백병전이 전술의 하나일 수는 있지만, 전략이 무의미해진 상태의 싸움인 것은 예나 지금이나 같다. 이응준 스스로 '작가의 말'에서 이 산문집《영혼의 무기》가 백병전의 기록이라고 밝히고 있듯이, 그렇다면 나는 아마도 그 백병전의 목격자쯤은 될 것이다. 백병전의 목격자로서 하는 말인데, 백병전이라는 것이, 늘 그렇듯 위태하다. 어느 누구도 승패를 가늠하기가 쉽지 않다. 더군다나, 백병전의 승자는 약실에 총알이 남아 있는 자라고 하지 않던가? 다 자기와 같은 상태인 줄 알고 함부로 백병전을 펼쳤다가는 총알에 맞아 죽는 수가 생긴다. 그만큼 이응준의 소설이 아닌, 산문을, 그의 백병전을 지켜보는 일은 위태롭다. 그 스스로 정치적으로 중도를 자처하고 있기 때문에 더 그렇다. 진정한 중도는 중립이 아니다. 그것은 공정함을 유지하려고 하는 태도다. 동아시아의 철학에서 '중中'은 가장 어려운 개념 중에 하나다. 그것은 '이것도 아니고 저것도 아니다'식의 양비론이나, '이것도 옳고, 저것도 옳다'는 식의 양시론도 아니다. 또한 '이것과 저것의 중간'은 더더욱 아니다. 주자朱子는 '중'이란 치우치지 않는 것이라고 말했지만, 그것이 치우치지 않는 이유는 편견에 사로잡히지 않기 때문이다. 따라서 중은 가장 깨끗하고 순수한 상태다. 그래서《중용장구中庸章句》에서 중은 희로애락喜怒哀樂이 아직 드러나지 않는 상태를 말한다고 한 것이다. 그래서 어느 한쪽에도 치우침이 없는 것이다.《중용中庸》의 핵심은 그 순수하고 깨끗한 상태[中]를 지키는 데[庸] 있다.

그렇다면 이응준이 견지하고자 하는 중도가 이와 같은 것인가? 그렇지 않다. 그는 보다 현세적으로 이성에 호소한다. 정확히 보자는 이야기다. 그러나 과연 우리가 무엇을 정확히 볼 수 있는 존재들일까? 어떤 편견도 없이 명명백백하게 대상을 바로 볼 수 있을까? 나는 그럴 수 없다고 생각한다. 더군다나 이응준은 그렇게 객관적인 인간이 아니다. 그는 보통 사람들 보다 더 편견에 가득차 있고, 다른 사람의 말을 믿지 않으며, 아집이 하늘을 찌르는 인물이다. 그런 그가 어떻게 정확히 대상을 구분할 수 있겠는가?

우리가 얘기하는 이성理性은 서구 사상사가 낳은 개념이다. 동아시아에서 이성이란 개념은 없었다. 근대 일본에서 영어 'reason'을 번역하면서 주자의 '성즉리性卽理'를 참고하며 '이성'이란 조어를 만들어 낸 것이다. 사실 서구에서 이성은 좀 복잡한 역사와 개념을 가진다. 고대 그리스의 소피스트Sopist들은 "사람이 스스로 생각하는 바가 곧 만물에 대한 기준이다"라고 하며 생각의 대상이나 연구 방법을 개별화했다. 그에 반해 소크라테스는 보편적인 진리를 추구했다. 이후 플라톤은 보편적인 진리, 불변적인 요소인 이데아Idea를 상정하고 사람에게는 이성과 감성과 의지로 이루어진 영혼이 있다고 주장했다. 이성과 감성은 각 계층별로 차이가 있다고 생각한 그는 철학자에게는 이성이, 군인에게는 의지가, 시민에게는 감성이 각각 발달했다고 보았다. 플라톤에게 있어서 이성Reason 또는 로고스Logos는 현재 우리가 알고 있듯이 논리적 이해만을 의미하지 않는다. 그것은 천체를 조화롭게 운행하게 만드는 이성[Logos]인 동시에 그러한 현상을 논리적으로 그리고 동시에 직관적으로 이해하는 이성[Reason]이다. 칸트 이후 이성은 가장 합리적인 인격이 되었고 이성적 개인은 곧 근대적 개인이 되었다. 이응준의 중도는 이 이성을 되살리는 일이다. 좌파든 우파든 부자든 개인이든 이성의 장에서 사고해야 한다는 것이 그의 중도적 관점의 핵심이다.

그렇다면 인간은 어떻게 이성적이 되는가? 동아시아에서 성性은 천명天命이다(天命之謂性 ―《중용》). 즉 하늘이 부여한 것이다. 동아시아에서는 이 하늘의 뜻을 알고자 탐구하는 것이 리理이고 그것이 서구적 의미의 이성에 해당한다고 할 수 있다. 동아시아에서 이성은 하늘의 뜻을 아는 것이다. 그러나 서양의 근대이성은 순수하게 인간 사고의 소산이다. 그런 이성이 어떻게 한 인간의 개성이란 것과 별개로 작동할 수 있겠는가? 좌파는 좌파대로 이성적 판단을 하고 우파는 우파대로 이성적 판단을 한다. 중세 이전의 로고스를 잃은 근대이성[Reason]은 바람에 날리는 대로 춤을 추는 깃발처럼 흔들린다. 자연히 이성은 극단에서 대립하고 거기에 중도가 들어설 자리는 없다. 근대이성이 존재하는 한 중도라는 것은 실천이 없는 허상에 불과하다. 그런데 이응준은 그 인물이 전혀 이성적이지도 않을뿐더러 편협하고, 남의 말을 믿지 않고, 아집에 가득차 있으면서, 자기가 중도라고 자처하고 있다. 어떻게 된 일일까? 그렇다면 그는 중도가 아니라 어느 극단에 서 있는 것이 틀림없다. 좌의 극단도 아니고 우의 극단도 아닌 또 다른 극단. 극단이 두 개만 있으라는 법은 없다. 세 개도 있을 수 있고, 네 개도 있을 수 있다. 이응준의 중도는 이 다른 극단을 통해 우리 사회의 허점을 꿰뚫는 데 있다. 그래서 그의 글은 편협한데도 설득력이 있고, 남의 말을 믿지 않으면서도 두루 통하고, 아집투성이이면서도 논리적이다.

우리가 중용, 중도라는 말을 이것과 저것의 가운데, 혹은 이것과 저것을 아우른다는 말로 오해하고 있듯이 경계인이라는 말도 그 문자의 강력한 이미지 때문에 간혹 오해를 부른다. 경계인은 경계에 있지 않다. 그는 다른 곳에 있다. 성경의 〈민수기〉에도 이러한 경계가 나온다. 애굽땅을 벗어난 이후 이스라엘 민족은 끝없이 신의 뜻에 반한다. 모세와 아론의 체제에 반기를 들고 일어난 고라의 무리들을 신이 벌하자, 그들은 모세와 아론에게 그 책임을 묻는다. 그러자 뉘우칠 줄 모르는 그들에게 분노한 신은 역병을 퍼뜨려 고라의 무리들을 벌한다. 그러자 모세가 신의 뜻에 불복한다(이스라엘 민족들이 끝없이 신의 뜻에 거역했을 때 그들을 벌하려는 신의 뜻에 모세 역시 끝없이 불복한다). 모세는 그들을 살리기 위해 아론에게 향불을 들고 그들 가운데에 서게 했다. ―'죽은 자와 산 자 사이에 섰을 때 재앙이 그쳤다.'― 아론은 향불을 들고(향은 정화를 의미한다) 문자 그대로 죽은 자와 산 자의 경계에 선 게 아니다. 그는 고라의 무리들 중에서 산 자와 죽은 자, 즉 신의 말씀으로 돌이킬 수 있는 자와, 그렇지 않은 자를 구별해낸 것이다. 모세와 아론은 고라의 무리들이 생각하는 것처럼 적이 아니었다. 오히려 고라의 무리의 적은 그들이 따라마지않는 신이었다는 걸 그들만 몰랐던 것이다. 모세와 아론은 이 양극단을 보았고, 그 극단의 빈 데를 찾아서 정화의 불을 피웠다. 극단은 놓치기 쉽다. 양극단을 치는 다른 극단도 역시 그렇다. 유가에서 얘기하는 군자, 불가의 보살, 모세와 같은 성인이 아니고는 극단의 위험에서 빠져나가기 힘들다. 그래서 항상 중도는 힘을 얻는 순간 극단이 된다. 지금 이응준은 그 한시적인 중도의 길을 걷고 있다.

한 사회 내부의 피비린내 나는 싸움을 중재하는 것은 민주주의 자체가 아니라 민주주의에 대한 지성이다. 파시즘에는 우파 파시즘만 있는 것이 아니다. 좌파 파시즘은 광기라는 마약에 정의감이라는 백설탕이 뒤섞여 있다. 나는 이념을 과신하고 과시하는 자들이 무섭다. 왜냐하면 그들이 그러는 것이 욕심과 무지에 불과한 비극이라는 것을 역사가 증명하고 있기 때문이다.

이념이란 고도로 농축된 고집과도 같아서 긍정적으로 작용하는 그 순간부터 이미 부정적으로 작용한다.

—〈지금 우리에게 진보란 무엇인가〉 중에서

원래 이것저것 떠들어대기 좋아하는 이들은 욕심과 무지 때문에 그러는 것이다. 그러나 욕심과 무지로는 이응준을 따라갈 사람이 없다. 그는 온갖 질투의 화신이고, 무지하기로는 성난 소같다. 질투는 남을 대상으로 한다. 영어에서는 jealousy, envy로 쓰는데, envy는 자기도 남이 갖고 있는 것을 똑같이 갖고 싶은 마음이고, jealousy는 자기가 갖지 못하는 것을 남이 가졌을 때의 마음이다. 이응준에게 jealousy는 없다. 그는 자기가 갖지 못한 것을 가진 인물에게는 신비한 존경을 품는다. 그것은 배워야 할 것이지 절대 질투의 대상이 아니다. 그래서 그는 끝없이 자신을 채찍질하며 공부하고 일한다. 그는 공부하거나 일하지 않으면 자괴감에 휩싸인다. 그 자괴감에 술을 먹고 다음날 숙취로 일하지 못하는 자신을 또 닦달하며 괴로워하다가 결국, 또 술을 마시고 만다. 이 악순환이 길어지면 길어질수록 폐인이 돼간다. 그럴 때 그를 다잡아주는 것이 바로 envy다. 그의 envy는 반드시 대상에 대한 저주와 함께 한다. 한번 그 저주가 쏟아지면 걷잡을 수 없는데, 나는 천하에서 그런 악랄한 저주를 쏟아내는 인물을 또 본 적이 없다. 물론 그 저주에서 나라고 제외될 리가 없다. 그가 내가 가진 것을 탐낼 리는 없다. 왜냐하면 나는 가진 것이 아무것도 없기 때문이다. 그런데도 그가 나를 향해 저주하는 것은 그의 envy가 사실은 heartburning에 가깝다는 증거다. 우리말로 하자면 '울화鬱火'다. 울화는 답답한 불이다. 불은 활활 일어나야 하는데 답답하게 안으로만 타고 있으니 병이다. 그런데 놀랍게도 그 병이 그를 다시 책상 앞에 앉힌다. 그러면 거기에는 그가 3년 동안 할 일이 적혀 있는 계획표가 있고, 그 계획을 이루기 위해 연락해야 할 사람들의 연락처와, 우선 만나야 할 사람들이 주욱 적혀 있다. 벽면에 다닥다닥 붙어 있는 포스트잇은 소설의 설계도이고, 중간중간에 읽어야 할 책들, 간단한 설명, 대사들이 빽빽하게 적혀 있다. 그의 지저분한 욕설만큼 깨끗하게 정돈되어 있는 책상은 선승의 것 같기도 하다. 나는 이런 그의 방을 외면한다. 그의 작업실 풍경을 본 것은 딱 한 번뿐이다. 그는 온갖 얘기를 다하고, 온갖 저주를 퍼부어대며, 온갖 침을 다 튀겨대며 장황하게 지론을 펼치지만 정작 그는 그에 대해서는 잘 얘기를 안 한다. 나는 그가 무슨 생각을 하고 있는지는 잘 알지만 그가 어떻게 사는지에 대해서는 아는 게 없다. 주로 외식을 한다는 것과 가끔 토토와 산책을 한다는 것 정도다. 확실한 것은 삶은 단출하고, 생각은 말할 수 없이 복잡하다는 것 정도다. 그래서 나는 그의 방을 외면한다. 그의 생활에 대해서 아무것도 아는 것이 없기 때문이다. 아는 게 없기 때문에 자칫 그의 작업실 풍경은 섣부른 믿음을 줄 수 있다. 나는 언제나 그의 일어난 행위를 보고 판단한다.

이응준이 한 극단을 만들어나가는 방식이 이러하다. 그에겐 선과 악의 대립이 명확하다. 어처구니없게도 스스로가 선이고, 나머지는 다 악이다. 그가 악을 대하는 방식은 영화 〈배트맨〉 시리즈에 나오는 라스 알 굴의 생각과 같다. '악은 다 죽여서 없애야 한다.' 참 공교롭게도 나는 이 영화를 보면서 이응준의 몸에서 풍기는 괴괴한 어둠에 대해 떠올렸다. 그것은 간절히 원하는 것을 갖기 위해 자신의 몸과 정신을 혹사한 사람이 아니고서는 풍길 수 없는 어둠이었다. 그가 어느 날 2년 동안 사라졌다가 《국가의 사생활》을 들고 내 앞에 나타났을 때, 나는 무저갱無底坑에서 빠져나온 사람의 얼굴을 보았다. 그는 은밀해져 있었고, 검도를 수련하던 때보다 더 강해져 있었다. 불교를 공부하고 있었는데, 나에게는 그것이 선禪의 반대편에 있는 '검은 선'같이 느껴졌다. 미혹을 끊고 성불하는 것이 선공부禪工夫의 요체다. 그러나 미혹을 버리지 않고 세속에서 하나의 첨단을 유지하는 것, 만약 그렇다면, 그건 선과 다른 '검은 선'일 것이다. '그것도 선일 수 있을까?' 하는, 의아심은 접어두기로 하자. 왜냐하면 선이 아니라도 상관없기 때문이다. 그래도 굳이 '선'이라고 이름 붙이는 것은 그 방법적 유사성 때문이다. 비어지는 것과 채워지는 것이 하나일 수 있으니까 말이다. 대신 그의 육신은 너덜너덜해질 것이다. 선이 육신을 지워버리기 위해 안달하는 것만큼.

이 백병전의 기록은 우리 사회를 점령하고 있는 미혹들과의 싸움이다. 이응준은 결코 그 미혹들이 스스로 뉘우치기를 바라지 않는다. 그것들은 반드시 다른 무엇에 의해 깨지고 바수어져야 한다. 왜? 다시는 그런 미혹이 세상을 어지럽히지 못하게 하기 위해서? 아니다.

내가 김수영을 사랑하는 것은, 그의 잘남이 아니라 그의 나와 같은 어둠, 부끄러움과 서러운 죄 때문이다. 우리는 보리수 아래서 해탈하는 부처를 필요로 하기도 하고, 인류를 위해 대신 십자가에 못 박혀 죽는 예수를 필요로 하기도 한다. 그러나 문학하는 나에게는, 정말 많은 것들을 미워한 나머지 자신마저도 미워했던 김수영이 부처였고 예수였다.

—〈나의 김수영은〉 중에서

단지, 부끄럽고 서러운 죄 때문이다. 그에게 구원은 슬픔과도 같은 것이다. 무주처열반도 필요없고, 천국의 나팔소리에도 귀막아버리고 오직 슬픔만이 나의 길이 되는 이 '검은 선'의 수행이 만들어가는 극단이 바로 이응준의 중도다. 그가 그런 길을 택하게 된 이유는 하나다. 그에게는 인간의 모든 욕망이 하나도 빠짐없이 차곡차곡 개켜져 있다. 그는 안달복달하며 자기의 기획을 일일이 살피고 다시 생각하며, 갖은 엄살을 떨며 기꺼이 배우고 뒤진다. 그는 옹졸하고 졸렬하므로 세세하고 치밀하다. 그렇기에 그는 즐겨 도덕적이 된다. 왜냐하면 니체의 말처럼 "도덕적으로 판단하고 판결한다는 것은 옹졸한 정신의 사람이 옹졸하지 않은 정신의 사람에게 즐겨하는 복수다. 또한 자기가 태어나면서부터 옹졸했다는 데 대한 일종의 손해 배상"이니까. 그렇게 얘기한 니체 또한 옹졸한 인간이었다. 그는 여자 앞에서 비정상적일 정도로 수줍어했고, 친구들에게 곧잘 절교를 선언하기도 했다. 집에 찾아온 친구를 매몰차게 돌려보내고, 그가 정말 가나 안 가나 안타깝게 숨어서 지켜보던, 결코 냉정할 수 없는 정신이었다. 언젠가 이응준은 어딜 보고 있지도 않은 멍한 눈으로 그런 말을 한 적이 있다. "붓다가 그런 욕망이 없었으면, 어떻게 인간의 욕망들에 대해 그렇게 세세하게 성찰해낼 수 있었을까?" 상상은 가보지 않은 곳을 만지며, 없는 것을 잡아낸다. 그렇지만 그는 꼭 그렇게 생각해야 한다. 내 안에 없으면 상상할 수도 없다고. 그리고 그것을 상상하기 위해 그는 끝없이 가슴을 치며 때때로 절망하고,

서성거리며 일어선다. 그 모든 것들을 내 안에 담기 위해서, 거기서부터 시작하기 위해서. 그것이 아니면 모두가 가짜다. 과연 그가 세상의 모든 것들을 일일이 맛을 봐가며 그것들에 대해 하나하나씩 재단해낼 수 있을까? 그것이 불가능한 일일지라도 그는 그렇게 할 것이다. 그는 무소의 뿔처럼 혼자서 갈 사람이 아니다. 성난 소처럼 여럿 죽이며 갈 사람이다. 민주주의도 피를 먹고 자라지만 예술도 한 시대의 피를 먹고 자란다.

그가 책을 읽다가 전화를 한 일이 있다. 그러고선 불쑥 연암燕巖 이야기를 꺼냈다. 내가 그 시대를 살았다면 꼭 연암 같았을 거란 이야기였다. 나는 연암이 오늘을 살았으면 나 같았을까, 상상해봤다. 내가 조선시대에 태어났다면 연암 같았겠지만, 연암이 지금 시대를 산다면 나 같지는 않을 것이다. 그가 연암의 모습에서 나를 떠올리듯, 나는 그의 모습에서 두 인물을 떠올린다. 다산茶山과 우암尤庵이다. 내가 그의 모습에서 다산을 떠올리는 것은 글쓰기의 이유 때문이고, 우암을 떠올리는 것은 한 시대를 기획하고 말겠다는 집요한 악착 때문이다. 다산은 아들이 공부를 게을리하는 듯이 보이자 즉시 편지를 써내려간다. "너희들이 끝끝내 배우지 아니하고 스스로를 포기해버린다면 내가 해놓은 저술과 간추려놓은 것들을 앞으로 누가 모아서 책으로 엮고 교정하며 정리하겠느냐. 이 일을 못 한다면 내 책들은 더 이상 전해질 수 없을 것이며, 내 책이 후세에 전해지지 않는다면 후세 사람들은 단지 사헌부의 계문啓問 과 옥안(獄案, 재판기록)만을 믿고 나를 평가할 것이 아니냐. 그렇게 되면 내가 그들에게 어떤 사람으로 취급받겠느냐?" 아들에게 보내는 이 편지에서도 알 수 있듯이 다산의 그 방대한 저술은 자신을 유배지로 내몰은 정적들을 끊임없이 의식하며 쓰였다. 정치적으로는 비록 그들에게 패배해 유배지에서 겨우 연명하는 신세였지만 다산에게는 또 다른 현실이 있었다. 그것은 두말할 것도 없이 바로 역사였다. 자신을 비판할 수 있는 것은 오직 역사밖에 없으리란 이 비통한 몸부림이 바로 다산의 글쓰기다. 그리고 우암은 젊은 시절, 임진왜란과 정유재란으로 과거의 가치가 무너진 혼란을 목도하고 병자호란으로 땅에 떨어진 사대부의 권위를 세우기 위해 조선의 후기를 기획한다. 그러기 위해서 그가 제일 처음 한 일이 김장생의 제자로 들어가는 일이었다. 집안 형제인 송준길을 통해 김장생의 아들 김집을 알게 되고 드디어 김장생의 제자로 들어간 그는 스승이 죽자 그 법통을 물려받은 아들인 김집의 문하에서 배운다. 그리고는 드디어 이색-정몽주-김굉필-조광조-이황, 이이-김장생-김집-송시열로 이어지는 조선 유학의 종통을 계승한다. 그러고 나서 그가 한 일이 주자학으로 조선사회를 재편하는 일이었다. 지금 우리가 알고 있는 유학의 부정적인 측면들은, 다는 아니더라도 어느 정도 우암의 작품이라고 할 수 있다. 그의 치밀한 계획이 현대에까지 4백 년 이상을 지배하고 있는 것이다. 내가 이응준에게서 다산과 우암을 떠올리는 것은 그의 열심 때문이다. 내가 그에게 감동할 때는 그런 때다. 내가 귓등으로 흘려들은, 미친놈같이 주절대던 계획들을 어느 날 그가 정말 하고 있을 때, ……나는 놀라지 않을 수 없다. 나같은 게으름뱅이는 죽었다 깨어나도 엄두를 낼 일이 아니다. 그는 겁이 많은 사람이다. 아마도 그래서 그걸 용기라고 하나보다. 부들부들 떨면서도 바득바득 걸어나가는 것.

도움받은

문헌들

《100년 후—22세기를 지배할 태양의 제국 시대가 온다》, 조지 프리드먼, 손민중 옮김, 이수혁 감수, 김영사, 2010.
《11인의 위대한 작가들—20세기 대표작가들과의 대화》, 파리 리뷰 인터뷰, 안정효 옮김, 책세상, 1989.
《21세기 자본》, 토마 피케티, 장경덕 옮김, 이강국 감수, 글항아리, 2014.
《강대국의 경제학》, 글렌 허버드 · 팀 케인, 김태훈 옮김, 민음사, 2014.
《과거의 거울에 비추어—현대의 상식과 진보에 대한 급진적 도전》, 이반 일리치, 권루시안 옮김, 느린걸음, 2013.
《관념의 모험》, 알프레드 노드 화이트헤드, 오영환 옮김, 한길사, 1996.
《광장/구운몽》, 최인훈, 문학과지성사, 2008.
《국가 간의 정치—세계평화의 권력이론적 접근》1 · 2, 한스 J. 모겐소, 이호재 · 엄태암 옮김, 김영사, 2014.
《국가와 혁명》, 블라디미르 일리치 울리야노프 레닌, 문성원 · 안규남 옮김, 아고라, 2015.
《권력의 종말—다른 세상의 시작》, 모이제스 나임, 김병순 옮김, 책읽는수요일, 2015.
《그들이 말하지 않는 23가지—장하준, 더 나은 자본주의를 말하다》, 장하준, 김희정 · 안세민 옮김, 부키, 2010.
《근대문학의 종언》, 가라타니 고진, 조영일 옮김, 도서출판 b, 2006.
《기독교의 역사》, 폴 존슨, 김주한 옮김, 포이에마, 2013.
《길에 관한 명상》, 최인훈, 문학과지성사, 2010.
《김수영 전집 2》, 김수영, 민음사, 2003.
《김수영 평전》, 최하림, 실천문학, 2001.
《나는 사탄이 번개처럼 떨어지는 것을 본다》, 르네 지라르, 김진식 옮김, 문학과지성사, 2004.
《나치즘과 동성애—독일의 동성애 담론과 문화》, 김학이, 문학과지성사, 2013.
《넥스트 디케이드—역사상 가장 중요한 10년이 시작되었다》, 조지 프리드먼, 김홍래 옮김, 손민중 감수, 쌤앤파커스, 2011.
《논리철학논고/철학탐구/반철학적 단장》, 비트겐슈타인, 김양순 옮김, 동서문화사, 2008.

《능가경 강의》, 남회근, 신원봉 옮김, 부키, 2014.
《닥터 노먼 베쑨》, 테드 알렌 · 시드니 고든, 천희상 옮김, 실천문학사, 1991.
《덩샤오핑 평전—현대 중국의 건설자》, 에즈라 보걸, 심규호 · 유소영 옮김, 민음사 2014.
《동물해방》, 피터 싱어, 김성한 옮김, 연암서가, 2012.
《동양평화론》, 안중근, 범우사, 2010.
《런던 특파원 칼 마르크스》, 칼 마르크스, 정명진 옮김, 부글북스, 2013.
《롤랑 바르트, 마지막 강의》, 롤랑 바르트, 변광배 옮김, 민음사, 2015.
《리얼 노스 코리아—좌와 우의 눈이 아닌 현실의 눈으로 보다》, 안드레이 란코프, 김수빈 옮김, 개마고원, 2013.
《마술적 마르크스주의》, 앤디 메리필드, 김채원 옮김, 책읽는수요일, 2013.
《마야코프스키—사랑과 죽음의 시인》, 앤 차터스 · 새뮤얼 차터스, 신동란 옮김, 까치, 1981.
《메이지 유신은 어떻게 가능했는가》, 박훈, 민음사, 2014.
《모더니즘—새롭게 하라, 놀라게 하라, 그리고 자유롭게》, 피터 게이, 정주연 옮김, 민음사, 2015.
〈모더니즘과 포스트모더니즘〉, 《포스트모더니즘—현대시사상 제3호》, 김성곤, 고려원, 1989.
《모데라토 칸타빌레》, 마르그리트 뒤라스, 정희경 옮김, 문학과지성사, 2001.
《무사도(武士道)》, 니토베 이나조 · 미야모토 무사시, 추영현 옮김, 동서문화사, 2007.
《문명의 충돌—세계질서 재편의 핵심 변수는 무엇인가》, 새뮤얼 헌팅턴, 이희재 옮김, 김영사, 2016.
《문명의 충돌》, 새뮤얼 헌팅턴, 이희재 옮김, 김영사, 1997.
《문학과 이데올로기》, 최인훈, 문학과지성사, 1994.
《미래의 물결》, 자크 아탈리, 양영란 옮김, 위즈덤하우스, 2007.
《미리 쓰는 통일 대한민국에 대한 어두운 회고》, 이응준, 반비, 2014.
《미완의 시대—에릭 홉스봄 자서전〉, 에릭 홉스봄, 이희재 옮김, 민음사, 2017.
《민주주의 내부의 적—자유와 민주주의의 위기를 근본적으로 성찰하다》, 츠베탕 토도로프, 김지현 옮김, 반비, 2012.

《민주주의와 그 비판자들》, 로버트 달, 조기제 옮김, 문학과지성사, 1999.
《바른 마음—나의 옳음과 그들의 옳음은 왜 다른가》, 조너선 하이트, 왕수민 옮김, 웅진지식하우스, 2014.
《밝힐 수 없는 공동체/마주한 공동체》, 모리스 블랑쇼 · 장 뤽 낭시, 박준상 옮김, 문학과지성사, 2005.
《백범어록》, 김구, 도진순 엮고 보탬, 돌베개, 2007.
《백범일지》, 김구, 도진순 주해, 돌베개, 2005.
《밴디트—의적의 역사》, 에릭 홉스봄, 이수영 옮김, 민음사, 2004.
《벌거벗은 지식인들》, 폴 존슨, 김일세 · 김영명 옮김, 을유문화사, 1999.
《법의 힘》, 자크 데리다, 진태원 옮김, 문학과지성사, 2004.
《부의 기원—최첨단 경제학과 과학이론이 밝혀낸 부의 원천과 진화》, 에릭 바인하커, 안현실 · 정성철 옮김, RHK, 2007.
《부자 나라는 어떻게 부자가 되었고 가난한 나라는 왜 여전히 가난한가》, 에릭 라이너트, 김병화 옮김, 부키, 2012.
《분별없는 열정—20세기 지식인의 오만과 편견》, 마크 릴라, 서유경 옮김, 미토, 2002.
《불교란 무엇이 아닌가—불교를 둘러싼 23가지 오해와 답변》, 베르나르 포르, 김수정 옮김, 그린비, 2011.
《불교의 체계적 이해》, 고익진, 광륵사광륵선원, 2008.
《사다리 걷어차기》, 장하준, 형성백 옮김, 부키, 2004.
《사람을 위한 경제학—기아, 전쟁, 불황을 이겨낸 경제학 천재들의 이야기》, 실비아 나사르, 김정아 옮김, 반비, 2013.
《새벽에서 황혼까지 1500-2000—서양 문화사 500년》1 · 2, 자크 바전, 이희재 옮김, 민음사, 2006.
《생명연습》, 김승옥, 문학동네, 2014.
《서양철학사》, 버트런드 러셀, 서상복 옮김, 을유문화사, 2009.
《성서 밖의 예수》, 일레인 페이젤, 방건웅 · 박희순 옮김, 정신세계사, 2000.

《사람이 알아야 할 모든 것—세계문학의 천재들》, 해럴드 블룸, 손태수 옮김, 들녘, 2008.
《세속의 철학자들—위대한 경제사상가들의 생애, 시대와 아이디어》, 로버트 L. 하일브로너, 장상환 옮김, 이마고, 2005.
《소설의 이론》, 게오르그 루카치, 반성완 옮김, 심설당, 1985.
《수량경제사로 다시 본 조선후기》, 이영훈, 서울대학교출판문화원, 2004.
《스페인 내전—20세기 모든 이념들의 격전장》, 앤터니 비버, 김원중 옮김, 교양인, 2009.
《시간과 공간의 문화사 1880-1918》, 스티븐 컨, 박성관 옮김, 휴머니스트, 2004.
《신성한 경제학의 시대—한계에 다다른 자본주의의 해법은 무엇인가?》, 찰스 아이젠스타인, 정준형 옮김, 김영사, 2015.
《신의 탄생—우리가 알지 못했던 믿음의 역사》, 프레데릭 르누아르 · 마리 드뤼케르, 양영란 옮김, 김영사, 2014.
《씨알에게 보내는 편지 1》, 함석헌, 한길사, 2009.
《아나키에서 유토피아로—자유주의 국가의 철학적 기초》, 로버트 노직, 남경희 옮김, 문학과지성사, 1983.
《아무도 조선을 모른다—조선 역사의 18가지 물음표》, 배상열, 브리즈, 2009.
《아웅산 테러리스트 강민철》, 라종일, 창비, 2013.
《악마의 창녀—20세기 지식인들은 무엇을 했나》, 카트린느 클레망, 채계병 옮김, 새물결, 2000.
《악의 상징》, 폴 리쾨르, 양명수 옮김, 문학과지성사, 1994.
《약산 김원봉 평전》, 김삼웅, 시대의 창, 2008.
《언어는 자유의 마지막 보루다—프랑크푸르트대학교 문예창작이론 강의》, 하인리히 뵐, 안인길 옮김, 미래의창, 2001.
《여운형 평전》, 이기형, 실천문학, 2004.
《여적—한국 현대사를 관통하는 경향신문 명칼럼 219선》, 경향신문사, 2009.
《역사론》, 에릭 홉스봄, 강성호 옮김, 민음사, 2002.
《역사의 원전—역사의 목격자들이 직접 쓴 2500년 현장의 기록들》, 존 캐리, 김기협 옮김, 바다출판사, 2006.
《역사의 종말—역사의 종점에 선 최후의 인간》, 프랜시스 후쿠야마, 이상훈 옮김, 한마음사, 1992.
《열린사회와 그 적들 1》, 칼 R. 포퍼, 이한구 옮김, 민음사, 2006.
《열린사회와 그 적들 2》, 칼 R. 포퍼, 이명현 옮김, 민음사, 1997.
《영향에 대한 불안》, 해럴드 블룸, 양석원 옮김, 문학과지성사, 2012.
《예수와 다윈의 동행—그리스도교와 진화론의 공존을 모색한다》, 신재식, 사이언스북스, 2013.
《예수의 역사적 초상—나사렛 사람 예수의 삶에 대한 재구성》, 폴 버호벤, 송설희 옮김, 영림카디널, 2010.
《왜 신자유주의는 죽지 않는가》, 콜린 크라우치, 유강은 옮김, 책읽는수요일, 2012.
《우리 본성의 선한 천사—인간은 폭력성과 어떻게 싸워 왔는가》, 스티븐 핑커, 김명남 옮김, 사이언스북스, 2014.
《우리가 아는 선비는 없다—조선을 지배한 엘리트, 선비의 두 얼굴》, 계승범, 역사의아침, 2011.
《우리는 왜 극단에 끌리는가》, 캐스 R. 선스타인, 이정인 옮김, 프리뷰, 2011.
《유토피아의 꿈》, 최인훈, 문학과지성사, 2010.
《윤회의 본질—환생의 증거와 의미, 카르마와 생명망에 대한 통합적 접근》, 크리스토퍼 M. 베이치, 김우종 옮김, 정신세계사, 2014.
《이것을 민주주의라고 말할 수 있을까?—관리되는 민주주의와 전도된 전체주의의 유령》, 셸던 월린, 우석영 옮김, 후마니타스, 2013.
《이념의 속살—억압과 해방의 경계에서》, 임지현, 삼인, 2001.
《이데올로기와 유토피아》, 카를 만하임, 임석진 옮김, 송호근 해제, 김영사, 2012.
《이성의 기능》, 알프레드 노스 화이트헤드, 도올 김용옥 역, 통나무, 1998.
《이성적 낙관주의자—번영은 어떻게 진화하는가?》, 매트 리들리, 조현욱 옮김, 이인식 해제, 김영사, 2010.

《이현상 평전》, 안재성, 실천문학, 2007.
《인간동물원—철책 안에 갇힌 현대인의 고독한 자화상》, 데스먼드 모리스, 김석희 옮김, 한길사, 1994.
《인간 본성에 대하여》, 에드워드 윌슨, 이한음 옮김, 사이언스북스, 20000.
《인간의 본성(들)—인간의 본성을 만드는 것은 유전자인가, 문화인가?》, 폴 에얼릭, 전방욱 옮김, 이마고, 2008.
《인간의 얼굴을 한 야만》, 베르나르 앙리 레비, 박정자 옮김, 책세상, 1991.
《인간이란 무엇인가—타자와 자기 이해로 이끄는 가장 근본적인 물음》, 폴 투르니에, 강주헌 옮김, 포이에마, 2014.
《일보전진 이보후퇴》, 블라디미르 일리치 울리야노프 레닌 외, 홍수천 옮김, 풀무질, 1995.
《일본 우익사상의 기원과 종언》, 마쓰모토 겐이치, 요시카와 나기 옮김, 문학과지성사, 2009.
《일본정치사상사연구》, 마루야마 마사오, 김석근 옮김, 도올 김용옥 해제, 1995.
《일차원적 인간》, 헤르베르트 마르쿠제, 박병진 옮김, 한마음사, 2009.
《자본주의 · 사회주의 · 민주주의》, 조지프 슘페터, 변상진 옮김, 한길사, 2011.
《자본주의의 매혹—돈과 시장의 경제사상사》, 제리 멀러, 서찬주 · 김청환 옮김, 휴먼앤북스, 2006.
《자유 의지는 없다—인간의 사고와 행동을 지배하는 자유 의지의 허구성》, 샘 해리스, 배현 옮김, 시공사, 2013.
《장미밭의 전쟁》, 이어령, 문학사상사, 2003.
《장성택의 길—신정神政의 불온한 경계인》, 라종일, 알마, 2016.
《장제스 평전—현대 중국의 개척자》, 조너선 펜비, 노만수 옮김, 민음사, 2014.
《장하준이 말하지 않은 23가지—더 나은 지본주의를 위한 현실적 방안》, 송원근 · 강성원, 북오션, 2011.
《저주의 몫》, 조르주 바타이유, 조한경 옮김, 문학동네, 2000.
《저항의 문학》, 이어령, 문학사상사, 2003.
《적대적 제휴—한국, 미국, 일본의 삼각 안보체제》, 빅터 D. 차, 김일영 · 문순보 옮김, 문학과

지성사, 2004.
《전체주의의 기원1 · 2》, 한나 아렌트, 이진우 · 박미애 옮김, 한길사, 2006.
《정치가 우선한다—사회민주주의와 20세기 유럽의 형성》, 셰리 버먼, 김유진 옮김, 후마니타스, 2010.
《정치의 자본주의 비틀기》, 로버트 P. 머피, 이춘근 옮김, 비봉출판사, 2016.
《정치적 무의식—사회적으로 상징적인 행위로서의 서사》, 프레드릭 제임슨, 이경덕 · 서강목 옮김, 민음사, 2015.
《제국의 충돌—독일의 부상, 중국의 도전, 그리고 미국의 대응》, 장미셸 카트르푸앵, 김수진 옮김, 미래의창, 2015.
《조선의 의인들—역사의 땅 사상의 고향을 가다》, 박석무, 황헌만 사진, 한길사, 2010.
《조선혁명선언》, 신채호, 범우사, 2010.
《종말론—최후의 날에 관한 12편의 에세이》, 맬컴 불 엮음, 이운경 옮김, 문학과지성사, 2011.
《주역계사 강의》, 남회근, 신원봉 옮김, 부키, 2011.
《죽산 조봉암 평전》, 김삼웅, 시대의창, 2010.
《증오—테러리스트의 탄생》, 윌러드 게일린, 신동근 옮김, 황금가지, 2009.
《증오의 세기—20세기는 왜 피로 물들었는가》, 니얼 퍼거슨, 이현주 옮김, 2010.
《지적 사기—포스트모던 사상가들은 과학을 어떻게 남용했는가》, 앨런 소칼 · 장 브리크몽, 이희재 옮김, 한국경제신문, 2014.
《진보의 착각—당신들이 진보라 부르는 것들에 관한 오해와 논쟁의 역사》, 크리스토퍼 래시, 이희재 옮김, 휴머니스트, 2014.
《책을 버리고 거리로 나가자》, 데라야마 슈지, 김성기 옮김, 이마고, 2005.
《카오스—새로운 과학의 출현》, 제임스 글릭, 박래선 옮김, 김상욱 감수, 동아시아, 2013.
《카프카 평전—실존과 구원의 글쓰기》, 이주동, 소나무, 2012.
《코뮤니스트—마르크스에서 카스트로까지, 공산주의 승리와 실패의 세계사》, 로버트 서비스, 김남섭 옮김, 교양인, 2012.
《토마스 베른하르트》, 토마스 베른하르트 연구회, 문학과지성사, 2002.

《파시즘—열정과 광기의 정치 혁명》, 로버트 O. 팩스턴, 손명희 · 최희영 옮김, 교양인, 2005.
《폭력의 시대》, 에릭 홉스봄, 이원기 옮김, 김동택 해제, 민음사, 2008.
《폭력이란 무엇인가—폭력에 대한 6가지 삐딱한 성찰》, 슬라보예 지젝, 이현우 · 김희진 · 정일권 옮김, 난장이, 2011.
《피케티의 《21세기 자본》 바로읽기》, 안재욱 · 현진권 편저, 백년동안, 2014.
《한계비용 제로 사회—사물인터넷과 공유경제의 부상》, 제러미 리프킨, 안진환 옮김, 민음사, 2014.
《한줌의 도덕—상처입은 삶에서 나온 성찰》, 테오도르 W. 아도르노, 최문규 옮김, 솔, 1995.
《혁명가들—마르크스에서 시신핑까지, 세계공산주의자들의 삶과 죽음》, 김학준, 문학과지성사, 2013.
《혁명의 시대》, 에릭 홉스봄, 정도영 · 차명수 옮김, 한길사, 1998.
《혁명의 심리학》, 귀스타브 르 봉, 정명진 옮김, 부글북스, 2013.
《혁명의 탄생—근대 유럽을 만든 좌우익 혁명들》, 데이비드 파커 외, 박윤덕 옮김, 교양인, 2009.
《현대 마르크스주의에 대한 이해》, 벤 에거, 박재주 · 임종화 옮김, 청하, 1987.
《현대정치의 사상과 행동》, 마루야마 마사오, 김석근 옮김, 한길사, 1997.
《화이트헤드 과정철학의 이해》, 문창옥, 통나무, 1999.
《화이트헤드와 인간의 시간경험》, 오영환, 통나무, 1997.
《휴머니즘과 폭력—공산주의 문제에 대한 에세이》, 모리스 메를로 퐁티, 박현모 · 유영산 · 이병택 옮김, 문학과지성사, 2004.
《Ästhetische Theorie》, Theodor W. Adorno, Suhrkamp, 1992.
《The Outsider》, Colin Wilson, Tarcher Penguin, 1982.
《The Road to Serfdom》, Friedrich A. Hayek, The University of Chicago Press, 2007.

이 책에 실린 작품 중 일부는 저자와 연락이 닿지 않아 게재 허락을 받지 못했습니다.
출판사로 연락주시면 허락을 받고 게재료를 지불하겠습니다.

영혼의 무기 이응준 이설집

1판 1쇄 인쇄 2017년 1월 9일 **1판 1쇄 발행** 2017년 1월 16일
지은이 이응준
펴낸이 김강유

발행처 김영사
주소 경기도 파주시 문발로 197(문발동) 우편번호 10881
등록 1979년 5월 17일(제406-2003-036호)
구입 문의 전화 031)955-3100 **팩스** 031)955-3111
편집부 전화 02)3668-3291 **팩스** 02)745-4827 **전자우편** literature@gimmyoung.com
비채 카페 http://cafe.naver.com/vichebooks **인스타그램** @drviche
트위터 @vichebook **페이스북** www.facebook.com/vichebook
ISBN 978-89-349-7240-2 03810 책값은 뒤표지에 있습니다.

비채는 김영사의 문학 브랜드입니다.
이 도서의 국립중앙도서관 출판예정도서목록(CIP)은 서지정보유통지원시스템 홈페이지(http://seoji.nl.go.kr)와 국가자료공동목록시스템(http://www.nl.go.kr/kolisnet)에서 이용하실 수 있습니다.
(CIP제어번호: CIP2016030408)